慈禧全傳典藏版 1

慈禧前傳

高陽—著

〈代序〉神交高陽

二月河

《康熙大帝》四卷書出齊時，我已小有名氣。有一天，一位讀者問我：『先生讀沒讀過高陽的書？』我一下子笑起來，高陽的書豈但『讀過』，且是見一本買一本，買一本讀一本。我自家作品中頗多技巧性的做法，還是拜賜了老先生的作品啓發。他的前後慈禧傳、《玉座珠簾》，以及後來才讀到的《乾隆韻事》，其中對皇帝對后妃的心理及行爲的描摹，和我所讀史的印證，也有頗多的溝通。我算是高陽先生不錯的一位神交呢！次後的日子裏，台灣一家文學機構多次邀我赴台一訪。就我的心情，即使見一見高陽，去一趟也是值得的，卻因俗事冗繁未能成行。忽然有一天，台灣『二月河讀友會』的盧淦金先生來電話，說『高陽先生今天去世了……』一驚之下一陣悵然，轉思人世緣分無常，心中又復悲淒。從茲失一神交，無法彌補渴見情懷了……

辛亥革命清室鼎謝。當時的口號裡有『驅逐韃虜，光復中華』的話頭。其實這口號還可以按時序上溯，直至皇明甲申之變。滿洲人入關殺漢人，入主中央執天下太阿，漢人幾百年沒有服氣過，也沒有停止過這種民族反抗。盤踞台灣的鄭家政權，朱三太子，還有吳三桂興的『三藩之亂』以及次後難以數計的小大起義，義軍會口號都和這個話頭差不多。錯話說幾百年說一千遍，似乎成了對話。其實只要靜心一想就明白了。『韃虜』也好、『夷狄』也好，難道不是『中華』之一部分？這口號自相矛盾了。實際這只是漢人極狹隘的情緒弘揚——也不能說全然沒道理，畢竟滿人入關嘉定三屠、揚州十日殺戮慘烈，眞的仇深似海。但從歷史的角度，從整個文明的角度審視，這口號是大可挑剔的。由於後來的革命變遷、人事轉換，人們又去想更新的事了，所以這口號的毛病也不大有人提起了。

然而當下的文化徵候還在繼續流播。反滿的文化傳統並未受到傷損。這種傳統影響到史學界，雖無法迴避這二百多年的『正統』，但對其研究中帶了『排滿』便言語失卻公允。這還只是少數人的事，帶到文學界，帶進民間口傳文學，這個因喪權辱國給民族帶來奇恥大辱的清室統緒，簡直是『洪桐縣中無好人』了。

高陽的多部作品都是反映晚清風貌風情的，連同近來三聯書店推出的《大野龍蛇》，風格都是那麼一致，那麼『如實』，不事誇飾，那麼娓娓綿綿情懷寬博和平，讀來如同剪燭良宵對友長談，就我的經驗，如無絕寬的襟懷，無絕大的學問作底蘊，無論怎樣的才華橫溢都是決計做不來的。

文學當然是觀念形態的東西，是人本位的張揚，每一個作者自己的政治、理想形態肯定要在他的作品中自覺或不自覺地流露。我以為：既然如此，何必故意做張做智？比如說極峰之作《紅樓夢》，裡頭如果串上一段黃世仁楊白勞的情節，況味若何？一些非常了不起的作家，因了力氣去圖解自家的意識形態立場，結果如何？我常笑讀，心中想『這寫的眞是聲嘶力竭，氣急敗壞』。

看遍高陽的書，沒有這樣的玩藝。即使寫很慘酷、很壯烈激切的情事，也沒有張牙舞爪、歇斯底里的『作家意識』。我很疑這先生是舊八旗子弟，那份聰穎從容學不來。後來盧淦金先生告訴我，居然這是眞的。他的書讀起來平中有奇，有的處則寓平於奇，有點像與作者牽手而行於山陰道，由他指點譬話，評說侃語——這不是寫作的本事，這是天分了。

淦金先生和高陽是朋友，和我也是朋友，他曾約我到台北和高陽『一道兒喝老燒刀子』，可惜了沒這緣分。但高陽的書還在，不是麼？還可以侃下去的。

二〇〇一年五月下浣

寫在『慈禧前傳』之前

——清文宗與恭親王

清咸豐十一年辛酉七月十六日，文宗崩於熱河。遺命以皇長子載淳繼位，並派怡親王載垣等軍機大臣，額駙景壽及輔國公肅順等總共八人，『贊襄一切政務』。這就是清朝家法中，『顧命大臣』輔弼幼主的制度。

不久，幼帝的生母慈禧太后（其時仿明朝萬曆的成例稱她『聖母皇太后』），既不甘於大權的旁落，又深憾於肅順的跋扈，於是與文宗異母弟恭親王奕訢密謀，奪取政權，由『顧命』而變爲『垂簾』，兩宮臨朝稱制於上，恭王綜攬全局於下，是爲近代史上有名的『辛酉政變』。

『辛酉政變』爭權的兩方，縮小範圍來說，一方爲慈禧和恭王，一方是肅順及其同黨。但肅順爲文宗所重用；而文宗的重用肅順，則在恭親王於咸豐五年奉旨『罷直軍機，回上書房讀書』以後——此爲文宗與恭親王兄弟失和的表面化。換言之，沒有恭親王於咸豐五年的退出軍機；就沒有肅順於咸豐六、七年始的逐漸被重用，即令肅順在御前當差，有心攬權，則以恭親王的地位，足以裁抑，然則文宗的末命，必以嗣君付託恭王，不特無『政變』之可言，且亦無『垂簾』之變局。王湘綺詩：『祖制重顧命，姜姒不佐周』，『垂簾』原是恭王與慈禧合作的條件之一；倘恭王亦在『顧命』之列，一定也跟肅順、載垣一樣，對『垂簾』之議，持堅決反對的態度。

由此可見，『辛酉政變』實種因於文宗與恭王的兄弟失和；其間牽涉到帝位、親情、禮法、隱衷。重重因素的糾結，構成了複雜微妙的過程。我以為在貢獻《慈禧前傳》於讀者之前，有先一敘此過程的必要，因作本篇。

一

宣宗生前，三后九子，二、三兩子幼殤；第一子薨於道光十一年四月；兩個月以後，皇四子奕詝生，是為文宗。

文宗的母親鈕祜祿氏，由全嬪累進為全貴妃；十三年四月，繼后佟佳氏崩，全貴妃晉為皇貴妃，攝六宮事；十四年十月，正位中宮。二十年正月初九崩，年三十三。宣宗親自定謚為『孝全』。清宮詞：『蕙質蘭心並世無，垂髫曾記住姑蘇，譜成六合同春字，絕勝璇璣織錦圖。』原注：『孝全皇后為承恩公頤齡之女，幼時隨宦至蘇州，明慧絕時。曾仿世俗所謂乞巧板者，斵木片若干方，排成「六合同春」四字，以為宮中新年玩具。』因生長蘇州之故，亦可想見其在『明慧』以外，還有江南女兒的溫柔，這與旗下格格的開朗爽健是大異其趣的，此所以獨蒙帝眷。

孝全之崩，曾有異聞。清宮詞：『如意多因少小憐，蟻杯鴆毒兆當筵，溫成貴寵傷盤水，天語親褒有孝全。』原注：『孝全皇后由皇貴妃攝六宮事，旋正中宮；數年暴崩，事多隱祕。其時孝和太后尚在，家法森嚴，宣宗亦不敢違命也，故特謚之曰：「全」。宣宗既痛孝全之逝，遂不立他妃嬪之子而立文宗，以其為孝全所出，且於諸子中年齡較長。』照這首詩看，孝全暴崩，似是新年宮中家宴，爲人下毒所致。但『溫成貴寵傷盤水』，兼用宋仁宗張妃怙寵及慶曆八年，近侍作亂縱火，曹后率宮人救火擒賊的故事，不知意何所指？詞連孝和，尤不可解。史載：宋仁宗張妃頗與聞外事，曾爲其伯父堯佐乞官；或者孝全亦有類似的舉動，而宣宗繼母孝和太后秉性嚴毅，有所責備，孝全因而羞懼服毒。宣宗哀矜，諡以『全』字。這是我的猜想；究竟眞相如何？誠所謂『宮闈事秘，莫得聞矣！』

孝全崩後，宣宗未再立后。其時妃嬪中，名位最高的是靜皇貴妃；幼殤的皇二子、皇三子，都是她所出，再生一子，就是皇六子奕訢。孝全崩時，奕詝即由靜皇貴妃撫養，王闓運《祺祥故事》：『恭忠王母，文宗慈母也。全太后以託康慈貴妃，貴妃舍其子而乳文宗，故與王如親昆弟。』靜皇貴妃在文宗即位後，被尊爲『皇考康慈皇貴太妃』；所謂『乳文宗』的『乳』字，如作哺育解，不實；『舍其子』更不實，靜皇貴妃多少是偏愛親子的。但文宗與奕訢爲皇子時如『親昆弟』則可信；因不獨同在一母照拂之下，且年齡相仿，同在書房；兼之皇五子奕誴出嗣爲惇親王後，不在宮中，皇七子奕譞還小，不足爲侶，除此以外，宮中別無可以談得來的弟兄，感情自然而然就親密了。

二

奕訢的才具，無疑地勝過奕詝；宣宗亦最鍾愛這個兒子。但大位終歸於奕詝者，另有緣故；清史稿〈杜受田傳〉：『文宗自六歲入學，受田朝夕納誨，必以正道，歷十餘年。至宣宗晚年，以文宗長且賢，欲傳大業，猶未決；會校獵南苑，諸皇子皆從，恭親王獲禽最多，文宗未發一矢，問之，對曰：「時方春，鳥獸孳育，不忍傷生以干天和。」宣宗大悅曰：「此眞帝者之言！」立儲遂密定。』

文宗的這段話，就是杜受田的傳授。又清人筆記載：『道光之季，宣宗衰病，一日召二皇子入對，將藉以決定儲位。二皇子各請命於其師，卓（秉恬）教恭王，以上如有所垂詢，當知無不言，言無不盡。杜則謂咸豐帝曰：「阿哥如條陳時政，智識萬不敵六爺。惟有一策，皇上若自言老病，將不久於此位，阿哥惟伏地流涕，以表孺慕之誠而已。」如其言，帝大悅，謂皇四子仁孝，儲位遂定。』

如上所引，文宗得位，不無巧取之嫌；而恭王的內心不甚甘服，亦可想而知。兄弟各有心病，種下了猜嫌不和的根由；而以靜皇貴妃的封號一事爲導火線，積嫌到咸豐五年，出現了明顯的裂痕。茲就王湘綺所著《祺祥故事》中，有關此事的記載，分段錄引注釋如次，以明究竟。（引文上加△記號）

△會太妃疾，王日省，帝亦省視。一日，太妃寢未覺，上問安至，宮監將告，上搖手令勿驚。妃見床前影，以爲恭王，即問曰：『汝何尚在此？我所有盡與汝矣！他性情不易知，勿生嫌疑也。』帝知其誤，即呼『額娘』。太妃覺焉，回面一視，仍向內臥不言。自此始有猜，而王不知也。

圓明園三園之一的萬春園，原名綺春園。道光年間，尊養孝和太后於此；文宗即位，亦奉康慈太妃居綺春，這是文宗以宣宗尊孝和者尊康慈；而視疾問安，又無異親子，凡此都是報答撫育之恩。但看康慈誤認文宗爲恭王所說的一段話，偏心自見；而猜嫌固先起自康慈。

△又一日，上問安入，遇恭王自內而出，上問病如何？王跪泣言：已篤！意待封號以瞑。上但曰：『哦，哦！』王至軍機，遂傳旨令具冊禮。

此記康慈不得太后封號，死不瞑目。『哦，哦！』是暫不置可否之詞；恭王則以爲文宗已經許諾。這可能是一種誤會；但恭王行事，有時亦確不免衝動冒失，因而被認爲『狂妄自大』，以後與慈禧的不和，即由於此種性格使然。

恭王初入軍機在咸豐三年十月，雖爲新進，但以爵位最尊，成爲掌印鑰的『領班軍機大臣』；所謂『軍機領袖』、『首輔』、『首揆』都是指領班的軍機大臣。召見軍機，自乾隆十三四年間開始，全班同見，但首輔或一日數召，面聽指示稱爲『承旨』；既承旨而繕擬上諭進呈，稱爲『述旨』；至於『傳旨』，通常指口頭傳達旨意而言。

△所司以禮請，上不肯卻奏，依而上尊號，遂慍王，令出軍機，入上書房；而減殺太后喪儀，皆稱遺詔減損之。自此遠王同諸王矣！

『所司』指禮部。尊封皇太后，應由禮部具奏，陳明一切儀典。恭王傳旨，雖非文宗本意；但皇帝如擯拒禮部請尊封皇太后的奏章，則將鬧成大笑話，所以不得不依奏。而恭王的『傳旨』，起於誤會，終同挾制；文宗自然要懊惱。

清史稿〈文宗本紀〉，咸豐五年秋七月壬戌朔：『尊皇貴太妃爲康慈皇太后。』到七月庚午（初九），皇太后崩，十一天以後，恭王以『辦理皇太后喪儀疏略』的『原因』，奉旨退出軍機，回上書房讀書。所謂『自此遠王同諸王』的『諸王』，指惇郡王奕誴、醇郡王奕譞、鍾郡王奕詥、孚郡王奕譓等四人，這就是說，文宗從此看待奕訢，與其他異母弟並無分別；不復如『親昆弟』。而康慈的撫育之恩，也算在尊封太后一事中報答過了。

據清史稿〈禮志〉，康慈太后崩，『帝持服百日如制』。所謂『減殺太后喪儀』，最主要的是謚法有異，清史稿〈后妃傳〉，康慈崩後，『上謚曰「孝靜康慈弼天輔聖皇后」，不繫宣宗謚，不祔廟』。按：封后而不繫帝謚，起於明憲宗生母孝肅太后，明史〈后妃傳〉：『孝肅周太后，英宗妃，憲宗生母也。……嘉靖十五年與紀邵二太后並移祀陵殿，題主曰皇后，不繫帝祀，以別嫡庶，其後穆宗母孝恪、神宗母孝定、光宗母孝靖、熹宗母孝和、莊烈帝母孝純，咸遵用其制。』但在清朝，上諡太后，並無此前例；文宗不以家法而沿用前朝故事，一方面表示，孝靜太后撫育有恩，侍奉如生母；一方面亦表示嫡庶究竟有別。致憾之深，可以想見。

以後到了咸豐七年，奕訢復起，受命為都統；其時肅順已開始得寵，為固位計，不免對奕訢有所中傷。英法聯軍，進逼京師，文宗以『秋獮木蘭』為名，倉皇避往熱河，命奕訢留京『辦理撫局』，則由於肅順的製造空氣及守舊派的推波助瀾，相率以為奕訢將借洋人的勢力，重演『土木之變』的故事，甚至連惇親王奕誴亦相信奕訢要謀反。於是文宗與恭親王手足之間，猜忌愈深。

總之，如無牢不可解的心病，則以兄弟之親，讒言不入，文宗末命的顧命八大臣，當以奕訢為首。『祖制重顧命』，以恭王的才具，執行尊嚴的家法，慈禧絕不可能取得任何政治上的權力。照這樣看，清文宗與恭親王的手足參商，不過便宜了慈禧一個人而已。歷史的因果關係，有時奇妙難測，此為一例。

一

皇帝終於把所有的奏摺看完了。

丟下惠親王領銜所奏，『恭辦聖訓告竣，請旨遵行』的那道摺子，他順勢伏在紫檀書案上喘氣。左右的小太監都無動作；只緊張地注視著，怕『萬歲爺』會昏厥。皇帝虛弱得太厲害，這時還不能去碰他；需等他喘息稍定，才宜於上前服侍。

三十歲的皇帝，頭上涔涔冷汗，胸前隱隱發痛，最難受的是，雙頰潮熱，燒出一種不知何處可以著力的虛浮之感。但是，他的思緒仍然是清晰敏銳的：最後所看那道奏摺的內容，還能清清楚楚地默記得起。甚麼『聖訓』？想到他自己告誡臣子的那些話，『朕』如何如何？『爾等』如何如何？越覺雙頰如火，燒得耳朵都發熱了。

每一念及自己的責任，他總不免歸於困惑；困惑於列祖列宗，何來如許精力，得以輕易應付日理萬機的繁劇？而尤其使他不解的是，他的高祖世宗憲皇帝；古往今來如何竟有以處理政事為至樂，每天手批章摺，動輒數千言，而毫不覺得厭倦的天子？

對於他來說，僅是每天看完奏摺，便成苦刑；特別是那些軍報。『髮匪』未平，捻匪又起；捻匪未消，夷人又至。祖父以前，只有邊陲的鱗甲之患；父親手裡，也不過英夷為了鴉片逞凶，像這幾年內憂外患，紛至迭起，不獨東南半壁糜爛，甚至夷人內犯，進迫京師，不得不到熱河來避難，這是前人所未曾遭遇過的艱難處境，他相信換了任何一位皇帝，都會像他一樣，怕看那些奏報軍情的章摺。

唯有這樣自我譬解，他才能支持得下去；也唯有這樣自己爲自己找理由，他才能有尋一些樂趣的心情，領略到一些天子之貴！

喘息漸漸平定了，他慢慢抬起身子；早有準備的小太監，敏捷有序地上前侍候，首先是一塊軟白的熱手巾遞到他手裡；然後進參湯和燕窩，最後是皇帝面前最得寵的小太監如意，捧進一個朱漆嵌螺鈿的大果盒，跪在御座旁邊；盒蓋揭開，裡面是金絲棗、木樨藕、穰荔枝、杏波梨、香瓜，五樣蜜餞水果；皇帝用金叉子叉起一片梨，放在嘴裡，靠在御座上慢慢嚼著；覺得舒服得多了。

『傳懿貴妃來批本！』

『喳！』管宮內傳宣的小太監金環跪一跪，領旨走了。

『慢著！』等金環站定，皇帝又吩咐：『傳麗妃，東暖閣侍候。』

等金環傳旨回到御書房，皇帝已回煙波致爽殿東暖閣。接著懿貴妃到了御書房，一個人悄悄地爲皇帝批答奏摺。

她不能坐御座，側面有張專爲她所設的小書桌。從御書案上將皇帝看過的奏摺都移了過來，先理一理。把那些『請聖安』的黃摺子挑出來放在一邊；數一數奏事的白摺子，一共是三十二件，然後再清理一遍，把沒有做下記號，需發交軍機大臣擬議的再挑了出來，那就只剩下十七件了。

批十七件奏摺，在懿貴妃要不了半個時辰；因爲那實在算不了一件甚麼事！

多少年來累積的經驗使然，皇帝批答本章，通常只不過在幾句習用語中挑一句：諸如『覽』；『知道了』；『該部知道』；『該部議奏』；『依議』之類。而就是這簡單的一句話，皇帝也不必親自動筆，只在奏摺上做個記號就行了。

記號用手指甲做。貢宣紙的白摺子，質地鬆軟，掐痕不但清晰，而且不易消滅；批本的人看掐痕的多寡、橫直、長短，便知道皇帝的意思，用硃筆寫出那個掐痕所代表的一句話，就算完成了批答。這在『敬事房』的太監，是無不可以勝任的。

喜歡攬權的懿貴妃，因爲常侍候皇帝處理政務的緣故；把這個能夠與聞機密的工作，拿到了手裡。皇帝的親信近臣，協辦大學士，署領侍衛內大臣，內務府大臣並執掌印鑰的肅順，因此一再祕密進言，說懿貴妃攬權，喜歡干預政事；其實，她是在學習政事。對於大清的皇位，沒有誰比她看得再清楚的；也許一年半載，至多不出三年，她的今年才六歲的兒子——皇長子，也就是皇帝眼前唯一的兒子載淳，將會繼承大統。她必須幫助兒子治理『天下』。

所以她不但依照掐痕，代爲批答；更注意的是，皇帝看過，未作表示，而需先交軍機大臣處理的奏摺，往往在那裡面的陳述，才是正在發展中的軍國重務，她想了解內外局勢，熟悉朝章制度，默識大臣言行，研究馭下之道，懂得訓諭款式，這些都要從奏摺中去細心體味。

有一道奏摺，是恭親王奕訢所上，皇帝未作任何記號，而應該是有明確指示的；恭親王『奏請赴行在，敬問起居』，哥哥有病，弟弟想來探望，手足之情，天經地義，何以不作批答呢？

稍作思量，懿貴妃就已看出，這道內容簡單的奏摺中，另有文章。恭親王來問起居，只是表面的理由，實際上是要親自來看一看皇帝的病勢，好爲他自己作一個準備。也許，恭親王還會苦諫回鑾；果眞諫勸生效，回到北京，有那麼多王公大臣，勳戚耆舊在，總可以想出辦法來制裁專擅跋扈的肅順。

想到這裡，她立刻知道了這道奏摺發交軍機處以後的結果；肅順雖不是軍機大臣，但在熱河的軍機大臣中，怡親王載垣，肅順的胞兄鄭親王端華，倚肅順爲靈魂；穆蔭、匡源、杜翰都仰他的鼻息；資格最淺的『打簾子軍機』焦祐瀛；由軍機章京超擢爲軍機大臣，更是肅順的提拔，這樣，他們還不是都照肅順的意思，駁了恭親王的摺子？

『哼！肅老六，你別得意！』懿貴妃這樣輕輕地自語著；把恭親王的奏摺拿在手裡去見皇帝。

在東暖閣的麗妃，聽得太監的奏報，特意避了開去；皇帝卻依舊躺在匟床上，等懿貴妃跪安起來，隨即問道：『妳手裡拿著誰的摺子？』

『六爺的。』宮內家人稱呼；皇帝行四，恭親王行六，所以妃嬪都稱恭親王爲『六爺』。

皇帝不作聲，臉色慢慢地陰沉下來，但潮熱未退，雙頰依然是玫瑰般鮮豔的紅色；相形之下，越顯病態。

這樣陰沉的臉色，在此兩三年中，懿貴妃看得太多了。起先是不安和不快；歷久無事，不安的感覺消失了。而現在，甚至不快都已感覺不到；該說的話還是要說，不管他是如何的臉色！

『皇上！這一道摺子，何必發下去呢？』

皇帝開口了：『我有我的道理。』他本來想用峭冷的聲音，表示給她一個釘子碰；但以中氣不足，聲音低微而軟弱，反倒像是在求取諒解。

於是懿貴妃越發咄咄逼人：『我知道皇上有道理。可是皇上有話，該親筆硃批。皇上別忘了，六爺是皇上的同胞手足。而且……』她略一沉吟，終於把下面的話說了出來：『他跟五爺、七爺他們，情分又不同。』

皇帝有五個異母的弟弟，行五的奕誴，出嗣爲他三叔的兒子，襲了惇親王的爵；行七的醇郡王奕譞，與皇帝以兄弟而爲連襟，他的福晉，就是懿貴妃的胞妹；行八的奕詥和行九的奕譓，亦都是在皇帝手裡才受封的鍾郡王和孚郡王。唯有奕訢的情形特殊；當皇帝繼承大位的同時，他便由先帝硃筆親封爲恭親王，而情分格外不同的是，皇帝十歲喪母，由恭親王的生母撫育成人，所以六弟兄之中，只有他們倆如同一母所生。

但是，因愛幾乎成仇，也正爲此。這是皇帝的心病，懿貴妃偏偏要來揭穿；話說得在理上，皇帝心內懊惱，卻是無可奈何，只得退讓一步：『那，妳先擱著！』

『是！』懿貴妃說：『這道摺子我另外留下，等皇上親筆來批。』

『嗯。妳跪安吧！』

『跪安』是皇帝叫人退下的一種比較婉轉的說法；然而眞正的涵義，因人因地而異，召見臣工，用這樣的說法是表示優遇；而在重帷便殿之中，如此吩咐妃嬪，那就多少意味著討厭她在跟前；因此懿貴妃心裡很不舒服。

跪安是跪了；也正巧，跪下去就看見匟床下掉了一塊粉紅手絹在那裡，順手撿起來一抖，粉香撲鼻；上面黑絲線繡的五福捧壽的花樣。這一看，懿貴妃陡覺酸味直衝腦門，臉色就很難看了。

忍了又忍，嚥不下這口氣，她站定了喊道：『如意！』

這一喊驚動了皇帝，轉臉看到她手裡拿著塊手絹，認得是麗妃的東西。怎麼到了她手裡？倒要看看她跟如意說些甚麼？

『傳話給小安子，讓他去問一問，皇后可是在歇午覺？如果醒了就奏報，說我要見皇后。』

懿貴妃朗朗地囑咐完了，揚著手絹兒，踩著『花盆底兒』，一搖三擺地離了東暖閣。

皇帝非常生氣，立刻回到書房，召見肅順。

原懷著一腔怒火，打算著把懿貴妃連降三級，去當她入宮時初封的『貴人』；但見了肅順，皇帝卻又改了主意——懿貴妃與肅順是死對頭：皇帝難勝煩劇，但求無事，不敢去惹是非。

肅順卻已從小太監口中，得知端倪；此時見皇帝欲語不語，滿面憂煩，便即趨至御座旁邊，悄悄問道：『想來又是懿貴妃在皇上面前無禮？』

皇帝嘆口氣，點點頭。

『那麼，皇上是甚麼意思，吩咐下來，奴才好照辦。』

『我不知道怎麼辦？』皇上萬般無奈地說：『第一，她總算於宗社有功；第二，逃難到此，宮裡若有甚麼舉動，那些個「都老爺」，可又抓住好題目了，左一個摺子，右一個摺子，煩死了！』

所謂『於宗社有功』，當然是指後宮唯有懿貴妃誕育了皇子；肅順心想，不提起來還罷了，提起來正好以此進言。

於是，他先向外望了一下，看清了小太監都在遠遠的廊下，才趴在地下，免冠碰了個頭，以極其虔誠忠愛的姿態說道：『奴才有句話，斗膽要啓奏皇上。這句話出於奴才之口，只怕要有殺身之禍；求皇上天恩，與奴才作主。』

肅順是皇帝言聽計從的親暱近臣，早已脫略了君臣的禮節，這時看他如此誠惶誠恐，大爲詫異，而且也稍有滑稽之感，便用慣常所用的排行稱呼說道：『肅六！有話起來說。』

肅順倒眞的是有些惶恐，叩頭起來，額上竟已見汗；他也忘其所以地，就把御賜寶石頂的大帽子，往御案上一放，躬身湊過去與皇帝耳語。

『懿貴妃恃子而驕，居心叵測；皇后忠厚，麗妃更不是她的對手。皇上要爲皇后跟麗妃打算打算才好。』

皇后爲皇帝所敬，麗妃爲皇帝所愛，提到這兩個人，皇帝不能不關切，但是：『你說如何打算？而且有我在，她又敢如何？』

『不是說眼前，是說皇上萬年以後——這還早得很哪！不過，阿哥今年六歲還不要緊；等阿哥大了，懂事了，那時候皇上再想下個決斷，可就不容易辦到了！』

他的話說得相當率直，皇帝也不免悚然驚心；對於自己的病，最清楚的還是莫過於自己，一旦倒了下來，母以子貴，那就盡是懿貴妃的天下了。呂氏武曌，史蹟昭然；大清宗社，不能平白送給葉赫那拉氏；若有那一天，何以上對列祖列宗在天之靈？

皇帝動心了！太陽穴上蒼白的皮膚下，隱隱有青筋在跳動，雙手緊握著御座的靠手，痛苦而又吃力地在考慮這個嚴重的後患。

而他的衰弱的身體，無法肩負這樣一個重大的難題；想不多久，便覺得頭昏胸痛，無法再細作盤算。這原非一時片刻所能決定的大事，暫且不想它吧！

『讓我好好兒想一想。』皇帝又鄭重告誡：『你可千萬別露出一點兒甚麼來！』

『奴才沒有長兩個腦袋；怎麼敢？』

到了晚上，皇帝覺得精神爽快了些；記起恭親王那道摺子，想好好作個批答；於是又到了書房，由麗妃在燈下侍候筆墨。

把恭親王的摺子重新看了一遍，想起兒時光景，皇帝觸動了手足之情。

於是二十年來的往事，刹那間都奔赴心頭，最難忘懷的是，每天四更時分，起身上學；奕訢愛玩貪睡，保母一遍遍地喚不醒，只要說一句：『四阿哥可要走了！』立刻就會把雙眼睜得好大，慌慌張張地喊著：『四哥等我！四哥等我！』

於是紗燈數點，內監導引，由皇子所住的乾清宮東五所，入長康左門，穿越永巷，進日精門到乾清門東面的上書房；雖然各有授漢文的師傅，教滿洲話的『諳達』，但只要一離了書案，兩個人必定湊在一起，不管到哪裡都是形影不離的。

皇帝記得自己十四歲那年，正式開始習騎射，就在東六宮西面的東一長街試馬；十三歲的奕訢，第一次被抱上鞍子，嚇得大叫；可是沒有幾天工夫，就已控御自如，騎得比誰都好——從那時候起始，奕訢才具展露，一步一步地趕上來了！

『唉！』皇帝輕喟著，浮起一種莫名的惆悵；喃喃唸道：『青燈有味，兒時不再！』一面自語，一面取枝玉管硃筆，信手亂塗著。

麗妃從皇帝肩頭望去，只見畫的是兩個人，一個持槍，一個用刀，正在廝殺，便即問道：『皇上畫的是誰啊？』

『一個是我，一個是老六。』

麗妃一顆心猛然往下一沉，手腳都有些發冷；皇上與六爺兄弟不和，她是知道的，但何至於如仇人般刀槍相見，要拚個死活呢？

『這話有十四五年了！』皇帝畫著又說：『是老六玩兒出來的花樣，讓內務府給打了一把好刀，一枝好槍；我跟他兩個人琢磨出來好些個新招式。有一天讓老爺子瞧見了，高興得很；給刀槍都賜了名字，刀叫「寶鍔宣威」。』

麗妃舒了口氣；無端驚疑，自覺好笑，『槍呢？叫甚麼名字？』她又問。

『槍叫「棣華協力」。』皇帝轉臉來問：『妳可懂得這四個字？』

麗妃嬌媚地笑著，『我哪兒懂呀？正等著皇上講給我聽呢！』

『這就是說弟兄要同心協力，上陣打仗，才可保必勝。』

『本來就應該這樣兒嘛！』

『連妳都知道，』皇帝冷笑一聲：『哼！老六偏偏就不知道！去年八月初，我叫他出面議和，無非擔個名兒，好把局勢緩一緩，騰出工夫來調兵遣將；誰知道他只聽他老丈人桂良的話，眞的跟洋人打上了交道了！我眞不懂他其心何居？』

靜靜聽著的麗妃，笑容漸斂，不敢贊一詞。因爲皇后一再告誡過她，皇帝說到甚麼有關係的話，只准聽，不准說；更不可胡亂附和或者出甚麼主意——這是祖宗的家法；柔弱的麗妃，就是沒有皇后的提示，她也是不敢違犯的。

發了一頓牢騷的皇帝，心裡覺得痛快了些；站起身來，踱了數步，重新回到御座，對著恭王的奏摺，拈毫構思。

他已打定了主意，決計不要恭親王到行在來。但是，他不願意批幾個字就了事；心想著該好好寫一段冠冕堂皇，情文並勝的話，一則好堵住朝野悠悠之口，再則也讓『老六』領略領略他的文采——他自知此刻能勝過他這個弟弟的，怕就只有這一點了！

『這是剛沏的。』麗妃把用一只康熙五彩蓋碗盛著的新茶，捧到御前，『昨兒個湖南進的君山茶。

皇上嚐嚐！』

『嗯。』皇帝自己用碗蓋，慢慢把浮著的茶葉，濾到一邊；望著淡淡的茶氛出了一會神，忽然轉臉喊了聲：『蓮蓮！』

『蓮蓮』是麗妃的小名。她剛走向門前，要傳小太監去預備點心，聽得皇帝呼喚，趕緊答應一聲：『蓮蓮在！』

『妳說，』皇帝等她走到御書案前，指著奏摺這樣問她：『老六要到熱河來看我的病；我應該怎麼跟他說？』

『這……』麗妃陪笑道：『該皇上自己拿主意。我不敢說。』

皇帝知道宮中曾經誡飭妃嬪，不得與聞政務；所以點點頭說：『不要緊，是我問妳的，妳說好了。皇后知道了也不會責備妳。』

這一說，麗妃不能不遵旨。她想了一會答道：『皇上看待六爺，原跟親兄弟一個樣；只怕六爺來了，談起從前，不免傷心，那就對聖體大不相宜了。如果六爺體諒皇上的心；還是在京城裡好好辦事，替皇上分憂，不來的好。反正秋涼總得回鑾，也不過一轉眼的工夫！』

一番婉轉陳奏，贏得龍顏大悅，連連輕擊書案，學著三國戲中劉備的科白笑道：『嗯，嗯，正合孤意！』

看見皇帝得意忘形的神情；麗妃抽出袖中那方五福捧壽花樣的粉紅色手絹，捂在嘴上，輕聲笑了。

於是皇帝欣然抽毫，略一沉吟，用他那筆在《麻姑仙壇記》上下過工夫的顏字，在恭親王的摺子後面，振筆疾書：

朕與恭親王自去秋別後，倏經半載有餘，時思握手面談，稍慰廑念。惟朕近日身體違和，咳嗽未止，紅痰尚有時而見，總宜靜攝，庶期火不上炎。朕與汝棣萼情聯，見面時迴思往事，豈能無感於懷？實與病體未宜！況諸事妥協，尚無面諭之處；統俟今歲回鑾後，再行詳細面陳。著不必赴行在！

寫到這裡，加『特諭』二字，便成結束；忽然想起奏摺內還有『夾片』，撿起一看，果然。奏摺內別敘一事，另紙書寫，稱爲『夾片』；恭親王摺內，另附一片，是說留京辦事的軍機大臣文祥，亦奏請赴行在面請聖安。此人出身『滿洲八大貴族』之一的瓜爾佳氏，能文能武，有見識，有才幹；留守在京，任勞任怨，極其得力，皇帝原想也慰勉他一番，但恨他是恭親王一黨，而且這半天也勞累了，懶得再費心思，所以草草又寫一筆：

文祥亦不必前來。特諭！

寫完重看一遍，自覺相當懇切；一時不能回鑾的苦衷，應可邀得在京大小臣工的諒解。至於恭親王心裡作何想法？那就不去管他了！

這一夜，皇帝就由麗妃侍寢。如果在京城禁宮內，睡到寅卯之間，即需起身；傳過早膳，到天亮辰時，召見軍機，裁決庶政。但巡狩在外，辦事程序，不妨變通；而且皇帝痼疾纏綿，必須當心保養，所以總要到天明以後，太監方敢『請駕』。

從去年八月駕到熱河避暑山莊以後，這種情形，由來已非一日；但懿貴妃對於皇帝這一天的起居，特別注意——實際上她無時不在偵伺皇帝的動靜；這份差使，由她的太監安德海擔任。

這個被上上下下喚作『小安子』的安德海，是直隸南皮人。生成兔兒臉，水蛇腰，柔媚得像京城裡應召侍坐的小旦；同時又生成一張善於學舌的鸚鵡嘴，一顆狡詐多疑的狐狸心，對於刺探他人的隱私，特具本領，因此深得懿貴妃的寵信。在禁城內，懿貴妃住『西六宮』的儲多宮；照規矩有十四名太監執役，其中帶頭的兩名『八品侍監』，名爲『首領』，小安子以首領之一，獨爲懿貴妃的心腹。

前一天晚上，小安子就把麗妃在御書房侍候筆墨的消息，在懿貴妃面前渲染了一番。但一到起更，宮門深鎖，消息中斷；已兩年未承雨露的懿貴妃，看著麗妃的那方粉紅手絹，妒恨交加，幾乎一夜不能安枕。所以一早起身，等小安子來請安時，她第一句話就是：『去瞧瞧去！』

到哪裡『去』？『瞧』甚麼？小安子自然知道。答應一聲，匆匆而去。等打聽回來，懿貴妃正進早膳，他幫著照料完了膳桌，悄悄靠後一站，甚麼話也不說，倒像是受了甚麼好大的委屈似地。

『怎麼啦？你！』懿貴妃微偏著臉問。

『奴才在替主子生氣。』

『替我？』懿貴妃沒有再說甚麼；只拿手裡的金鑲牙筷，指著膳食上的一碟包子說：『這個，你拿下去吃吧！』

小安子跪下來謝了賞，雙手捧著那碟包子，倒退數步，然後轉身走了出去。

懿貴妃慢慢用完早膳，喝了茶，照例要到廊上庭前去『繞彎兒』。一繞繞到後園，只見紫白丁香，爛漫可愛；桃花灼灼，燦若雲霞；白石花壇上的幾本名種牡丹，將到盛開，尤其嬌豔。她深深訝異，三日未到，不想花事已如此熱鬧了。

花兒熱鬧，人兒悄悄；滿眼芳菲，陡然挑動了寂寞春心，二十七歲的懿貴妃，忽然想起兩句不知何時記下，也不知何人所作的詞，輕輕唸道：『不如桃杏，猶解嫁東風！』

唸了一遍又一遍，嘆口氣懶懶地移動腳步；回身一瞥，恰好看見小安子在迴廊上出現，知道他有話要說，便站住了等他。

『奴才剛打前邊來。皇上剛剛才傳漱口水！』小安子躬身低聲，密密報告。

『這麼晚才起來嗎？』

『聽「坐更」的人告訴奴才，皇上到三更天才歇下。嘰嘰咕咕，絮絮叨叨，跟麗妃整聊了半夜。』

『喔！』懿貴妃裝得不在意地問，『哪兒來這麼多話聊呀？』

『誰知道呢？據說，就聽見麗妃小聲兒的笑個沒完！』

懿貴妃臉上頓時變了顏色；但她不願讓小安子看到，微微冷笑一聲，走得遠遠的，對花悄立，不言不語。

『皇上也是！』小安子跟過來，在她身後以略帶埋怨的語氣說：『怎麼不愛惜自己的身子呢！』

不錯！懿貴妃在心裡想，這是句很冠冕正大的話，到哪裡都能說的。於是，她從容地轉過身來，一面走，一面問：『甚麼時候了？』

跟在後面的小安子，趕緊從荷包裡掏出一隻打簧金錶來，只見短針和長針，指在外國字的八和三上，便朗聲答道：『辰正一刻。』

『哎喲！可稍微晚了一點兒！』

這是說到中宮問安的時刻晚了些。她昨天下午就要見皇后有所陳訴了；因爲皇后午睡未醒，不便驚擾。這時決定乘問安的機會要狠狠告麗妃一狀，所以特爲把那方粉紅手絹帶著，好作爲證據。就這時，又有個太監來密報，說皇帝起身不久，吐了兩口血。這是常有的事；但恰好說與皇后。

皇后比懿貴妃還小兩歲，圓圓的臉，永遠是一團喜氣；秉性寬厚和平，頗得皇帝的敬重，更得妃嬪、太監和宮女的愛戴。因此，就是精明強幹的懿貴妃也不得不忌憚她幾分。但是比起麗妃、婉嬪、祺嬪、玫嬪、容貴人她們，懿貴妃已是非常驕恣的了；就像皇后每天梳洗，妃嬪都應該到中宮侍候，唯有懿貴妃不到。皇后也曲予優容，甚至當皇帝知悉其事，作不以為然的表示時，皇后還庇護著，說是懿貴妃要照看阿哥，所以免她循例侍候。

也因為如此，懿貴妃在忌憚以外，還對皇后存著敬愛之意——同時她也深明『挾天子以令諸侯』的道理，要打擊宮內何人，就必須利用皇后統攝六宮的權威。所以在敬愛以外，又還用了些籠絡的權術。

一到中宮，只見其他妃嬪；包括麗妃在內，都已先在，這時懿貴妃才發覺自己失策了；應該早些來，無論如何要在麗妃之前，這樣，等麗妃遲到，立刻就可以借題發揮，甚至以次於皇后的貴妃地位，放下臉來申飭她幾句。豈不可以好好出口惡氣？

她心裡這樣想著，表面上聲色不動，替皇后請了安；又跟所有的妃嬪見了禮。轉過臉向坐在匟上的皇后悄悄說道：『我有樣重要東西，要請皇后過目。』

『喔，是甚麼？』

懿貴妃故意毫無表情地待了一會才說：『也不忙。等皇后甚麼時候閒著，我再跟皇后回話。』

皇后極老實，但也極聰明；若是別人如此說法，她一定信以為眞，暫且丟下不管，而懿貴妃就不同了，深知她沉著厲害，說話行事，常有深意，這時必有極要緊的話，只可私下密談。

因此，皇后慢慢抬眼，把麗妃以下的幾個人，目視招呼遍了，才親切地說：『妳們都散了吧！』

於是妃嬪們依序跪安，退出中宮，各有本人名下的太監、宮女們簇擁著離去。宮規整肅，頓時聲息不聞；朝陽影裡，只有廊上掛著的一籠畫眉、一架鸚鵡，偶爾發出『撲撲』地搧翅膀的聲音。

懿貴妃有些躊躇，怕她所說的話，會讓侍立在外面的太監聽見，輾轉傳入麗妃耳中。因此顧盼之間，欲語還休；皇后猜出她的心意，便從匟上下地。說一聲：『跟我來吧！』

『是！』懿貴妃機警，隨手拿起擺在几匟上的，皇后的鑲著翡翠咀子的湘妃竹煙袋——這樣，皇后貼身的宮女便知道用不著隨侍，望而卻步了。

進入寢宮，皇后盤腿坐在南匟上首，指著下首說道：『妳也坐下吧！』

懿貴妃請個安謝了恩，半側著身子坐著；從袖子裡掏出那方粉紅手絹，放在匟几上。

『誰的？』皇后拈起手絹一角，抖開來看了看上面的花樣，『好眼熟啊！』

『麗妃的。』

『喔！』皇后笑一笑，把手絹摺回原處。

這一笑，頗有些皮裡陽秋的意味；懿貴妃暗生警惕，千萬不能讓皇后存下一個印象，以爲是跟麗妃吃醋。她的思路極快，一轉念之間，措辭便大不相同了。

『是我昨兒下午，在煙波致爽殿東暖閣撿的。這原算不了甚麼，不過，』懿貴妃皺一皺眉說：『爲了皇上的病，外面的風言風語，已經夠煩人的了；再要讓他們瞧見這個，不知道又嚼甚麼舌頭？』

『是呀！皇上有時候在那兒「叫起」；召見臣工的地方，麗妃怎麼這麼不檢點呢！』

『這也怨不得麗妃，她年輕不懂事；膽兒又小，脾氣又好，皇上說甚麼，她還能不依嗎？』

皇后默然，慢慢地拿起煙袋；懿貴妃搶著替她裝了一袋煙，又取根紙煝，就著蟹殼黃的宣德香爐中引火點了煙，靜候皇后說話。

皇后心地忠厚，抽著煙心裡在想，誰說懿貴妃把麗妃視作眼中釘？看她此刻，竟是頗爲迴護麗妃。只是外面若有關於宮闈的風言風語，自己位居中宮，倒不能不打聽打聽。

於是皇后問道：『外面有些甚麼風言風語啊？』

『皇后還不知道嗎？』懿貴妃故作驚訝地。

『沒有誰跟我說過。』

『那必是他們怕皇后聽了生氣。』

『哪一朝、哪一代沒有風言風語？』皇后從容說道：『外面說得對，咱們要聽他們的；說得不對，笑一笑不理他們，不就完了嗎？』

『皇后可眞是好德量！叫我，聽了就忍不住生氣。』

『倒是些甚麼話啊？』

『話多著呢！』懿貴妃似有不知從何說起之苦；遲疑了半晌才籠統說了一句：『反正都說皇上不愛惜自己身子。』

『噢！原來是這些個話？那也不是一天才有的。』

看到皇后爽然若失，不以爲意的神情，懿貴妃相當失望。看樣子，是非說一兩句有稜角的話，不能把她的氣性挑起來。於是她故意裝出想說不敢說的神氣；要引逗皇后先來問她。

皇后果然中計，看著她說：『妳好像還有句話不肯說似地？』

『我……』懿貴妃低首斂眉，『有句話傳給皇后聽，怕皇后眞的要生氣。』

『不要緊！妳說好了。』

『外面很有些人這麼說，說皇后的脾氣太好了，由著皇上的性兒，糟蹋自己的身子。倘或像當年孝和太后那樣，皇上的病，不會弄成今天這個地步。』

孝和太后是先帝宣宗的繼母，秉性嚴毅，后妃畏憚；以她來相提作比；顯然是說皇后統攝六宮，失於姑息，以致無形中縱容了皇帝，溺於聲色，漸致沉痾。這份咎戾，如何擔當得起？

皇后終於動容了！驚多於怒，而皆歸於憂急不安，問計於懿貴妃說：『外面這些話，對我是稍微苛刻了一點兒；可也實在是好話，妳看，該怎麼辦呢？』

『自然是請皇后，多勸勸皇上。』

『唶！』皇后重重嘆口氣，『勸得還不夠嗎？妳說妳的，他當面敷衍，一轉背全忘了。妳說有甚麼辦法？』

『辦法自然有。只怕皇后馭下寬厚，不肯那麼做！』

皇后復又沉默；她懂得她的話，但要她以中宮的權威，制抑妃嬪的承幸，照她的性格來說，也實在是件不容易辦到的事。

皇后心中的疑難，懿貴妃看得明明白白。任何事她一向是不發則已，一發就必須成功；費了半天的心機唇舌，眼看已經把皇后說服，不想又有動搖的模樣。如果以一簣之虧，前功盡棄；越發不能叫人甘心。但這一簣之功，關係重大，必得好好想幾句話，一下子打入皇后心坎，立見顏色。稍一遲疑，皇后必朝寬處去想，那就風流雲散，甚麼花樣也沒有了。

這樣轉著念頭，很快地想到了極厲害的一著——她刻意去回憶十幾年前的往事，父親死在安徽徽寧池廣太道任上，官場勢利，向來是『太太死了壓斷街，老爺死了沒人抬』，既無親友照應，又留下一大筆債；身爲長女，好不容易拋頭露面，說盡好話，才湊成一筆盤柩回京的川資。忘不了長江夜泊，寒潮嗚咽；與弟妹睡在後艙，聽母親在中艙撫柩飲泣的聲音，眞箇淒涼萬狀；想想倒不如推開船窗，縱身一跳……

只要一觸及這些回憶，懿貴妃就忍不住紅了眼圈，鼻子裡窸窣窸窣作響。沉思中的皇后，聞聲轉臉，正看到她從衣袖中抽出手絹兒在悄悄的拭淚，不免吃驚。

『怎麼啦？妳！』

不問還好，一問，懿貴妃淚流滿臉；一溜下地，跪在皇后匠前，哽咽著說：『皇上今兒又「見紅」了！這麼下去，怎麼得了呢？』

皇帝的『紅痰不時而見』，咯血亦是常事，但讓懿貴妃這樣痛哭陳訴，似乎顯得病勢格外沉重了；皇后心慌意亂，只拍著她的肩，連聲勸慰：『別哭！別哭！』但口頭這樣子勸別人，自己的眼圈卻也紅了。

這時的懿貴妃，想起當年在圓明園『天地一家春』，夾道珠燈，玉輦清遊，每每獨承恩寵的快心日子，思量起皇帝溫存體貼的許多好處；撫今追昔，先朝百餘年苦心經營，千門萬戶，金碧樓台的御苑，竟已燬於劫火，而俊秀飄逸，文采風流的皇帝，於今亦只剩得一副支離的病骨，怎能不傷心欲絕？因此，她那一副原出自別腸的涕淚，確也流瀉了傷時感逝的眞情，越發感動了心腸最軟的皇后。

『皇后您想，』懿貴妃哭著又說：『萬一皇上有個甚麼的，阿哥才六歲，大權又落在別人手裡；還有咱們孤兒寡婦過的日子嗎？』

那哽咽淒厲的聲音，完全控制了皇后的情緒；特別是最後的一句話，使得皇后震動了。她想起跟皇帝在一起的時候，總是客客氣氣地，從容坐談；皇帝常拿《綱鑑》上的故事講給她聽，久而久之，歷代興亡得失，大致了然於胸；奸臣專權，欺侮孤兒寡婦，篡弒自代的往事，也略略知道幾件。要說肅順是奸臣，這話不免過分；但他的跋扈是人人共見的，眼前不過跟懿貴妃作對，在自己面前，還持著對皇后應盡的禮節，然而此又安知不是看皇帝的面子？這樣想著，驚出一身冷汗，萬料不到自己也會有一天，面臨這『孤兒寡婦』受制於人的威脅！

於是，皇后順手拿起麗妃的那一方手絹，拭一拭眼淚、擤一擤鼻子，沉聲叫著懿貴妃的小名說：『蘭兒！妳快別哭！咱們好好商量商量。』說著，她從匟上下來，順手扶起懿貴妃。

懿貴妃還在抽噎著，但終於收拾涕淚，跟著皇后一起走入後房套間——那是整個寢宮中最隱祕的所在，原是皇后貼身心腹宮女雙喜的住處；兩人就並肩坐在雙喜床上密談。

『妳看皇帝的病，到底怎麼樣了呢？』皇后緊鎖著眉問。

懿貴妃想了想，以斷然決然的語氣答道：『非要回鑾以後，才能大好！』

『怎麼呢？』

『哼！』懿貴妃微微冷笑，『太醫的脈案上，不是一再寫著「清心寡欲」？在這兒，有肅六他們三個，變著方兒給皇上找樂子，「心」還「清」得下來嗎？聽說，皇上還嫌麗妃太老實；他們還替皇上在外面找了個甚麼曹寡婦，但凡身子硬朗一點兒，就說要去行圍打獵；我看哪，鹿啊、兔啊的沒有打著，倒快叫狐狸精給迷住了！』

對於懿貴妃以尖酸的口吻，盡情諷刺皇帝；皇后頗不以為然，但是，她說的話，卻是深中皇帝的病根。載垣和端華，是兩個毫無用處的人；唯一的本事，就是引導皇帝講究聲色；若有所謂曹寡婦，必是此兩人玩出來的花樣。

因此，連忠厚的皇后，也忍不住切齒罵道：『載垣、端華這兩個，眞不是東西！』

懿貴妃立刻接口：『沒有肅六在背後出主意，他們也不敢這麼大膽。』

『唉！』皇后嘆口氣，『我眞不知道該怎麼辦了？回鑾的話，眼前提都甭提！』

『那就只有想法子讓皇上「清心寡欲」吧！』

『對了！只有這個辦法。』皇后停了一下又說：『除了麗妃以外，我不知道這一晌常侍候皇上的，還有誰。』

『這好辦。叫拿敬事房的日記檔來一查，就全都明白了！』

『嗯！』皇后點點頭，起身走了出去，到得窗前，喊一聲：『來人！』

宮女雙喜，應聲而至。皇后吩咐傳敬事房首領太監陳勝文，隨帶日記檔呈閱。於是宮女傳太監、太監傳敬事房；約莫兩刻鐘的工夫，行宮中太監的頭腦陳勝文，帶著三大本從本年正月初一開始記載的日記檔來見皇后。

敬事房專司『遵奉上諭辦理宮內一切事務』，那日記檔就是皇帝退入後宮以後的起居注，寢興飲食，記得一事不遺；皇后取檔在手，從後翻起，前一頁記的是昨天的一切，一日之間，麗妃就被召了兩次，下午在東暖閣侍候，晚上在御書房侍候筆墨，然後記的是：『戌初二刻萬歲爺回寢宮，麗妃隨侍。』再往前看，觸目皆是麗妃的名字，偶爾也有祺嬪、婉嬪等人被召幸的記載，但比起麗妃的雨露之恩來，那就微不足道了。

皇后很沉著，看完了日記檔，不提麗妃，只問陳勝文：『今日皇上怎麼啦？要緊不要緊？』

陳勝文知道問的是甚麼，跪在地下奏答：『今兒辰初一刻請駕，喝了鹿血，說是胸口不舒服，想吐；小太監金環侍候唾盂，皇上吐了兩口血。要緊不要緊，奴才不敢說！』

『那麼，吐的到底是甚麼血呢？』

『說不定是鹿血。』

懿貴妃插進來追問：『到底是甚麼血？』

她的聲音極堅決，很清楚地表示了非問明白不可的意思；宮中太監都怕這位懿貴妃，陳勝文是太監頭腦，碰的釘子最多，所以這時一聽她的語氣，心裡發慌，結結巴巴地答道：『回懿貴妃的話，奴才實在不知道皇上吐的是皇上自己的血還是畜生的血？』

話一出口，陳勝文才發覺自己語無倫次，怎麼把『皇上的血』與『畜生的血』連在一起來說呢？懿貴妃只要挑一挑眼，雖不致腦袋搬家，一頓好打，充軍到奉天是逃不了的。正自己嚇自己，幾乎發抖的當兒，幸好皇后把話岔了開去。

皇后問的是，『可曾召太醫？』

陳勝文趕緊回奏：『這會兒太醫正在東暖閣請脈。』

『咱們看看去！』皇后向懿貴妃說。

到了東暖閣，在重帷之後，悄悄窺看，只見皇帝躺在軟靠椅上，正伸出一隻手來，讓跪著的太醫診脈。

這人頭戴暗藍頂子，是恩賞四品京堂銜的太醫院院使欒太；只看他直挺挺地跪在地上，眼觀鼻、鼻觀心，一臉的肅穆誠敬；但額上見汗，搭在皇帝手腕上的右手三指，亦在微微發抖。這使得皇后好生不安；如果不是脈象不妙，欒太不必如此惶恐。

除了皇帝自己以外，侍立在旁的御前大臣、侍衛和太監們，差不多也都看到了欒太的神色，而且懷著與皇后同樣的感覺；因此，殿中的空氣顯得異樣，每一個人皆是連口大氣都不敢喘，靜得似乎聽得見自己的心跳。

緊張的沉默終於打破了，欒太免冠碰了個響頭：『皇上萬安！』

這四個字就如春風飄拂，可使冰河解凍；殿中微聞袍褂牽動的聲響，首先是肅順走了過來，望著欒太說道：

『皇上今兒見紅，到底是甚麼緣故？你要言不煩地，奏稟皇上，也好放心。』

於是，欒太一板一眼地唸道：『如今穀雨已過，立夏將到，地中陽升，則溢血。細診聖脈，左右皆大；金匱云：「男子脈大爲勞」，煩勞傷氣，皆因皇上朝乾夕惕，煩劇過甚之故。』

『那麼，該怎麼治呢？』

『自然是靜養爲先……』

『靜養，靜養！』皇帝忽然發怒，『我看你就會說這兩個字！』

欒太不知說錯了甚麼，嚇得不敢開口，唯有伏身在地，不斷碰頭。

天威不測，皇帝常發毫無來由的脾氣，臣子也常受莫名其妙的申斥；在這時就必須有人來說句話，才不致造成僵局，所以肅順喝道：『退下去吧！趕快擬方進呈。』

有了這句話，欒太才有個下場；跪安退出，已是汗溼重衣。還得匆匆趕到內務府，略定一定神，提筆寫了脈案，擬了藥方；另有官員恭楷謄正，裝入黃匣，隨即送交內奏事處，逕呈御前。

就這時，軍機處派人來請欒太，說有話要問。到了宮門口軍機直廬，只見他屬下的太醫楊春和李德立，已先在等候；這兩個人也是深知皇帝病情的，同時奉召，就可知道軍機大臣要問些甚麼了！

於是欒太領頭，上階入廳，只見怡親王載垣和鄭親王端華，坐在正中匟床上，其他四位軍機大臣散坐兩旁；依照他們的爵位官階高下，欒太帶著他的屬下，一一叩頭請了安，然後在下方垂手肅立，目注領班軍機大臣怡親王載垣，靜候問話。

載垣慢條斯理地從荷包裡取出一個翡翠鼻煙壺，用小象牙匙舀了兩匙放在手背上，然後用手指沾著送到鼻孔上，使勁地吸了兩吸，才看著他身旁的杜翰說道：『繼園！你問他吧！』

杜翰點點頭，轉臉對欒太用京官以上呼下的通稱說：『欒老爺！王爺有句話要問你，你要老實說，不必忌諱！』

『是！』欒太口裡答應著，心裡在嘀咕；只怕今天要出紕漏！

要問的話，只有一句：皇帝的病，到底能好不能好？倘不能好，則在世的日子還有幾何？然而就是民間小戶的當家人得了重病，也不能如此率直發問；何況是萬乘天子？只是措辭過於隱晦含蓄，又怕搔不著癢處，問不出究竟。因此，這位翊戴輔佐有功，被謚爲『文正』的杜受田的令子杜翰，此刻頗費沉吟。

考慮再三，實在也想不出甚麼婉轉堂皇，不致以辭害義的好說法，只得一面想，一面緩緩地說：『聖躬違和已久，醫藥調養，都是你一手主持料理。入春以來，京城裡謠諑紛傳，私底下在揣測皇上的病勢如何如何！那麼……照你看，到底如何了呢？』

欒太原已料到有此一問；但沒有想到有『醫藥調養，都是你一手主持料理』這句話！聽口氣『大事』未出，責任已定；不免反感。心裡在想，太醫本來最難做，禍福全靠運氣，皇帝偏偏生的是纏綿難治的癆病，叫自己遇上了，就是運氣大壞；再加上怡親王和鄭親王專門逢迎皇上，娛情聲色，自己的運氣更是壞上加壞。這都還罷了；但皇上不聽醫諫，縱慾自戕，怡鄭兩王不反躬自省，倒要把調養失宜的責任，轉嫁到別人頭上，實在於心不甘。

欒太自己忖量了一下，反正將來『摘頂戴』是無論如何逃不掉的；萬一還要往深裡追究責任，需先站穩腳步，方可保住腦袋！這樣想著，不自覺地把腰挺了起來了。

『回杜大人的話，皇上的病，由來已非一日；本源已虧，全靠珍攝。今兒個請脈，眞陰枯槁，陽氣獨升，大是險象……』

『慢著！』一聲洪亮的天津口音，喝住了他；是被人背後稱作『焦大麻子』的焦祐瀛——勇於任事的軍機新進，他自覺抓住了欒太的把柄，『既如此，你今兒請脈，何以面奏：「皇上萬安」？』

欒太看他那劍拔弩張的神氣，不免好笑；從容答道：『爲寬聖慮，自然要這樣子說。從古以來，爲醫者都是如此！』

焦祐瀛碰了個軟釘子，有些下不得台；面皮紫脹，大麻子粒粒發光，氣鼓鼓地又說：『欒老爺，你可不要人前一套話，人背後又是一套話！』

『請焦大人明示，欒太在人背後說了些甚麼話？』

眼看要起衝突，無論誰是誰非；一個四品官兒挺撞軍機大臣，傳出去都是失體統的笑話，因此，杜翰搶著在前面：『這些閒白，不必去說。欒老爺，你看皇上的病，該如何調理？』

『養正則邪自除。屏絕憂煩，補陰和陽，百日以後，可以大見其功。』

鑾太的話，已有保留，但『養正則邪自除』這句話太刺耳，兩位王爺的臉色便有些不好看了。

這時焦祐瀛又開了口：『皇上親裁庶政，日理萬機；而且外患未平，內憂未除，要請皇上「屏絕憂煩」，這話不是白說嗎？』

鑾太被問住了，僵在那裡，很不得勁；於是六品御醫李德立，爲了解他的圍，向偏站了一步，越次陳述。

『焦大人見得極明。』他說：『聖恙之難著手，正就是這些地方。』

這一說，坐著的人都覺得滿意；因爲他啓示了一個很好的說法，也留下了一方甚麼人都可以脫卸責任的餘地：皇上的病必須靜攝，而宵旰勤勞，國事憂心，以致藥石無靈，實非人力所能挽回。倘或眞箇『不行』，則死於積勞，應爲天下後世臣民所感念——推衍焦祐瀛和李德立的話，連皇帝自己都可以瞑目無愧了。

這李德立字卓軒，醫道平平，但言語玲瓏得體，善於揣摩貴人心理，開方子愛用人參、肉桂、鹿茸這些貴重藥，來投貴人的所好；而且毫無太醫架子，奔走權貴豪門，遇人總是以笑臉相迎，所以人緣極好，熟識的王公大臣都拿他當個門下清客看待，不稱官名，只叫『卓軒』。

『卓軒，』怡親王說：『聽聽你的！』

『院使的脈案極精。』李德立先照應了他的『堂官』，然後說他自己的心得：『幸喜皇上頗能納食，「藥補不如食補」，雖是人人皆知的常談，實有至理。如今時序入夏，陽氣上升，於聖體略有妨礙；只要憂煩不增、胃口不倒，平平安安度過盛夏，一到秋涼，定有大大的起色。』

這番話平實易解，不比欒太口頭的陳訴，亦像是在寫脈案，儘弄些醫書上的文字，叫人聽了似懂非懂，覺得吃力。所以相視目語，一致表示嘉許！

『好！』怡親王用他那個黑黑的、抹鼻煙的手指指著他們三個人說：『你們好好盡心吧！等秋涼回鑾，我保你們換頂戴！』

『謝王爺的栽培。』欒太就手請了個安。

『王爺可還有別的話吩咐？』杜翰問道，『沒有別的話，就讓他們歇著去吧！』

『我沒有話了。看看別的，有哪位大人有話要問。』怡親王環視一周，最後把目光落到鄭親王端華身上，一揚臉說：『老鄭！』

鄭親王端著水煙袋，儘自把根紙媚搓來搓去，搓了半天，拿紙媚點點欒太說：『我勸你一句話：勤當差，少開口！』

『對了！』焦祐瀛馬上接著說：『欒老爺！你可記住了，在這兒說的話，片言隻字，都有干係，一句也不能洩漏出去。』

『是！』欒太很沉著地答應一聲，領著他的屬下退了下去。

這三個人倒是謹守告誡，出了軍機直廬，甚麼話也不敢說。但是消息還是洩漏了；有小安子佈置著的耳目，很快地把欒太和李德立在軍機大臣面前所說的話，傳到內宮，輾轉入於懿貴妃耳中。

入耳自然驚心！懿貴妃特別重視李德立的那句話：『平平安安度過盛夏，一到秋涼，定有大大的起色。』這不就是說，今年這個夏天怕度不過嗎？果然如此，可有些叫人措手不及了！

她咬著嘴唇沉吟著，一時倒失去了主意，不知道這話應該不應該告訴皇后？翻來覆去地想了又想，終於決定，暫且不說，於己有利——因爲，這可能是個『獨得之祕』。但除此以外，其餘的話卻都不妨告訴皇后；而且也正好親自去看一看動靜，所以隨即傳話，要進謁中宮。

聽了懿貴妃的略帶渲染的報告，皇后深爲駭異。太醫的面奏和對軍機大臣的陳述，內容出入甚大。當然，『爲寬聖慮』，在皇帝面前要隱瞞病情，這個理由，一點就明；因此皇后對懿貴妃的話，自是深信不疑的。

慢慢抽完了一袋煙，皇后終於下了決心，『妳先回去吧！』她對懿貴妃說：『我來辦！』懿貴妃不便也不宜多問；應聲『是』，退了出來。未出殿門，就知道了皇后的辦法。

『傳懿旨，』是雙喜傳話給太監的聲音：『看麗妃在哪兒？快找了來！』

懿貴妃暗暗得意，忙了一上午，到底把自己的目的達成了。可也不無觖望；最好能親自在場，看著皇后如何申斥麗妃，那才眞的叫痛快！

然而她如果眞的在場，卻也未見得會痛快。皇后天生寬厚和平的性情，從無疾言厲色，所以把麗妃召來，也只是規勸一番而已；倘或期待著她會對麗妃放下臉來申斥，那就一定要失望了。

『妳知道我找妳來的意思嗎？』皇后向跪著的麗妃問。

『請皇后開導。』

『妳起來！我有好些個話要問妳。』

等麗妃站起，皇后就像早晨對懿貴妃那樣，屛絕宮女，把她帶入寢宮；只是未上炕去坐——坐在梳妝檯邊，讓麗妃站著回話。

『昨兒個妳侍候了皇上一天？』

『是。』麗妃答道：『昨兒晚上，皇上批六爺的摺子，是我侍候筆墨。』

『說皇上跟妳整聊了半夜，倒是說些甚麼呀？』

『皇上給我講當年跟六爺一塊兒上書房的事兒。』

『噢！』皇后停了一下，又問：『這一陣子，皇上還在吃那個「藥」嗎？』

麗妃知道指的是甚麼藥，臉一紅，勉強陪著笑說：『我哪兒知道啊？』

皇后心想：妳絕無不知道之理！不過彼此都還年輕，無法老著臉談房幃中事，只好這樣問說：

『妳可知道今天太醫說的甚麼？』

這一問，麗妃的眼圈就紅了！咬著嘴唇搖搖頭，然後答了句：『不說也知道！』

『嗯？』她的答語，引起了皇后深切的注意，略想一想，點一點頭說：『妳常在皇上跟前；皇上的病，應該是妳知道得最眞。妳老實告訴我！』

『皇上，』麗妃顯得很爲難，彷彿有無從說起之苦；好半晌才迸出一句，『皇上瘦得成了一把骨頭！』

皇后的心往下一沉，怔怔地望著麗妃，不知道說甚麼好？皇帝臉上的清瘦，是人人都看見了的，又何用麗妃來說？於此可知，她的這句話意在言外，指的是皇帝的病根太深了！

皇后黯然垂首，臉望著地下說：『妳也該懂點事！常勸勸皇上，愛惜身子；別由著他的性兒鬧！』

話中大有責備之意，麗妃既惶恐，又委屈，『皇后聖明！』她雙膝一跪，『我豈不知皇上身子要緊？也不知勸過多少回，請皇上保重。可也得皇上聽勸才行。話說得重一點兒，皇上就急了，臉紅脖子粗地罵我：「簡直是麻木不仁！不知道我心裡多煩；不想辦法替我解悶，絮絮叨叨，儘說些廢話！」皇后妳想，我敢惹皇上生氣嗎？』說著，從袖子裡抽出手絹，捂在窸窣窸窣作響的鼻子上。

從她那方手絹上，觸發了皇后的記憶，順便告誡她說：『妳自己也該檢點檢點，隨身用的東西，別到處亂扔，叫外邊看見了，不成體統。』說著，開了梳妝台抽斗，把她失落在東暖閣的那方手絹還了她。

麗妃這下完全明白了，此刻聽皇后的這場訓，完全是懿貴妃搗出來的鬼。眼前有皇帝在，到底是個靠山，還不致吃她的大虧；倘或靠山一倒，母以子貴，她即刻便是太后的身分，那時作威作福，儘找麻煩，只怕有生之年，無非以淚洗面的日子！這樣一想，憂急無計，一伏身撲向皇后膝上，抽抽噎噎，哭得好不傷心。

上午是懿貴妃如此，下午麗妃又如此！皇后心裡明白，是同樣的一副眼淚；看著似為皇上的病勢憂傷，其實哭的是自己的將來。怎麼辦呢？皇后除了陪著掉眼淚以外，別無可以安慰她的話。

麗妃一面哭，一面想，光是哭出幾碗眼淚，無濟於事；皇后忠厚，該趁早有所表示，於是，哽咽著說：『萬一皇上有個甚麼，我只好跟了皇上去！那時求皇后替我作主。』

皇后再老實，也不至於相信麗妃將來會殉節；她那最後一句話，自然是暗指著懿貴妃而發的。倘或有那不幸的一天，兩宮同尊，不全由自己發號施令；對麗妃怕也只能迴護得一分是一分。因此，自覺心餘力絀的皇后，忍不住嘆口氣：『唉！只怪妳自己肚子不爭氣！』

這一說，正碰著麗妃最傷心的地方，越發哭得厲害。她的懷孕，猶在懿貴妃之先，但咸豐五年生的是個女兒；如果生男便是大阿哥，眼前及將來的一切，就完全不同了。

皇后甚爲失悔，不該觸及她的隱痛。眼看麗妃涕泗滂沱，卻是怎麼樣也勸她不住，心裡不免著急，而且有些懊惱。就這時，宮女雙喜匆匆進來奏報：『萬歲爺駕到！』

這一下，立刻把麗妃的眼淚擋了回去。皇后也站了起來；看著她紅腫的雙眼，認爲她不宜見駕，說一聲：『妳快迴避吧！』隨即出了寢宮，去迎接皇帝。

四名小太監抬著明黃軟轎，已到殿前，皇后迎了進來，見過了禮；皇帝起身說道：『到妳那間小書房坐吧！那兒靜些。』

皇后的小書房也是個套間，窗明几淨，十分素雅。皇帝摘下冬帽，往軟椅上頹然一靠；皇后趕緊取了個錦枕墊在他腦後。

『噯，好累！』

『哪能不累啊？』皇后接口說道：『白天晚上都忙。』

話中原是意存諷勸，但出於皇后之口，無論語氣、聲調，都摸不出一點點稜角，所以效果正好相反，聽來竟是句極體貼的話。皇帝露出森森白牙，十分欣慰地笑了；同時伸出一隻瘦得成了皮包骨的手，親熱地向皇后的手一握。

於是雙喜使個眼色，幾名宮女悄悄地退了出去；只遠遠地在廊下侍候。

『妳也坐嘛！』

『嗯。』皇后掙脫了手，拉過一個錦墩來，坐在皇帝身旁；從茶几上的大冰盤裡取了個蘋果，用一把牙柄的小洋刀，聚精會神地削著皮。

看著她那低垂的杏兒眼和蔥管兒似的纖纖十指，皇帝忽有感觸，微喟著唸道：『唉，不幸生在帝王家。』

皇后抬頭看著他，不敢流露眼中的憂鬱，笑著問道：『哪兒來的這麼句牢騷？』

『牢騷？我的牢騷可多著哪！不提也罷。』

口中不提，心裡卻忍不住嚮往那種貴介公子的境界。皇帝最羨慕的是門第清華的紅翰林，文采風流，名動公卿；家貲也不必如何豪富，只要日子過得寬裕，在倦於擫酒看花，選色徵歌時，關起門來，百事不管，伴著皇后這樣溫柔敦厚的嬌妻，麗妃那樣善解人意的美妾，這才是人生在世無上的際遇。

這樣想著，口中問道：『妳可知道我最羨慕的是誰？』

皇后微感詫異，一面把削好的一個蘋果遞給皇帝，一面調侃地說：『俗語說得好，「做了皇帝想做神仙」，只怕就是皇上了。』

『「嫦娥應悔偷靈藥，碧海青天夜夜心！」做神仙有甚麼味道？』

『那麼，皇上想做甚麼呢？』

皇帝安閒地咬了口蘋果，徐徐說道：『前明的正德，自己封自己做「總兵」，以前我覺得他是異想天開；這兩年我算是摸著他的心境了！如果說京內外大小衙門，能讓我挑一個，我一定挑翰林院或是詹事府。』

『虧皇上怎麼想來的？』皇后笑道：『翰林，倒是又清閒，又貴重；可就是「大考」的滋味不好受！』

『「大考」才三年一次……』

正說到這裡，雙喜在門外拉開一條極清脆的嗓子奏報：『啓奏萬歲爺，內奏事處進黃匣子。』『噹』一聲，皇帝把才咬了兩口的蘋果，扔向銀痰盂裡，『妳看，』他向皇后說：『連個水果都不讓好生吃！』說著，吃力地站了起來，步出皇后的小書房。

內奏事處此時進黃匣子，必是專差飛遞的軍報。一看果然，是兩江總督曾國藩從祁門大營上奏，說曾國荃攻安慶的大軍，反爲『髮匪』包圍；而各路清軍，皆受牽制，無法抽調赴援，曾國藩決定從祁門大營移駐安徽北岸的東流，親自督師，挽救危局。這是軍事上的一番大更張，皇帝背著手在走廊上沉思；靜悄悄地沒有一個人敢高聲說話——唯一的例外是六歲的皇子。

跑著、跳著、叫著的大阿哥，一見皇帝，立刻變了個樣子，收起嬉笑，跪下請安，用滿洲話叫聲父親：『阿瑪！』

『嗯，乖！好好玩兒去吧。別摔著！』

大阿哥站起來，先退後兩步，才悄悄溜走——這都是『諳達』調教好了的。但『諳達』究竟不能算做傳道解惑的『師傅』；皇帝此刻看見大阿哥，想起一件存在心中已久，早要跟皇后商議的大事。於是，把曾國藩的奏摺發交軍機處，等明天早晨再作商量；自己重又回到了皇后的小書房。

他要跟皇后商量的是，大阿哥該上書房了。歷來的規矩，皇子六歲入學；早在去年，皇帝就已降旨，命『大臣擇保儒臣堪膺授讀之任者』，其中大學士彭蘊章所薦的一個李鴻藻，簡在帝心，這時不妨問問皇后的意思。

皇后也知道李鴻藻其人。他原是『上書房』的老人；醇王、鍾王、孚王都跟他讀過書，談起來都稱讚『李師傅講書透徹』。又曾私下告訴皇后，說『李師傅長得像皇上』，因此皇后留下了極深的印象;對於皇帝的徵詢,內心是贊成的。

但皇后素性謹愼,對於此等大事,向來不願作過分肯定的表示,所以這樣答道:『光是口才好也不行;不知道可有眞才實學?人品怎麼樣?』

『翰林的底子,學問差不到哪兒去。至於人品,他這三年在河南「學政」任上,名聲挺不錯;那也就可想而知。』

『這一說,再好不過了。』皇后欣然答說。

『我想就是他吧!』皇帝略帶感慨地說:『大阿哥典學,原該隆重些;我本來想回了京再辦,現在不能再耽誤了!』

『那就讓欽天監挑日子開書房吧。』

『不用。我自己來挑。』

皇帝平時讀書,涉獵甚廣;經緯星命之學,亦頗有所知。當時從雙喜手裡接過時憲書,選中四月初七入學。日子挑好了又商量派人照料書房;這個差使落到御前大臣景壽身上。景壽尙宣宗第六女壽恩固倫公主;是皇帝的姊夫,宮中都稱他『六額駙』,秉性沉默寡言,不喜是非,由他以懿親之尊,坐鎭書房,既不會無端干預師傅的職權,又可叫大阿哥心生忌憚,不敢淘氣,是個很適當的人選。

於是第二天早晨,皇帝駕到御書房,先寫好一張硃諭放著;然後召見軍機。

軍機大臣由怡親王載垣爲首,手捧黃匣;焦祐瀛打簾子,依序進殿行禮;未等他們有所陳奏,皇帝先把一道硃諭交了給侍立在旁的肅順。

這道硃諭,連肅順事先都不知道;接在手裡,先略略看了一遍,隨即往御書案旁一站,雙手捧起，等軍機大臣都跪好了，才高聲宣旨：

大阿哥於四月初七日入學讀書。

著李鴻藻充大阿哥師傅。欽此！

唸完了把硃諭放入黃匣，捧交怡親王；好由軍機處轉移內閣，『明發上諭』。於是怡親王便有一番照例頌讚聖明的話；他不甚善於詞令，這臨成現抓的幾句話，期期艾艾，頌揚得並不得體。好在皇帝是優容他們慣了的，看到他說不下去時，反提件別的事，爲他打個岔，解消了他的窘態。

皇帝提到的是曾國藩的奏摺，問他們擬議的辦法如何？

『臣等已經會議。讓杜翰給皇上細細奏聞。』怡親王說著，微偏一偏身子，好叫杜翰面對皇帝。

皇帝點點頭，許可了怡親王的請求。

『啓奏皇上，』杜翰首先稱賀：『託皇上的洪福，皖南之圍已解，曾國藩在祁門原有「去此一步，即無死所」的話，現在自請移駐東流，可見得皖南的局面，曾國藩已有把握。』

『嗯，嗯！』皇帝覺得他這幾句話的分析，扼要而深入，深深點頭，表示同意。

看見皇帝如此，杜翰越發精神抖擻了，『至於安慶方面，眼前雖不免稍見艱難，亦正見髮匪的困獸之鬥；曾國藩親自移節督師，足可鼓舞士氣。加以湖北有胡林翼坐鎭，糧餉兩項，苦心籌劃，洞中機宜，必能全力支助曾國藩、曾國荃。今後安慶軍事，定可改觀；安慶一下，洪匪不足平矣！此皆皇上英明睿智，任使指授，萬里如見之功。所以曾國藩請移駐東流督師一節，擬准如所請。』說完，趴在地下叩了一個頭。

『好，好！』皇帝大爲嘉許，『寫旨來看！』

欣悅的不僅是皇帝，還有站在御座後面的肅順——曾國藩、胡林翼、左宗棠的得能大用；肅順在其間確實盡了斡旋迴護的力量，因此，杜翰稱頌皇帝善於用人，間接就是表揚肅順的功勞。『不愧杜受田之子，十分識竅！』肅順在心裡想，『有機會還要好好提拔他一下。』

在熱河的軍機六大臣，都以肅順的意旨爲轉移；特別是焦祐瀛，只要見了肅順，一定注意他臉上的氣色，這時看到杜翰的陳奏，不但深愜聖心，而且大爲肅順欣賞，心裡不免又羨又妒，因此，回到軍機處，對於寫旨就打不起興致來親自動筆了。

軍機大臣面領皇帝的裁決，稱爲『承旨』；既承以後，用皇帝的語氣，寫成上諭，稱爲『述旨』，或稱『寫旨』，在雍正朝創立軍機處之始到乾隆初年，都由軍機大臣『寫旨』，以後慢慢地轉爲交付軍機章京執筆。但重要而機密的指示，有時亦仍舊由軍機大臣親自動手；焦祐瀛由軍機章京領班，超擢爲軍機大臣，爲了力圖報答，像這些指授軍略的旨稿，往往自告奮勇，但這一天卻故意保持沉默。

杜翰心裡有數，不便說破；只向怡親王建議：『曾國藩的摺子，交給曹琢如辦吧！』

軍機章京定例滿漢各爲八人，分作兩班；每一班有個領班，滿洲話叫作『達拉密』，這天的『達拉密』是曹毓瑛，字琢如；論資格在焦祐瀛之上，那個位居軍機大臣班次之末的『打簾子軍機』，原來應該是屬於他的。

事實上當初所保的亦正是曹毓瑛。那是去年十月間的事，皇帝『巡幸』到熱河，一時不能回京，把『行在』當作了正式的朝廷，許多照例的政務，也移到了熱河來辦，覺得有添一個軍機大臣的必要，並指示在軍機章京領班中，選擇資深績優的超擢。於是肅順與怡、鄭兩王及其他軍機大臣商議，決定按規矩奏保曹毓瑛充任。這是一步登天的際遇，哪知曹毓瑛竟極力自陳，說是才具淺薄，難當重任，堅決辭謝；這樣才成全了焦祐瀛。

曹毓瑛的力辭軍機大臣的任命，可以說是件令人驚詫的異事；因而有許多揣測之辭，有人說他不識抬舉；有人說他恥於為肅順所薦；這都是隔靴搔癢的話，只有真正了解朝局的人才知道原因：曹毓瑛是恭親王所賞識的人，他絕不能受肅順的提拔而成為『肅黨』。

因此，怡親王聽杜翰一提到曹毓瑛，心裡先有種沒來由的反感，便皺著眉問道：『桂樵呢？還是讓桂樵來寫吧！』桂樵是焦祐瀛的別號。

軍機大臣都在一屋中起坐；怡親王的話，焦祐瀛自然也聽到了，他可不會像曹毓瑛那樣不識抬舉，不等杜翰開口，趕緊先站起來一陪笑道：『我今兒原有些頭痛，想躲個懶。既然王爺吩咐，我馬上就寫。』

杜翰心裡冷笑，表面不露，反而欣然說道：『得桂樵的大筆，太好了！而且我也省了事，不必再多說一遍。』

裡面的一番對答，外面值班的軍機章京，聽得清清楚楚；而且肚裡也都明白，焦祐瀛與杜翰在暗中較勁。可是誰也不發一言，每個人都是振筆疾書——軍機章京要有下筆千言，一揮而就；語氣輕重，絲絲入扣的本事，才夠資格『述旨』。否則只有幹些收發抄錄的瑣碎雜務，在軍機大臣眼中，就是個可有可無的『黑章京』了。

不過片刻工夫，諭旨草稿，陸續送到領班那裡；曹毓瑛以一目數行的速度，加以審核，若有錯字或措辭稍有不妥之處，隨手改正，立即轉送軍機大臣再看一遍，用黃匣進呈。皇帝隨看隨發，仍舊由軍機章京謄正校對，有些交內閣抄發，稱爲『明發上諭』；有些直接寄交各省督撫或統兵大臣，稱爲『廷寄』，蓋用軍機處銀印，批明每日行走途程：是『四百里』、『五百里』、『六百里』，還是『六百里加緊』？交兵部捷報處發遞。軍機處每日的公務到此算是告一段落；歸檔封櫃之後，除了值日章京以外，其他的都可以下班了。

這些扈從在外的官員，都無法攜帶家眷；當地也沒有甚麼可以遊覽消遣的地方，所以下了班不是打牌，就是飲酒，如果兩樣都不愛，便只有彼此互訪清談了——軍機章京消息靈通，所以訪客最多，有些是有目的地來打聽消息，有些只是閒得無聊，想來聽些內幕祕聞。特別是在曹毓瑛那裡，除了行在的一切以外，還有京城裡的消息；所以每日裡高朋滿座，晚飯起碼要開三桌，才能應付得下。

但這天卻與往日不同；往日下車進門，總可聽得熟客在廳上談笑，這天卻是靜悄悄地，幾乎聲息不聞。曹毓瑛不免奇怪，站定了腳問號房：『可有客來？』

『禮部張大人、翰林院胡老爺、沈老爺都來過；胡老爺坐了會兒，說要給李大人去道喜，剛走不久。』

『哦，哦！』客稀之故，曹毓瑛明白了。

『廳裡還有位京裡來的張老爺，』號房又說：『從未見過。告訴他老爺不在家，有事請他留下話，張老爺非要坐等不可，說是老爺的小同鄉。』

『看樣子是來告幫的。』聽差曹升在旁小聲添了一句。

果然是個特爲從京城裡來告貸的小同鄉。曹毓瑛送了十兩銀子把他打發走了，隨即叫曹升傳話給號房，凡有客來，一律擋駕；難得有此清閒的一日，他要靜下心來，好好盤算一番。

換了便服，洗了臉，喝著茶，一個人在書房裡展玩兩部新買的碑帖，正欣賞得出神之際，聽得簾鉤叮咚；抬眼看時，曹升正打起門簾，迎著他的視線說了聲：『許老爺！』

是軍機章京許庚身，同官至好，熟不拘禮，所以不在號房擋駕之列。他也穿的是便服，安閒地踏進書房，輕鬆地笑道：『清興不淺！』

『「偷得浮生半日閒」，全是拜受李蘭蓀之賜。』曹毓瑛也笑著回答。

『我剛從他那裡來，賀客盈門，熱鬧極了。』

『對了！』曹毓瑛躊躇著說，『似乎我也該去道個喜！』

『不必，我已經替你說到了。反正明兒一大早，他要來遞謝恩摺子，總見得著面的。』

『多謝關顧！』曹毓瑛拱拱手說：『省得我再換衣服出門了。』

『他們的消息也眞快！據說上諭未到內閣，外頭就已紛紛傳言：「大阿哥的師傅，硃筆派了李鴻藻。」不知道是誰洩漏出去的？』

『反正不是你我。』曹毓瑛冷笑一聲：『哼！咱們這一班裡頭，聽說有人不大安分；遲早要出了事才知道厲害。』

許庚身想一想問道：『莫非「伯克」？』

『伯克』是隱語，用的『左傳』上『鄭伯克段於鄢』的典故；暗指曹毓瑛那一班中的軍機章京鄭錫瀛。

曹毓瑛不願多談，搖搖手叫著許庚身的別號說：『星叔！牌興如何？』

『找誰？』

『找……』曹毓瑛沉吟了一下說：『還是自己人吧！』

於是寫了兩封小簡，叫進曹升來吩咐：『請王老爺、蔣老爺來打牌。』

彼此都住得近，一招即至；軍機章京王拯、蔣繼洙、許庚身，陪著他們的『達拉密』，坐上了牌桌。各人所帶的聽差，站在後面替主人裝煙。

八圈打完歇手，曹毓瑛一家大輸。

結完帳開飯；賓主四人，各據一方，除了主位以外，王拯年輩俱尊，自然首座；蔣繼洙年紀雖輕，科名卻早於許庚身，坐了第二位。主人以漕運糧船上帶來的紹興花雕，和千里遠來，在上方玉食中都還算是珍品的黃花魚款客。

座無外客，快飲清談，不需顧忌；話題很自然地落到當權的幾個大臣身上——提名道姓，有他們習用的一套隱語，怡親王的『怡』字，拆開來稱爲『心台』；『鄭親王』喚作『耳君』，是在『鄭』字的偏旁上著眼。杜翰的代名最多，一稱『北韋』，取義於『韋杜』並稱，而唐朝長安城南的『韋曲』在北，『杜曲』在南；又稱『通典』，由於通典是杜佑所作；或者逕用對杜甫的通稱爲『老杜』。對唯一留在京裡的軍機大臣文祥，稱爲『湖州』或者『與可』，因爲宋朝善畫竹的文同，湖州人，字與可。

這些在局外人聽來，稍作猜詳，都還可解；再有些卻眞是匪夷所思了！肅順的外號叫『宮燈』，說是『肅』字的象形；匡源被叫作『加官』，以戲中『跳加官』例用小鑼，其聲『匡、匡』。

至於焦祐瀛，原是同僚，私底下他們一直叫他『麻老』或者『麻翁』，至今未改，『麻老眞何苦？』王拯感嘆著說：『通典跟「上頭」等於師兄弟；連宮燈對他，都得另眼相看，麻老要去跟他較勁，豈非自不量力？』

『唉！』曹毓瑛嘆口氣，『通典可惜！他不比加官、麻老，全靠宮燈提拔；何必甘心受人利用？我看……將來他要倒楣！』

做客人的都不響，心裡卻都在體味曹毓瑛的最後那句話，『將來』如何呢？宮燈要垮嗎？如果宮燈不垮，杜翰又如何會『倒楣』？

『請教琢翁，』蔣繼洙忍不住要問：『你看，恭王看了上頭親筆批回的摺子，可還會有甚麼舉動？』

『你看呢？』曹毓瑛反問一句：『應該有甚麼舉動？回鑾的話，不必再提，朝覲行在又不准。宮燈讓他們弟兄一時見不著面，這一著最狠！』

『我倒有個主意，』許庚身接口說道：『何不讓修伯來一趟？』

『這個主意不壞！』蔣繼洙附和著說：『一面讓修伯來看看動靜；一面也讓咱們聽聽京裡的消息。』

曹毓瑛點點頭，向王拯徵詢意見：『少鶴，你看如何？』

『修伯若來，名正言順。』

修伯是恭親王的親信，朱學勤的別號。軍機章京在京城裡還有滿漢各一班，朱學勤是領班之一；爲了軍機處公務的聯繫，朱學勤亦有到熱河來一趟的必要，所以王拯說是『名正言順』。

這一說，曹毓瑛益覺許庚身的建議可行；當晚就寫了信給朱學勤。這封信在表面看來，無足爲奇，但一用挖了許多框框的『套格』往信上一覆，所顯現的字句，就另成一種意義。這是曹毓瑛與朱學勤所約定的，祕密通信的方法。

到了第二天一早入値，曹毓瑛取了個蓋了軍機處銀印的『印封』，封好了信，標明『四百里』；由兵部飛遞，進古北口，循大路過密雲，當天就遞到了京城。

二

朱學勤選定三月十六動身到熱河。此去行蹤，不宜張揚；而且既非赴任，亦非回籍，只是份內供職，所以餞行等等應酬，一概辭謝。話雖如此，他自己還是在百忙中抽出工夫來，到幾位致仕的大老那裡去走了一趟；一則辭行，二則請教。

這些致仕而大多因爲家鄉淪陷，或者道路阻隔，不能回籍的大老，隱操清議；對於朝政國是，亦依舊可以專摺建言，所以連皇帝見了他們都有些頭痛。至於肅順，可以排擠他們去位，但一旦在野，卻不能禁止他們以科名前輩，影響門生故吏的作爲；這也就是肅順私心中挾天子以遠避的原因之一。

在野的大老，第一個要數祁儁藻，道光二十一年就已入直軍機；當今皇帝即位，穆彰阿像和珅在仁宗即位以後一樣，立即垮了下來，於是祁儁藻成爲軍機領袖。等到肅順逐漸當權，彼此議論大政，常有衝突；特別是在重用曾國藩這件事上，皇帝聽從了肅順的建議，祁儁藻便不能安於位了，堅決告病，退出軍機。他是山西壽陽人，所以都稱他『壽陽相國』。

『壽陽相國』這年六十九歲，精神卻遠不如他同歲的大學士周祖培；朱學勤去了沒有見著，見著他兒子祁世長，是後輩中講理學的。朱學勤與他雖熟，卻沒有甚麼談頭，寒暄一番，告辭而去。

離了祁家，朱學勤去見原任吏部尙書許乃普。他是嘉慶二十五年的榜眼，除了祁雋藻，翰林前輩就要數他；朱學勤算是他的門生，又是同鄉後輩，而且同寅至好許庚身是他的胞姪，所以用家人稱呼，叫他『六叔』。

這許乃普也是受肅順排擠的一個。肅順的手段一向毒辣，但許乃普一生服官清愼，捉不著他的短處；直到上年八月廿三，英法聯軍入京，許乃普正在圓明園，聽得警報，倉皇逃散，年紀大了，受不住驚嚇，才告病開缺。肅順的親信，兵部尙書陳孚恩，一直就想吏部尙書這個缺，這下終於算如願以償了。

這天朱學勤去辭行，還談到這段往事。許乃普極有涵養，夷然不以爲意；他的長子許彭壽卻頗有不平之色，而細談起來，他的不平，又另有緣故。

『修伯，』他說：『肅六倒還有可取的地方；比附他的那班小人，你想想，是甚麼東西？陳孚恩，穆彰阿門下的走狗！蒲城王相國死諫，他替穆彰阿一手彌補，把王相國劾穆彰阿誤國的遺疏掉了包；王抗不能成父之志，叫大家看不起，至今抬不起頭來，這不是受陳孚恩所害？』

『是啊！』朱學勤意味深長地說：『你的身分可以專摺言事；有機會，何妨上個摺子！』許彭壽官居詹事府少詹事，屬於文學侍從的天子近臣；照例有建言之權，所以朱學勤這樣慫恿著。

『我早有此意，只等機會。也還不止陳孚恩一個！』

朱學勤不願再有所問。對於剛才那一句話，他已在自悔，失於輕率；所以顧而言他地問道：『近來作何消遣？』

許彭壽朝上看一看他那正在『咕嚕嚕』抽水煙的父親，笑笑不響。朱學勤心裡明白，必是那些名士風流的勾當；礙著老父在前，不便明言。

『也還有些雅的。』許彭壽又說：『正月裡逛琉璃廠，得了個文徵明的手卷、草書，寫的范成大〈田園雜興〉四十首。我臨了幾本，自己覺得還得意；回頭你來看看，有中意的，讓你挑一本帶走。』

『好極，好極！』朱學勤滿面笑容地拱手稱謝。

『對了！』許乃普捧著水煙袋站了起來，『仁山，你陪修伯到你書房裡坐吧！回頭叫小廚房添幾個菜，留修伯在這裡便飯。』

『六叔，』朱學勤趕緊辭謝，『等我熱河回來，再來叩擾。明天一早動身，還有一兩處地方，得要去走一走。』

『這，也好，等行在回來，替你洗塵。』

『我先謝謝六叔。回頭我不進去了；此刻就給你老人家辭行！』說著要跪下來磕頭；許彭壽一把扶住，朱學勤便就勢垂手請了一個安。

等目送許乃普的背影消失；許彭壽才陪著朱學勤到他書房，取出文徵明的手卷和他的臨本來看——是濃墨油紙的摹寫本，點畫波磔的氣勢精神，幾乎與原本無異，轉折之處，絲毫不帶牽強。不見原本，怎麼樣也想不到出自摹寫。

朱學勤高興極了，老實不客氣挑了本最好的，連連稱謝，然後告辭；並又問道：『可有甚麼話要帶給星叔？』

『明年會試，叫他多用用功。有工夫也寫寫大卷子。』

『寫大卷子的工夫，怕是沒有了。星叔跟你不同，其志不在翰林。』

『翰林到底佔便宜。』許彭壽說：『像李蘭蓀，咸豐元年考取軍機章京，未到班「行走」；第二年點了翰林，以後當考官，放學政，中間還丁憂守制了兩年多，前後算起來不過六年的工夫，就儼然「帝師」了！』

話中有些牢騷，朱學勤一面敷衍著，一面便向外走；聽差見了，高唱一聲：『送客！』於是中門大開——照門生拜老師的規矩，朱學勤由邊門進來，大門出去，叫作『軟進硬出』。

兩人走著又談，許彭壽忽然問道：『修伯，聽說翁叔平跟你換了帖？』

『是的。』

『你這位把兄弟，孝悌忠信四字俱全，人也還風雅。』

朱學勤點點頭，覺得他的話中肯而中聽。

『不過也是個會做官的；如果你不是赫赫的「紅章京」，他這個狀元未見得看得起你這個進士。』說罷，哈哈大笑。

朱學勤卻有啼笑皆非之感，但此時無可分辯；一揖登車，恰是要到南横街去看翁叔平——翁同龢。

翁同龢正在書房裡寫『應酬字』。朱學勤不願分他的心，搖搖手示意聽差不必出聲；叫自己的跟班取來衣包，在翁家小客廳裡換了便服，悄悄站在翁同龢身後看他揮毫。

翁同龢直待寫完一張條幅，才發覺身後有人，叫了聲『大哥』；趕緊放下筆，取了長袍來穿上，一面又問：『從哪兒來？』

『你先別問。我給你看樣東西。』說著，他把許彭壽送他的字，在書桌上攤了開來。

翰林的字都寫得好；講究黑大光圓，富麗堂皇，稱爲『館閣體』，許乃普就是寫『館閣體』有名的。時下是翁狀元的顏字，當行出色；他收藏的碑帖不少，眼界甚寬，對於此道比朱學勤又內行得多，所以一看就能指出，是摹寫的文徵明的草書。

『那麼，』朱學勤問道：『叔平，你看是誰的臨本？』

『貌合，神亦不離。出自絕頂聰明人的手筆。』

『一點不錯！許仁山可以說是絕頂聰明。』

『喔，是仁山！』翁同龢問：『可是從他那裡來？』

『正是。』

『見著許老師了？精神如何？』

『許老師倒還矍鑠；仁山卻是越來越枯瘠了！而且頗有牢騷；鬱怒傷肝，大非養身之道。』

『他有甚麼牢騷好發？』翁同龢雖是許乃普的門生，但與許彭壽不甚對勁；所以是這樣不以爲然的語氣。

『那也無非有感於李蘭蓀的際遇之故。』

『狀元才放的詹事；傳臚早當上了少詹，四品京堂，難道還算委屈？』這是指張之萬和許彭壽，他們是道光二十七年會試的同年；許彭壽是會元，殿試中了二甲一名傳臚，一甲一名狀元就是張之萬。

朱學勤聽了他的話，不免也想到許彭壽批評他的話；頗有感於『文人相輕，自古已然，於今爲烈』這些個話。翁家也是吃了肅順的虧的，彼此利害相共，正該和衷協力，所以思量著要如何想個辦法，化除他們的隔閡？只是眼前無此工夫，只好留到以後再說了。

『大哥！』翁同龢見他默然，便換了別的話來說：『此行有多少時候耽擱？』

『總得個把月。』

『噢！』翁同龢很注意地望著他，彷彿在問：何以需有這麼多日子的逗留？

朱學勤心想，這位拜把子的老弟，素來謹小愼微，可共機密，不妨略略透露一點風聲給他：『我受命去觀望風色；而且要做一番疏導的工夫——行在有個謠言，已上達天聽，說這個人要反！』說著，翹起拇指和小指，做了個『六』字的手勢。

要造反？翁同龢大吃一驚，不敢再往下打聽了。

他既不問，朱學勤自然也不會再說。談了些別的，又到上房去見了翁同龢的父親，爲戶部官票所兌換寶鈔舞弊一案，被肅順整得『革職留任』的體仁閣大學士翁心存，方始告辭。

當日出德勝門，暫住一家字號叫『即陞』的旅店。第二天一早，行李先發；朱學勤與送行的至好略作周旋，過了辰時，方始揖別登車。

由京城到熱河承德，通常是四天的路程。朱學勤按站歇宿，出了古北口，第三天下午到達灤平縣，滿洲地名稱爲『喀拉河屯』，也有行宮在此，離避暑山莊只有一站的途程，如果要趕一趕路，當天也到得了承德。但爲了要示人以從容，他還是在灤平住了一夜。

第二天早晨上車，午初時分到了承德，行李下了客店，人卻不能休息；一身行裝，先到宮門請安，然後轉往麗正門內的軍機直廬。

朱學勤是恭親王留京辦理『撫局』，奏准隨同辦事的人員，但依舊兼顧著軍機章京領班的原差使，所以一到先按司員見『堂官』的規矩，謁見軍機大臣，呈上了文祥的親筆信；面稟了在京的『班務』；自然也還談了京裡的情形。

從軍機大臣那裡下來，到對面屋內與同事相見。大家都正在忙的時候，也不過作個揖，問聲好，公務私事，有許多話說，卻無工夫。於是曹毓瑛作了安排，晚上爲朱學勤接風，邀所有的同事作陪，以便詳談；一面把自己的車借給朱學勤，讓他坐了去拜客。

承德地方不大，扈從的官員也不多；拜完客回到客店，時候還早，朱學勤好好休息了一陣，才換了便服，來到曹家，已有好幾個同事先在等著——各家都有信件雜物託他帶來；朱學勤就在曹家一一交代。

開席入座，行過了一巡酒，談風漸生，紛紛問起故人消息。朱學勤的交遊最廣，問到的幾乎無一不識，特別是那些名士的近況，潘祖蔭在崇效寺宴客賞牡丹；李慈銘新結識了三樹堂的名妓佩芳；翁同龢上巳那一天與同鄉公祭顧亭林，諸如此類不是風雅便是風流的韻事，他或者親歷、或者親見，所以談來格外眞切有趣。

『看來九城繁華，依然如昔。』隨扈到行在以後，始終未曾回過京的許庚身，感慨而又嚮往地說。

『就圓明園，卻眞是傷心慘目。』朱學勤搖搖頭不願再說下去了。

一提到圓明園的遭劫，頓使滿座不歡；而且這會談到時局——恰是曹毓瑛所希望避免的話題，所以趕緊找句話岔了開去。

『修伯，』他說：『你何必住店？搬到我這裡來吧！』

『倘或耽擱的日子不多，那就一動不如一靜了。』

『「通典」有話下來了，這裡事多，正要添人；意思是讓你留下來幫一兩個月的忙。』

朱學勤原來就有多住些日子的打算，但這話只好跟曹毓瑛一個人在私底下說；在座的同事中，有些是要顧忌的，所以他表面上只能持一切聽上命差遣的態度，點點頭說：『我自己無所謂。不過，我在恭王那裡，是奉了旨的；倘要我留下來，恭王那裡該有個交代。』

『當然，當然。』曹毓瑛說：『好在「撫局」已成；你原來也該歸班了。』

一席快談，到此算是結束。在『內廷當差』的官員，都起得絕早，所以睡得也早；飯罷隨即道謝，紛紛散去。曹毓瑛把朱學勤留了下來，一面差人到客店去算帳取行李；一面將這位遠客延入書房，重新沏上茶來，屏人密談。

朱學勤告訴他，即使沒有密信催促，也要到熱河來一趟；因為在京聽得行在的謠言，說恭王挾洋人自重，有謀反的企圖。這話傳到他本人耳朵裡，異常不安；上摺請求到行在來謁見皇帝，就是想當面有所解釋。接到硃批的摺子，皇帝的猜嫌，似乎越來越重；恭王與文祥商量的結果，決定叫朱學勤來做一番實地的考察，當然也要下一番疏導闢謠的工夫。

說完了這些，朱學勤緊接著又問：『到底有這些謠言沒有？』

『怎麼沒有？連惇王都有這話！』

朱學勤大為驚駭，而且不勝困惑：『「宮燈」、「心台」一班人，造此謠言，猶有可說。怎麼惇王也說這話？』

『惇王原是個沒見識、沒主張的人，誤信謠言，又何足怪！』

『可是，』朱學勤顯得很不安，『惇王的身分不同；嫡親手足如此說，上頭當然會相信。』

『上頭還不知惇王的為人？』曹毓瑛極沉著地說：『這些個謠言，當然大非好事；但也不必看得太認眞！』

『嗯，嗯！』朱學勤有所領會了；淡焉置之，可能比認眞去闢謠，要來得聰明。

『可慮的倒是上頭的病！』

『是啊！』朱學勤趕緊又問：『這方面，京裡的謠言也極多。到底眞相如何？』

曹毓瑛看了看門外，移開茶碗，隔著茶几湊到朱學勤面前，輕輕說道：『不過拖日子而已！』

『噢！能拖多少日子呢？』

『聽李卓軒的口氣，只怕拖不過年。』

『那，那……』朱學勤要問的話太多；都擠在喉頭，反不知先說那一句好了。

『「湖州」的意思怎麼樣？』曹毓瑛又加了一句：『爲恭王打算。』

朱學勤定一定神，才能辨清曹毓瑛所問的是甚麼，於是答道：『「湖州」的意思，總要讓恭王重入軍機才好！』

『此獠不去，恐成妄想。』曹毓瑛做了個『六』數的手勢；當然是指肅順。

朱學勤點點頭：『那也只好緩緩圖之！』

『你明白這一層，最好。』曹毓瑛警告他說：『人人都知你與恭王的關係，暗中窺伺的，大有人在！』

曹毓瑛的觀察，一點不錯，頗有人在談論朱學勤到熱河的消息；猜測他此行的目的。甚至連小安子都悄悄去告訴懿貴妃：『六爺的心腹，那個姓朱的「達拉密」來了。』

『嗯！』懿貴妃想了想吩咐：『再去打聽，他是來換軍機上的班，還是六爺派他來幹甚麼？』

軍機處的關防最嚴密，而且朱學勤謹言愼行，退値以後不出門不拜客，住在曹家，也只與此極熟的人在一起打牌喝酒，或者玩玩古董，談談詩文；因此小安子始終無法把他的來意打聽清楚，只好捏造些無根之談去搪塞『主子』，前言不符後語，破綻百出。懿貴妃心裡自然明白，但懶得去尋根問柢，因爲這些日子，她的全副精神都放在大阿哥身上。

大阿哥決定在四月初七入學，以及派李鴻藻充當師傅；她是在硃諭下來以後才知道的，這倒還在其次，最教她心裡不舒服的是，得到消息，說皇帝與皇后事先作過商量，四月初七這個日子，就是皇帝用雙喜拿來的時憲書，親手選定的。男孩子啓蒙入學是件大事，哪怕民家小戶，也得先告訴生母一聲；而在宮裡居然是這樣子！一切都是假的，只有『一朝權在手，便把令來行』這句話，最實在不過。懿貴妃這樣在心裡想。

不！她又想名位比權勢更要緊！名位一到，權勢自來。大阿哥入學，皇帝爲甚麼跟皇后商量？就因爲她是皇后！此是懿貴妃最耿耿於懷的一大恨事，論家世，鈕祜祿氏和葉赫那拉氏，一般都是『上三旗』尊貴的大族；論身分選秀女的時節，一般都是三品道員家的女兒，只不過她早服侍了皇帝兩年，便當上了皇后；自己還生了兒子，對得起大清朝的列祖列宗，卻連次皇后一等的『皇貴妃』的名位都還沒有巴結上，已是天大的冤屈；如今索性連親生兒子入學，都夠不上資格說句話，這口氣怎能叫人嚥得下？

爲此，懿貴妃氣得發『肝氣』，晚上胸膈之間疼得睡不著，要『坐更』的小安子揉啊，捶啊的折騰好半天，才能安靜下來。

肝氣平復以後，她很冷靜地想到，當皇后是今生休想了！哪怕現在的皇后，暴疾崩逝，可以斷定皇帝寧願讓中宮虛位，絕不會冊立她為后；至於當太后雖是必然之勢，但也要做皇帝的兒子聽話孝順，這個太后才做得有味。倘如宮內相沿的傳說，聖祖德妃烏雅氏，因為做皇帝的兒子不孝，雍正元年五月，活活地被氣死，算起來不過當了半年的太后，還是個虛名。這樣的太后，又何足貴？

由此她有一番覺悟，從現在開始，非要把大阿哥控制在手裡，叫他聽話孝順不可。於是，常常傳話叫保母把大阿哥領了來玩，和顏悅色地哄著他。母子天性原在，大阿哥平日畏憚生母，只因為懿貴妃不像皇后那樣慈愛；現在既然如此，大阿哥自然也樂於親近生母了。

每當他們母子絮語，不知趣的小安子總愛在旁邊指手劃腳地胡亂插嘴；皇子只有六歲，愛憎之心卻十分強烈，恨透了小安子，但拿他無可奈何。

有一天受了人的教，當小安子又來插嘴時，大阿哥大吼一聲：『你個放肆的東西，替我滾！』這一聲吼，殿內殿外的人，包括懿貴妃在內，無不驚異得發楞；自然，最惶惑的是小安子，勉強擠出一臉笑容，彎下腰來說：『大阿哥，你，你是怎麼啦？給小安子發這麼大脾氣！』

皇子似乎忽然長大成人了，胸一挺，厲聲申斥：『還敢跟我回嘴！』接著用更大的聲音，看著一屋的太監和宮女說：『給我把陳勝文找來！』

沒有哪個太監或宮女敢作聲，只偷眼望著懿貴妃；要等她有句話下來，才好行動。

懿貴妃給她這六歲的兒子弄迷糊了，有些困擾，有些不快；但也有些欣悅和得意──為了大阿哥的神氣活現，像個身分尊貴的皇長子。

但一看到太監和宮女的臉色，她從困惑中醒悟過來，立即沉著臉喝道：『你這要幹甚麼？』

大阿哥一看到她母親如此，心裡有些發慌；但視線落到小安子身上，卻又勇氣忽生，朗朗答道：

『我要叫陳勝文來問，我跟額娘回話，可許「夸蘭達」在旁邊亂插嘴？誰興的這個規矩？』

居然能如此侃侃而談，懿貴妃心裡明白，不可再用對付一個孩子的辦法，哄哄騙騙，就能了事。但也絕對不能依他；主子談話，『夸蘭達』——太監在一旁插嘴，這要在乾隆年間，立刻就能捆到內務府，活活打死；照此刻的罪名，至少也是一頓板子，斥逐出宮。小安子縱不足惜，自己的臉面可不能讓人撕破！

於是她略想一想，依舊繃著臉說：『有我在，不用你管！小安子不對，我會處罰他。』

『那就請額娘處罰小安子！』

是如此咄咄逼人，懿貴妃心裡十分氣惱；受肅六的氣受不夠，還受自己兒子的氣！這一下，她的胸膈間立刻隱隱作痛；不由得抬起手捂著痛處。

小安子一看這情形，知道禍闖大了！原來還指望著懿貴妃庇護，現在懿貴妃自己都氣得發了肝氣——她犯病的時候，脾氣最壞，說翻臉就翻臉，絕不容情；真的叫人傳了陳勝文進來，那就只有『萬歲爺』才能救得了自己這條命！

一想到此，不敢怠慢，噗通一聲，跪在水磨磚地上，雙手左右開弓，自己打自己的嘴巴；一面打，一面罵：『小安子該死！小安子該死！』

大阿哥這下心裡才舒服了些，逞報復的快意，大聲說道：『給我狠狠地打！』

『是！狠狠地打！』小安子還高聲回答，就像打的不是自己似地。

自己把自己的臉都打腫了，這還不算，大阿哥又說了句：『打一百！』

於是從頭來起；另有個太監『一啊、二啊』地高唱計數。打足了一百，小安子還得給懿貴妃和大阿哥磕頭，謝謝『恩典』。

到了晚上，腫著臉的小安子，跪在懿貴妃面前哭訴，他說大阿哥受了別人的挑唆，無故拿他羞辱；表示自己這頓嘴巴，打得於心不甘，口口聲聲：『主子替奴才作主！主子替奴才作主！』

懿貴妃自己心裡也非常不痛快，只說了句：『你何必跟大阿哥認眞！』意思是何必與孩子一般見識？這也算是一句勸慰的話了。

無奈小安子一味磨著，斷言必有人挑唆。然則挑唆的是誰呢？懿貴妃要他指出人來，小安子這才不作聲。但是這口氣，無論如何嚥不下去；明查暗訪，到底讓他打聽清楚了，是一個『諳達』，看不慣他那副狐假虎威的醜態，又聽得大阿哥說討厭小安子，便想出這麼個『高招』來整他。而且反覆教了不少遍，大阿哥才能把這齣戲唱得如此有聲有色。

於是，小安子又到懿貴妃那裡去告密，但話中添油加醬，改了許多；他不說自己爲人所厭恨，說是別人知道他在懿貴妃面前得寵，故意拿他開刀，目的是在打擊懿貴妃。換句話說，他是爲懿貴妃而吃的虧。

自然，初聽之下，懿貴妃十分生氣，追問著說：『那麼，到底是誰在挑唆大阿哥呢？』

『奴才不敢說！』

『有甚麼不敢說的？難道還是皇后？』

『不是皇后。是……』他蘸著口水，在磚地上寫了個『麗』字。

是麗妃？懿貴妃冷笑一聲：『她不敢！』

『主子不信，奴才就沒有辦法了。』

『雞毛蒜皮的小事，過去就過去了！』懿貴妃輕描淡寫地說了一句——她早已平心靜氣地想過，這件事絕不能再提，提了叫人笑話；而且大阿哥責罰一個太監，也實在算不了一回事；如果像這樣的事，都要主子出頭來管，這個主子也太不明事理，太不顧身分了。

在小安子自然不會這麼想；自己狠狠打了自己一頓，面子都丟完了，卻說是『雞毛蒜皮的小事』！原想懿貴妃設法替自己出氣；不道竟是這樣地不體恤人，反弄得委屈愈深。看來一片赤膽忠心，完全白搭。

想到這裡，不免寒心，承應差遣，便有些故意裝聾作啞，懶懶地不甚起勁。懿貴妃也知道他受了委屈，姑且容忍；只是一次兩次猶可，老是這樣子，可把她惹惱了。

『我看你有點兒犯賤！』懿貴妃板著臉罵他，『你要不願意在我這兒當差，你趁早說；我成全你，馬上傳敬事房來把你帶走！』

這一下，嚇得小安子再不敢多說一個字。但晚上睡在床上，思前想後，覺得自己以全副心血精神侍候懿貴妃，就有一時之錯，也還有千日之好，打罵責罰，都可甘受不辭，只居然要攆了出去，如此絕情，不但叫人寒心，也實在叫人傷心！

因此，小安子像個含冤負屈的童養媳似地，躲在被窩裡整整哭了一晚上；臉上的紅腫未消，眼睛倒又腫了。

說來也眞有些犯賤——宦官的身體，受後天的戕賊，有傷天和；所以他們的許多想法，絕不同於男子；甚至亦有異於一般的婦人。小安子讓懿貴妃一頓罵得哭了；卻從眼淚中流出一個死心塌地來，儘自琢磨著如何才能博得懿貴妃的歡心，如何才能贏得懿貴妃的誇獎？唯有這樣去思量透徹，他覺得一顆心才有個安頓之處。

於是第二天一大早，懿貴妃的寢門初啓，宮女出來舀水的時候，他就跪在門外，大聲稟報：『小安子給主子請安！』

裡面初無聲息，然後說一聲：『進來！』

掀開門簾，只見懿貴妃正背門坐在妝檯前，她穿著玫瑰紫緞子的夾襖，月白軟緞的撒腳袴，外罩一件專爲梳頭用的寶藍寧綢長背心；身後頭髮，像玄色緞子似地，披到腰下，一名宮女拿著闊齒的牙梳在爲她通髮。她自己正抬起手，用養得極長的五個指甲，在輕輕搔著頭皮；夾襖的袖子落到肘彎，露出雪白一段手腕，腕上一隻琉璃翠的鐲子，綠得像一汪春水。

小安子不敢多看，再一次跪了安，站起身陪著笑說：『主子昨兒晚上睡得好？』

『嗯！』懿貴妃從鏡子裡看見了他的哭腫了的雙眼，倏地轉過身來，定睛看了他一下，點點頭說：『小心當差！將來有你的好處。』

『主子的恩典。』小安子趴下地來，又磕了一個頭，然後起身去當他的差。

他所當的差極多極雜，但有個萬變不離的宗旨，一切所作所爲，都要讓懿貴妃知道；這時候就在屋裡察看檢點，那些精巧的八音鐘上了弦沒有？甚麼陳設擺得位置不對？一樣樣都查到。最後看見匟床下有灰塵，親自拿了棕帚，鑽到裡面去清掃。

懿貴妃把他的動作都看在眼裡，但沒有說甚麼。照每日常例，梳洗完了傳早膳；然後前後院『繞彎兒』消食，繞夠了時候，換衣服到中宮給皇后請安。

這下小安子又爲難了，每日到中宮照例要跟了去；但這張打腫了的臉，特別是一雙眼睛，實在見不得人；卻又不敢跟懿貴妃去請假。想了半天，只好躲了起來，希望主子不見便不問，混了過去。

懿貴妃是極精細的人，何能不問：『小安子呢？』

既混不過去，只好硬著頭皮答應：『奴才在這兒哪！』他一面高聲回答，一面急急地趕了來當差。

一見他那樣子，懿貴妃倒覺得他有些可憐，便說：『今兒你不必侍候了！』

小安子如遇大赦，可是不敢露出高興的神氣，低聲應『是！』彷彿不叫他跟了去，還覺得怪委屈似地。

『你這雙眼怎麼啦？』明知道他是哭腫的，懿貴妃不好意思點穿，只又說：『回你自己屋裡歇著吧！今兒不必當差了！找點甚麼藥治一治；再拿燙手巾敷敷就好了！』

如此溫語慰恤，小安子眞有感激涕零之感。想想一晚上的眼淚，自覺沒有白流。

懿貴妃到中宮的時刻，照例要比其他妃嬪晚一些，這是三個原因使然，第一，她要表示她在妃嬪中的地位最高。其次，不願跟麗妃見面；見了麗妃，她心裡就會酸酸地不好受。再有就是留在最後，可以跟皇后說說話；一來打聽些消息，二來相機進言，以中宮的命令，達成她的意願。

這天卻是皇后先有事問她；未說之前，先皺了眉頭，『怎麼回事？』開出口來，更知不以爲然，『說小安子挺放肆的，是不是？』

懿貴妃一聽皇后這話，心裡便有氣——倒不是對皇后，氣的是到皇后面前來搬弄是非的人；但她不肯把這些感覺形之於顏色，只平靜而略帶亢傲地答道：『我那兒的人，誰也不敢放肆！』

『那麼，怎麼說是他挺撞了阿哥呢？』

懿貴妃笑了，這笑是做作出來的；做作得極像，一看就知道她是爲了自己的兒子而得意；然後又用微有所憾的語氣答道：『阿哥任性、淘氣，小安子也算是個挺機警的人，讓他治得哭笑不得。』把這重公案當作笑話來談，皇后便無可再說了；也是付之一笑。

於是懿貴妃又不經意地問道：『皇后倒是聽誰說的呀？』

皇后老實，不善說假話，隨口答道：『是阿哥自己來告訴我的。』她又笑著加了句：『這孩子！』

懿貴妃也笑笑不響。隨後便丟下此事，談到別的了。只是心裡卻始終拋不開；小安子一直在說：大阿哥樂意親近皇后，不是件好事！看來這話倒眞的不無見地。

因此，到了下午，她又到了中宮。皇后愛吃零食，除了御膳房精製的點心以外，也常有專差從京城裡送了有名的小吃來；不管東西多少，她一定得留下兩份，一份給大阿哥，一份給麗妃所生的大公主。這也是姊弟兩人，一到午後便吵著要到皇后那裡去的原因之一。

懿貴妃一到，姊弟倆像個懂事的大孩子似地，站起來迎接，跪安叫『額娘』。然後拉著手，又去玩他們的七巧板；懿貴妃便陪著皇后坐在匟上喝茶聊閒天。

一會兒姊弟倆吵嘴了，『怎麼啦？怎麼啦？』皇后大聲地問。

各人的保母，紛紛跑來拉架。姊弟倆卻都不理她們；一前一後奔到皇后面前來告訴。

『阿哥欺侮我！』大公主嘟著小嘴說。

『誰欺侮妳了？』大阿哥拉開嗓子嚷著，顯得理直而氣壯，『妳擺不出，賴人。老漁翁少個腦袋，那算甚麼？』

皇后一聽就樂了，『甚麼「老漁翁少個腦袋」？』

『皇額娘，妳來看！』

大阿哥拉著皇后去看他們擺的七巧板；大公主也緊跟著。這場『官司』，從開始到此刻，他們都沒有理懿貴妃，懿貴妃也插不進一句話去。

大阿哥和大公主所玩的七巧板，與民間的不同；那是經過他們的嫡親祖母，宣宗孝全皇后改良過的——孝全皇后從小生長在蘇州，對於江南閨閣中的那些玩藝，無不精通；經她改良過的七巧板，其實已不止七塊，因此能擺出更多、更複雜的花樣。每一種花樣都畫成圖，題上名目，稱為『七巧譜』。

姊弟倆比賽著擺『譜』，大阿哥擺的一個花樣，叫作『月明林下美人來』，美人是擺成了，卻忘了擺月亮；讓大公主捉住了錯，大阿哥輸了，不肯叫打手心，只說：『該妳五下。妳輸了扯直；贏了一起打！』

大公主答應了，擺一個大阿哥指定的花樣，名為『獨釣寒江雪』，主要人物就是個老漁翁，擺到完結，少個腦袋。

皇后讓他們姊弟倆拉了來，一看就看出來了：『少一塊嘛！』

果然少一塊！少一塊半圓形的板子——高掛上方，就是『月亮』，斜安在老漁翁身上，就是『腦袋』；大公主還未說話，大阿哥卻先嚷開了。

『怎麼少一塊呢？找，快找！』

於是宮女、保母一起彎下腰去找；那塊半圓形的板子，不過半寸長，體積太小，找起來不容易；人仰馬翻地亂了半天，始終未曾找著。

『算了！』皇后吩咐：『不用找了。另外拿一副來給阿哥、公主玩兒。』

『不行！非找不可。』大阿哥指著大公主說，『找不著就算妳輸！』

『皇額娘，妳看，阿哥不講理。』

『好了，好了！』皇后笑著勸架，『這一副不算。』

『那麼頭一副呢？』大公主問。

『頭一副？算……算雙喜輸。來，雙喜，讓大公主打手心！』

雙喜笑嘻嘻地伸出手來，大公主又不肯打，只扭著身子不依。懿貴妃冷眼旁觀，看到大阿哥搗鬼；悄悄走了過來，一伸手握住了他的小拳頭——從拳頭裡取出了那塊遍找不得的半圓形板子！

『沒出息的東西！輸了撒賴！』懿貴妃順手在大阿哥手心上，狠狠打了一下。

玩兒得很熱鬧的，一下子因爲大阿哥受了責罰，想哭不敢哭的神情，把一屋子的歡笑都趕跑了，面面相覷，不敢作聲。

皇后覺得十分無趣，轉身回到匟上坐著抽煙袋。雙喜向保母們使了個眼色，各人帶著大阿哥和大公主跪了安，悄沒聲息地退出宮去。

『大阿哥快上學了，也該收收心了。』皇后這麼說了一句。

從第二天起，大阿哥便不能再像平日那樣痛快地玩；這樣一直到了四月初六，入學的前一天，皇帝特爲召見大阿哥的師傅李鴻藻，有所垂詢。

等李鴻藻奏報了大阿哥入學準備的情形，皇帝表示滿意；又問：『高宗純皇帝的聖訓，其中有一段關於皇子典學的話，你可記得？』

『臣謹記在心，不敢忘！』

『唸給我聽聽。』

這是有意考『師傅』了，李鴻藻應聲：『是！』然後凝神略想一想，用極清朗的聲音背誦：『乾隆元年正月二十四日，上諭皇子師傅大學士鄂爾泰、張廷玉、朱軾、左都御史福敏、侍朗徐元夢、邵基：「皇子年齒雖幼，然陶淑涵養之功，必自幼齡始，卿等可殫心教導之。倘不率教，卿等不妨過於嚴厲。從來設教之道，嚴有益而寬多損，將來皇子長成自知之也。」』

『對了！』皇帝點點頭，『我要告訴你的，也就是這些話。俗語說：「開口奶要吃得好」，你是大阿哥啓蒙的師傅；別辜負我的期望！』

李鴻藻趕緊免冠碰頭，誠惶誠恐地奏答：『臣敢不竭駑駘，上答天恩！』

皇帝又轉臉對站在御書案旁邊的御前大臣，六額駙景壽說：『書房裡固不宜熱鬧，可也不宜於太冷清。阿哥有個伴讀的人就好了！』

景壽天性拙訥，慢吞吞地答道：『那要身分相近、年齡相仿才行。惇王的老二載漪，恭王的老大載澂，可以給大阿哥伴讀；可是都不在這兒。除非……』

『除非在京才行。』站在皇帝身後的肅順，跨出一步，搶過景壽的話來說：『而且，現在只有李師傅一個人，怕忙不過來，反倒耽誤了大阿哥的功課；等秋天回鑾以後，再請旨辦理吧！』

『嗯，這話也是！』

皇帝沒有再說下去。君臣之間，不能有太多的沉默；於是肅順努一努嘴，李鴻藻跪了安，由景壽帶領著退出御書房。

『該賞些甚麼？』皇帝回頭跟肅順商議。

『照例是文綺筆硯。』

等皇帝提起硃筆，才寫了『賞李鴻藻』四個字，肅順便自作主張，在皇帝身後唸著賞賜的東西。

『寧綢兩疋，荷包一對，端硯一方，大卷筆十枝。』

他唸一句，皇帝寫一句，寫完，把硃諭交了給肅順，皇帝隨即又到中宮，叫了大阿哥來，諄諄告誡，是一篇尊師重道的大道理，大阿哥似懂非懂地應著。

等皇帝一走，皇后少不得也有一番叮囑，她拉著大阿哥的手說：『要聽師傅的話，不要淘氣。聽見了沒有？』

『聽見了。』大阿哥響亮地答應著；皇后這兩句話，他是完全懂的。

皇后又把大阿哥那裡的首領太監張文亮傳了來，責成他用心照料，特別叮囑，寧早勿遲。因此，這夜四更天張文亮就把大阿哥喚了起來，袍褂靴帽，紮束停當，領著到皇帝、皇后那裡請了安；然後由奉旨照料的御前大臣景壽引領著，初到書房。

這時，朝珠補褂，翎頂輝煌的李鴻藻，早就在書房外面站班侍候；把大阿哥迎入正屋，先按廷臣見皇子的禮節，請安行禮，然後由景壽引大阿哥進了東間書房，裡面已設下東西相向的兩張書案，西面一張是大阿哥的；張文亮拉拉扯扯地，讓大阿哥在他自己的書案面前向東站定。景壽走到上面，南向而立；李鴻藻站在東面書案前，與大阿哥面對面；其餘的諳達們，在南窗下站成一排，張文亮則退出門外。

等各人站定了位置，景壽從身上取出硃諭，高聲說道：『奉旨……』

才說了兩個字，李鴻藻趕緊趨蹌數步，雙膝一跪；後面的諳達們，也都紛紛跪下，只有六歲的大阿哥，還不懂這些禮節，依然站著。

於是景壽繼續傳旨：『大阿哥今日初入書房，師傅已派定翰林院編修李鴻藻充任；師道尊嚴，雖皇子不得例外，應行拜師之禮，著李鴻藻毋得固辭。欽此！』

李鴻藻照例先磕頭謝恩；等站起身來，向景壽表示：『皇上天高地厚之恩，鴻藻感戴不盡。但是，名分攸關，大阿哥要行拜師之禮，實在不敢當，求額駙奏稟皇上，豁免了這個禮節。』

『你不必太謙了！本朝最重師傅之教；大阿哥今天行了禮，也讓他自己記得，師傅應該尊重，這樣子他才會虛心受教。』說到這裡，景壽朝門外喊了聲：『張文亮！』

『張文亮在！』

『取氈條來！』

傳取氈條，自是要行跪拜之禮，李鴻藻趕緊向景壽搖著手說：『若行大禮，不敢奉詔！』

『也罷！』景壽向張文亮揮一揮手；臉卻對著李鴻藻：『按老規矩，大阿哥作揖吧。你可不許不受！』

既是老規矩，而且硃諭有『毋得固辭』的話，李鴻藻再要謙辭，就變得虛僞而有失師道了，所以不再多說，走到書案面前，微微偏著站定。

『大阿哥，給師傅作揖，叫「李師傅」。』

這是早已教導好了的，大阿哥恭恭敬敬地作了個揖，喊一聲：『李師傅！』

行了拜師禮，師弟各自歸座；景壽坐在旁邊的椅子上，只有諳達沒有座位，這也是老規矩。

『大阿哥！』李鴻藻徐徐說道：『今天第一天上學，我把書房的功課跟你說一說，每天一早上了書房，先拉弓，讀清書；然後讀漢書。現在是半天的功課；只要你早早做完了功課，我就早早放你的學，好不好？』

『好！』大阿哥大聲答應，表示滿意。

『那麼，咱們頭一天就按規矩來！』說到這裡，李鴻藻站起來向諳達們說，『請各位先帶大阿哥做功課！』

諳達們把大阿哥帶出去教拉弓，景壽也跟了出去看著；李鴻藻仍舊留在書房裡，把黃綾硬裱，裁成方塊的『字號』和朱書的仿格，都整理好了，然後坐下來喝著茶等。

弓拉完了，大阿哥回書房讀清書——滿洲文，先從『字頭』讀起，由景壽坐在大阿哥書案旁邊，親自教授。

咿咿啊啊，讀了五個滿洲文的字頭，休息片刻，再上漢書，李鴻藻先把著他的筆，寫了『天下太平』四個字；然後開蒙第一課，讀《大學》四句：『大學之道，在明明德，在親民，在止於至善。』李鴻藻教大阿哥自己用硃筆點斷；讀了有頭二十遍，便能琅琅上口，大阿哥頗爲得意，走下座位來，高聲喊道：『張文亮！』

『大阿哥！』李鴻藻問：『傳張文亮幹嘛？』

『我渴了。』

『喔，渴了。』李鴻藻指著大阿哥的書案：『你回來坐著，我有話說。』

看師傅的臉板著；張文亮又垂手站在門口，不敢走近，似乎是怕師傅的樣子，大阿哥心存忌憚，一聲不響，乖乖地爬上椅子坐好。

『做人要學規矩，越是身分貴重的人，越要有規矩。』說到這裡，李鴻藻扭過臉來問張文亮：『大阿哥平常可守規矩啊？』

『守！』張文亮附和著說：『大阿哥最懂規矩！』

『好，是要守規矩，才像個人品貴重的大阿哥。』李鴻藻接下來又說，『規矩到處都有的，書房有書房的規矩。大阿哥，你可知道書房的規矩嗎？』

『不知道。』說了這一句，大阿哥忽然記起皇額娘的教導，馬上又加上了一句：『要聽師傅的話！』

『對了！』李鴻藻大爲興奮，『張文亮的話不錯，大阿哥眞是最懂規矩。在書房裡，有甚麼事，譬如你渴了要喝水；或者要解小溲甚麼的，都要先告訴我，等我答應，不可以自己走下地來。那就是書房的規矩。懂了嗎？』

『懂了。』

『好！』李鴻藻點頭嘉許，『我知道大阿哥最乖，最聰明，一說就懂！』

『師傅，我渴了。』

『這才對。下來，找張文亮去吧！』

聽得這一聲，大阿哥身子一挺，從花梨木的大靠背椅上滑了下來；張文亮迎上兩步，把他抱了起來，到對過兩間——那裡已擺好了活腿的小膳桌，讓他朝南坐下，取下帽子，先絞了熱手巾替他擦臉，然後問道：『喝玫瑰露，還是木樨露？』

『不管甚麼，快端來！』大阿哥一本正經地說：『我唸書唸得渴了。』

張文亮爲哄他高興，便故意罵小太監：『快端玫瑰露來！大阿哥唸書唸得渴了。快，快！』小太監也就有意地裝得手忙腳亂，端來調了蜜的玫瑰露，一大盤御膳房新出爐的『小八件』；四五個人圍著大阿哥團團轉。

『張文亮！』大阿哥低聲問道：『師傅姓甚麼？』

『姓李嘛，木子李。』

『我想起來了，叫李鴻藻！』說了這一句，大阿哥玫瑰露也不喝了，點心也不吃了；兩隻眼睛望著空中骨碌碌轉，一個人傻嘻嘻地笑著。

一遇到這種時候，小太監就要起戒心；不知道有甚麼淘氣的花樣想出來。大阿哥倒沒有跟小太監找麻煩，伸手拉一拉張文亮的衣服，等他彎下腰來，大阿哥問道：『你怕不怕師傅？』

張文亮是把大阿哥的性情摸熟了的；若說『不怕』，可能會指使他去跟師傅打交道——書房不比宮內，太監除了傳旨以外，不得與廷臣交結，更不准干預任何事務；而且看李師傅方正凝重，一上來就給大阿哥立規矩，可知是個難說話的人。所以一聽大阿哥的話，馬上把個頭搖得博浪鼓似地。

『你怕師傅？』

『大阿哥怕不怕？』

『怕！』

『大阿哥都怕；張文亮自然也怕。』

大阿哥不作聲了；自然，怏怏之意是完全放在臉上的。

從這個表情，張文亮知道自己是猜對了；但看大阿哥悶悶不樂，卻又有些擔心，只好想出些話來哄著，哄得高興了，再抱著送到東間。

餘下的功課是認『字號』，跟把筆寫『天下太平』的意思一樣，認了四個字：『正大光明』；這都是入學第一天，點綴故事，顛來倒去讓大阿哥認得熟了；再把那四句『大學』背一遍，一字不誤，李鴻藻欣然闔書放學。

於是依舊由景壽帶領，送了回去，一入禁宮，張文亮把大阿哥一把抱起，前後小太監簇擁著，如獻寶似地把他送到皇后那裡。

這可是大阿哥出世以來，最得意的一天！一路上只聽見太監宮女，遞相傳呼：『大阿哥下學了！』『大阿哥下學了！』進入中宮，但見廊上珠圍翠繞；皇后和各宮的妃嬪，正含笑佇候，只是獨獨不見大阿哥的生母懿貴妃。

張文亮一看這場面，趕緊把大阿哥放了下來；皇后第一句話就問：『在書房裡哭了沒有？』跪在地下的張文亮，高聲答道：『沒有哭，大阿哥在書房裡乖得很，師傅直誇獎！』

皇后的笑意越發濃了：『師傅怎麼說呀？』

『師傅誇獎大阿哥懂規矩，聰明。』

『可吃了點兒甚麼沒有？』

『喝了一盞玫瑰露，吃了四五塊點心。』

『噢！』皇后拉著大阿哥的手說，『來！告訴我，今天師傅教了你些甚麼？』

一面說，一面把大阿哥領了進去；皇后坐在炕上，親自替大阿哥摘了帽子，讓他靠在身邊，問他書房功課。事情太多，大阿哥有些說不上來，加以妃嬪們妳一句，她一句地問，越發使他結結巴巴地弄不清楚。皇后把張文亮傳了進來，細問明白；再聽大阿哥背了那四句『大學』，知道一切順利，才算放下了心。

『可眞難爲你！』皇后笑著摸了摸他的頭；轉臉又吩咐張文亮：『先把大阿哥送了去見皇上；回頭就送到懿貴妃那兒去。』

皇帝還在御書房召見軍機大臣；此時任何人不准進入，張文亮不敢違背皇后的話，只好帶著大阿哥在那裡等著。

這一天召見軍機的時間特別長，不但因爲要皇帝裁決的大事甚多，而且爲了戶部一個摺子，君臣之間頗有不同的意見。戶部滿漢兩尚書，實權在滿尚書肅順手裡；肅順以能清除積弊自許，認爲自洪秀全金田村起事，派官軍勦捕以來，時隔十年以上，而各地軍費報銷，猶多未辦；因此，從軍興之始的廣西下手，查出自道光三十年，特命林則徐爲欽差大臣，並派固原提督向榮，前雲南提督張必祿，領兵分路至廣西會勦開始，到咸豐二年，洪楊竄擾兩湖，廣西的軍事告一段落爲止，三年之中，撥過軍餉一千一百餘萬兩，延不報銷。戶部一再行文廣西催辦；又奉旨勒限於上年年底趕辦完結。到現在限期過了三個月，還是拖在那裡。因此肅順上了個摺子，奏請將廣西巡撫劉長佑，布政使張凱嵩，先行議處。

對於肅順的清理積弊，皇帝是深爲嘉許的；但從咸豐八年科場案，因爲肅順的堅持，殺了正考官大學士柏葰以後，皇帝總覺得他所主張的手段，是太過分了一些。像廣西的軍費報銷，現任的巡撫和藩台，延不遵辦，當然有他們的難處——十年前的一筆爛帳，要毫不知情的，隔了好幾任的官員來負責，未免說不過去。

『凡事總有個開頭。』肅順抗聲爭辯：『若照皇上這麼寬大，積弊根本無從清理起。』

『物有本末，事有終始，要說開頭，首先就要從道光三十年的廣西巡撫身上追究。』

『道光三十年的廣西巡撫是鄭祖琛，革了職，現在不知哪兒去了；以後是林則徐以欽差大臣兼署，未到任死在潮州；再後是周天爵，廬州之役陣亡了；接著是鄒鶴鳴，也早在江寧殉節了。』

『那麼勞崇光呢？他在廣西多年；不更應該比劉長佑多負點兒責任嗎？』

『勞崇光現任兩廣總督；自然也脫不了關係！』

於是反覆展開爭議，皇帝疑心肅順有意跟劉長佑為難；但以那班軍機大臣都附和著肅順說話，而且他也相當累了，懶得多說，終於准了戶部的奏請，以『明發上諭』將劉長佑和張凱嵩『先行交部議處』。

等軍機大臣退出以後，皇帝才知道大阿哥已經等了好久。他自己身受師傅輔佐的莫大益處，所以把皇子典學這件事，看得比甚麼都重要；雖然已經累得不想說話，仍舊把張文亮傳了進來，細問一切；又怕太監圖功討好，儘揀好的說，並特地找了景壽來問話，兩人所說的書房情形，大致相同；皇帝深感欣慰。

因此，皇帝這天對大阿哥格外寵愛，把他帶到東暖閣用膳；又特傳麗妃帶了大公主來侍候，一堂之中，寵妃、佳兒、嬌女，笑語不斷，融融洩洩，皇帝左顧右盼，心情極其舒暢，因而胃口大開，這一頓飯吃得非常舒服——心裡在想，還是在熱河的好，一回到京城宮內，體制所關，不能如此隨便，那就再也享受不到這份樂趣了！

皇帝進用這頓午膳的時間相當長；大阿哥一時不能下來，把張文亮可急壞了。他知道皇后宮內的一舉一動，懿貴妃無不了然，此時定已得到消息，正在等著大阿哥；去晚了必惹她動怒。當然，皇上留著大阿哥，是個天大的理由，但懿貴妃如這樣說呢：『你就不能先來送個信兒？你那兩條腿這麼尊貴，多走一趟也不行？』

這樣一想，他自然就知道自己該怎麼辦了。估量著送個信的工夫還抽得出來；於是囑咐了手下的小太監小心侍候，同時又重託了皇帝面前最得寵的小太監如意，萬一上頭有所傳問，託他照應遮蓋。這樣安排妥當了，才三腳兩步，一路走，一路抹著汗，趕到了懿貴妃那裡。

懿貴妃正是抑鬱無聊的時候，照她的打算，大阿哥下了學，見了皇后就會來見她；特為預備了大阿哥愛吃的菜和點心在等他。哪知左等也不來，右等也不來；最後聽小安子來說，皇上傳了麗妃，帶著大阿哥、大公主在煙波致爽殿東暖閣午膳，吃喝談笑，熱鬧得很。這一下把懿貴妃氣得飯都吃不下，越想越不是滋味，就這當兒，聽說張文亮求見，自然不會有好臉嘴給他看。

傳見了張文亮，等他剛行過禮，懿貴妃先就繃著臉問道：『你是照看大阿哥的人，不跟在大阿哥身邊，跑到這兒來幹甚麼？』

張文亮一上來就碰個釘子，心裡在想，這一趟還眞省不得！看懿貴妃的樣子，生的氣不小；如果不是先來送個信，回頭帶了大阿哥來，她心裡更不痛快，碰的釘子更大。

因爲自己先站穩了腳步，張文亮的應對就從容了：『回懿貴妃的話：皇后懿旨，先把大阿哥送去見萬歲爺，然後再送到懿貴妃這兒來。萬歲爺把大阿哥留下了；奴才怕懿貴妃等著，特意先趕了來送個信兒。』

這最後兩句話，讓懿貴妃聽了很舒服；心一平，氣一和，覺得倒是錯怪他了——同時想到正應該趁此籠絡張文亮，把他收爲一個好幫手。

於是懿貴妃臉上，化嚴霜爲春風，『倒難爲你了！』她微笑著說：『起來說話。』

『是！』張文亮站起身來；又把書房裡的情形，略略稟告，最後加了一句：『大阿哥聰明知禮，師傅不斷誇獎；連奴才都覺得臉上好光采！』

『大阿哥年紀小，全靠你照應。你多費心吧，誰好誰歹，我心裡全有數兒。』說到這裡，喊了聲：『來啊！』

廊下三、四個宮女齊聲答應著趕來侍候；懿貴妃單把替她管帳的，一個叫王福的宮女留了下來。

『年例銀子關來了沒有？』

『關來了。』王福答道：『三個月，一百五十兩。』

『怎麼三個月呢？』懿貴妃大爲詫異，『不是半年一關嗎？』

『敬事房首領太監說，是肅中堂新定的規矩。肅中堂說，各省錢糧催解不來，內務府經費困難，只好先發三個月。』

『哼！』懿貴妃冷笑了一聲；又換了一副臉色吩咐王福：『妳拿二十兩給張文亮！』

張文亮當即磕頭謝賞；等王福取了銀子出來，懿貴妃接在手裡，親自遞給張文亮；這份恩榮比二十兩銀子又重得多，張文亮跪著接了，頗有誠惶誠恐的模樣。

『本來還多給你一點兒。你看，』懿貴妃苦笑著說：『肅順剋扣得咱們這麼兇！』

張文亮是謹愼當差的人，說話行事，頗知分寸，對於懿貴妃的怨言，不敢接口。跪安退出，又匆匆趕回煙波致爽殿；正好御膳剛畢，皇帝正在跟麗妃商量著，帶了大阿哥和大公主到哪裡去散散心。

麗妃口中唯唯地附和著，心裡卻頗感爲難。自上個月應召到中宮，從皇后的微帶責備的語氣中，引起了甚深的警惕；宮中因寵遭妒，受人暗算的事，她聽得多了，於今輪到自己頭上，不免害怕。她頗有自知之明，以懿貴妃的精明強幹，自覺絕非她的對手；就算無懼於懿貴妃，憑自己所受皇帝的寵信，大可周旋一番，她也不肯這樣去做，唯願息事寧人，和睦相處。

因此，她希望早早把大阿哥送到懿貴妃那裡；這倒不是爲了討好，只是將己比人，體諒懿貴妃此時的心情。而且也怕懿貴妃久盼大阿哥不至，因怨生怒，把這筆帳又記在她頭上，越發冤仇難解。

這話自然不便跟皇帝明說，反覆思量著終於想到了一個辦法。

『皇上不是老說他們有唱錯了的地方嗎？何不到錢糧處去看看？』

『他們』是指『昇平署』的那些太監——宮中的伶人。皇帝與他的父親宣宗，愛好各殊；宣宗不喜聲色，而且素性節儉，認爲唱戲是件最糜費無益的事，雖不便裁撤點綴『盛世』的昇平署，但逢年過節，或遇太后萬壽這些慶典，演戲祝賀，只是有此一個名目，上得台去的角色，著的行頭拖一片、掛一片，簡直就是一群乞兒。蒙恩賞『入座聽戲』的王公大臣，私底下都在搖頭歎息，說是天家歌舞，比窮鄉僻壤的野台子戲都不如。

而當今皇帝卻最喜聽戲，並且精於音律。自到熱河行宮，才發覺嘉慶年間所製的行頭砌末，異常精美，雖已四十多年未曾用過，但以收藏得法，取出來依然如新。這一下，可眞高興極了，特地由京城宮內傳了昇平署的好角色來，經常演戲消遣；有時清唱，有時『花唱』，戲單都經硃筆點定，一唱總是兩三個鐘頭。

此外，皇帝也常去看昇平署的老伶工，爲新進學生排戲——那在從『錢糧處』撥出來的幾間屋子裡；麗妃投其所好，一提那地方，皇帝果然嘉納。

『大阿哥明兒要上學……』

『對，對！』皇帝說道：『大阿哥不宜於到那些地方去；心會野！』

於是麗妃如願以償，總算能把大阿哥送到懿貴妃那裡去了。

三

來的時候，還是繁花滿眼，一晃的工夫，綠葉成蔭，又是一番光景；朱學勤要賦歸了。

一個多月的勾留，在他自己看來，一無成就；但在曹毓瑛他們眼中，他已不辱所命。由於他的謹愼持重，那些希望從他身上看出恭親王有何企圖的人，無不失望；他們認爲恭王是失勢了，一時不能有何作爲了，所以像做爲恭王的親信的朱學勤之流，依然浮沉由人，不能不小心當差，以求自保。

這當然是一種錯覺；而能使人產生這樣的錯覺，便是朱學勤的成功，他不但替恭王洗刷了『要謀反』的流言，而且替恭王加了一層『韜光養晦』的掩護色彩。

另外，他還聽到許多『祕聞』：要謀反的不是恭王，而是拚命與恭王爲敵的肅順。

據宮裡傳出來的消息，肅順以內務府大臣及御前大臣的雙重資格，出入宮禁，毫無顧忌；有時公然坐上皇帝的寶座，顧盼自喜。這就是『逆跡』。

還有個十分離奇的故事，朱學勤也是在熱河才聽到的；據說，肅順每天一早醒了以後，未下床就先要喝一杯人乳，用的是一只先皇御賜的玉杯，一向爲肅順所珍視。有一天小當差不小心，打碎了那只玉杯，一時嚇得魂不附體；就有人指點他去求教於原爲『穆門十子』之一，而今是肅順的心腹的陳孚恩。

於是陳孚恩授以密計，教他把碎了的玉杯，設法黏合；第二天一早，照樣盛了人乳去侍候，一揭帳子，失聲驚呼，手顫杯落，砸得粉碎。肅順自然要追問，小當差戰戰兢兢地答說，揭開帳子，看見一條金龍盤在床上，受了驚嚇，以致失手。而肅順竟信以爲眞，不但不責罰小當差，還特加賞賜，買囑他嚴守祕密。

這個故事是眞是假，無從究詰；但如說肅順有謀反之心，則陳孚恩一定會知道，甚至參與密謀，那是了解朝局內幕的人，一致深信不疑的。

因此在餞別朱學勤的前夕，屛人密談時，曹毓瑛特別談到留守在京的陳孚恩，提出警告：『陳子鶴老奸巨滑，居心叵測；那是宮燈派在京裡的「坐探」，格外要提防他。』

『知道了。』朱學勤又說：『關於宮燈的那些流言呢？依你看，有幾許可信？』

『這很難說，也不便談論。反正寧可信其有，不可信其無。倘有形跡抓在手裡，千萬愼重，不可造次行事——打蛇要打在七寸上，若無把握，需防反噬！』說到這裡，曹毓瑛從書房裡取出密札一通，鄭重交付：『拜託面呈恭王。我的看法，都寫在上頭了。這封信若落在外人手裡，一場軒然大波，你我都要身敗名裂。千萬當心，千萬當心！』

朱學勤聽他這樣說，當時解開衣襟，把曹毓瑛的信，藏入貼身所穿短襖的夾袋中。

事情已經交代，夜也深了，但賓主二人，都有無限依戀不捨之意；這不僅是因爲交情深厚的緣故，還另有一份『明日隔山岳，世事兩茫茫』的蒼涼之感——朝局混沌，天子病重，一旦『大事出』，在肅順的把持之下，不知會演變成怎樣一個局面？但盼安然度過這個夏天，秋涼回鑾；恭王能與皇帝見了面，渙釋猜嫌，重入軍機，那時大局才有穩定的可能。

『這個夏天，』曹毓瑛感歎著說：『這個夏天可難過了。』

朱學勤懂得他的意思，朗然吟道：『「一年好景君須記，最是橙黃橘綠時！」』

『但願有此「好景」。只怕等不到那時候。』

『對了！』朱學勤記起久已藏在心裡的一個念頭，『有句話一直想問你；於今分手在即，不能不說了。果眞霹靂一聲，天昏地暗，那時如何應變？』

曹毓瑛苦笑了，『你我經常苦思焦慮，未有善策的，不正就是這件事嗎？』

『雖說未有善策，總需有一策。』

『我在信上也約略提到了些。眞個如你所說的，「霹靂一聲，天昏地暗」；那就恐怕不得不走上「與汝偕亡」這條崎嶇險路了。』

何謂『與汝偕亡』？何謂『崎嶇險途』？朱學勤細細地咀嚼著這兩句話；覺得意味深長，頗有啓發。

『我想「霹靂」或不可免；「天昏」或不至於。周公輔成王，天經地義；「上頭」熟讀詩書，難道這個故事都不記得？』

『在你我看是天經地義；在「宮燈」看，正要天翻地覆。周公攝政，管叔蔡叔與武庚作亂，這不也是故事嗎？』

『然則唯有效周公的誅伐了！』

這一句話剛出口，朱學勤恍然自悟，所謂『與汝偕亡』、『崎嶇險途』，正就是指此而言。『宮燈』再厲害，手上沒有立即可以調遣得到的兵力，這是他一個致命的弱點。果眞龍馭上賓，照本朝的成例，必有遺詔派定『顧命大臣』輔保幼主，倘或『周公』竟不與其列，則提一旅之師來清君側，『管叔』和『蔡叔』弟兄唯有俯首受縛。

他們在密議著皇帝駕崩以後，如何以恭王爲中心來應付變局；同樣地，在宮內也有人在悄悄地談論著恭王──自然，那是懿貴妃。

懿貴妃心裡的話，只有一個人可談；不是小安子，是她的胞妹，醇王的福晉。但雖是椒房懿親，進宮探望同胞姊妹，亦不是隨便可以來去的，到熱河八個月中，醇王福晉與懿貴妃見面的次數，總共不上十次；最近的一次是在兩個月前。

不過兩個月的工夫，在她眼中，皇帝又變了一個樣子。

『皇上怎麼這麼瘦呀？』她驚駭地與她姊姊私語：『簡直都脫形了。』

『哦！』懿貴妃楞了楞說：『也許我們是常見面的緣故，倒不怎麼看得出來。』

『皇上自己可知道他自己的病？』

『誰知道呢？』懿貴妃悻悻然地，『他從來沒有跟我提過。我也不問他。』

『皇后呢？』醇王福晉又問：『皇后當然關心；可曾說過甚麼？』

『她能有甚麼主意？主意要別人替她拿。』

『是啊！』醇王福晉覺得進言的時機到了，看一看花影中、廊柱邊，確實沒有人在偷聽，才放低了聲音說：『七爺要我來問問妳，皇上可有了甚麼打算沒有？他害怕得很。』

『怕甚麼？』

『怕有個甚麼三長兩短，要緊的人，一個不在皇上身邊，誤了大事！』

懿貴妃心想，倒難爲醇王，還能想得到此！她平日看她這位妹夫，庸懦無用；照此刻來說，緩急之時，似乎可以做個幫手。但這點意思她就對嫡親的胞妹，亦不肯透露，只平靜地問道：『那麼，誰是要緊的人呢？』

『五爺是過繼出去了，而且人也糊塗；我們的那位七爺，到底年紀還輕，自己知道還擔當不了大事。老八、老九還是孩子，更甭提了。』

這樣，誰是要緊的人？不說也明白，是『六爺』恭王。懿貴妃點點頭，保持著沉默；在未曾回答她妹妹的話以前，她必須先估量一下醇王說這些話的用意，是爲他自己想爬上來而探路，還是眞的爲大局著想？

『萬壽的日子不是快到了嗎？』醇王福晉又說：『六爺該來替皇上拜壽啊！』

『哼！』懿貴妃微微冷笑，『等咱們想到已經晚了，人家早就有了算計；皇上聽了肅六的話，今兒早晨口傳軍機：六月初九萬壽節，除了各衙門有執事的官員以外，其餘的都不必到行在來。』

這下是醇王福晉保持沉默了。她的沉默是眞的無話可說——夫婦倆昨天晚上商量了半夜，才想出讓恭王以叩賀萬壽爲名，到熱河來見皇帝；自以爲這是名正言順的好辦法，特地來告訴懿貴妃，哪知辦法雖好，落在人後，變得一無用處。所以醇王福晉覺得非常掃興。

『肅六就會這一招：想盡辦法不讓六爺到熱河來！可見得他還是怕六爺。』

『對了！』懿貴妃很率直地答道：『妳說了半天，就是這句話還有點兒意思。』說到這裡，她把臉色一止，用低沉而極具自信的聲音又說：『凡事有我！妳回去告訴七爺，沉住氣，別打草驚蛇——那條「蛇」，他可千萬碰不得。』

話裡對醇王藐視得很，做妹妹的覺得好無意味；正想辭出，皇帝派了小太監金環來傳旨，召懿貴妃和醇王福晉去聽戲。懿貴妃心裡明白，這是沾了妹妹的光；皇帝的原意，不過優遇弟婦而兼姊妹的醇王福晉，不能不順便招呼她一聲。本想賭氣告病，但又覺得何苦讓妹妹心裡起個疙瘩？所以想想還是去了。

『避暑山莊』的戲台有三處，最大的在勤政殿前的福壽園，遇到壽慶大典才用。一處在澹泊敬誠殿後面，離皇帝的寢宮極近。還有一處在如意洲；如意洲三面臨水，一徑遙通，宜於盛夏居住，戲台臨水而建，名爲一片雲，肅順已經派人在修理，要趕在萬壽節前啓用。

經常使用的戲台，是在澹泊敬誠殿後那一處。等懿貴妃和醇王福晉到了那裡，戲已開鑼；高踞寶座的皇帝，正聚精會神地注視著戲台上，此時不宜去分他的心，只盡自己的禮節，跪了安，懿貴妃在皇后身旁坐下。醇王福晉不敢僭越，向皇后跪安以後，打算著退到後面去入座，卻讓皇后一把拉住了，指一指懿貴妃身旁的空位。於是醇王福晉便和她姊姊坐在一起。

坐定了看台上，唱的是崑腔，不如亂彈那麼熱鬧，也不如亂彈那麼易解；但正在演著戲的那角色，醇王福晉卻在台上看過他不止一次，是昇平署的一個學生，名叫張多福，據說最得皇帝的歡心——這張多福此刻唱的不知是甚麼戲？只見他身穿水田衣，手執拂塵，想來扮的是個小尼姑；臉上淡掃蛾眉，薄敷胭脂，眉梢眼角，做出無限春心蕩漾的意思，當然是個不規矩的小尼姑。

皇帝與懿貴妃都看得津津有味，皇后卻大不以爲然，嘴裡只不斷輕聲叨念著：『罪孽，罪孽！』而且常閉起眼來；只不過閉不多時，又捨不得不看，還是睜得大大地。

這一齣完了，皇帝放賞，張多福隨即到台下謝恩。接下來又是一齣崑腔：『夜奔』，扮林沖的那個學生，看上去才七八歲，一身簇新的行頭，紮束得極其英俊，隨著小鑼笛子，一面唱，一面做身段，乾淨俐落，絲絲入扣。皇后看得極高興，戲完了，吩咐『放賞』；皇帝爲湊皇后的趣，等他下台謝恩時，特意叫小太監如意，領著他到皇后面前來磕頭。皇后摸著他的頭問了名字，特意又從荷包裡掏出個小金錁子來賞他。

這兩齣崑腔唱過，下面是由京城裡特地傳來的，廣和成班的亂彈，第一齣是老生黃春全的『飯店』，唱的是《隋唐演義》裡的故事，秦叔寶被困在天堂州，遭受飯店掌櫃的凌辱，不得已當鐧賣馬來還店飯錢。黃春全是一條『雲遮月』的嗓子，特別宜於唱這路蒼涼激越的戲；此刻御前奏技，更不敢有絲毫疏忽，撫今追昔，自敘身世，把個英雄末路的淒涼情狀，刻畫得入木三分。扮店家的那個小花臉，自然也使出全副精神，只拿尖酸的言語，逼得秦叔寶走投無路。那副小人臉嘴；在懿貴妃看來，就是肅順第二，所以看著覺得又痛快，又生氣，不住拉著醇王福晉的衣袖，小聲說道：『妳看多勢利！』

等『飯店』唱完，暫停片刻；太監擺膳桌傳膳，這時皇帝才得有工夫跟人說話。

『大阿哥呢？』他問皇后。

『他要跟了來，我怕他唸書的心野了，不讓他來。而且，』皇后正一正臉色又說：『有些戲，可眞也不宜讓孩子來看！』

皇帝知道她是指張多福所唱的那齣『思凡』而言。這齣戲不是淫戲，推陳出新，另有妙解，正要爲皇后講解其中的好處，只見御前大臣肅順，領著內奏事處的官員，捧著黃匣，入殿而來；這是有軍報到了，皇帝不能不先處理。

黃匣中一共七件軍報，其中一件是督辦浙江軍務的杭州將軍瑞昌，和浙江巡撫王有齡會銜的飛奏：浙東壽昌失守，嚴州、蘭溪吃緊。皇帝最不能放心的就是浙江的軍務；由壽昌到紹興，杭州一水可通，關係尤其重大，進退機宜，必須立即有所指示，因而於是傳諭：召見軍機大臣。

好好的戲聽不成了，皇帝大爲掃興；他對瑞昌和王有齡的印象，原就不好，這時越發認定這兩個人辦事不力，所以在指授方略之後，把瑞昌和王有齡大罵一頓。因爲過於激動，話也說得太多，以致氣喘頭昏，不能再去聽戲了。

到第二天精神略好，又續前一天未竟之歡；一早就傳諭，侍候午後開戲，昇平署開了戲單來，皇帝親筆點定，大鑼大鼓的武戲不要，枯燥嚴肅的唱工戲不要；一齣『四海昇平』，硃筆批示：『下次再傳』，剩下的就都是生旦合演的風情戲，或者有小丑插科打諢的玩笑戲。

這樣一連唱了好幾天，到得五月底，一片雲的水座修好了，越發無日不唱；這一陣子皇帝的心情極好，因爲除了浙江以外，各地的軍務都頗有起色。對洪楊的用兵，重心仍在安慶，曾國藩自祁門移駐東流，督飭曾國荃堅持不撤；洪楊悍將陳玉成以攻爲救，竄擾湖北，用意在迫使曾國荃回師相救，便得解安慶之圍，幸好有胡林翼坐鎭，曾氏弟兄才無後顧之憂。此外左宗棠爲曾國藩幫辦軍務，極其得力，更爲皇帝所嘉許。而曾左胡的不負重任，迭建勛業，說來都是肅順的推薦調護之功，因此，皇帝對肅順的寵信，亦復是有加無已。

當然，肅順是要『感恩圖報』的，他決心要讓皇帝好好過一個生日；第一不讓他煩心，皇帝不願與恭王及那些喜進忠言的老臣見面。肅順早就有了佈置，由皇帝親口傳諭軍機大臣，明發上諭，不必到行在來叩賀萬壽。但有執事的官員是例外；與慶典有關的執事官員，不過是禮部、鴻臚寺、光祿寺，以及內務府的司官，從五月中開始，他們就從京城裡帶了大批工匠、物料，把『避暑山莊』佈置得花團錦簇，喜氣洋洋。當然，還有京裡的名伶，早就傳齊了到熱河侍候；萬壽這一天，福壽園、一片雲和澹泊敬誠殿後三處戲台，一起上演，皇帝已有旨意，六月初九這一天：『裡外查著唱，要尋常軸子雜戲共十八刻』；加上照例應景的開鑼戲，半天都唱不完。

就這時候，欽天監也來湊興，專摺奏報，八月初一日，『日月合璧，五星聯珠』，同時繪圖呈覽。這是罕見的祥瑞，看來皇帝快要傳『四海昇平』這齣戲了。

不過，皇帝到底還不是腦筋糊塗，見識淺薄，會陶醉於天象巧合上的昏庸之主；遇到這種情況，尊重家法，先查成例，查出嘉慶四年四月初一，也有此『日月合璧，五星聯珠』的祥瑞，當時仁宗睿皇帝有一道上諭，說川陝教匪未平，不敢侈言符應；只望早日平定匪亂，黎民復業，鋪陳祥瑞，近於驕泰，深爲不取，此事『不必宣付史館，用昭以實不以文之至意』。

皇帝覺得他祖父所說的這番話極好，命軍機傳諭內閣，就照這番意思『明發』，曉諭臣民。但天上的星象『以實不以文』；人間的繁華卻是以文不以實，萬壽的慶典，並不因『東南賊匪，未克殄除』而減少了繁文縟節；行宮內外，特別是內務府的官員，慶壽的情緒跟那幾天的天氣一樣地熱烈。

六月初八暖壽，在福壽園賜食，是晚宴。六月初九萬壽正日，皇帝一早起身，先到供奉了康熙、雍正、乾隆、嘉慶、道光五位皇帝御容的綏成殿行禮；然後臨御澹泊敬誠殿受賀——內設了鹵簿請駕，丹陛大樂，以皇子和親王、郡王為首，貝勒貝子、公侯伯子男五等封爵、文武大臣、翰詹科道，一律蟒袍補掛，各按品級序列，在禮部和鴻臚寺的官員鳴贊之下，雍容肅穆的『慶平』樂章之中，行了三跪九叩首的慶賀大禮。

午時賜宴，仍舊在福壽園。皇帝陞座、賜茶、進膳、賜酒，不斷地奏樂、不斷地磕頭；等這些儀注完畢，個個汗流浹背，委頓不堪，最好回到私寓，解衣磅礴，好好涼快一下。無奈這是辦不到的事；賜宴以後，賜入座聽戲，回頭還有賜食、賜文綺珍玩，許多的榮寵，不能走也捨不得走。

群臣如此，皇帝當然更難支持；他素性畏熱，一回到寢宮，脫得只剩一身綢小褂袴，一面大啖冰鎮的水果，一面由四個小太監替他打扇，等積汗一收，又要了新汲的井水來抹身。這樣自然是痛快；但冷熱相激，卻非他的虛極了的身子所受得了的，頓時覺得鼻塞頭昏，胸頭有股說不出的煩悶。

但是，他不肯把自己的不舒服說出來——有許多原因使得他不能說，大喜的日子召御醫，不獨太掃興，更怕引起不小的驚疑揣測，所關匪細。而且他也不甘於這一個完全屬於自己的日子在病中度過。完成殿行禮；澹泊敬誠殿受賀；福壽園賜宴，他認為那是他所盡的義務，要從此刻起，他才能慶祝他的生日，內務府為他細心安排的一切節目，他絕不能輕易捨棄。

就這時，小太監金環來請駕：說皇后和妃嬪，還有大阿哥、大公主都等著要替萬歲爺上壽。

『知道了！』皇帝甚至都不傳御藥房；只在金荳蔻盒子裡取了些紫金錠、檳榔放在嘴裡嚼著。然後換了輕紗便衣，起駕去受妻兒家人的祝賀。

在煙波致爽的正屋中，皇后以次，所有的妃嬪都到齊了；珠冠鳳衣，一律大妝。

大阿哥和大公主是早就被教導好了的，一見皇帝，便雙雙迎了上來跪安，用滿洲話恭賀吉祥。然後等皇帝陞了座，皇后又領著妃嬪行禮。天氣酷熱，盛妝的后妃，被汗水蒸發得粉膩脂香，卻越顯得唇紅面白，分外嬌豔；好看倒是好看，皇帝卻於心不忍，吩咐一聲：『都去換了便衣吧！』

好在各人的宮女都帶著衣包，又多的是空閒不用的房屋，不妨就在附近更衣。只有皇后回寢宮去換；懿貴妃自覺與眾不同，跟著皇后一起行動；到了中宮，打水抹汗，重新上妝，懿貴妃一面撲粉，一面對皇后小聲說道：『皇后瞧見了沒有，皇上的氣色不好！』

『是累了！』皇后微皺著眉說：『偏偏天又這麼熱。』

『要勸皇上節勞才好。』

『怎麼節？阿彌陀佛，但盼沒有六百里加緊的軍報吧！』

『能有人替皇上分勞就好了。』

『誰啊？』皇后轉臉問道：『妳說誰能替皇上分勞？』

是這樣相當認眞地問，懿貴妃不能不答；但礙著宮女在旁邊，說得太明顯了，怕傳出去又生是非，所以她旁敲側擊地說：『七爺到底年紀還輕；六額駙又太老實！』

故意說到醇王和額駙景壽，意思是皇帝身邊須有一個能幹的骨肉至親來襄助，這當然暗示著恭王。皇后再忠厚，也不能聽不懂她這句話。

於是皇后答道：『京裡也要緊，那是根本之地，得要六爺這樣的人，在那兒坐鎮。再說，洋務也沒有人能辦得了；這一陣子正跟那個洋人，總稅司赫德議關稅的章程，哪兒離得開呢？』

皇后何嘗知道甚麼關稅？而居然連總稅司是洋人，名字叫赫德都知道，豈不可怪？這不用說，當然是聽皇帝談過；看樣子恭王不能離京的這些理由，也是皇帝的話。然則皇后一定跟皇帝談過恭王的事——懿貴妃對此極其關心，只苦於無法向皇后細問究竟。

想一想，只好話裡套話來，略窺端倪：『關稅本當戶部該管；也不全是總理各國事務衙門的事，而且在該衙門行走的，還有六爺的老丈人桂良，還有文祥。』

皇后不知是計，說了實話：『六爺原有個摺子，請旨由戶部會商辦理。肅六說戶部不懂洋務，事權不專，反而不好；又說，洋人只相信六爺，非六爺在京主持不可。』

『哼！』懿貴妃微微冷笑，『倒眞是會揀好聽的說。』

『我看不是好話……』

『皇后！』懿貴妃突然間一喊，打斷了她的話。

這是甚麼意思？皇后微感不悅，愕然相視；懿貴妃努一努嘴，又使一個眼色，很明白表示出來，窗外有人在注意她們的談話。

抬眼看去，隱約見有一名太監站在窗外，凝神側耳，看模樣是有些可疑。皇后素性謹愼，便不再多說，只從背影中認清了這名太監，名叫王喜慶，是敬事房額外的『委署總管』，派在中宮，專門擔任皇后傳取應用物件，與內務府打交道的差使。

然而皇后也不免困惑，如果說王喜慶是在偷聽談話，他的目的何在？是爲人做奸細嗎？那麼指使他的人又是誰？最要緊的是，王喜慶所希望偷聽到的是些甚麼話？這些疑問都必須先弄清楚，才好定處置的辦法。但在當時，沒有機會也沒有時間跟懿貴妃商量。

『皇上派人來催來了！』雙喜在皇后身後悄悄稟報。

『好了，好了，就走！』

等皇后和懿貴妃剛到澹泊敬誠殿後的戲園，皇帝緊接著也駕到了，進過果盒，隨即傳旨開戲。宮中年節喜慶，照例要演『大戲』，那是乾隆年間傳下來的規矩；凡是『大戲』，不重情節，講究場面；神仙鬼怪，無所不有，萬壽節的大戲，總名『九九大慶』，其中再分『麻姑獻壽』、『瑤池大宴』、『海屋添籌』等等關目，幾乎把所有關於壽誕的神話，都容納了進去，只見滿台的王母娘娘、南斗、北斗、壽星、八仙、金童玉女、天兵天將；一個個服飾鮮明，形容奇特，齊聲合唱著『天下樂』、『太平令』、『朝天子』、『感皇恩』之類北曲的『牌子』，載歌載舞，熱鬧異常——這是在京城宮裡所看不到的；不想乾嘉的盛況，復見於此日戎馬倉皇的行在，這雖是內務府的一片『孝心』，但皇帝於大飽眼福之餘，內心不能沒有感慨。

大戲完了，接演皇帝親點的『尋常軸子雜戲』；時屆申初，開始晚宴，皇帝獨據正中金龍桌圍的大膳桌；皇后帶著大阿哥、大公主坐東邊第一桌；西邊第一桌是懿貴妃，其餘妃嬪，兩人一桌，按照位分高下，冊封先後，在東西兩邊，依序入座。太監傳膳，宮女打扇，殿內殿外侍候的人，有兩三百之多，但趨奉行走，聲息全無；戲台上的唱詞科白，每一個字都聽得清清楚楚。

所有的后妃，都覺得這是最享受的一刻，但皇帝卻不對了，由於出了些汗，頭昏鼻塞倒是好得多了，肚子裡卻作怪，一陣一陣地疼；先還忍著，忍到後來，冷汗淋漓，臉色發青，小太監如意看出不妙，趕緊走了過去，低聲問道：『萬歲爺哪兒不舒服？』

『肚子疼。想拉！』

『奴才侍候萬歲爺方便。』

『等一等！』皇帝心想，一離座而起，整個歡樂熱鬧的局面，頓時就會改觀；所以還希望能忍得下去。

『是！』如意口裡這樣答應，暗中招呼了敬事房首領太監陳勝文，有所準備；同時取了些暑天所用的成藥，悄沒聲地進奉皇帝服用。

那些成藥，都是參酌數百年來的驗方，精選上等藥材所製，及時而服，確具神效，可惜進用得太晚了些，一無效果，皇帝裡急後重，忍無可忍，終於不得不起身如廁，並且一疊連聲地叫：『快、快！』

於是兩名小太監掖著他，幾乎腳不點地，一陣風似地把他送入預先已準備了淨桶的後院套房裡。事出突然，一殿皆驚！但誰也不敢亂說亂動，只一個個偷眼看著皇后。

皇后已學會了鎮靜，她知道馬上會有人來奏報；所以急在心裡，表面還能保持中宮的威儀。果然，陳勝文匆匆趕了來，跪在皇后座椅旁邊，低聲說道：『皇后萬安，萬歲爺只是鬧肚子。』

『喔！你去看看，馬上回來告訴我。再找一找欒太、李德立，看是在哪兒？』

『剛才已經請旨了，萬歲爺不叫傳御醫。』

『嗯！』皇后懂得皇帝不欲張皇的意思，『你先去看看情形怎麼樣再說。』

『是！』

『還有，悄悄兒告訴各宮的丫頭，讓她們告訴她們主子，別驚慌，別亂！』

『奴才已經告訴她們了。』

『好，你去吧！我等著聽你的信兒。』

陳勝文答應一聲，磕了個頭，站起來趕到皇帝那兒；只見七八個小太監圍著皇帝，替他擦臉的擦臉，指手的指手，打扇的打扇，繫衣帶的繫衣帶，皇帝雖還不免有委頓的神氣，但臉色已好得多了。一見陳勝文，不等他開口，皇帝先就說道：『嘿！這下肚子裡可輕鬆了！怕的是晌午吃的水果不乾淨。』

陳勝文連忙跪倒回奏：『奴才馬上去查。』

『唉，算了吧！高高興興的日子。』皇帝又問：『外面怎麼樣？』

『皇后挺著急的。奴才跟皇后回過了，說萬歲爺只不過鬧肚子，皇后才放心，吩咐奴才來看了，再去回話。』

『你跟皇后說，沒事！我馬上就出去。』

『是！』陳勝文又說：『奴才請旨，可要傳御醫侍候？』

『胡鬧了！』

聽得這一句話，陳勝文不敢再多說。匆匆又趕了去回報皇后。這時在外面護衛的御前大臣肅順、景壽，領侍衛內大臣醇王奕譞，都得到了消息，顧不得后妃在內，以天子近臣的資格，不奉宣召，紛紛趕來侍候。剛一進戲園，皇帝已經出臨；於是后妃、大臣、太監、宮女，連戲台上的『陳最良』和『春香』，一齊跪迎，直待皇帝入座，方始起立，照常演戲。

肅順、景壽和醇王，又到御前問安；皇帝搖搖手，夷然說道：『沒有甚麼，沒有甚麼！你們就在這裡陪我聽戲。』說著，又回頭吩咐小太監如意：『給六額駙他們擺桌子，拿幾樣菜過去！』

三位大臣一叩首謝了恩；趁擺膳桌的工夫，三個人退到後面，把陳勝文找來問了情形，商量著要不要傳御醫侍候。肅順以皇帝的意旨爲意旨，景壽沒有主見，醇王卻力主慎重，說把欒太、李德立找來待命的好。有備無患總是不錯的；肅順拗不過醇王的意思，只好派人去找。

要找不難，必是在福壽園。找了東廊找西廊，從大帽子底下一張一張的臉看過去，先找到欒太，然後又在最後面的座次上找到了李德立；招招手都喚了出來，跟著內務府官員離開了福壽園。

眾目昭彰下的行動，立刻引起了所有在場的官員的注意，紛紛交頭接耳，驚疑地猜測著；猜測多集中在皇帝身上，是嘔血還是發燒？反正來勢不輕，否則不會在大喜的日子，宣召御醫。

許多人都有個存在內心裡不敢說出來的感覺：壽辰召醫，大非吉兆，還有些人無心看戲了——他們心中有齣『戲』，正要開始，病骨支離的皇帝，拋下一群年輕貌美的妃嬪和一個六歲的孤兒，一瞑不逝；大政付託何人來代掌？是眼前跋扈的權臣，還是京裡英發的親王？這勢如水火的一親一貴，可能夠捐棄前嫌，同心協力來輔保幼主？倘或不能，那麼勾心鬥角，明槍暗箭的爭奪；令人驚心動魄的程度，不知要超過此刻戲台上多少倍！

然而戲台上的出將入相，一朝天子一朝臣，究不過是優伶面目；台下的這齣『戲』唱了起來，可就不知幾人得意，幾人失意？自覺切身榮辱禍福有關的一些人，不但無心看戲，而且也必須早早設法去打聽消息。

這些人中，有一個就是曹毓瑛。但奉旨入座聽戲，不可擅離；他是個極深沉的人，既然一時無法脫身去打聽，便索性不談那些無根的揣測之詞，所以他心裡最熱，表面卻最冷靜。

等散了戲，各自退出。曹毓瑛先回軍機直廬休息；這天值日的軍機章京是許庚身，清閒無事，正照他堂兄許彭壽的囑咐，調了一壺好松煙黑漿，在寫『大卷子』，準備明年『會試』。一見曹毓瑛便放下筆站起來讓座。

『我眞羨慕你！』曹毓瑛摘下大帽子，放在桌上，從許庚身的聽差手裡接過一塊熱手巾，一面沒頭沒腦地擦著汗，一面又說：『今天這種日子，得有此片刻清閒！看我，袍褂都溼透了！』

許庚身笑了笑，問道：『裡頭來，可有所聞？』

『我還向你打聽吶！』

『欒、李二位還不曾下來；但也不曾請脈。』

『喔！聖躬如何不豫？』

『琢翁竟還不知道？』許庚身訝然答道：『說是吃了生冷鬧肚子；一瀉以後就好了。』

『原來如此！』曹毓瑛點點頭低聲說道：『我先回去。這裡就偏勞了。』

『請吧。有消息我隨時送信；等李卓軒下來，我通知他到你那裡去。』

『那就太好了。費心，費心！』

曹毓瑛拱拱手，作別自去。因爲要等消息，所以一回家就吩咐門上，除了李太醫以外，其餘的訪客，一律擋駕。到了晚上，一個人在後院裡納涼；看看夜深，並無消息，正待歸寢，門上一盞紗燈，引著一位客人走了進來，正是李德立。

曹毓瑛趕緊披了件長衫來肅客；先請寬衣，李德立匆匆答道：『不必了。我還要趕進宮去當差。』這一說，是特地抽空來送緊要消息。曹毓瑛等聽差侍候了茶水，隨即揮一揮手，讓所有的下人都迴避。

於是李德立憂形於色地低聲說道：『上頭的病不妙！』

『怎麼？不是說鬧了一陣肚子，沒事了嗎？』

『晚上又發作了，一連瀉了四五次——泄瀉最傷人，何況是虛極了的？唉，諱疾忌醫，只不過半天的耽誤，弄得元氣大傷。』

曹毓瑛想一想，明白了他的話；皇帝諱疾，不肯召醫，又不忌生冷油膩，以致再度泄瀉，但是：『夏天鬧肚子，也不是甚麼了不得的病啊？』

『別人沒有甚麼了不得，擱在虛癆的人身上，就不是這麼說了。需知壽命之本，積精自剛；內經有云：精不足者，補之以味。味者五穀之味也；補以味而節其勞，則積貯積富，大命不傾。所以治上頭的病，一直以溫補爲主，用『小建中湯』加人參，附子；建其中氣，庶可飲食增而津液旺，充血生精，漸復眞陰之不足。於今數月之功，毀於一旦。』李德立說到這裡，連連頓足，望空長歎：『天命如此，夫復何言？』

聽這話、看這神氣，皇帝的病，竟是出乎意料的嚴重，曹毓瑛通前徹後想了一遍，爲了確實了解情況，他這樣問道：『卓軒，岐黃一道，我是外行。請你打個比方行不行？』

『好比一座風雨茅廬，牽蘿補屋，苫苫遮蓋；只待壞天氣過了，好作抽梁換柱之計，誰知無端一陣狂風，把個茅草頂都掀掉了！你看，今後如何措手？』

『那麼，』曹毓瑛的聲音低得僅僅能讓對方聽見：『還有多少日子呢？』

李德立沉吟了一會答道：『想必你還記得，我曾說過一句話：只要「平平安安度過盛夏，一到秋涼，定有起色。」』

話已經很明白了，皇帝怕度不過盛夏。曹毓瑛極深沉地點一點頭，未再開口。

『琢翁，我告辭了；還要趕到宮裡去。』

『辛苦，辛苦！』曹毓瑛拱手答道：『我也不留你了。等你稍閒了，我奉屈小酌。』

『我先謝謝！』李德立遲疑了一下又說：『琢翁，「大事」一出，頭一個就是我倒楣；那時還要請多關顧！』說著隨手就請了一個安。

主人攔阻不及，只好也照樣還了禮，一面急忙答道：『言重，言重。老兄儘管放心，你的事就是我的事。有何變化，但盼能隨時賞個信，就承情不盡了。』

『那是一定的。』李德立又說：『這是燈盡油乾的事；到時候可以算得出日子。』

這一說曹毓瑛略微放了些心。他就怕皇疾暴崩，措手不及；現在照李德立的話看，大限來時，可以前知，無論如何可獲一段緩衝部署的時間來應變，事情就好辦得多。

等李德立走了以後，他又整整盤算了半夜。第二天猶在萬壽節期內，原可不必入值；但聖躬不豫，要去請安。一到直廬，就聽到消息，說軍機大臣正關緊了房門，有所密議。

但對軍機章京來說，並無機密可守，曹毓瑛很快地得到了進一步的報告，那些軍機大臣所密議的，是一件令人十分頭痛的事——京師銀價大漲，官錢號浮開濫發的錢票，大爲貶值，票面一千，實值僅得十二文；因爲缺銅的緣故，制錢本來就少見，這一下，商號舖戶，越發不肯把現錢拿出來，以致物價飛漲。有錢的人用的是銀子，水漲船高，不受影響；苦的是升斗小民，特別是不事生產的旗人，每月只靠有限的錢糧，維持生計，手中所有，不過幾張官號錢票，必須想辦法替他們保值。

會議中有人主張廢止官號錢票。這倒是快刀斬亂麻，徹底整理的根本辦法；但官號錢票多在小民手中，沒有適當的補償，以一紙上諭，貶成廢紙，勢必激起民變，所以沒有人敢附和這個主張。但如何能讓官號錢票，維持應有的價值，卻誰也拿不出好計畫。而且肅順也不在座；他兼著戶部尚書的職位，這件事正屬他該管，沒有他的參與，議了也是白議。這樣，可想而知的，談了半天，必落得一場無結果。

肅順是知道有這個會議的，事實上此會還是他所發起，特意選定萬壽次日不必處理其他政務的機會，好好來商議一番。誰知道大好的日子，偏偏皇帝又添了病，他以領侍衛內大臣和內務府大臣的雙重資格，必須在御前照料；迫不得已只好不理這個極重要的會議了。

皇帝的病，替他帶來了極大的不安；因爲聽欒太和李德立的口氣，似乎對診療已失去了信心，而皇帝在連番泄瀉以後，那種奄奄一息的神氣，更是觸目驚心。一旦『大漸』，必有遺命；議親議貴，顧命大臣中，少不了恭王的名字，權勢所在，難免衝突，雖不致鬥不過他，總是件極麻煩的事。

爲此，肅順幾乎片刻不敢離開皇帝的寢宮；深怕在他不在御前的那一刻，皇帝下了甚麼於他不利的諭旨，不能及時設法阻止。但他可以用『節勞』，這些理由來勸阻皇帝召見親貴，卻不能禁止親貴來給皇帝問安。

這天相約一起來視疾問安的親貴，一共三位，除了惇王和醇王以外，另一位是惠親王綿愉，皇帝的胞叔，行五，宮中稱爲『老五太爺』。份屬尊親，肅順不敢出甚麼花樣，遞了『牌子』，皇帝『叫起』；便引領著這三王直到御榻前面。

惇王和醇王都跪了安；『老五太爺』是奉過特旨，平日宴見，免行叩拜禮的，所以只垂手而立，說一聲：『綿愉給皇帝請安！』

骨瘦如柴的皇帝，倚坐在御榻上，微微點一點頭；然後苦笑著有氣無力地說道：『本想跟大家好好兒熱鬧一天，也算苦中作樂。誰知天不從人願。唉！』

『皇帝安心靜養。暑天鬧肚子，也是常事。』

『是啊！』皇帝滿有信心地說：『我想，歇個一兩天也就好了。』

『唯願早占勿藥，方是天下臣民之福。』老五太爺說到這裡，無緣無故向肅順看了一眼。

『嗯，嗯！』皇帝也向肅順看了一眼。

這是個暗號，肅順隨即向惇王和醇王說道：『皇上累了。老五、老七，你們跪安吧！』跪了安，三王一起退出。惇醇兩王，與皇帝弟兄相見，且在病中，卻連句話都說不上，心裡非常不舒服。但就是這樣，肅順仍不免起了戒心，他覺得要保護自己，就必須抓權。權不但要重，還要多——差使攬得越多，越容易防範得周密。

但是，眼前還不是進言的時候；皇帝的泄瀉，算是漸漸止住了，卻誠如李德立所說，『元氣大傷』，一時補不過來，每天昏昏沉沉的連話都說不動，自然無法召見軍機，裁決政務。皇帝處理大政的方式，外間不盡明瞭；不過一連三天，未見一道明發的上諭，那就不言可知，這三天中皇帝未曾召見軍機。勤政是開國以來，相沿不替的傳統，從雍正年間設立軍機處以來，皇帝幾乎無一日不與軍機『見面』，除非是病重得已不能說話。

因此，從熱河到京城，謠言極多，內容離奇古怪，但無非說皇帝已到了『大漸』的時候；甚至還有人說，皇帝已經駕崩，肅順一手遮天，祕不發喪，要等他部署完成了，才發『哀詔』，這些話在有見識的人聽來，自然覺得可笑，可是流傳在市井之間，卻認爲是合情合理的。於是銀價和物價，波動得格外厲害了。

這是肅順該管的事，他無法坐視不問。幸好在他接任戶部尚書以後，曾經不留情面地辦過戶部官員與官錢號勾結舞弊的案子，有此一個有力的伏筆，文章就好做得多了。找了個皇帝精神略好的機會，他向皇帝陳奏，官錢號必須嚴格整頓，一方面處以罰金，一方面逐漸收回官錢票，等整頓告一段落，把戶部所屬的四處官錢號改歸民營，但內務府所管的五處官錢號，要劃開來另行整理，免得牽累在一起。同時，少不得把以前戶部的『堂官』，如翁心存這些人的『辦事不力』，又舊事重提了一番。

皇帝對肅順，早到了言聽計從的程度；而況是在病中，根本沒有應付煩劇的精力，當時就只說了一句：『你好好斟酌著辦吧！過兩天寫旨來看。』

接著，肅順又說了許多皇帝愛聽的話，先是各地的軍情，如何如何有進展；然後談到修葺『避暑山莊』的工程。這使得皇帝想起了一件事，揮一揮手打斷了他的話。

『聽說你也在熱河蓋了屋子。有這話沒有？』

『有，』肅順毫不遲疑地回奏，『奴才的一舉一動都不敢瞞皇上。奴才是蓋了屋子，而且蓋得很堅固，到現在還未完工。』

『噢！』皇帝說了這麼一個字，而語氣中帶著疑問，是極明顯的。

『這有個緣故。』肅順從容地又說，『奴才深知皇上的陽氣旺，怕熱；以後年年要侍候皇上到熱河來避暑，日子還長著哪！不能不打算得遠一點兒。』

說『怕熱』是『陽氣旺』；說『年年要到熱河來避暑』；說『日子還長』，這在皇帝，都是十分動聽的話，頓時覺得精神一振，要下地來走走。

於是，小太監們服侍皇帝穿好衣服，扶著下床，左右護侍；皇帝只覺雙足發飄，地上好像處處都是軟的。而且就這樣攙著走路，都不免微微喘氣；所以攙到南窗下面，自己又說：『我還是坐下吧！』

肅順一聽這話，趕緊親自移了一張細籐軟靠椅過來，扶著皇帝坐好。這天天氣涼快，傍晚之際，好風入戶，吹在軟滑的熟羅小褂袴上，感覺上非常舒服；皇帝用錦州醬菜佐膳，吃了兩小碗鴨丁粳米粥，精神大好，思量著要找些消遣了。

『肅六！』皇帝喊著，聲音相當清朗。

『喳！』肅順也響亮地答應。

『今兒十五，月白風清，你看，我到哪兒逛逛？』

『這個……』肅順想了想答道：『奴才給皇上出個主意，「芝逕雲隄」的月亮最好，皇上不如到那兒去納涼；再傳了昇平署的學生來，讓他們清唱著消遣。』

『好，好！』皇帝欣然答道：『就這麼辦！』

『是！奴才馬上去預備。』

肅順隨即分頭遣人，一面通知昇平署侍候清唱；一面在『芝逕雲隄』準備黃幄、坐具、茶爐。然後回入殿內，料理起駕；怕夜深天涼，皇帝身體虛弱，特別叮囑管理皇帝靴帽袍褂的『四執事』太監，多帶各種單夾衣服，好隨著天氣變化，隨時添減更換。

等一切準備妥善，皇帝坐上明黃軟轎，肅順親自扶著轎槓，迤邐向『芝逕雲隄』而去。

『芝逕雲隄』是聖祖仁皇帝親題的『避暑山莊三十六景』之一；山腳下一片明淨的湖水，爲一條芝形的土隄隔成兩半，這條隄就叫作『芝逕雲隄』。涉隄而北，即是『如意洲』，又名『一片雲』；臨水而建的戲台，就在那裡。但皇帝此一刻所臨幸的地方，是在南岸；到得那裡，恰是月上東山的時候，澄徹蟾光，映著一湖倒映柳絲的湖水，清幽極了。皇帝特意吩咐，不要看見一點燈光；於是太監分頭趕到附近的屋子，傳旨熄燈。自然，御前照明的大宮燈，也都一起熄滅。

略略歇得一歇；肅順帶著昇平署的總管太監安福，皇帝最寵愛的幾個學生，還有嘉慶年間就在熱河當過差，於今專教學生唱曲的老伶工錢思福、費瑞生、陳金崔等人，來向皇帝磕頭請安；隨即呈上戲摺子，請求點戲。

皇帝不必看戲摺子；他的腹笥甚富，隨口吩咐：『唱《長生殿》吧！』接著，抬頭望著藍天淡淡的雲彩，唸道：『凝眸，一片清秋，望不見寒雲遠樹峨嵋秀！苦憶蒙塵，影孤體倦，病馬嚴霜，萬里橋頭，知他健否？縱然無恙，料也為咱消瘦……』唸到這裡，皇帝低頭問道：『這一摺叫甚麼？』

這一折叫〈尸解〉。皇帝久病不癒，安福怕說出來嫌忌諱，所以只是磕頭，不敢回答。

肅順雖不解音律，但《長生殿》是宮中常唱的傳奇；他聽也聽熟了，記得皇帝剛才所唸的曲文，是描寫楊貴妃在馬嵬驛被陳元禮兵變所迫，懸樑自盡以後，陰魂不散，如何在淡月梨花之下，自傷玉碎珠沉，追憶當日恩情。此時此地，唱這樣悽涼蕭瑟的曲子，實在有些犯忌諱；這是安福不敢回奏的緣故。

於是他故意叱斥安福：『你看你，當差越當越回去了！怎麼讓皇上給考住了呢？下去吧，揀好的唱來給皇上聽！』

這算是解消了一個僵局，安福固然如釋重負；皇帝也想了起來這一折名為〈尸解〉，同時也明白了安福不敢回奏的緣故，所以由著肅順，並未作聲。

安福知道皇帝最愛那些辭藻清麗，或者情致纏綿的南曲；看到眼前的景致，想起《琵琶記》裡有一折，恰好當行出色，於是便叫陳金崔擫笛，費瑞生掌板，由皇帝所激賞的學生張多福主唱。

檀板一聲，笛音旋起，張多福啓喉唱道：

楚天過雨，正波澄木落，秋容光淨，誰駕冰輪。

來海底？碾破琉璃千頃。環珮風清，笙簫露冷，

人生清虛境。珍珠簾捲，庾樓無限秋興。

這曲牌叫『念奴嬌』，下面要換調了；就在這空隙中，皇帝向肅順問道：『你知道這唱的叫甚麼？』

『奴才哪兒懂啊？』肅順陪笑道：『聽那輸兒，好像敘的是月夜的景致——這倒是對景掛畫。』

『對了！這是《琵琶記》的〈賞秋〉，秋天不寫月亮，可寫甚麼呢？你聽著吧，下面還有好的。』

前面的張多福，聽見皇帝這麼說，越發打點精神，接著唱下面的『生查子』和『念奴嬌序』。

逢人曾寄書，書去神亦去。今夜好清光，可惜人千里，長空萬里，見嬋娟可愛，全無一點纖凝。十二闌干，光滿處，涼浸珠箔銀屏。偏稱，身在瑤台，笑斟玉斝，人生幾見此佳景？

『好曲文，好曲文！』皇帝擊節稱賞；又說：『張多福今天嗓子在家，咬字也好了！』

肅順聽見這話，便即喊道：『皇上誇獎張多福。謝恩！』

安福早就準備著的，隨即帶了張多福到御案面前磕頭。皇帝賞了一盤杏波梨，於是又一次磕頭謝恩；退回原處，接著往下唱。

唱到『峭寒生，鴛鴦瓦冷玉壺冰，闌干露溼人猶憑』，皇帝大爲皺眉。他的一舉一動，眉高眼低，肅順無不注視著，這時知道出了岔子了，所以等這一支『古輪台』唱完，隨即俯身低問：『可是

問。

哪兒唱錯了？』

『嗯！』皇帝點點頭問：『是誰教的？傳他來！』

張多福這一折〈賞秋〉，是陳金崔所教；安福帶著他惴惴不安地來到御前，跪了下來，聽候傳問。

『誰叫你「連腔」？』

陳金崔囁嚅著回奏：『「淫」字「連腔」，聽起來像平聲。』

『「淫」字是入聲，你怎麼教張多福唱成平聲？難聽死了！』

這一下碰過來，越發叫陳金崔汗流浹背，結結巴巴地說：『是奴才的師父這麼教的。』

他的教曲的師父，如何可用來抵制皇帝？這是極不得體的奏答，可以惹惱了皇帝，有不測之禍。宮中相傳的心法，遇到這種情形，要搶在前面申斥、開脫，來平息皇帝可能會爆發的怒氣。所以安福嚴厲地喝道：『好糊塗東西！你師父算得了甚麼？你師父教的，還能比得了萬歲爺的教導！』

『是，是！』陳金崔不住在地下碰著響頭，『奴才糊塗，求萬歲爺教導！』

皇帝有樣好脾氣，在這些上面，一向『誨人不倦』；小太監寫錯了字，他會和顏悅色地給他們指出來，甚至硃筆寫個『字樣』，吩咐『以後照這樣寫』。因此陳金崔和安福十分惶恐，皇帝卻夷然不以爲意，眞個指點了他們一番。

『你那個師父也不高明，怕的連南曲、北曲都搞不清楚。』皇帝徐徐說道：『北曲的入聲，唱高了像去聲，唱低了像上聲，拖長了就成平聲。《琵琶記》是南曲，「淫」字唱錯就錯在這個「連腔」上面。這你明白了吧？』

『萬歲爺聖明！萬歲爺的教導，奴才一輩子受用不盡。』陳金崔又大著膽說：『奴才斗膽，再求萬歲爺教導，南曲的入聲該怎麼唱才動聽？』

『出口即斷，也別有意做作；輕輕一丟，自然乾淨俐落。崑腔是所謂「水磨調」，婉轉之中要有頓挫，就在這些上頭講究。』

皇帝顧曲，實在可算知音；昇平署的老伶工，無不心誠悅服。皇帝也大為得意，現身說法，便親自小聲哼唱著教他們。就這樣消遣到二更時分，夜涼侵人；肅順再三諫勸，皇帝才懷著餘興，起駕回宮。

這一夜睡得非常酣暢，第二天醒來，皇帝覺得精神大好；決定召見軍機大臣。照例，在此以前，他要跟肅順先作一番商量。

『精神到底還不算太好，今天也只能料理些最緊要的。』皇帝問道：『你看，除了軍報以外，還有些甚麼非先辦不可的事兒？』

『啓奏皇上，官錢票一案，要早早降旨。』

『嗯。』皇帝點點頭，『我知道了。「叫」吧！』

於是，肅順親自去『叫起』。有些軍機大臣，跟他也有兩天沒有見面了；相對一揖之後，少不得寒暄一兩句，同時探問皇帝的病情。

『好得多了。』肅順答道：『不過還不勝煩劇；請諸公奏對的時候，不必說得太多。』

肅順的話，在他們與上諭無異；因此這天進謁御前，能不說話就不說話；但官錢票的案子，前因後果，特別複雜，一時不能詳細商酌，便又擱了下來。

就在這擱置的期間中，肅順一天在家納涼，忽然想到了一著擴張勢力，扶植黨羽，打擊政敵的好棋；第二天進宮，找了個機會向皇帝進言。

話是由修葺『避暑山莊』的經費談起來的。肅順向皇帝說，京裡由內務府管理的五家『天』字官錢號，盈虧關係著宮內的用度；現在戶部調度各地軍餉，相當困難，而且即令有餘款，如果用來修葺行宮，一定會惹起御史的閒話。這樣，自然而然就出現了一個結論：五家『天』字官錢號，必須派個妥當的人，切實整頓管理；當然這個人應該是總管內務府大臣。

總管內務府大臣，並無定額。留在京裡的有兩個，一個是寶鋆，一個是明善；明善的資望淺，而且才具、操守，都不能讓皇帝信任。但是寶鋆更不行——皇帝對他的印象極壞。

從到熱河以後，寶鋆有兩件事，大忤旨意。第一件是圓明園讓英法聯軍燒掉以後，寶鋆身爲總管內務府大臣，連出城去看一看都不敢，而且因爲管理圓明園的印鑰已經奉旨交出，自覺已無守園的責任，所以並不自請處分，只上了一個『奏聞』的摺子。圓明園的被焚，是皇帝最最痛心的恨事，滿懷鬱憤，恰好發洩在這道摺子上，硃筆痛斥寶鋆沒有『人心』；是『我滿洲中之廢物』；不自請處分『尤爲可惡』，處分是：『開去一切差使，降爲五品頂戴』。但不多久，靠恭王的斡旋，以京城『城防』的勞績，開復原官。寶鋆與恭王的交情，厚到了可以隨時開玩笑的程度；這才是他爲皇帝所厭惡，和爲肅順所排擠的主要原因。

到了熱河，要修行宮；命寶鋆提撥二十萬兩銀子應用。不知是眞的沒有錢，還是另有緣故，總之寶鋆不曾遵旨辦理。這使得皇帝越生惡感；所以『天』字官錢號是絕不會派他去管理的。

於是肅順建議，就在京大臣中，另簡一員當總管內務府大臣，專管此事。皇帝同意了，只待決定人選。

總管內務府大臣是滿缺；只有就滿洲大臣中去挑。肅順故意說了幾個不夠格的名字；然後逼出吏部尙書全慶來。

全慶是翰林出身，當過好幾次鄉會試的考官和殿試的『讀卷大臣』，也算是素負清望的；肅順看不起那些昏瞶庸鄙的滿洲大臣，對全慶卻無惡感，同時他也知道全慶多少有依附他的意思，所以乘機保薦，表示籠絡。

皇帝採納了他的建議。

『再跟皇上請旨：內務府的印鑰，可仍舊是由奴才佩帶？』

『當然啦！你這話問的是甚麼意思？』

『奴才想求皇上賞一道硃諭，申明旨意；以後奴才跟全慶商量公事，就方便得多了。』

這『商量公事』，包含著向全慶提用款項在內；皇帝自然支持他的請求。

於是皇帝在面諭軍機大臣，吏部尙書全慶兼署總管內務府大臣的同時，下了一道硃諭：『肅順仍帶內務府印鑰。』此外，還有好幾件硃批的奏摺交下來；使得清閒了好幾日的軍機章京們，又大忙了起來。

硃批的奏摺，在軍機處只錄存副本，稱爲『過硃』；原摺發交原奏事衙門。在京的大小官員，從萬壽節以後，就未見過『明發上諭』；上了奏摺的衙門，也不見原摺發回，以致謠言極多，人人關懷，不知『聖躬不豫』到了怎樣的程度？因此，凡是在內廷當差的官員，那幾日都是訪客不絕，意在探聽消息；當然，他們自己在宮裡也是天天在打聽：『熱河有「包封」沒有？』軍機處專差飛遞的文件包，稱爲『包封』；若有包封，便可以知道皇帝已照常召見軍機，處理政務，當然是『聖躬康復』了。

這天終於等到了熱河的包封，在內廷當差的官員；特別是那些位居清要，行動比較自由的翰林，紛紛到內閣去打聽消息。看到『御筆』的字畫端正有力，足見皇帝的精神極好；七八天以來的懸揣不安，就從這幾個字上一掃而空，爭相走告，喜形於色。

但是，極少數的幾個人，所知道的情況，並非如此。朱學勤就是這極少數中的一個。

在曹毓瑛的套格密札中，曾提到皇帝的病，泄瀉已經止了；但『虛損』愈甚，行動氣喘，而且下午潮熱，夜裡盜汗，種種症候都令人憂懼。

令人憂懼的還不僅是皇帝的病，肅順似乎更見寵信了！當然，這裡面的作用，只有深知內幕的人才能領悟；甚至於連全慶自己，都還不知道他是無形中受了肅順的利用，以爲上蒙聖眷，才有此恩命，得意之餘，興致極好，凡有道賀的賓客，幾乎無不親自接見。

朱學勤去道賀時，恰好遇見翁同龢。他們都算與全慶有一重師生之誼，所以稱他『老師』；做老師的有這樣一個紅章京、一個名翰林的門生，當然也格外要假以詞色，恰好天也不早了，全慶堅留他們在家『小酌』。

談來談去，談到肅順。朱學勤謹愼，翁同龢素性『和平』，不喜論人短處，但因爲他父親翁心存被肅順『整』得幾乎下不得台，自然對他也沒有好感，這樣就只好付之沉默了。

『肅六這個人，可以說是「名滿天下，謗亦隨之」。』有了幾分酒意的全慶，摸著八字鬍子，大聲說道：『都說他看不起我們自己旗人；依我看，這話亦不可一概而論。』

說著，舉一舉杯，從這個門生望到那個門生；意思是要他們表示些意見。

朱翁二人相對看了一眼，朱學勤年紀長些、科名早些，便『義不容辭』，要在翁同龢之前先開口。

『老師翰苑前輩，清望素著；肅中堂當然不敢不尊敬的。』

『對了！肅六自己不甚讀書，卻最懂得尊敬讀書人。這不能不說，是他的一項長處。』

這多少也是實情；而且礙著老師的面子，朱修伯和翁同龢不能不稍作附和。於是全慶談肅順談得更起勁了，談到咸豐八年的科場案，全慶又爲肅順辯白，說經此整頓，科場弊絕風清，完全是肅順的功勞；因此他認爲肅順當時極力主張置主考官大學士柏葰於大辟的重典，剛正可風。同時他也透露，那時他是贊成肅順的主張的。

這一說使得朱學勤恍然大悟，原來肅順的保薦全慶，早有淵源，並且由此可以得到更進一步的證實，肅順的保薦全慶，不僅是示惠籠絡；而是有計畫地培植黨羽。

第二天，他把他的這一看法，告訴了文祥。

文祥字博川，是唯一留在京裡的一個軍機大臣。他與寶鋆被公認爲恭王的一雙左右手；但朝野清議，都覺得他比寶鋆高出許多，是滿洲世家中的第一流人才。

聽了朱學勤的話，文祥黯然不語；好久，拿起時憲書翻了一下，自語似地說：『七月初二立秋。』

朱學勤不解所以，『文大人！』他問：『立秋又如何？』

『你忘了嗎？』文祥答道：『李德立不是說過，一過盛夏，皇上的病就大有起色了。』

那是幾個月前的話，文祥卻還念念不忘。這一片忠君憂時之心，溢於辭色；朱學勤不由得肅然起敬。

『但願如公所言。可是……』他苦笑了一下，覺得不必再說下去了。

『修伯！』文祥忽然打起精神，目光炯炯地看著他說：『不必頹傷！你我都是明知其不可爲而爲的人。而況大局也有令人樂觀的一面，你我把頭抬起來，要看得遠些。』

一位長官對屬僚，用這樣平等的語氣來慰勉，朱學勤自然是深爲感動的。也因此，他更覺得要盡『知無不言，言無不盡』的責任，所以恭敬地應聲：『是！』又放低了聲音，『照我看，形勢旦夕可變；王爺該早早定規一個辦法！』

『辦法不早就有了嗎？曹琢如信中所說，都是好辦法。但只能靜以觀變；不到最後一刻，無從措手。』

所謂『最後一刻』，是皇帝大漸之時；遺詔派顧命大臣，有了恭王的名字，那時才能名正言順地接掌大權。在此以前，如有任何比較強硬的行動，適足以授人口實，加重了『恭王要造反』的謠言。

朱學勤當然也明白這一點，但是看到肅順不斷在擴張權力，只怕到那『最後一刻』，恭王會落得一個意想不到的結果；所以雖無行動，應有佈置——必要時『效周公的誅伐』，也要有足夠的兵力才行。

這話不便明說，他旁敲側擊地暗示：『曹琢如信中說，該有個「緩急可恃」的人，不知我公心目中，有了這個人沒有？』

『以後再談吧！』

這是結束談話的暗示，朱學勤起身辭去；但是，他的影響卻完全遺留了下來。這一天黃昏，文祥一個人在家，緩步沉思，把整個大局可能發生的變化，都想到了。

照他的理想，最善莫過於恭王與肅順能和衷共濟，彼此捨短用長。肅順的長處，他看得很清楚，那種興利除弊的銳氣，知人善任的魄力；在滿洲王公大臣中，老早就看不到了。至於肅順的短處：剛愎、驕狂、昧於外勢，都是可以想辦法裁抑補救的。要緊的是，得讓肅順相信，恭王並不願與他爲敵，恭王會盡量用他的長處；而且恭王的長處，譬如處理洋務，正好彌補他的短處。此外，朝中一班出身翰苑的老臣，碩德清望，老成持重，若能取得他們的支持；加上東南忠勇奮發的湘軍淮勇，內外一致，上下同心，豈但大局可以穩定？皇朝中興，亦非難事。文祥這樣嚮往著。

但是，恭王對肅順的敵意，可以設法消弭；肅順對恭王的猜防，卻不知如何化解？看來自己的想法，終成奢望！

因此，當前最切實的一個考慮是，皇帝一旦駕崩，肅順與恭王倘或發生權力的爭奪，搞成勢不兩立的局面，那時又將如何？當然，自己必站在恭王這一面，是勢所必然的；只是無論怎麼樣，不可以讓他們兵戎相見！他不相信京城與熱河的禁軍會有『接仗』的可能——八旗禁軍，不管他是前鋒營、護軍營、步軍營、火器營、健銳營、驍騎營、虎槍營，還是內務府所屬的『包衣』護軍營，那些兵是怎麼個樣子？當過『九門提督』而且現在還兼著『正藍旗護軍統領』差使的他，是太清楚了。

他想起前幾天才聽到的四句諺語：『糙米要掉，見賊要跑，僱替要早，進營要少。』不由得苦笑了。當初驃悍絕倫，打出一片錦繡江山的八旗健兒；於今在老百姓眼中成了笑柄！這些沒出息的八旗子弟，連出操都要僱人代替，怎肯打仗？他們的威風，只在每月發糧，『糙米要掉』的時候才看得見。

這就是文祥的把握，肅順和怡王載垣、鄭王端華雖然掌握著在熱河的禁軍，絕不能發生任何作用。這一層，曹毓瑛必定也看得很清楚，所以在給恭王的信中，建議召軍入衛，不必有所動作，就可鎮懾肅順；同時他又隱約指出，在山東、河北邊境剿匪的欽差大臣勝保，堪當此任。

文祥特別持重，覺得召勝保到京，即使並無動作，對肅順也是種刺激，並可能被誤認作恭王的『逆跡』之一，所以對於曹毓瑛的建議，不以爲然。但此刻他的顧慮又遠了一步，勝保驕恣貪黷，功名利祿之心極重，倘或肅順走了先著，跟他有了勾結，那便成了個心腹之患，不可不防。

要預防也容易，不妨先通款曲，作一伏筆。

於是第二天他把朱學勤找了來，囑咐他代筆，給勝保寫封信。勝保剿匪，最近打得很好，連克魯北數縣，即以道賀爲名，跟他拉攏一番。

勝保在英法聯軍內犯時，曾奉旨統率入京各路援軍，雖然通州八里橋一役，吃了敗仗，但亦可說『非戰之罪』；其時文祥隨同恭王辦理『撫局』，與勝保幾乎無一天不見，所以要敘舊套交情，不愁無話可說。

信中當然也要提到恭王『致意』；這才是此函的主旨所在。對勝保來說，不獨與恭王有共患難的情分，而且也該感激恭王兵敗相援的德意。通州一仗，大清朝第一門至親，孝莊太后博爾濟吉特氏娘家的蒙古科爾沁親王，僧格林沁的軍隊垮了下來；勝保也負傷敗退，其時皇帝由肅順扈從著，倉皇逃難到了熱河，自顧不暇，哪裡還管得到勝保？虧得恭王收拾殘局，敗軍之將才得有安頓整補的機會——由這一層深入體察，勝保對肅順那些人是絕不會有好感的；反過來說，有此一函，更能令勝保傾心，亦是不言可知的了！

因此，朱學勤一面寫，一面在心裡佩服文祥；這一著『先手』棋，看似平淡，實爲必佔的要點，將來局勢的演變，倘或眞到了最不忍見的地步，起死回生，全在眼前這平淡無奇的一著棋上。

有了這個了解，對這封『應酬信』便越發不敢大意。軍機章京的筆下原都來得，朱學勤讀書甚多，更是一把好手；所以精心構思之下，把這封信寫得情致深婉，辭藻典麗，自己看了也頗爲得意。

於是他穿好袍褂，親自把信送了去給文祥，笑嘻嘻地說：『只怕詞不達意，乞賜斧削。』

文祥先不看信，望著他的臉色，拈鬚微笑：『其詞若有憾焉！』他說：『不看便知是好的。』

『且先請過目。』

看不了數行，文祥笑意漸斂；朱學勤不免詫異自問：難道還有未加檢點之處，讓他看出了毛病？因而把自己的稿子，默唸了一遍，卻又不知有甚麼不妥的地方。

『修伯！』文祥站起來把信交還給他，正色說道：『我原以爲此信可有可無；讀了大稿才知竟是必不可少的。』

如此鄭重的神態和語氣，朱學勤眞有知己之感，因而也端然答道：『此信關係重大，我不敢疏忽。還請斟酌，以期盡善。』

『寫作俱佳，盡善盡美。』文祥笑著又說：『勝克齋以儒將自命，奏稿都是自己動手，最喜自炫文采。也讓他見識見識軍機處的手筆——莫以爲都像急就章的「廷寄」那樣，只不過把話說明白了就算數。』

朱學勤以謙虛的微笑，然後退了出來；把那封信另行加封，交驛差冒著如火的驕陽，飛遞軍前。

轉眼間過了七月初二立秋，照文祥的希望，盛夏已過，皇帝應該一天好似一天；但事與願違，皇帝似乎已無法處理政務了。從七月初五開始，一連三天，沒有『明發上諭』；初八算有四件，初九開始又斷了。

消息一傳，謠言復熾。整理官錢票還沒有眉目；而『乾益』、『天元』兩家官錢號的掌櫃，不知是畏罪，還是無法繳納那爲數甚鉅的『三成罰金』，竟逃得不知去向。接著前門外『天利』錢號被搶。這是大亂之世的景象，京城裡人心惶惶，有著一種大禍臨頭的預感。

四

同樣地，在熱河『避暑山莊』，從裡到外，也是爲一片疑懼不安的氣氛籠罩著。

到底已立了秋，白天雖還是溽暑蒸人，早晚已大有秋意；宵來風露，最欺痛骨，皇帝感受了風寒，咳嗽大作，幾乎通宵不得安枕。任何潤肺的方子都不管用，氣得皇帝直罵御醫『窩囊廢』。有句話：『皇上這場外感，是雪上加霜；大兇！』傳遍了禁苑深宮。據傳這句話是御醫所說；哪一位御醫卻不知道，也沒有人敢去打聽，更不敢公然談論，只是背著人交頭接耳地私議著。

於是，又有許多見神見怪，離奇古怪的新聞傳出來了。太監、宮女的膽子最小，禁忌最多，最相信成精作怪的那些說法，何處天花板上有狐狸、何處階沿石下有蛇，無不敬鬼神而遠之，尊之爲『殿神』——殿神最好不要遇上，免得衝犯了得禍；所以進入不常到的宮殿之先，必須提出『警告』，不是大聲咳嗽，便是高喊一聲：『開殿！』而這幾天，不知怎麼，這個也說撞見了殿神；那個也說某處殿神出現。不過，諸神畢現，並非好事；他們說那些話時，很明白地表現了一種『時衰鬼弄人』的感想。

甚至有個老太監，還說看見了『嘉慶爺』！

『那一天晚上，該我「坐更」；天兒涼快，我正迷迷糊糊地打盹。』那老太監在新聞『發源地』的御茶房，告訴他的同事，『忽然之間，覺得有人踢我，睜眼一看，我的媽，把我魂都嚇掉了，你們猜，我遇見的是誰？』

『別猜了！有話快說，有屁快放！』麗妃宮裡的一個小太監，把放在地上的一銅銚子熱水，拎了起來，『我們那位主子，還等著我這一銚子水洗臉哪。』

『你急甚麼？說出來嚇你一跳，是嘉慶爺！』

『啊！』大家齊聲驚呼，並有人急急問道：『你怎麼樣吶？』

『我還能怎麼樣呢？慌忙跪倒。嘉慶爺問我：「大阿哥住在哪兒？」我說：「大阿哥住在皇后寢宮後面的那一排平房。」嘉慶爺就說：「那我可不便去了。」說完了，朝煙波致爽東暖閣發了一會兒楞，背著手，嘆著氣走了；走到院子裡，也不知怎麼一晃，人影皆無。這時我才想起來，呀，嘉慶爺賓天四十年了，怎麼今兒叫我見著了駕呢？莫非是我作夢？別忙，待我自己試一試。我就伸個指頭到嘴裡一咬……』

他的話猶未完，便有人搶著問道：『到底是夢不是？』

『你看！』他伸出左手一個食指來，上面咬嚙之痕猶在；證明他當時不是作夢。

『呸！』麗妃宮裡的小太監毫不容情地說：『我看哪，嘉慶爺看你當年當差謹慎，快要傳你去侍候了。』

這句刻薄話，把人逗笑了。但那只是有限幾個人，絕大多數的太監，相信了這個在避暑山莊待了四十幾年的老太監的話；同時在琢磨著四十一年前暴崩在這裡的『嘉慶爺』，魂靈突然出現的緣故。這要憑各人的『鬼聰明』去解釋那些『鬼話』。死了四十年的鬼魂，突然出現，而且望著皇帝的住處，搖頭歎息，這表示將要發生怎樣的不幸？就是不聰明的人，也能猜想得到。

還有件事，是連腦筋不甚糊塗的人，也覺得不祥的——這些日子裡，皇帝每每在不知不覺中講些『斷頭話』，看來會成語讖。

此外，皇帝在最近還特別眷戀皇后，不是把她請到東暖閣來閒談，便是自己掙扎著到皇后那裡來盤桓一個下午——皇后寢宮右側，是一座水榭，曲檻迴廊，後臨廣池，池中種滿了荷花，正值盛開；皇帝每一來，總喜歡在那裡憑欄而坐，觀玩著搖曳生姿的紅白荷花，與皇后談著往事。

往事十年，在皇帝眞是不堪回首！即位之初，正是弱冠之年，身體極其壯碩；哪會想到有今日這樣的衰頹？自己想想，這十年中，內外交迫，應付糜爛的大局，心力交瘁，誠然是致疾之由；但縱情聲色，任性而爲，自己不知愛惜，眞也追悔莫及。

當然，這份悔意，他是絕不肯說出來的，而眷戀皇后卻正是懺悔的表示；不過皇后忠厚老實，看不出他的意思。

皇帝虛弱得厲害，多說話覺得累。但是，他總覺得有著說不盡的話，要告訴皇后；他自己也已明白，這時不多說幾句，便再無機會可說了。

爲了不願惹得皇后傷心，他避免用那種鄭重囑咐後事語氣，有許多極要緊的話，都是在想到哪裡，說到哪裡的閒談方式中透露的。好在皇后極信服皇帝，他的每一句話，她都緊記在心裡——皇帝不愁她會把那些要緊的話忽略過去。

有一次談起大臣的人品，皇帝提到先朝的理學名臣，把康熙朝湯斌、張伯行的行誼，告訴了皇后，這兩個人是河南人；於是又談到此刻在河北辦團練、講理學的李棠階，皇帝說他是品學端方，堪託重任的眞道學。也談到駐防河南的蒙古旗人倭仁，曾經當過惇王的師傅，此刻在做奉天府尹，也是個老成端謹的醇儒。

皇后把李棠階和倭仁這兩個名字，在心裡記住了。

有一次談到肅順，皇后把她從懿貴妃和宮裡對肅順的怨言，很婉轉地告訴了皇帝；意思是希望皇帝裁抑肅順的權力。

『我也知道有很多人對肅六不滿。』皇帝極平靜地說：『甚麼叫「任勞任怨」？這就是任怨！如果不是他事事替我擋在前面，我的麻煩可多呢！』

『我也知道他替皇上分了許多勞。可是……』皇后正色說道：『凡事也不能不講體制；我看他，是有點兒桀驁不馴。』

『那也不可一概而論。譬如說，對妳，』皇帝停了一下又說：『我知道他是挺尊敬妳的。妳可以放心。』

『我不是甚麼不放心！』皇后急忙辯白，『有皇上在，我還有甚麼不放心的？』

皇帝報以苦笑，有句沒有說出來的話：若是我不在了呢？皇后默喻其意，深悔失言。原可以深入地談一談皇帝身後的大政；至少對於恭王的出處，不妨探一探皇帝的口氣，經此小小的頓挫，機會失去了；而且以後再沒有這樣的機會。

第二天，七月十二是皇后的生日。事先，皇后以時世不好爲理由，一再向皇帝要求，蠲免了應有禮節；但皇帝也很堅決，說這是她逃難在外的第一個生日，一定要熱鬧一下，留作紀念。皇帝喜歡熱鬧是眞的，如果有方法可以讓他開心，她絕不會反對，所以她終於還是順從了皇帝的意思。

那一天一早，王公大臣身穿蟒袍補褂，到皇后寢宮門外，恭祝千秋。在熱河的少數福晉命婦，則按品大妝，進宮向皇后朝賀。中午在澹泊敬誠殿賜宴開戲；皇帝親臨向皇后致賀，興致和精神都似乎很好。

戲是皇帝親自點的，都是些勸善懲淫，因果報應的故事，最爲皇后所喜愛。但剛看完一齣，皇帝說『吵得慌，坐不住』，隨即起駕回宮了。

這就像六月初九皇帝萬壽那一天的情形，花團錦簇的一席盛會，只因爲他一個人的不豫而黯然失色了。爲了維持體制，皇后不能不很鎭靜地坐在那裡，而心裡卻是七上八下，異常不安；皇帝最喜聽戲，入座以後，不耐久坐，這在她記憶中還是第一次。

皇帝反常了！只怕他的病會有劇變。

於是，敬事房首領太監陳勝文，奉了懿旨去打聽消息。他到東暖閣時，御醫正在請脈——從六月初九以來，欒太和李德立，不分晝夜，輪班照料，所以一傳就到。陳勝文不敢進屋，只在窗外張望著；皇帝躺在床上，身上蓋一條黃羅團龍夾被，平平的，下似無物。

床前跪著診脈的李德立，不遠之處站著御前大臣肅順和景壽；屋子裡除了皇帝喘氣的聲音以外，靜得連根針掉在地上都聽得見。終於李德立磕了個頭，照例說一句：『皇上萬安！』

皇帝閉上了眼睛，是厭聞這句話的神氣。

李德立退了出來，肅順在後面跟著；一離開皇帝的視線，他們的臉色都陰沉得可怕；兩個人都似沒有看見陳勝文，一直向外走去，走到側面太監休息的屋子去開藥方。

陳勝文必須問個究竟，才能回去覆命。剛走了不多數步，肅順發現他了，向他招招手。

『你去奏報皇后，大阿哥別走遠了！皇上說不定隨時要見大阿哥。』

『是。』

陳勝文回去悄悄奏報了皇后；很快地宮內都知道皇帝危在旦夕了。大家都把一顆心懸得高高地，準備適應不測之變；只有麗妃不死心，半夜裡起來禱祝上蒼，把自己的壽數借給皇帝。她不知上蒼可肯默佑？但這樣做了，彷彿心裡好過多了。

懿貴妃心裡當然也不會好過。雖然皇帝對她，已似到了恩盡義絕的地步，到底也還有過寵冠六宮的日子，追思往日恩情，不免臨風雪涕。但是這不是傷心的時候；她十分清楚，自己正到了一生最緊要的關頭，絲毫怠忽不得——特別是在大阿哥身上，她必須多下工夫，把他抓得緊緊地。

她教了大阿哥不少的話，其中最重要的只有一句：『封額娘做太后。』這句話說起來不難，難在要說得是時候，不能說遲了；說遲了就可能又落在皇后後面，不是同日並封，兩宮齊尊。但更不能說早了，如果皇帝猶未賓天，大阿哥說了這句話，會替她惹來大禍。最好是在皇帝一嚥氣，大阿哥柩前即位，第一句就說這話，那便是御口親封，最光明正大的了。

懿貴妃在那裡爲自己的名位作打算，同樣地，肅順也在各方面爲維持自己的權力作積極的部署；就在皇后生日那天，他又多了一項差使：『署正黃旗領侍衛內大臣』，在內廷當差的『御前侍衛』和『乾清門侍衛』，都在『正黃』、『鑲黃』、『正白』這所謂『上三旗』中選拔。肅順由於這一項差使，使得他掌握了指揮正黃旗侍衛的權力，對於控制宮門交通，獲得了更多的方便。

其次是商量顧命大臣的名單；與此密議的，除了載垣和端華以外，就只有一個杜翰。密議的地點是在肅順家的一座水閣中；三面隔絕，唯一的通路一座曲欄小橋，派了親信家人在入口之處守住。因爲是如此嚴密，所以每一個人說話，便都不需有任何顧忌。

當然是肅順首先發言：『上頭的病，比外面所知道的要厲害得多！』他說：『一句話：「燈盡油乾」，說完就完。這一倒下來，整個兒的千斤重擔，都在咱們身上。趁上頭還有口氣，咱們該讓他說些甚麼！』

『還不就是派顧命大臣這一檔子事嗎？』載垣搭腔：『反正總不能把恭老六擱在裡面。』

『繼園，』肅順看著杜翰說：『你有甚麼好主意？說出來大家聽聽。』

杜翰到底是讀過幾句書的，想了一會兒，慢條斯理地說：『顧命大臣，多出親命，從無臣下擬呈之例；倘或冒昧進言，惹起反感，偏偏不如所期，豈非弄巧成拙？』

『這不會。』肅順極肯定地說：『我有把握。』

『好吧，那咱們就想名字吧！』端華用他那爲鼻煙染得黑黑的手指，指點著說：『你、他、我，還有他。這裡就四個了。』

『軍機大臣全班。』

『不，不！』肅順糾正載垣的話，『怎麼說是全班？文博川不在內。』

『那麼就是四位。穆、杜、匡、焦，加上咱們哥兒仨，一共七位。夠了，夠了！』

『還應該添一個。』肅順說了這一句，望著杜翰又問：『你懂我的意思嗎？』

『中堂的意思我懂。』杜翰點點頭。

不僅杜翰，就是載垣、端華，稍微想一想，也都懂了肅順的用意。大清朝的家法，對於『親親尊賢』四個字，看得特重，選派顧命大臣，輔保幼主，更不能有違這兩個規矩，但『尊賢』的賢，只憑宸斷；『親親』的親，卻是絲毫不能假借的，至親莫如手足，皇帝又曾受孝靜太后的撫養，這樣說來，親中之親，莫如恭王，所以顧命大臣的名單中，如果要排擠掉恭王，就必須有一個適當的人，作爲代替。

景壽是額駙，皇帝的嫡親姊夫，年齡較長，而且以御前大臣兼著照料大阿哥上書房的事務，派爲顧命大臣，不失『親親』之義；這樣，用此一位沉默寡言的老好人來抵制恭王，勉強也可以杜塞悠悠之口。

顧命八大臣算是有了。接著又擬定了『恭辦喪儀大臣』的名單，這是一項榮銜，也是一項優差；只要列名在上，等大喪告一段落之後，照例有恩賞作爲酬庸。肅順對於這些無關大計的名單，並無一定的成見，所以恭王亦是內定的人選之一；但是他定下一個原則，在京的『恭辦喪儀大臣』，一律不必赴行在，只在京裡當差好了——當然，這也是抵制恭王。

當然這是皇帝身後之事，一紙上諭可了，此時不必亟亟。倒是專辦宮廷紅白喜事的內務府的官員，這幾天又要像皇帝萬壽以前那段日子一樣，大大地忙一陣了。

預辦後事，不能像萬壽、大婚的盛典那樣，喜氣洋洋地敞開來幹。所以肅順召集了一個祕密會議，預先檢點準備，第一當然是要錢，不在話下；但還有兩樣東西，比錢更重要，在京城裡是現成的，叱嗟立辦，而在熱河卻必須早早張羅。

一樣是皇帝的棺木；天氣太熱，一倒下來就得入殮。皇帝的棺木稱爲『金匱』，材料早已有了，是一副陰沉木的板，其色黝黑，扣擊著淵淵作金石之聲，據說屍體裝在裡面，千年不壞。這種稀世奇材，出在雲南山中；內務府辦這副板，光是運費就報銷了四十萬兩銀子。材料存在京裡『皇木廠』；肅順下令：火速運來，要快，而且要祕密。

還有一項是白布。等皇帝一入『金匱』，幼主成服，宮內宮外，妃嬪宮眷、文武百官，統通要換白布孝服；許多地方還要換上白布孝幔，這大部分要內務府供應。在京裡，只要把幾名『祥』字號的綢緞莊掌櫃傳了來，要多少，有多少；在熱河卻不得不預作準備。

此外喪儀中還有應行備辦的物品，數千百種，少一樣就是『恭辦喪儀疏略』的罪名，誰也擔不起干係。但辦得平穩無事，卻頗有油水可撈，而且將來敘勞績的保案中，還有升官換頂戴的大好處。所以內務府的司官們懷著一則以喜，一則以懼的心情，關起門來，查會典、找成例、調舊檔、開單子、核銀數、派買辦、動公事，忙得不亦樂乎；跟那些『酒以澆愁、牌以遣興』的軍機章京的懶散無聊，恰好大異其趣。

軍機處越清閒，皇帝心裡越焦急。明朝的皇帝，有四十年不臨朝，躲在深宮設壇修道的；清朝的皇帝有一天未能親裁軍國大政，便覺得放不下心，何況一連數天，更何況是軍情緊急之時？因此，雖有肅順一再安慰，說各地都極穩定，不勞廑慮；但病榻上的皇帝，始終懸著一顆心，卻又連細問一問軍情政務的精神都沒有。

這一天午後，服了重用參苓的藥；吃了一碗冰糖燕窩粥，很安穩地歇了個午覺，醒來忽覺精神大振。他知道這是極珍貴的一刻，不敢等閒度過，便傳旨召肅順。

一看皇帝居然神采奕奕地靠坐在軟榻上，肅順大爲驚異，跪安時隨即稱賀：『皇上大喜！聖恙眞正是大有起色了！』

皇帝搖搖頭，只說：『你叫所有的人都退出去，派侍衛守門，甚麼人——連皇后在內，都不許進來。』

這是有極重要、極機密的話要說，肅順懍然領旨，安排好了，重回御前，垂手肅立。

『這裡沒有別人，你搬個凳子來坐著。』

越是假以詞色，肅順反越不敢踰禮，跪下回奏：『奴才不敢！』

『不要緊！你坐下來，說話才方便。』

想想也不錯，他站著聽，皇帝就得仰著臉說，未免吃力；所以肅順磕個頭，謝了恩，取條拜墊過來，就盤腿坐在地上。

『肅六，我待你如何？』

就這一句話，肅順趕緊又爬起來磕頭：『皇上待奴才，天高地厚之恩。奴才子子孫孫做犬馬都報答不盡。』

『你知道就好。我自信待你也不薄。只是我們君臣一場，爲日無多了！你別看我這一會兒精神不錯，我自己知道，這是所謂「迴光返照」。』

他的話還沒有完，肅順感於知遇，觸動悲腸；霎時間涕泗交流，嗚嗚咽咽地哭著說道：『皇上再別說這話了！皇上春秋正富，哪裡便有天崩地坼的事？奴才還要侍候皇上幾十年，要等皇上親賜奴才的「謚法」……』越說越傷心，竟然語不成聲了。

皇帝又傷感、又欣慰，但也實在不耐煩他這樣子，『我知道你是忠臣，大事要緊，你別哭了！』皇帝用低沉的聲音，『趁我此刻精神好些，有幾句要緊話要囑咐你！』

『是！』肅順慢慢止住哭聲，拿馬蹄袖拭一拭眼淚，仍舊跪在那裡。

『我知道你素日尊敬皇后，將來要不改常態，如我在日一樣。』

這話隱含鋒芒，肅順不免侷促，碰頭發誓：『奴才如敢不敬主子，叫奴才天誅地滅！』

『除了尊敬皇后以外，你還要保護皇后；這件事不容易！懿貴妃將來一定要想爬到皇后頭上去，你要想辦法制止。但是，她也該有她一份應得的名分。』皇帝停了一下，很吃力地又說：『我一時也說不清，總之要防著她，可也別太過了！』

這是顧慮及於懿貴妃成爲太后以後，可能弄權，所以特賦肅順以防範的重任。其實就是皇帝不作此叮囑，肅順只要一日權柄在手，也必定照此去做。但此刻皇帝既然提了起來，則正不妨把握機會，問個明白。

『奴才愚昧，有句不知忌諱的話，不敢說！』

『你說好了。』

『皇上萬年以後，倘有人提垂簾之議；奴才不知該當如何？』

皇帝點點頭：『我也想到過這個。本朝從無此制度，我想，沒有人敢輕奏。』

這雖不是直接的答覆，但皇帝絕不准有垂簾的制度出現，意思已極明顯。自來幼主在位，不是太后垂簾，臨朝稱制，便是特簡大臣，同心輔弼；肅順心想，話已說到這裡，索性把顧命大臣的名單提了出來吧！

略略考慮一下，他還是用了迂迴的試探方式，『皇上聖明！』他跪著說：『敬天法祖，念念在祖宗的制度上。奴才承皇上隆恩，託付大事，只怕粉身碎骨，難以圖報。不過奴才此刻有句話，不敢不冒死陳奏；將來責任重大，總求皇上多派幾個赤膽忠心的人，與奴才一起辦事，才能應付得下來。』

肅順平日的口才很好，這番話卻說得支離破碎，極不得體。好在皇帝懂他的意思，便即問道：

『你是說顧命大臣嗎？』

肅順不敢公然答應，只連連地碰頭。

『唉！』皇帝忽然歎了口氣，『這件事好難！』

語氣不妙了，肅順有些擔心；不得不逼緊一步：『皇上有為難的事，交與奴才來辦！』

『這是你辦不了的事。』皇帝搖搖頭又說：『照你看，有哪些人可受顧命？』

『此需上出宸顧，奴才不敢妄議。』肅順故意這樣以退為進地措辭。

『說說無妨，我好參酌。』

於是肅順慢條斯理地答道：『怡、鄭兩王原是先朝受顧命的老臣。隨扈行在的四軍機，是皇上特簡的大臣。還有六額駙，忠誠謹厚，奴才自覺不如。這些人，奴才敢保，絕不會辜負皇上的付託。』

『嗯，嗯。』皇帝這樣應著；並且閉上眼，吃力地拿手捶著腰。

看見皇帝累了，肅順便請休息。這一席密談，不得不作結束。肅順原來還打算著一兩天以內，皇帝還會有這樣一個安排。繼續再談——應行囑咐的大事，以及皇帝心裡所不能消釋的疑難，顯然還多著，譬如恭王，皇帝對他到底是怎麼個態度？是非要澄清不可的。

但就在第二天——七月十六，皇帝早膳的胃口還很好；到了下午，突然昏厥，等肅順得信趕到，御前大臣景壽和醇王，正帶領太監，七手八腳地把皇帝抬回東暖閣，安置在御榻上。

景壽是個拿不出主張的人，醇王年輕，初次經歷這種場面，張皇得比甚麼人都厲害，所以東暖閣中亂作一團，幾乎甚麼事也未做。等肅順一到，大家的心才定了下來；他也無暇細問，第一道命令，是飛召御醫；第二道命令，奏報皇后，並請大阿哥馬上來侍疾。太監們答應著飛奔而去，分頭通知。

其時御醫已得到消息，欒太帶著李德立和楊春，跑得上氣不接下氣地趕了來，匆匆行了禮，一齊來到御榻前，由欒太診脈——無奈他自己氣在喘、手在抖，而皇帝的脈又細微無力，所以兩隻手指搭在皇帝的手腕上，好半天還是茫然不辨究竟。

三位御前大臣都極緊張地站在他身後，等候結果；肅順第一個不耐煩，低聲喝問道：『到底怎麼樣了？』

欒太不知如何回答，李德立說了一句：『自然是虛脫。』

『那就照虛脫的治法，快救！不能再耽誤工夫了！』

就這時，欒太算是把脈也摸準了，『是虛脫！』他憂形於色地說：『事不宜遲。先拿參湯來！』

參湯是現成的，小太監立即去取了來；由李德立和楊春親自動手，撬開皇帝的牙關，用金湯匙，一匙一匙地灌。雖沒有即時復甦，但參湯也還能灌得下去，這就很不錯了。

這時欒太已開了方子，『通脈四逆湯』重用人參、附子。開好了親自送給肅順說：『請中堂過目。』

『不用看了。快去煮藥！』肅順等他把方子交了下去以後，又問：『情形到底怎麼樣呢？』

欒太很吃力地答道：『怕的很爲難了！』

『你們要盡力想辦法！估量著還要用甚麼藥，趁早說；這裡沒有，我派人連夜到京裡去辦。』

『回中堂的話，』欒太答道：『皇上的病，甚麼方子都用到了。這是本源病，全靠……』

『你別說了！』肅順不悅地申斥著，『全靠誰？有了病不就靠你們當大夫的嗎？你不必在這兒糟蹋工夫，好好兒跟你的同事商量去吧！』

欒太碰了個釘子，不敢申辯。下來與李德立和楊春商議了一陣，都是一籌莫展；唯有看『通脈四逆湯』的效果如何，才能定進一步的辦法。

就在這時，張文亮抱著大阿哥，飛也似地奔了來。三位御前大臣紛紛出屋迎接；但把大阿哥接是接來了，卻不知跟他說些甚麼，大阿哥也不知出了甚麼事，只覺得先是一路飛奔，這時又看到所有的人，臉色均與平時不同，心裡不由得害怕，『哇』地一聲哭了出來。

張文亮趕緊去摀他的嘴，哄著他說：『別哭，別哭！在這玩一會兒，咱們就回去。』

『先把大阿哥抱開吧！』肅順吩咐張文亮，『可也別走遠了！皇上說不定隨時要找大阿哥！』

張文亮答應著把大阿哥抱了到殿後去玩；到天快黑時，還不見動靜。

其時消息已經遍傳，宮內宮外，王公大臣，文武百官，無不以驚疑焦灼的心情，希望了解皇帝昏厥以後的詳細情形；但肅順已經下令封鎖消息，甚至就在煙波致爽殿外的朝房中，等著請安問疾的親王，包括『老五太爺』、惇親王，以及睿親王仁壽等等，都得不到一個字的消息，這使得他們在焦憂以外，還有憤怒，覺得肅順的把持，太過分也太可怕了！

唯一的例外是皇后，肅順不斷有消息報告她。在服下『通脈四逆湯』以後，皇帝已經回甦；但甦醒與昏迷之間，實在也沒有太大的區別；皇帝脈微無力，一息奄奄，不但無法說話，甚至也無法聽話，心神耗散，僅僅是有口氣而已。鑾太提出警告，皇帝這時候需要絕對的安靜；而且不可引起哀傷鬱怒之情，所以一切親人，皆不宜見。

御醫的話，不能不聽，可是肅順也不能不防著皇帝隨時會嚥氣；倘或就此一瞑不視，毫無遺言，那就要大費手腳了。但只要皇帝能講一句話，這句話一定於己有利；只是口傳末命，必須共見共聞，所以他要留著醇王和景壽，做個見證。景壽沒有那麼多心思好想，醇王的想法卻與肅順多少相同，知道這一刻關係重大，必須密切注意著皇帝有甚麼話留下來？因此三個人守在御榻面前，一步都不敢離開；把外面所有在等候消息的人都忘掉了。

終於還是景壽想了起來，『六哥！』他悄悄拉一拉肅順的袖子：『大阿哥平常這時候都該睡了，先讓張文亮把他送回去吧！』

『對了！』肅順隨即叫人去通知：『把大阿哥送回皇后宮裡。』

大阿哥早就睡著了，張文亮抱著送到了皇后宮裡。其時已經天黑；而煙波致爽殿外朝房裡的幾個親王，以及在軍機直廬待命的軍機大臣，看見此時還無消息，斷定皇帝已屆彌留之時，就越發不敢走了。

終於，皇帝能夠轉側張眼，開口說話：『我不行了！』他的聲音極低，轉臉看著肅順說：『你找人來吧！大阿哥、宗令、軍機、諸王！』

『是！』肅順跪著回奏：『皇上千萬寬心，先讓御醫請脈。』說著，向外做了個手勢。

站在門口的鑾太、李德立和楊春，急忙上前跪安，鑾太診了脈，磕頭說道：『六脈平和，皇上大喜！』

『該進點兒甚麼了吧？』肅順問道。

『只要皇上喜愛，甚麼都能進。』

『倒是有點兒餓了。』皇帝的神氣似乎又清爽得多了，『有鴨丁粥沒有？』

『早給萬歲爺預備了！』敬事房首領陳勝文，跪著說道：『還有皇后進的冰糖燕窩粥，麗妃進的奶捲……』

『奶捲太膩了吧？』肅順問欒太。

『不妨！不妨！只要皇上喜愛。』

『那就傳膳吧！』肅順吩咐。

擺上膳桌，依舊是食前方丈；肅順親自動手，帶著太監把皇帝扶了起來，但望一望膳桌，便搖搖頭，甚麼都不想吃。御前大臣和御醫苦苦相勸，算是勉強喝了幾口燕窩粥，倒是玫瑰山楂滷子加蜂蜜調開的甜湯，似乎頗能療治皇帝口中的苦渴，喝了不少。

就這一起一坐，可又把皇帝累著了，睡下來閉著眼，只張著嘴喘氣。這時要召見的人，除掉大阿哥據說因為從睡夢中被喚醒，大不樂意，哭著鬧著，正在想辦法安撫以外，其餘的都已到齊。但看此時的情形，皇帝還沒有精神來應付，所以肅順一方面請醇王去向大家說明情況，一方面把欒太找到僻靜的地方去悄悄密議。

『你看，皇上這樣子，到底還能拖多久？』肅順率直地說：『你實話實說，不必怕忌諱。』

『今晚上我可以保，一定不要緊。』

『可是這個樣子怎麼成呢？』肅順憂心忡忡地，『有多少大事，都得等皇上吩咐。起碼總得讓人有說幾句話的精神嘛！』

『這個……』欒太慢吞地說：『也許有辦法。』

『有辦法就行。你快想辦法吧！』

於是欒太又開了藥方，並且親自到御藥房去撿了藥，親手放入藥罐，濃濃地煎了一小碗；由肅順親自捧到御榻面前供皇帝服用。

果然，這服藥極有效驗，委靡僵臥的皇帝，眼中有了光采，示意左右，把他扶了起來，靠床坐著；吩咐肅順宣召親王及軍機大臣進見。

以惠親王綿愉爲首，一個個悄悄地進了東暖閣，排好班次，磕頭請安；發言的卻仍是唯一奉旨免去跪拜的惠親王，用沒有表情的聲音說道：『皇上請寬心靜養！』

『五叔！』皇帝吃力地說：『我怕就是這兩天了。』

一句話未完，跪在地下的人，已有發出哭聲的；皇帝枯疲的臉上，也掉落兩滴晶瑩的淚珠，這一下欷歔之聲越發此起彼落，肅順厲聲喝道：『這是甚麼時候，還惹皇上傷心？』

這一喝，欷歔之聲，慢慢止住。肅順便膝行向前一步，磕頭說道：『請皇上早定大計，以安人心。人心一安，聖慮自寬；這樣慢慢調養，一定可以康復。』

皇帝點點頭，一個字一個字地說：『宗社大計，早定爲宜。本朝雖無立儲之制，現在情形不同，大阿哥可以先立爲皇太子。』

此是必然之勢，惠親王代表所有承命的人，複誦一遍，表示奉詔：『是！大阿哥爲皇太子。』

『大阿哥年紀還小，你們務必盡心匡助。現在，我再特爲派幾個人，專責輔弼。』

這到了最緊要的一刻了，所有的親王和軍機大臣都凝神息氣，用心聽著，深怕聽錯了一個字。

『載垣、端華。』皇帝唸到這裡，停了下來，好久未再作聲。

每一個人都在猜測著，皇帝所唸的下一個名字，大概是奕訢！甚至連肅順都以爲皇帝的遲疑，可能是臨時變卦，在考慮恭王的名字了。

然而他們都猜錯了，皇帝繼續宣示名單，是：『景壽、肅順、穆蔭、匡源、杜翰、焦祐瀛。』

這一下喜壞了肅順一黨。但自然不便形諸顏色；載垣看了看端華和肅順，磕一個頭，結結巴巴地說：『臣等仰承恩命，只恐才具不足以負重任。只有竭盡犬馬，盡心輔助，倘有異心，天誅地滅，請皇上放心。』

這番話雖不甚得體，總也算交代了；皇帝點點頭，又問：『大阿哥呢？』

大阿哥剛由張文亮抱了來不多一會兒，奉旨宣召，張文亮便把他放下地來，半哄半威嚇地說：『皇上叫了，乖乖兒去吧！記著，要學大人的樣子，懂規矩；皇帝說甚麼，應甚麼；千萬別哭，一哭，張文亮倒楣，也許就會關了起來，明天可就不能陪大阿哥玩兒了。』

穿著袍褂的大阿哥，聽張文亮說一句，他應一句；但一掀簾子，只見滿屋子跪的是人，把他嚇得楞住了，回身就跑，不想張文亮正好攔在後面。

『小爺，小祖宗！』張文亮急得滿頭大汗，『進去！別怕！』

幸好景壽及時出現，六額駙是熟悉的；大阿哥膽子大了些，讓他牽著手，直到御榻面前，跪了安，叫一聲：『阿瑪！』

看見兒子只有六歲，便要承擔一片破爛的江山，皇帝萬感交集，自覺對不起祖宗，也對不起子孫；此時才知死生大限是如何嚴酷無情！萬般皆難撒手，而又不得不撒手；人世悲懷，無過於此。就這樣一陣急痛攻心，頓時又冷汗淋漓，喘息不止。

大阿哥看得慌了，『阿瑪，阿瑪！』大叫著撲倒在御榻上去拉住了皇帝的手。

這對皇帝是極大的安慰，那一隻小小的、溫暖的手，彷彿有股奇妙的力量，注入他的身體，他的喘息止住了，心也定下來了，而且也不再那樣恐懼於一瞑不視，茫茫無依了。他微笑著伸出枯瘦的手，摸著大阿哥的臉，看著載垣說：『我把他交給你們了！』

『是！』載垣肅然答道：『大阿哥純孝天生，必是命世的令主。』

『要好好教導。李鴻藻一個人不夠的。』皇帝說到這裡，低下頭來向大阿哥說：『你也認一認我所託付的八大臣。替他們作一個揖吧！』

載垣代表顧命八大臣辭謝，皇帝不許。這番推讓，皇帝厭煩了，於是『老五太爺』發言勸阻；顧命八大臣站成一排，與大阿哥相向而立。一面作揖，一面跪下還禮，這樣皇帝算是當面託過孤了。

在形式以外，還有最重要的一道手續——肅順命人抬來几案，備了丹毫，要請皇帝親筆硃諭，以昭愼重。但這時皇帝已經無法寫字，握著筆的手，不住發抖，久久不能成一字，唯有廢然擲筆，說一句：『寫來述旨！』

這『寫來述旨』，應該就是軍機大臣面承旨意後寫呈的『明發上諭』；但時間迫促，沒有工夫按照規定的行款套語來處理，同時這些頭等緊要的文件，最宜簡潔，免得以詞害義，生出不同的解釋。因此，杜翰純粹以爲皇帝代筆的立場，簡單扼要地寫了兩道『手諭』，捧交最資深的軍機大臣穆蔭，穆蔭轉交御前大臣肅順，肅順拿起來先極快地看了一遍，深爲滿意，隨即把他放在皇帝身邊的几案上，並且親自捧了仙鶴形的金燭台，照映著皇帝看那兩個文件。

『唸給大家聽聽吧！』

『是。』肅順放下燭台，把那兩道手諭，交了給穆蔭，然後自己也歸班跪聽。

穆蔭捧著上諭，面南而立，朗然唸道：『立皇長子載淳爲皇太子。特諭。』又唸第二道：『皇長子載淳現爲皇太子，著派載垣、端華、景壽、肅順、穆蔭、匡源、杜翰、焦祐瀛盡心輔弼，贊襄一切政務。特諭。』

那『贊襄一切政務』六個字，是杜翰自己加上去的；但既經皇帝認可，不啻出自御口，誰也不敢說話。只是頭腦冷靜些的人，已有戒心；這班親承顧命的『忠臣』，一開始便頗有攬權的跡象了。

辦了這件大事，勉強撐持著的皇帝，一下子洩了勁，頹然垂首，雙眼似閉，於是老五太爺說了句：『皇上歇著吧！』大家紛紛跪安退出。

除了顧命八大臣以外，沒有一個不是感到心情沉重的；顧命大臣沒有恭王，不是一個好兆頭！只怕朝中從此要多事了。當然，也有些人怕肅順的權越來越重，氣燄也會越來越高，此後更難相處；而有些人只是爲了恭王不平，以他的身分、才具，說甚麼也不應該被摒於顧命大臣的行列之外。

然而此時很冷靜地下了決心，要與肅順鬥一鬥的，卻只有深宮中伴著一盞孤燈的懿貴妃。

東暖閣中的一切，她隨時都能得到很正確的報告；大阿哥被立爲皇太子，自然不是新聞，而顧命大臣沒有恭王的名字，雖在意料之中，卻仍不能不使她震動！事情擺明了以後，前因後果不得不重作一番估量——皇帝的末命如此，表示他至死對恭王不諒解；同胞手足何至於這樣子猜嫌，擰成這麼個死都解不開的結？這自然是肅順的挑撥離間！

一想到此，懿貴妃頓覺不寒而慄。都說肅順跋扈毒辣，今日之下才發現他還有極其陰狠的一面。這使她很快地想到這幾天的情形，肅順處處抬舉皇后，已明顯地表示出來，他將來只尊敬一位太后；假手於那位忠厚老實的太后，去抓住年幼無知的皇帝；口啣天憲，予取予求！『哼！』懿貴妃咬著牙冷笑，『肅六，你別作夢！』

越是心裡惱恨，她越冷靜；心裡的事連小安子面前都不說一句，只看著桌上的逐漸消蝕的短燭，默默在心裡盤算，一遍又一遍，直到天色微明。

宮裡一天的活動，都是在曙色未臨之前開始的；太監和宮女靜悄悄地各自來去，忙著自己分內的工作。懿貴妃雖然一夜未睡，但精神有種異樣的亢奮，不想再睡；開了房門，叫人打水來漱洗晨妝。

『主子起得早！』小安子跪了安起來，接著又垂手請了個安，『主子大喜！』

『甚麼喜啊？』

『大阿哥封爲皇太子；』小安子掉了句文：『主子便貴爲國母了！』

『哼！』懿貴妃報以冷笑。

一聽見她的冷笑，小安子背脊上就會無緣無故地發冷。他不敢多說甚麼，只幫著宮女侍候漱洗；等看到鏡中懿貴妃黃黃的臉，失血的嘴唇，以及鋪得好好的床，才驚訝地問：『主子一夜未睡？』

『怎麼啦？』懿貴妃回身看著他問。

小安子跪下來答道：『主子千萬要保重！大阿哥年紀還小，全得仗著主子替他作主；大清朝的天下，都在主子手裡。』

『咄！』懿貴妃喝道：『你懂得甚麼？少胡說八道！』

小安子想不到又碰一個釘子——這個釘子碰得他也實在不明白，自己想想，話並沒有說錯，懿貴妃的脾氣發得沒有道理。心裡這樣想著，臉上不由得便有委屈的神色。

懿貴妃自然明白他心裡的想法，但此時不便作任何解釋；反倒因爲小安子的話，引起了警惕，覺得必須有所告誡。

於是她沉下臉來，大聲說道：『小安子！你告訴這裡所有的人，這幾天誰要在人前背後胡言亂語，談大阿哥立爲皇太子，和我將來怎麼樣，怎麼樣，這些話要是讓我知道了；我沒有別的，馬上傳了敬事房來，先打爛兩條腿再說。我可再告訴你一句話，』她用冷得似冰，利得似刀的聲音又說：『連你在內，一樣辦理。』

小安子嚇得連委屈也感覺不到了，只聽出這一段話，情況嚴重，沒有一分一毫的折扣可打；趕緊連聲答應，站起來先對屋內的四五個宮女說道：『妳們可聽見主子的話了！千萬小心，千萬小心！』說完，匆匆走了出去，把懿貴妃的告誡，鄭重其事地轉告了每一個太監和宮女。

因此，各個宮裡，都在竊竊私議著皇帝的病，以及肅中堂如何如何？只有懿貴妃那裡，特別安靜；自然，安靜得十分沉悶。

傳了早膳，皇后派人來通知，即刻齊集中宮，去省視皇帝的病。后妃不與外臣相見，所以皇帝的病，她們只能聽太監的報告，等閒無法探視；這天早晨，是皇后特意叫陳勝文與六額駙安排好的，御前大臣一律迴避，容后妃與皇帝去見可能是最後的一面。

皇帝卻不知道后妃來省視；他一直未醒，不知是睡熟了還是昏迷著？一個人瘦得只剩了一把骨頭，說甚麼食前方丈，說甚麼六宮粉黛，轉眼莫非成空！皇后與那些妃嬪們，也不知是爲皇帝還是爲自己，一個個淚落如雨，卻不敢哭出聲來，唯有障面掩口，想把自己的眼淚呑到肚子裡去。

於是敬事房首領太監陳勝文，勸請后妃止淚；說是皇帝神明不衰，怕朦朧中發覺了大家的哀痛，一定會傷心，於病體大爲不宜。接著額駙景壽又來奏請皇后回宮。不離傷心之地，眼淚是無論如何止不住的；皇后只好依從，領著妃嬪，退出了東暖閣。

回到中宮，皇后餘痛未已，依然流淚不止；跟著來到中宮的懿貴妃，卻顯得格外剛強，雖然也是紅著眼圈，但說話行事，與平時無異，一進皇后寢宮，她就吩咐宮女雙喜：『這兒有我侍候皇后，妳們到外面呆著去吧！沒有事兒別進來。』

雙喜是皇后的心腹，但也佩服懿貴妃凡事拿得了主意，不比皇后那樣老實無用；這時知道有機密大事要談，當即答道：『奴才在外面看著，不會有人闖進來。』

『對了！』懿貴妃嘉許她知機識竅：『妳小心當差吧！將來有妳的好處。』

等雙喜一走，懿貴妃親自關上房門，絞了把熱手巾，遞到皇后手裡；心亂如麻的皇后，也正有許多話要跟懿貴妃商議，但心裡塞滿了大大小小，無數待決的事件，卻不知從何說起？擦乾了眼淚，怔怔地楞了半天，越想越害怕，越想越心煩，驀地裡又搥著妝檯，哭了起來，一面哭，一面說：『弄成這個樣子，怎麼得了呢？』

『皇后，皇后！』懿貴妃扶著她的手臂說：『這不是一哭能了的事。光哭，把人的心都哭亂了！妳先拿定了大主意，咱們再慢慢兒商量作法。』

『我有甚麼主意？』皇后拭著淚哭說：『還不是他們怎麼說；咱們怎麼聽。』

『不！』懿貴妃斷然決然地說：『皇后千萬別存著這個想法。權柄絕不能下移，這是祖宗的家法。』

說到這個大題目，不由得讓皇后止住了哀痛，『我可不懂了。』她問：『又是「贊襄政務」，又是軍機大臣，他們要作了主，咱們拿甚麼跟他們駁回啊？』

『拿皇帝的身分。皇帝親裁大政，不管皇帝年紀大小，要皇帝說了才算。』

『啊！』皇后彷佛有所意會了，但一時還茫然不知如何措手，『我在想，將來辦事，總得有個規矩。凡事，咱們姊兒倆，大小也可以管一管。這要管，又是怎麼管呢？』

『皇后算是明白了。咱們不妨把六額駙找來問一問。』

『也好。』

於是懿貴妃教了皇后許多話；同時派人傳諭敬事房，宣召六額駙，說有關於皇帝的許多話要問——這原是不合體制的，但情況特殊，事機緊迫，景壽固不能不奉懿旨，肅順這一班人，也不敢阻擋。

懿貴妃特意避了開去，只皇后一個人召見景壽；跪了安，皇后很客氣地說：『六額駙起來說話吧！』

『是。』景壽站了起來，把手垂著，把頭低著。

『內務府辦得怎麼樣了？』

這自然是指皇帝的後事；『肅六在忙著呢！』景壽答道：『金匱的板，早兩天就運到了。其餘的東西，聽說也都齊了。』

『還有樣要緊東西，』皇后又問：『陀羅經被呢？』

陀羅經被是金匱中必備之物；親藩勳舊物故，飾終令典，亦有特賜陀羅經被的——這由西藏活佛進貢，一般的是用白綾上印金色梵字經文；御用的是黃緞織金，五色梵字，每一幅都由活佛唸過經、持過咒，名貴非凡。當然，『內務府老早就敬謹預備了。』景壽這樣回答。

『噢！』皇后略停一停，換了個題目來問：『這幾天的政務，由誰在料理呀？』

『還是軍機上。』景壽慢吞吞的答道：『聽說許多要緊公事，都壓著不能辦。』

『爲甚麼吶？』

『自然是因爲皇上不能看奏摺。』

『以後呢？』皇后急轉直下地問到關鍵上，『你們八個人，可曾定出一個辦事的章程？』

『目前還談不到此。而且，也沒有甚麼老例兒可援的。』

『我記得康熙爺是八歲即的位。那時候是怎麼個規矩？』

『那時候，內裡有孝莊太后當家；不過國家大事，孝莊太后也不大管。』

這些對答，懿貴妃早就算定了的，所以受了教的皇后，立刻追問一句：『那麼誰管呢？』

『是輔政四大臣。』

『哪四個？』

景壽一面思索，一面回答：『索尼、蘇克薩哈、遏必隆、鰲拜。』

『後來呢？』

『後來？』景壽楞了一下，『後來當然是康熙爺親政。』

『我是說康熙爺親政以後。』皇后又加了一句：『那輔政四大臣怎麼樣？』

這一問，把木訥寡言的景壽嚇得有些心驚肉跳；顯然的，皇后是拿康熙誅鰲拜的故事，作爲警告。但是，於今如說有鰲拜，自是肅順；與自己何干？這顧命大臣的榮銜，也不知如何落到了自己頭上？看這光景，將來是非必多，不如趁早辯白一番。

想到這裡，隨即跪了下來，免冠碰頭：『皇后聖明！臣世受國恩，又蒙皇上付託之重，自覺才具淺薄，難勝重任；可是當時也實在不敢說甚麼。臣現在日夜盼禱的，就是祖宗庇佑，能讓皇上的病，化險爲夷，一天比一天健旺，這顧命大臣的話，從此擱著，永遠不必再提了。』他一面說，一面想到肅順的跋扈；同時想到皇后提起康熙朝舊事的言外之意，不由得越想越害怕，汗出如漿，急出一句最老實的話：『臣是怎麼塊料？皇后必定明白。他們拿鴨子上架，臣實在是莫奈其何！但盼臣能效得一分力，萬死不辭。只怕，只怕效不上力。』

這番話眞有些語無倫次了。皇后啼笑皆非，而且也不知如何應付；因爲它未在懿貴妃估計之中。只是景壽的窩囊，連忠厚老實的皇后都覺得可憐亦復可笑。

景壽還跪在地上不敢起來，皇后卻又說不出話，眼看要弄成個僵局；躲在屏風後面的懿貴妃不能不出頭了。她嬝嬝娜娜地閃了出來，先向皇后行了禮，然後自作主張地吩咐：『六額駙，請起來吧！』

景壽一見懿貴妃出現，心裡略略放寬了些；懿貴妃爲人厲害，但也明白事理，她一定能諒解他的處境爲難而本心忠誠，所以站了起來，順手給懿貴妃請了個安，退到一旁，打算著她有所詢問時，再作一番表白。

『六額駙是自己人，胳膊絕不能朝外彎。』懿貴妃這一句話是向皇后說的；但也是暗示景壽別忘掉自己是椒房至親，論關係要比肅順他們這些遠支宗室密切得多。

景壽自然懂得她的意思，趕緊垂手答道：『懿貴妃明見，這句話再透徹不過了；正是景壽心裡的意思。』

『好！』懿貴妃讚了一聲，接著又說：『可是我得問六額駙，你下去以後，他們要問：皇后召見，說此甚麼？你可怎麼跟他們說呀？』

『就說，就說皇后垂詢皇上的「大事」，預備得怎麼樣了。』

『一點不錯。你就照這個樣子，別的甚麼話也不用說。我知道你一個人也爭不過他們，不用跟他們廢話，有甚麼事，你想辦法先通一個信兒就行了。』說到這裡，懿貴妃停了一下，又威嚴地問道：『你明白嗎？』

景壽想了想，懂得懿貴妃的意思是叫他不必多事，於是惶恐地答道：『明白，明白！』

『明白就好。』懿貴妃轉臉向上問道：『皇后如果沒有別的話，就讓六額駙下去吧！』

『嗯！』皇后想了想說，『有一件事，也是要緊的；「大事」一出，裡裡外外一定亂糟糟的，大阿哥在外面，怕他們照應不過來，六額駙多費心吧！』

這是景壽辦得了的差使，欣然答道：『皇后跟懿貴妃請放心！景壽自會小心侍候。』

等景壽退了出去，皇后與懿貴妃，相對苦笑；她們原來期望著要把景壽收作一個得力幫手，不想他竟是這等一個窩囊廢。『虧得妳見機，不叫他插手；不然，準是成事不足，敗事有餘！』皇后搖頭歎息：『唉，難！』

『皇后先沉住氣。凡事有我。』

話是這樣說，懿貴妃也實在不知道如何才不致於大權旁落？回到自己宮裡，倚闌沉思，不知日影過午。忽然，皇帝身邊的小太監金環，匆匆奔了進來，就在院子裡一站，高聲傳旨：『萬歲爺急召懿貴妃！』說完才跪下請安，又說：『請懿貴妃趕緊去吧！怕是萬歲爺有要緊話說。』

『喔！』懿貴妃又驚又喜，問道：『萬歲爺此刻怎麼樣？』

『此刻人是好的。只怕……』金環欲言又止，『奴才不敢說。』

懿貴妃知道，皇帝此一刻是『迴光返照』。時機萬分珍貴，不敢怠慢；隨即趕到了煙波致爽殿。

御前大臣都在殿外，站得遠遠地；一看這情形，就知道皇后在東暖閣。小太監打了簾子，一眼望去，果然皇后正跪在御榻前；懿貴妃進了門，隨即也跪在皇后身後。

『這個給妳！』皇帝氣息微弱地說，伸出顫巍巍的一隻手，把一個蜀錦小囊，遞給皇后——懿貴妃知道，那是乾隆朝傳下來，皇帝常佩在身邊的一枚長方小玉印，上面刻的陽文『御賞』二字。

皇后雙手接了過來，強忍著眼淚說了句：『給皇上謝恩。』

『蘭兒呢？』

『在這裡。』皇后把身子偏著，向懿貴妃努一努嘴；示意她答應，同時跪到前面來。

『蘭兒在！』懿貴妃站了起來，順手拿著拜墊，跪向前面，雙手撫著御榻，把頭低了下去，鼻子裡窸窣窸窣在作響。

皇帝緩緩地轉過臉來，看了她一下，又把視線移開——他那失神的眼中，忽然有了異樣複雜的表情；是追憶往日和感歎眼前的綜合，不辨其爲愛爲恨，爲恩爲怨?

『唉！』皇帝的聲音不但低微，而且也似乎啞了，『我不知道跟妳說些甚麼好。』

聽得這一句話，懿貴妃哭了出來；哭聲中有委屈，彷彿在說，到今日之下，皇帝對她還懷著成見，而辯解的時間已經沒有了，這份委屈將永遠不可能消釋伸張。

就這時，皇帝伸手到枕下摸索著，抖顫乏力，好久都摸不著甚麼東西。於是，皇后站了起來，俯首枕邊，低聲問道：『皇上要甚麼？』

『「同道堂」的那顆印。』

皇后探手到枕下，一摸就摸出來了；交到皇帝手裡，他捏了一下，又塞回皇后手裡。

『給蘭兒！』

這一下，懿貴妃的剛低下去的哭聲，突然又高了起來；就像多年打入冷宮，忽聞傳旨召幸一樣，悲喜激動，萬千感慨，一齊化作熱淚！又想到幾年負屈受氣，終於有此獲得諒解尊重的一刻；但這一刻卻是最後的一刻，從此幽明異途，人天永隔，要想重溫那些玉笑珠香的溫馨日子，唯有來生。轉念到此，才眞的是悲從中來，把御榻枕旁哭溼了一大片。

這樣哭法，皇后心酸得也快忍不住了，頓著足，著急地說：『妳別哭了，行不行？快把印接了過去，給皇上磕頭！』

『是！』懿貴妃抹抹眼淚，雙手從皇后手裡接過了那一枚一寸見方，陰文大篆『同道堂』三字的漢玉印，趴在地上給皇帝磕了個響頭。

『起來，蘭兒！』皇帝又說：『我還有話。』

『是！』懿貴妃跪直了身子，愁眉苦臉地看著皇帝。

『我只有一句話，要尊敬皇后。』

『我記在心裡。』懿貴妃又說：『我一定遵旨。』

『好！妳先下去吧！』

這是還有話跟皇后說。懿貴妃極其關切這一點；但絕無法逗留偷聽，只好一步一回頭地退了出來。等出了東暖閣，遙遙望見在遠處廊下的肅順和景壽那一班御前大臣，她忽然想到御賜的玉印，正好用來示威；於是故意站在光線明亮的地方，恭恭敬敬地把那方印捧在胸前。這是個頗爲鄭重罕見的姿態；她相信一定可以引起肅順的注意。

就這樣站了不多一會兒，皇后紅著眼圈也退了出來；兩宮的太監、宮女紛紛圍了上來，簇擁著她們倆回到中宮。

懿貴妃想到一道緊要手續，隨即把皇后宮裡的首領太監喊了上來。

『我有話告訴你，你聽清楚了！』懿貴妃很鄭重地向皇后宮裡的首領太監說：『剛才皇上召見皇后和我，親賜兩方玉印，皇后得的是「御賞」印；我得的是「同道堂」印。你去問一問煙波致爽殿的首領太監馬業，他知道不知道這回事兒？要是不知道，你就把這一段兒告訴他，叫他「記檔」！』

皇帝的一言一行，都由首領太監記下來，交敬事房收存，稱爲『日記檔』；那當然是極重要的文獻，所以首領太監記檔十分慎重，倘非皇帝硃諭或口傳，便需太監親眼目擊，確有根據，方始下筆。當時皇帝召見賜印，東暖閣中只有兩名小太監；懿貴妃怕他們不了解此事的關係重大，不曾告訴馬業，以致漏記，因而特意作一番點檢。

接著，懿貴妃辭別皇后，回到自己宮裡休息。多少天來的哀愁鬱結，這時候算是減輕了許多——全由於這方印的緣故。

這方印是完全屬於皇帝的。自乾隆的『五代五福五德堂』開始。列朝皇帝都像文人雅士那樣，喜歡取一個書齋的名字，作爲別號。嘉慶是『繼德堂』、道光是『慎德堂』、當今垂危的皇帝便是『同道堂』。

同道堂有兩處，一處在『西六宮』的咸福宮後面；一處在圓明園『九洲清晏』。去年八月初八一早，皇帝就是在圓明園的同道堂進了早膳以後，倉皇離京的。想不到自此一別，圓明園竟遭了兵燹，皇帝亦不能生還京城！

這不過是一年間的事，誰想得到這一年的變化是這麼厲害！懿貴妃心想，一年以前，作夢也想不到自己會這麼快成爲太后；而居然會有這樣的事！莫非天意？

她是永遠朝前看的一個人。既然天意如此，不可辜負。於是精神抖擻地想在御賜的玉印上，作一篇好文章。

『同道，同道！』她這樣叨唸著，自然而然地想起一句成語：志同道合。這不就是說自己與皇后嗎？兩位太后，同心協力，撫養幼主，治理國事！

不錯！皇帝賜這方印的意思，正是如此。這也足見得皇帝把她看得與皇后一樣尊貴。想到這一點，懿貴妃深感安慰；而且馬上想到，要把皇帝的這番深意，設法讓皇后、顧命大臣以及王公親貴了解。

但眼前卻無機會，不但皇后沒有心情來聽她的話；所有的顧命大臣、王公親貴，根據御醫的報告，說皇帝隨時可以嚥氣，因此也都守在煙波致爽殿，全副精神，注視著皇帝的變化，誰還來管她得了甚麼賞賜？

夜涼如水，人倦欲眠，忽然首領太監馬業匆匆自東暖閣奔了出來，驚惶地喊著：『皇太子，皇太子！』

這是讓皇太子去送終。喚醒穿著袍褂，被摟在張文亮懷裡睡著的皇太子，趕到東暖閣，皇帝已經『上痰』了！

王公大臣都跪伏在地，皇太子在御榻前拜了下去。看看久無聲息，肅順點了根安息香，湊到皇帝鼻孔下，去試探可還有呼吸？

那枝香依舊筆直的一道煙，絲毫看不出有鼻息的影響，肅順便探手到皇帝胸前，一摸已經冰涼；隨即雙淚直流，一頓足痛哭失聲。

殿裡殿外，上上下下，早就把自己沉浸在悽悽慘慘的情緒裡；蓄勢已久，肅順哭這一聲，就像放了一個號炮，頓時齊聲響應，號哭震天——而皇太子卻是嚇得哭了。

國有大喪，好比『天崩地坼』，所以舉哀不用顧忌；那哭的樣子，講究是如喪考妣的『擗踊』，或者跳腳、或者癱在地上不起來，雙眼閉著，好久都透不過氣來，然後鼓足了勁，把哭聲噴薄而出！越是驚天動地，越顯出忠愛至性。這樣由煙波致爽殿一路哭過去，裡到后妃寢宮，外到宮門朝房，別院離宮三十六，那一片哭聲，驚得池底游魚亂竄，枝頭宿鳥高飛。而唯一的例外是麗妃；她沒有哭，不言不語地坐在窗前，兩眼直勾勾地望著遠處漸隱的殘月。

殘月猶在，各處宮殿，是有人住的地方，都點起了燈燭，煙波致爽殿和毗連的澹泊敬誠殿，更是燈火通明。王公大臣的哭聲已經停止；顧命八大臣尤其需要節哀來辦大事，他們就在煙波致爽殿後面，找了一間空屋，暫時作發號施令的樞機之地。

內務府的司員，敬事房及各重要處所的首領太監，包括小安子在內，幾乎都趕到了，靜悄悄地在廊下待命，或是打探消息；遙遙望去，只見肅順一個人在那裡指手劃腳地發號施令。

第一件差使派了景壽，『六額駙！』肅順說：『請你護送皇太子，不，不，如今是皇上了！扈從聖駕，去見太后。把大行皇帝升天的時刻，奏告太后，大喪禮儀，等商量定了，另行陳奏。』哭腫了雙眼的景壽，點一點頭，一言不發地站起身來，管自己辦事去了。

『敬事房的首領太監呢？』

肅順這一問，立刻便有人遞相傳呼：『肅中堂傳陳勝文！』

『陳勝文在！』他高聲答應著，掀簾進屋，總請一個安，垂手肅立，望著肅順。

『馬上傳各處摘纓子！』

凡遇國喪，第一件事就是把披拂在大帽子上的紅纓子摘掉；陳勝文答道：『回肅中堂，已經傳了。』

『好！』肅順接著又說：『從今天起，皇后稱皇太后，皇太子稱皇上。』

『是！』陳勝文躊躇了一下，覺得有句話非問不可，『請肅中堂的示，懿貴妃可是稱懿貴太妃？』

『當然！』肅順答得極其乾脆；彷彿他這一問，純屬多餘。

交代了陳勝文，隨即又傳內務府的司員，預備初步的喪儀；宮內『應變』的措施告一段落，顧命八大臣又移地軍機直廬去開會——在這裡所商議的，就不是宮廷私事，而是要佈告『天下臣民』的國頭等大事了。

首先提出來的是『皇帝』即位的時刻和儀典。

當時由載垣首先發言：『常言道得好，「國不可一日無君」，現在該怎麼辦？咱們得快拿個主意！』

茲事體大，一時都不肯輕率獻議。肅順不耐煩了，指著穆蔭說：『挨著個兒來，你先說吧！』

穆蔭清一清嗓子，慢條斯理地陳述他的見解：『自古以來，太子都是柩前即位。不過本朝有本朝的制度；咱們最好按著成例來辦，免得有人說閒話。』

『要說成例，那得按著康熙爺的例子來辦。』端華抹了一手指頭的鼻煙，一面把鼻子吸得嗤嗤作響，一面大搖其頭：『年代這麼久了，一時哪兒去找當年的成例？』

『我倒記得，』匡源接口說道：『世祖章皇帝賓天，聖祖仁皇帝八齡踐阼，那時是先成服，後頒遺詔；再下一天，在太和殿即位，頒詔改元。』

『不錯！』載垣點點頭說：『列朝的皇上，都是在太和殿即的位。』

『還不錯呢！我看簡直就不通！』肅順嚷著——載垣雖然襲封了怡親王，而且年齡最長，但論輩分是肅順的姪子，所以他駁他的話，很不客氣：『照你這麼說，一天不回京，國家就一天不能有皇上？』

『你別氣急，』載垣的修養倒是很好，『原是在商量著辦；你再問問繼園，也許他有好主意。』

杜翰早已把這件大事研究過了，成竹在胸，不慌不忙地說道：『列公的話都不錯，「國不可一日無君」，皇太子應該「柩前即位」；可也得按照本朝的家法，在太和殿行大典，頒詔改元。』

這番話面面俱到，誰也不得罪；但嫌空洞，而且也似乎有些矛盾，肚子裡黑漆一團的端華，卻偏偏聽出來了，趕緊問道：『繼園，你的話是怎麼說？又說「柩前即位」，又說「在太和殿行大典」，難道即兩次位嗎？』

『回王爺的話，』杜翰答道：『柩前即位是皇太子接掌大位；太和殿行大典是行登極大典，原是兩回事兒！』

『啊，啊！』端華頗爲嘉許：『說得有理！』

這一下杜翰越發侃侃而談了：『說要按成例辦，現成有個例子，四十一年前，也是七月；七月二十五，仁宗睿皇帝在這兒駕崩，王公大臣遵照硃諭，請宣宗成皇帝即了位，當天恭奉梓宮回京，八月二十七在太和殿行登極大典。如今也可以這麼辦，先請幼主即位；名位一正，其餘的就都從容了！』

這個辦法完全符合肅順的心意；幼主不即位，顧命大臣就不能用『上諭』來號令全國，所以聽完杜翰的話，隨即大聲說道：『好極了！就這麼辦。繼園，』他又問：『那麼幼主即位，到底甚麼時候最合適呢？』

『最好在大行皇帝小殮的時候，即位成服一起辦。』

『好！』肅順吩咐：『傳欽天監。』

等把欽天監的官員傳來，選挑小殮的時刻，那官員答道：『今天申正，時辰最好！』

『混帳東西，甚麼好時辰？』肅順大喝一聲：『國喪是大凶之事，還有甚麼好時辰好挑的？』

話是駁得有理，但又何至於發這麼大脾氣？欽天監的那官員嚇得臉都青了。

在座的人也都覺得肅順未免過分，只有杜翰明白他這脾氣是從哪裡發出來的？申正太陽已將下山，幼主到那時才即位，不能發詔旨辦事，這一天就算白糟蹋了。

這番意思自然不能明說，杜翰想了一個很好的理由來解釋：『天氣炎熱，大行皇帝的遺體，不宜擺得太久，』他向欽天監的官員說：『成殮的時刻，你再斟酌一下！』

那官員原也相當機警，剛才是讓肅順迎頭痛斥，嚇得楞住了，這時一聽杜翰的指點，恍然大悟，當即裝模作樣地用指頭掐算了一會兒，從容答道：『小殮以辰正二刻爲宜，大殮以申正爲宜。』他不再說『好時辰』，只說『爲宜』了。

杜翰點點頭，嘉許他識窾；但小殮要早，大殮不妨從容，便轉臉看著肅順說：『中堂看如何？申正大殮，只怕預備不及。』

肅順從荷包裡掏出一個極大的西洋金錶，揿開錶蓋一看，這時照西洋算時刻的方法是六點鐘，辰正二刻是八點半，還有兩個半鐘頭，預備起來，時間恰好；申正大殮，確是太匆促了，『大殮在明兒早上吧！』他說。

『明天早晨大殮，以巳初二刻爲宜！』這一下，欽天監官員不等杜翰傳話，便先搶著回答。巳初二刻是九點半，不早不晚，也算相宜；肅順一點頭，事情就算定局了。

第二件急需決定的大事是，派定『恭理喪儀大臣』；這張名單是早就在肅順家的水閣中決定了的，拿出來唸一遍就是。

接著又商量哀詔的措辭，照杜翰的提議，由焦祐瀛執筆起草。也談到『恭奉梓宮回京』的事；那需要一百二十八個人抬的『大槓』，沿路橋道，必須及早整修，決定立即命令署理直隸總督文煜到熱河來商議一切。其餘的大事還多，但此刻無暇計及；請見太后以後，馬上就得預備皇太子即皇帝位的大事了。

於是顧命八大臣，除掉景壽以外，一起進宮。太監奏稟太后，立即召見。

一見面自然是相對痛哭；哭過一陣，年輕的太后抹著眼淚，哀切切地說道：『你看，大行皇帝撇下我們孤兒寡婦歸天了！你們都是先帝的忠臣，裡外大事，總要格外盡心才好！都請起來說話。』

『是，是！』載垣跪在地上答道：『奴才幾個，受大行皇帝的付託，必要赤膽忠心，輔保幼主。請太后千萬放心。』說完，大家一起又磕一個頭站了起來，載垣回頭便說：『肅順，你把咱們商量好的事兒，跟太后回奏！』

肅順記著先帝的囑咐，特別尊崇太后，恭恭敬敬地朝前一跪，把按照仁宗駕崩以後的成例，皇太子先即大位，回京再行登極典禮，以及小殮和大殮的時刻，清清楚楚地說了一遍。

『既然你們商量定了，就這麼辦吧！』太后又問：『甚麼時候成服啊？』

『本想小殮就成服。孝衣太多，實在來不及做；請太后的懿旨，可否大殮成服？』

『是啊，孝衣太多。』太后又說：『你叫內務府早早把白布發了過來，好讓各宮的女孩子，連夜趕著做。』

『是，奴才已經關照了；等敬事房首領把名冊送了來，隨即照發。』肅順一面說，一面掏出一張名單：『再跟太后回奏，恭理喪儀大臣，奴才幾個擬了個單子，是：睿親王仁壽、豫親王義道、恭親王奕訢、醇親王奕譞、大學士周祖培、協辦大學士戶部尚書肅順、吏部尚書全慶、陳孚恩、工部尚書綿森、右侍郎杜翰，一共十個人；豫親王、恭親王、周祖培、全慶，仍舊留京辦事。』這就是說，只有陳孚恩一個人可以到熱河來。

太后對陳孚恩並不關心，關心的是恭親王，『恭王也留在京裡嗎？』她不以為然地問。

『洋務非恭王不可；而且梓宮回京以後，喪儀繁重，也要恭王在京裡主持。』

『你的話也不錯。』太后沒話說了，只好同意。

於是顧命大臣，跪安退出，忙著去找景壽，教導事實上已成為皇帝的皇太子，如何『親視含殮』，如何告祭即位；還有最重要的一點，如何讓六歲的幼主明白他的身分已經不同，是天下臣民之主！

要在短短一段時間內，把這些重大複雜的改變，說得童騃的皇太子有所領會，是件很不容易的事，而景壽又是個不善於詞令的人，所以這個吃重的任務落在張文亮身上，連說帶比，急得滿頭大汗——幸好書房的三個月中，師傅李鴻藻，對此已有啓沃；皇太子終於算是大致明白了。

『回頭我就是皇上，』他說：『我說的話就是聖旨。』

『是，是！』張文亮如釋重負，『皇太子眞聰明！』

『成了皇上，還上書房不上？』

『自然要上！』這下是景壽回話，『不上書房，不識字，不明道理，將來可怎麼治理國政呢？』

『甚麼叫「治理國政」吶？』

『那，那就是說，裡裡外外的大事，皇上怎麼說，就怎麼辦！』

『眞的嗎？』皇太子把一雙小眼睛，瞪得一愣一愣地，『我說殺人，就殺人？』

『皇太子千萬別說這話！』景壽拿出姑夫的身分，沉著臉說：『做皇上要愛民如子，哪能隨便殺人？』

皇太子不響了，張文亮卻在心裡嘀咕；倘或皇太子即了皇位，眞的說出殺人的話來，讓太后知道了，必說左右太監在挑唆，那可要大倒其楣了。

因此，張文亮等景壽不在時，小聲問道：『皇太子要殺誰呀？』

三個月的工夫，皇太子認字號、寫仿格，已頗有長進了，會寫幾個筆畫簡單的字，遇到機會就要露一手，這時就說：『把手伸過來！』

張文亮知道，皇太子這一說，就是要在他手心裡寫字，趕緊把手掌平伸了過去；皇太子一點一畫地寫了三個字：『小安子』。

皇太子連自己的名字都不會寫，恰好會寫『小安子』這三個字。

太監宮女都相信宿命，更相信皇帝是『金口』，說甚麼便是甚麼。『壞了！』張文亮在心裡說：『小安子這顆腦袋，遲早不保！』

話雖如此，張文亮卻不以爲事不干己，可以不管；相反地，是上了一重濃重的心事，懿貴太妃眼看就要掌權，安德海水漲船高，可能會爲升總管，這主奴二人都是他得罪不起的；那就千萬不能讓自己這位小主子把要殺安德海的話說出來！只要一說出口，自會傳入懿貴太妃或者安德海耳朵裡，那時首當其衝的就是自己。

正在思索著，得想個甚麼辦法，能讓口沒遮攔的皇太子知道，這句話說不得；外面已經傳話進來，說大行皇帝小殮的時刻快到了，請皇太子去行禮。接著，景壽親來迎接；由張文亮亦步亦趨地陪侍著，把皇太子迎到了煙波致爽殿。

殿廷內外，已擠滿了王公大臣，以及在內廷當差的天子近臣，按著爵位品級次序，肅然站班。皇太子看見這麼多人，不覺畏怯；只往張文亮身上躲，但忽然間站住了，響亮地喊了一聲：『師傅！』

一庭的親貴重臣，連皇太子的胞叔在內，獨獨李鴻藻得蒙尊禮，師傅眞個受寵若驚了！但皇帝剛剛晏駕，不便含笑相迎，只趕緊出班下跪，以哀戚的聲音說道：『請皇太子節哀順變，以完大禮。』

這兩句話皇太子哪裡聽得懂？只看著師傅發楞。肅順可就發話了：『李師傅請起來吧！』措辭雖然客氣，聲音卻顯得頗不耐煩。

李鴻藻自己也覺得所說的那兩句等於廢話，可是朝班不比書房，不如此說，又怎麼說呢？眼前大禮待行，不敢再有耽擱，便又說了句：『皇太子請進去吧！』

皇太子很聽師傅的話，師傅說進去，立即又開步走了。這時只有近支親王和顧命大臣隨扈。到了東暖閣，皇太子一看『阿瑪』直挺挺躺在御榻上，臉上蓋一塊白綾，有些害怕，將身子直往張文亮身後躲；隨便張文亮怎麼小聲哄著，總不肯站到前面來。

等小殮開始，有件事引起了皇太子極大的興趣，自然而然站到前面來看。照例，小殮爲死者穿衣服，是先有一個人做衣服架子，一件件穿好了，再脫下來一起套到僵硬的屍體上去；在旗下，這個『衣服架子』得由被稱爲『喪種』的親屬擔任，或者是長子，或者是承重孫，皇帝的大喪，自然是由嗣君服勞，但皇太子年紀太小，肅順吩咐首領太監馬業另外找個人代替。

於是有三四個小太監，商量好了向馬業去說：『萬歲爺在日，最寵如意；該讓如意侍候這個差使。』

這是個苦差使。如意站在方凳上，伸直雙臂；十三件龍袍一件一件往上套，由紗到緞、由單到棉、由盛夏到隆冬——皇太子看如意穿上龍袍，已覺可笑；一穿穿這麼多，更覺稀罕，一眼不霎地看著，差一點笑出聲來。

這面在套衣服，那一面已在替大行皇帝修飾遺容；平日侍候盥洗是如意和另一個小太監喜兒的差使，這時便只有喜兒一個人當差了。他就當皇帝還活著，進一樣盥洗用具便說一句：『萬歲爺使漱口水』；『萬歲爺洗臉』。最後說：『萬歲爺請髮！』說完絞了一把熱手巾，蓋住大行皇帝的雙頰；又掏出一把雪亮的剃刀，在手掌心裡磨了兩下，是要動手刮大行皇帝的鬍子了。

修了臉，喜兒又跪著櫛髮打辮子，然後馬業率領四名太監，替大行皇帝換上如意所套好了的十三件龍袍，外加全新石青寧緞團龍褂，用五色陀羅經被密密裹好。小殮已畢，擺設『几筵』是一張四角包金的活腿烏木桌，上供一隻大行皇帝在日常用的金鑲綠玉酒杯，等皇太子行過了三跪九叩首的大禮，馬業把那杯酒捧到殿外，朝上跪著一灑。然後御膳房在靈前擺膳；皇太子和在場的大臣、太監，齊聲呼地搶天地舉哀。初步『奉安』的典禮，這樣就算完成了。

其時煙波致爽殿正間，已設下明黃椅披的寶座；王公大臣，各按品級排好了班，肅順和景壽引著皇太子升座，淨鞭一響，肅然無聲，只聽鴻臚寺的鳴贊高聲贊禮，群臣趨蹌跪拜，也是三跪九叩的最敬禮——從這一刻起，六歲的皇太子，就要被太后稱爲『皇帝』，臣子稱爲『皇上』，太監、宮女稱爲『萬歲爺』了。

皇帝即位，須遣派官員祭告天地宗廟，這自有禮部的官員去辦理；他自己要做的第一件事，便是謁見太后。小皇帝根本不明這些禮節的道理，由著人擺佈；到了太后寢宮，磕了頭，從地上爬起來，取下大帽子往旁邊一丟便大聲嚷道：『餓了！拿東西來吃，快，快！』

於是雙喜趕緊向門外喊道：『萬歲爺傳膳！』

這還是第一遭侍候這位新『萬歲爺』；大家都還拿不準規矩，只按照成例傳喚了下去，傳到御膳房，這一桌御膳，一時辦得出來辦不出來？那就不管了。

『別這樣子說話！』太后拉著小皇帝的手說，『你該記著，你現在是皇上啦！說話行事要穩重；大呼小叫的，不成體統。知道嗎？』

小皇帝最聽這位嫡母的話，雖不太懂，也還是深深地點著頭說：『知道。』

『雙喜！』太后體恤臣下，這樣吩咐：『妳傳給敬事房，從今天起，除非有甚麼特別的事故，不用單獨替皇帝擺膳；早晚都跟我一塊兒吃好了。』

『是！』

『還有，』皇后又說：『妳看有甚麼點心，先端幾碟子來。』

太后最愛消閒的零食，細巧點心多的是；隨即裝了四碟子，又用黃碗盛了奶茶，一起擺在匟桌上，讓小皇帝享用。

太后一面看他吃點心，一面問剛才行禮的情形；張文亮就跪在門外，揀好聽的回奏。太后聽說小皇帝居然能把那麼個大場面應付下來，未曾失儀，頗感安慰，不斷誇獎：『是要這樣才好！』又吩咐張文亮：『等皇帝用了點心，你領著去見懿貴太妃。』

這一說，提醒了張文亮，驚出一身冷汗，自己對自己說：『糟了，糟了，眞是大糟其糕！把這麼句要緊的話給忘掉了！』

是這麼句要緊話，該由皇帝即位後，向王公大臣宣佈：『封額娘做太后！』這是懿貴太妃叫小安子特頒賞賜，責成張文亮到時候必須提醒小皇帝的；而張文亮因爲小皇帝要殺小安子，心裡不安，把這件緊要大事，竟忘得無影無蹤了！

這樣，張文亮額外又添一重心事，唯有期望著這一天小皇帝能有再與顧命大臣見面的機會，還可補救；否則，就無論如何不能邀得懿貴太妃的寬恕了！

小皇帝吃了點心，雙喜進奉手巾揩了臉；太后便說：『到你額娘那裡去吧！說是她身體不舒服；乖乖兒的，別惹她心煩。』

於是，張文亮只好硬著頭皮侍候。到了懿貴太妃宮裡，一進門便覺異樣；靜悄悄地聲息不聞，而太監宮女臉上都有不安的神色。一見皇帝駕到，自然都跪了下來，這才有些微的聲響。小安子在屋裡聽見了，掀簾出來，趕緊原地接駕；可是他那臉色非常難看。

『你去啓稟，萬歲爺來給懿貴太妃問安。』張文亮說。

『太妃病了，剛睡著。』

病了是眞的，說『剛睡著』是假話；懿貴太妃生了極大的氣，早已有話交代小安子，小皇帝來見，就拿這話作託詞，不見！

第一個是生肅順的氣。一接到小安子的報告，說肅順吩咐敬事房，皇后稱爲皇太后；而且當陳勝文提醒他時，他依然把她與其他妃嬪一樣看待，視爲『太妃』，這是有意揚抑，頓時就發了肝氣。

第二個是生小皇帝的氣。教導了不知多少遍，依然未說『封額娘做太后』那句話！她沒有想到是張文亮該負責任，只恨兒子不孝，這一下肝氣越發重了。

張文亮當然知道懿貴太妃起病的原因；能躲得一時是一時，所以隨即輕快地答道：『既然太妃剛睡下，不宜驚擾，萬歲爺回頭再來問安吧！』說完，就擁著小皇帝走了。

這些情形，懿貴太妃躺在床上，聽得明明白白。這時才想到怕是張文亮在搗鬼，再想想，張文亮素來謹愼小心，絕不敢這麼做。說來說去，總是自己兒子天性太薄，不然就不會聽說生母病了，問都不問一聲。『將來非好好管教不可！』懿貴太妃咬著牙下了決心。

然而眼前呢？她一直就打算著，要與皇后同日並尊爲皇太后；兒子做了皇帝，生母自然是太后，到了此刻還要以太妃的身分朝見太后，無論如何於心不甘！但是，大喪儀禮中，有許多地方，必須與太后一起露面不可，那便如何自處？想了半天，只有一個辦法：託病不出。

於是，她把小安子找了來，囑咐了他一套話。小安子心裡明白，懿貴太妃一天不封太后，就一天不會與另一位太后見面。這是檔極麻煩的事，得要到太后宮裡去探探消息。

就這時候，敬事房通知：按冊領白布，趕製孝服。小安子親自帶人去領了下來，回明了懿貴太妃；便在後院搭上案板，召集宮女，紛紛動手。安排好了這一切，才轉到太后宮裡去觀望風色。

太后宮裡人多，做孝衣做得越發熱鬧；小安子探頭張望了一下，不想正遇見太后，連忙跪了下來請安。

『有事嗎？』太后問道。

不能說沒有事，沒有事跑來幹甚麼？小安子只得答道：『奴才有話，啓奏太后。』

『你就在這兒說吧！』

『奴才主子吩咐奴才，說大行皇帝駕崩，太后一定傷心得了不得！奴才主子急著要來問安，無奈奴才主子，也是因爲出了「大事」，一急一痛，胃氣肝氣全發了，躺在床上動不了；心裡著急得很，叫奴才來看一看。奴才主子又說，倘或太后問起，就讓奴才代奏：現在裡外大事，全得仰仗太后，務必請太后節哀，好把大局給維持住。』

小安子瞪著眼說瞎話，面不改色的本事是出了名的；有時圓不上謊，就靠他老臉皮厚，裝得像眞的一樣。但此刻這番謊話，卻編得極其高明，既掩飾了自己的來意；也替懿貴太妃裝了病，又面面俱到，一絲不漏，而且措辭婉轉誠懇，使得『可欺其以方』的太后，大爲感動。

於是太后蹙眉問道：『我也聽說你主子人不舒服；不知道病犯得這麼厲害！傳了太醫沒有？』

『奴才主子不叫傳！說這會兒裡裡外外全在忙著大行皇帝的大事，別給他們添麻煩吧！』小安子略停一下又說：『奴才主子這個病，診脈吃藥，全不管用；只要安安靜靜歇著，一天半天，自然就好了。』

『既然這麼著，回頭給大行皇帝奠酒，她就不用出來了。』皇后接著又吩咐：『你回去傳我的話，讓你主子好好兒將養；索性等明兒個大行皇帝大殮，再來行禮吧！』

『是！』

『我還問你，剛才皇帝到你主子那兒去，聊了些甚麼呀？』

這一問，恰好給了小安子一個中傷張文亮的機會，『回太后的話，萬歲爺未曾見著奴才主子。』他說：『萬歲爺駕到，奴才主子疼過一陣，剛睡著。奴才回奏了萬歲爺，打算去喚醒奴才主子；張文亮就說：「不用了，不用了，走吧！」萬歲爺還捨不得走，意思是要看一看奴才主子；讓張文亮架弄著，萬歲爺也就沒法兒了。』

『是這個樣子嗎？』太后訝異而不悅；但也沒有再說下去。

小安子看看無話，磕頭退下。回想剛剛那一番對答，自己覺想十分得意；特別是懿貴太妃的裝病，原來怕裝不過去；國喪大禮，難以逃避，不想輕輕巧巧地就得到了太后的許諾。這是大功一件，得趕緊回去報告。

其時已近午刻，太后照預定的安排，傳諭各宮妃嬪齊集，到煙波致爽殿去爲大行皇帝奠酒。於是二十歲出頭的一群妃嬪，一個個穿著素淡服裝，摘去了『兩把兒頭』上的纓絡裝飾，抹著眼淚，來到中宮——懿貴太妃是奉懿旨不必到的；奇怪的是麗妃也久久不至。

太后不斷地催問，總是沒有結果；最後雙喜走到她身邊，悄悄說道：『太后別等了，麗太妃一時不能來了！』

『怎麼？』

『請太后先別問。回來我再跟太后細細回話。』

太后最寵信這個宮女的話，便先不問，領著妃嬪，一起到煙波致爽殿奠酒舉哀，瞻仰大行皇帝的遺容。

纖纖兩指，揭開白綾，呈現在太后眼前的是一張皮色灰敗，兩頰和雙眼都陷了下去的『死臉子』；口眼都未曾緊閉——照俗語說，這是死者有著甚麼放不下心的事，或者死得不甘心的表示。於是，剛剛舉過哀的太后，眼淚又像斷線珍珠似地拋落了。

『皇上！』她伸出手指，溫柔地抹下了大行皇帝的眼皮，默默禱告：『你放心上天吧！大阿哥已經即位了；難爲他，六歲的孩子，竟未怯場；看起來，將來是個有出息、有福氣的。肅順挺守規矩；懿貴太妃也很好——這些人都算有良心，沒有忘記皇上囑咐他們的話。就是……』

太后想到麗妃，禱告不下去了！她心裡十分不安；大行皇帝生前曾特別叮囑她要庇護麗妃，現在遺體還未入棺，麗妃那裡似乎已出了甚麼亂子，這豈不愧對先帝？

想到這裡，太后急著要回宮去細問究竟，隨即出了東暖閣；其他妃嬪自然也都跟著出來，等太后上了軟轎，才各自散去。

『雙喜吶？』一回寢宮，太后便大聲地問。

『雙喜到麗太妃宮裡去了。』

『我正要問，麗太妃那裡，到底出了甚麼事？』

太后所問的那個宮女，才十三歲，十分老實，也還不太懂事，怯怯地答道：『等雙喜回來跟太后回話吧！雙喜不准我們多說。』

這可把太后憋急了，頓著腳說：『妳們這班不懂事的丫頭！怎麼這麼彆扭呀！』

『是……』那小宮女終於吞吞吐吐地說了，『說是麗太妃服了毒藥了！』

『啊！』太后失態大叫，『怎，怎麼不早告訴我！』

『來了，來了！』小宮女如釋重負地指著喊：『雙喜來了！』

雙喜為人深沉，從她臉上是看不出消息來的；但是雙喜一看太后的神情和那小宮女的畏懼不安，擔心著要挨罵的眼色，倒是知道了剛才曾發生過甚麼事。

因此，她第一句話就是：『不要緊了，麗太妃醒過來了。』

『怎麼？說是服了毒，甚麼毒呀？』

麗妃服的是鴉片煙膏——前一個月，大行皇帝鬧肚子，是載垣出的主意，說抽幾筒大煙，立刻可以止瀉提神；恰好麗妃曾侍奉過她父親抽大煙，會打煙泡，於是弄來一副極精緻的煙盤，大行皇帝躲在麗妃那裡，悄悄兒抽了兩三回；泄瀉一癒，便不再抽。也許麗妃早已有了打算，所以煙盤退了回去，卻把盛著煙膏的一個銀盒子留了下來；幸好剩下的煙膏不多，中毒不深，想盡辦法，總算把她的一條命從大行皇帝身邊奪了回來。

『剛才還不知道怎麼樣，我怕太后聽了著急，沒有敢說。這會兒，太后請放心吧！』

『唉——！』太后長歎一聲，覺得麗妃可敬也可憐，便說：『我去看看她去。』

『太后等一等吧！麗太妃這會兒吃了藥，得好好兒睡一陣子。見了太后，又要起來行禮，又會傷心；反倒不好！』

想想也不錯，太后打消了這個主意。雙喜又勸她回寢宮休息——太后原有午睡的習慣，而且熬了一個通宵，一上午又經歷了那麼多大事，身心交疲，確需好好休息一會兒，無奈情緒平靜不下來，身子愈閒心愈忙；這半天的工夫，已讓她深深的體驗到『一家之主』不容易做，雙肩沉重，恐懼不勝，心懸懸地，怎麼樣也睡不安穩。

也不知過了多少時候，聽得『呀』地一聲門響；從西洋珍珠羅帳子裡望見人影，太后便喊了聲：『雙喜！』

『太后醒了？』雙喜掛起帳子問說。

『哪兒睡得著啊？』

『肅中堂他們來了，說有許多大事，要見太后回奏。』

太后嘆口無聲的氣：『見就見吧！』

於是雙喜走到門口，輕輕拍了兩下手，把宮女找了來，侍候太后起床，洗臉更衣，去接見肅順他們。

晉見太后的是顧命八大臣，按照軍機大臣與『皇帝』『見面』的規矩，由載垣捧著黃匣領頭，跪安以後；太后優禮重臣，叫站著說話。

於是載垣打開黃匣，先取出一道上諭，雙手捧給太后：『這是由內閣轉發的哀詔，請太后過目。』

太后有自知之明，認不得多少字，看如不看；便擺一擺手說：『唸給我聽吧！』

載垣也有自知之明，哀詔中有許多成語和上諭中習用的句子，看得懂，卻唸不出，便回頭看著焦祐瀛說：『是你主稿，你來唸給太后聽！』

焦祐瀛精神抖擻地答應一聲，傴僂著從載垣手裡接過哀詔，雙手高捧，朝上唸道：

諭內閣：朕受皇考大行皇帝鞠育，顧復深恩，昊天罔極，聖壽甫逾三旬，朕宮廷侍奉，正幸愛日方長，期可卜……

不過才唸了個開頭，太后心裡已經著急了。天津人的嗓門兒本來就大，加以實大聲宏的焦祐瀛，唸自己的文章不免得意，格外有勁，只聽得滿屋子的炸音，太后除了『聖壽甫逾三旬』和『大行皇帝』這少數幾句，還能聽得清楚以外，就不知道他在唸些甚麼了！

因此，到唸完以後，太后只能糊裡糊塗地點頭，表示同意。

第二件上諭是派定恭理喪儀大臣，這原就說好了的，太后更不能再說甚麼。然後，肅順以內務府大臣的資格，順便回奏了一些宮廷事務；其中頂重要的一樁是，皇帝以『孝子』的身分陪靈，照規矩要『席地寢苫』，移居煙波致爽殿，稱爲『倚廬』。

肅順的意思，等大行皇帝的遺體入了金匱，東暖閣空了出來，請太后也移過去住。這樣，一則便於照料皇帝；二則便於召見臣下，——太后原就覺得在自己宮裡與大臣見面，不甚得體，所以對肅順的建議，毫不遲疑地加以接納。

於是太后的宮女，做完了孝服，接著就忙『搬家』；先把一切日常動用的小件雜物，衣飾箱籠都收拾起來，免得臨時慌張。

這些瑣碎事務，自有雙喜負責督促；太后叫人端來椅子，坐在殿後荷花池旁——就在不多的日子以前，大行皇帝曾在這裡跟她談過許多身後之事；雖然語聲哀戚，畢竟還是成雙作對的天家夫妻，如今隻影照水，往事如夢，對著秋風殘荷，眞有萬種悽涼！

一個人抹了半天的眼淚，千迴百折的想來想去，唯有咬著牙撐持起來，記起剛才召見顧命大臣的那種情形，她不能不這麼想：有蘭兒在一起就好了！但本朝的家法，除了太后偶爾可以垂詢國事以外，任何宮眷不得干預政務，更莫說召見大臣。要懿貴太妃一起問政，除非她也是太后的身分。

她原來就是嘛！一想到此，太后覺得這也是急需要辦的大事之一；想了一下，隨即命首領太監傳懿旨：在御書房召見顧命大臣；不必全班進見，但肅順一定要到。

結果來了三個：載垣、肅順、杜翰。這一下，忠厚的太后也明白了，顧命八大臣，能拿主意的就此三人；此三人中又以肅順爲頭，那更是不言可知的。

因此，太后直接了當地就找頭兒說話：『肅順，我想起一件事兒來了，皇帝已經即位，懿貴太妃的封號，怎麼說呢？』

肅順原以爲太后所垂詢的，不是大行皇帝的喪儀，就是宮廷的庶務，沒有想到是談懿貴太妃的身分！箭在弦上，無從拖延；想了想答道：『按本朝的家法，也是母以子貴，懿貴太妃應該尊爲太后；不過，那得皇上親封才行。』

『這好辦！我讓皇帝親口跟你們說一聲好了。』

太后何以如此迴護懿貴太妃？肅順頗感困惑；但他最富急智，趕緊答道：『跟太后回奏，懿貴太妃尊爲太后，雖是照例辦理，可到底是件大事！奴才的意思，最好在明天大行皇帝大殮之前，請皇上當著王公大臣，御口親封，這才顯得鄭重。』

『肅順的意思極好。』杜翰接著也說：『請太后嘉納！』

太后哪裡會想到，肅順是有意要把兩宮分出先後高下來？原就覺得肅順的話說得在理；加上杜翰的附和，自然是毫不考慮地『依議』了。

到了晚上，諸事略定，太后惦念著懿、麗兩妃，打算著親自去看一看她們，便跟雙喜商議。雙喜仍舊勸太后不必去看麗太妃，但不妨賞些吃食，作爲安慰。太后聽了她的話，把自己食用的冰糖煨燕窩，叫雙喜送了去，再好好勸一勸麗太妃。隨後就扶著一個宮女的肩，慢慢地走到懿貴太妃宮裡。

自然先有人去稟報懿貴太妃。這一日之間，她有無限抑鬱，但太后降尊紆貴，親來視疾，也不免感動；所以急忙迎了出來，委委屈屈地按大禮參見。太后親自扶了一把，攜著她的手，四目相視，眼眶潤溼；好久，太后才叫了聲：『妹妹！』

這一聲『妹妹』，可眞叫是以德服人！懿貴太妃跪下來又磕了個頭，把太后請到裡面，閉門密談。

等坐定以後，這兩個年輕寡婦，在素燭之下，相對黯然，同有一種相依爲命的感覺。『蘭兒！』太后毫無保留地說：『從今以後，妳我姊妹相稱吧！我還比妳小兩歲，不過我比妳早進宮，就算是我居長了。』

懿貴太妃聽了這話，肝氣也平伏了。但私下的感情，在她究不如公開的名分，因而以退爲進地說：『多謝太后的抬舉；不過身分到底不同，我不致那麼大膽，就敢管太后叫姊姊。』

『妳我的身分，到明天就一樣了。』太后答道：『今兒下午我把肅六找了來，問他：妳的封號怎麼說？他回我，得要皇帝親封。當時我就要辦這件事，肅六又說，等明兒大殮以前，王公大臣都到了，再讓皇帝親口說一句，那樣才顯得鄭重。我想他的話也不錯！』

在太后召見顧命大臣時，依皇帝召見軍機的例，任何太監不准在場，所以這番情形，懿貴太妃沒有能得到報告。此時聽了太后的說明，眞個啞子吃黃蓮，說不出的苦！太后上了肅順的當，還覺得他『不錯』。但無論如何，太后的情意可感，這就越發不能多說；只有悶在心裡。

懿貴太妃生不得悶氣——於是，胸膈之間又隱隱地肝氣痛了！

『蘭兒，咱們得商量一下。往日聽大行皇帝跟我說些朝廷或外省的大事，差不多都還能聽得明白；現在，肅六他們跟我回事，我簡直就抓瞎了，這是怎麼回事呢？』

懿貴太妃略想一想，問道：『太后既聽不明白，可又怎麼辦呢？』

『還能怎麼辦？自然是他們說甚麼，我答應他們！』

『這就是肅六的奸！』懿貴太妃從牙縫裡迸出來這一句話，『他是有意要讓太后聽不明白，才好隨著他的心思蒙蔽。』

『啊——！』太后恍然有所意會了。

『我拿個證據給太后看，』懿貴太妃又說：『譬如說吧，恭理喪儀，不是禮部衙門該管的事兒嗎？何以恭理喪儀大臣，禮部的堂官，一個都沒有？這不是作威作福，有意排擠嗎？』

懿貴太妃不知道，禮部滿漢兩尚書，一個顢頇庸懦，一個老病侵尋，都不能辦事。但是從表面來看，她的話眞是振振有詞，所以太后不斷點頭，深以爲然。

『哼！』懿貴太妃又冷笑道：『肅六，看他那張大白臉，就是個曹操！我看，就快唱「逼宮」了。』

這一聲冷笑和這一個比喻，使得太后打了個寒噤，『蘭兒！』她急忙說道：『我就是跟妳來商議這個，妳有甚麼主意，就快說吧！』

『我先請太后告訴我，大行皇帝給那兩個印，太后說是甚麼意思？』

『那自然是想到，妳的身分會跟我一樣，所以只有妳我，才各人有一個印。』

『太后見得極是。不過，給我那個「同道堂」的印；我敢說，大行皇帝的意思，就是要讓我跟太后一起治理大政。』

太后深深點頭：『說得是！妹妹，這一說，妳更得好好兒幫著我了。』

懿貴太妃報以短暫的沉默，這是不承認那個『幫』字的意思——兩宮同尊，無所謂誰幫誰！當然，太后不會明白她的這種深刻微妙的態度的。

『呃，』太后突然想到一件事，並且很自然地得了一個主意：『肅六跟我說，皇帝的「倚廬」設在煙波致爽殿，讓我住東暖閣，一切都方便。我想，西暖閣不正好妳住嗎？明兒妳就搬吧！』

這是她所能得到的最好的禮遇；至矣盡矣，在名分上亦只能做到西宮的太后，這唯有認命了！懿貴太妃意有未足，但不能不向太后稱謝。

『打明兒起，咱們姊兒倆一起見肅六他們；妳多費點兒心，仔細聽聽他們說些甚麼。』

『光是見一見面，聽一聽他們的話，那可是一點兒意思都沒有。』

『當然啦，』太后趕緊補充，『也不能光是聽著，他們有不對的，咱們也該說給他們知道。』

懿貴太妃比她說得更快：『他們要是不聽呢？』

『這……』太后遲疑地，『他們不敢吧？』

『太后，妳太忠厚，他們那些個花樣，我說了妳也不會信。可有一件……』懿貴太妃考慮了一下問道：『「上諭」、「廷寄」，見了面就發了；倘有不妥之處，原可以硃筆改的，太后，妳動得了筆嗎？』

這似乎是有意揭短處，太后微感不快，略略脹紅了臉，搖著頭說：『我不成。妳能行嗎？』

『我也不成。』懿貴太妃泰然自若地回答：『毛病就在這兒，說了給他們要改；他們不改，陽奉陰違地發了出去，這個責任算誰的？』

『對啊！』太后馬上又完全贊成懿貴太妃的見解了，『這不可不防。妳有主意就說吧！』

『不有先帝御賜的兩顆印，在咱們手裡嗎？這就好辦了……』

『啊！』太后忽然變得精明，『一點不錯，不管上諭還是廷寄，非得咱們蓋了印才算。』

『還有，放缺也得這麼辦。』懿貴太妃進一步作了規定：『太后的那顆「御賞」印，蓋在起頭；我那顆「同道堂」印蓋在末尾。兩顆印少一顆也不行。太后，妳看這麼辦，可使得？』

『使得，使得！』

太后的來意，完全達到了；懿貴太妃的希望也在這一刻完全達到了！

送別太后，她心裡有著一種無可言喻的興奮，興奮得有些發抖；她知道，這是因爲她自己對即將握在手中的權柄，能不能拿得起來，還沒有充分把握的緣故。

可得好好兒想一想！懿貴太妃對自己說；於是，她一個人留在走廊上，在溶溶的月色中發楞，好久，她輕輕地自語：『太后，二十七歲的太后！這日子，唉！』

愈富貴，愈寂寞！往後空虛的日子，可能用權勢塡得滿否？她這樣茫然地在想。

五

第一個回合是肅順勝了；兩宮並尊，卻非同口，懿貴太妃畢竟晚了一日才得封爲太后。因爲住在煙波致爽殿西暖閣，很自然地被稱爲『西太后』，有時簡稱爲『西邊』，或者『西面的』。這樣，另一位太后就應該是『東太后』，但臣下在背後談到，卻很少帶出『東』字來——兩宮高下先後之分，在這些地方表現得清清楚楚；那正是肅順所希望出現的情況。

但是，肅順只能在名分上貶低『西太后』；不能在實際處理政務上討得便宜。

起初，果然如西太后所預料到的，當兩宮提出以鈐印作爲諭旨曾經過目的憑證的辦法時，肅順表示，兩位太后只能鈐印，不能更易諭旨的內容，而且各衙門所上奏摺，不先呈覽。要照這樣子辦，兩宮聽政，有名無實；西太后堅持不可，於是，第二個回合是肅順輸了。

但是肅順始終不相信西太后有甚麼了不起的才具，能夠治理大政；所以雖然輸了，並不以爲意，妳要看就看，妳要改就要，看妳能搞出甚麼花樣來！西太后當然也有自知之明；不會自作聰明，胡出主意，因此表面不僅相安無事，甚至可說是意見頗爲融洽的，以至於連站在恭王這面，或者深恐肅順專擅，紊亂朝政的人，也不得不說一句：『長此以往，未始不佳。』

肅順的地位看來相當穩固的了！因此原在觀望風色的人，態度開始改變；逐漸逐漸地向肅順靠近了；自然，離恭王卻是愈來愈遠了。

只有西太后知道，肅順的地位並未穩固。

遷入煙波致爽殿的第一天，西太后就向東太后建議，應該正式改爲『垂簾』的體制。

沖人在位，太后垂簾，史不絕書；可是在清朝絕無此傳統，因此，謹愼的東太后，反對此議，她的理由是：『外頭有人說，如今的體制，是「垂簾輔政，兼而有之」，這樣子不也很好嗎？』

『現在是剛起頭，肅順的形跡不敢太露；日子長了，姊姊，妳看著吧！』從御口親封太后之日起；兩宮正式以姊妹相稱了。

東太后的口才不及『妹妹』，只有一個辦法：『慢慢兒再說吧！』

慢慢地，西太后發現煙波致爽殿裡的太監，不少是肅順的奸細，說話便不得不特別小心；凡涉密議，絕不能讓肅順知道的，兩宮都是俯伏在後院那隻綠釉大缸上面，假作觀賞金魚時，方始小聲談論。

不曉得多少次，西太后動以危詞；東太后終於說了一句：『這件事兒，我看非得問問六爺不可！』

西太后的腹案，原就是要聯絡恭王，內外並舉，才能一下子打倒肅順，所以東太后的話，恰中下懷。西太后從今天起，開始策劃，如何與恭王取得密切聯絡？

反覆思量，要找一條祕密通路把消息傳給恭王，還眞不容易！太后向例不召見外臣，像奉派恭理喪儀，由京城趕到熱河的吏部尙書陳孚恩，面請聖安，也不過在煙波致爽殿外，遙遙叩頭而已。加以肅順防範嚴密，連王公親貴亦被認爲在外臣之列；醇王福晉，倒是常可進宮，但西太后不信任她那一位妹夫兼小叔的醇王，能辦得了這樣的大事，不敢叫醇王福晉傳話給他。同時，左右太監中有肅順的耳目在，西太后也沒有機會可以說這些話。

已經是相當苦悶焦灼了，偏偏小安子不安分，跟雙喜爲一件雞毛蒜皮的小事，大吵一架。小安子那張嘴能說會道，卻都是些歪理；遇到理路最清楚的雙喜，就不是對手了，一句話說錯，讓雙喜抓住了短處，問得他張口結舌，小安子惱羞成怒之下，罵出來一句村話。

雙喜的父親，是個內務府『包衣』佐領；說起來也算是個『官家小姐』，身分比淨身投效的太監，不知高出幾許，受他這句侮辱，尋死覓活，兩天不曾吃飯。太后最寵這個宮女，十分心疼；但以小安子是西太后的人，不便逕作處置，叫雙喜自己到西暖閣去哭訴。

西太后大怒，把小安子找了來問；果然是雙喜受了委屈。於是吩咐傳敬事房首領太監陳勝文。

陳勝文早就知道了這件事，但當事的雙方，各有極大的靠山，哪一個他也惹不起，所以故意不聞不問。這時看著躲不過去，心裡也有個計較，太后怎麼說，他怎麼辦；不作主張，便無偏袒，就誰也不得罪了。

『小安子太可惡了！』西太后問道：『你說，按規矩該怎麼著？』

『回太后的話，』陳勝文從容不迫地答道：『懲治太監，原無常法。從前康熙爺、嘉慶爺治得寬；雍正爺、乾隆爺治得就嚴。小安子在太后跟前當差多年，跟普通的太監不一樣；奴才請懿旨辦理。』

『甚麼當差多年？一點兒都不長進！』西太后沉著臉說：『仗著他那點子小聰明，專好搬弄是非，也不知惹我生了多少氣！雙喜一個女孩子，人家在自己家裡，丫頭老媽子服侍，不也是個「格格」嗎？小安子甚麼東西？就敢這麼欺侮她！叫他滾回去！滾得遠遠兒的，別讓我看見了生氣！』

陳勝文心裡明白，西太后還是衛護著小安子。要照他所犯的過錯來說，應該一頓杖責，斥逐出宮；此刻聽西太后的話風，不過『叫他滾回去』，那就好定辦法了。

「奴才請懿旨，奴才的意思，把安德海送回京城，派在「打掃處」當差。』

這是個苦差使，但算來是最輕的處分，『太便宜了他了！』西太后略略沉吟了一下，又說：『先拉下去掌嘴，替我狠狠打他二十，回來就把他送走。』

聽說要『掌嘴』，又是『狠狠打』，小安子嚇得臉都白了。但還得給主子碰頭謝恩；西太后理都不理，站起身來就走。

這一個還賴在地上不肯走，意思是巴望著還有『復命』寬免，陳勝文可不耐煩了。

『快走！』陳勝文踢了他一腳，『「發昏當不了死」！還賴在這兒幹甚麼？』

『陳大叔！』小安子哭喪著臉哀求：『你替我求一求；下次我再也不敢了。』

『哼！』陳勝文冷笑道：『求一求？我求誰啊？告訴你，主子的恩典，已經便宜你了！』

說著，努一努嘴，隨即上來兩名太監，一面一個，拉住小安子的膀子，拖了便走。拖出煙波致爽殿，反綁雙手，暫且押在空屋裡，派人看守。然後敬事房辦了公文，詳細敘明小安子所犯過失以及懿旨所示處置辦法，當天下午就移送到內務府慎刑司，一頓皮巴掌，把小安子打得鬼哭神嚎；第二天一早，由慎刑司派出一名『筆帖式』，帶領兩名護軍校，把小安子押解回京。

到了京城，自然也是先報內務府。照例先訊明姓名年籍，然後，問話的一名主事拉開嗓子喊道：『來啊！把這個安德海先押起來！』說完，立即起身離座。

『慢著，主事老爺！』小安子大聲喊道：『我有話說。』

『啊？』那主事重新坐了下來，『你有甚麼話？』

『當然有話。可是不能跟你說！』

主事大怒，拍案罵道：『混帳東西！你這是甚麼意思？』

『主事老爺別生氣！』小安子陪笑道：『我不瘋不癲，不敢拿你老開玩笑。可實在的，我的話不能跟老爺說；說了，你老也辦不了。』

堂上的主事啼笑皆非。但內務府的官員都知道，太監的花樣最多；而且小安子是『懿貴妃』面前的紅人，內務府早就知名——這主事靈機一動，便即揚著臉吩咐：『都替我退出去！』左右辦事的『筆帖式』和奔走侍應的『蘇拉』，遵命退出；小安子卻又搖搖頭：『就讓他們迴避了，我還是不能說。』

『那麼，你要跟誰說呢？』

『我要見你們堂官——寶大人。』

『寶大人』是指寶鋆，留京的內務府大臣之一；這一下，那主事知道關係重大了，隨即答道：『好！我先替你找個地方歇著。等我去回了寶大人再來招呼你。』

於是小安子被安置在一間內務府官員値宿的屋裡，雖有茶水招待，其實卻是軟禁；約莫過了有個把時辰，那主事親自來帶領小安子，坐上一輛遮掩得極其嚴密的騾車，由便門出宮而去。

到了一處大宅門下車，小安子被領到一處極其幽靜的院落；寶鋆一個人在書房裡坐等，見了面磕了頭，他開門見山地問道：『安德海，說你有話，非要見了我才能說；是甚麼話？快說！』

『有張字兒，先請寶大人過目。』小安子一面說，一面從貼肉小褂子上，縫在裡面的一個口袋內，取出來一封信；由於汗水的浸潤，那信封既髒且爛，並有臭汗，寶鋆接在手裡，大爲皺眉。

等把信箋抽了出來，寶鋆才看了第一句，頓時肅然改容，站了起來，轉身面北，恭恭敬敬地把那張信，高捧在手，小聲唸完——這不是一封平常的信，是太后的親筆懿旨。原來應是硃筆；國喪期間，改用墨筆書寫，只簡簡單單幾句話：

兩宮皇太后同諭恭親王：著即設法，火速馳來行在，以備籌諮大事。密之！特諭。

書法拙劣如蒙童塗鴉，而且『籌』字筆畫不全，『密』字也寫白了，變成『蜜』字，但措辭用語，確是詔旨的口氣。特別是有起首和押腳，鈐用藍印的『御賞』和『同道堂』兩方圖章，更可確信旨意出自親裁。

可是，『這是哪位太后的手筆呢？』寶鋆重新坐了下來，這樣發問。

『是兩位太后商量好了，西面太后親自動手寫的。』小安子一面扣著衣鈕，一面回答。

『喔！』寶鋆坐了下來，揚一揚手，『你起來說話。』

『是！』小安子站起來，垂手站在寶鋆身旁，又說：『兩位太后吩咐：到京以後，最好能見著六王爺，面遞密旨。倘或不能，交給寶大人或者文大人也一樣。如今見著了寶大人，我就算交差了！』

『好，好。回頭我親自轉交六王爺，你放心好了。』停了一下，寶鋆又說：『我還問你一句話，這道密旨，爲甚麼交給你送來？』

這一問，正好問到小安子得意的地方，『回寶大人的話，』他揚著臉侃侃而談：『這道密旨，關係重大，兩位太后得派一個親信妥當的人專送；可是要公然派這麼個人回京，肅中堂一定會疑心，誤了大事。爲此，西面的太后，才想了這麼一條苦肉計。寶大人，你看，』小安子拿手指一指他的張大了的嘴，『愼刑司二十皮巴掌，打得我掉了三個牙，滿嘴是血。話說回來，這也算不了甚麼！安德海赤膽忠心保大清，只要辦成了大事；就把條命賠上也値。寶大人，你說是不是呢？』

這傢伙得意忘形，竟似朋輩晤談的語氣了。

寶鋆有啼笑皆非之感，但此時還不能不假以詞色——寶鋆年輕時，也是鬥雞走狗，賭酒馳馬的旗下紈袴，這時便索性出以佻達的姿態，站起來一拍小安子的背：『好小子，有你的！記上你大功一件，等兩宮回鑾，一名總管太監，跑不掉你的！』

『全仗寶大人栽培！』小安子笑嘻嘻地請了個安。

『可有一樣，』寶鋆立刻又放下臉來說：『不准把你這一趟的差使，跟人透露一個字！』

『我絕不敢！』

『好！你今天就進宮去當差；派你幹甚麼，你就幹甚麼！』寶鋆再一次提出警告：『你要自以爲立了功勞，不把別人放在眼裡，鬧出事來，我可救不了你！』

等把小安子送走，寶鋆隨即吩咐套車，一逕來訪文祥；密室相晤，出示太后的親筆，文祥頗感意外，等寶鋆細說了經過，他越覺驚奇，『想不到「西面的」，頗具幹才！』他點一點頭說：『是位可以共事的，那個摺子上的正是時候。』

原來恭王早就上了一個請求叩謁梓宮的摺子了。

那是根據曹毓瑛的報告和建議，經過縝密研究以後的決定。

在曹毓瑛的『套格密札』中，對於西太后堅持章奏呈覽，以及用御賜兩印代替硃筆的經過，曾有所陳敘；同時他也概述了行在官員的觀感，認爲西太后的舉措，應該刮目相看，肅順怕的是遇到了一個難惹的對手。因此，他建議恭王，不妨奏請叩謁梓宮，章奏即由太后親覽，自然就會准奏；相信恭王到了熱河，西太后一定會有指示，那時見機行事，可進可退，不失爲當前唯一可行的途徑。

這個建議經過文祥、寶鋆與朱學勤多方研究以後，認爲有利無弊，所以奏請叩謁梓宮的摺子，在三天前就用『四百里加緊』的驛遞，專送熱河。原意只是觀望風色，所以並無準備；而且也不必急著動身，但此刻奉到了機密懿旨，情勢大變，一切便都要重新估量和安排了。

恭王左右的智囊，有一套極有效率的辦事程序，寶鋆多謀，文祥善斷，機密文件的草擬和策應聯絡的工作，則歸朱學勤，有時也幫著出出主意，而恭王的老丈人，歷任封疆的桂良，見多識廣，在疑難之際，是個最好的顧問。當時，文祥寫個『乞即顧我一談』的名片，派人套了車去請朱學勤；朱家回說主人不在家，於是輾轉追蹤，終於在宣武門外琉璃廠的一家古玩店裡，把朱學勤找到了。

等他趕到，文祥與寶鋆，已經將那道密旨，通前徹後地研究過了。西太后想抓權，又與肅順不睦，召恭王去『籌諮』的『大事』，當然是密議去肅之計；值得重視的是，東太后的態度，既有『兩宮同諭』的字樣，又鈐有『御賞』印，則此密旨，自然是東太后所同意的。但疑問也不是沒有，到底是東太后衷心贊成，還是因爲秉性忠厚和平，卻不過西太后的情面，甚至逼迫，勉強蓋了那個『御賞』印的呢？

看起來，還是後者的成分居多，因爲大行皇帝剛賓天的那幾天，外間傳言，兩宮爲了禮節細故，不甚和睦；而肅順又極尊敬東太后，依常理來說，她不可能幫著西太后來對付肅順。

『這一層一定要弄清楚。』文祥在寶鋆把整個經過情形，跟朱學勤約略說明以後，緊接著提出了一個辦法：『修伯，你把小安子找到甚麼嚴密的地方，仔細再問一問，兩宮日常相處的情形。如果兩宮同心，諸事好辦；倘只是「西面的」一頭兒熱，那就得步步爲營，先留下退身的餘地。』說到這裡，他轉臉看著寶鋆：『佩蘅！你覺得我的話如何？』

『高明之至！』寶鋆隨即向朱學勤說：『事不宜遲！小安子此刻大概還在內務府，我派人陪了你去。』

『二公老謀深算，自是智珠在握。不過我有個看法，此事兩宮同心，似無可疑。』

『何以呢？』寶鋆極注意地問。

『聽說宮女雙喜，是東太后的心腹？』

『啊！』文祥與寶鋆同時發出輕呼；他們都領會了——這齣『苦肉計』的配角是雙喜；若非東太后同謀，雙喜就不可能『上場』的。

『修伯的心思比你我都快。』文祥滿意地向寶鋆說。

寶鋆是爽利心急的性子，隨即便說：『疑團既釋，該怎麼處置，索性讓修伯好好想個辦法出來；今晚就好跟六爺去說。』

『不必如此！』文祥看一看向晚的天色說：『天大的事，也不能不吃飯。且杯酒深談，從長計議！』

於是就在他書齋中設下杯盤，旗人講究飲饌器用；國喪期間不張宴、不舉樂，雖只家常小酌，依然精緻非凡。一主二賓淺斟低語，就在這一席之間，把朝局的大變化，朝政的大舉措，談出了一個概略，只待恭王出面去進行。

他們準備要向恭王建議的，第一，是立即啓程赴熱河——奏請叩謁梓宮的摺子，必可邀准；不必等批了回來再動，免得耽誤工夫；第二，密召勝保進京，以備緩急。這兩點，三個人的意見是一致的，所以並未引起爭端。

談得最多、最深的是太后的意向。——實際上是西太后的意向；她的本意不僅在於廢斥甚至翦除肅順，更著重在代替她的六歲的兒子，掌握大權。但是，清朝的家法，只有顧命輔政，並無女主垂簾；貿然提出這個主張，可能會招致重臣的反對，清議的不滿，反有助於顧命八大臣，使得他們的地位，益加穩固，豈非弄巧成拙？

如果僅僅是垂簾與顧命這種制度上的矛盾，或者西太后與肅順之間爲了爭權而起衝突，都還有調和解決的辦法；麻煩的是，既要除去肅順，又要使不在顧命之列的恭王，得以執政，那就難辦了。罷黜肅順可以辦得到，但重視祖制，則大權仍舊落在顧命大臣手中——驅逐肅順，無非爲載垣、杜翰他們帶來擴張權力的機會而已。

這樣一層層談到後來，便自然而然出現了一個結論，只有一個辦法，能使恭王重居樞要之地，那就是盡翻朝局，徹底推倒顧命大臣的制度！

幼主在位，不是顧命輔政，便需太后垂簾，那也是非楊即墨，必然之勢。於是，話題便集中在如何做法上面。

文祥力主愼重，而且有不安的神情——不知是他想到違反祖制，心中愧歉；還是覺得女主臨朝，非國家之福？寶鋆處事，一向激進，而且特別看重恭王的利益，所以主張不顧一切，放手去幹。這一來，地位最低的朱學勤，反倒成了這兩個大老之間的調人了。

他是贊成文祥的態度的，但話說得婉轉中肯；他認爲最重要的是，要爭取元老重臣的支持，此時不妨先做探測、疏導的工作，等清議培養成功，再提出垂簾的建議，則水到渠成，事半功倍。這是很切實的話，寶鋆亦深以爲然。

就在他們密議的這一刻，恭王的摺子也正到了行在。章奏未定處理辦法以前，先呈內覽，這一點已爲西太后爭到了。因此，肅順一見是恭王的封奏，頗爲注意。等發下來一看，才知道是奏請叩謁梓宮；他千方百計地想阻止恭王到熱河來，卻未料到恭王有自請入覲的這一舉！一時計無所出，只捧著奏摺發楞。

『想法兒駁回去！』端華大聲地說。

『這怕不行！』載垣比較明白事理，『沒有理由駁他。』

這道理是非常明白的，恭王與大行皇帝是同胞手足，哥哥病危的時候，不能見最後一面，死後還不准做兄弟的到靈前一哭，這是到哪裡都講不過去的事。肅順也想通了，遲早總得跟恭王見面；反正自己腳步已經站穩了，也不必再忌憚他甚麼！因而用不在乎的語氣，大聲說道：『他要來就來吧！』接著又說：『咱們替國家辦事，別把精神花在這些不相干的事兒上面！好好兒商量商量「年號」，才是正經。』

『不是已經定規了嗎？』端華愕然，『還商量甚麼？』

『他們兩位，』肅順指著穆蔭和杜翰說，『還有異議。』

『雖有異議，可不是反對中堂。』杜翰趕緊聲明：『我只是怕京裡有人說閒話。中堂不知道，現在專有一班窮京官，讀了幾句書，號稱名士，專愛吹毛求疵，自鳴其高。未登基，先改元，不合成例；可有得他們嚕囌了！』

『哼！』肅順冷笑答道：『名士我見過，讀通了書的我更佩服；郭嵩燾、王闓運、高心夔他們，難道不是名士，難道不是滿腹經綸？我敢說，他們要知道了我何以要先定年號的緣故，一定會贊成，一定會說我這是匡時救世之策。要說那些除了巴結老師，廣通聲氣以外，就知道玩兒古董字畫的翰林名士；或者打秋風、敲竹槓，給少了就罵人的窮酸，他們瞧不起我肅老六，我還瞧不起他們那些王八蛋吶！』

看肅順是如此憤慨偏激的神情，杜翰不敢再說，穆蔭也保持沉默。這樣，年號的事也就不必再商量了。

於是全班進見太后──兩宮並坐，一東一西，皇帝偎依在東太后懷裡；等磕過頭，照例由載垣發言陳奏，但他只陳述些簡單的章奏，稍涉重要的政務軍情，以及官員調動，便都讓肅順來奏答。而發問及裁決的，往往是西太后；東太后把大部分工夫花在小皇帝身上，只聽她不斷小聲地在說：『安靜些！』『別鬧！』『別講話，聽肅順說！』

肅順說到年號上來了：『皇上的年號，奴才幾個共同商酌，定了「祺祥」兩個字。』說著，他把正楷寫了『祺祥』二字的紙條，放在御案上面。

西太后看了看，略顯訝異地問道：『這麼急呀？「回城」再辦也不晚嘛！』

『回太后的話，這有個緣故。』肅順從容答道：『如今官錢票不值錢，銀價飛漲；升斗小民，全是叫苦連天。奴才想來想去，只有一個辦法──官錢票不是不值錢嗎？咱們就不用票子，用現錢；那一來，銀價馬上可以回平，銀價回平，物價一定往下掉，物價一掉，人心自然就安定了。』

『哎！』難得開口的東太后，不由得讚了一聲：『這話不錯！』

西太后看了她一眼，徐徐說道：『話是不錯。可是，就沙殼子的小錢，也得拿銅來鑄啊！哪兒來啊？』

『奴才已經有準備。派人到雲南採辦去了。』

『我怎麼不知道？』西太后的臉色不好看了。

『這是戶部照例的公事。』肅順的語氣也很硬：『不必請旨。』

西太后見駁不倒他，只好忍一口氣，就事論事發問：『雲南這麼遠，路上又不平靜，能有多少銅運來？只怕無濟於事！』

『太后說得是。』肅順緊接著這一句相當有禮貌的話，下了轉語：『可是太后只知其一，不知其二；現在京裡不是沒有銅錢，無非有錢的人藏著不肯拿出來！只要新錢一出，他們那「奇貨可居」四個字就談不上了，自然而然的，市面上的銅錢就會多了。這是一計，叫作「安排玉餌釣金鰲」！』

『這一計要是叫人識破了呢？』

『那怎麼會？』肅順搖著頭說：『誰也不知戶部採辦了多少銅？沒有人摸得清底細——倘或真的有這麼一回事，必是有人洩漏機密，壞了朝廷的大計；奴才一定指名參奏，請旨正法！』

看他如此懍然的神色，表現出一片公忠體國的心情，連西太后也有些動容，『我這算明白了！』她點點頭說：『你要想把年號早早定下來，就是爲了好鑄新錢。是這個意思嗎？』

『是！等年號一定，馬上就可以動手敲鑄；奴才的意思，要鑄分量足的大錢，稱爲「祺祥重寶」，這才能取信於民。』

『慢著！』西太后揮一揮手，打斷他的話問：『「祺祥」兩個字，怎麼講？』

『就是吉祥的意思。』

『嗯！』西太后微微抬頭，用一雙炯炯生威的鳳眼，看遍了顧命八臣，然後問道：『改元是件大事！年號是怎麼來的？可也是像上尊諡那樣子，由軍機會同內閣擬好了多少個，由硃筆圈定？』

這一問，包括肅順在內，一時都楞住了！他們沒有想到西太后居然對朝章典故，頗有了解；於是領班的載垣，只好硬著頭皮答應一聲：『是！』

西太后沒有說甚麼，只死盯了肅順一眼，把放在御案上，寫著『祺祥』二字的紙條，用一隻纖長的食指撳著，往外推了開去。

這個軟釘子碰得不小，肅順有些急了，『啓奏太后，奴才幾個，商量了好久，才定了這兩個字；其中有個說法兒。』說到這裡，他回頭望著匡源：『你把這兩個字的出典，奏上兩位太后。』

匡源不像肅順那樣隨便，先跪了下來，然後開口：『「祺祥」二字，出自宋史「樂志」：「不涸不童，誕降祺祥。」水枯曰涸；河川塞住了，也叫涸；童者山禿之貌，草木不生的山，叫作童山。「不涸」，就是說河流暢通，得舟楫之利，盡灌漑之用；「不童」，就是說山上樹木繁盛，鳥獸孳育。如是則地盡其利，物阜民豐，自然就國泰民安了，所以說「誕降祺祥」。』

『祺祥』二字是匡源的獻議，得肅順的激賞；這一番陳奏也還透徹，無奈咬文嚼字，兩宮太后只能聽懂一個大概，所以沉默著未有指示。

於是肅順又開口了。一開口就是『先帝在日，常跟奴才提起』，提起國庫空虛，民生凋敝，軍需政費，支出浩繁，大亂不平，如何才是了局？然後盛讚胡林翼在湖北，處長江上游，居天下之中，『協餉』各省——曾國藩因此而無後顧之憂，多由於胡林翼的苦心籌劃，功勞最大。

話風一轉，談到朝中，肅順隨即說到他自己身上；講了許多職掌度支，應付軍費國用的難處。他說他曾奉先帝面諭：『務必量入爲出。』爲了遵行旨意，不能滿足各方面的需索，因而挨了許多罵，受了許多氣，眞是道不完的委屈。但是，他表示他不在乎，只記著古人的兩句話：『豈能盡如人意？但求無愧我心！』

顯然的，這些話多少是爲現在上座的太后，從前的懿貴妃而發；所以忠厚的東太后，頗有不安之感，頻頻投以眼色。無奈肅順正講得起勁，以致視而不見；等發完了牢騷，又發議論。

他的那番議論，倒可以說是爲民請命。他認爲軍事已操勝算，復金陵，平洪楊不過遲早間事；但大亂平定的善後事宜，異常艱鉅，在民間，重整田園，百廢待舉；在軍中驕兵悍將，需有安置——這一層關係重大，數十萬百戰功高的將士，解甲歸田，必得有妥善的佈置，否則流落民間，爲盜爲匪，天下依然不能太平。

而這一切，都要有錢才辦得了。所以今後的大政，唯在利用厚生；大亂以後，與民休息，即是培養國力。年號用『祺祥』，就是詔告天下，凡百設施，務以富民爲歸趨，這不但是未來的大計，在眼前，也是振奮人心的絕大號召。

肅順這一番陳奏，足足講了兩刻鐘之久，指手劃腳，旁若無人；西太后要駁也無從駁起，而且冷靜地想一想，他的話中，也不無有些道理，便轉臉以眼色向東太后徵詢意見。

東太后倒是頗爲欣賞肅順的見解，但卻不能作何評論，只說：『既是吉祥的字面，我看，就用了吧！』

這個答覆在西太后意料之中，她所以要向東太后徵詢，是要暗示肅順，她本人並不以爲然；於是便用硃批中的用語，說了兩個字：『依議！』

依是依了，西太后在私底下對肅順大表不滿；等顧命八大臣退出以後，她立刻向東太后說了她的感想。

『看他那個目中無人的樣子，飛揚浮躁，簡直就沒有人臣之禮。滿口「咱們、咱們」的，把咱們姊兒倆，當甚麼人看了？』

東太后默然。她想替肅順辯護兩句；但實在找不出理由來說。

『像今天這個樣子，他說甚麼，咱們便得依甚麼，連個斟酌的餘地都沒有。姊姊，妳說，大清的天下，到底是誰的天下？』

『這……』東太后不能不說話了，『肅六就是太張狂了一點兒；要說他有甚麼叛逆的心思，可是沒有的事。』

聽口風如此，西太后見機，不再作聲，心裡卻不免憂慮；召恭王到熱河來的密計，雖爲東太后所同意，但看她始終還有迴護肅順的意思，顯得有些優柔寡斷，倘或到了緊要關頭，必須下重手的那一刻，她忽然起了不忍之心，那就大糟特糟了！在西太后看，肅順是一條毒蛇，非打在牠致命的『七寸』上不可；稍一猶豫，容牠回身反噬，必將大受其害。

不過她也知道，東太后迴護肅順，實在也有迴護她的意思在內；怕眞個鬧決裂了，她會鬥不過肅順。這是好意，卻難接受；肅順是一定鬥得過的，只要上下同心，把力量加在一起，一拳收功，這番道理，得要找個機會，好好跟東太后談一談──所謂機會，是要等肅順做錯了甚麼事，或者說錯了話，東太后對他不滿的時候；那樣借勢著力，進言才能動聽。

然而西太后對於經緯萬端的朝政，到底還不熟悉；因此，肅順雖做錯了事，她也忽略過去了。錯處出在簡放人員上面。原來商定的辦法，各省督撫要缺，由智囊政務的顧命八大臣共同擬呈姓名；面請懿旨裁決；兩宮商量以後，蓋用『御賞』印代替硃筆圈定。其餘的缺分，由各衙開列候選人員名單，用掣籤的方法來決定。

第一次簡放的人員，是京官中的卿貳和各省學政。預先由軍機處糊成七八十支名籤，放入籤筒，捧上御案；兩宮太后旁坐，小皇帝掣籤──這是他第一次『執行』國家政務。自然，在他只覺得好玩，嘻笑著亂抽一氣，抽一支往下一丟；各省學政，另由顧命大臣抽掣省分，是令人豔羨的『廣東學政』、『四川學政』等等肥缺，還是被派到偏僻荒瘠的省分，都在小皇帝的兒戲中定局。

既是碰運氣的掣籤，那應該是甚麼人，甚麼缺都沒有例外的；可是，肅順偏偏自作主張，造成例外，他把戶部左侍郎和太僕寺正卿兩個缺留了下來，不曾掣籤。戶部左侍郎放了匡源，太僕寺正卿放了焦祐瀛。西太后竟被蒙蔽了過去，局外人亦只當是掣籤掣中；只有軍機處的章京，明白內幕。這是營私舞弊，背後談起來，自不免有輕視之意。

在曹毓瑛看，不止於輕視；他認爲這是肅順的一種手段，不惜以卑鄙的手段來籠絡匡源和焦祐瀛，應爲正人君子所痛心疾首。因此，散播這個消息，可以作爲攻擊肅順的口實。

於是，他作了密札；習慣地用軍機處的『印封』，隨著其他重要公文，飛遞京城，送交朱學勤親啓。

密札的內容，雖不爲人所知；但以『印封』傳遞私信，卻是眾目皆見的事；有個看著肅順獨掌大權，勢燄薰天，一心想投靠進身的黑章京鄭錫瀛，認爲找到了一個巴結差使的好機會——自己定下一個規矩，逐日稽查印封，每一班用了多少，立簿登記，口口聲聲：『查出私用印封，是革職的罪名。』話雖如此，而自有軍機處以來，從無哪一個人因爲私用印封而獲罪的。爲了掌握時效，取用方便起見，歷來的規矩，都是預先拿空白封套，蓋好了軍機處銀印，幾百個放在方略館，除了公務以外，私人有緊急或者祕密事故，需要即時通信，也都取用印封，標明里數，交兵部提報處飛遞。這雖有假公濟私之嫌，但相沿成習，變做軍機章京的一種特權；現在讓鄭錫瀛擺出公事公辦的面孔，跟曹毓瑛一作梗，害得別的人也大感不便，因此人人側目冷笑，暗中卑視。

不過鄭錫瀛雖是個兩眼漆黑，甚麼也不懂的黑章京，而立簿登記印封這一著，對曹毓瑛確是個有效的打擊，不僅祕密通信，大受影響；而且因爲他的舉動，也提醒了杜翰、匡源、焦祐瀛這些人，知道他一向擁護恭王，不免有所戒備。本來不管何等樣的機密大事，凡是軍機章京領班，沒有不知道的；於今卻很少使曹毓瑛與聞，發各省督撫的『廷寄』，多由焦祐瀛親自動手，寫旨已畢，親塡印封寄發，誰也不知道其中內容。這一來，曹毓瑛就很清閒了——他自己也是個極善於看風色的人；見此光景，格外韜光養晦，一下了班，不見客，更不拜客，只與幾個談得投機的朋友，飲酒打牌，消遣苦悶的日子。

自然，有時也不免談到軍機處的同事，提起鄭錫瀛，有人笑道：『此公的近況，倒有一首詩可以形容：『流水如車龍是馬，主人如虎僕如狐；昂然直到軍機處，笑問中堂到也無？』』

這是相傳已久的一首打油詩，形容紅章京的氣燄，頗爲傳神；但是，『那也只是他自以爲紅而已！』在鄭錫瀛一班中的蔣繼洙，不屑地說，『其實，「宮燈」又何嘗把他擺在眼裡？』

『不談，不談！』曹毓瑛搖著手，大聲阻止，『今宵只可談風月。』

賓客們相與一笑，顧而言他。到得定更以後，客人紛紛告辭，曹毓瑛暗暗把蔣繼洙和許庚身拉了一把，兩人會意，託故留了下來。

延入密室，重新置酒消夜，曹毓瑛低聲問說：『兩位在京中的親友多，可有甚麼消息？』

『有個極離奇的消息。』許庚身答道：『我接到京中家信，語意隱晦；似乎小安子的遣送回京，是一條「苦肉計」，藉此傳達兩宮的密諭。』

『可知道密諭些甚麼？』

『那就不知道了。』

『我也有消息。』蔣繼洙緊接著說：『聽說京中大老正在密商，垂簾之議，是否可行？』

『這就「合龍」了！』曹毓瑛以手輕擊桌面，『如有密諭，必是發動垂簾！而且必是「西邊」的主意。』

『這……』許庚身俯身問道：『這觸犯「宮燈」的大忌，能行嗎？』

『誰知道行不行？走著瞧吧！』

在片刻的沉默中，許庚身與蔣繼洙同時想到了一個疑問：小安子果眞啣兩宮之命，口傳密詔，那麼在京的朱學勤，必有所聞，難道密札中竟未提及？

『是啊！』當許庚身把這疑問提出以後，曹毓瑛困惑地答道：『我就是爲這個奇怪！修伯的信裡，應該要提到的，而竟隻字不見。誠然，我曾通知修伯，近來有人在注意，書札中措辭要格外留神；但無論如何，像這樣的事，總該給我一個信啊！』

『會不會是「伯克」截留了？』許庚身問蔣繼洙，『你跟他一班，想想看，有此可能否？』

『我倒不曾留心。不過我想不至於。』

『何以見得？』

『修伯如果提到這些話，自然是用「套格」；你想像他這樣的草包，一見「套格」，有個不詫爲異事，大嚷而特嚷的嗎？』

曹毓瑛和許庚身都同意他的看法。鄭錫瀛是個淺薄無用的人；倘或拆開京裡來的包封，發現一通語不可曉的『套格』密札，自然會當作奇事新聞張揚開來。照此看來，不是朱學勤特別謹慎，故意不提；便是小安子口傳密詔之說，根本就無其事。

『我看消息不假。而且寧可信其有，不必信其無。』許庚身又進一步申論，『就算眞無其事，也該朝這條路上去走！』

曹毓瑛深深點頭，舉杯一飲而盡，挾了塊蜜汁火方放在嘴裡，慢慢咀嚼著說：『星叔這話有味！我也常常在想，我輩當勉爲元祐正人——但老實說，我亦不敢自信我的見解；現在聽星叔也如此說，可見人同此心，心同此理。』

『元祐』是宋哲宗的年號，哲宗也是沖齡即位；宣仁太皇太后臨朝稱制，起用司馬光，重用呂公著、呂大防、范純仁，天下大治，史冊稱美。但許庚身、蔣繼洙都明白，曹毓瑛的所謂『當勉爲元祐正人』，意在言外，第一是贊成太后垂簾；第二是把肅順比做呂惠卿，顧命八大臣比做王安石的『新黨』。借古喻今，是個極好的說法；尤其是無形中把大行皇帝比擬爲『孝友好學，敬相求賢』，以『想望太平求治而不得』，憂悸致疾，英年早崩的宋神宗，絕不構成誹謗先帝的『大不敬』的罪名，眞妙極了！

於是，許庚身也浮一大白，擊節稱賞：『好個「元祐」之喻！』

『對了！』蔣繼洙也很興奮地說：『有此說法，「朝這條路上走」，可算得師出有名了！』

『二公少安毋躁！』曹毓瑛卻又換了一副極謹愼的神色，『別人熱，咱們要冷。凡事不妨冷眼旁觀，莫露形跡；而且諸事要小心，須防有人挑撥——「宮燈」是王敦、桓溫一流人物，殺大臣立威，尙且無所顧忌，何況我輩？挑個小毛病，也不需有別的花樣；只諮回原衙門好了，這個面子就丟不起！』

『是，是！』比較忠厚的蔣繼洙，深深受教。

在許庚身，當然也記取了曹毓瑛的告誡，而心裡又另有一種想法。被『諮回』——軍機章京例由內閣中書及各部司員中舉人、進士出身的，考選補用；『諮回』則仍回原衙門供職，表面未見貶降，實際上是逐出軍機，自是很丟臉的事；但面子還在其次，主要的是此時一出軍機，就無法眞正看到一齣熱鬧的『好戲』了！這才是許庚身願意聽從曹毓瑛勸告的最大原因。

巧的是曹毓瑛恰好也有此『戲』的感覺，他一半正經，一半玩笑地說：『「宮門帶」加「大保國」這一齣戲開鑼了，正角兒快上場了，你我雖是龍套，也得格外小心，按著規矩走，別把這齣戲唱砸了！』

所謂『正角兒』，不言可知是指恭王。就在下一天一早，軍機處接到宗人府轉遞和碩恭親王府長史的諮文，通知恭親王自京啓程的日期；太常寺接到王府司儀長的諮文，以恭親王叩謁梓宮，通知預備祭典，此外，內務府接到諮文，要求爲恭親王及隨從人員，代辦公館；行營步軍統領衙門，接到諮文，通知恭王行程，需派兵警衛。

這種種動作，似乎是旗人口中的所謂『擺譜』，予人的印象，彷彿恭親王有意要炫耀他的身分——京中和行在共有十個親王，禮、睿、豫、鄭、肅五親王，是開國八個『鐵帽子王』中的五個，莊親王爲順治時所封，怡親王爲雍正時所封，這七個親王都由承襲而來；『老五太爺』惠親王和『五爺』惇親王，則是由郡王晉封，只有和碩恭親王奕訢，是宣宗硃筆親封，特顯尊貴。

因此，鄭親王端華大爲不滿，一面抹著鼻煙打噴嚏，一面斷斷續續地說：『恭老六也是！這是甚麼時候？還鬧這些款式！你要排場，到你自己府裡擺去；在這兒是逃難，哪裡給你去找大公館？我看，跟老七說一說，他那兒比較寬敞，讓他給騰兩間屋子——他們是親哥兒們，應該商量得通。』

『不必，不必！』肅順搖手笑著，顯出那得意的慷慨，『恭老六也就剩下這一點兒排場了！咱們就依了他。』隨即下令，給恭親王辦差，禮數要隆重，供應要豐盛。

肅順的那『得意的慷慨』，提供了一個看法，覺得恭親王的故意『擺譜』，找這個衙門、那個衙門的麻煩，無非失意的負氣而已。比較看得深一點的，認爲恭親王的這些動作，意在表示他此行，純粹以大行皇帝胞弟的身分，到靈前一慟，略盡手足的情分，與他『特授留守京師、督辦和局、便宜行事、全權欽差大臣』以及『管理總理各國通商事務大臣』的銜頭無關。但不管持何看法，恭親王未到熱河之前，先驅的聲勢，已輕易地造成了；文武大小官員以及宮內的太監、宮女，都在談著恭親王，也在盼著恭親王，要一瞻他的威儀丰采。

他是七月廿五從京裡動身的，按著驛程，一站一站毫無耽擱地行來；正是七月底的那一天，『避暑山莊』所在地的承德府衙門，接到前站的『滾單』，說是恭親王已到了六十里外的灤平縣。

第二天就是八月初一。欽天監事先推算明白，這天『日月合璧，五星聯珠』，是一大吉兆；卻不知正是大行皇帝的『二七』，行『殷奠禮』的日子。

爲了趕上殷奠禮，恭親王半夜裡就從灤平縣動身，先驅的護衛，一撥一撥地趕到『避暑山莊』大宮門前，由此知悉恭王的行蹤，由灤平北上，經雙塔山，過三岔口，到廣仁嶺；再有十里就是承德府，但由府城到行宮，還有半個時辰的途程。

王公親貴，文武大員，原都在行宮附近等著迎接的；無奈『殷奠禮』行禮的時刻，早經擇定，看看恭王的八抬大轎，尙無蹤影，只好先趕到奉安梓宮的澹泊敬誠殿去站班，侍候皇帝行禮。宮門外，留下內務府的一些司員，等著照料恭王。

澹泊敬誠正殿中，這時早就陳設妥當：靈前供列饌筵二十一器，酒尊十一個，羊九隻，紙錢九萬，內外白漫漫一片縞素，清香縹緲，素燭熒然，王公百官，按著爵位品級，由殿內到門外，列班鵠立。辰正將到，御前大臣引著小皇帝駕臨，隨即開始行禮。

太常寺的『贊禮郎』司儀、『讀祝官』讀祭奠文；於是事先受了教導的小皇帝，腳一頓，『嗬嗬』發出哭聲，皇帝一哭，殿內的王公親貴也哭，丹墀上的文武大員跟著哭，這樣一路一路哭過去，稱爲『傳哭』。

哭完了，贊禮郎又贊『奠酒』；然後皇帝領導三叩首。再一次大聲舉哀。殷奠禮到此已成尾聲，下面就只剩下『焚燎』一個節目了。

九萬紙錢燒完，也得有一會工夫；就在火光熊熊之中，照見宮門外一條頎長的白影子，直撲了進來，一路踉蹌奔趨，一路淚下如雨，正是那半夜從灤平動身趕來的恭親王。

這時，他也想不起甚麼叫失儀了，顧不得擅闖朝班，也顧不得叩見皇帝，奔上丹陛，踏入殿門；門檻太高，走得太急，一絆跌入殿內，就此撲倒，放聲大哭！

事出突然，把皇帝搞得手足無措；也不僅是小皇帝，所有御前的王公大臣，都不知該做些甚麼，事實上也無可措手；恭王那一哭，聲震殿屋，悲痛出自肺腑，旁人無從勸阻，也不忍勸阻，只心裡酸酸地陪著他垂淚。

君臣之義，手足之情；生死恩怨，委屈失意，都付之一慟，所以恭王越哭越傷心，哭聲甚至傳到煙波致爽殿。

兩宮太后都在東暖閣閒坐；東太后惦念著小皇帝，怕他會失儀，而西太后則記掛著恭王。等隱隱聽見前面舉哀的聲音有異；兩人不約而同地問道：『怎麼啦？』

『等奴才去問。』雙喜這樣回答。

她剛跨出門口，有太監來報：『六爺到了！』

當然，這是說到了熱河了！不問可知，此刻正在澹泊敬誠殿叩謁梓宮。西太后極深沉地點一點頭，然後轉臉望著東太后，等她發話。

東太后不甚了解內外體制，躊躇著問道：『咱們倒是甚麼時候，可以跟六爺見個面啊？』

『這會兒就可以。』西太后回答得極其爽利。

『那，那就「叫」吧！』

『慢一點兒，姊姊！』西太后一面說，一面投以眼色——顯然的，她要有所佈置。

這十幾天在一起共事，東太后已頗能與西太后取得默契了。見此光景，便微微點一點頭，起身回到東暖閣，叫雙喜裝了袋煙，慢慢抽著想心思；要好好想一想，該跟恭王說些甚麼話。

人在屋裡，外面的動靜仍舊聽得見；她聽見西太后在吩咐新調來的總管太監史進忠，派出好幾個太監去幹不急之務，而且要去的地方都相當遠，來回起碼得一兩個時辰。聽得被派的太監的姓名，東太后心裡明白，那都是平日被認爲形跡可疑，有肅順的奸細之嫌的；要『調虎離山』，召見恭王時的奏對詳情，才不致洩漏出去。

等把該攆出去的人攆走了，西太后威嚴地喊一聲：『史進忠！』

這是有要緊話吩咐，史進忠不敢絲毫怠忽，響亮地答一聲：『喳！』

西太后的聲音卻又變得十分和緩了：『有件事要差你去辦，你能辦得了最好；要是覺得自己辦不了，你就老實說，我不怪你。』

『喳！』史進忠說：『奴才請旨。』

『你去傳旨：召見恭親王！』

史進忠這才明白西太后的意思，她已經顧慮到召見恭王，肅順可能會設法阻攔，所以才有『辦得了，辦不了』的話。但身爲總管太監，說是連找個人都找不來，這當的是甚麼差？所以明知差使棘手，也只得硬著頭皮答應：『是，奴才盡心盡力去辦。』

『好，快去。』

於是史進忠三腳併作兩步，半跑著直奔澹泊敬誠殿。走到半路，遙見皇帝駕回，便即避在一旁，跪著等皇帝經過；等行列將完，他悄悄招手，截住走在最後的一個太監，小聲打聽：『六爺可還在那兒？幹些甚麼？』

『剛才還在那兒。大夥兒正在勸他；跟他見禮。』

『肅中堂呢？跟六爺怎麼樣？』

那太監楞了一下才說：『肅中堂跟六爺很客氣啊！沒有甚麼。』

一聽這話，史進忠略略放了些心，腳下加快，趕到澹泊敬誠殿，只見文武官員正在站班；一群王公大臣，簇擁著恭親王向外行來，史進忠心想這是個好機會，當著這麼多人傳旨，誰也不敢不遵！於是拉開嗓子，鄭重地喊一聲：『奉懿旨……』

步伐從容在走著的王公大臣，聽見這話，很快地站住腳，退到一旁，讓出一條路來。

史進忠匆匆走到上方站定，面向恭王說道：『皇太后召見恭親王。』說了這一句，走到他面前請個安又說：『六爺請吧！兩位太后等著呢。』

恭親王不答，緩緩地轉臉看著載垣。

『這個儀注禮節，我就不明白了。』他略顯躊躇地說：『幾位陪我一起上去見吧！』

王公親貴謁見后妃，有一定的時節，等閒不得見面；至於兩宮皇太后召見贊襄政務的顧命大臣，是爲了諮商國事，又另當別論，此外都算外臣，無召見之理。所以恭王才有那一問。載垣心想，禮節不合規矩是小事，兩宮與恭王談些甚麼不可不知；陪他一起進見，確有必要。但是，他對講究禮節、會找毛病、並且常愛在細故小節上挑剔的西太后，存著怯意，怕貿貿然跟了進去，兩宮不見，碰個大釘子，面子上下不來——吏部尚書陳孚恩，就是如此，前幾天從京裡到行在，給太后去請安，太監上去稟報，連句『知道了』的話都沒有；僵在那裡半天，最後只好自己在院子裡趴下來，磕了個頭退下。這個教訓不可不記取。

因此，載垣便說：『請懿旨吧！』

『也好。』恭王點一點頭，轉臉問史進忠：『我跟怡王爺所說的話，你聽清楚了嗎？』

『是。』

『那就託你去回奏吧！』恭王指著澹泊敬誠殿外的朝房說：『我跟「八位」在那兒候旨。』

於是史進忠啣命回到煙波致爽殿去覆奏。顧命八大臣，還有惇王、醇王，陪著恭王一起在朝房中歇腳；紛紛以京中的近況相詢。恭王只就他所管的『洋務』，扼要的談了些。肅順向他徵詢回鑾的日期，他表示要聽兩宮和贊襄政務大臣的決定，他本人並無意見；但希望定了日子，早下『明發』，京裡好做準備。

談了有兩刻鐘左右，史進忠又來傳旨了，說太后召見恭王，只是想問一問京中和宮裡的情形；又說：『聖母皇太后還有話，說惦念著「方家園」，也要跟六王爺打聽一下子。』

『聖母皇太后』是仿照前明萬曆的故事，在目前對西太后的正式尊稱；『方家園』則是她的娘家。看來只不過垂詢家屬私事，則雖未明諭單獨召見恭王，意思也就可想而知。所以載垣便拱拱手說：『六爺請吧！等下來了，咱們再詳談。』

『老六！』肅順與恭王平輩，年紀較長，一直是這樣稱呼他的，『晌午，我替你接風。回來看看我替你預備的公館怎麼樣。』

『那一定是好的。』恭王很謙恭地說：『多謝六哥費心。』

說完，恭王就隨著史進忠走了。肅順又當面邀了在座各人，午間作陪，然後各自散去。怡、鄭兩王和杜翰跟肅順一路走；杜翰表示，不該讓恭王單獨謁見兩宮，又說：『其實要攔住他也容易，只說年輕叔嫂，得避嫌疑。這不就是光明正大的理由？』

『那你何不早說？』載垣不悅地質問。

『是啊！』端華也附和著：『馬後砲，不管用！』

『嘚、嘚！咱們自己人先別生意見。』肅順亂搖著手，又以極有信心的語氣說：『用不著這樣子！恭老六有甚麼可以玩兒的？』

六

因爲順利地應付過了一場祭典，小皇帝再一次受到東太后的誇獎和慈愛的撫慰。他已經換掉了袍褂和大帽子，穿著白細布的孝袍，光著頭打一根小辮子；和他的七歲的姊姊，一左一右偎依著東太后——一個結結巴巴地在講祭典的情形，一個睜大了一雙漆黑的眼睛，靜靜地聽著。

『你還認識你六叔不認識？』東太后等小皇帝說完了；這樣問他。

『先不認識，後來認識了。』

『怎麼先不認識呢？』

『六叔的樣兒，跟從前不一樣；衣服也不同了。』

『傻孩子！』東太后摸著他的頭說，『現在穿孝，大家的衣服，不都跟從前不一樣嗎？』

『衣服的樣子也不一樣，後面有兩條帶子。』

『那是「忠孝帶」；你六叔一定是穿了行裝，自然該有這個忠孝帶。』

『甚麼叫忠孝帶啊？』

『將來你就會懂了。這會兒跟你說了，你也不明白。』東太后緊接著又問：『你六叔跟你行了禮沒有？』

『沒有。』小皇帝又說：『六叔哭完了要給我行禮；六額駙攔著不叫行，說：「有過『魚翅』了，這兒不用行禮。」說完，領著我就回來了。』

『甚麼？』坐在桌沉另一頭的西太后問道：『六額駙跟你說甚麼？』

小皇帝聽見他生母聲音一大，便生畏怯之心，閃閃縮縮地往東太后身後躲，同時吞吞吐吐地回答：『六額駙說：「有過『魚翅』了」……』

話未說完，西太后大聲喝斷：『還要「魚翅」？諭旨！』那是尊親免行跪拜禮的諭旨；她又轉臉向東太后說：『聽聽，連這個都弄不明白，可怎麼得了？』

『還小嘛！』東太后以為小皇帝辯護來向她解勸，『慢慢兒的，全都會明白。到底才六歲，他哪兒知道甚麼叫諭旨？』

『就知道玩兒！』西太后又把小皇帝白了一眼。

東太后一面是想把氣氛弄得輕鬆些，一面想想也好笑，輕輕地揪著小皇帝的耳朵說：『虧你怎麼想來的？魚翅！你怎麼不說燕窩？』

小皇帝羞窘地笑了。一眼瞥見他姊姊在刮著臉羞他，恰好遷怒到她身上，瞪著眼，極神氣地問道：『妳在幹甚麼？』

『不用你管。』

一句話把小皇帝堵住了，便說出不講理的話來：『不准妳羞我！』

大格格不像她生母，卻像西太后，反應敏捷，口角尖利，撇著小嘴說道：『你也知道害羞啊？』

這句話堵得更厲害，小皇帝惱羞成怒，就要動武；中間有個東太后，自然會拉架，就這吵吵嚷嚷之間，聽見西太后用低沉的聲音喝道：『別鬧了！』說著，眼睛向遮著白紗簾的窗子外望。

於是東太后問道：『甚麼事啊？』

『六爺進來了。』

『啊——！』東太后隨即站了起來；正見雙喜揭開簾子，便即問道：『可是六爺來了？』

『是。請旨，在哪兒召見？』

『當然在外面正屋。』東太后又說：『妳叫人來，把皇帝和大格格領了去。』

不用吩咐，保母們都在後面廊下待命；聞聲紛紛進屋，把這一雙姊弟一擁而去。東太后因爲剛才小皇帝和大格格跟她親熱，把一件白布旗袍揉縐了，回到寢宮去換衣服。霎時間，偌大的一間起居室，只剩下西太后一個人。

內心充滿了無可究詰來由的興奮的西太后，忍不住走到窗前，想掀起白紗窗簾，先細看一看恭親王；手剛抬起，忽生警覺，這不是一個太后所應該有的舉動。但是已抬起來的手，要讓它放下去，卻是萬分不願；略略遲疑了一下，終於還是斷然決然地掀起了紗簾一角，恰好望見恭親王站在階下。

這是她第一次恣意細看這個比她大兩歲的男人。他站在那裡的那種矯然不群、昂首天外的姿態，首先就給了她一個極深的印象；因爲那是任何親貴大臣所不能有，也不敢有的神情。他的眼睛極大，奕奕有神，三十歲的年紀，眼下已可以清楚地看出『眼垂』；襯著那挺直的鼻子、高高的顴骨，不怒而威，別有一種令人醉心傾服的鬚眉氣概。

『怪不得說他是「龍形」！』西太后在心裡說；隨即想起許多關於恭親王的傳說，說他的容貌，就相法而論，貴不可言——這正是『不可言』；說破了是大忌諱！因此，有人說他要借洋人的勢力，學前明景泰的故事。這倒不一定是肅順那一幫人造謠；連他的胞兄惇王都曾說過：『老六這個樣兒，只怕要造反！』

正這樣想著，聽得人聲，急忙縮回了手，回身看時，東太后差不多已走到她身後了。她陡覺臉上一陣發熱，強自鎮靜著說：『回頭有些要緊話，請姊姊先提個頭，我好接著往下說。』

『嗯。』東太后沉著地點點頭，吩咐身旁的宮女：『打簾子！』

打開簾子，兩宮太后，一前一後走了出來；總管太監史進忠，跪著迎候，等並排坐定，西太后便說：『叫吧！』

『喳！』史進忠答應著，站起來退了出去；不久聽得他在外面說：『來吧！六爺。』

沉穩的履聲，由遠而近；挺拔的影子越來越清楚，穿著一身白布行裝的恭王，將進殿門時，步履顯得有些匆促，一進門朝上看了一下，隨即跪倒：『臣奕訢叩見母后皇太后、聖母皇太后！』接著，取下大帽子往地上一擺，順勢磕了個頭。

『請起來，請起來！』東太后的聲音，客氣中顯得親切，純然是大家世族中叔嫂相見的口吻，『史進忠，快攙著六爺！』

等攙了起來，叔嫂三人眼圈都是紅的；但他們也都明白，此時相向垂淚，不特在儀制上不甚適宜，而且也無補於大事，所以都勉強克制著自己。

那時自然該東太后先開口，她卻一時不知從何處落墨？便泛泛地打遠處談起：『六爺是哪一天出京的？』

『臣是七月二十六一大早出京的。』

『路上走了幾天？』

此一問自屬多餘；恭王屈著手指數了一下答道：『整整走了五天。』

『路上還平靜？』

『路上挺平靜。』恭王又說：『橋樑道路，不甚平整。臣一路來，已經告訴了地方官，讓他們趕快動工興修，好迎接梓宮。』

『總得趕在年前「回城」才好。』

『年前回城太晚了！』恭王停了一下，以低沉鄭重的聲音又說：『臣的意思，回城愈早愈好。』

『喔！』東太后這樣應了一聲，不知他說這話的意思何在；便轉臉看著西面。

『回城當然愈早愈好。可是也得諸事妥帖才行。』西太后接著她的話說。

恭王抬頭看了看她，從容答道：『京裡十分平靜。物價是漲了些，那都是因爲車駕在外，人心不免浮動的緣故；等一回了鑾，人心一定，物價自然會往下掉。』

『可不是嗎？』西太后死無對證地說了些大話：『大行皇帝在日，我也常拿這話進勸，大行皇帝也覺得我的話不錯。可是，大行皇帝討厭洋人，不願意跟他們在一個城住，就這樣子耽擱下來了。如今，唉！從哪兒說起啊？』

『洋人也講理。不是臣說一句袒護他們的話，洋人跟咱們那些「旗下大爺」一比，可是講理得太多了。』

『講理就好。只怕回城以後，又來無理取鬧，那可麻煩。』

『絕無此事。』恭王拍著胸說：『臣敢保！若有此事，請兩位太后，唯臣是問！』

西太后點點頭，轉臉與東太后商議：『既是六爺這麼說，還是早早回城的好。』

『那，咱們就商量個日子吧！』

『早了也來不及，總在下個月。』西太后向恭王說道：『這件事再商量。』

『太后說得是，總在下個月，早早定了，京裡好預備。』

『京裡對大行皇帝的遺命，可有甚麼話說？』

這一問不容易回答，第一先要把所謂『遺命』弄清楚，恭王細想了想，除卻『派定顧命八大臣』一事以外，沒有甚麼可以値得議論的遺命。但心裡雖已明白，卻不便貿然說出來，故意追問一句：『請太后明示，是哪一件遺命？』

『還有哪一件，不就是眼前的制度嗎？』

恭王看一看左右，不即回答；這時正有人行近——是雙喜，用一個嵌螺鈿的黑漆盤，盛著兩蓋碗送了上來。

『也給六爺茶。』東太后吩咐。

雙喜答應著去取了一碗上用的茶，送給恭王。東太后又賜坐，等把一張凳子端了來，他卻不坐，高聲說道：『跟兩位太后回話：顧命是祖制，臣不敢妄議。』說了這一句，方才坐下。

這個答覆，多少是出乎西太后意料的；但稍微想一想，也就無足爲奇——如此大事，自然不能率直陳述，只怪自己問得太欠含蓄。

於是她喝了口茶，閒閒地又說：『這我倒不明白了，封爵有「世襲罔替」的恩典；顧命大臣是怎麼著？當一輩子嗎？』

這確是個疑問！恭王想了想答道：『用人的權柄，自然操之於上。不過先朝顧命，例當禮遇；倘無重大過失，以始終保全爲是。』

『嗯，嗯！』東太后不斷點頭，覺得他的話說得合情合理。

西太后也滿意他的話，只是著眼在『重大過失』一語；甚至只是『過失』兩個字上。『那麼，』她朝外看了看，雖然殿廷深遠，仍舊把聲音放得極低：『倘或顧命大臣有了過失，非去了不可；那得按怎麼個規矩辦呢？』

這又把恭王問住了！一時想不起前例可援，便遲疑著說：『這怕很難！顧命大臣面承諭旨，處理政務，罷黜的上諭，要從他們手裡發出去；如果截住了不肯發，那就麻煩了。』

『照你這一說，抗命違旨，不成了叛逆了嗎？』

恭王默然。她的話是不錯，但處置叛逆，不是件簡單的事；所以這兩個字最好不要輕易出口。他認爲西太后不過幫著大行皇帝看了幾天章奏，所知有限，把事情看得太容易；她冒失，自己不能跟著她冒失，因而出以保留的態度。

但是，西太后絕不會因爲他保留，也跟著保留，『六爺！』她故意反逼一句：『這兒沒有外人，有話你儘管說。也許我們姊妹倆有見不到的地方，你一定得說給我們。』

『對了！』凡是和衷共濟的態度，東太后沒有不附和的，『六爺，外面的事，我們不大明白；你要不說，我們不糊塗一輩子嗎？』

『兩位太后言重了！』恭王倒有些惶恐了，『既蒙垂諭，臣有句話不能不說——「叛逆」二字，誰也當不起！若無叛逆的實跡，而且有處置叛逆的佈置，還請包容爲是！』

這等於把西太后教訓了一頓。她也很厲害，不但不以爲忤，而且表示欣然受教：『不錯！不錯！六爺眞是見得深、看得透。不過，還是那話，如果眞有其事，可又怎麼處置啊？』

『以臣看，只有一個辦法，召集親貴重臣，申明旨意；而且預先得有佈置，讓那些人非就範不可！』

西太后極深沉地點點頭，看一看東太后，越發把聲音放低了：『六爺，可曾見著安德海？』

『臣不曾見著；是寶鋆接見的。』恭王說到這裡，站起身來：『親筆懿旨，臣已經捧讀了。』

密旨是提到了，卻不提密旨內所說的『大事』。恭王是不肯提，西太后是不便提；但表面沉默，肚子裡卻都在用工夫。所謂『大事』，恭王與文祥、寶鋆，反覆研究，籌思已熟，要秉政先要打倒肅順；要打倒肅順先要取消顧命；取消了顧命，則必以垂簾代替，而女主垂簾是違反家法的，他不願冒天下的大不韙來首倡此議，更不願首倡此議於兩宮太后之前——這是授人以柄，斷乎不可。

西太后『熱中』得很，巴不得馬上做一筆交易：『你秉政，我垂簾！』但是她也知道，恭王不是個唯命是聽的庸才，越是這樣坦率表示，越叫他看不起。就拿做買賣來說，一方急於求售，另一方一定拿蹻，變成受制於人；所以無論如何，要逼得他先『開盤』，討價還價，其權在我，事情就好辦了。

這番沉默，在恭王與西太后，因爲各人都有事在想，倒不覺得甚麼；第三者的東太后卻感到難堪，急於想打破這個近乎僵冷的局面。她是忠厚人，一直存著一份替恭王抱屈的心情，這時正好說了出來，便先叫一聲：『六爺！』

恭王慌忙站起答道：『臣在。』

『坐著吧！』東太后說：『我不是敢於胡批大行皇帝；要說他那遺命，可眞是有點兒欠斟酌，誰也沒有料到，那「八位」當中，竟沒有你！唉，你們弟兄……』她黯然地搖搖頭，不會說也不忍說了。

這一下正觸及恭王痛心的地方，同時也感激東太后說了句公平話，不由得眼眶發熱，趕緊把頭低了下去，盡力設法讓自己的眼淚不掉下來。

冷靜的西太后，忽然得了個靈感，轉臉說道：『姊姊，我倒有個主意，妳看看使得使不得？』

『喔，甚麼主意？』

『我在想，』西太后慢條斯理地說，『大行皇帝跟六爺同胞手足，絕不會有甚麼成見；當時是受了小人的挾制，又是病得最厲害的時候，行事欠周到，也是難免的。既然有這麼一點兒欠斟酌的地方，咱們該想法兒彌補過來。姊姊，妳說是不是啊？』

『可不是嗎？』東太后大爲嘉許，『眞是妳想得周全。說吧，該怎麼個彌補？』

『我想讓六爺回軍機，跟那八位一起辦事。』

恭王大吃一驚，再也料不到西太后想出來這麼個主意；『千萬不可！』他站起身來，使勁搖著手說：『太后的恩典，臣絕不敢受！』

東太后愕然；西太后卻笑了——笑他失掉常度。自然，心裡萬分得意；只一句話就把他急成這個樣子。

恭王省悟到自己失態了，定一定神，恢復了從容的聲音：『不是臣不識抬舉，只因爲這個樣子辦，於大事無補，反而有害。』

『怎麼呢？』東太后完全不解。

恭王覺得很難解釋。西太后當然明白他的難處；事實上也正就是要難他一難，這時便優閒地看著他著急。

終於，恭王想出來四個字：『孤掌難鳴！』

這句成語用得很適當，恰好讓東太后能夠懂得所譬喻的意思，『嗯，嗯！是有點兒不妥。』她轉臉向西太后說，『就是那句話了：「好漢只怕人多！」六爺一個人弄不過他們八個。咱們另想別的辦法吧。』

這原是西太后跟小安子下象棋學來的招數，故意『將』恭王一『軍』，果然把他搞得手忙腳亂。心想，肅順窺伺甚嚴，召恭王密商一次不容易，得要趁此機會逼出他的話來；才不枉使那一條苦肉計，叫小安子路遠迢迢地去搬救兵。

於是，她皺著眉回答東太后：『咱們姊妹兒倆能辦得到的，就只有讓六爺回軍機。既然六爺說「於大事無補，而且有害」，想必另有更好的辦法。』說到這裡，微微一抬頭，正好看見恭王，便問：『六爺，你說，可是這話？』

此時已恢復沉著的恭王，徐徐答道：『茲事體大！臣此刻不能回奏。請兩位太后給臣一兩天的日子；好好兒籌劃一下。』

『嗯，嗯。』西太后點點頭，表示滿意——總算有了一句比較實在的話了。

於是兩宮交換了一個眼色，東太后便說：『一路來也辛苦了。先去歇歇吧！』

『是！』恭王站起，跪了安退出煙波致爽殿。

一出殿，史進忠領他到一間值班太監待命閒坐的屋子裡去休息，沏上好茶，裝來四個果盤；左一個『王爺』、右一個『王爺』，大獻殷勤。恭王心裡明白，這是有所需索，便伸手到靴頁子裡去掏銀票——手一伸進去，方始記起，銀票倒帶著兩張，一張一萬，一張五千；照一般的規矩，不過開銷一兩百兩銀子，這兩張銀票的數目太大了。但苦於隨從不在左右，無法取一張小額的銀票來；而這個『開銷』，可又既不能欠，更不便找，只得咬一咬牙，拈著那張五千兩的，隨手遞了給史進忠。

『你分給他們大夥兒，買雙鞋穿吧！』

史進忠一眼瞄過去，正好掃著『五千』二字，始而一楞，繼而大喜，笑容滿面地先請安後接銀票；接了銀票再請安，然後轉身把手一揚，略略提高了聲音說：『都來！謝王爺的賞。』

那些太監一看史進忠的臉色，就知道賞得不少；頓時紛紛趨附，很快，很整齊地站成兩排，仍舊由史進忠領頭，一起替恭王請安道謝。

等那些太監退後，史進忠單獨上前，躬著身子，小聲說道：『肅中堂派人來傳了話，說等王爺一下來，就請到他府裡去。二宮門口，套著車在侍候。』

『好，我這就去。』

『晚上我再到公館去給王爺請安。上頭如果有甚麼話，我隨時會來稟報。』

一看這神氣和這番話，恭王不心疼那五千兩銀子了！因此，說話的態度也不同了：『你不必來！來了我也不見。上頭如果有甚麼話，等我進宮的時候，你跟我說好了。』

『是，是！』史進忠滿口答應著，『王爺有甚麼差遣，儘管吩咐。』說著，親自把恭王送到二宮門口；等他上了車還請了個安。

護衛隨從，前呼後擁著到了肅順府第，主人開了中門，親自迎接；陪客早已到齊——除了顧命八臣以外，另有恭王的一兄一弟：惇王和醇王，主客一共十一位，都換了便衣，先在水閣閒談。

也不過剛剛坐定，聽差來通知肅順，說有戶部司員，從京裡趕到，有要緊公事稟報。

『他沒有看見有貴客在這兒嗎？』肅順申斥聽差，『爲甚麼不告訴他，有公事到衙門裡去接頭。這會，我哪兒有工夫見他？』

『原是衙門裡的「筆帖式」陪了來的；說有一樣要緊東西，得趕快給中堂送了來。』

『好吧！』肅順站起來告了個罪，出去見客去了。

不到一盞茶的工夫，肅順重又回到水閣；春風滿面，顯得極其高興。他身後跟著一名聽差，手裡捧個扁平布包，走進屋子，把布包放在大理石面的紫檀圓桌上，解了開來，裡面是俗不可耐的一板銅錢。

『老六！』肅順大聲叫著恭王，『你看看，「錢樣子」！』

這一說，紛紛都圍了上來，細看改元以後新錢的樣本——上好雲南銅所鑄的大錢，正面滿文，背面滿文，漢文四字：『祺祥重寶』。拿在手裡沉甸甸的，令人滿意。

恭王頗爲驚訝，也有警惕，肅順處事，一向果斷明快；在這件事上，尤其神速，改元的上諭頒了才幾天，新錢已可開鑄，不能不佩服他辦事認眞。同時他又想到，一旦新錢通行，物價下降，小民擁戴，四方稱頌；那時肅順的地位便很難動搖了。

因此，他在大大地恭維了一番以後，隨又問道：『新錢甚麼時候發出去啊？』

『照規矩，應該在「祺祥元年」通用，才算名副其實；現在市面上現錢缺得厲害，只好通權達變。我想，一行了登極大典，就發出去，也算是恭賀幼主嗣位的一番心意。』肅順得意地又問：『你看，我這個打算如何？』

『好極了！』恭王乘機說道：『照此一說，應該早早回城。』

『那全在你了。』

『怎麼？』恭王愕然，『「不在其位，不謀其政」，與我何干？』

『你不是總攬「在京留守」的全責嗎？總要你那兒都妥帖了，才能回城。』

『六哥！』恭王不悅，『怎麼著？你覺得有甚麼地方不妥嗎？在京的人，身處危城，苦心撐持，好不容易把個「撫局」辦成了，今日之下還落了包涵，那不叫人寒心嗎？』

肅順哈哈大笑，拍著恭王的肩說：『老六，你到底還年輕！一句笑話，就掛不住了！好啦，好啦，別發牢騷了；回頭罰哥哥我一杯酒。』

那大剌剌的神情，自然令恭王不快；但轉念一想，正要他如此驕狂自大，疏於戒備，才便於行事。因此，心裡的不快，立刻就消失了。

等到延請入席，主人奉恭王為首席，恭王一定不肯。論爵位、輩分、年齒，應該鄭親王端華居首，但鄭王與肅順是同父異母的親兄弟，也算半個主人，又當別論；這樣便應惇王首座。他是個人云亦云沒主張的人，恭王讓他上坐，他也就當仁不讓坐下來了。

主賓十一位之中，話題自然要聽恭王和肅順挑選；由於那一番半眞半假的小小爭執，兩人都存著戒心，不願涉及朝局政務，於是就只有閒談了。旗下貴族，閒居終日，言不及義的本事最大；由端華的鼻煙壺談到古玩，這一下開了載垣的話匣子——怡賢親王允祥，是世宗憲皇帝最信任的一個弟弟，在世之日，賞賜甚厚；數世以來的蓄積，古玩字畫，收藏極富，所以載垣大數家珍，十分得意，據他自己說，『四王』的山水，未曾裱的，還有的是。這話在那些親王、郡王聽來還不覺得甚麼；杜翰、匡源、焦祐瀛他們就不免豔羨不止了。

一頓飯吃了有兩個時辰，席散以後，恭王首先告辭，肅順要親自送他到公館，恭王再三辭謝。回到行館一看，果然準備得極其周到，心裡不免轉一轉念頭；有些不大猜得透肅順的態度。又想到西太后的神情口吻，覺得也是個不容易對付的；以前眞箇是小覷了她。

就這片刻間，車馬紛紛，三品以上的官兒，都到公館來謁見請安。恭王一則是累了，再則是行事謹密，一概擋駕；關上房門，好好睡了一覺，直到上了燈才起身。

等洗過臉，正坐著喝茶，他那從京裡帶來的聽差蘇祿來稟報：『七爺剛才來過。聽說王爺還睡著；不叫驚動。留下話，等著王爺去吃飯。我跟七爺回：王爺一宵沒有睡，實在乏得可以，怕的要謝了。七爺說：那就把菜送了來。』

『嗯。』恭王很滿意地，『這樣辦很好！』

『菜剛送了來，是一桌燕菜。請示：怎麼吃？』

恭王吩咐酌留四樣清淡些的小碗菜；其餘的大碗菜，包括主菜燕窩在內，都轉送給隨員享用，又說：『拿我的片子，去請曹老爺來喝酒。』

曹毓瑛也正在打算著，夜謁恭王——自然不宜於公服拜見，就身上所穿的一件白布孝袍，加上一件黑布『臥龍袋』，不戴帽子，也未坐車；步行著悄悄來到恭王行館，從側門進入，逕到上房。

恭王特別假以詞色，出屋站在階沿上等；曹毓瑛搶步上前，先請了安，還要跪下磕頭，他親自扶住了，挽著手一起進屋，在書齋中談了些路上的情形，蘇祿來請入席。

『菜不見得中吃，有好酒！』恭王吩咐：『取一瓶「拔蘭地」來！』

『是洋大人送的酒？』蘇祿怕弄錯了，特為問一句。

『是啊！看仔細了，要我做了記號在上面的那一瓶。』

蘇祿把拔蘭地取了來，曹毓瑛識不得那是甚麼酒，於是正在主持洋務的恭王，為曹毓瑛解釋，這瓶酒有五十年陳了，還是法國皇帝拿破崙『御駕親征』俄羅斯那年釀造的。又指著『1812』的洋字給客人看；自然，曹毓瑛認不得。

等把那琥珀色的液體，倒在成化官窯的青花酒鍾裡，曹毓瑛淺淺嚐了一口，果然醇冽非凡，爲平生所初見。但美酒當前，卻不敢多飲；怕酒意濃了，談到正事，思考不免欠冷靜周密。於是略飲數杯，便即罷手，恭王也不多勸，吃了飯，延入書齋，摒退僕從，密商大計。

『我竟小看了「西邊」。』恭王感歎著說：『差一點下不得台。』

這話在曹毓瑛不算意外，也算意外；西太后聽政不過十幾天，已頗有能幹的名聲，但居然會讓恭王『差一點下不得台』，這不能不說是意外之事。

『那八位對西邊的觀感如何？』恭王又問。

曹毓瑛想了想答道：『一言以蔽之，精明二字。怡、鄭兩王，頗有畏憚之意。』

恭王搖搖頭：『她的厲害，不在精明上面，在假裝不懂，裝傻賣呆。』

『噢——』曹毓瑛很注意地，『王爺這又是深一層的看法了。必有所本？』

『是啊！』恭王一面回憶著，一面慢條斯理地說：『西邊很「熱」，要逼我獻議垂簾，我當然不能那麼冒昧。西邊看看沒有辦法，說是要讓我回軍機——這是進一步逼我。厲害得很！』

『那麼，王爺當時怎麼說呢？』

『我當然辭謝了。』恭王又說：『我答應兩宮，好好籌劃一條路出來。你有甚麼高見？』

曹毓瑛握著手，思索久久，說出一句恭王想不到的話來：『其實，西邊的主意，也未嘗不可行。』

『怎麼呢？』恭王愕然。

『王爺一回去，自然是樞機領袖。軍機制度，由來已久；大政所出，天下咸知。贊襄政務的，亦不得不僭竊軍機處的名義；王爺一去，正好收回大權，雖不能凌駕而上之，分庭抗禮，也佔著不可動搖的地步。』曹毓瑛一口氣說到這裡，略停一停，看恭王一時無話，便又說道：『至於穆、杜、匡、焦諸位，眼前不能不依附那「三位」；但此是王爺不在軍機的情形，王爺一回軍機，正管著他們，不能不聽王爺的。』

『倘或不聽呢？』

『好辦得很！免了他們的軍機——顧命大臣的名義，是先帝所授，一時免不掉；軍機大臣的進退，權在今上，有何不可免？』

『嗯，嗯！』恭王點點頭，似乎意動了，『你的見解很新，也很深。不過……』

『王爺如果沒有更好的打算，不妨就照此而行。當斷不斷，反受其害。』

『這……』是極難決斷的事，恭王躊躇著說：『我怕弄得短兵相接，兩敗俱傷。』

曹毓瑛默然。他有所意會了，恭王自覺身分貴重，要保持雍容莊嚴的姿態，不肯與慓悍的肅順，白刃肉搏。

『我想，一切總得回了城再說；咱們現在就談回城以後的做法吧！』

『是！』曹毓瑛謙恭地答應一聲；端起茶碗，卻欲飲不飲，定神沉思——未想別人，先想自己；他在軍機處的資格，已經跟軍機大臣沒有甚麼分別，但究竟不是軍機大臣。焦祐瀛的職位原來應該是他的，由於他的堅辭，焦大麻子才得『飛上枝頭作鳳凰』；當初堅辭超擢的原因，就是表示對恭王效忠，他一直相信恭王會重回軍機，要到那一天，他才能眞正被重用，也才能眞正發揮自己的才具。

想不到在大行皇帝生前，恭王不能達成心願；而眼前卻意外地有了回軍機的機會。誠然，贊襄政務與軍機大臣已無分別，顧命八臣結成一體；恭王縱爲軍機領袖，不能改變以一敵八這個不利的形勢，但是，恭王絕不是所謂『孤掌難鳴』，軍機大臣也好，贊襄政務大臣也好，都必須假手軍機章京，才得推行政務，否則號令不出國門，肅順天大的本事，也不能另找一班能幹的司員，來組成兩班軍機章京。這樣，恭王就不必怕他們了！曹毓瑛自信有恭王出面，加上他在軍機章京中的資望、才能和影響力，可以逐漸設法把受顧命的贊襄政務大臣，弄成一個有名無實的虛銜，大權復歸於軍機處這個正軌上。當然，這要經過一番極嚴重的衝突，恭王不願披掛上陣，親臨前敵，那眞是件無可奈何之事。

想到這裡，不免有些氣短心灰，便即說道：『既然重心移到京裡，我想求王爺設法，等這一次換班回京，讓我不必再回熱河來了。』

『這話是怎麼說？』恭王很詫異地看著他，『你彷彿不願在這兒待似的？』

『是。』曹毓瑛很坦白地承認。

『爲甚麼呢？』

『王爺可以想得到，我是他們的眼中釘，處境極難。』

『我知道，我知道！』恭王站起來，走了兩步，想了一會兒，拍拍他的肩，帶些歉意地說：『你受了許多窩囊氣，我全明白。看在我的面上，暫且忍耐。』

這樣的撫慰，曹毓瑛不能不感激，慌忙起身，垂手答道：『王爺言重了！』

『此時人心苦悶，不獨你我。一等回了京……』恭王停了一下說：『局面一定會大大不同。也不過一兩個月的工夫，你無論如何要多費點心。』

聽恭王的語氣，他要跟肅順好好鬥一鬥，已是毫無疑問的事，只不過把鬥的地點，挑在京城而已。照這樣看來，目前的工作，就是爲京城一鬥先作鋪排，培養聲勢。同時，恭王與兩宮的利害是一致的；如不願由重回軍機，逐步收權，那就唯有推倒先帝遺命，盡翻大局，重起爐灶。而這樣的做法，只有垂簾之議，成爲事實，因此要爲兩宮的未來作打算，與培養恭王的聲勢，同是一件急需著手的大事。

於是，曹毓瑛把思緒整理了一下，提出建議。

『王爺！』他說，『愚見以爲目前必不可少者有兩事，一是試探垂簾；一是陳兵示威。』

『嗯。』恭王極注意地聽著，『你說下去！』

曹毓瑛的試探垂簾的構想，與不久以前朱學勤向文祥與寶鋆的建議是一貫相承的；而陳兵示威，則是朱學勤上次熱河之行，在回京前夕話別時就已商定了的策略，恭王對這兩點，早就表示了不反對的態度，目前所想知道的是利害的精確分析和進行的步驟，好作最後的決定。曹毓瑛了解到這一層，所以摒棄高論，只談實際。

「本朝特重顧命，其來有自；開國之初，皇基未固，簡用親貴，輔助幼主，此是承太祖四貝勒合議大政的遺意，永與定鼎中原，有大功勳的王公大臣，合治天下。原有羈縻的作用在內，未足爲法。』

這開頭的一段話，就使恭王動容了！兩百年前，諸王並立，四大貝勒共理大政，太祖崩逝，由於代善擁立，太宗始得獨掌大權；復由於多爾袞以與孝莊太后從小同在深宮，青梅竹馬的情誼，因而可以取帝位而不取，扶立孝莊親生的幼主，自此確定了帝系；這一段大清朝的開國史實，包含了無數恩怨血淚，詭譎神秘，甚至還有『太后下嫁』的傳說，自乾隆以來，刪改實錄，諱莫如深，連恭王也不甚了了，於今讓曹毓瑛隱約揭破，頓有領悟。自然，『未足爲法』之類的話，是太大膽了，如果是在雍正、乾隆朝，說這些話，就有掉腦袋的可能；唯有密室之內，恭王之前，曹毓瑛才敢這樣毫無顧忌。

看到恭王的臉色，曹毓瑛知道自己的話已經發生效用了，於是進一步申論：『女主垂簾，無代無之；爲利爲害，關鍵不在女主，在於執政的重臣。』

『嗯，嗯！』恭王大爲點頭，因爲首先想起漢初呂后臨朝，雖然大殺諸劉，而元老舊臣，先後爲相，國政並未敗壞，並且到了最後，依然是劉氏子弟得元老重臣之助，收復漢家天下——以呂后的陰忍殘狠，尚且如此；他不相信西太后會比呂后還厲害。

『從古以來，垂簾的美談，首稱宣仁；及至宣仁崩逝，元祐正人，相繼被黜，於是奸邪復起，朝政日壞。』說到這裡，曹毓瑛突然停了下來，看著恭王問道：『王爺，這又表明了一些甚麼道理？』

恭王笑道：『你別考我了！就乾脆說吧，我急著聽下文。』

『這還是表明了那句話，關鍵不在女主，在於執政。女主賢與不賢，皆是一時；不過，』曹毓瑛陡然一轉，『元祐正人，得被重用，究竟是女主之賢。這又有些關係了。』

一波之折，搖曳生姿，說到最後，恭王十分明白曹毓瑛的意思了：不必以垂簾不符祖制，或者女主臨朝，大權在手，將來會難控制而有所顧忌；兩宮垂簾，不過是一塊重登政壇的踏腳石，將來的做法，全在恭王自己！

『受教了！』恭王很謙退地說；在這一刻，他才眞正下了決心。

就這時候，蘇祿遠遠地高喊一聲：『七王爺到！』

醇王來了。恭王向曹毓瑛使了個眼色，然後向外看去。

廊上一盞白紗燈，引著醇王，匆匆而來；曹毓瑛對醇王，反不像對恭王那樣比較隨便，趕緊出室，肅立一旁，等他上了台階，搶步上前，垂手請安，同時口稱：『七王爺好！』

低著頭在走的醇王，聽得聲音，方才發現；他似乎沒有想到曹毓瑛也會在此，楞了一下，點點頭說：『喔！琢如，你也在這兒。』

『老七！』恭王在裡面喊了：『你何必還費事，弄那麼一桌燕菜？』

滿洲貴族，特別講究禮節，醇王顧不得與曹毓瑛寒暄，疾趨入室，向恭王請了安站著回話；說了許多恭敬中顯得親切的客套，似乎不像同胞手足相見。一直等恭王說到第三遍『坐著，坐著』，他才坐了下來。

曹毓瑛坐在兩王對面，聽他們談話；醇王把在京的親屬，一個個都問到，恭王也不憚其煩地一一回答。這在旗人成了習慣，曹毓瑛卻聽不進去；閒得無聊，正好把他們弟兄對比著細細打量，這同父異母的兩弟兄，相差八歲，但看來就像相差十八歲，倒不是恭王顯得像中年，而是醇王太稚氣了——他生得濁氣，眼睛鼻子都擠在一起，噘著厚厚的嘴唇，老像受了甚麼委屈似地；不管怎麼樣放寬了尺寸來看，總覺得缺少那股華貴軒昂之氣，不似個龍種。

『六哥，』醇王忽然激動了，『你這一趟來，說甚麼也得辦個起落出來。那，那肅六，簡直叫人瞧不下去！』

恭王一聽他那麼大的聲音，先就皺了眉，將手一擺，把個頭扭了過去，眼角卻掃著曹毓瑛。

於是曹毓瑛俯身向前，輕輕叫了聲：『七王爺！』等醇王回過臉來；他微微搖手示意，又輕輕說了句：『隔牆有耳！』

醇王帶些惶恐地亂點著頭；這時恭王才轉臉來看他，臉上是冷漠的平靜，卻特能顯出他那不怒而威的神態，做兄弟的，不由得存著憚意地低下頭去。

『你今年二十二，分府成親，當差也不止當了一年了，怎麼還是這麼沉不住氣？別說擔當大事；有大事可也不敢告訴你啊！』

恭王的語氣，異常緩和，就像聊閒天的聲音；但話中教訓得很厲害。當著外客在，醇王脹紅了臉，十分難堪；曹毓瑛自然不能坐視，思量著替他解圍，卻忽然得了個靈感，不知不覺間，就把醇王置之腦後了。

這時恭王又提起惇王，醇王看著曹毓瑛遲疑未答。於是，他非常知趣地站起來告辭；主人並未再留，卻交換了一個眼色，彼此默契，到明天再談。

等曹毓瑛一走，弟兄間講話就不用顧忌了；恭王很直率地問：『我在京裡聽說，五哥指我要造反。可有這話？』

兩個都是胞兄，醇王很難答覆，想了半天才說：『何必還問呢？五哥是怎麼個脾氣，你還不明白？』

恭王果然笑笑不問了，只說：『找個甚麼時候，你跟他婉轉地說一說，自己都弄不清的事，最好別談。』

『我跟他說過。』醇王噘起嘴唇，也是對他五哥大表不滿的神情，『我說，咱們得連成一條心，對付肅順；自己親弟兄，怎麼反倒拆台呢？他說，大夥兒都是這麼說，叫我有甚麼辦法？簡直是不可理喻。』

『他是糊塗人，你可不糊塗。』恭王停了一下又說：『你記住，在這兒隨他們怎麼說去，你不用跟他們動眞的。反正回了城，好歹總得見眞章兒！』

『回了城，』醇王極興奮地問道：『六哥，你預備怎麼辦？』

『這會兒還沒有準稿子。走著瞧吧！』

這話讓醇王覺得委屈。他自覺已頗能有所作爲了，而這位六哥，還是把他歸入老八、老九一堆，當作一個孩子，甚麼要緊話也不肯說。

自然，看他臉上的表情，恭王便已知道他心裡的話。『你別忙！』他安慰他說：『我知道你是我一個好幫手，可是我實在自己也不知道怎麼做？等我想妥當了，少不了有你賣力氣的時候。』

幾句話，立刻又把醇王說得滿懷興奮。打倒了肅順，當然是六哥當權，那時候就絕不會光幹這個擺樣子的『御前大臣』了！他才疏而志大，一直在想整頓八旗親軍，練成勁旅；縱然不能步武創業的祖宗，鐵騎所至，縱橫無敵，至少也要旗幟鮮明，器械精良，擺出來滿是士飽馬騰，顯得極精神的樣子；才能把『到營要少、僱替要早、見賊要跑』的壞名譽洗刷掉。

他在想著未來，做哥哥的卻在想著過去，『我實在想不明白！』恭王困惑而傷心地，『先帝何以始終不願意跟我見面；臨終也沒有一句話交代！』

『那都是肅六一手遮天！』醇王憤憤地說：『病重的那幾天，老五太爺帶著五哥和我，特爲去問安，說不上兩句話，就讓肅六使個花招，給攆出來了。』接著，他把大行皇帝崩逝之前的情形，細細說了給恭王聽。

『唉！』痛心的恭王，唯有付之浩歎。『大行皇帝對不起咱們；咱們可不能對不起大行皇帝。得把阿瑪遺下來的基業，好好保住。』

『就是這話了。』恭王頗爲嘉許，『咱們弟兄都存此心，大清的天下，一定能保得住。』

看來是泛泛的話，其實含意甚深——指肅順、也指洪楊；醇王倒是好好地體味了一會兒，把他的話緊緊記住了。

『六哥請安置吧！』醇王站起來請了個安：『我跟你告辭。』

『好，我還有幾天耽擱，再談吧！』恭王把他送到廊沿，又低聲說道：『以後，有甚麼事，我會讓曹琢如告訴你。宮裡有甚麼話傳出來，你也告訴琢如好了。』

恭王的想法，與曹毓瑛的『靈感』不謀而合——曹毓瑛也已想到，從醇王身上，可以建立一條穩妥的交通宮禁的祕密通路。

醇王福晉是西太后的胞妹，出入宮禁，無足爲奇；而做爲近支親貴的醇王，在一般人心目中是個不容易想得起來的、無關輕重的人物，所以由這條線來傳達祕密消息，十分可靠。歷來宮廷中有大變局，成敗關鍵，往往繫於一個『密』字，現在自然而然有此一條路線，眞是天意安排，成功可必！

興奮的曹毓瑛，由這個發現，細心推求，他認爲恭王根本不必再進宮當面回奏；御前召對，摒人密議，一上去就是個把時辰，任何人都會有所猜疑，何況是虎視眈眈的肅順？所以能有辦法避開猜嫌，又何樂不爲？

不但恭王非萬不得已不必進宮，就是自己，非萬不得已亦不必與恭王見面。一想到此，他改變了主意；原來準備第二天再找機會，繼續他與恭王因醇王不速而至打斷了的談話；現在不妨以筆代舌，作未竟之談。

於是，他剔亮了燈，拈一張在京裡琉璃廠紙舖特製的仿薛濤箋，握筆在手，稍稍思索了一下，揮毫如飛，頃刻間就寫完了一張信箋，立刻又取一張，接著寫下去；一口氣寫了七張才擱筆。

這七張信中，沒有一句套語，看來是個極其切實的『條陳』，首先就說了所以『函陳』的原因，然後建議恭王要『示人以無爲』，梓宮不妨多叩謁，太后卻要少見面，同時透過醇王夫婦的關係，向兩宮太后申明贊成垂簾，但不能操之過急的苦衷。

至於試探垂簾，朱學勤所設計的發動清議，需要加緊進行；下一步就看肅順他們的反應而定，他們如果是無可無不可，則只要有個御史，上一道奏摺，正式提出垂簾的建議，原摺發交王公大臣、六部九卿、翰詹科道，妥議具奏，則水到渠成，當然最好；但多半不會有這樣順理成章的好事，那就得陳兵示威了。

對於這一點，曹毓瑛不肯多寫。他心目中原有個勝保；可是勝保桀驁不馴，令人不能沒有戒心。所以到底是調怎樣一支兵來鎭懾肅順，他覺得最好由恭王自己來決定——而且，籠絡勝保的工作，文祥和朱學勤已經在做了，也不必再多費筆墨。

信中沒有收信人和發信人的名款，最後只寫上『兩渾』二字；又加上一句：『閱訖付火。』然後開了信封：『鑑園主人親啓』；這是恭王的別號。

在未曾封緘以前，他又從頭到尾看了一遍；慢慢踱到窗前，望著熹微的曙色，通前徹後地考慮了一番，忽然覺得世事如棋，翻覆甚易，這裡通宵不寐在計算肅順，也許那面肅順、杜翰他們，也正是如此在計算恭王，有此警惕，越發謹慎，便在信上特加一筆，勸恭王早日回京，好鬆弛對方的戒備。

一切妥帖，差不多也就到了每日應該入宮的時刻，稍稍假寐，便即漱洗早食，套車到軍機處。同事比他到得早的還有，就是那最近正在拚命巴結上進的鄭錫瀛。

曹毓瑛是個深沉有涵養的人，這十幾天來，鄭錫瀛飛揚浮躁，而他的態度，依舊保持著同事間應有的禮貌。但這天一早相見，鄭錫瀛卻又一變往日的妄自尊大，滿面含笑地招呼過了，跟著走了進來；顯然的，這是有話要說。

『琢翁！』等他剛一坐下來，鄭錫瀛便湊在他身邊，低聲說道：『昨兒我聽怡王在說，今晚上請恭王；陪客有你。』

『喔，』曹毓瑛心想，這也不是甚麼了不起的事，何必擺出如此鄭重的姿態？眞箇可笑！心裡有此一念，便有意裝得吃驚的神氣，『啊！怎麼挑我來作陪呢？還有甚麼人？』

『有他們「八位」，還有幾位王爺。』

『不是說那些貴人。我是說咱們這裡的同事。』曹毓瑛緊接著又加了一句，『當然有你囉！』

『沒有，沒有。除琢翁以外，別無他人。』

『這，這……』曹毓瑛把身子往後一仰，靠在椅背上作個廢然的神態，『這我倒不便去了。』

『何以呢？』

『讓別人看著，彷彿我拚命在巴結似地。』

話中有刺，鄭錫瀛聽著不是味，強笑道：『那也談不到甚麼巴結不巴結；做此官、行此禮；「堂上」看得起咱們，咱們還能端架子嗎？』

『對，對！』說著，他把公事移了移，表示不想談下去了。

鄭錫瀛自覺沒趣，逡巡離去。曹毓瑛隨即也把這件事丟開。等軍機大臣到齊，發下前一天進呈的奏摺，檢點一遍，或者是例行公事，或者是交部核議，並無立刻要辦的急件，『上頭』也不曾『叫起』，這是十分清閒的一天，便在心裡盤算，如何把那封信祕密送給恭王？

一個念頭還未轉完，有個侍應奔走的『蘇拉』，到他面前躬身說道：『怡王爺請！』

到了對面屋子，只有怡、鄭兩位在，請過了安；照『坐聽立回』的規矩，在下首一張椅子上坐了下來。怡王先吩咐了幾件公事，然後說道：『琢如！今兒晚上請恭王吃個便飯，奉屈作陪。國喪不宴客，我就不下帖子了。你早些個來，大家聊聊。』

『是，』曹毓瑛站起身答道：『我早早到府裡侍候。』說著，退後兩步，正要請安退出，怡王又把他喊住了。

『請等一下，』他問：『王少鶴是怎麼回事？彷彿挺不痛快似地。』

王少鶴就是王拯，在軍機章京中，資格也很老了；但他志不在此，希望外放，這一次學政掣籤，沒有掣著，已是大爲失望，後來又聽說籤筒中根本沒有他的名字，連個候選的機會都不給，便十分生氣，告病假要回京城。這段經過，曹毓瑛是完全知道的；如果照實回答，必定招致上官的反感，不能不替他遮掩一番。

『沒有甚麼不痛快。他身子不好，精神差了；看上去像是不大愛理人。』曹毓瑛又說：『請王爺賞了他的假吧！』

『給假可以，不必回京。就在這裡養病好了，反正回鑾也快了。』

聽語氣，怡王對王拯的『誤會』是消釋了，曹毓瑛欣然答應；回到自己屋裡，隨即寫了封信，通知王拯，不必上班，在寓養病。接著又把怡王交代的幾件公事，分派了下去。由於這一陣耽擱，便把要送信給恭王這件事，暫時拋開，直到交班那一刻才想了起來。

他在想，這封信最好由醇王轉交；但自己又不便去拜訪醇王，得要另外託個人。正好這時候許庚身來商量班務；毫不費力地就找到了最妥當的人——許庚身也是可共機密的人，而且醇王與他投緣，常有往還，請他去投這封信，絲毫不著痕跡。

於是，等屋中無人時，他低聲說道：『星叔！我有事奉託，有封信請順道面遞樸庵。』

『樸庵』是誰？許庚身楞住了。剛要發問，見到曹毓瑛的那封信上寫著『鑑園主人』，才恍然大悟，是指醇王——他們平時背後談到王公親貴，很少直稱他們的別號，所以一時想不起來；而曹毓瑛此時對兩王不稱爵名，但稱別號，又可知那是要避人耳目的密札，於是點點頭說：『我知道了，是請樸庵轉遞。』

『對了！』曹毓瑛又說：『函中所敘，此時無暇奉告。一半天到我那裡來細談吧。』

『好。』許庚身取隻空白封套，把那封信裝在裡面；拿在手中，揚長而去。

等退值回家，也不過剛剛才換了衣服，許庚身已派人送了信來，寥寥數語：『委事妥辦，前途允即親遞。度此時已達覽矣。』

曹毓瑛看了這封短簡，知道醇王已能了解到他給恭王的那封信，十分重要——這條祕密路線，再加上一個許庚身，可以說是嚴絲密縫，異常完美，他覺得非常欣快。睡了個午覺，早早到了怡王那裡，匡源和焦祐瀛已比他到得更早；這兩位贊襄政務的軍機大臣，最近春風得意，做官做得極其起勁，見了曹毓瑛，雖然也照樣親熱得很，但不免時有得色流露，令人難堪，曹毓瑛懶於應對，卻又不能不盡自己的禮節，相當乏味。幸好，客人紛紛來到，匡源和焦祐瀛忙著去應酬別人，算是放過了他。

上燈時分，主客恭王到了，一一寒暄，最後來在曹毓瑛面前；他特別注意恭王的眼色，卻是甚麼表示也沒有。等到換了便衣，隨意閒談時；恭王捧著水煙袋，取了根紙媚，親自在燭火上引燃，同時眼風掃過來，恰好與他的視線碰個正著。

曹毓瑛心裡明白，恭王已經看到了他的信，並且已照他的要求，『閱後付火』了。這下，他才大大地放了心；那封信如果輾轉落入肅順手中，不但大事難成，而且可能興起大獄，第一個倒楣的就是自己。

以後一連三四天，恭王忙於酬酢；兩宮也未召見，但宮中傳出來的消息，說醇王福晉曾進宮請安，這又顯然表示恭王接納了密札中的建議，曹毓瑛大為興奮。

當然，興奮只是在心裡，表面上的形跡，依然處處謹慎；他沒有再見過恭王，也未曾再寫信，有話都透過醇王轉達。因為如此，與許庚身的來往卻更密切了；好在原來就是感情甚深的同事，無論於公於私，這密切的交往都是無足為奇，不容易引人注目的。

對曹毓瑛來說，許庚身自然不僅止於替他代言，在整個計畫中，他也還提出了許多意見，特別是在為恭王爭取支持這一點上面，他的看法，比較深遠，而且實在，同時因為他與醇王的關係，所以近支親貴的態度，他也比曹毓瑛了解得多。

除此以外，許庚身還有一項他人所不及的長處；軍事方面的進展情況，他最清楚，因為指授方略的諭旨，一直是他主辦。肅順能得大行皇帝的信任重用，以及頗能取得清議的好評，就在於他能破除滿漢成見，用人唯才，不拘常例來全力維護曾、左、胡及湘軍；所以湘軍打得好，勢必歸美肅順，增加了他的聲望。而這一方面的估量，只有許庚身最有資格。

『近來安徽打得很好，安慶指日可下。凡有捷報，無不為「宮燈」壯聲勢。』許庚身提出警告：『新錢一行，物價必回；那時清議所播，天下只知有肅某，可就難制了。』

『是的。』曹毓瑛很深沉地說：『我輩不可輕敵！當然，事宜速舉，各方面都要加緊進行才行。』

『聽說恭王快回去了？』

『我也聽說了，大約在初七八。』

『回鑾呢？』

『總在下個月。一說初三、一說十三、一說二十三。要看橋道工程而定。』曹毓瑛接著又說：『見著醇王，提醒他催一催——上頭總還要跟恭王見一兩次面，務必要在他回京以前，把回鑾的日子定下來。』

『我以為恭王在這裡有一件事好辦，而且一定要辦。惇王不是對他有誤會嗎？何不在此設法消除？』

『對！「兄弟休戚相關，則外侮何由而入？」』曹毓瑛大為稱賞，『將來垂簾之說，交王大臣會議，以惇王的身分，發言的分量甚重，此是一；要讓元老重臣站在一條線上，當然要從自己昆季先團結起，此是二。不過，這又不是甚麼好說和的事；最好能使個甚麼手段，內則讓惇王心感恭王，外則示人以兄弟間本無猜嫌，那才是高招。』

『我倒有一招，頗能表示恭王尊重兄長。』許庚身答道：『恭理喪儀大臣不是沒有惇王嗎？讓恭王面奏，加派惇王；你看如何？』

『好極了！修好於無形之中；惇王再糊塗，不能不知道人家顧他的面子，自然他也要顧人家的面子，不會再信口開河，亂說一氣了。』

商定了這些步驟，跟醇王一說，他第一個便表示嘉許。也正巧，就在第二天，兩宮召見近支親貴，賜茶賞飯，以一種家宴的格局，讓皇帝和大格格親近這些叔叔；同時暗地裡安排著還要跟恭王作一次談話。

敘過親情，再談國事，大格格叫保母帶走，皇帝磨著兩個小叔叔——鍾王奕詥、孚王奕譓在後院鬥蟋蟀，殿裡只有兩宮太后和惇王、恭王、醇王。三王都在西面依序賜了座位。

依然是東太后首先發言，她看著恭王問道：『六爺哪天回去啊？』

恭王站起來答道：『臣……』

剛說了一個字，東太后便揮著手說：『坐著吧！這兒沒有外人，咱們敘家常禮。坐，坐！』

『是！』恭王又說了句：『臣從命。』方才坐下，接著回答東太后所問：『臣打算初七就回去。京裡事情也多，得好好兒安排一下。』

他一面說，一面看了看西太后，她的反應也很快，隨即接口：『對了！京裡全靠你，多費心吧！』

『臣一定盡心費力。』恭王很肯定地說：『一回了城，一切都在臣身上。』

兩宮太后對看了一眼，微微點一點頭，有所默喻了。

『不過，回城的日子，總得請兩位皇太后，早早定了下來，臣一回去馬上就好預備。』

『欽天監挑了三個日子。』西太后說：『我們姊妹的意思，最好是在九月初三。昨天問肅順，他說蹕路要走「大楨」，有幾座橋，非修好了不可，最快也得五十天以後。看來只能定在九月二十三。』

『二十三就二十三。』惇王說道：『請兩位皇太后早下「明發」，省得再變卦。』

這倒是他難得有精明的時候，恭王立即附和：『惇王所奏甚是，請兩位皇太后嘉納。』

『嗯。好！』西太后看著東太后說：『咱們明兒就告訴他們寫旨。』

於是恭王乘機說道：『奉迎梓宮回京的日子一定，大大小小，該辦的事兒都得趕緊動手，只怕辦事的人還不夠；是不是可以添派惇王爲恭理喪儀大臣，請兩位皇太后聖裁。』

『自然可以呀！也該這麼辦。』東太后很快地說：『當時看名單，我就納悶兒，心裡說：怎麼沒有五爺的名字呢？妹妹，』她以徵詢的語氣，轉臉又說：『我看，咱們把五爺的名字添上吧！』

『噯，就這麼說了！』

惇王似乎一下子還弄不清是怎麼回事？於是醇王低聲提醒他說：『五哥，謝恩！』

『是，是！』惇王慌忙站起來，擄一擄馬蹄袖，搶上一步，垂著手請了個極漂亮的安，口稱：『臣奕誴磕謝……』

『行了，行了！』東太后隨即攔阻，『不用磕頭了！』

惇王到底還是磕了個頭，這禮數恭謹，也是正道；但轉過身來，卻又向恭王兜頭一揖，那就弄得大家都詫異了。

恭王忙不迭地避開：『五哥，你這，這是怎麼說？』

『老六！多蒙保薦，承情之至。』惇王有些激動地說：『咱們倆是親弟兄，你可別聽外人的閒話。』

恭王不免覺得尷尬，正不知如何回答時，西太后卻開了口：『五爺倒眞是有甚麼，說甚麼的爽快人。』

兩宮皇太后一起都笑了。他們弟兄間的誤會，也就由於這兩位太后的一笑而解。

『喔！』西太后又說，『還有個日子，你們哥兒仨倒看看，合適不合適？』

等雙喜捧來一個黃匣，打開來，裡面是一張紅紙，遞到惇王手裡一看，才知道是欽天監挑的，新主登基的日期；第一行寫著『十月初九甲子卯時，大吉。』再以下兩個，都挑在十一月裡，自然也都是大吉。

惇王再一次表現了他的難得的機警，脫口說道：『甲子日就好。臣看不用挑了，就用第一個。』

傳到恭王手裡，一看就明白，欽天監不是已爲甚麼人所授意，便是有意巴結；西太后的生日是十月初十，頭一天親生兒子登基，第二天就是聖母皇太后的萬壽，做一個女人，還有比這更得意的事嗎？

心裡這麼想，口頭卻不置可否；順手把紅紙遞了給醇王，他看了一下也說：『登極大典以早行爲宜。何況十月初九又是大吉的日子！』

等紅紙由雙喜遞回到西太后手裡，她心裡自然高興；但恭王沒有說話，究嫌美中不足，便直接問道：『六爺，你看怎麼著？』

恭王早知有此一問，從容答道：『臣在盤算著京裡的情形，看來得及來不及？九月二十三啓駕，總得十月初才能到京，初九行禮，日子是侷促了一點兒，不過趕在聖母皇太后萬壽之前，辦了這件大事也很好。臣回京以後，告訴他們趕緊預備就是了。』

西太后心想，恭王確是很厲害，大事不糊塗，小事也精明。於是欣然答一聲：『好！』轉臉又說，『那就這麼定規了吧？』

『就這麼定規了。』東太后點點頭，『讓六爺多費心吧！』

能談的大事，差不多都談到了，也都有了結果；接下來又敘家常，西太后特別提到恭王的女兒，說是『怪想念的』。這倒不是籠絡他的話；她確是很喜愛恭王的女兒；自然，這也因爲她自己未曾生女，而且到以後兩三年，知道不會再承恩懷孕的緣故。

等辭了出來，恭王立刻就得到報告，說肅順這一班人，對於三王奉召進宮，談些甚麼，極其注意。爲了消除對方的戒心；他特意去訪肅順，表面說是辭行，實際上是要把與兩宮所談的一切告訴他。這些原都是細節，肅順即使不聽他自己說；也可以從別的地方打聽到消息；但恭王所表現的態度，卻是讓他如同吃了顆『定心丸』。因此，爲了『報答』，他也把遺詔的草稿拿出來與恭王斟酌；更定數字，無關緊要，彼此也可以說是『盡歡而散』了。

到了八月初七頒遺詔，這天的干支是癸亥，與登極的甲子，恰好爲一終一起。到了這一日，卯刻時分開始，就有文武百官，紛紛進宮；恭王到得比較晚，他在行館接待話別的賓客，一等頒了遺詔，隨即動身回京。

頒遺詔的地點，在行宮德匯門內的勤政殿前。這是大行皇帝最後的一道諭旨，所以禮節甚爲隆重。辰初之刻，王公親貴，文武大臣，都已按照爵位品級，排班等候；然後皇帝出臨，站在勤政殿檐下預先設置的黃案前面，東立西向，等贊襄政務大臣怡親王載垣，把遺詔捧到，皇帝跪接，陳置在黃案上，行三叩首禮。接著，載垣也行了同樣的大禮，再把遺詔請下來，由御用的中道捧了出去；直到德匯門外，禮部堂官三拜跪受，送交軍機處，轉發內閣，頒行天下。

恭親王隨眾行了禮，又到澹泊敬誠殿，大行皇帝靈前去辭行，奠酒舉哀，默默禱告了好些時候，方始帶著一雙紅眼圈回到軍機直廬，換上行裝，少不得還有一番周旋；贊襄政務的八大臣，因爲前一天傳旨，頒了遺詔以後，就要召見，所以都只送到宮門口。

護衛儀從，浩浩蕩蕩地到了承德府，時已近午；照例由首縣朝陽縣辦差，借了當地富戶的一座花園，備下魚翅席爲恭王「打尖」。惇王和醇王，還有一些交情較深的大官員，都在這裡等著替他送行。

飯前休息的時候，恰好有個機會，能讓醇王與他單獨相處，弟兄間又說了幾句私話；醇王得到消息，說載垣等人，已決定奏保他補正黃旗漢軍都統。他一向希望率領禁軍，現在得了個實缺；雖然這差使掌理正黃旗漢軍的旗務，民政的性質多於軍事，也夠使他興奮的了。

做哥哥的自然要勉勵他，『這很好！』恭王說道：『都統是一旗之長，不比內大臣、御前大臣是閒差使。你好好兒學一學，將來才擔當得起大事。』

『是。』醇王又說：『他們還要捧義二叔，讓他「佩帶領侍衛內大臣的印鑰」。』

醇王所說的義二叔是豫親王義道，留在京城；何以讓他來擔負御前禁衛首腦的這個差使，是表示籠絡呢，還是佈置在京城，另有作用？恭王不能不注意。但一時也無法判斷，只由此想到一句話：『你在這兒多留點兒心。別以爲自己是近支親貴，老把個架子端著；你年紀還輕，該跟人請教的地方很多。態度要誠懇，語言要謙和。可也別多事，招人厭！』

『我知道。』醇王確是知道，話中是要他做些聯絡人心的工作。

『好了。一時我也說不盡那麼多，反正你隨時留意就是了。』

說了這話，有人來催請入席；吃完飯，恭王略坐一坐，道謝啓程。承德府城，又有一批人在等著送行，不免又要下車應酬一番。等上車走了不久，一騎快馬，疾馳而來，遞到一封密札；是曹毓瑛派人送來的。

拆開一看，是傳達一個消息，說勝保、譚廷襄具摺請皇太后聖躬懿安，並在縞素期內呈遞黃摺；贊襄政務大臣認爲有違體制，預備奏請議處。

『發動了！』恭王自語著；下令兼程趕回京城。

七

督辦『河南安徽剿匪事宜欽差大臣勝保』，會同曾做過直隸總督，因爲英法聯軍內犯，防守不力而革職充軍，後又復起，現任山東巡撫的譚廷襄，聯銜具摺，『恭請皇太后聖躬懿安』，是個連曹毓瑛都未曾想到，不得不佩服勝保試探得巧妙的舉動。

在勝保，此一舉毫不費事，而肅順和杜翰等等，卻把他這一通輕飄飄的黃摺子，看作泰山壓頂般重，用出獅子搏兔似的力量來招架；光在這一點上，就可以看出勝保這一著的高明。

第一個沉不住氣的是端華，他手裡搖著兩通黃綾硬裱封套的請安摺子，大聲問穆蔭：『老穆，你在軍機最久，可曾見過這種新鮮把戲？』

『從未見過。』穆蔭搖著頭說：『本朝只有臣工給太上皇請安的先例，從無給皇太后請安的規矩。』

『那麼，他們是甚麼意思呢？』

是甚麼意思？誰也明白，是有意抬舉太后；尤其是把給太后請安的摺子與給皇帝請安的摺子放在一起，更可以清楚地表示出來，給皇帝請安不過是一種禮節——六歲的皇帝，根本不知道甚麼叫請安摺；而給太后請安，才是眞正地表達了尊敬的意思。

贊襄政務大臣，受先帝顧命，輔保幼主，他們根本否認太后有接受任何外臣敬禮的資格；太后只是『母』后，在小皇帝未能親政以前，不得不讓她們爲小皇帝代言，完成『親奉綸音』的體制。太后沒有獨立的地位，如果有獨立的地位，那就可以接收皇帝的權柄，使顧命大臣變得無所用其『贊襄政務』！

因此，顧命八臣，每一個都感受到了打擊，『此例不可開！』肅順很嚴厲地表示了他準備制止的決心；倘或封疆大吏，紛紛效法，群起尊奉太后，他們八個人的地位，立即就會動搖。

『是！』杜翰附和著說：『此例一開，必起揣摩之風，說不定就有建議垂簾的，那時再要壓下去就吃力了。』

『繼園這話不錯。』載垣做了個提示：『咱們就商量該怎麼辦吧！』

『把他駁回去。』肅順對焦祐瀛說：『你寫個上諭，回頭一起送給上頭看。』

『這——？』焦祐瀛躊躇了；幹了十幾年的軍機章京，不知擬過多少諭旨，其中各種花樣都有，但把請安摺子駁回去，這還是破題兒第一遭，竟不知如何著筆？

杜翰看出他的難處，便說：『當然也不光是駁回去。說不合體制，交部議處，就易於措辭了。』

『這怕不太好吧？』穆蔭表示異議，『臣子給太后請安，皇上要處分這個臣子；那會引起物議。』

『怕甚麼！』肅順冷笑道：『越怕事，越多事。繼園的主意好，就交部議處。還有，縞素期間，怎麼能用黃摺子？也一起給寫上。』

這就是欲加之罪了！請安摺還能用白摺子嗎？穆蔭心裡這樣在想，卻再也不敢多說了。

就在這時候，曹毓瑛出現在門口；他一向非奉召不入軍機大臣直廬，此時自然是有特別緊要的公務，需要當面請示，所以肅順丟下了焦祐瀛這面，招手喊道：『琢如，有事嗎？進來，進來！』

『是。』曹毓瑛手裡持著一封信，安閒不迫地踱了進門，先朝上總請一個安，然後說道：『有個喜信，特來稟報列位王爺、大人。』

這一說，無不深感興趣，每一個人都在心裡轉一轉念頭，卻都猜不出是何喜信？只杜翰說了句：『可是京裡有甚麼消息？請坐了談吧。』

『正是京裡有消息。』他看一看蘇拉端過來的椅子，偏坐在一邊，看著手裡的信：『京裡得到消息，安慶克復了……』

就這一句話，顧命八臣，不約而同地輕呼一聲：『哦！』個個都把身子往前俯了一下。

『是八月初一克復的，由北門進城，殺賊萬餘，文大人讓朱學勤通知我，轉陳列位王爺、大人，說消息絕對可靠，因未得曾國藩奏報，不便動用正式公文。』說完，把他手裡那封信，順手遞交隔座的焦祐瀛。

焦祐瀛不敢先看，恭恭敬敬地轉奉載垣。大家一面傳觀，一面都興高采烈地瞻望前途，說是安慶克復，直薄金陵，十幾年大患，一旦敉平，足以告慰大行皇帝在天之靈。自然也有人提到肅順調護湘軍的功勞，順便灌上一頓米湯，把肅順說得樂不可支。

曹毓瑛表面附和著，心裡深有警惕；他剛剛遣專人爲恭王發了一封密札，心裡在考慮是不是要把安慶的捷報，也要轉告恭王。因此，略略坐了一下，託詞還有要公待理，辭了出來。

等他一走，太后也隨即派太監出來『叫起』了。顧命八臣個個精神抖擻，列班晉見；行過了禮，載垣朗朗奏道：『皇太后、皇上大喜！』

兩宮愕然，國喪尚未滿月，何來喜事？說這話，措辭就欠檢點，只是不便當面給他釘子碰，唯有面面相覷而已。

於是載垣便把安慶克復的確信，約略奏陳。這倒確是喜事；但西太后不願現諸形色，而東太后反倒感傷，拿塊素手絹擦一擦眼圈，嘆口氣說：『這個好消息，要早來一個月多好呢？』

早來一個月，大行皇帝生前便得親聞；這一樁喜事也許能延續他的生命亦未可知。肅順感於知遇之恩，自然是最了解東太后的心情的；便出班磕一個頭說：『此是大行皇帝在天默佑所致。神靈不爽，益切瞻依……』說到這裡，竟然哽著嗓子，不能畢其詞了。

『起來，起來！』東太后頗爲感動，安慰他說：『這你也有功勞。』說著轉臉去望西太后，彷彿要商量甚麼似地。

西太后知道她的意思，趕緊搶在前面說：『都靠裡裡外外一條心，才有這個勝仗。朝廷自然要獎勵出力人員，等曾國藩的摺子到了再說吧！』

這樣暫且擱置，是在眼前最簡單而無不妥的處理辦法，肅順和載垣都無異議。於是西太后便提到回京和登極的日子，登極不過行個典禮，或早或晚，均無不可，回京的日子肅順原說過最早也得九月二十三，現在就依了他，自然也沒有話說；要商量的只是許多細節。

『既然定了日子，大家不必擠在一起走，在這兒沒有事的，可以先走。』肅順想了想說：『奴才的意思，各宮妃嬪，不妨早早回城，先安頓好了，等著侍候兩位皇太后和皇上，豈不從容呢？』

『這話不錯。』西太后點點頭，『過了節先走一撥吧！』

『節前就可以走。反正今年不過中秋節。』

國喪期間，沒有年節，但是，只有幾天的日子，『來得及嗎？』東太后這樣發問。

『來得及，來得及！』肅順一疊連聲地答說，『奴才馬上派人去拿二百輛大車，初十以前齊備；請皇太后傳懿旨，讓各宮妃嬪趕快料理，十一就走。』

『好。』西太后又說：『到九月二十三怎麼樣？皇帝是跟著梓宮一起走嗎？』

皇帝離不開兩宮太后，如果跟著梓宮一起走，那就都擠在一起了，辦差十分麻煩，所以肅順答道：『按規矩，皇上應該恭奉梓宮，沿途護視；可是皇上不曾成年，也不妨從權。奴才請皇上送梓宮離了熱河，隨著兩位太后先趕回京；奴才親自護送梓宮，按著站頭走。這樣子就事事穩妥了。』

兩宮太后略略商量了一下，同意了他的辦法；『還有件事，恭理喪儀，怕的人手不夠，把惇親王也派上，多少也好幫你們一點兒忙。』西太后不等他表示意見，便看著載垣說：『馬上寫旨來看。』

載垣答應著，回頭向焦祐瀛使個眼色；他也不找待命的軍機章京，到殿旁朝房，一揮而就，送了進去，兩宮太后鈐蓋了『御賞』和『同道堂』的圖章，不到一盞茶的工夫，事情就都辦妥了。

太后的話交代完了，就該載垣有所陳奏。第一件事就是要處分勝保、譚廷襄一案；等講明了原因，載垣又說：『臣等受先帝顧命，贊襄政務、輔保幼主，事事以祖宗成例爲法，別無他意。』

這是解釋不是故意與甚麼人爲難，但東太后仍舊覺得詫異，用奏摺給太后請個安，也不過表示一點敬意，有何不可？再說，別人敬重你，你反訓斥別人一頓，這不是不識抬舉嗎？心裡這樣想著，便轉臉去看著西太后，希望她能把他們駁回去。

誰知西太后居然很平靜地說：『既然成例不許，就交部議處吧！』說著，便親手在這道明發諭旨的『欽此』兩字上蓋了『同道堂』的印，順手拿了給東太后。

這不是她尊重家法，她心裡比東太后還氣；所以這樣做，是因爲她知道勝保還有一道奏請叩謁梓宮的摺子，需要批准，所以特意有所讓步，以便在這個摺子上有話好說。

如她所預料的，載垣對於勝保的另一個摺子，建議『毋庸前來』，他的理由是：『軍事要緊。況且就要恭奉梓宮回京了，不必多此一行。』

『這怕不大好。』西太后的語氣緩和，而措辭有力：『人家用黃摺子請安，交部議處；要來叩謁梓宮，又給駁了回去。外頭不明白朝廷的苦心，倒像有意跟人家爲難似地。如今打仗正得手的時候，士氣要緊！咱們可千萬不能做甚麼教帶兵官覺得朝廷不體恤他們的事。』

這一番話說得載垣啞口無言，肅順侷促不安——他覺得失策了；勝保原就有所不滿，今天西太后這番話要傳了出去，徒然又結一重怨，不智之至。

這時載垣定一定神，還要勉強分辯：『聖母皇太后見得極是。臣等不讓勝保來，無非怕在外的欽差、督撫都像他這樣子，上摺奏請，那會很麻煩。』

『甚麼麻煩？』

『那時候要不准，有勝保的例子在；要准了，都來叩謁梓宮，會耽誤軍事。』

這是沒話找話說，膚淺無聊的游談，西太后微微冷笑了一下，竟似不屑答理。反倒是東太后說了句：『勝保跟別人不一樣；他是大行皇帝最喜歡的一個人；說要到靈前來哭一場，也是他做臣子的一番心意，憑甚麼不許他來呢？』

這又是一個釘子碰了下來，但也虧得有此一碰，才能接上話碴兒，『是！』載垣慌忙答道：『臣等遵旨。』

等顧命八臣退出，已到了傳膳的時候；膳桌原是分開擺的，兩宮太后因爲有事商量，就吩咐在一張桌子上吃。兩人相向而坐，小皇帝打橫——這幾天他玩蟋蟀著了迷，有一隻由小太監建議，經他親封的『紫頭長腿無敵大將軍』，是他的『戰無不勝、攻無不克』的『愛將』，不知怎麼，不思飲食、毫無鬥志，似乎是害了病的樣子；小皇帝正責成張文亮『趕快把牠治好』，此時急於『親臨視疾』，所以匆匆忙忙扒完一碗飯，吃了兩塊蜜糕，又喝了半碗湯，一溜煙走了。

兩宮太后等小皇帝離了桌，才能靜下來談話，談的是如何傳懿旨，讓各宮妃嬪，先行回京，主要的難題是要決定甚麼人應該先走，甚麼人可以暫緩。

東太后除了一個人以外，其他一無成見；這個人就是麗妃。

『麗妃跟咱們一起走。』東太后以一種裁斷的語氣說，『她身子不好，又帶著大格格，要多照應照應她。』

這話自然是西太后不愛聽的，但她絕不肯在這些小事上與東太后生意見，所以很快地表示同意。

『至於別的人，我看……』東太后沉吟了一下說：『問問她們自己吧，誰願意先走就先走。』

這是個好辦法。於是等用完了膳，隨即吩咐敬事房傳諭各宮，結果所得到的反應，大出兩宮太后意外，沒有一個人願意先走，異口同聲的回答是：『該當侍候兩位太后，一起回京。』

『那怎麼辦呢？』東太后皺著眉問。

『我看，不是沒有人願意先回去；是日子太倉促了。』西太后算是看出了眞相。

『實在也不必這麼急！』東太后是最肯體恤人的，皺著眉說：『到熱河快一年了，這兒簡直也就是一個家了，哪能說搬就搬。唉——』

這一聲長歎之下，有著對於甚麼人深表不滿而不肯說出口來的意味。西太后自然明白，這個人必是肅順；心裡在想：妳也知道肅順可惡了吧？

但是，她口中所說的，卻又是一套：『姊姊，妳如果覺得可以讓她們晚一點兒走；那，明天妳就跟肅六他們說一聲兒吧！』

這話使東太后大爲詫異，每次召見八大臣，不都是妳一個人拿主意，告訴他們如何如何？爲甚麼這話又要別人來說呢？自己這樣發問，卻說不出口來，只怔怔地望著她。

於是西太后又說了：『也不是爲別的，每一次都是我駁回他的；我做惡人的次數太多了，怕肅六眞的跟我頂撞，我得顧咱們的身分，還能在那兒跟他拍桌子嗎？所以還是我自己忍著點兒，姊姊，妳跟他說好了，他聽妳的話。』

『妹妹，妳這話可不對了！』東太后不知她的誤會從何而來，只想著要趕快解釋：『咱們倆，分甚麼妳啊我的？肅六能聽我的話，當然也能聽妳的話。就是他要記恨，也絕不能記妳一個人。』

『話是不錯。可是他們不會這麼想。』

『會怎麼想？是在想，凡事妳都有意跟他們爲難嗎？』

西太后苦笑了：『姊姊，誰像妳那麼忠厚呀？』

『如果他們眞的要這麼想，我明兒個要跟他們說一句話；這句話一說，就全明白了。』

『姊姊！』西太后等了一會兒，見她未說，只好追問：『妳倒是要說句甚麼話啊？』

不說話自然是有所躊躇。她對自己要說的這句話，是不是太過分了些，覺得應該重新考慮；但禁不住西太后儘拿敦逼的眼光盯著她，終於原封不動地說了出來：『我要告訴他們，妳的話也就是我的話。諭旨、批答不是兩顆印嗎？那當然就是兩個人的責任。』

這是對西太后全力支持的表示，她心裡不免得意，三言兩語就換來如心如意的好處；然而也不免可憐她太老實，竟是如此容易受人擺佈。

因此，她覺得自己也應該特別有所表示：『既然姊姊這麼說，我照妳的意思辦就是了。明天我跟肅六他們說——妳說，讓她們甚麼時候走啊？』

『這……』東太后想了想說：『我也不知道甚麼時候才合適？讓雙喜去打聽打聽，得有幾天的日子，才能把行李料理好？』

於是雙喜受命去訪問各宮，同時又接到特別指示，去看看麗妃的情形。每到一處，無不聽到怨聲，太監宮女，三五成群聚在一起大罵肅順不通人情，見了雙喜，知道她是兩宮太后面前的紅人，紛紛訴苦，要求至少過了八月半，最好是二十開外動身。

啣命遍訪六宮的雙喜，早知兩宮的本意，成竹在胸，落得擺擺架子，顯顯手面，所以每遇拜託她向兩宮進言，寬限日期時，她總是很神氣地答道：『好吧，我跟兩位太后去回。看主子賞不賞我這個面子？』

於是總有人又這樣說：『那還用說嗎？誰不知道妳是兩位太后面前，言聽計從的大紅人兒？只要有妳一句話，準成！』

『那也走著瞧吧！』

就這樣，雙喜大模大樣地一處一處走過去，最後到了麗妃宮裡，靜悄悄地聲息不聞；等咳嗽一聲，便有個宮女叫福兒的，跑了出來，脫口便問：『雙喜，妳來找誰呀？可不是找妳乾兄弟吧？他給派到別處去了，妳不知道嗎？』

太監和宮女喜歡結乾兄妹，乾姊弟，原是由來已久的習慣；麗妃宮中有個小太監，遇見雙喜，總是巴結著叫『姊姊』，但雙喜看不上他。於是就有人笑那個小太監『癩蛤蟆想吃天鵝肉』；這話傳到雙喜的耳朵裡，氣得一天不曾吃飯。自然也最恨人家把她跟那小太監扯在一起。

因此，這時聽見福兒冒冒失失地開玩笑，頓時把她那張一路受了恭維，得意洋洋的俏臉拉了下來，一雙金魚眼一瞪，罵道：『妳胡說八道些甚麼？看妳這個浪勁兒，少在我面前擺！我又不是妳的甚麼乾兄弟，乾哥哥。』

福兒一則知道是自己的錯，再則也不敢得罪雙喜，挨了頓臭罵，只得陪著笑，訕訕地問：『那麼妳找誰呢？』

『反正不是找妳！妳不配！我告訴妳，我奉東宮皇太后懿旨，有話跟妳主子說。妳能替妳主子擔得下來，我就把話告訴了妳；馬上就走，省得惹妳們討厭。』

這一說把福兒的臉都嚇黃了，慌忙告饒：『雙喜姊姊，妳饒了我吧！我再也不敢跟妳胡說八道了。再要說，就讓我嘴上長個疔！』

『哼！妳也知道妳自己是胡說八道？妳們這兒胡說八道的人多著呢！主子寬厚，縱容成妳們這個樣子。不是喝酒，便是賭錢，輸了就偷；再不然就是嚼舌頭，弄些沒影兒的話來糟蹋人！』雙喜越說越氣，恨恨地又加了一句：『趕明兒索性等我回明太后，一人一頓板子，都給攆了出去，也讓妳們主子少生一點兒氣！』

罵完了也不理福兒，管自己掀起簾子進了屋；恰好看到麗妃從裡面出來，便定定神先請了一個安，抬眼看時，數天不見的麗妃，越發憔悴了。

『雙喜！』麗妃問道：『妳在跟誰鬧口舌呀？』

『是福兒。說話好沒有道理。』

『別理她們。』麗妃搖搖頭，有氣無力地說：『妳忙得很，今兒來，必是有話說？』

『是啊！太后讓我來看看麗太妃。只怕回頭太后自己還要來。』

『啊，那不敢當。我到太后那兒去吧！』說著摸一摸臉，是要重新梳妝的樣子。

雙喜便走過去揭開覆在鏡子上的錦袱；上面薄薄一層灰，可以想像得到，麗妃已好幾天不曾用過鏡子了。

自從大行皇帝崩逝，麗太妃自殉遇救以後，她就像變了個人似地，常常可以整天不說話，宮女問她，也只是報以茫然的眼色；原來就怕煩囂、喜清靜，現在越發厭煩有人在她眼前，所以宮女不奉呼喚，就聽進了她的聲音，也不去理她。這時在窗外看見雙喜在替她們代爲侍候，才不能不趕了進來當差。

等打來臉水，扶著麗太妃坐下，她指著妝台旁邊的一張凳子對雙喜說：『妳也坐！』

『哪有這個規矩？』雙喜笑著回答。

『妳是客，跟她們不同。妳坐著，咱們說說話。』一面說，一面去拖雙喜的衣服。

聽她這樣說，雙喜才請了個安，在一旁坐下；映著北窗的光，細細打量著麗太妃，心裡喝聲采：眞是個美人兒！那細膩得如象牙似的皮膚，黑得像漆一樣的頭髮，以及那一雙顧盼之間，懾人魂魄的眼睛，都不是一時的憔悴所能改變得了的。但是，雖美何用？只不過徒遭妒嫉而已。

正這樣想著，忽然聽得有吟詩的聲音，『誰呀？』她不由得問，『這麼放肆！』

有個宮女拉一拉她的衣袖，向窗外一指——窗外一架鸚鵡，正學著麗太妃的聲調在長吟：

爭傳婺女嫁天孫，纔過銀河拭淚痕！但得天家千萬歲，此身何必怨長門？

怪腔怪調，那煞有介事的樣子，惹得雙喜笑了：『你這個小東西，越來越鬼了！你也知道吟詩？』

雙喜一面笑罵著，一面轉臉去看麗太妃。這一看笑容頓斂；只見剛擦了一把臉的麗太妃，淚痕宛然，那不知名的幽恨濃濃地都堆在眉尖上。

別的宮女相顧無語，雙喜卻忍不住相勸：『怎麼又傷心了？麗太妃，妳千不看，萬不看，看在太后的份上；太后只一提起來就發愁，怕麗太妃老這麼傷心，於身子不好。』

不說還好，一說越發勾起她的傷心，『也是爲了太后；倘不是……』說到一半，她說不下去了，拿塊熱毛巾捂在臉上，好久才拿下來；眼淚雖已止住，眼圈卻紅得很厲害。

那頭白鸚鵡倒又在長吟了：

銀海居然妒女津，南山仍錮愼夫人；君王自有他生約，此去惟應禮玉眞。

這一次雙喜已打算好了，趕緊打岔問道：『唸的是甚麼詩呀？』

麗太妃搖搖頭，然後又說一句：『等幾時閒了，我跟妳慢慢兒說。其實，我也不太懂，這都是大行皇帝在的時候喜歡唸的詩。』

『我明白了，是大行皇帝常常唸，這小東西聽會了？』

『倒不是從大行皇帝那兒學的。』有個宮女接口說了這一句。

然則這是麗太妃最近常唸的兩首詩；總有番意思在內，那是甚麼呢？雙喜起了好奇心，想著得找個人把這兩首詩講一講才好。

那頭白鸚鵡也怪，不知牠何以竟能記得那麼多詩，這時倒又在唸了：

荳蔻梢頭二月紅，十三初入萬年宮，……

剛只兩句，雙喜瞥見麗太妃又有傷心的模樣，便驀地站起來一拍手掌，喊一聲：『咄！』把鸚鵡的『雅興』給打斷；然後轉身過來，勸慰麗太妃。

正搖著手，還未開口，外面朗聲宣報：『母后皇太后駕到！』

於是麗太妃慌忙拭一拭淚痕，一面起身，一面不安地說：『喲！我這副蓬頭垢臉的樣子，可怎麼見駕啊？』

雙喜動作敏捷，取過一把黃楊木梳，先替她把頭髮掠一掠平；可是來不及戴上『兩把兒頭』，東太后已經踏了進來。麗太妃先迎面請了個安，接著便奉太后上坐，待行大禮。

『不用，不用！』東太后指著麗妃的臥房說：『我到妳屋裡坐坐！』

雙喜聽這一說，便先趕過去打起簾子；東太后一進屋，在北窗下大行皇帝常坐的那張『西洋梳化椅』上坐下；麗太妃跟了進來要磕頭，讓她止住了。

『雙喜呢？』

『奴才在這兒侍候著哪！』雙喜嬌滴滴地在門外答應了這一聲，隨即也掀簾進屋。

『妳倒好！讓妳出來辦事，一去就沒有影兒了。』

雙喜有意要顯一顯她在東太后面前的得寵，毫不在乎地笑道：『我正侍候麗太妃，等梳妝好了，要過去請安；誰知道妳老人家等不及，倒攆了來了。』

『也不是我等不及。』東太后看著麗太妃說道：『我想一想還是不要妳上我那兒去的好；省得見了面，有人不痛快，給冷臉子妳看。有兩句話，還是我自己來跟妳說吧。』

這是指西太后，一見了麗太妃，總是冷冷地愛理不理。太后如此體恤，她又感激、又酸楚，強忍著眼淚答道：『太后的恩典，天高地厚，只怕我今生報答不盡了！』

『妳別這麼說。』東太后的語氣極平靜，『我也不是對妳特別好。對妳好，也只能擺在心裡；宮裡這麼多人，不能教人說我偏心。只是大行皇帝臨終之前，一再囑咐，要我好好兒照應妳。妳也該想著他身後還不放心妳，自己當心自己的身子。像駕崩的那一天，妳生了那麼個拙主意，萬一發覺得晚了，一口氣接不上；妳倒是落了個殉主的美名兒，叫我將來可怎麼有臉見大行皇帝？』

這一番話責備得很嚴，麗太妃十分惶恐，雙膝一跪，脹紅了臉說：『太后教訓得是。從今以後，我一定時刻記著太后的話。』

『對了，這妳算是明白了，起來吧！』東太后極欣慰地說：『我還告訴妳一句話，妳帶著大格格，九月二十三跟我一起回城。這一趟回去，也跟來的時候差不多，路上也舒服不到哪兒去。妳趁早把身子養養好，才吃得了這一趟辛苦。』

『是！』麗太妃站起身問：『太后喝甚麼？我這兒還剩下一點兒好「碧蘿春」，沏了來妳嚐嚐。』

『不必了！我得走了。』東太后起身又說：『我把雙喜留在這兒，讓她陪著妳說說話，解個悶兒。』

這就是東太后的以德服人；麗太妃送了她回來，不住感歎，如槁木死灰般的一顆心，也漸漸萌發了一絲生趣，她留雙喜在那裡吃飯——各宮妃嬪都自己有小廚房，銀米食料，定下分例，按月或按日支領；麗太妃佔便宜的是有個大格格，皇女的分例僅次皇子一等，併在一起支用，相當寬裕。而且大行皇帝在日，除了正膳由御膳房侍候以外，消夜小飲，常由這裡當差，掌杓的宮女，手藝極高；所以麗太妃宮中的飲饌精潔是有名的。這天爲了巴結雙喜，小廚房裡特別做了幾樣好菜，小鍋烹製，一離火就上桌，光是這一點，就是御膳房貌合神離，虛有其表的大件菜所不及的，因此，雙喜以作客的身分，擺脫拘束，放量吃了一頓好的。

吃得太飽，需飲加薑熬濃的普洱茶消食，才喝了一碗，到了宮門下鑰的時候，沉默得太久的麗太妃，難得有此心境比較開朗的一天，和可以談得來的一個伴侶，所以聽說雙喜要走，頓覺黯然，怯生生地只把一雙彷彿充滿了離緒別意的眼睛望著她。

雙喜原就捨不得走，再看到她的神情，益覺於心不忍，便把心一橫說：『反正我是奉了旨的，今兒不回去也不要緊。跟太后去回一聲就是了！』

這一說，麗太妃愁眉頓解，立刻叫了一個太監到煙波致爽殿去奏稟，說雙喜奉懿旨陪伴麗太妃，得要明天上午才能回去。

宮女在妃嬪臥房中陪夜，照例是在床前打地舖；麗太妃不肯委屈雙喜，要讓她一床睡。這張七尺寬的紅木雕刻、螺鈿鑲嵌的大床，大行皇帝曾經睡過，雙喜不敢僭越；於是另外移了張籐榻來，鋪好被褥，關上房門，麗太妃和雙喜都卸了妝，卻還不肯上床，坐著閒談。

一燈熒然，兩心相照，麗太妃悽悽惻惻地吐露了無限幽恨。雙喜無法安慰她，她也不曾希望從雙喜那裡得到甚麼安慰，能有一個人以同情的態度傾聽她細訴，在她便覺得是很難得的了；她早就看出，天下最勢利的地方，莫如深宮，承恩得寵時，沒有一個人不是把她捧得如鳳凰似地，一旦色衰寵歇，所見到的便都是冰冷的臉——除非有權勢，而權勢如今在『西邊』手裡，倘非太后調護，只怕命運還要悲慘。

『唉！』神色悽黯的雙喜嘆口氣，『說來說去，大行皇帝不是這麼早歸天就好了！』

『這就是那兩句詩了：「但願天家千萬歲，此身哪得恨長門？」』

一提到此，正好觸及雙喜的疑團，隨即問道：『麗太妃，妳不是要給我講一講那兩首詩嗎？到底是怎麼回事？妳老唸老唸的，連鸚鵡都聽會了！』

『我也不知是怎麼回事，只覺得唸唸那幾首詩，心裡就好過些。』麗太妃又說：『是大行皇帝教我的，我模模糊糊也懂，可是要叫我講，我就講不上來了。』

『說個大概的意思吧！』

麗太妃想了想答道：『這一共是六首詩，題目叫作「古意」，是咱們大清朝剛進關的時候，江南一個姓吳的才子作的。大行皇帝跟我說，這六首詩，大概是指順治爺的一個廢了的皇后，怕犯忌諱，故意安上那麼一個題目。』

『詩裡可說的甚麼呀？』

『那還有甚麼？無非紅顏薄命四個字。』

談到這裡，雙喜始終還未弄清楚是怎麼回事，但麗太妃愛唸這幾首詩的原因，卻是明白了；必是這些詩中的意思，恰與她心裡的感觸相同，正好借它來訴自己的苦。

但是，那是個廢了的皇后，這是個得寵的妃子，何能說得到一處？雙喜眞個越弄越糊塗，想一想好像有一點相同，便即問道：『順治爺可是跟大行皇帝一樣，也是年輕輕的就駕崩了？』

『是啊！』

『多可惜！』雙喜忽有感慨，『當皇上都是天生來的福命；可是坐不了幾年江山，就撒手去了，想想眞是沒有意思。』

『就是這話囉！所以，』麗太妃忽然問道：『雙喜，妳今年多大？』

『十九。』

『那還得幾年。不過，也說不定……』

『麗太妃，』雙喜忍不住搶著追問，『妳說的倒是甚麼呀？』

『我是說，多早晚才能放妳出宮？』麗太妃握著她的手，很懇切地說：『太后寵妳，又是位最能體恤人的，一定不會耽誤妳的青春，早早放妳出宮；多半還會替妳「指婚」，那時妳可拿定了主意，千萬別貪圖富貴人家；寧願清寒一點兒，頂頂要緊的，得揀個年紀輕，無病無痛的，一夫一妻，白頭到老，比甚麼都強。』

雙喜知道這是麗太妃親身經驗的肺腑之言，便也顧不得害羞；微紅著臉，十分感謝地說：『麗太妃，妳給我這幾句話，可眞比金子還貴重！太后倒是問過我，說是願意揀個甚麼樣的人家？』

『妳怎麼說呢？』

雙喜低著頭答道：『我不肯說；太后逼著非說不可，我就說：一個包衣人家的女兒，還能揀嗎？太后說：包衣又怎麼樣？包衣當大官兒的也多得很，全看有人照應沒有。太后又說，妳要是覺得包衣身分低，我給妳指一個「上三旗」的；三等『蝦』裡頭，年輕沒有成家的多得很，妳要願意，我給妳挑一個。只要肯上進，還結個十年八年，放出去當「將軍」，那就跟督撫並起並坐了。如果妳貪圖眼前舒服，我在內務府裡替妳找；再派上一兩樁好差使，那也行。妳自己說吧！』

『妳又怎麼說呢？』

雙喜抬起頭來，反問一句：『妳想呢？』

雙喜也是爭強好勝的性格，不言可知，是想指配一個『上三旗』的三等『蝦』——三等侍衛，將來說不定出將入相，便好受一品誥封。

於是麗太妃想了想，這樣勸她：『「水往低處流，人往高處爬」，我不能說妳的打算不對。不過我總有這麼一個想法：親事總要相配。誰要是覺得自己委屈了，或者高攀了，心裡拴著個疙瘩，遲早會出毛病——把夫婦之情弄擰了，那可是神仙都救不了的心病；弄到頭來，吃虧的還是女人。』

雙喜很細心地琢磨著她的話，頗有領悟。說覺得自己委屈了，譬如英俊多才的貴公子娶個醜媳婦，或者年輕貌美的富家小姐嫁個人才不出眾的寒士，心裡千萬個不情願，一見了那口子，先就生氣，這當然是怨偶。但說覺得自己高攀了，心裡也會拴個疙瘩；這話，他人就見不到了。細想一想，自己果然嫁了個『上三旗』的名門之後，時時刻刻記著身分配不上人家，但憑太后指婚，拿鴨子上架，疑惑那口子嘴上不說，心裡抱屈；這一來，自己必是老覺得欠了人家一點兒甚麼似的，哪還有一天舒坦的日子好過？

『噯！』雙喜以一種慶幸未犯錯誤的欣快聲調說道：『多虧妳這幾句話，我算是想明白了。』

這樣的神態和語言，對麗太妃是安慰，也是鼓勵；讓她意識到自己的活著，對別人還有點兒用處。於是笑著問道：『妳怎麼想明白了？說給我聽聽！』

雙喜的想法，實在很簡單，就是麗太妃所說的那一個『配』字，『匹配』才是『良緣』；要嫁一個身分相等、家世略同，不必太聰明能幹，但心地厚道，肯上進的人。只是這番想法，到底還不好意思細說；只紅著臉笑笑答道：『反正我自己明白就是了。』她又加了一句：『我也不打算求太后的恩典。』

這樣的表示，不難看出她內心中所持的態度；麗太妃在欣慰之外，也有濃重的感慨，都說『不幸生在帝王家』卻不知嫁在帝王家，更爲不幸。

兩人心裡都有許多事在想；一個在回憶過去，一個在憧憬未來，因此臉上的表情也大不相同，直待燭花輕聲一爆，才把她們從沉思中驚醒過來。

『不早了！麗太妃請安置吧！』

麗太妃搖搖頭：『妳要是睏了，妳先睡吧！我還坐一會兒。』

『那我就再陪妳聊一會兒。』

『不！』麗太妃說，『妳別管我，我每天都是這個樣；有時一坐就是整夜。』

雙喜一驚，『一坐就是整夜，那怎麼行？』她又很鄭重地說：『麗太妃，妳可千萬不能再糟蹋自己了！』雙喜激動了：『妳這樣子，讓太后傷心──除了一個人以外，誰都會替妳傷心。』

這話使她動容，想一想自己雖鬥不過，而且也無意去鬥『這一個人』；但是無論如何，不能叫『這一個人』暗暗稱快，而讓其餘的許多人傷心！所以她再一次鼓勵自己，一定要好好地活下去。

『那就睡吧！』她說：『我試一試，看看能把心靜下來不能？』

第二天一早，雙喜道謝辭去；回到煙波致爽殿，把麗太妃感激東太后苦心迴護，以及決心打起精神，好好過日子的話，悄悄密陳。有了這樣一個結果，東太后算是了卻了一件心事；少不得又把雙喜誇獎一番。

接著談到她啣命遍訪各宮的情形；東太后又與西太后商量，定了八月二十起始，各宮妃嬪，陸續啓程。然後把敬事房首領傳來，命他分別通知內務府和各宮，各自準備──這裡面有許多瑣碎的細節，大部分是各宮妃嬪爲了自己方便而提出來的要求，需要太后親裁，足足忙了兩天，才得料理清楚。

但這是東太后在忙，西太后有意不問這些宮闈瑣屑，她所留心的是臣工章奏；這天內奏事處遞上來一個黃匣子，打開一看，第一道奏摺，具銜『山東道督察御史』董元醇，原以爲是糾彈失職官員；看不了數行，瞿然動容，不由得唸出聲來：

竊以事貴從權，理宜守經。何謂從權？現值天下多事之秋，皇帝陛下以沖齡踐阼，所賴一切政務，皇太后宵旰思慮，斟酌盡善，此誠國家之福也！臣以爲即宜明降諭旨，宣示中外，使海內咸知皇上聖躬雖幼，皇太后暫時權理朝政，左右不能干預，庶人心益知敬畏，而文武臣工，俱不敢肆其蒙蔽之術。俟數年後，皇上能親裁庶務，再躬理萬機，以天下養，不亦善乎？雖我朝向無太后垂簾之儀，而審時度勢，不得不爲此通權達變之舉，此所謂事貴從權也！

唸到這裡，西太后停下來想了一下，看這道奏摺的措辭，是暗指顧命八大臣專權，對太后垂簾的理由，說得還不夠透徹；且看他『理宜守經』說的是甚麼？於是接著往下唸道：

何謂守經？自古帝王，莫不以親親尊賢爲急務，此千古不易之經也，現時贊襄政務，雖有王公大臣軍機大臣諸人，臣以爲更當於親王中簡派一二人，令其同心輔弼一切事務，俾各盡心籌劃，再求皇太后皇上裁斷施行，庶親賢並用，既無專擅之患，亦無偏任之嫌。至朝夕納誨，輔翼聖德，則當於大臣中擇其治理素優者一二人，俾充師傅之任，逐日進講經典，以擴充聖聰，庶於古今治亂興衰之道，可以詳悉，而聖德日增其高深，此所謂理宜守經也！

唸完這道奏摺，她的心境就如當年聽到被選入宮的消息時那樣，除了一陣陣的興奮以外，只覺得茫然不知所措；上這奏摺的董元醇是怎樣的一個人？這道奏摺的本意，是與顧命八大臣作對，還是爲恭王說話；或者目的在窺探意旨？難以分明。同時她也不知道如何處置這個摺子；是照一般的慣例發下去，還是在召見八大臣時當面交代處置辦法——如果是這樣做，又該如何交代？

她的心裡亂得很，好久才能靜下來；前前後後細想了一遍，覺得這件大事，無論如何，非先跟東太后商量不可。

等把這道奏摺的內容講清楚了，東太后脫口說道：『這個摺子，好像專爲六爺說話似地。』

這是旁觀者清！西太后心想，本來所陳的三件事之中，所謂『理宜守經』一說，『更於親王中簡派一二人』，理由十分牽強。但是，這一來倒卻好證明不是恭親王的授意；如果他要指使言官，上摺試探，有的是好筆墨，不會找到這麼個文字不痛不癢的人來出面。

於是她說：『算起來，六爺怕是今天、明天才得到京。這個姓董的御史，不會是六爺找出來的人；也許京裡已經有了風聲，這姓董的特意來這麼個摺子。』

『這姓董的是甚麼人啊？』

『誰知道呢？』西太后又說：『火候還不到，夾生的端上桌來，可眞難吃了！』

她是說，這垂簾之議，發之太早，反難處置。東太后亦深以爲然，想了想說：『咱們先把它「留」下吧！慢慢兒再看。』

這個辦法，恰與西太后的打算相同。她的用意是有所等待，等待恭王到京以後有消息來；同時要等待顧命八大臣表示態度，以逸待勞，較易措手。

因此，第二天一早，軍機章京到內奏事處領摺，逐件核對的結果，前一天的奏摺就少董元醇的一件，而『奏事檔』上寫著一個『留』字，表示『留中』。

曹毓瑛早就料到西太后會作此處置，因此等領摺的章京回來，他先問了一句：『全領回來了？』

『「千里草」的那件「留」下了！』

他還要說甚麼，對面八大臣治公的那間屋裡，已經有了步履聲、咳嗽聲和吐痰的聲音，便不再開口；心裡在估量，等回明了領摺的情形，會有怎樣的反應。

果然，對面立刻就派人來請了。曹毓瑛到了那裡，請過了安；然後把領回來的摺子呈了上去，同時說道：『董元醇封奏一件，沒有發下來。』

一聽他這話，杜翰第一個就勃然作色，『這怎麼行？』他大聲嚷道：『這道摺子不能留中的！』

載垣也表示不滿：『全是這樣子，把摺子留下，咱們還能辦事嗎？』

肅順則比較沉著，擺一擺手說：『慢慢兒商量！慢慢兒商量！』

曹毓瑛很知趣，知道他們有許多話是不肯在他面前說的；所以退後兩步，請個安轉身離去。剛回到自己屋裡，只見杜翰走了出來，大聲喊道：『來人哪！』

於是有個蘇拉趕緊奔了過來，垂手喊一聲：『杜大人！』

『你到內奏事處，跟他們說，昨兒送上去的摺子，還少一件。跟他們要回來。』杜翰又加了兩個字：『快去！』

那蘇拉答應著，疾步而去；不久回來覆命，說內奏事處已經到太后那裡去要了。要到了立刻送來。

又過了不久，內奏事處的太監來回報：『董元醇的摺子「西邊」留著看！』

載垣冷笑一聲，沒有作聲。其餘的幾個大老，因爲肅順有『慢慢兒商量』的話，一時也不便表示意見。當天照常處理政務，把董元醇的這個摺子，暫時就擱下了。

在宮裡，東西兩太后卻又關起門來在密議。內奏事處根據贊襄政務大臣的通知，去要那個摺子，已頗惹得西太后不快；奏章『留中』，誠然不合常規，但畢竟是君上的一種特權，這個特權運用得妙，可以化戾氣爲祥和——當然，特權只好偶一爲之。像董元醇這個奏摺，西太后在經過前一天晚上，燈下獨自思考的結果，原準備長此擱置，不作任何批答，等恭王有了消息來再說。這『留中不發』，亦無任何結果，在軍機處的術語，叫作『淹了』，既爲大水淹沒，誰也不必再去探問下落，同時誰也沒有責任，所以是不會有衝突發生的。

現在顧命八臣，不肯讓這個摺子『淹了』，那就逼得西太后非處置不可了。照她的意思，下一天召見，準備公開表明，接納董元醇的建議；但處事一向平和的東太后，認爲這樣的表示太強硬了，恐怕『做不通』。

談到實際效果，西太后不能不認眞考慮。估量一下自己的地位和力量，還不到說一不二，要如何便如何的程度。這樣，不能不想一個迂迴緩和的辦法。

於是，她想到了恭王；想到了恭王，隨即又想到絕妙的一計，喜孜孜地對東太后說道：『咱們來個「花花轎子人抬人」！』

這是句南方的俗語，只到過廣西的東太后不知意何所指？便說：『妳別跟我打啞謎了，有主意就乾脆說吧！』

『咱們一件一件商量。先說給皇帝添派師傅……』

『那是應該的。』東太后打斷她的話說：『這用不著商量，只讓大家保薦能當師傅的人就是了。』

『好！』西太后用長長的指甲，在原摺上刻了一道『掐痕』，同時又說：『這是一件，商量定了。再說垂簾——那些人一張嘴就是「祖宗家法」；家法可也不是哪一朝祖宗一手定下來的，時世不同，該變就得變；怎麼個變法兒，咱們沒有主見，讓大家公議好了。國有大政，下王公大臣會議，不也是「祖宗家法」嗎？』

『這話不錯。可有一件，「他們」人多，七嘴八舌，鬥口鬥不過他們；這個辦法還是不管用。』

『不要緊，我另外還有辦法。』西太后很得意地說：『用人的權柄在上頭，「簡派親王一二人」，幫著顧命大臣辦事，誰能說不行？咱們現在先讓他們寫旨，把簡派親王的名字空著；回頭就塡上六爺的名字，或者再加上七爺。這一來，會議的時候，六爺自然就會佈置，預先安下人，不怕鬥不過他們。』

東太后這才明白那句俗語的意思，是先把恭王抬起來，再由恭王來抬兩宮。這一個彼此援引的辦法，看起來比較光明正大，而且也不傷和氣，東太后自然贊成。

於是第二天上午召見時，西太后把董元醇的摺子發了下去，說了處理的辦法，吩咐：『寫旨來看！』

顧命八臣，相視失色。載垣首先提出抗議：『啓奏太后，這個摺子不該這麼辦……』

剛說了這一句，西太后用極威嚴沉著的聲音，把他打斷：『那麼，你們說，該怎麼辦？』

杜翰有一套話要說，便想越次陳奏；忽然覺得有人輕輕把他的衣服拉了一把，一看是肅順，就不作聲，讓他去說。

『奴才幾個下去商量定了，寫旨上來。』

這是虛晃一槍，西太后不知他們葫蘆裡賣的甚麼藥？但旨意既已述明，不必多說；讓他們寫了旨看，有不妥地方，另作指示，也還不遲，所以點點頭說道：『好吧！你們下去，照這個意思，商量好了，寫一個「明發」來看。』

這八大臣退出煙波致爽殿時，一個個臉色鐵青，默然無語；但心裡有個相同的想法：這是恭王與西太后密議的結果。有些人甚至認爲西太后所指示的處置辦法，也是預先說好了的，因爲他們不相信她會如此『內行』，所說的話，不但合於體制，而且恰中符節。

到了軍機直廬，杜翰首先吩咐，保持警戒，把僕從蘇拉，一律驅得遠遠地，等關上房門，端華第一個先嚷了起來：『如何？我說恭老六這一趟來，是「黃鼠狼給雞拜年」，沒安著好心！果不其然。

這還是第一步，不給個下馬威，後面的花招兒還多著哪！』

『閒話少說。』載垣憤憤地說了五個字：『寫「明發」痛駁。』

大家都無異議，接著便開門請軍機章京來寫旨；這天的領班是新近從京裡調來的吳兆麟，當差很巴結，可是行情卻不大摸得清楚。他把董元醇的『敬陳管見』一摺拿了回來，跟他班上有數的幾個好手一商量，大家早存戒心，都不願意辦這件燙手的案子；異口同聲地表示，非他的大手筆不可。於是吳兆麟也就當仁不讓了。

他握著筆心裡在想，所謂『痛駁』，不過在道理上駁倒了事；措辭不妨婉轉——這也是多少年來尊重言官的傳統。因此，簡簡單單地一揮而就；用的都是四平八穩的套語。寫完又找同事來斟酌，大家都說『很妥當』，他自己也覺得毫無毛病，隨即送了上去交差。

哪知載垣才看了兩三行，雙眉就打了個結；等到看完，大搖其頭：『不行！不能用！』

焦祐瀛與軍機章京的關係不同，趕緊為吳兆麟迴護，『看一看，看一看！』他走上來說：『有不妥的地方，改動一下子。』

『甭看了！』載垣把原摺和旨稿一起遞了過去，用『麻翁』這個暱稱對焦祐瀛說：『麻翁，你來動手弄個稿子吧！痛駁！非痛駁不可。』

吳兆麟一聽這話，訕訕地退了出去。這一下，焦祐瀛想不動手也不行了；略略思索了一下，有了個大致的意思，便即下筆，連寫帶改，不過半個時辰，便已脫稿。

稿子仍舊由載垣先看。因為是『明發上諭』，第一段照例撮敘原摺案由，以明來源，沒有甚麼看頭；第二段一開頭就說：『我朝聖聖相承，向無皇太后垂簾聽政之體，朕以沖齡仰受皇考大行皇帝付託之重，御極之初，何敢更易祖宗舊制？』看到這裡，載垣擊節稱賞：『這才是大手筆，幾句話就擊中了要害！』說著他又把這一段文字唸了一遍。

『果然好！』肅順也稱讚：『立言得體。』

聽得這話，焦祐瀛臉上飛金，笑容滿面地謙虛著：『哪裡，哪裡？王爺和中堂謬獎了。』

『別客氣了！』端華提議：『乾脆讓厤翁自己唸吧。』

於是焦祐瀛從載垣手裡接過自己的稿子，站在中間，扯開他那天津衛的大嗓門，朗朗誦唸：

且皇考特派怡親王載垣等贊襄政務，一切事件，應行降旨者，經該王大臣等繕擬進呈後，必經朕鈐用圖章始行頒發，係屬中外咸知。其臣工章奏應行批答者，亦必擬進呈覽，再行發還。該御史奏請皇太后暫時權理朝政，殊屬非是！

這一段唸完，焦祐瀛停下來等待批評。景壽本想說話，『御賞』和『同道堂』兩方圖章，是兩宮受大行皇帝親手所賜；抹煞這個事實，有欠公平，而且出以幼主的口氣，也有傷忠厚。只是他向來口齒拙訥，未及開口，杜翰已大讚『得竅』；其餘的人，譁然附和，景壽就再也無法啓齒了。

這時焦祐瀛又精神抖擻地『痛駁』另簡親王之議，他是這樣寫的：

伏念皇考於七月十六日子刻，特召載垣等八人，令其盡心輔弼，朕仰體聖心，自有深意，又何敢顯違祖訓，輕議增添？該王大臣等受皇考顧命，輔弼朕躬，如有蒙蔽專擅之弊，在廷諸臣，無難指實參奏，朕亦必重治其罪。以上兩端，關係甚重，非臣下所得妄議。

『不錯！這『非臣下所得妄議』，前面也說得很透徹。不過……』載垣說到這裡，環視諸人，作了個徵詢意見的表情。

為了迎合載垣，杜翰很直率地說：『似乎還不夠一點兒！』

『對了。』端華也說：『我聽著也像是少了一兩句話。好有一比，好有一比……』

他的比方沒有想出來，肅順不耐煩了，手一揮，向焦祐瀛說道：『不必客氣，給加兩句訓斥的話！這姓董的，心眼兒太髒！』

『嗯，是！』焦祐瀛口裡答應著，臉上卻有躊躇之色。

『廝翁，』杜翰指點他說：『來兩句誅心之論，再斷然痛斥一句就行了。』

大家都如此說，焦祐瀛便也不暇多推敲了，坐下來提筆在『朕必重治其罪』之下，添了兩句：『該御史必欲於親王中另行簡派，是誠何心？所奏尤不可行！』

這一添改，端華大叫：『痛快，痛快！』除了景壽默不作聲以外，其餘的亦都表示十分滿意。最後還有一段，是關於『朝夕納誨』的，也一概嚴詞駁斥。這一節，在原摺就是個陪襯，無關宏旨；所以駁斥的理由，亦就不暇去推敲了。

定稿以後，載垣吩咐：『立刻繕具，馬上送進去。』

為了求迅速，焦祐瀛親自到軍機章京辦事處所去料理。諭旨的款式，『廷寄』每頁寫八行，『明發上諭』每頁寫六行；每行的字數都有一定，因此謄清的時候，可以算準字數，分別抄繕，等抄齊併在一起，上下合攏，隻字不錯，這有個專門稱呼，叫作『伏地扣』。焦祐瀛原是弄慣了這一套的，親自指揮之下，自然絲絲入扣。須臾抄成，他跟吳兆麟兩人，一個看，一個讀，校對無誤，隨即裝入黃匣，送到內奏事處，轉遞進宮。

西太后才看了幾行，臉色大變；再看下去，那雙捏著奏摺的手，不斷發抖，及至看完，竟顧不得太后的儀制，霍地站起身來，帶翻了放在茶几上的黃匣，也不管了，踩著『花盆底』，結結閣閣一陣急響，直奔東暖閣。把走廊上的宮女們嚇壞了，不知出了甚麼事？

這時剛傳完膳，東太后正喝著茶，拿枝象牙剔牙杖啣在嘴裡，一看西太后衝了進來，臉色發青，嘴唇發白，形容可怕，慌忙起身問道：『妹妹，怎麼啦？』

『姊姊，妳看，』西太后使勁把那道『明發』一甩，『簡直要反了！』

東太后知道事態嚴重，自己對自己說：要穩住了！因此她先不做任何表示，從西太后手裡接過諭旨，攤在匟几上，細細看了下去。

她肚子裡的墨水有限，但這些奏摺和上諭上習用的套語，聽也聽熟了，所以看得雖慢，卻沒有不明瞭的意思。等到看完，自然也很生氣，『這眞是不成話！』她指著最後一段又說：『就像「朝夕納誨一節，皇考業經派編修李鴻藻充朕師傅，該御史請於大臣中擇一二人，俾充師傅之處，亦毋庸議！」這簡直就不講理嘛！皇帝不能只有一個師傅，說請添派一兩個人，哪兒說錯啦？怎麼也是不分青紅皂白的「亦毋庸議」呢？』

『哼！』西太后冷笑道：『這在他們又算得了甚麼？連咱們姊妹兒倆，他們都沒有放在眼裡；把「御賞」和「同道堂」兩個圖章，楞給撥皇帝帳上！這還不說，甚麼叫「奏請皇太后暫時權理朝政，殊屬非是」？打狗還看主人面，皇帝能用這種口氣訓斥董元醇嗎？姊姊，這幾個混帳東西，無父無君；皇帝要落在他們手裡，妳看會調教成一個甚麼樣子？還不調教得忤逆不孝嗎？那時候還有咱們過的日子嗎？』

東太后細想一想，果然，『殊屬非是』這種話，等於皇帝反對太后，大爲不妥，於是搖著頭說：『是啊，實在不像話！』

『還有，』西太后又指著第二段說：『另行簡派親王，一起辦事，這話又哪兒錯了？怎麼問他：「是誠何心？」哼！』她的臉色越發陰沉了，嘴角兩條弧線，斜斜垂下來，十分深刻，微微點著頭，慢慢說道：『我倒明白了！』

東太后不知她想到了甚麼，怔怔地望著她；只覺得她的臉色越看越叫人害怕，於是便低聲勸慰她說：『妹妹，鬧決裂了不好；妳總要忍耐！』

一聽這話，西太后大起反感，但是她極快地把一股怒火壓了下去；很冷靜地體認到一個事實，東太后和皇帝，現在正是對她最有用的時候，無論如何，不可自己先生意見。因此她特別擺出一副順從的面貌，深深點頭，先表示接受勸告。

但是，話還是要說，『姊姊，』她也放低了聲音，『事情到這個樣子，咱們可一步走錯不得，要不然，那可眞難說了。』

看她這話後面似乎隱藏著不測之禍的語氣，東太后嚇得蓬蓬心跳，伸出一隻冷汗的手，捏著西太后的手腕問道：『妹妹，妳說明白一點兒！』

『妳總聽大行皇帝講過，咱們大清朝開國的時候，那些事兒吧？』

『聽說過啊！難道——？』東太后想到那些諸王砍殺的骨肉之禍，打了個寒噤，說不下去了。

西太后似乎未曾看見她的神色，管自己說了下去：『載垣這個王爵怎麼來的？還不是當年老怡王幫著雍正爺的功勞嗎？』

一提到雍正朝的倫常劇變，東太后越發心驚膽戰，『妹妹，』她顫聲問道：『妳說，他們敢那樣子嗎？』

『有甚麼不敢？』西太后逼視著她說：『妳倒想一想，哪一朝的軍機大臣，膽敢陽奉陰違，不照上面交代的話寫旨？又有哪一朝的軍機大臣，膽敢公然來要留中的摺子？六爺那麼精明強幹的人，他們都敢跟他作對，還怕著咱們孤兒寡婦甚麼？』

這倒不是她故意嚇人，說實在的，她內心中亦有此恐懼；尤其因爲絕大部分的禁軍在載垣、端華、肅順三個人手裡——東太后還想不到此，但已被嚇得半天說不出話來了。

『那，妹妹，那該怎麼辦呢？我看，總得要忍，等回了城再說。』

『回了城是回了城的話。』西太后毅然決然地說道：『還是要召見，問個明白。』

『不，不！』東太后搖著她的手說：『慢慢兒再說。一下碰僵了，反而逼出事來。』

西太后當然希望激起她的憤怒，好聯成一條心來對付這跋扈的八臣；但是也不希望她過於膽小軟弱，所以特意用不在乎的口氣鼓勵她說：『姊姊，妳別怕！「是福不是禍，是禍躲不過」，凡事有我！』

東太后無可奈何，只一再叮囑：『回頭好好兒說，話別太硬了！』

『我懂！』西太后說了這一句，走出東暖閣，傳懿旨：『請皇帝來！換上袍褂。』

皇帝跟小太監正在後苑鬥蟋蟀，玩得正起勁，聽說太后傳喚，老大不願。但張文亮知道，要換袍褂，是有正經大事要辦；於是又哄又騙地把皇帝弄出了後苑，等換好衣服送到殿中，兩宮太后已端然坐在御案後面等候；同時顧命八大臣也已應召而至了。

在西太后，自然知道這一次見面，必有一番激烈的爭執，東太后是個在這種場合，派不上用處的人；一個人對付八個人，舌戰群儒不見得能佔上風，所以面色凝重，如臨大敵。

至於顧命八臣，原來還存著一個想法，以爲兩宮召見，可能是對這道『明發上諭』的內容，要討價還價一番；果眞如此，爲皇帝添派師傅，自然可以讓步，此外兩點，特別是簡用親王一節，絕無通融的餘地。其後接到來自煙波致爽殿的太監的報告，說是西太后怒不可遏；這才知道不是甚麼討價還價，而是根本做不成交易。事到如今，如箭在弦；肅順把載垣、端華找了來，匆匆商談了一番；然後載垣又把杜翰拉到了一邊，耳語了幾句，才一起進見。

因爲各存戒心，所以一上來的氣氛就顯得異樣地僵冷難堪，連六歲的小皇帝都覺察到了。平時隨兩宮臨御，總顯得有些不安分，要東太后不斷叮嚀哄騙，甚至輕聲呵斥，才能安靜下來；這天在東太后身邊，不言不語，只是仰著頭，以畏怯的目光，看著他生母的深沉的臉色。

行過禮起來，有片刻的僵持，然後西太后以嚴厲的眼色，慢慢從八大臣臉上掃過，用極冷的聲音問道：『這道上諭，是誰教這麼寫的？』

『是臣等共同商定的。』載垣這樣回答。

『你們都是國家大臣，在內廷當差多年，我倒要問你們，甚麼叫「上諭」？』

這話問得很厲害，如照字面作最簡單的解釋：『上面所諭』，那麼這道明發就顯然違旨了！載垣一時無從置答，便把身子略閃了閃——這是一個暗號。

於是杜翰越次陳奏：『跟聖母皇太后回奏，皇帝出面所下的詔令，就是上諭。』

『對了，皇帝還小，所以……』

『所以，』杜翰搶著說道：『大行皇帝才派定顧命大臣，輔弼幼主。』

這樣子不容『上頭』說話，豈止失儀，簡直無人臣之禮，照『大不敬』的罪名，不死也可以充軍；而杜翰居然就這樣做了！兩宮太后相顧失色；尤其是西太后，那股怒氣一陣一陣往上湧，差點就按捺不住。但是，她終於還是忍了下去，只暗暗咬著牙在心裡說：我非垂簾聽政不可！等把權柄收回來了，看我收拾你！

這一轉念間，她復趨冷靜，冷笑一聲：『哼！你們輔弼得好！借皇帝的口氣訓斥太后，天下有這個理嗎？』

這時載垣又說話了：『上諭上，並無對太后不敬之詞。』

『那麼，這「殊屬非是」四個字是甚麼意思？』

『那是指斥董元醇的話。』

『董元醇爲甚麼該指斥？』

『因爲，因爲董元醇莠言亂政。』

這『莠言亂政』四字，西太后不大聽得懂；但也可以猜得出來，便問：『董元醇的話錯了嗎？錯在哪兒？』

載垣未及開口，肅順已做了回答：『董元醇的錯在哪兒，諭旨上已說得明明白白；請太后自己看好了！』

他的聲音很大，且以突出不意，把小皇帝嚇得一哆嗦，越發往東太后懷裡去躲。西太后一眼瞥見，更生警惕，如果不能垂簾聽政，幼主在他們肘腋之下，唯有俯首聽命而已。

這一轉念間，她更堅決也更冷靜了，拿起了那道上諭看了看說：『好！那我問你，替皇帝添派師傅，這也錯了嗎？難道皇帝在書房裡，只有一位師傅？』

提到這一點，東太后也有話可說了：『師傅是要添派，大行皇帝在日，就跟我提過，說還要找道德好、年紀長的大臣，派在上書房當差。』

『你們聽見了沒有？』西太后看著杜翰又說：『別人不知道，杜翰總該知道；當初先帝的師傅，除了你父親以外，還有幾位？』

『奴才知道。』肅順很隨便地接口：『大行皇帝跟母后皇太后說的話，跟奴才也說過，說過還不止一遍，不過那得等回了城再辦。此刻是在行在，皇上也剛啓蒙，李師傅一個人儘夠了。』

『就算一個人夠了，難道說都說不得一句？』

這是針對『亦毋庸議』那句話所提出的反駁，而肅順居然點頭承認：『對！說都說不得一句。凡此大政，奴臣幾個受大行皇帝的付託，自然會分別緩急輕重，一樣一樣地辦，非小臣所得妄議。而且董元醇也不是眞有甚麼見解，無非聞風希旨，瞎巴結！』

這一番話說得西太后怒不可遏，一拍桌子，厲聲訓斥：『你們八個太跋扈了！不但一手把持朝政，還想一手遮盡天下人耳目。你們眼裡還有皇帝和太后嗎？』

肅順絲毫不讓，抗聲答道：『本來請太后看摺子，就是多餘的事！』

西太后既怒且驚，還怕是自己聽錯了，所以追問一句：『甚麼？』

哪裡是聽錯了？肅順用極大的聲音又說：『顧命之臣，輔弼幼主，不能聽命於太后；請太后看摺子，原是多餘的事！』

西太后氣得發抖，東太后也是臉色發白，驚恐莫名；小皇帝更是兩眼睜得極大，齒震有聲。這副可憐相，看在西太后眼裡，頓生無限悲痛，而從悲痛中又激生了責任感和勇氣，於是態度更加強硬了。

『皇帝在這裡，』西太后指著幼主說：『他還不會說話，你們自己看吧，六歲的孩子離不了娘！不是我們姊妹倆替他作主，誰替他作主？』說到這裡，她把董元醇的原摺和擬進的上諭往前面推了一下：『你們可聽清楚了，我現在傳皇帝的旨意，把這些摺拿回去，照昨天所交代的話，重新寫旨！』

爭了半天，又繞回原來的地方！載垣和肅順非常懊惱，互相對看了一下，是用眼色來商量如何處置；這時杜翰又感到自己該說話了，踏上一步，揚著臉說：『國事與家事不同。請太后收回成命！』

『收回成命？哼！』西太后冷笑道：『太后的話說了不算，皇帝可又太小，還不懂事。照這樣子，你們愛怎麼辦怎麼辦！何必還要問我們姊妹倆？』

這幾句話，語氣比較平和，但駁得極有力量，顧命八臣一時都作不得聲。最後是杜翰憤憤地說了一句：『太后如果聽信人言，臣不能奉命！』

『你要抗旨嗎？』西太后厲聲責問。

『臣不敢抗旨，可是請太后也別違反祖宗家法。』杜翰的聲音也不輕。

太當此開始，一句釘一句，各不相讓；爭辯的聲音也一句高似一句，偌大的殿廷似乎都震動了。太監宮女，無不惶然憂急——這是從未有過的事，就是大行皇帝在日，遇到喪師失地的軍報遞到，龍顏震怒，拍案大罵，也不致如此令人驚恐。

太監宮女都是這樣，小皇帝更可想而知了。在他眼中，那八個人其勢洶洶，似乎要動手打人似地。他想問一問，卻容不得他開口；他想找著張文亮帶他去躲起來，卻又看不見張文亮的人影，而且被母后緊緊摟著，也不容他躲開。

於是他只有忍受著恐怖。尤其是見了肅順的那張大白臉，不斷想起別人爲他所描摹的奸臣的惡相；所以只要肅順一開口、一動腳，他先就打個寒噤。偏偏肅順越爭越起勁，忘其所以地一步一步走近御案；小皇帝的緊張恐怖終於到了極限，『哇』地一聲哭出聲來，同時把東太后的身上都尿濕了。

這一哭，兩宮太后，顧命八臣無不大吃一驚。東太后心疼小皇帝，倍覺悽惶，但是，她爲憤怒所激，臉上不肯露出軟弱的神色，一面拍著小皇帝的背，一面大聲說道：『你們都下去吧！有話留著明兒再說。』

載垣、肅順、端華和杜翰，都沒有想到有此意外的局面，皇帝都嚇得哭了，心中也不免惶恐抱歉，因此默無一言，跪安退出。

當然，沒有一個人心情不是沉重的，回到軍機直廬，大家也都懶得開口；好久，載垣才說了一句：『無趣得很！』

『明兒怎麼樣呢？』杜翰問說。

『不是說「留著明兒再說」嗎？』端華大聲說道：『明兒看吧！反正寧可不幹這個差使，也不能丟面子。』

『四哥！』肅順不悅，『你就是這個樣，說話總是不在分寸上。這不是面子不面子的事；咱們遵祖制、受顧命，替國家辦事，不能不據理力爭。董元醇這個摺子要駁不掉，馬上就另換一班人到這兒來了，咱們倒不如趁早告假，回家抱孩子去！』

肅順這一番話，等於提示了一個宗旨，董元醇『敬陳管見』一摺，非照已送上去的旨稿交發不可，沒有絲毫調和的餘地。

不過肅順對端華所說的話，細細推敲，也仍舊有著爭面子的意味在內，或者說是爲了保全威信。肅順非常了解，自己樹敵太多，必須掌握絕對的權力，維持全面的威信，才可以長保祿位和安全。如果不能『挾天子』，不但不能『令諸侯』，而且『諸侯』必會『清君側』。因爲有這樣的警惕，他感到事態嚴重，必得對未來的情況，作個確切的估計，想好應付的步驟。

於是這天下午，等午睡起來，他派人把載垣和端華請了來，在水閣中密密商議；屏絕婢僕，由他的兩個寵妾，親自侍候。

未談正事以前，載垣就已想到要商量的是甚麼，所以提議把杜翰找來一起談；『繼園是一把好手，挺賣力的。』他說：『咱們諸事不必瞞他。』

『不！』肅順使勁搖著頭，『就咱們三個好了。』停了一下他又說：『有些事，只能咱們三個心裡有數。』

這話中的深意，連粗魯莽撞的端華都已聽了出來，懍然改容，極注意地看著肅順。

『這件事鬧僵了！我剛才一個人細想了想，那一道「六行」，措辭也太硬了一點兒。』肅順緊接著又說：『不過這也不必去說它了，現在咱們想辦法對付明天吧！』

『就是「西邊」一個人橫行霸道。得想辦法把她壓一壓。』

『不錯！我原來就打算著分見兩宮——咱們得把兩宮分一分，一位是正宮，一位是西宮。』

『分得好！』端華這一刻的腦筋又清楚了：『咱們給它來個「尊東抑西」。教大家知道，誰是當家的正主兒！』

載垣也認爲這是個絕好的策略，但那是往遠看的久長之計；明天要對付的仍是兩宮一體，看來還有一番大爭辯，想到西太后的詞鋒，他有些氣餒，『也不知她從哪兒學來的？好一張利嘴！抽冷子給你來一句，眞能堵得人心裡發慌。』他搖搖頭又說：『我看，還是得找繼園，才能對付得了她。』

『何必跟她費唾沫？』端華大聲說道：『這沒有甚麼可爭的！她說她要作主，就讓她作主好了；看她有甚麼本事把諭旨發出去？』

這眞是語出驚人了！能說出一句話，教人驚異深思，這在端華還是破題兒第一遭。而他自己卻還不知道，看著肅順和載垣相視不語、目光閃爍的神情，困惑地問道：『怎麼啦？我的話又哪兒錯了？』

『四叔！』載垣帶些開玩笑的口氣說：『倒看不出，你還眞行。』說著便用假嗓子哼了句搖板：『一言驚醒夢中人……』

肅順的兩個寵妾在後房聽得奇怪，原是有機要大事商議，怎麼忽然哼起戲來了呢？於是趕出來一看，都抿著嘴笑了。

『行了！』載垣大聲說了這兩個字，轉臉問女主人：『你們家今兒有甚麼好吃的沒有？』

『御膳房送了一桌菜，看樣子還不壞。』

『喔，中秋到了，「秋風」起了！』載垣點點頭說：『既然菜還不壞，就吃吧！』

第二天一早，宮門口格外熱鬧，車馬紛紛，揖讓從容；許多平日可以不上衙門的冷曹閒官，這一天都遇到了，未曾寒暄，往往先來一句訝異之詞：『咦！閣下也來了！』然後相視一笑，會意於心，彼此都是來打聽消息的。

但實際上只能說是等候消息。消息最靈通的有兩個地方，一個是內奏事處，位處深宮，等閒難到；一個是軍機直廬，雖在二宮門口，但沿襲傳統，關防特別嚴密，禁止逗留窺探。話雖如此，平日如有事打聽，也還不妨藉口接頭公事，找出相熟的軍機章京來，略談幾句，不過這一天卻絕對不行；接了吳兆麟的班的曹毓瑛，估量到將有一場大風暴發生，不管是誰，要捲入這場是非的漩渦，後果會極嚴重，所以特別提示同僚，預作戒備，每個人都是靜悄悄地處理著分內的事務，不亂走一步，不多說一句，氣象森嚴，顯示出山雨欲來的那種異樣的平靜。

他那一班人，除了鄭錫瀛以外，其餘的無不相知有素，默契甚深，一直能夠保持極圓滿的合作；因爲如此，有人發現了焦祐瀛的那一份『痛駁』董元醇的草稿，隨即便聲色不動地密密收藏，同時悄悄地告訴了曹毓瑛。他們有著相同的看法，董元醇的原摺和焦祐瀛的旨稿，一定會『淹了』；所以這一份草稿，便成了這一重公案中，留在軍機處的唯一的檔案，將來說不定會發生極大的作用。

第一步是料中了，從內奏事處『接摺』回來，細加檢點，前一天送上去的奏摺和上諭都已發回，獨缺『敬陳管見』一摺和『痛駁』的旨稿。但是下一步的發展，卻是曹毓瑛再也想不到的。

『琢翁！』許庚身到他身邊，附耳低語：『「八位」大爲負氣；看樣子是要「擱車」了！』

大車下閘不走，稱爲『擱車』，這譬喻用在這裡，不知作何解釋？曹毓瑛便問了句：『怎麼回事？』

『發回各件，八位連匣子都不打開，說是：「不定誰來看，且擱在哪兒再說。」』

『好狠！』曹毓瑛失聲而道；望著許庚身半晌作聲不得。

這確是極狠的一著，詔旨不經軍機，便出不了宮門，這就像掐住一個人的脖子那樣，簡直是要致人於死地了。曹毓瑛和許庚身從這一刻起，便已確信，顧命八臣，斷難免禍；因爲這已構成叛逆的行爲，是沒有一個在上者所能容忍的。

他們也很明白，這一個空前嚴重的僵局，唯一的一個解消的機會，繫於兩宮召見，而顧命八臣有所讓步，痛駁的上諭能夠經過修改以後發出；這樣雖已傷了和氣，究還不算十分決裂。但是，隨著時間的消逝，這個機會是越來越渺茫了。

於是，對面屋裡的大老，也有些沉不住氣了！穆蔭比較持重，不希望有此僵局出現；不時踱到走廊上，望空沉思。直到日色正中，依舊沒有『叫起』的消息，心裡不免焦慮；這樣子下去，是怎麼個收場呢？

其時在深宮的兩位太后，也正徬徨無主，五內如焚，想不出一條可走的路。她們從昨天下午開始，除了歸寢的時間以外，一直都在一起，談到載垣、端華、肅順和杜翰的咆哮無禮，豈止猶有餘悸，直是越想越怕。東太后原來因爲大行皇帝賞識肅順，總多少還對他另眼相看；不管西太后如何批評他，她口頭不說，心裡每每不以爲然，認爲她是惡之欲其死的性情，說得太過分了些。但經此一場衝突，東太后對肅順的觀感，是完全改變了。

因爲她有此態度上的大轉變，西太后覺得正該一鼓作氣，衝破難關，『反正已經破臉了！』她說：『倒不如就此辦出個結果來。』

東太后沒有作聲。心裡在想：如果能辦出個結果來，自然最好；只是應該如何來辦，她實在茫無所知，所以無從置喙。

『我想，明天還是要召見……』

『不，不！』東太后急急打斷她的話，『老跟他們吵架，也不成體統。而且……』她赧然地搖搖頭。

西太后知道她的意思，那種激烈爭辯的場面，她已是望而生畏了。其實西太后自己也不免存有怯意，特別是因為東太后連在緊要關頭上說一兩句話的能耐都沒有，靠自己一個人跟他們爭，有時話說僵了，轉不過圜來，也是件很麻煩的事；所以第二天召見之議，便就此打消了。

『我在想，還是得擱一擱；等事情冷了下來，比較好說話。』

對於東太后始終不改和平處置的本心，西太后深為不滿，只不便公然駁她；微微冷笑著說：『咱們倒總是往寬的地方去想；無奈他們老是往狹的裡頭去逼。難道眞要逼進宮來才罷？』

『逼宮』的戲，東太后是看過的；心中立刻浮起曹操和華歆的臉譜，同時也想到肅順和杜翰這些人的樣子，不由得就打了個寒噤。

『妳看著吧！』西太后又說：『照這樣子下去，說不定他們就會把咱們那兩方圖章硬要了去。到那一天，咱們手裡還有甚麼？』

『那不會吧？』東太后遲疑地說。

『不會？哼，妳沒有看見他們寫的是：「必經朕蓋用圖章，始行頒發。」皇帝何嘗蓋過那兩方圖章？瞪著眼撒謊都會，還有甚麼事不會？』

『那不給！』東太后極堅決地說：『不管他們說甚麼，圖章絕不能交出去。』

話越扯越遠，談到深夜，除卻暫時擱置以外，別無善策。西太后一覺醒來，倚枕沉思，前前後後想了一遍，忽生靈感，覺得暫時擱置也好；趁這幾天，要把顧命大臣凌逼孤兒寡婦，甚至把皇帝嚇得大哭，遺溺在太后身上的慘狀，宣揚出去，讓大小臣工，紛紛議論，批評肅順這一班人大失人臣之禮。有了這樣一種形勢，就可以把顧命八臣的氣燄壓了下去；那時再來處理『敬陳管見』一摺，阻礙就會少得多。

主意是打定了，卻不與東太后說破；她把昨天下午送進來，已經看過的奏摺都發了下去，然後拿著董元醇的原摺和焦祐瀛所擬的旨稿，到了東暖閣。

兩宮見了禮，道了早安，西太后安閒地說道：『昨兒我又想了半夜，還是照姊姊的辦法，暫時擱一擱吧！』一面說，一面把兩通文件遞了過去，『這些東西，妳收著好了。』

這是謙禮的表示，東太后相當高興，隨命雙喜把它收在文件匣裡。然後又談到顧命八大臣，她們一個一個評論過去，對於『六額駙』，覺得他可憐，而杜翰則令人可恨，西太后說了句成語：『爲虎作倀』，東太后不懂它的意思，於是又爲她解釋，時間就這樣不知不覺地消磨了。

屋裡大大小小五座八音鐘，又在叮叮噹噹地響了，西太后無意間默數了一下，失聲輕喊：『啊呀，打九下了！內奏事處怎麼回事呀？』

按常例：奏摺發了下去，軍機處應該在八點鐘——辰正時分就把擬好的旨稿送上來核閱，偶爾晚一些，也不至於晚到一點鐘之久；所以西太后隨即派人到內奏事處去查問，立等回話。

派去的太監回來奏報，說內奏事處也在詫異，何以軍機處沒有任何文件送來？已經到宮門口去查問了，等有了結果，再來回奏。

正在她驚疑不定的時候，雙喜來報，敬事房首領太監陳勝文求見，又說：『陳勝文說有極要緊的事回奏；請兩位皇太后在小書房傳見。』

小書房是西太后處理章奏的機要重地，一向不准太監宮女接近窺探；陳勝文做此要求，可知有不足爲外人道的話要說。兩宮太后交換了一個眼色，自然准了陳勝文的請求。

在後殿花木深處的小書房裡，陳勝文磕過了頭，膝行數步，神色憂惶地輕聲說道：『啓奏兩位皇太后：各衙門人心惶惶，怕要出亂子！』

一聽這話，東太后先就嚇出一身汗，『怎麼啦？』她頓一頓足說：『出了甚麼事啊？』

『奴才也不知道怎麼回事，都說顧命八位要跟兩位皇太后爲難；把發下去的上諭、奏摺，擱著不看。』

『啊！』這下是西太后吃驚了。

『哪有這種事……』

『不！』東太后還在懷疑；西太后把前後情況連在一起想了想，已深信其事，所以打斷了她的話說：『陳勝文說得不錯的。我……』她的臉上一點血色都沒有，太陽穴上的青筋，隱隱躍動，咬著牙一個字、一個字地說道：『我沒有想到，他們還有這一手。』

『這一手可是太絕了一點兒！』

『哼！現在妳才信我的話吧？咱們朝寬裡去想，他們偏往狹的裡頭去逼。』西太后說到這裡停了下來，轉臉吩咐陳勝文：『很好！你再去打聽，有消息告訴雙喜好了。』

『是！』陳勝文又說：『兩位皇太后得早早拿主意才好。』

『知道了！你下去吧！告訴他們，別滿處去胡說八道。』

等陳勝文退了下去，兩宮太后，相顧淒然；東太后欲言又止地好幾次，終於痛心疾首地歎息：

『大行皇帝駕崩，還不到一個月。唉！』

西太后不響，緊閉著嘴唇在思索著本朝的歷史，可有類此的先例？應付的辦法如何？想來想去，還只有康熙誅鰲拜的那一件事。但今昔異勢，無拳無勇；在此時此地是一無可以作爲的。

『如今怎麼辦呢？』東太后又說；只拿憂傷的眼神望著她。

她的思路被打斷，茫然地問：『甚麼怎麼辦？』

『我是說存著我那兒的那個旨稿。』

『還存著！』

東太后一揚，『這不是辦法吧？』她遲疑地表示不妥。

『除了跟他們耗以外，還有甚麼好辦法？』

東太后默然，有句話想說不敢說。

而西太后顯然是負氣了，『誰也別打算讓我低頭！』她大聲地說，臉脹得通紅，『我只有兩個辦法。』

肯說辦法就好。東太后急忙接口：『有辦法就快說出來商量。』

『咱們召見他們那一班人，倒要問問他們，這樣子「是誠何心」？』

用他們旨稿上的話來質問，針鋒相對，倍見犀利，是好詞令，但是不過口頭上徒然快意而已；東太后亂搖著手說：『不好，不好！』

『那麼就耗著，看誰耗得過誰？難道天下就沒有公議了？』

東太后倒抽一口冷氣，這些辦法說了如同未說；但也知道她此時是在氣頭上，愈說愈氣，不如等她稍微平靜一下再談。

於是她站起身來，抑制著自己的情緒說：『妹妹，我雖不中用，事情大小好歹也還看得出來。我何嘗不生氣；不過想到有句話，妳我今天的身分倒用得著。』

東太后很少這樣能夠在語氣中顯出大道理來，西太后不由得注意了：『姊姊，妳想到句甚麼話呀？』

『有道是「忍辱負重」。』

『那也要忍得下去才行啊。』

『正因爲不容易忍，要能忍了下去，才更値錢。』東太后又說：『妹妹，妳一向比我有決斷，拿得起，放得下，我就靠妳了。妳慢慢兒想吧！』

說完東太后就走了，留下西太后一個人在小書房裡獨自籌劃，想來想去，手裡沒有可調遣的力量，一下子制不了肅順他們的死命——這口氣在熱河是無論如何出不成了！

東太后在煙波致爽殿，心裡也是七上八下，越想越害怕，外面卻又一次一次來密奏，因爲八大臣的決意『擱車』，人心非常不安，這也許是實情，也許是太監的張皇；她方寸已亂，無法細辨，只覺得有再跟西太后去談一談的必要。

正好西太后也出來了，兩人相遇在素幔之下，同時開口，卻又同時縮住了話；終於是東太后讓西太后先說。

『我想把近支親貴都找了來，咱們問問大家的意見，妳看行不行？』

『這倒是個好主意，可惜辦不到。』東太后搖搖頭說。

『何以呢？』

『肅順他們說過，太后不宜召見外臣。』

『有這話？』西太后訝然地，『我怎麼沒有聽說？』

『這是雙喜不知從哪兒聽了來告訴我的。還有吶，六爺來了，杜翰就想攔著他，不叫他跟咱們見面，說叔嫂要避嫌疑。』

西太后越發詫異，『這話我更不知道了。』

『我怕妳聽了生氣，沒有告訴妳。』

西太后投以表示心感的一瞥；把雙眉皺成一結，啞然半晌，以近乎絕望無告的聲音問道：『照這樣子說，咱們不就是讓他們給軟禁了嗎？』

東太后不作聲，眼圈慢慢紅了。

『這不是哭的事！』西太后管自己走到廊上，望著西南天際，遙想御輦到京，群臣接駕的光景，不自覺地吐出一句話來：『到那一天，還容不得我說話？』

於是她走了回來，取出一個蜀錦小囊，默默地遞到正在發楞的東太后的手裡——小囊中裝的是那方『同道堂』的圖章；回到東暖閣，東太后親自以抖顫的手，在痛駁垂簾之議的旨稿上鈐了印，連同董元醇的原摺一起發了下去。

端華的『掐脖子』的絕招，終於迫得兩宮皇太后『投降』了！顧命八臣，大獲全勝，喜不可言。但等『明發』一下，所引起的反應極其複雜，有的驚駭、有的歎息、有的沮喪、有的憤怒，但也有許多人體認到顧命大臣贊襄政務的權威，在打算著自己該走的路子。

不過這些反應或者存在心裡，或者私下交談，都不敢輕易表露；唯一的例外是醇王，看到『是誠何心』那句話，憤不可遏，聲色俱厲地表示，且『走著瞧』；餘怒不息，還要再說時，讓『老五太爺』喝住了。

就在這外弛內張的局面中，奉准到行在叩謁梓宮的勝保，儀從烜赫地到了熱河。

勝保也是大行皇帝所特別賞識的一個人，卻也是肅順所忌憚的一個人；他姓蘇完派爾佳氏，字克齋，隸屬於鑲白旗，原是舉人出身，卻由順天府教授陞遷爲詹事府贊善，成了翰林；咸豐二年，由文轉武，在安徽、河南很打了幾個勝仗，賞花翎、賞黃馬褂、賞『巴圖魯』名號，凡是一個武官所能得到的榮寵，很快地都有了。

到咸豐三年七月，懷慶解圍，勝保乘勝追擊，由河南入山西，克復洪洞、平陽；被授爲『欽差大臣』，代替大學士訥爾經額督師，節制各路，特賜康熙朝的『神雀刀』，等於尚方寶劍，二品的副將以下，貽誤軍情的，可以先斬後奏。這時勝保才三十歲，躊躇滿志之餘，刻了兩方閒章，自鳴得意，一方的印文是『十五入泮宮，二十入詞林，三十爲大將』；另一方配合他的姓和『克齋』的別號，想了雙關的四個字：『我戰則克』，但山東人不以爲然，不叫他勝保，叫他『敗保』。

到了英法聯軍內犯，僧格林沁和勝保督師力保京畿，八里橋一仗，勝保負傷；仗雖打敗，無論如何總是在打，而且勝保還頗有不服氣的表示，這就跟士無鬥志的城下之盟，不可同日而語了，因此『撫局』還不算太棘手，而勝保的『威望』也沒有喪失多少。

就在辦理『撫局』的那一段期間，勝保跟恭王拉上了關係；文祥與朱學勤定計，把他從前方找了回來，目的就是要他到熱河來示威。肅順最看不起他們自己滿洲人，但對勝保卻不敢小覷。當然，比起那些昏聵糊塗的八旗貴族來，勝保可以算得文武全才，令肅順不能不另眼相看；再有一個原因，就是勝保以年羹堯自命，驕恣跋扈，根本就沒有把載垣、端華、肅順這一班人放在眼裡，如果敷衍得不好，他是甚麼令人難堪的事都做得出來的。

因此，勝保一到熱河，氣派排場比恭王還大，隨帶五百親兵，層層護衛，等於在天子腳下設置了欽差大臣的行轅。親貴大臣，是肅順一派的，自然要假以詞色；是恭王那面的，更對他寄以莫大的期望，刻意交歡，異常尊敬。

一到的那天，照規矩不投行館，先赴宮門，遞摺請安；然後由禮部及內務府官員帶領，到澹泊敬誠殿叩謁梓宮，少不得有一場痛哭。等一回行館，還來不及換衣服；就有貴客來訪，一直應酬到深夜，還有一位最要緊的訪客要接見。

這位訪客就是曹毓瑛。他知道勝保的脾氣，雖在深夜，卻以公服拜謁；一見了面，以屬下的身分行堂參的大禮。勝保學年羹堯的派頭，對紅頂子的武官，頤指氣使，視為僕役，但對幕賓卻特別客氣，因此對曹毓瑛的大禮，避而不受；結果曹毓瑛給他請了個『雙安』，他還了一揖。接著請客人換了便衣，延入小客廳，置酒密談。

當然是從行程談起，勝保告訴曹毓瑛，他出京的時候，恭王還未回京；但在旅途相遇，曾做了長夜之談；又說：『恭王特別關照，說到了行在，不妨聽從老兄的指點。一介武夫，別無所長，只略讀了幾句書，還知道敬禮天下士而已！』說著，扶一扶他那副蓋了半邊臉的大墨鏡，拈著八字鬍髭，哈哈大笑。

曹毓瑛不敢因爲他這副彷彿十分豪放的神態，便加輕慢，依然誠惶誠恐地答道：『勝大人言重了。倘蒙垂詢，知無不言。』

『彼此，彼此。』勝保接著又說：『今兒我一到，就看到了那通痛斥董元醇的明發。肅六也太過分了。』

『是。』曹毓瑛答應著；同時在考慮，下面該說些甚麼。

不容他開口，勝保口風一變：『不過，董元醇也實在該痛斥！那種文字，也可以上達天聽嗎？』

一聽這話，曹毓瑛便隨口恭維了一句：『那自然不能跟勝大人的奏議相比。』

勝保的重要奏議，一向自己動手，曹毓瑛這句恭維，恰是投其所好，所以大爲高興，『垂簾之議，亦未嘗不可行。』他大聲地說：『只看甚麼人說這話，話說得如何？』

聽他的口風，大有躍躍欲試的意味；但怕他也像董元醇那樣，不理會時機如何，貿貿然陳奏，反又爲兩宮太后帶來一個難題，所以曹毓瑛想了一下，這樣回答：『此是國之大計，非中外物望所繫的重臣，不宜建言，言亦無益，不過愚見以爲，總要等回了城，才談得到此。』

『嗯，嗯！』勝保點點頭說：『這原是宜緩不宜急的事。倘非計出萬全，不宜輕舉妄動。』

『是！足見勝大人老成謀國，眞是不負先帝特達之知。』

勝保微微一笑，表示謙謝，然後換了個話題，談到顧命八大臣的一切作爲。曹毓瑛也就把他的所見所聞，用平靜的口氣，談了許多；勝保持杯傾聽，不時輕擊著大理石的桌面，顯得頗爲躊躇似地。

等他講完，勝保說道：『顧命本爲祖制，但弄成今日的局面，爲先帝始料所不及。我辱蒙先帝見知，手詔獎許，曉得我「赤心爲國」，自然不能坐視。』說到這裡，站起身來，踱了兩步；取出一個碧綠的翡翠鼻煙壺，拈了一撮鼻煙，使勁吸著。

曹毓瑛沒有說話，只視線始終繚繞在他左右；等候他作成重大的決定。

『此時還未可效鬻拳之所爲。因爲八臣的逆蹟，到底未彰。琢翁，』勝保問道：『你以爲如何？』鬻拳是春秋楚國的大夫，曾作兵諫；勝保用這個典故，表示他還不願運用武力來改變政局，曹毓瑛雖不同意他所說的『逆蹟未彰』的理由，但不用兵諫的宗旨，他是完全贊成的。

於是，他從容答道：『勝大人見得極是。此時若有舉動，只恐驚了兩宮，回城的日子有變化，反而不妙。再則虎豹在山，儘不妨謀定後動。否則……』

曹毓瑛沒有再說下去，勝保也不追問，他們已默喻到一重關礙，就此時來說，肅順到底大權在握，逼得急了，可以削除勝保的兵權，豈非弄巧成拙？

『好在回城的日子也快了，眼前他們總還不至於明目張膽，有所圖謀。』勝保停了一下，把那副大墨鏡取了下來，瞪著眼又說：『有我在，諒他們也不敢有異心！』

曹毓瑛也覺得勝保此行，雖無舉動，亦足以收鎮懾之效；但回京以後，還要他出力支持，所以特別點了一句：『勝大人總要等兩宮安然回城，才好離京回防。』

『自然，自然。』

這算是無形中有了一個結論了，曹毓瑛興盡告辭；剛一到家，就有聽差迎上來低聲報告，說醇王有請，派來的人還等在門房裡。

深夜相邀，而且坐候不去，可知必有極緊要的事商量；曹毓瑛也就不回進去了，原車折向醇王公館。那裡一見他下車，便有人上來請安。也不說甚麼，打著燈把他引入後苑，醇王已先在花廳裡等著了。

『聽說你在勝克齋那裡？』醇王顧不得寒暄，開口就這樣問。

『是，我剛從他那兒回來。』

『談得怎麼樣？』醇王又說：『上頭對他這一趟來，挺關心的。此公愛鬧脾氣，上頭有點兒不放心；他不會有甚麼魯莽的舉動吧？』

曹毓瑛先不回答他的話，問一句：『七王爺怎麼知道「上頭不放心」？可是七福晉帶回來的話？』

『對了。內人是下午奉召進宮的。』醇王招一招手：『你來！』

說著，他自己一掀簾子，進了裡屋；曹毓瑛自然跟了進去，抬頭一看，大出意外，竟是七福晉在裡面，慌不迭要退出去，卻讓醇王一把拉住了。

『不要緊！內人有兩句話，要親自跟你說。』

接著是七福晉微笑著問：『這位想必是曹大人了？』

曹毓瑛答應著，甩一甩衣袖，恭恭敬敬地自報名字，請了個安，站起來又說：『七福晉有話請吩咐！』

『倒不是我有話……』

『是上頭有兩句話，讓她傳給你。』醇王插進來說：『你站著聽好了。』

『兩位太后也知道曹大人當差多年，挺忠心，挺能幹的；今兒我進宮，兩位太后特別囑咐我，說最好當面告訴曹大人：往後還要多費心，多出力，你的辛苦，上頭自然知道。』

想不到是兩宮太后命七福晉親自傳旨慰勉！曹毓瑛覺得感激與惶恐交併，除了連聲應『是』以外，竟不知還該說些甚麼。

『七爺陪曹大人外面坐吧！』

聽七福晉這一說，曹毓瑛方始醒悟，便又請了個安說：『請七福晉得便回奏兩宮太后，曹毓瑛不敢不盡心。』

『好，我一定替你回奏。』

果然，曹毓瑛是矢誠效命。這一夜與醇王密議，出盡全力。醇王轉達了七福晉帶回來的密命，說兩宮同心，認爲顧命八大臣已絕不可再留。如何處置，以及在甚麼時候動手，兩位太后都無成見；只有一個要求，這件事要辦得穩妥周密。

就在這個要求之下，曹毓瑛爲醇王開陳大勢，細述各方面的部署進展；然後有條不紊地獻議進行的步驟，同時也作了職務的分配。

『我呢？』醇王問道：『到那時候我幹些甚麼？』

『我替七王爺留著一個漂亮差使。』說著，湊到他耳邊，低聲說了幾句。

『好，好！果然是漂亮差使！』醇王極高興地笑著；笑停了又問：『你呢？這通密詔，當然非你不可。』

『不瞞七王爺說，那倒是當仁不讓的事。』

『既然說定了，你就早一點兒動手吧！弄好了好交差。』

『不必忙！』曹毓瑛從容答道：『第一，我得細細推敲；第二，早送進去，萬一洩漏了，大事全休，反倒不妙。』

『這話也是。那麼甚麼時候送進去呢？』

『等啓駕的前一天再送進去。』

醇王這時已對他十分傾倒，言聽計從，所以越談興致越好，不知不覺到了曙色將露的時刻。曹毓瑛自然不必再睡；就在醇王那裡用了一頓豐盛的早飯，略略休息一會兒，驅車直到宮門來上班。

等接了摺，把每天照例的事務料理得告一段落，他的精神有些支持不住了。平時他的身體就不太好，飲食將息，時時當心；現在自覺身任艱鉅，更要保重，所以把許庚身拉到一邊，悄悄說了緣故，託他代為照料班務；但對別的人，只是託詞腸胃不好，先行告退了。

等一回到家，吩咐門上，這一天任何客來都擋駕，然後寬衣上床。這一睡直到中午才起身，吃過午飯，喝著茶回想宵來與醇王所談的種種，覺得應該立刻通知朱學勤，轉告恭王。於是在書房裡關起門來，寫了一封極長的信——這封信當然重要，卻並不太急，無需借重兵部的驛遞；所以他親自封緘完固，派了一名得力的聽差，專遞京城。

其時天色還早，精神也不錯，便打算著把一回京馬上就要用的那道上諭，擬好了它；先取焦祐瀛主稿痛駁董元醇的『明發』，逐句推敲了一番，覺得『是誠何心』這四個字，恰好是『以子之矛，攻子之盾』。抓住了這個要點，全篇大意隨即有了。軍機章京擬旨，向來是下筆修辭，成了習慣，就是時間從容，也不肯枯坐細想，便取過一張紙來，提筆就寫：

諭王公百官等：上年海疆不靖，京師戒嚴，由在事之王大臣等，籌劃乖方所致。載垣等復不能盡心和議，徒以誘致英國使臣，以塞己責，以致失信各國，淀園被擾；我皇考巡幸熱河，實聖心萬不得已之苦衷也。嗣經各國事務衙門王大臣等，將各國應辦事宜，妥為經理，都門內外，安謐如常。

一口氣寫到這裡，成一大段；自己唸了一遍，覺得措辭疏簡粗糙，正合於事出無奈，急迫傳旨的語氣。而『都門內外，安謐如常』，歸功於掌管『各國事務衙門』的恭王，亦恰如其分。心裡得意，文思泉湧，但就在重新提筆濡墨的時候，聽差在門外報告，說有客到了。

曹毓瑛大爲不快，拉起官腔罵道：『混帳東西！不早就告訴你們了，一概擋駕嗎？』

『是許老爺。』

原來是許庚身。這沒有擋駕的道理，倒錯怪下人了。當時吩咐請在小客廳坐；一面躊躇了一會兒，終於把那通未寫完的旨稿燒掉了才出來見客。

一會了面，許庚身就從靴頁子裡掏出一個封袋，雙手遞上，同時笑說：『節下的開銷不愁了！』

曹毓瑛先不接，問了句：『甚麼玩意？』

『勝克齋送的，我作主替你收下了，不嫌我冒昧吧？』

接過來一看，上寫『節敬』二字，具名是勝保。裡面裝一張京城裡山西票號的銀票：『憑票即兌庫平足紋四百兩正』。

曹毓瑛捏著那張銀票，頗有意外之感。京官多窮，原要靠疆吏分潤，逢年過節，都有好處；夏天『冰敬』，冬天『炭敬』，名目甚多。督撫藩司進一趟京，個個要應酬到，一切花費，少則兩三萬，多則十萬、八萬；至於統兵的大員，浮報軍費，剋扣糧餉，錢來得容易，但求安然無事，多花幾個更無所謂。可是一送四百兩，出手未免太闊；而且這些餽贈，向來多是本人或遣親信到私宅敬送，像勝保這樣公然在軍機處散發，似乎不成話說了。

當他這樣在沉吟時，許庚身已看出他的心思，便即解釋：『勝克齋雖不在乎，當時我倒有些爲難。細想一想，不能不收，其故有二。』

『噢！』聽他這樣說，曹毓瑛心情輕鬆了些，『乞道其詳。』

『第一、勝克齋的脾氣，大家都知道，不收便是掃了他的面子；把人家請了來，卻又得罪了人家。何苦來哉？』

『嗯，嗯。第二？』

『第二、同人都教「宮燈」苛刻死了，一個不收，大家都不好意思收；這個八月半就過得慘不可言了。』

這個理由，曹毓瑛不以爲然，但此時亦不便再說，只問：『同事每份多少？』

『二百兩。』許庚身又放低了聲音說：『對面自然會知道；我的意思正要對面知道，示無大志！』有這句話，曹毓瑛釋然了，不止於釋然，而且欣然：『星叔！你的心思細密，非我所及。』

『謬獎，謬獎！』許庚身拱拱手說：『倘無別事，我就告辭了。』

『不，我問你句話。你節下如何，還可以湊付嗎？』說著，他把那張銀票遞到他手裡。

『不必！』許庚身縮起了手，『家叔知道我這裡的境況，寄了五百兩銀子來貼補我。再從實奉告吧，勝克齋那二百兩，只在我手上轉了一轉，馬上就又出去了。』

『既然如此，我不跟你客氣了。不過……』曹毓瑛再一次把銀票遞了過去，『我託你安排，同人中家累重，境況窘的，你替我量力分派。』

『好！這我倒樂於效勞。』

『拜託，拜託。』曹毓瑛又問：『令叔信中，可曾提到那幾位大老？』

問到這話，許庚身坐了下來，告訴主人，京中亦正在發動垂簾之議，主其事的，似乎是太學士周祖培——他的西席就是近年崛起的名士李慈銘；周祖培請他考證前朝太后稱制的故事，李慈銘寫了一篇文章，叫作『臨朝備考錄』，列舉了漢朝和熹鄧皇后，順烈梁皇后，晉朝的康獻褚皇后，宋初遼國的睿智蕭皇后，懿仁皇后，宋朝的章獻劉皇后，光獻曹太后，宣仁高太后，一共八位的故事，作爲垂簾之議的根據。

『這好玩得很！』曹毓瑛笑道：『連「坐宮盜令」的蕭太后也搬出來了！』

這樣談笑了一會兒，許庚身告辭而去。曹毓瑛吃過晚飯，點起明晃晃的兩枝蠟燭，趁著秋爽人靜，興致勃勃地把那道『諭王公百官』的密旨寫成，斟酌盡善，重新謄正，然後親自收存在從上海洋行裡買來的小保險箱裡；揉一揉眼睛，吹滅了蠟燭，望著清亮的月色，想像著那道諭旨，宣示於群臣時，所造成的石破天驚的震動，心裡感到一種難以言喻的尊嚴和滿足。

第二天就是中秋。往年遇到這個佳節，宮中十分熱鬧；但時逢國喪，又是『巡狩』在外，所以一切繁文縟節的儀禮和別出心裁的娛樂都停止了；只晚膳特別添了幾樣菜，兩宮太后帶著小皇帝和大公主剛吃完，新從京裡調來的總管太監史進忠來奏報：『「太陰供」擺在如意洲，等月亮一出來，請皇上拈香行禮。』

西太后近來愛發議論；同時因爲與顧命八臣爭執國事，已告一段落，所以也愛管宮中瑣碎的事務，聽了史進忠的話，隨即皺著眉說：『俗語說的是：「男不拜月，女不祭灶。」宮裡也不知誰興的規矩，擺「太陰供」也要皇帝去行禮？不通！』

東太后卻又是另一樣想法，『何必擺在如意洲呢？老遠的。』

『跟母后皇太后回奏，這是打康熙爺手裡傳下來的老規矩。』

剛說到這裡，小皇帝咳了兩下，於是東太后越發不放心了，轉臉向西太后說道：『在咳嗽，不能招涼；如意洲那裡空曠、風大，不去的好！』

『不去也不要緊。』西太后很隨便地說：『讓史進忠代皇帝去行禮好了。』

向例唯有親貴大臣才夠資格代皇帝在祭祀中行禮；現在西太后輕率的一個決定，在史進忠便成了殊榮，他響亮地答應一聲：『奴才遵懿旨。』然後叩了頭，退出殿去。

『嗨，慢一點，慢一點！』小皇帝在殿裡高聲大喊；等史進忠回身走近，他很神氣地吩咐：『給拿一盤月餅來，要很多個的那一種；賞大公主！』

『要四色的。』大公主又說了一句。

史進忠抬眼看了看兩宮太后，並無表示，便即答道：『是！馬上去拿，「要四色的，很多個的那一種」，請旨，送到哪兒啊？』

小皇帝現在也知道了許多宮中的用語，聽得懂『請旨』就是問他的意思，隨即答道：『送到這兒來，大公主要供月亮。』

小皇帝玩蟋蟀玩厭了，最近常跟大公主在一起玩，姊弟倆感情極好；大公主最伶俐，聽得西太后那句『男不拜月』的話，馬上想到拜月是女孩子的事，所以悄悄跟她弟弟商量，要一盤月餅，小皇帝十分慷慨，不但傳旨照賞，而且指定要很多個。

這很多個一共是十三個，由大而小，疊成一座寶塔似地；等捧進殿來，大公主非常高興，回身向她弟弟笑道：『謝皇帝的賞。』

小皇帝笑一笑問道：『妳在哪兒供月亮？』

大公主很懂事了，不敢亂出主意，只望著西太后的臉色——她跟東太后在談話，根本未曾發覺；於是雙喜作了主張：『上後院去供。』

宮女們七手八腳地在殿後空庭中，擺好几案，設了拜墊，供上瓜果月餅，燃的卻是白蠟燭，又有一個宮女，不知從哪裡找來了一個香斗，點了起來，香煙繚繞，氣氛頓見不同。

『這才像個八月半的樣子，』雙喜滿意地說：『就差一個兔兒爺了！』

這句話惹出了麻煩。『那好！』小皇帝大聲說道：『我要兔兒爺。快拿！要大的。』

雙喜一聽這話，心裡喊聲：壞了！『我的小萬歲爺，』她說：『這會兒哪裡給找兔兒爺去？』

『為甚麼？多派人去找。』

『人再多也不行。要京城裡才有；離著幾百里地呢。』

『我不管！』小皇帝頓著足，大聲說道：『我要！非要不可！』

隨便雙喜怎麼哄，連大公主幫著勸，小皇帝只是不依。正鬧得不可開交時，西太后出現了，站在走廊上喝道：『幹甚麼？』

這一問，滿庭靜寂；小皇帝不敢再鬧，卻有無限委屈，嘴一癟要淌眼淚了。

雙喜大驚，知道西太后最見不得小皇帝這副樣子；要想辦法阻止，卻已來不及，小皇帝忍不住哭出聲來。雙喜情急，一伸手捂住他的嘴，拉了就走。

看在節日的份上，西太后沒有說甚麼，管自己回到西暖閣；自覺無趣，早早關了房門，一個人坐在窗前，百無聊賴地望著月色。

月色與去年在喀拉河屯行宮所見的一樣，依然是那麼圓、那麼大、那麼亮，似乎隱隱看得見蟾影桂樹。可是那時到底還不是寡婦；縱使君恩已衰，而且病骨支離，但畢竟有個指望。如今呢？貴爲太后，其實一無所有；漫漫長夜，除卻細聽八音鐘所奏的十二個調子以外，竟不知如何打發？而還有比活到現在更長的一段日子在後面，怎麼得了呢？

一想到此，不由得心悸，她急於要找一件能夠使她集中全副心力的事去做；好讓她忘掉自己。於是喊一聲：『來啊！』等召來宮女，隨又吩咐：『開小書房！』

原說是中秋息一天，不看公事；偏偏要看公事了，卻又只有一件——照例，逢年過節除非特別重要，奏摺旨稿總是少的；那些有忌諱的文件，譬如報大臣病故之類的章奏，也不會拿上來。這一天也許是顧命大臣爲了表示爲兩宮太后賀節，送上來的一件奏摺，事由是內閣恭擬兩宮的徽號；請旨定奪。

所擬的兩宮太后的徽號，第一個字都是『慈』字，母后皇太后是『慈安』；聖母皇太后是『慈禧』。『慈禧，慈禧！』西太后輕輕唸了兩遍，相當滿意，便拿了那道奏摺到東暖閣來看『慈安太后』。東暖閣裡，靜悄悄地只有兩名宮女在看屋子，見了西太后一齊請安；年長些的便說：『母后皇太后在後院。』

『呃！妳主子幹甚麼來著？』

『在逗著皇上和大公主說笑。』那宮女又問：『請懿旨，可是要把母后皇太后請了來？』

『不用了。我自己去吧！』

於是西太后一個人繞著迴廊，走到東暖閣後面。空庭月滿，笑語盈盈，小皇帝正盤踞在一張花梨木的大椅子上，聽東太后講神仙的故事，他跟偎倚在母后身邊的大公主一樣；早該是歸寢的時候了，卻都精神抖擻地玩得正高興。

西太后停住了腳，心中不免感觸，而且也有些妒嫉。何以孩子們都樂於親近東太后呢？是不是自己太嚴厲了些？這樣想著，便又自問：該不該嚴厲？女孩子不妨隨和些，她想到一句成語：『玉不琢，不成器。』對兒子非嚴不可！

於是她再次移動腳步，走入月光所照之處；在廊上侍候的宮女，便請個安，大聲喊道：『聖母皇太后來了！』

這一喊打斷了東太后的話，第一個是小皇帝，趕緊從椅子上溜了下來，垂手站在一邊；接著大公主也規規矩矩地站好。等她走到面前，東太后惟恐她說出甚麼叫兒女掃興的話來，便先指著身邊的大公主說道：『今兒過節，月亮也真好，讓他們多玩兒一會兒吧！』

西太后點點頭，在皇帝原來坐的那張椅子上坐了下來，轉臉問她兒子：『今兒沒有上學？』

『過節嘛！』小皇帝振振有詞地答道：『師傅叫放學。』

『明兒呢？』

小皇帝不響了，臉上頓現無限悽惶委屈的神情；東太后好生不忍，便又說道：『今天睡得晚了，明兒怕起不來。再息一天吧。』

聽見這話，小皇帝的精神又振作了；西太后看在眼裡，微微冷笑著對小皇帝說道：『皇額娘許了你了，就讓你再玩兒一天。可別當作例規！』

聽見這話，覺得掃興的是東太后，但表面上一點不露，『天也不早了，』她說：『再玩一會兒，就去睡吧！』說著，向站在近處的雙喜看了一眼。

等雙喜把這小姊弟倆領到另一邊去玩；西太后便把手裡的摺子一揚：『妳看看！』

『是甚麼呀？』東太后一面問，一面接過摺子——月色甚明，不用取燈燭來也看得清楚；那些頌揚的話她不懂，等把『恭上徽號』這回事，看明白了，便即笑道：『妳這個「禧」字也很好，就是難寫；不如我這個「安」字寫起來方便。』

聽她這兩句話，西太后頗有匪夷所思之感；要照她這個樣子，別說垂簾聽政，就像武則天那樣做了女皇帝，依然會讓臣子欺侮。但心裡菲薄，口中不說一句調侃的話；不是不敢是不肯，不肯讓她知道她說的話，婆婆媽媽，不知大體。『隨她去！』西太后在心裡說：『讓她懵懂一輩子。』

『咱們的名號倒有了。』東太后又說：『大行皇帝的呢？』

西太后知道她指的是大行皇帝的廟號和尊諡。幾天以前，內閣就已各擬了六個字，奏請選用；兩宮太后一致同意，廟號用『文』字，尊諡用『顯』字，稱爲『文宗顯皇帝』，但上諭一直未發，因爲梓宮回京，一切禮節，還待擬定，等諸事齊備，一起下旨，比較合適。這也是西太后同意了的。

但東太后並不知道，因爲與顧命八臣商議這件事的那天，她微感不適，只有西太后一個人聽政，事後也未曾說與她聽，這自是一種疏忽；所以西太后此刻聽她提起，略感不安，只好以歉疚的語氣，說明經過。

忠厚的東太后，點點頭說：『只要妳知道了就行了！』

一聽這話，西太后反覺自己的不安，成爲多餘。她警告自己，不要太天眞；以後就算做錯了事，先看看她的態度再說，別忙著認錯。

『我還有件事跟妳商議，那天肅順奏請分見，我不知他是甚麼意思？』

甚麼意思，是肅順有意要分嫡庶！提起這件事來，西太后就恨不得把肅順抓來，跪在面前，叫太監狠狠掌他的嘴！

『哼！』她冷笑道：『這還用說嗎？還不是因爲妳忠厚，好說話；打算著矇事。』

『我也就是怕這一個。』東太后說：『咱們還是一起見他們好了。』

西太后沉吟了一會兒，覺得這倒是試探肅順本心的一個好機會，便即答道：『不必如此。他要分見，咱們就分見，聽聽他在妳面前說些甚麼。』

『聽話我會。就怕他們問我甚麼。』

『這好辦。妳能告訴他們的，就告訴他們；說不上來的，就說：等我想一想再說。』

『嗯。』東太后把前前後後想了一遍，覺得還是不妥。『如果有甚麼要緊的事，他們當時就要我拿主意。那可怎麼辦呢？』

這確是一個疑問，西太后楞住了，但也不過片刻工夫，立刻想到了辦法；這個辦法，不但可以解除東太后的難題，也可以爲自己立威，自覺得意，便欣然答道：『這樣子好了，如果他們眞的要逼著妳答應，妳就答應；可一定要告訴他們：是用『御賞』和『同道堂』兩個圖章代替硃筆，蓋了一個不夠，還得蓋另一個。這一來，他們就非跟我來說不可；能照辦的，我自然照辦，不能照辦的，我給他們駁回。沒有兩個圖章，不算硃筆親批，諒他們也不敢發下去。』

『楞發了下去呢？』

『那就是假傳聖旨。』西太后用極有力的聲音說：『是砍腦袋的罪名。』

『好。我懂了。』

『姊姊！』西太后湊近了她又說：『反正，咱們倆只要齊心，就不怕他們搗鬼。妳做好人，我做壞人，凡事有我！』

『好！』東太后欣然答道：『就這麼說了。』

東太后絲毫都沒有想到，自己已爲她這位『妹妹』玩弄於股掌之上，反覺得西太后不負先帝手賜那枚『同道堂』圖章的至意，確能和衷共濟，實在是社稷之福。

到了第二天，召見顧命八臣，首先把禮部的奏摺當面發了下去；降旨內閣，明諭中外，從此東太后稱爲慈安太后，西太后稱爲慈禧太后，但這只是背後的稱呼；皇帝的諭旨，以及臣子奏對，仍舊稱作母后皇太后和聖母皇太后。

兩宮皇太后從這一天起，都開始忙了起來。節前各人都有私事要料理，公事能壓下來的都壓著；一過了節，回鑾日近，恭奉梓宮回京的喪儀，頭緒浩繁；宮中整理歸裝，要這要那，麻煩層出不窮，這些都得兩宮太后出面裁處，才能妥帖。除此以外，江南的軍事，大有進展；八月初一收復安慶的詳情，已由曾國藩正式奏報到行在，論功行賞，固不可忽，而乘勝進擊，指授方略，更得要掌握時機，所以兩宮太后與顧命八臣，有時一天要見面兩三次；慈禧太后批閱章奏，亦每每遲至深夜。就在這樣緊張忙碌的生活中，她還得抽出工夫來接見醇王福晉，甚至在必要時召見醇王，好把他們的計畫和步驟，密議得更清楚、更妥當。

這樣過了上十天，忽然內奏事處來向慈安太后面奏，說肅順要以內務府大臣的資格，單獨請見。她與慈禧太后商量以後，准了他的請求。

等行完了禮，肅順站起來，側立在御案一旁，看著慈安太后說道：『奴才一個人上奏，有許多話不能叫人知道，請懿旨，讓侍候的人迴避。』

慈安太后聽這話覺得詫異，召見顧命大臣，依照召見軍機大臣的例，向來不准太監在場，然則肅順何出此言？於是兩面看了一下，才發現窗槅外隱隱有宮女的影子，便大聲說道：『都迴避！』

窗外的纖影都消失了，肅順又踏上一步，肅容說道：『奴才本不敢讓母后皇太后心煩，可又不能不說，目前戶部和內務府都有些應付不下來了！』

慈安太后一驚：『甚麼事應付不下來啊？』

肅順把拇指和食指圈成一個圓圈，說了一個字：『錢！』

『噢。』慈安太后想了想說：『我也知道你們爲難。大喪當然要花錢，軍費更是不能少撥的。』

『嗳！』肅順做了個稱讚、欣慰的表情，『聖明不過母后皇太后！如果都像母后皇太后這樣子，奴才辦事就順手了。』

這是話中有話，慈安太后對這一點當然聽得出來，便很沉著地問：『有甚麼事不順手啊？說出來，人家商量著辦。』

『聖母皇太后的差，奴才辦不了。』

『怎麼呢？』

『要的東西太多。』說著，肅順俯身從靴頁子裡摸出一張來唸道：『八月初二，要去瓷茶鍾八個。八月初九，要去銀馬杓兩把，每把重十二兩。八月十二要去……』

『行了，行了！』慈安太后揮著手，截斷了他的話，『這也要不了多少錢，不至於就把內務府給花窮了。』

顯然的，她的神情和答話，都是肅順所意料不到的；這倒還不是僅僅因爲她幫著慈禧太后說話，而且也因爲她從未有過如此簡截乾脆的應付態度。

但是，肅順也是個善於隨機應變的，所以慈安太后的話雖厲害，並沒有把他難倒，『光是聖母皇太后一位來要，內務府自然還能湊付，』他說：『可就是聖母皇太后一位開了端，對別的宮裡，就沒有辦法了。再說，這年頭兒，正要上下一起刻苦，把個局面撐住；奴才爲了想辦法供應軍費，多方緊縮，也不知挨了多少罵。如果聖母皇太后不體諒，罵奴才的人就更多了；奴才更不好辦事。』

這多少算是說了一番道理，慈安太后不能像剛才那樣給他軟釘子碰，便只好這樣說：『你的難處上頭也知道。不過，她的身分到底不同些，別人也不能說甚麼。』

一說這話，想不到肅順馬上接口：『就因爲別人在說話，奴才才覺得爲難。』

『噢？』慈安太后很詫異地問：『別人怎麼說呀？』

『說是聖母皇太后到底不能跟母后皇太后比；一位原來就是正宮，一位是母以子貴。「天無二日，國無二主」，天下應該只有一位太后，要聽也得聽母后皇太后的話。』停了一下，肅順又說：『這都是外頭的閒言閒語，奴才不敢不據實奏聞。』

忠厚的慈安太后，明知道他這話帶著挑撥的意味，卻不肯拆穿，怕他下不了台，想了半天，想出有句話必須得問：『外頭是這麼說；那麼，你呢？』

肅順垂著手，極恭敬、極平靜答道：『奴才尊敬母后皇太后，跟大行皇帝在日，一般無二。』

大行皇帝在日，尊重皇后，因此肅順也以大行皇帝的意旨爲意旨，對皇后與懿貴妃之間，持著極不相同的態度；如今他再度表示效忠，慈安太后就覺得更爲難了，『伸手不打笑臉人』，不能說一句駁他的話。

這時肅順又開口了：『奴才蒙大行皇帝特達之知，託以腹心，奴才感恩圖報，往往半夜裡醒過來，第一個念頭就是：如何爲聖主分憂？奴才只知主子，不知其他；爲了奴才力保曾國藩、胡林翼、左宗棠，很遭了一些人的忌，如今曾家弟兄，到底把安慶打下來了；安慶一下，「老長毛」如釜底游魂，遲早必滅。奴才不是自誇功勞，這是千秋萬世禁得起批評的。咱們安居後方，也得想一想前方的苦楚，像胡林翼，坐鎭長江上游；居中調度，應付八方，眞正是「鞠躬盡瘁，死而後已」，只好奏請開缺……』

說到這裡，慈安太后又打斷了他的話，用很關切的聲音說：『不是給了兩個月的假了嗎？』

『是啊！假是賞了，也是迫不得已，不能放他走。要按他的病來說，別說兩個月，就是兩年，怕也養不好。』

『這是個要緊的人！』慈安太后憂形於色地，『可千萬不能出亂子。』

『只怕靠不住了。』肅順慘然答道：『胡林翼的身子原不好，這幾年耗盡心血，本源大虧。七月裡接到大行皇帝駕崩的消息，一驚一痛，口吐狂血；雪上加霜，很難了。』

聽說胡林翼病將不起的原因是如此，慈安太后大爲感動；連帶想起先帝，不免傷心，用塊手絹擦一擦眼睛，不斷地說：『忠臣，忠臣！』

於是肅順又借題發揮了，他說忠臣難做，如非朝廷力排眾議，極力支持，即使有鞠躬盡瘁之心，仍然於國事無補。信任要專，做事才能順手。接著又扯到他自己身上，舉出許多實例，無一不是棘手的難題；但以大行皇帝的信任，他能夠拿出魄力放手去幹，終於都辦得十分圓滿。

慈安太后一面聽，一面心裡在琢磨，不知他說這些話是甚麼意思？聽到後來才有些明白，仍是要攬權。但是，從痛駁董元醇的奏摺以後，顧命大臣說甚麼，便是甚麼，大權全攬，那麼肅順還要怎麼樣呢？

有此一層疑惑，慈安太后只好這樣說：『現在辦事，也跟大行皇帝在日差不多；凡事都是你們商量定了，該怎麼辦，上頭全依你們，只要是對的，儘管放手去做。』

『這，奴才也知道。就怕兩位太后聽了外面的，不知甘苦，不負責任的話，奴才幾個辦事，就有點兒行不通了！』

『怎麼呢？我們姊妹倆不會隨便聽外面的話，而且也聽不見。』

『這話奴才可忍不住要說了。』肅順顯得極鄭重地，『聖母皇太后召見外臣，於祖宗家法不合，甚不相宜。』

『你是說醇王嗎？』

『是。』肅順又說，『醇王雖是近支親貴，可是國事與家務不同；就是大行皇帝在日，也很少召見。敦睦親誼，只在逢年過節的時候，而且不准妄議時政。聖母皇太后進宮的日子淺，怕的還不明白這些規矩；奴才請母后皇太后要說給聖母皇太后聽才好。』

這番話等於開了教訓，慈安太后頗有反感，但實在沒有辦法去駁他，只微微點一點頭，帶著些不置可否的意味。

『現在外面專有些人說風涼話。』肅順憤憤地又說：『說奴才幾個喜歡攬事。奴才幾個受大行皇帝顧命之重，不能不格外盡心：沒想到落不著一個「好」字，反落了這麼一句話，這太教人傷心了！』

慈安太后不知道他說的是誰？但既有牢騷，便當安慰，於是說了些他們的勞績，上頭都知道，不必聽外面的閒話，依舊盡心盡力去辦事的『溫諭』。肅順仍然有著悻悻不足之意，不過時間已久，慈安太后有些頭昏腦脹，不能讓他暢所欲言，便示意跪安，結束了這場『獨對』。

回到煙波致爽殿，她把慈禧太后找了來，避開耳目，站在樹蔭下，把肅順的話，源源本本說了一遍。慈禧太后十分沉著，只是嘴角掛著冷笑，靜靜地傾聽著。

她心裡最難過的是，肅順要強作嫡庶之分，不承認兩宮應該並尊；而在慈安太后面前，還不能把心裡這份難過說出來，這就使得她更覺難堪──從這一刻起，她恨極了肅順，心底自誓：此生不握權便罷，有一天權柄在手，非殺掉此人不可！

恨到極處，反形冷靜，『肅順的話也不錯，當今支應軍費第一。』她說：『我就先將就著吧，在熱河，再不會跟內務府去要東西了。』

慈安太后沒有聽出她話中已露必去肅順的殺機，只覺得她的態度居然變得如此和緩，大非意料。

『姊姊，』慈禧太后忽又問道：『妳看肅順說那些話是甚麼意思？』

『是說妳的那些話嗎？』

『不是。說他自己的那些話。』

『無非外面有人批評他們攬權，發發牢騷。』

『不盡是發牢騷。』慈禧太后想了一會說道：『似乎是丑表功，意思是要讓咱們給一點兒甚麼恩典。』

『這，我倒沒有聽出來。』慈安太后接著便點點頭，『倒還是聽不出來的好。』

慈禧太后笑了，覺得像她這樣裝聾作啞，也是一門學問。但慈安太后說是這樣說，心裡並不以慈禧的話為然；她認為自己親身的感受是正確的，肅順只是發牢騷，縱有表功之意，卻無邀賞之心。『親身的感受』並不正確，實際上是慈禧的看法對了，肅順是借發牢騷作試探，希望能獲得明旨褒獎，藉以顯示兩宮對他及顧命大臣的信任和支持——因為從痛駁董元醇的上諭明發以後，自然有許多批評和揣測，甚至抱著反感的；有人看出君臣不協，辦事不免觀望，肅順對此頗為煩惱。倘有兩宮的溫諭，則所有浮言可以一掃而空，同時他的權威亦可加強，指揮便能如意。

哪知等了幾天，兩宮太后甚麼表示也沒有；公事卻是越來越繁重，他兼的差使多，戶部、內務府、理藩院、侍衛處等等衙門的司員，抱牘上堂，應接不暇。載垣、端華也是如此；這兩人的才具比肅順差得太多，越發覺得應付不了，苦不堪言。但是，他們都沒有放手的意思，只希望『上頭』知道他們的苦楚，有所慰勉；因此，肅順試探沒有反應，三個人都大為失望，同時也不死心。

『「東邊」老實，一定沒有聽清老六的話。』端華向載垣建議，『咱們來個以退為進如何？』

載垣和肅順商量以後，認為這個辦法值得一試，於是第二天『見面』，等把各方面辦理喪儀的準備情形報告完了以後，便說：『臣等三個，差使太多，實在忙不過來；司員來回公事，總要等上了燈才能清楚。想請懿旨，是不是酌量改派？』

遇到這些陳奏，照例是慈禧太后發言，『最近沒有加派你們甚麼差使啊！』她說：『何以以前忙得過來，這會兒就忙不過來了呢？』

『這有個緣故，有些差使，平常看來是閒差；此刻就不同了。』

『噢。倒說說看！』

於是載垣說了緣故；鑾儀衛原是沿襲明朝錦衣衛的制度而來，只不像錦衣衛那樣，擔任查緝偵探的任務，此外儀仗鹵簿，輦輅傘蓋，鐃歌大樂，仗馬馴象都由鑾儀衛管理；如果天子安居深宮，自然清閒無事，於今小皇帝奉梓宮及兩宮太后回京，雖在大喪期間，不設全副儀駕，但也夠忙的了。至於上虞備用處，載垣就略而不提了；因為這純粹是皇帝巡狩，陪著在左右玩的一種差使，多選八旗大員的子弟充任，皇帝出巡時扶轎打傘，捕魚捉鳥，都是他們，所以上虞備用處，俗稱『黏竿處』；大行皇帝在日，載垣因為領著這個差使，成了親密的遊伴，常借著打獵行圍的名義，為大行皇帝別尋聲色，這一層，載垣不免情虛便不肯多提。

聽了他的陳奏，慈禧太后未作表示；只問端華和肅順，又有甚麼困難？端華自陳，受顧命以後，每日在內廷辦事，兼顧行在步軍統領這個差使，十分吃力。肅順則要求開去理藩院和嚮導處的差使——這個差使平時一點事都沒有，一有事就是發財的機會；遇到皇帝出巡，豫遣大臣，率領御營將校，勘察蹕路所經的路程遠近，橋樑道路的情況，如果認為不妥，立即可以責成地方官修理。明明可以不經這座橋樑，偏說是必經之路；明明道路平整，不礙儀駕，偏說坎坷不平，這裡面就要看紅包大小來說話了。還有富家大族有關風水的祖墳，亦可說是蹕路所經，非平掉不可；那個紅包就更大了。當然，肅順不會要這種錢；他的意思是要讓兩宮太后知道，既要恭奉梓宮在後，又要預作嚮導在前；而蒙古、西藏等地的王公藩屬，弔臨大喪，又都要理藩院接待，這都得靠他一手料理，勞績可想而知。

但是，他們再也沒有想到，慈禧太后靜靜地聽完了陳奏，一開口就是：『好吧！』緊接著又說：『照你們的話辦，載垣鑾儀衛和黏竿處的差使，端華步軍統領的缺，肅順管理藩院和嚮導處的差使，一概開去。應該改派甚麼人，你們八個人到外面去商量好了，馬上寫旨來看。』

這一下是鐵案如山了！肅順大爲懊喪，心裡直罵他那位老兄端華出的是『餿主意』；但弄巧成拙，事情到了這一步，唯有照辦。顧命八臣退了出去，在煙波致爽殿門外的朝房裡開了一個會——自然，也只有他們三個人發言，商量的結果，決定便宜不落外方，但這些差使都是『滿缺』，所以由景壽掌理鑾儀衛，漢軍的穆蔭管理理藩院；上虞備用處擬了大行皇帝嫡親的姊夫，『四額駙』德穆楚克扎布；嚮導處擬了僧王的兒子伯彥訥謨祜。只有行在步軍統領這個缺，較費商量，研究了半天，擬了曾經做過步軍統領，留京辦理，主持巡防的刑部尚書瑞常補授。

當時由曹毓瑛寫了旨稿，重複進殿回奏。慈禧太后一看，除景壽和穆蔭以外，其他三個都是蒙古人，心中會意，卻不說破；反正肅順走了一著臭棋，把這些可以作爲耳目的差使，輕易放棄，實在是自速其死！

八

行宮裡上上下下，忙得不可開交，人來人往，箱籠山積，每人心裡都有著掩不住的興奮；終於要回城了！行宮到底不是久居之地，而況親友大部分在京裡；僅僅是想到遠別重逢，把臂話這一年的離亂，便覺歸心如箭，神魂飛越了。

只有兩宮太后和小皇帝是安閒的，一切都不需他們動手。但兩宮太后身子安閒，心裡緊張；只要一靜下來，就不免一遍又一遍地盤算著到京以後要見的人、要說的話、要做的事。特別是慈安太后，她叫雙喜替她在貼身所穿的那件黑布夾襖裡面，做了個極深的口袋，藏著曹毓瑛所擬的那道上諭，原已嚴密穩妥，萬無一失，但她總覺得不放心，不時要用手去摸一摸。

慈禧太后看在眼裡，直到九月廿三起床，在漱洗的那一刻，才悄悄向她提出警告：『姊姊，一出了宮，耳目多，咱們的一舉一動都在別人眼裡；妳可別老去摸「那個東西」，讓人看著犯疑心！』

『嗯，我知道。』說了這一句，她倒又不自覺地把手伸到胸前；一觸摸到衣服才意會到，自己都覺得好笑。

漱洗完了，傳過早膳，敬事房總管太監來請駕，到澹泊敬誠殿行啓靈禮。小皇帝奠酒舉哀，撤去几筵；由肅順親自指揮，把梓宮請到一百二十八名伕子所抬的『大槓』上，然前御前大臣醇親王和景壽，引領著小皇帝到行宮大門的麗正門前恭候，等梓宮經過，率領文武百官跪送上道。這時兩宮的黑布轎，已在行宮側門等候；小皇帝依舊跟著慈安太后一起，由間道疾行，先到喀拉河屯行宮，匆匆傳過午膳，由景壽陪著，乘轎到『蘆殿』——蓆棚搭蓋，專爲停奉梓宮之用的簡陋殿廷，奠了奶茶，依舊回到喀拉河屯行宮。

除了肅順和醇親王，以及其他少數大員，如肅順的心腹，吏部尚書陳孚恩等等，扈從梓宮以外，其餘的都隨著皇帝行動。早在康熙年間，就已建立了完善的巡幸制度，雖在旅途，照常處理政務，所以當慈安太后和麗太妃正繞行喀拉河屯行宮各處，指指點點在追憶去年中秋，倉皇到此的光景時，慈禧太后卻在大行皇帝當時所用過的御座上，批閱章奏。因景生情，瞻前顧後，她彷彿有一種化爲男兒身，做了皇帝的感覺；這份感覺，不但美妙，而且新奇，坐在御座上，扶著靠手，顧盼自豪，竟捨不得離開了。

就在這時候，御膳房首領太監來請示晚膳的菜單，她忽生怪想，這樣吩咐：『照去年大行皇帝在這兒用膳的單子開。』

御膳房首領大出意外，囁嚅著說：『那可記不得了。』

慈禧太后冷冷地答了兩個字：『查檔！』

御膳菜單，逐日記檔；但在道路之中，誰也不會把老檔放在手邊，看她的顏色不妙，御膳房首領，不敢多說，硬著頭皮答應，退了下來，自去設法。

倉卒之間，膳檔是無論如何沒有辦法去查的，好得舊人還在，大家苦苦思索；幸喜那天時值中秋，地在行宮，印象較深，把殘餘的記憶七拼八湊，居然湊完全了，除了大喪不用黃、紅等色，只用青花磁器以外，慈禧太后所用的這一桌晚膳，與大行皇帝當日所傳的幾乎完全一樣，但感慨彌深，淺嘗即止的情形，也是一樣——尤其是慈安太后，觸景生情，簡直食不下嚥了。

除了感慨，也還有驚疑；一路扈從的禁軍，大部分還掌握在肅順、載垣和端華的手中，時機逼到了緊要關頭，一言半語的疏忽，可以激出不測之禍，所以兩宮太后相約絕口不談到京以後的一切。慈禧太后則更擔心著名為恭護梓宮，其實負有監視肅順的任務的醇王，她深知她這個妹夫，才具平庸而又年輕氣盛，與肅順朝夕相處，倘或發生爭執，洩漏眞意，後果不堪設想。這樣提心弔膽，一直進了居庸關，聽說勝保新練的京兵來迎駕，才算放了一半心。

過了密雲，京師在望；九月廿八日的未正時分，到了順義縣西北的南石槽行宮，這裡離京城只有一天的路程了。三品以上的官員，規定在此接駕；等兩宮太后的大轎，沿著黃沙的蹕道，靜悄悄地將進街口，只聽有人朗聲說道：『臣奕訢跪請皇上聖躬萬安。』

一聽這聲音，慈禧太后不由得激動了，只覺萬感交集，不辨是悲是喜？忍不住掀開黑布轎簾，自淚眼模糊中望出去；正看見恭王頎長的身軀伏了下去在免冠磕頭。

『好了！』慈禧太后擦著眼淚，舒了口氣，無聲地自語：『這可不怕了！』

長長的接駕的行列，一個個報名磕頭，等聲音靜止，大轎也進了行宮，直到寢殿前院停下；先到的太監宮女，一擁上前，行了禮接著各人的主子，進殿休息。

慈禧太后仍住西屋，剛要進門，聽得有人在一旁高聲喊道：『奴才給主子請安！』是安德海！慈禧太后頗有意外之感，自然也很高興，但此時卻不便假以詞色，只說了兩個字：『起來！』

『喳！』安德海響亮地答應一聲，站起身來；疾趨上前，洋洋得意地揚著臉，掀開了青布門簾。

除去兩宮太后和雙喜以外，殿裡殿外的人，無不大感困惑，但只有小皇帝說了話，『皇額娘，』他拉著慈安太后的衣服問道：『小安子不是犯了過錯，給攆出去了嗎？怎麼又來了呢？』

『別多問！』慈安太后說了這一句，彷彿覺得不妥，便又說道：『犯了錯，只要改過了，自然還可以回來當差。』

小皇帝不甚懂她的話，但也沒有再問，只翻著眼睛罵了句：『討厭！』

『不許罵人！』慈安太后拉著他的手說：『來吧，一身的土，讓雙喜給你換衣服，洗了臉好吃飯。』

兩宮太后都換了衣服，重新梳洗，然後傳膳；敬事房的首領陳勝文，用個銀盤，遞上『膳牌』——薄竹片塗粉書名，在傳膳時呈進，以便引見或召見。

京裡的情形吧？』

慈禧太后翻了一下，看見恭王的名字，便向慈安太后徵詢意見：『咱們跟六爺見個面兒，問一問她的聲音很大，彷彿是故意要說給甚麼人聽似地，慈安太后懂得她的意思，越到緊要關頭越小心，防著有肅順他們的耳目，便也提高了聲音答道：『是啊！我就惦念著宮裡，也不知安頓得怎麼樣了？』

這表示召見恭王，不過是問問宮廷瑣務，把他當作一個內務府大臣看待，無關緊要。而恭王自然也有警惕，遞牌請見，無非是因爲自己的身分，不能不出此一舉；其實也不承望見著兩宮太后。所以聽得傳旨召見，心裡反而惴惴然，惟恐慈禧太后不識輕重，說出句把激切憤慨的話來，或會招致意想不到的阻礙和變化。

因此，當見著兩宮太后時，他特別擺出輕鬆舒徐的神色，磕了頭起身，又向小皇帝請了個安，隨即執著他的雙手，高興地說道：『皇上的氣色極好。一路沒有累著吧？』

『嗳！一路還算順利。皇帝很乖、很聽話；上蘆殿行禮，都是一個人坐著轎子去。』慈安太后又吩咐小皇帝：『叫六叔！』

小皇帝受了誇獎，越發聽話了，叫一聲『六叔！』隨即倚著慈安太后的膝頭，靜靜地看著恭王。

恭王卻轉臉去看慈禧太后，他不敢使甚麼眼色；但她從他眼中也看出他的意思，便即閒閒問說：『京裡還安靜吧！』

『安靜。』恭王從容答道：『京裡聽說兩宮太后回鑾了，民心振奮得很。』

『噢！』慈禧太后面有喜色，『可眞難爲他們了。天冷了，窮家小戶也得照應。可商定了甚麼章程沒有？』

『請兩位太后放心。已經定了十月初一開粥廠。』

『那好。』慈禧太后沉吟了一會兒，很謹慎地問道：『董元醇那個摺子駁了下去，外面有甚麼話沒有？』

這話很難回答，實情無法在此時此地陳奏，但又不能不作一些暗示，恭王想了一下答道：『大家都說，董元醇那個摺子寫得不好。』

寫得不好是說文字不好，不是意思不好，兩宮太后都會意了。

恭王見此光景，便不等她們再問，索性說在前面：『梓宮回京的大小事務，臣會同周祖培、桂良、賈楨、沈兆霖、文祥、寶鋆；還有告退的老臣祈雋藻、許乃普、翁心存他們，都商量好了，只等皇上到京，按部就班去辦，萬無一失。』

這一說越發叫人放心，慈禧太后便問：『明兒甚麼時候到京啊？』

『大概總在未刻。』

『這一年多，大家把局面維持住，可真是辛苦了。在京的大臣，皇帝都還沒有見過；一到京就先見個面吧！』

說著，慈禧向慈安看了一眼；另一位太后就微微點頭。恭王察言觀色，知道慈禧太后是想一到京就動手，時機似乎太侷促了些。

他還在考慮，她卻在催了：『六爺，你看行不行啊？』

恭王心想，來個迅雷不及掩耳也好，於是很沉著地答了一個字：『行！』

這時慈安太后亦已看出慈禧急於要動手的意向；心裡不由得有些緊張，口中便遲疑地問了出來：『明天來得及嗎？』

恭王正要這句話，隨即答道：『皇上倘是後天召見，那就諸事皆妥了。』說到這裡，放低了聲音，神色鄭重地又加了一句：『事需萬全，容臣有部署的工夫。』

『事需萬全』這四個字，頗爲慈禧太后所重視，想了一下，點點頭說：『好！明天等我們回到宮裡，六爺再「遞牌子」吧！』

這是說明天還要召見恭王一次。他也覺得有此必要，應聲：『是！』接著跪安退出。

第二天一早由南石槽動身，兩頂大轎，慈安帶著小皇帝在前，慈禧在後，辰時起駕，迤邐南行；未正一刻，到了德勝門外，三品以下的官員，在這裡接駕，報名磕頭，轎子便走得慢了。等進了德勝門，由鼓樓經過地安門，向東往南，由天安門入宮，換乘軟轎，到了歷朝太后所住的慈寧宮，已是薄暮時分了。

天一黑便不能召見外臣，慈禧太后心裡急得很，所以一進宮還來不及坐定，便叫過安德海來，低聲囑咐：『你去看看，六爺來了沒有？來了就「叫起」，讓他在養心殿等著。』

『喳！』安德海答應一聲，急忙忙奔了出去。

慈安太后見此光景，也就不忙著換衣服休息，與慈禧坐在一起，一面喝著茶，進些點心，一面等安德海來回話。

也不過兩刻鐘的工夫，安德海回來奏報，說恭王早已進宮，此刻遵旨在養心殿候駕。慈寧宮到那裡不算遠，兩宮太后也不傳轎，走著就去了。

養心殿從雍正、乾隆以後，就等於乾清宮一樣，是皇帝的寢宮，也是皇帝日常召見軍機，處理政務的所在；但大行皇帝在日，住圓明園的日子多，在宮的日子少，所以對兩宮太后來說，養心殿是個很陌生的地方，一進了殿門，竟不知該往甚麼地方走？

安德海極其機伶，搶上兩步，躬身問道：『請懿旨，是不是在東暖閣召見？』

這提醒了兩宮太后，並排走著，進了東暖閣；在明晃晃的燭火下，召見恭王。

『這兒的總管太監是誰？』慈禧先這樣問。

這一問把恭王問住了，楞了一下答道：『容臣查明了回奏。』

『不要緊。我不過想問問，這裡的人都靠得住嗎？』

原來是怕洩漏機密，這是過慮了，『靠得住。』恭王答道：『侍候養心殿的，都知道輕重。請兩位太后放心！』

『那就好！』慈禧太后的聲音也響亮了：『六爺，你看明兒該召見哪些人吶？』

『人不宜多，管用的就行。臣擬了個單子在這裡，請兩位太后過目。』說著，掏出白紙書寫的名單，遞了上去；慈安太后接了過來，隨手轉交了給慈禧。

這張名單上開著簡單的履歷，恭王交到慈安太后手裡，她略看一看，怕裡面有甚麼字不認得，便順手遞到左邊：『妹妹，妳唸吧！』

於是慈禧太后接著單子唸道：

恭親王奕訢。

文華殿大學士桂良，字燕山，瓜爾佳氏，滿洲正紅旗。

武英殿大學士賈楨，字筠堂，山東黃縣。
體仁閣大學士周祖培，字芝台，河南商城。
軍機大臣戶部左侍郎文祥，字博川，瓜爾佳氏，滿洲正紅旗。
唸完了，慈禧太后接著便問：『我記得大學士一共是四位？』
『是！』恭王答道：『還有一個是文淵閣大學士官文，奉旨留在湖廣總督任上，所以不能開進去。』
名單是恭王召集心腹，研商以後決定的；大學士爲宰輔之任，文祥則是留京唯一的軍機大臣，加上恭王自己，親貴重臣都在裡面了，所以人數不多，分量很夠，足以匹敵顧命八大臣；慈禧太后深爲滿意，把名單摺了起來，裹在一方白紗手帕裡，點點頭說：『很好。明兒就是六爺「帶領」他們好了。你看，甚麼時候召見才合適啊？』
『晚一點兒好。』
『嗯！』慈禧會意了；要到下午，等載垣、端華他們退値出宮以後，才是最好的時機。
『六爺！』慈安太后忽然問道：『明兒見了大家，我該怎麼說啊？那一會兒很要緊，一句話都錯不得。』
『是！』恭王肅然答應，考慮了一下才這樣回答：『兩位太后的意思，臣全知道，所以，明兒個兩位太后，不必垂諭太多；只把他們的欺罔之罪，好好兒說一說，能激發臣下忠愛憤激之忱，事情就容易辦了。』
『嗯，嗯！』慈禧太后深有體會，看著慈安使了個眼色，表示此刻不必再問，等下她會解釋。

『不過，臣還有句話，不得不先奏明兩位太后。』恭王顯得很痛心地又說：『先帝對臣不諒，誤會極深，臣目前的處境甚難。不管顧命八臣，怎麼樣的專擅跋扈，親承末命這回事，到底是有的；爲了敬重先帝，明兒召見，臣實在不宜多說甚麼。至於以後，也得等兩位太后和皇上賞下恩典來，臣才好就本分辦事。』

『我們知道。以後，當然把外面都付託給六爺。』慈禧先許了這個願心，然後才說：『可是，明兒也總得有人說話啊！』

『當然。』恭王極有把握地說：『兩位太后請放心，一定會有人說話。』

於是，這晚上，恭王派朱學勤把桂良、賈楨、周祖培、文祥都請到了他的在後湖南岸，大小翔鳳胡同之間的別墅裡來聚首。除了桂良是岳父，文祥是心腹以外，對賈、周兩老，恭王以皇叔之尊，卻執後輩之禮，這不僅因爲這黃縣、商城兩相國，位高望重，齒德俱尊，更因爲恭王心裡明白，滿洲人自己鬧家務，非仰仗漢大臣不能解決。

把顧命與垂簾之爭，當作八旗內部鬧家務，有此明達深入的看法，比肅順就高了一著——這就是文祥見識不凡的地方，但也是他們正紅旗的傳統。卜五旗以正紅旗居首，太祖創立八旗時，正紅旗歸他的次子代善所有。太祖崩逝，代善擁立他們弟兄中最能幹的老八皇太極，就是太宗。代善亦因此大功，被恩獨隆，除他自己擁有『和碩兄禮親王』的尊銜以外，另有兩個兒子以軍功封爲郡王，都是世襲罔替的『鐵帽子王』。

因爲這個緣故，在開國以後的宮廷大政變，像順治年間的清算睿親王多爾袞，康熙末年的奪嫡之爭，以及世宗即位後的骨肉之禍，正紅旗都避免捲入漩渦，他們傳統的態度是，中立而和平，但不失效忠皇帝的基本立場。所以正紅旗的文祥和桂良，認為恭王要打倒肅順，必須爭取漢大臣和蒙古親王、大臣的支持；這就像弟兄鬧家務，自己人沒有是非曲直可言，必須請親友來調停是一樣的道理。如果親友袖手旁觀，這個家務鬧不清，弄到頭來必定兩敗俱傷——八旗可能會分裂；至少鑲藍旗會離心，因為鄭親王是鑲藍旗的旗主，他府裡還保存著鑲藍旗的大纛。

倘或出現這樣的局面，辛苦平洪楊的戰事，將會逆轉，委屈成和議以求得的安定，也要付之流水。內憂復熾、外患續起，不是社稷民生之福。為了這個關係，恭王對賈楨和周祖培抱著極大的期望；疏通游說的工作做了已不止一天，此一刻是到了必須仰仗他們的最後關頭了。

他先宣達了兩宮太后將於明日召見的旨意，接著便憂形於色地說：『大行皇帝屍骨未寒，深宮已不安如此；兩公國家柱石，不知何以慰在天之靈？』

賈楨和周祖培只皺著眉，口中『嗯，嗯』地表示領會，卻不說話。

於是恭王只好指名徵詢了；賈楨曾為恭王啓蒙，當過上書房的總師傅，所以恭王對他特別尊敬，湊過身子去，親熱地叫一聲：『師傅，明日奏對，你老預備如何獻議？』

賈楨抬頭看著周祖培答道：『這要先請教芝翁前輩的意思了。』

周祖培的科名比賈楨早了幾年，入閣卻晚了幾年，所以拱著手連連謙辭：『不敢，不敢！自然是唯筠翁馬首是瞻。』

『要說馬首，』賈楨拿紙媚指著桂良說：『在這裡。燕公是首輔，請先說了主張，我們好追隨。』

入閣以桂良最早，賈楨用明朝的典故，尊稱他為首輔；桂良也是連稱『不敢』，然後苦笑著說：『二公不必再鬧這些虛文吧！老實說一句，明日只有二公的話，一言九鼎，可定大局。應該取一個甚麼方針，請快指教吧！』

『是！』周祖培比較心直口快，但有話不便先說，催著賈楨開口：『筠翁，當仁不讓！我們就商量著先定出個方針來，進一步好想辦法。』

賈楨『噗嚕嚕，噗嚕嚕』吸了兩袋水煙，才慢條斯理地說了句：『自然以安靜為主。不知太后可有甚麼交代？』

慈安太后貼身所藏的那道密詔，早由曹毓瑛另錄副本，專差送交恭王，因此，明天兩宮太后召見，會有甚麼話交代，他是完全知道的，但此時不便說得太明白，只隱約透露：『總不外乎在軍機上有一番進退。』

『那當然是題中應有之義。』賈楨又問：『可還有別的意思？』

『還有垂簾之議，可否亦待公決。』

『這也未嘗不可。』

賈楨這一句話，對周祖培是一大的鼓勵，他是贊成垂簾之議的；目的之一，是要藉此報復肅順。肅順的狂妄無禮，不知得罪了多少人，尤以周祖培所身受的為最難堪；大行皇帝避難熱河以前，他與肅順同為協辦大學士戶部尚書，有時司員抱牘上堂，周祖培已經畫了行的稿，肅順裝作不知，問說是誰畫的行？司員自然據實回答；他居然會把周祖培的簽押塗消，重新改定原稿。累次如此，而且就當著本人的面。這樣不替人留餘地，所以周祖培把他恨如刺骨，凡可以打擊肅順的任何措施，他都是無條件贊成的。

這時他懷中已揣著一份奏請兩宮太后臨朝聽政的草稿，隨即拿了出來，遞向賈楨，一面說道：

『請筠翁卓裁！』

賈楨接到手裡，就著燭火，先看稿尾具名，已有了周祖培和戶部尙書沈兆霖、刑部尙書趙光的名字；再看正文，劈頭就說：『我朝聖聖相承，從無太后垂簾聽政之典，』但一轉又說：『惟是權不可下移，移則日替；禮不可稍渝，渝則弊生』，接著發揮『贊襄二字之義，乃佐助而非主持』，建議皇太后『敷宮中之德化，操出治之威權，使臣工有所稟承，不居垂簾之虛名，而收聽政之實效。』這個奏摺有意避開『垂簾』的名目，實際上仍是建議垂簾，變成一種掩耳盜鈴，自欺欺人的把戲，文章實在不見得高明，賈楨有些不以爲然。但是他的年紀也大了，懶得用心思，更懶得動筆，所以口是心非地連聲說道：『很好！很好！』

『然則請筠翁領銜如何？』

賈楨看這情形，勢在必行；這個摺子上去，必蒙聖眷，富貴可保，落得撿個現成便宜，於是欣然答道：『當附驥尾。』取過筆來，端楷寫上自己的名字。

這一下眞個是皆大歡喜。恭王算是放心了，明天召見，即使賈、周二人口頭沒有表示，有了這個奏摺，仍舊可以在諭旨上大作文章。把這齣戲很熱鬧地唱了起來。

爲了怕載垣、端華知道了這一夕的聚會，有所防備；既然大事已定，恭王便不必留賈、周二老多談，悄悄地仍舊把他們送了回去。但在他的別墅『鑑園』之中，卻是重帷明燈，徹夜不息，文祥、寶鋆、曹毓瑛、朱學勤這四個人，圍繞著他，整整商量了一夜，把所有的步驟，都仔細安排好了。

到了第二天午後，賈楨和周祖培都套車進了東華門，到內閣大學士直廬休息，等候召見。

兩位閣老都是六十開外了，身上病痛甚多，隨侍的聽差一會兒按摩搥背，一會兒進膏滋藥，忙個不了。看看剛交申時，淡淡的日影正上東牆，恭王匆匆而至，帶來了新的消息，載垣、端華和其他的顧命大臣，已經得到風聲，此刻都還在軍機處坐著不走，大有靜以觀變的模樣。

『那就不必等「叫起」了！』周祖培在這些儀制上面最熟悉，『反正王爺昨天已面奉懿旨，帶領進見，何不此刻就上去？』

『是啊！我正是這個意思。』

他們都是賞了『紫禁城騎馬』的，馬早改了肩輿，於是聽差『傳轎』，由外廷進入內廷，步入乾清宮西側的隆宗門——軍機處、南書房都在這裡；密邇著養心殿，一向是天子近臣，每日必到，而爲國家大政所出的機要地帶，所以氣象森嚴，關防特緊，等他們一到，載垣和端華都從軍機處走了出來，但彼此心裡雖極緊張，表面卻都不失貴人氣派，面帶微笑，揖讓雍容，把他們請到軍機大臣直廬去坐。

等見過了禮，載垣看著他們問道：『六叔跟賈、周二公，怎麼走在一處？是有甚麼指教嗎？』

『沒有甚麼。』恭王很隨便地答說：『太后召見……』

不容他說完，載垣立即大聲打斷：『哪有這回事？』

恭王笑笑不響，暗中盤算著脫身之計；念頭剛動，只聽外面一條尖銳高亢、男不男、女不女的嗓子在喊：『傳旨！』

載垣和端華一楞，恭王卻是極敏捷地站了起來，搶步上前，掀開簾子；並且回頭望了一眼，於是賈楨和周祖培便也都跟了出來。

來傳旨的是敬事房的首領太監丁進安，他早就出來了，悄悄在暗處窺探著，要等被召見的人到了才現身傳旨；這時便站在上首，面對恭王，大聲說道：『奉特旨：召見恭親王、大學士桂良、賈楨、周祖培、軍機大臣文祥，由恭親王帶領。』

這時載垣、端華、杜翰等等，也都出了屋子；聽得丁進安傳旨完畢，載垣憤然作色，指著丁進安厲聲問道：『何謂「特旨」？你說！是不是懿旨？』

『皇太后交代是「特旨」。』丁進安昂然答道：『是不是懿旨，王爺你自個兒琢磨吧！』

『當然是懿旨。』載垣看著恭王，聲音越發大了，『太后不應召見外臣！否則與垂簾有甚麼分別？』

『是啊！』恭王聲色不動，隨口答道：『這話你明兒當面跟太后回奏吧！』

說著，他已經移動腳步；兩位閣老也是目不斜視地邁著四方步子，從從容容地跟在恭王後面。走到半路，桂良和文祥亦都趕到，於是會齊了由恭王帶領，逕上養心殿東暖閣來見太后。

兩宮太后帶著小皇帝，已先在等著；等行了禮，慈安太后吩咐：『請起來說話！』

這還是兩宮太后第一次跟桂良、賈楨、周祖培和文祥進面，恭王便一一引見，簡單地報告了他們的經歷。兩宮太后不斷點頭，十分謙和。

等這一套程序終了，恭王便引個頭說：『兩位太后有話，就請吩咐吧。』

於是，慈安太后把預先商量好的話說了出來：『你們都是三朝的老臣，國家的柱石，忠心耿耿，我們姊妹倆早就知道的，就巴望著有今天這一天，跟你們見了面，要請你們作主。』

周祖培趕緊答道：『不敢，不敢！』其餘的人也都一致躬身遜避。

『這不是客氣話，』慈安太后指著小皇帝說：『皇帝才六歲，我們姊妹又年輕，孤兒寡婦，在外面受人欺侮啊！』

語聲未終，陡然一聲嬌啼，慈禧太后失聲而哭；慈安太后的淚水原就在眼眶裡晃盪，這一下自然也跟著涕泗漣漣，把個小皇帝嚇得慌了，看看這個，看看那個，小嘴一癟，也拉開嗓子，號啕大哭。

這娘兒倆三個的哭聲，震動了整個養心殿，幾位老臣，無從解勸，只好陪著宣涕。君臣對哭，如遭大喪，這樣彼此影響著情緒，一下子引起了悲憤激昂的情緒。

兩宮太后且哭且訴，肅順的跋扈驕狂，原已在大家心目中烙下了極深的印象，所以她們——特別是慈禧太后的話，很容易打動人的心。等說到爭執痛駁董元醇的旨稿，小皇帝驚悸之餘，竟致遺溺時，周祖培突然抗聲而言：『太后何不治他們的罪？』

這一聲如石破天驚，哭聲立刻低了，在殘餘的抽噎唏噓中，慈禧太后問道：『顧命大臣也能治罪嗎？』

『有何不可？』周祖培斬釘截鐵地答說：『請先降旨，解除他們的職務，自然就可以治罪了！』

『好！』慈禧太后點著頭，連說了三個『好』字，接著又說：『現在就降旨吧！』

於是慈安太后背過身子去，解開脅下衣紐，取出貼身所藏的那道密旨，遞了給恭王：『六爺，你唸給大家聽吧！』

原是密旨，此刻成了『明發』，曹毓瑛也是照明發上諭的格式寫的，每頁六行，字大且多；所以這道藏在慈安太后身上多日，片刻不離，入手餘溫猶在，並似乎薌澤微聞的諭旨，展開來有如一個小手卷那麼長。這使得周祖培等人，大爲驚奇；不知太后身上何能有此文件，更不知道長篇大論，說的是些甚麼？

等傳旨的人往上面一站，其餘諸臣，隨即都跪了下來；恭王從『上年海疆不靖』開始，唸到『都城內外，安謐如常』；換口氣唸第二段，是說載垣、端華、肅順『朋比為奸』，力阻回鑾；因為『塞外嚴寒』之故，以致『聖體違和』，崩於行在。這是把大行皇帝的死因，都歸罪於那三個人了。

因此，諭旨上說：『朕御極之初，即欲重治其罪，惟思伊等係顧命之臣，故暫行寬免，以觀後效。』這以下就說到八月十一的事了，以皇帝的口氣，認為董元醇所陳奏的三件大事，『深合朕意』；雖然本朝向無太后垂簾的制度，但既登大位，『惟以國計民生為念，豈能拘守常例？此所謂事貴從權，特面諭載垣等，著照所請傳旨。』

文章到緊要關頭上來了，恭王特意提高了聲音，不疾不徐地唸道：

『該三大臣奏對時，嘵嘵置辯，已無人臣之禮；擬旨時又陽奉陰違，擅自改寫，作為朕旨頒行，是誠何心？』

這『是誠何心』四字，是痛駁董元醇的警句，也是恭王最痛心的指責；曹毓瑛以其人之道還治，用在此處，非常巧妙。恭王唸到這裡，心中痛快，不由得略停一停，垂眼下望，只見俯伏在地上的周祖培，正微微頷首，可見得這四個字，下得確有力量，於是越發抖擻精神，朗聲誦唸：

『且載垣等每以不敢專擅為詞，此非專擅之實蹟乎？

總因朕沖齡，皇太后不能深悉國事，任伊等欺蒙，能盡欺天下乎？此皆伊等辜負皇考深恩，若再事姑容，何以仰對在天之靈？又何以服天下公論？載垣、端華、肅順著即解任。景壽、穆蔭、匡源、杜翰、焦祐瀛，著退出軍機處。派恭親王會同大學士六部、九卿、翰、詹、科、道，將伊等應得之咎，分別輕重，按律秉公具奏。至皇太后應如何垂簾之儀，一併會議具奏。特諭。』

等宣完諭旨，慈禧太后緊接著又說：『你們大家還有甚麼意見，儘管說了，我們一起商議。』

周祖培是有意見的，但不知如何表達。他覺得這道明發，措辭得體而有力，足以正載垣等人之罪；但奉行諭旨，卻不容易，『無人臣之禮』是大不敬，『擅自改寫』諭旨是矯詔，再加上危言欺罔，阻撓回鑾，以及專擅跋扈等罪，只要有一款成立，便是死罪，而這些人目前僅僅解任，活動的力量仍舊存在；這樣，將來六部九卿、翰詹科道會議定罪，就必有一番極嚴重的爭執，倘或不能制肅順的死命，一旦反撲，後患無窮，大是可慮。

他正在這樣躊躇著，恭王已先發言：『啓奏兩位太后，』他說：『臣奉派傳旨，責任重大。有句話，必得先請示兩位太后，倘或載垣、端華、肅順諸人不奉詔，應作何處置？』

慈禧太后一聽這話，張大了眼睛，炯炯逼人地問道：『他們在這裡也敢嗎？』

『剛才臣等奉召之時，載垣還想阻攔，說「太后不應召見外臣」。』

『這不成了叛逆了嗎？』慈禧太后極有決斷地指示：『果眞如此，非革職拿問不可。』

抓著這一句話，周祖培趕緊接腔：『太后聖明！』

這是贊同太后的主張的表示，慈禧太后隨即向恭王說道：『那就再擬一道諭旨吧！曹毓瑛在不在這兒？馬上寫旨來看。』

『未奉宣召，曹毓瑛不敢擅自進宮，讓文祥寫旨好了。』恭王接著又說：『肅順扈從梓宮，已過了青石梁，將到密雲；臣請兩位太后降旨，派睿親王仁壽、醇郡王奕譞將肅順拿住，押解來京。』

『好。一起寫旨來！』

於是文祥退出東暖閣，就在養心殿廊下，向太監借了副筆硯，將拿問載垣等人的諭旨寫好，重新進殿，呈上旨稿。

慈禧太后看完以後，隨即在紙尾蓋了『同道堂』的圖章，一面把諭旨大意講了給慈安太后聽，一面從她手裡接過『御賞』圖章，蓋在上面，等把這一道最要緊的手續完成了，才遞到恭王手裡。

等跪安退出，恭王手捧三道諭旨，仍舊回到軍機處，載垣和端華已經聽得風聲，說是兩宮太后對召見諸臣，號啕大哭，猜到必有諭旨，卻不知內容如何？心裡正在驚疑不定、坐立不安的時候，聽得靴聲橐橐，從窗裡望出去，恰好看見了恭王手裡的文件。

端華沉不住氣，想先迎出去問個究竟，讓載垣一把拉住，使了個眼色，意思是要他裝作不知，靜以觀變。

於是端華重新坐了下來，剛取出鼻煙壺，只聽外面恭王大聲在問：『乾清門侍衛在哪兒？』

這原是佈置好的，剛一聲喊，從隆宗門進來一班侍衛，一起給恭王請了安，垂手肅立。

他從手裡取一道諭旨揚了一下：『你們聽仔細了，奉旨：將載垣、端華、肅順革去爵職，拿交宗人府。如果載垣、端華等人膽敢不奉詔，你們給我拿！』

這是暗示載垣、端華不要自討沒趣，但先聲奪人，端華一聽鄭親王的爵位革掉，失去護符，這一下送到宗人府拷問治罪，可有得苦頭吃了！一想到此，心膽俱裂，『叭噠』一聲，把個八千兩銀子買的，通體碧綠的翡翠鼻煙壺，從手裡滑落，打碎在地上。

其時已有一個侍衛掀簾進來，高聲說道：『請諸位王爺、大人出屋去吧！有旨意。』

載垣有片刻的遲疑，終於還是走了出去；他一走，端華等人自然也跟著到了廊下。只見恭王神情莊肅地說道：『奉旨：景壽、穆蔭、匡源、杜翰、焦祐瀛退出軍機。應得之咎，派恭親王會同大學士、六部九卿、翰詹科道，分別輕重，按律秉公具奏。』

在一提到名字時，那五個人已跪了下來；等宣完旨，個個面如土色。比較還是穆蔭鎮靜些，說了句：『臣遵旨。』然後大家都磕了頭，站了起來，垂頭喪氣地退回屋內。

載垣卻突然開了口——他是一急急出來的一句話：『我們沒有在御前承旨，哪裡來的旨意。』

『哼！』恭王冷笑一聲，回頭對周祖培說道：『你們看，到今天，他們還說這話。』

『只問他們，奉不奉詔就是了！』

這句話很厲害，載垣不敢作聲，端華卻先叫了起來：『這是亂命……』

一句話未完，恭王大聲喝道：『給我拿！』

說到『拿』字，已有侍衛奔了上來，七手八腳地揪住了載垣和端華；同時把他們的暖帽從頭上摘了下來。

『豈有此理！混帳！你們敢這個樣子對待國家大臣？』載垣高聲大罵。

『送宗人府！』恭王說了這一句，首先走了出去。

等一出隆宗門，但見遠處雞飛狗跳般亂成一片——顧命大臣入朝的輿夫僕從，都讓守衛宮門的護軍驅散；這面載垣和端華還在大聲吆喝：『轎子呢？轎子！』乾清門的侍衛沒有一個答腔，推推拉拉地把他們架弄到宗人府去了。

恭王沒有心情理這些，他現在要處置的是如何傳旨捉拿肅順？依照他們商定的計畫，這應該由文祥去辦；爲了鄭重起見，明知文祥是個極妥當的人，他仍舊把他拉到一邊，在把那道派睿親王仁壽和醇郡王奕譞拿問肅順的諭旨遞過去時，特別告誡：『肅六扈從梓宮；別激出事來！咱們可就不好交代了。我怕老七辦不了這件大事。』

『七爺不至於連這一個都辦不了，』文祥很沉著地答道：『等我來籌劃一下。』

『對。不過，可也要快。』恭王又說：『我先陪他們到內閣去談談，回頭就回翔鳳胡同。你這裡的事兒一完，馬上就來。』

於是恭王陪著桂良他們到太和門側的大學士直廬，文祥仍回軍機處；解任的軍機大臣都已回家，閉門待罪，整個樞廷，只剩下文祥一個人維繫政統；由於這一份體認，使他頓感雙肩沉重，似覺不勝負荷。同時想到聲勢煊赫的王公大臣，片刻之間，榮辱之判何止霄壤？宦海中的驚濤駭浪，也著實令人望而生畏。

正這樣感慨不絕時，朱學勤已迎了上來——他是以値班軍機章京的資格留在這裡的；此刻人逢喜事精神爽，臉上掛著矜持的微笑，但一見文祥的臉色沉毅，不知出了甚麼意外，笑容頓斂，只悄悄跟著他進了裡屋。

『唉！』文祥嘆口氣說：『早知今日，何必當初？』

朱學勤不知他是爲誰感歎？不便答話，只問：『到密雲傳旨派誰去？』

文祥想了想說：『勞你駕，看楊達在不在？』

楊達是步軍統領衙門的一個佐領，文祥把他挑了來做侍從，人生得忠誠而機警；朱學勤覺得派他到密雲辦這件差使，是個很適當的人選，於是親自到隆宗門外去把他找了來。

『修伯，你用恭王的名義，寫封信給醇王，把今天的事，扼要敘一敘。連同這道上諭，一起加封寄了去。』

朱學勤照他的囑咐辦妥，另外又取了一個軍機處的印封，套在外面，一起送了進來，文祥過了目，隨即交了給楊達。

『這裡到密雲，最快甚麼時候可到？』

『馬好的話，三更天可到。』

『你騎了我的那匹「菊花青」去。三更天一定得到。』文祥又問：『密雲地方你熟不熟？』

『去過幾回，不算陌生。』

『好！七王爺住在東大街仁義老店。一到密雲，就去叫七王爺的房門，當面把這封信送了，到天亮，你再去見七王爺，他有甚麼話，你帶回來。明兒中午，我等你的回話。』

『喳！』楊達響亮地答應著。

『我再告訴你，』一向一團藹然之氣的文祥，此時臉上浮現了肅殺的秋霜：『這一趟差使不難，你要辦砸了，提腦袋來見我！記住：謹慎保密！』

楊達神色懍然地稱是，當著文祥的面，把那個厚厚的大印封，貼胸藏好，請安辭出。匆匆回到東城步兵統領衙門，從槽頭上把文祥那匹蒙古親王所贈的『菊花青』牽了出來，又挑了四名壯健的親兵和四匹腳程特健的好馬，到文案上領了兵部所發，留存備用的火牌，上馬往北，一直出了德勝門。

這時天還未黑，五騎怒馬，奔馳如飛，正好是三更時分，到了離京城一百里的密雲縣南門：大行皇帝的梓宮正行到這裡，城廂內外，警衛森嚴，楊達叫開了城門，驗過火牌，驅馬直入，到了十字路口，一折往右，便是東大街，找著了醇王所住的客店。

客店的大門是整夜不關的，現在有親貴大臣在打公館，更有輪班的守衛；等楊達剛下了馬，要進店時，便有人喝道：『站住！』

於是楊達便站住，等那名藍翎侍衛，帶著兩名掮著白蠟竿子的護軍到了面前，他才喘著氣說：

『兵部驛遞，有六百里加緊的「廷寄」，面遞七王爺！』

『七王爺還得有會兒才能起身，你等著吧！』那侍衛往裡面努一努嘴，『屋裡有酸菜白肉、火燒、滾燙的小米粥，也還有燒刀子，先弄一頓兒！』

『多謝你啦！』楊達給那個藍翎侍衛打了個千，陪笑說道：『上頭交代，一到就得把七王爺喚醒了，面遞公事；勞你駕，給回一聲兒吧！』

『嗯，嗯，好！』

藍翎侍衛轉身進店，過了有一盞茶的工夫，匆匆奔了出來，招一招手把楊達帶到西跨院，只見醇王披著一件黑布棉袍，未扣鈕扣，只拿根帶子在腰裡一束，站在西風凜冽的階沿上等。

楊達搶上兩步，到燈光亮處行禮，自己報名：『步軍統領衙門左翼總兵屬下佐領楊達，給七王爺請安。』

醇王心裡有數，是文祥派來的專差，便說：『進屋來！』又對藍翎侍衛說：『你把瑞大人去請來。』

楊達跟著醇王進了屋子，從懷裡掏出那個已有汗水滲潤的印封，雙手遞了上去，同時輕聲說道：『文大人交代，限今晚三更趕到，當面送上七王爺。』

醇王不暇答話，拆開印封，先看恭王具名的信，再看諭旨；心裡一陣陣興奮，這一天終於到了！曹毓瑛給他安排的好差使畢竟來了！非得漂漂亮亮的露一手不可。

按捺住心頭的激動，他平靜地問楊達：『你剛才到了這裡，是怎麼跟外面說的？』

『卑職只說，有六百里加緊的「廷寄」，要即刻面遞七王爺。』

醇王放心了，京裡天翻地覆的大變動，絲毫不曾洩漏，不由得誇一聲：『好小子！會當差。』接著喊一聲：『來呀！』

聽差應聲而來，醇王吩咐取五十兩銀子賞楊達。

楊達謝了賞，又轉達了文祥的意思，要他等天亮以後，來見醇王，有甚麼回信好帶回去。

『好，好！』醇王很高興地說：『天亮了你來，我讓你回去交差。其實到那時候全都明白了，就我不說，你也知道是怎麼回事。』

楊達不甚懂得他的話，但不敢多問，退了出去，一摸懷裡的五十兩銀子，心花怒放，找著了他帶來的親軍，一起到侍衛值夜的屋裡，叨擾了一頓消夜，自去打盹休息。

在醇王屋中，瑞常深夜奉召，依然穿了袍褂來見；摒除僕從，醇王一言不發，先把京裡來的文件，遞給他看。這原在瑞常意料之中，只想不到發動得如此之快！雖然拿問肅順，欽命睿醇兩王辦理；但身爲行在步軍統領，此行護蹕的責任，大部分落在自己雙肩，出了亂子，難逃嚴譴，因此他的沉重的表情，與醇王的躊躇滿志，躍躍然將作快意之事，大異其趣。

『芝山！』醇王叫著他的別號問道：『你看如何著手？』

『王爺！事出倉卒，錯不得一步。』

『那自然。』

瑞常拉一拉椅子，移近了燭火，把頭湊過去說：『你看他會奉詔嗎？』

『這可說不定了。不過，他就是不奉詔，難道還敢有甚麼舉動嗎？不敢，』醇王極有信心地說：『我料他不敢。』

瑞常把個頭搖個不停，『不然，不然！』他說：『像他如此跋扈的人，自然也想到結怨甚深；身邊豈能沒有一兩百個死士？』

聽得這話，把醇王嚇一跳，滿懷高興，大打折扣，怔怔地半天說不出話來。

『此事需從長計議。』瑞常又說：『我陪王爺去見了睿王再說。』

這個建議，未能爲醇王接受，他認爲當夜就需『傳旨』，爲時無多，無法從容籌議，不如在這裡商量好了辦法，再通知睿王一起行動，比較簡捷妥當。

瑞常想想這話也不錯，於是爲他先分析警衛配備的形勢，他說他的兵力，只擔任護衛蹕路的責任，都在外圍，根本沒有用處；而肅順依舊兼著正黃旗領侍衛內大臣的差使，上三旗的侍衛，三分之一歸他指揮，如果急切一拚，後果不堪設想。

『所好的，正黃旗的侍衛，大都在蘆殿護衛梓宮。他身邊的人不多。』瑞常又說：『就怕他蓄養著死士。』

說到『死士』，醇王又皺眉了：『這個人刻薄寡恩，不見得會有肯替他出死力的人。就算有，也不至於寸步不離左右。咱們不必三心兩意，趁早動手吧！』

『就動手也得佈置一下。得派親信矯健的人——這個，』瑞常徐徐說道：『我看四額駙那裡的人最好。』

『對！』醇王對這個主意，非常欣賞，『咱們就借四額駙的人。』

四額駙德穆楚克扎布，新補了上虞備用處的差使，這個衙門又稱黏竿處，那裡的侍衛，上樹下水，甚麼地方都得去，所以都挑年輕機警，身手活躍的上三旗子弟充任，用他們去對付肅順身邊可能有的『死士』，比較最妥當。這一層就算說定了。

再商量下去，很快地都有了結論，外圍警戒歸瑞常負責；進房抓人是醇王親自出馬，睿王年紀大了，只請他在外面擺個樣子。

『事不宜遲，上睿王那裡去吧！』醇王說了這一句，叫進聽差來，侍候著換上袍褂；與瑞常一起到了睿王那裡。

睿王和醇王住在一家客店，只不過隔了一個院子，叫開了門，密談經過，睿王覺得諭旨上是自己在先，論爵位又是親王；恭王和文祥卻把密旨寄給醇王，心中不快，所以拱拱手說道：『這麼個大案子，自然是請七叔作主。』

醇王還未開口，瑞常聽出話風不妙，趕緊說道：『七王爺自然也還得聽王爺的指揮。』

睿王聽得這話，心裡才好過些，點點頭說：『都是爲皇上辦事，何分彼此？七叔有甚麼主意，就說吧！』

於是醇王說了他跟瑞常商定的計畫，只把誰進屋抓人的話改了一下：『怎麼樣傳旨，我得聽你的意思。』

醇王一向年少氣盛，總想辦一兩件漂亮差使露露臉，睿王早已深知；所以這時摸著山羊鬍子說道：『英雄出少年，手擒巨奸，自然要讓七叔當先。』

『那就這麼說了。你請換衣服吧！我到四額駙那裡去。咱們在他哪兒會齊。』

『我就不陪七王爺了。』瑞常請了個安說：『回頭我也到四額駙那裡會齊。』

『還得規定一個時間。』醇王從荷包裡摸出一個大金錶來看了看說：『這會兒西洋鐘是一點半，咱們準兩點半會齊；三點動手。你來得及嗎？』

『盡力辦吧！』

『慢著！』睿王把眼珠轉了兩下，斷然作出決定，『芝山，你要儘量多派兵，把他那兒四處八方全安上人，要叫它裡外隔絕了！七叔，你進去的時候，先把他那裡的侍衛班領找出來，把事由兒告訴他，問他遵不遵旨？不遵旨就拿辦。這麼做，費點兒手腳，可是事情是正辦，就出一點兒差錯，咱們也還有說話的餘地。』

這番話，叫醇王很佩服，薑到底是老的辣——當然，他不是為了將來卸責打算，只是覺得把侍衛班領先叫出來，說明緣由，是擒賊擒王的上策，只要這個人俯首聽命，就不必怕甚麼『死士』了。

於是分頭辦事，到了兩點半，都已在德穆楚克扎布那裡會齊；黏竿處的侍衛早已挑好，聽說隨著醇王去拿肅順，個個摩拳擦掌，十分興奮，這一半是出於年輕好事，另一半卻由於肅順曾奏減八旗糧餉，沒有一個對他有好感之故。

準西洋鐘三點，醇王帶著那班年輕侍衛，大步往肅順的行館而去；這時大街小巷都已經戒嚴了。

睿王年紀大了，夜深霜重，由瑞常陪著，坐了暖轎也到了，按照預定的計畫，徵用街口一家茶館，作為臨時的指揮處所。兩王一尚書，剛剛坐定，聽得一陣陣極清脆的馬蹄敲打青石板路面的聲音，急如驟雨，極有韻律，深宵人靜，聲勢顯得甚壯。睿王和醇王，不由得都側耳靜聽，臉上有微微驚疑的神色。

於是瑞常急忙說道：『喔，我倒忘了稟告兩位王爺了；是我約的伯彥訥謨祜，此刻必是帶著他的馬隊來了。』

僧王的長子貝勒伯彥訥謨祜，新派了嚮導處的差使，一路來都是打前站；他有自己的衛士──標悍的蒙古馬隊，此刻應瑞常的邀約，特地點齊了人馬，共是二十四名，一陣風似地捲到；得此鐵騎，醇王的膽更壯了。

彼此匆匆見了禮，當即由睿王發令，派人到肅順的行館，把那名侍衛班領找來。

所有護送梓宮的王公大臣，一路都由地方官辦差，租用當地的客店作公館，只有肅順因爲帶著兩名寵妾同行，不便與大家住在一起，所以由內務府的官員，替他們的『堂官』當差，自覓住處；在密雲借的是一家鄉紳的房子，共是一個大院，一個花廳。

住在前院廂房的侍衛班領，名叫海達，這時已爲蒙古馬隊的蹄聲所驚醒，心裡奇怪，梓宮在此，貴人如雲，是哪個武官這麼大膽，半夜裡帶著馬隊橫衝直撞，不太放肆了嗎？

正這樣在心裡犯疑，聽得有人在敲窗戶，起床一看，是一名守夜的藍翎侍衛來報告，說是睿王派人來召喚。

『咦！』海達楞了楞又說：『他是王爺，我不能不去。可是，旗分不同，他管不著我呀！』

『頭兒！』那侍衛踏上一步，湊到他眼面前說：『別是要出事！步軍統領衙門的人都出來了，不知要幹甚麼？』

海達一聽這話，越發吃驚：看這樣子，應該去稟報肅順，但也怕這位『中堂』的脾氣大，吵了他的好夢，說不定會挨一頓臭罵。但時間上又不容他細作思考，匆遽之間，認爲自己先出去看一看，再定主意，這無論如何是不錯的。

於是他戴上大帽子，急急走了出去，剛到門口；遇見為睿王傳令的侍衛，原是熟人，彼此招呼了一下，那人壓低了聲音說道：『睿王奉旨拿人，本來想請肅中堂會同辦理，怕的是正在好睡；特意讓你去一下，把事由兒告訴了你，回頭好說給肅中堂知道。』

原來如此！海達疑慮盡釋，欣然跟隨而去。到了路口茶店，但見馬隊步勇，刀出鞘、箭上弦，燈籠極多，名號不一，竟似會操之前，未曾擺隊，先作小休的模樣；等一進了店，發現不但有睿王，還有醇王、瑞尚書和蒙古王子伯貝勒，這一驚非同小可；硬著頭皮行了禮，垂手肅立，靜聽吩咐。

『海達！』睿王問道：『肅中堂這會兒在幹甚麼？』

『回王爺的話，肅中堂這會兒還睡著。』

『睡在哪兒？』醇王問說。

這話驟不可解，海達想了想才明白，必是問的睡在哪間屋子，於是照實答道：『睡在吳家大宅西花廳東屋。』

『有人守衛嗎？』

越問越怪了，海達便遲疑著不敢隨便回答。

『怎麼啦？』醇王把臉一沉，『你是沒有長耳朵，還是沒有長嘴巴？』

醇王打官腔了，海達無法不說話：『有兩個坐更的。』

『你們聽聽！』醇王對瑞常和伯彥訥謨祜說：『叫甚麼「坐更的」！那不是皇宮內院的派頭兒嗎？』

瑞常笑一笑，轉臉問海達：『那兩個守衛是甚麼人？是輪班兒呢？還是總是那兩個人？是歸你管呢，還是肅中堂自己挑的人？』

『是輪班兒，歸我管。』

瑞常與醇王交換了一個眼色，彼此都會意了，也都放心了，輪班守衛，且歸侍衛班領管轄，可知是普通的侍衛，絕非肅順豢養的『死士』。

『海達！』睿王提高聲音喊了一聲，用很嚴肅的聲音問道：『我問你，你是聽皇上的話，還是聽肅中堂的話？』

種種可疑的跡象，得這一句話，便如畫龍點睛，通體皆透，海達大吃一驚，知道關係重大，禍福就在自己回答的一句話和答話的態度上，趕緊一挺胸，大聲答道：『王爺怎麼問這話？海達出身正黃旗，打太宗皇帝那時候起，就是天子親將的禁軍，我憑甚麼不聽皇上的話？』慷慨激昂地說到這裡，忽然發覺話有語病，便緊接著補充：『再說，「食君之祿，忠君之事」，海達就算不是上三旗的人，可也不能不聽皇上的話呀！』

『好，赤膽忠心保皇朝！』睿王用唸戲詞的聲音說了這一句，轉臉對醇王又說：『七叔，你請吧！我坐守「老營」，靜聽「捷報」。』

『我這就去！』醇王這時候自覺意志凌雲，響亮地答應了一聲，站起身來吩咐海達：『你帶路！咱們去拿奸臣。』

雖未說出『肅順』二字，而且早見端倪，但海達此時仍不免有青天霹靂之感；不論如何，自己算是在肅順手下當差，帶著外人去捉拿本衙門的堂官，說出去總不是甚麼顏面光彩的事，因此，他口中很快地答應，心裡卻在大轉念頭，思索脫身之計。

這時蒙古馬隊已開始在街上巡邏，吳家大宅的侍衛們又見醇王親臨，而且帶著黏竿處的人，都不免詫異，但有他們『頭兒』陪著在一起，自然不會想到是來捉拿肅順。這種疑惑的神色，啓示了海達；未進院子以前，他悄悄把醇王拉到一邊，低聲說道：『七王爺，回頭到了花廳，你老帶著人進去；我替你在花廳門口把守。爲的是肅中堂嗓門兒大，萬一嚷了起來，外面一定會有人進來，我就可以替七王爺擋了回去。』

醇王同意了他的辦法；可是另外派了兩個人跟他在一起『把守』——其實是監視海達；怕他到外面召集部下來救肅順。

這時在花廳守衛的兩名侍衛，聞聲出來探視，見是醇王，急忙請安，但眼睛卻望著海達，想得到一個解釋，究竟是怎麼回事？

爲了表示是在被挾制之中，海達當然不會開口；而且也用不著他開口，因爲醇王已直接在下命令了。

『把肅中堂叫醒了，請他出來，說有要緊事。』

『是！』兩個侍衛答應著轉身要走。

『慢著！』醇王說了這一聲，回頭努一努嘴。

於是黏竿處的四個年輕小夥子，就像突出掩捕甚麼活潑的小動物似地，以極快的步法撲到那兩個侍衛身邊；還未容他們看清楚時，腰上的佩刀已被繳了去。

『這算甚麼？』其中的一個，大爲不悅，似埋怨似質問地說。

『沒有甚麼，』醇王撫慰他說：『把你們的刀，暫借一用，一會兒還給你們。去吧，照我的話，好好兒辦，包你不吃虧。』

那兩名侍衛這時才醒悟過來，心裡在說，肅中堂要倒大楣了！光棍不吃眼前虧，乖乖兒聽話吧！於是諾諾連聲地轉身而去。

那座花廳是一明兩暗三間屋子，他們走到東屋窗下，敲著窗子喊道：『中堂，中堂！』一連叫了三、四聲，才聽得裡面發出嬌滴滴的詢問聲：『誰呀？』

『坐更的侍衛。』

『幹嗎？』

『請中堂說話。』

這時肅順也醒了，大聲問道：『甚麼事？』

『有要緊事，請中堂起床，我們好當面回。』

『甚麼要緊事？你就在那兒說好了。』

兩名侍衛詞窮了，回頭望著醇王求援。

肅順聽聽沒有聲音，在裡面大發脾氣：『混帳東西，你們在搗甚麼鬼？有話快說，沒有話替我滾！』

這一下，侍衛只好直說了：『七王爺在這兒。就在這兒窗子外面。』

『咦！』是很輕的驚異聲，息了一會兒，肅順才說：『你們請問七王爺，是甚麼事兒？』

到這時候醇王不能不說話了：『肅順，你快起來，有旨意。』

『有旨意？』肅順的聲音中，有無限的困惑；『老七，你是來傳旨？』

『對了。』

『奇怪呀！』肅順自語似地說：『有旨意給我，怎麼讓你來傳呢？』

他是自索其解的一句話，在醇王聽來，就覺得大有藐視之意了，日積月累，多少年來受的氣，此時一齊爆發，厲聲喝道：『明告訴你吧！奉旨來拿你。快替我滾出來！』

一句話未完，只聽得陡然嬌啼，而且不止一個人的聲音；然後聽得肅順罵他的兩個寵妾：『哭甚麼！有甚麼好哭的？憑他們一群窩囊廢，還敢把我怎麼樣？』

這一下眞把醇王氣壞了！眞想一腳踢開了門，把肅順從床上抓起來；但顧慮到有兩個年輕婦人在裡面，儀制所繫，不甚雅觀，所以只連連冷笑，把胸中一團火氣，硬壓了下去。

在近乎尷尬的等待之中，聽得屋中有嚶嚶啜泣聲，悄悄叮嚀聲，以及窸窸窣窣，似乎是穿衣著靴聲；然後這些聲音慢慢地減少，這應該開門出來了；但是沒有。

疑惑不定地等了好半天，醇王猛然醒悟，指著那裡的一個侍衛，大聲問道：『裡面有後門沒有？』

『有個小小的角門，不知通到哪兒？從來沒有進去過，不敢說。』

壞了！醇王心想，肅順一定已從角門逃走——當然逃不掉的，但多少得費手腳。這一來，差使就辦得不夠漂亮了。

正想下令破門而入時；『呀』地一聲，花廳門開，滿臉怒容的肅順，在燈籠照耀之下，昂然走了出來。

不容醇王開口，他先截指問道：『老七，你手裡拿的甚麼東西？』

醇王把諭旨一揚：『上諭！你跪下聽吧！』

『慢著！你先說說，誰承的旨？』

『恭親王、大學士桂良、周祖培、軍機大臣文祥。』

『哼，這是甚麼上諭？』肅順說得又響、又快又清楚：『這四個人憑甚麼承旨？旨從何出？你們心眼兒裡還有祖宗家法、大行皇帝的遺命嗎？大行皇帝，屍骨未寒，你們就敢當著梓宮在此，矯詔竊政，不怕遭天譴嗎？』

這一頓嚴厲的訓斥，把個醇王弄得又氣又急；他辯不過他，也覺得無需跟他辯，惱羞成怒，厲聲喝道：『沒有那麼多廢話！把他拉下來跪著接旨！』

黏竿處的侍衛早就躍躍欲試了，一聽令下，走上來幾個人，七手八腳地把肅順揿著跪倒；肅順身壯力大，加以出死命掙扎，一時間還不能把他弄服貼——但這也不過他自討苦吃而已！那些調鷹弄狗慣了的上三旗紈袴子弟，有的是花招，一個施展擒拿術把他的右手反扭，一個往膝彎裡一磕，肅順立刻矮了半截，然後另一個把他的脖子一捏，辮子一拉，頭便仰了起來，視線正好對著醇王，在高舉的燈籠之下，只見他疼得齜牙咧嘴，額上的汗有黃豆那麼大。

於是醇王高捧拿問肅順，押解來京的上諭；一共七八句話，還是結結巴巴地唸不俐落，好在這只是一個形式，匆匆敷衍過後，他又下令把肅順押了出去，同時派四個侍衛，進花廳東屋把肅順的兩個寵妾也哭哭啼啼地抓了來，一起送到睿親王那裡。

大功告成了，氣也算出了，但醇王並不覺得痛快；相反地，覺得自己勝之不武，做了件很窩囊的事。這樣一直出了吳家大宅，才想起還有一件很重要的事沒有辦，於是停下來想了想，回頭問道：『海達呢？』

『海達在！』

『這兒責成你看守，一草一木不許移動！』醇王已想到肅順要抄家了。

九

醇王拿肅順，搞得這樣子劍拔弩張，如臨大敵，是恭王所不曾想到的；按實際情形來說，他也沒有工夫去注意對肅順的報復，擺在他眼前的唯一大事，是把政局安定下來；而經緯萬端之中首當著手的，是接收政權。

顧命大臣的制度，一下子被砸得粉碎了！這樣，軍機處的權威，便自然而然恢復；照道理來說，文祥是唯一被留下來的軍機大臣。因此，在過渡期間，他應是承先啓後，唯一掌握政權的人物。但文祥的性格，自然不肯自居於這樣重要的地位。爲了恭王復出，能顯示出朝局全盤變更的意義；先帝——文宗顯皇帝所親簡的軍機大臣，全部罷免，樞廷徹底改組，文祥等於以新進資格，重新入直。

當肅順在密雲咆哮大罵時，京裡大翔鳳胡同的鑑園，臨湖的畫閣中，重帷低垂，燈火悄悄，恭王正和文祥、寶鋆，還有曹毓瑛、朱學勤，在密商軍機大臣的名單。

先定原則，恭王問道：『咱們是五個還是六個？』

『原來是五個，還是五個吧！』

『好，就暫定五個好了。』恭王接納了文祥的意見，親自捉筆，一面在紙尾寫上『曹毓瑛』三字，一面又說：『一個蘿蔔一個坑，琢如抵焦祐瀛的缺。』

曹毓瑛急忙離席遜謝，但未容他發言，寶鋆拉著他坐了下來，『你甭客氣了！』他說：『焦大麻子那個缺原就是你的。』

『對了。』恭王點點頭，提筆又說：『博川自然還是留任。』

他把『文祥』的名字寫在曹毓瑛之前，但兩者之間，隔得很寬；寶鋆心裡有數，這空著的位置是留給他的，於是放心了。

自己有了著落，便得爲別人打算；寶鋆與恭王的私交極厚，彼此到了可以互相狎侮的程度，所以用一種微帶輕佻的聲音喊道：『慢著！咱們得先給六爺想個甚麼花樣？』

『你說是甚麼花樣？』恭王愕然相問。

文祥深知寶鋆說話的習慣，便爲他解釋：『佩蘅的意思是指名號。』

他這一說，曹毓瑛立刻想到了現成的三個字：『攝政王』。但是這個名號絕不能用，用了會使人聯想到多爾衮。

『我倒想到了一個，看行不行？』朱學勤很清楚地唸了出來：『議政王。』

大家一致讚好，恭王也深深點頭，表示很滿意的樣子。

於是朱學勤從恭王面前移過那張名單來，取筆在前面寫上『議政王』三字；接著看一看寶鋆，又看一看恭王，意思是有所求證。

『把佩蘅的名字添上吧！』

寶鋆聽得這話，笑嘻嘻地站起來，給恭王請了個安，口中說道：『謝謝六爺的栽培。』

預定的五個軍機大臣缺額，到此刻只剩下一個了，寶鋆是知道的，恭王有意把他的老丈人桂良也拉了進來，但以他與恭王及桂良的關係來說，不便開口——如果要作此提議，必須有個極好的說法，而此說法一下子還眞不容易想。

文祥自然也知道恭王的意向，但他就在自己和寶鋆被提名的剎那，忽然另有所見，要保留建言的立場，不肯開口。這樣，就只剩下曹毓瑛和朱學勤了。他們都是極有分寸的人，知道以桂良的地位，入軍機出於不夠分量的人所舉薦，則被薦者必引以爲恥，那豈不是馬屁拍在馬腳上？因此也都不肯開口。

這短暫的沉默，在這樣彈冠相慶的場合出現，自然是不適宜的，所以你看我，我看你，都有不知如何說起之苦。最後，由於恭王的眼色，曹毓瑛開口了。

『不知燕公的意思如何？』他徐徐說道：『照我看，燕公是萬不可少的一位！』

聽得這話，寶鋆趕緊搭腔：『我有同感。琢如，先聽聽你的。』

『目前洋務至重。六王爺既領樞務，自然不能專意於此；燕公見識閎偉，而且素爲洋人所敬仰，如果參與機務，今後對洋人的交涉，一定可以格外順手。此是一。』

『不錯，不錯。請道其二。』

『大學士直軍機，始爲眞宰相。六王爺以近支尊親，執掌國柄，輔以老成謀國的燕公，益增樞庭之重，更足以號召人心。』

『嗯，嗯。』恭王點點頭說：『琢如倒眞不爲無見。就這麼辦吧！』

於是寶鋆欣然提筆，把桂良的名字寫在恭王之後；接著把這張名單遞了給恭王。

恭王略看了看，把名單推向桌子中間，以一種大公無私的神態說道：『擬是這麼擬了，不能說是定案。各位還有甚麼意見？凡於大局有益，我無不樂於奏達兩宮。』

只有文祥有話，但顯然地，他不願意在此時公開，只說：『先吃點兒甚麼再說吧！』旁邊一張花梨木的方桌上，早已陳設好了杯筷冷葷；等大家離座一起，聽差立即燙了酒來，隨後便是精潔異常的肴饌點心，接連不斷捧上桌。雖是深夜小飲，性質有如慶功宴，一個個快談暢飲，興致極高。

文祥最先吃完，拿一枝銀剔牙杖，閒閒走到一邊；恭王早就在注意他了，一抬眼看見他的視線投了過來，便也放下筷子，卻又坐了一會兒，道聲：『失陪』，再慢慢走了過來。

閣中有面極大的鏡子，正臨後湖；日麗風和的天氣，後湖景色，倒映入鏡，湖光人影，如在几席之間，此是題名鑑園的由來。這時兩人就站在大鏡子後面，屏人密談。

『我說實話吧！』文祥很率直地說：『我要出爾反爾；軍機五個不夠，至少還要添一個。』

『莫非你心目中還有甚麼人要位置？』

『不敢！』文祥答道：『我但勸六爺示天下以無私。』

『這，』恭王一楞，不由得要問：『難道是因為我老丈的緣故？』

『不是！燕公入直，不會有人說閒話。』文祥放低了聲音說：『我請六爺綜觀全局，原來是兩滿三漢。』

『啊！』恭王原是極英敏的人，一點就透：本來的軍機大臣中，穆蔭和文祥是旗人，匡源、杜翰、焦祐瀛是漢人，現在則除了曹毓瑛以外，樞廷成了旗人的天下，這將引起京內外極深的猜嫌，於是他感激而欣慰地拍一拍他的肩，一疊連聲地說：『吾知之矣，吾知之矣！』

兩個人重新走了回去；那三個根本不知他們說了些甚麼。消夜既畢，精神復振，喝著茶，抽著煙，繼續商量人事的安排。

『肅六被革職拿問了，戶部這個缺是要緊的。』寶鋆問道：『該派甚麼人，六爺可曾想到？』

恭王由於文祥的提醒，這時重新就重用漢、蒙，以期和衷共濟，穩定大局的宗旨，細細考慮了一會兒，提議以瑞常調補肅順的遺缺，他的本缺工部尚書，調左都御史愛仁來補。這樣一調動，肅順革職的結果，空下來一個左都御史的缺——這是個滿缺，要由旗人來補。

『我沒有成見。』恭王看著文祥問道：『博川，你看如何？』

『如果要我舉薦，我舉麟梅谷。』

梅谷是麟魁的別號，他是滿洲鑲白旗人，科名甚早，道光六年的傳臚；但官運不佳，時有挫折，早在道光二十三年就當過禮部尚書，因為黃河在中牟決口，督修河工出了亂子，革職召還；自三等侍衛再從頭幹起，到了咸豐十年，又當禮部尚書，又出亂子——只不過奏摺上一句話失檢，降調為刑部侍郎。英法聯軍內犯，被命為步軍統領衙門的右翼總兵，充巡防大臣，主管京師西城的治安，約束部下，組織民防，而且下令家家閉戶，準備乾糧、堆積柴薪，如果英法聯軍逞暴，便放起一把火，與敵人同歸於盡。這些勞績，不但為兼任左翼總兵的文祥所親見，亦為留京大臣所深知，所以這時文祥提出他來，大家都撫掌稱善，認為麟魁應該得此酬庸。

等這些安排就緒，恭王才提議增加一個軍機大臣，而且指明要由六部漢尚書中挑選——大家都明白，恭王是屬意於沈兆霖。肅順與他分任戶部滿漢兩尚書；肅順隨扈到熱河，京中的財政支應，他很費了些力氣，而且他也是反肅的健將，聯絡在野大老，發動清議，主張垂簾，在在有功，頗得恭王的欣賞。

依然是由寶鋆提出，全體同意，方算定局。這時已到了寅正時分；恭王也不再睡，揣著那張名單，套車進宮。

兩宮太后仍在養心殿召見恭王，他首先就呈上那張軍機大臣的名單，請旨定奪。

慈禧太后也是想了半夜，與慈安太后商量好了，要給恭王一個特殊的榮典，酬謝他保護聖躬、匡扶社稷的大功勳。

其實，酬勳還在其次，主要的是要做一筆『交易』；慈禧太后心裡有數，肅順是被打倒了，但垂簾之議未成定局，『皇太后召見臣工禮節及一切辦事章程』，還需群臣『酌古準今，折衷定議』，這裡面就大有伸縮的餘地，而關鍵全在恭王一個人身上；要想恭王尊敬太后，太后就得先作寵信恭王的表示。

於是她想到前一天與賈楨領銜的建議垂簾一疏，同時送上來的勝保的奏摺，要旨是『皇太后親理大政，另簡近支親王輔政』，這可能是出於恭王的授意，開出了交易的條件：用他『輔政』，來交換太后的『親理大政』。意會到此，她隨即知道了自己應有的做法。

『六爺！』她說，『我們姊妹已經商量好了，得另外給你個封號；你看「輔政王」怎麼樣？』

這一句話直打入恭王心裡，他不能自封『議政王』，所以在名單上仍只是寫著名字，如何啟齒乞取這個恩典，原也煞費躊躇；想不到慈禧太后如此機敏，居然完全領悟勝保那個摺子中的深意！欣喜之餘，不能不佩服她的見識和手腕。

但是，『輔政』的名目，已見於前一天的明發上諭，痕跡太顯，究不相宜。所以恭王立即垂手答道：『兩位太后的恩典，臣不敢辭；不過「輔政」二字，臣也不敢當。兩位太后親裁大政，臣不過妄參末議而已。』

慈安太后老實，還以爲他在謙辭；慈禧太后卻把他的每一個字都聽清了，一面『親裁大政』，一面『妄參末議』，交易已經成功，所差的只是一個字的斟酌——既說『妄參末議』，那麼，她說：『就稱「議政王」吧！』

『是！』恭王欣然磕頭謝恩。

『請起來，請起來！』慈安太后一疊連聲地說；同時賜坐賜茶，從容商談改組政府的計畫。

名分已定，恭王第一次正式敷陳大政，那侃侃而談的神情與以前各次見面，出語吞吐隱約，諸多顧忌，大不相同。他首先提到肅順的黨羽，遍佈內外；要制裁他不是一件容易的事，於今看來諸事順手，但如處置不善，大局不能穩定，會影響前方的軍事。

這樣就自然而然產生了一個結論，爲求大局穩定，非安撫各方，特別是要爭取漢人和蒙古的助力。軍機處和部院大臣的調動，就是爲了這個目的。

慈禧太后不斷點頭稱是，但心裡明白，恭王這套話是要打個折扣的；至少桂良和寶鋆的入軍機，實無私心在內？同樣地，慈安太后也對寶鋆有反感——只因爲先帝痛恨此人。

於是，她又想到先帝提起過的幾個人，問道：『那個倭仁，現在幹甚麼來著？』

這使得恭王又生驚訝，他不知道這位忠厚老實的太后，怎會知道有倭仁這個人？『倭仁是奉天的戶部侍郎，現在奉派到朝鮮頒詔去了。』恭王答說：『他是蒙古正紅旗；淳王的師傅。』

『倭仁的學問是好的。』慈安太后又說：『把他調到京裡來，看有甚麼合適的差使？』

恭王靈機一動，隨即答道：『左都御史愛仁調工部，把這個缺給倭仁好了。』

慈禧太后不知道倭仁是個怎麼樣的人，隨即說道：『左都御史得要個方正些的人來當才好。』

『倭仁是道學先生，爲人自然是方正的。』慈安太后看著恭王問道：『六爺，是嗎？』

『是！倭仁爲人方正，就是稍微迂了一點兒。』

『那不怕。這年頭兒聰明的人太多了，倒是迂一點兒的好。』

話說到這裡，倭仁調升爲左都御史，可說已成定局；但慈禧太后偏偏不依——她不是跟誰爲難，只是要測驗一下，慈安太后和恭王說定了的事，自己有沒有力量把它變更？而從這個測驗中，也就可以看出恭王之恭，究竟是怎樣的一種程度？

於是她說：『我看先把倭仁召回來再說吧！』

『那也好。』慈安太后很快地讓步了。

這一來恭王不必再多說甚麼。話風一轉，談到載垣，他所兼領著的宗人府宗令這個職務，自然得要開缺；而且爲了約束宗室以及治載垣等人的罪方便起見，遺缺順理成章地又落到了恭王頭上。

由載垣談到肅順，慈禧太后又激動了：『他管了那麼多年的錢，又是戶部的，又是內務府的，自己花，自己報銷，刮得一定不少！六爺，你想，在熱河大家都苦得要命，他倒在那裡大興土木蓋大花園，這個人還有心肝嗎？不抄這種人的家，抄誰的家？』

『聖母皇太后見得是。』恭王答道：『臣已經派人先把他的宅子看守了，一草一木，不准移動。』

『好！還有熱河那面，也得派人去查封。』

恭王原就要抄載垣、端華和肅順的家——怡、鄭兩王府，出了名的富足，抄了他們的家，對空虛的國庫，大有裨益。而抄肅順的家，更希望抄出些大逆不道的罪證來，治他的死罪就更容易了。因此，對慈禧太后的指示，欣然應諾，跪安辭出養心殿，去辦了旨稿，再來面奏。

軍機處密邇養心殿，幾步路就走到了。只見三位大學士，以及內定的軍機大臣，包括沈兆霖都已到齊；恭王當面宣示了旨意，彼此道賀謙謝了一番，新的政府便算組成了。賈楨和周祖培告辭回到內閣；軍機六大臣，在恭王主持之下，關緊房門開了一次會，把當前要辦的幾件大事，談定了原則，分配了各人的任務：第一是京畿的治安，由文祥負責；其次是協調內閣，召集王公大臣、六部九卿、翰詹科道集研議討垂簾的禮節章程，以及定顧命八臣的罪名；這個艱鉅的工作，落在沈兆霖肩上；其餘在外由寶鋆負聯絡奔走之責，在內由曹毓瑛主持章奏詔令。恭王自然是坐鎮軍機處總其成；桂良則以年齒行輩俱尊，只請他備顧問而已。

當他們商議停當之時，朱學勤已把恭王承旨轉述的旨稿，完全辦妥；正要全班進殿面奏兩宮時，文祥派到密雲去的專差楊達回來覆命了。

爲了要聽睿王和醇王捉拿肅順的結果，軍機大臣特爲留了下來，傳令楊達進來面報。

捉拿肅順的後半段，是楊達親眼目睹的，所以他的敘述也是前略後詳。當肅順被押到睿親王坐守的『老營』時，他曾大肆咆哮；楊達描敘了他的反抗不服的神情，卻不敢引敘他的話，吞吞吐吐地越發引起大家的關切。

大家也都知道，肅順所說的一定是『不忍聞』的話，所以也都不問；只有恭王不同，『肅順說了些甚麼？』他看著楊達問。

『卑職不敢說。』

『不要緊！你說好了。』

『反正盡是些大逆不道的胡說。』

『到底是些甚麼？』恭王再一次向他保證，『不管甚麼話，你儘管直說好了。』

於是楊達大著膽轉述了肅順的咆哮；他罵恭王與慈禧太后，叔嫂狼狽爲奸；又說滿朝親貴都是些酒囊飯袋，如果不是他在先帝面前全力維持湘軍將領，何能有今日化險爲夷的局面？而等局面安定了，卻如此對待功臣，忘恩負義，狗彘不食！又罵恭王私通外國，挾洋人自重；有負先帝要雪國恥，揚國威的苦心。對於在京的江南大老，罵得也很刻毒，說他們不念家鄉淪陷，只知道營私舞弊，搜括享樂，簡直毫無心肝。

那些軍機大臣們，涵養都到家了，儘管心裡惱怒，表面卻都還沉著；揮退了楊達，才有人發出冷笑，那是寶鋆：『哼！』他從牙縫裡擠出一句話來：『就憑他護送梓宮，敢於攜妾隨行這一點，就死有餘辜了！』

恭王卻是強自保持著平靜，徐徐說道：『等見了上頭再說吧！』

於是遞了『牌子』進去，兩宮在養心殿正式召見全班軍機大臣；兩位太后端坐匟上，小皇帝席地前坐，略略偏東，軍機六大臣，按照爵位品級，由恭王領頭，曹毓瑛殿尾，分成三班磕了頭。慈禧太后吩咐：『站著說話吧！』然後看了看慈安太后，示意她說幾句門面話。

未說之先，慈安太后先歎了口氣：『唉！皇帝年紀太小，我們姊妹年紀又輕，全靠六爺跟大家費心盡力，才能把局面維持住。大家，大家多辛苦吧！』

這番話道斤不著兩，未曾說到癢處，於是慈禧太后便接著又說：『這一年多工夫，京裡虧得議政王和大家苦心維持，這份勞苦，大行皇帝也知道，都是肅順他們三個蒙蔽把持，才委屈了大家。這三個人的行爲，大家都是親眼看見的，不治他們的罪，行嗎？就是穆蔭他們幾個，也是受了肅順的欺壓，本心不見得太壞。現在總以把大局穩定了下來，是最要緊的事。肅順、載垣、端華三個，非嚴辦不可！其餘情有可原的，不妨從寬。』

軍機大臣們對她『穩定大局』的指示，無不留下了深刻的印象，特別是第一次跟兩宮太后見面的五個人，覺得西宮之才，遠勝東宮。

『肅順拿住了沒有？』慈禧太后又問。

『拿住了！』恭王答道：『剛有消息回來，已經由醇王親自押解來京了。』

這是慈禧太后有生以來最快慰的一刻，一切受自肅順的屈辱，在他就擒的消息中獲得了足夠的補償。人生在世，甚麼叫快意？這就是！但是她也還有不足——報仇以外還要報恩；她想到了吳棠，知道他在江南當道台，要好好報答他一番，至少給他個紅頂子戴！當然，這時還談不到此；等把垂簾的事搞定局了，那時說甚麼就是甚麼，從從容容地揀個又貴又富，叫吳棠意想不到的差使給他，那可比韓信的千金報德又高出許多了。

這樣想著，心中如當年初承恩寵，宵來侍飲，酒未到口，人先醉了，一種飄飄然無異登仙的感覺，簡直無可形容。但一抬眼看到恭王和軍機大臣肅然待命的神色，才發覺自己出神得幾乎忘形了。趕緊定一定心，找著剛才的話頭，接著問道：『肅順怎麼樣？可是安安分分的遵旨？』

恭王就等她問這句話，於是帶點反詰的神情說道：『肅順是這樣的人嗎？當然是目無君上，咆哮不服。』

『喔！』慈禧太后又動怒了，『怎麼個咆哮？他說了些甚麼？』

『悖逆之言，臣下所不忍聞。』

慈禧太后轉臉看著慈安冷笑道：『哼，妳看看，是不是死有餘辜？』

『還要啓奏兩位太后，肅順護送梓宮，一路來都是另打公館，帶著兩名內眷同行。』

『這怎麼可以？』慈安太后脫口譴責：『肅順眞是太不像話了！』

慈禧太后又是連連冷笑，帶著那種厭惡僞君子、假道學的鄙夷神色：『你們都在京裡，沒有看見肅順在外面的臉嘴。』她索性把肅順諷刺一番：『在熱河，他又是領侍衛內大臣，又是內務府大臣，進出內廷，就彷彿在他自己家裡一樣；成天跟在大行皇帝左右，變著方兒哄大行皇帝，四處八方引著大行皇帝去玩兒……。』

說到這裡，聽得慈安太后重重咳嗽了一聲；她知道，這是提醒她不要把文宗的微行，以及傳說中的曹寡婦之類的豔聞說出來，替先帝留些面子。

於是，她略停了停又說：『要不知道的人，見了肅順在大行皇帝面前的樣子，誰不說他那份孝心少見？他自己也說，侍君如父。哼！護送梓宮，還忘不了帶著他那兩個妖精，這就是孝順嗎？』

慈禧太后居然在臨朝聽政之際，出此『妖精』的不文之詞，似乎證實了外面的一項流言，說肅順的兩名寵妾，不知天高地厚，在熱河曾得罪了慈禧太后。但不管有無私怨，綱常名教要維持，就是最公正平和的文祥，也覺得肅順此舉不可恕。

『不管怎麼樣，肅順的罪名，已不止於一死了。』慈禧太后斷然決然地說：『先該抄他的家！今天就辦。』

『是。』恭王答應著，便把所有的旨稿都送了上去，等兩宮太后蓋了章，隨即退出；派文祥、寶鋆去抄肅順的家，同時將改組政府及恭親王授爲議政王的上諭轉送內閣明發。

其時外面已有風聲，但只知朝局有大反覆，卻不知詳情如何？因爲這一場可以震動九城的大政變，在京裡也只是載垣和端華的被拿交宗人府，算是一個明顯的跡象，而此跡象又只現於內廷，非外界所能得見；同時三品以上的官員，爲了恭迎梓宮，多已出城住在離德勝門十幾里的清河，根本還不知道京中有此變故。而一般品級較低的官員，卻又不夠資格與聞高層的機密，連打聽都無從打聽；唯有在內廷供職，地近清華的翰林，略有所聞，但情勢混沌，吉凶難卜，也不便公然談論，免得無端捲入漩渦，所以這些風聲在官場裡並未引起甚麼波瀾。

反是民間，消息比官場得到得早而且眞，尤其是西城皇木廠一帶的居民；前一天就從被驅散的轎伕、跟班口中得知，鄭親王被革了爵，抓了起來，隨後發現鄭王府附近，多了些兵勇巡邏，到了十月初一傍晚，終於又看到肅順抄家。

那是文祥親自坐了綠呢大轎來抄的，他的隨從，除了步軍統領衙門的武官以外，還有宗人府、內務府、刑部各衙門的司官，和順天府的地方官。這些隨員又有隨員；每人都帶著幾名極其幹練的書辦。等一到了二龍坑劈柴胡同，與鄭親王府望衡對宇的肅順的住宅；步軍統領右翼總兵屬下的軍隊，立刻團團圍住了四周，順天府尹衙門的差役，把皮鞭子揮得刷拉、刷拉地響，但趕不走看熱鬧的路人，一個個站在遠處，以驚詫不止的心情，看著文祥下轎，帶領隨員，進入肅順的宅子。

肅順的妻子早就故世了，兩個姨奶奶跟在他身邊，此時也已一起在密室被捕；家裡只有兩個兒子——兩個姨奶奶一人生一個，大的十三歲，名叫徵善，承繼給鄭親王端華爲子；小的叫承善，才八歲，生得倒像肅順，甚麼都不怕，看見來了這麼多人，覺得十分好玩，非要出來看熱鬧不可。除了承善以外，肅順家的西席、帳房、管家、聽差、婢女，無不嚇得瑟瑟發抖；也沒有一個人敢出來跟文祥搭話。好在文祥也明瞭這種情形，到得廳上坐定，首先吩咐隨員：『這件差使，要幹得漂亮、俐落！誰要是手腳不乾淨，莫怪我不講情面。』

『喳！』隨員們齊聲答應。

『還有，「罪不及妻孥」，肅順犯罪，跟他家裡的人不相干。千萬不准難爲人家！』

『喳！』隨員們又齊聲答應。

哪個抄哪部分，任務是早分配好了的，看看文祥沒有話，大家便要散開來動手；文祥卻又喊一聲：『慢著！把這裡的管家找來！』

肅順的管家原就知道挨不過必須出面，早戴著大帽子在廳旁侍候，聽這一聲，便跑了來，摘下大帽子替文祥磕頭，自己報了名字。

『你家主人的大孩子，可是過繼出去了？』文祥問說。

『是。過繼給四房了。』那是指端華——端華行四。

『現在在這兒不在？』

『在！』

『把他們小哥兒倆，送到他四伯那兒去。是他們哥兒倆的東西，儘量帶走。』

這時楊遠三站在文祥身邊，懂得他的意思，便點醒肅順的管家：『你要聽清了文大人的話，是他們小哥兒倆的東西，可以儘量帶走。你可要快一點兒！』

肅順的管家，如夢方醒，磕頭稱謝，匆匆而去——這是文祥厚道的地方，網開一面，讓他們帶些細軟出去，可以變賣度日。肅順的管家已經領悟，也知道不會容他從容檢點；到了裡面，與西席、帳房略略商量，大家都說，時機急迫，只好儘量揀好的拿，能拿多少算多少。

於是一起奔入上房，七手八腳拿斧頭劈開箱子，先找珠寶首飾，次取字畫古玩，再揀大毛皮貨，滿滿裝了兩個箱子。其時全家的婢僕，眾口相傳，也都趕到了上房，趁火打劫，儘挑好東西往身上揣。有兩三個比較正派的，先還吆喝著阻止別人放搶；阻止不住，而且見人發財眼紅，終於也蹚入渾水中了。

這樣亂糟糟搞了有半個時辰，聽得外面喝道：『裡面的人都出來！』

大家回身向窗外一望，只見一個帶刀的武官，領著數名兵丁差役，正走進院子，隨即閃在兩旁，讓出一條路；步履安詳的文祥，踱了進來，抬頭望了一眼，立刻便皺起了雙眉。

屋裡的人，一個個躲躲閃閃地走了出來；兩口大皮箱也搬到了廊上，肅順的管家找到了徵善和承善，叫他們向文祥磕頭道謝。

想到肅順薰天的氣燄，今天落得這樣一個淒涼的下場，文祥心裡也很難過；國法之外，能幫肅順忙的，也只有照顧他的後人這一點了，所以文祥叫他們弟兄站起來，以長輩的資格，慰勉著說：『你們倆好好兒到你們四伯那兒去，要好好兒唸書。你們父親到底也給朝廷出過力，是個人才；你們將來要學他的才幹，別學他的脾氣。』說到這裡，轉臉對肅順的管家：『我派人把你們送出去。你的這兩個小主人我可交給你了！你要拿良心出來。不然，哼！』

他把臉一繃，嚇得肅順的管家，慌忙跪倒：『奴才不敢！』

『我諒你也不敢。』說了這一句，文祥吩咐楊達，把徽善弟兄和管家，連人帶東西，送到鄭王府。其餘的人就有想趁此溜走的，可是文祥早已防備好了，下令攔截搜檢，把他們明搶暗偷，塞在懷裡的東西，都給搜了出來；最倒楣的是那個西席，自己袴帶上拴著的一個漢玉佩件，也當作悖人之物被沒收了。

『這個你不能拿！』那西席抗議：『這塊玉是三代的家傳！』

搜他的人是在內務府當差的，下五旗的傳統，看不起西席，稱之為『教書匠』；所以一聽他的話，勃然大怒：『去你媽的！教書匠做賊，丟你家三代祖宗的人！』說完，上面一巴掌，下面一靴子，把他踹了個觔斗。

『不准打人！』文祥沉聲說著；又看到一個差役借搜檢的機會，調戲婢女，便又大喝：『不准輕薄！』

就這樣不准這個、不准那個，文祥替大家立下了嚴格的執行規矩。等把那些趁火打劫的人，搜檢完畢，都驅入空屋——除卻大廚房的廚子，可以照常當差，以及兩三名帳房，必須隨同辦事以外，其餘上上下下的，都算是暫時被軟禁了。

『大家散開來，分頭辦事吧！』

一聲令下，全面行動。預先已編配了多少個班，每班少則三個人，多則五、六個人；職位最高的，充作臨時帶班，不動手，只用眼，負稽察的責任，其餘的一半點數，一半記帳——抄家稱為『籍沒』，非立簿籍登錄不可。

文祥自己也在裡面帶一班，這一班抄肅順的書房，主要的就是檢查肅順個人的文件；一走進他那間寬敞而精緻的書房，最觸目的就是立在書桌旁邊的一座大保險箱。不用說，如果肅順有甚麼機密文件，一定放在這裡面。

這一下難題來了，保險箱不但要鑰匙，而且還要對西洋數字的暗碼，鑰匙當然是肅順自己帶在身邊；數字暗號，則更只有他自己知道。

『怎麼辦？』文祥看一看四周問道：『誰懂這個洋玩意？』

大家面面相覷，無從作答；連最能幹的內務府的司官，也是一籌莫展。

這時楊達已經把徵善兄弟送到了鄭王府，回來交差；一看這情形，他倒有主意：『總理通商衙門的王老爺，一定有辦法把它弄開。』

『對了，對了！』文祥大喜，『你倒提醒我了，趕快去把王老爺請來。』

王老爺是指總理通商衙門的一個章京，此人喝過洋墨水，又在上海多年，熟悉洋務，凡有不懂的『洋玩意』都得請教他。但總理通商衙門在東城，一來一往，很要一會工夫；於是文祥先把肅順的書桌抽斗打開，把裡面的奏稿、信札取了出來，一面看，一面等。

也不知等了多少工夫，王老爺來了，還帶了一個洋人來。見過了禮，那洋人取出一大串鑰匙左試右試，又把耳朵湊在數字號盤上，一面慢慢地轉，一面聚精會神地聽。那些抄家的官員書辦們，從未見過如此開鎖，一個個住了手，興味盎然地看著。

那洋人繃緊了的臉，終於出現了喜色；接著就打開了沉重的箱門。文祥大喜，託王老爺向那洋人道謝；彼此客氣了一番，洋人仍舊由王老爺帶著走了。

保險箱裡，果如文祥所預料的，沒有甚麼太值錢的東西，卻有許多文件。大部分是別人寄給肅順的密札，略略翻一翻，寫信的人，或用別號，或用隱名，或者就寫上『知名』，甚至根本沒有名字。不必看內容，光看這些，便知有許多不足爲外人道的話在內。

這是個極豐富的收穫，但看了一兩封，文祥覺得事態嚴重了。因爲這些密札，雖然具名不顯，措辭隱晦，而外人看來莫名其妙，但在文祥眼中，大部分都能求得正確的解釋，首先從筆跡上，他可以認出發信的人；由發信的人的經歷，可以推想出那些隱語所指的是甚麼？這樣因字識人，因人索事，細加尋繹，十解七八；而就在這可解的十之七八中，證實了外面的流言，不是空穴來風。

很早就有這樣的流言，說肅順陰蓄異志，這些流言自然荒誕不經的居多，但似乎也有言之成理的，譬如指肅順的支持湘軍，說是在培植他個人的勢力；而禮賢下士，亦無非王莽當年。只是這些流言不管如何散佈，從沒有一個人敢去認眞追究；更沒有一個人敢於承認，自己曾說過這些話——這些話的出入太大了，而且正當肅順聖眷正隆的時候，誰也不敢招惹他。

文祥自然也聽到過不少的這種流言，在他覺得是可笑的，他不相信肅順會做這種自不量力的蠢事；他至多是個權臣，不會是個叛逆。文祥甚至也不相信會有人敢對肅順『勸進』，因爲那不是愛人以德；可是此刻的文祥，覺得自己的想法是錯了。

在那些信札中，最可疑的是吏部尚書陳孚恩的信，頗有些曖昧不明的話；還有就是所謂『肅門六子』——都是湖南人，王闓運、李壽蓉、嚴咸、黃瀚仙、鄭彌之、鄧保之；這些人都算『名士』，書生積習猶在，評論人物，指斥時政，放言高論，不免偏激，也許本心無他，但如果追究陳孚恩那些曖昧不明的信，則此『六子』逞一時之快的意氣之言，自然也就要當作附逆的證據了。同時這些信中，少不得也引用別人的議論，則又成一番是非；輾轉株連，將興起難以收拾的大獄，在這外患初消，內亂未平的時候，是足以動搖國本的。

這樣一想，文祥悚然心驚！一時也無法細看，先要把這些東西檢齊了要緊；於是在保險箱和書桌抽斗裡，把所有的文件，還有兩本別人送錢給肅順，肅順送錢給別人的帳簿，包成一包，封緘嚴密，親自畫了花押，隨身帶著，上轎先走，去見恭王商量處置的辦法。

其時政變的消息已傳遍九城。消息的來源有三處，最明白不過的自然是內閣的明發上諭，但此時看得到的，只有少數人；其次是劈柴胡同，眾目昭彰的抄家；還有就是密雲來客所談的肅順被拿問。凡是做官的人家，前門外的大商號，以及茶坊酒肆，無不以此作爲話題，在大發議論。

那些議論中，大都對於新政府表示歡迎；這不僅由於恭王的威望使然，更因爲軍機六大臣中，五位原來就在京城裡的——這一點發生了意想不到的效果，京城裡的人，覺得這五位軍機大臣是『洋鬼子打進來』時，與老百姓一起共患難的，所以心理上特有一種親切的好感。他們尤替恭王慶幸，認爲他以前受了許多委屈，咸豐皇帝不該虧待同胞兄弟；天潢貴冑，不惜降尊紆貴與洋鬼子周旋，這些都被認作是恭王的委屈。

當然，同情恭王，必不以肅順爲然，特別是那些旗人以及與戶部、內務府有關係的商號，無不拍掌稱快。

那些商號都是爲了五宇字官錢號勾結戶部司官舞弊，爲肅順雷厲風行一辦，吃了虧的。有了恩怨，說話就不公平了，把銀價大漲，錢票貶值，影響小民生計，都歸咎於肅順；當然，沒有一個人會知道肅順亟亟於定『祺祥』的年號，就是想早日把新錢鑄出來，收兌爛錢票，好平抑銀價、穩定物價

——這一點連自負博古通今的名士李慈銘都省會不到，更不用說是市井小民了。

在恩怨以外，最要緊的還是利害關係。顧命八大臣都垮台了，倚他們爲靠山的人，個個如熱鍋上的螞蟻，都想打聽一下詳細內幕，好作趨避。但自知色彩太濃，不便拋頭露面，只好躲在家裡乾著急。

另外在肅順手裡吃過苦頭，被壓抑而不得志的，那就跟那些失意者大不相同了，無不喜動顏色，奔走相告；同時更要去打聽消息，聯絡感情，作爲時來運轉，復起的開始。

恭王和桂良府裡的門檻太高了，踏不進去；沈兆霖、文祥、寶鋆，也都是紅頂子，難得高攀，所以目標集中在兩個人身上，一個是曹毓瑛，一個是朱學勤。

曹毓瑛忙得不可開交，除了處理回鑾期間被壓了下來的章奏詔令以外，他還有一項十分重要的任務：安撫在外的將帥。中樞政變，必然會影響前方的軍心；湘軍正當用命之際，死了一個坐鎮長江上游，協和各方的胡林翼，已足以打擊士氣，再去了一個支持湘軍最力的肅順，說不定就會引起猜疑，激出變故。倘或如此，後果異常嚴重，即使在京城裡從顧命八臣手中，順順利利地接收了政權，這一次處心積慮所發動的政變，仍舊不能算成功。

恭王和文祥早就看到了這一點，曹毓瑛和朱學勤也深明其中的利害，因此，兩個人商量著，用恭王的名義，寫信分致各地重要的督撫，除了說明肅順等人獲罪的由來以外，最主要的一點，是有力地暗示，保證他們所受到的支持，比過去只會增加，不會減少。這些信的措辭甚難，過與不及，都非所宜。因而在軍機處一直忙到上燈時分，才能回家。

曹毓瑛一到家，盈門的賀客便迎了出來，紛紛向他道賀榮膺新命，入參樞機；然後把他簇擁了進來，廳中又還有一班人在等著，照樣再周旋一番，而門上來報，倒又有客來了。

曹毓瑛一看這情形不妙，恭王那裡還有許多事要商量，第二天一早又要出城到清河恭迎梓宮，哪裡得有閒工夫來跟這些人應酬？因此，他就不脫袍褂，也不進上房，向他不離左右的一名心腹聽差，使了個眼色，便坐在廳上陪客。

一番寒暄過後，有個曹毓瑛的同年，開口發問，他問得十分率直：『琢翁，外間傳言，說拿問「三凶」諭旨，出於大筆，可有這話？』

『「三凶」之稱，曹毓瑛還是第一趟聽見，顧而言他地說：『「三凶」？莫非指怡、鄭兩王和肅中堂？』

問話的人有些發窘，身歷其境的人，依然客客氣氣對載垣他們用官稱；不相干的局外人，倒已經定了他們的罪，加以『三凶』的惡名了。

這一下別的賓客也不敢胡亂開口了，只泛泛地談些無關緊要的話；但有一個人所問的，在曹毓瑛看來，極有關係——問的是新帝的年號，可是仍用『祺祥』？

他還來不及回答；事實上亦很難回答，幸好他那心腹聽差替他安排的脫身之計發動了，門上高擎一張名片，到了廳上，單腿屈膝向他打了個扦，用很清楚的聲音通報：『恭王爺派人來說，請老爺馬上到王府去，有要緊事商量。』

那些想來打聽消息或者套交情的賓客，只得紛紛起身快快辭別。曹毓瑛原要到大翔鳳胡同鑑園；送了客，隨即也就上了車，直放恭王的別墅。

恭王與文祥已經談了一會兒了，看見曹毓瑛到，劈頭就說：『你來得正好。有個難題，你來出個主意；這一包東西怎麼辦？』

曹毓瑛莫名其妙，把恭王所指的那一個紙包打開一看，是許多書札，拈起一封，略一審視，便知是從肅順家取來的；他隨即把它放下了。

『莫非其中有甚麼關礙之語？』他問。

『你看一看就知道了。』

看到恭王的臉色沉重，文祥的臉色嚴肅，曹毓瑛便知道自己猜對了；他把那包信推了一下，平靜地說：『以不看爲妙！』

『著！』恭王突然擊案一呼，把文祥與曹毓瑛都嚇了一跳，怔怔地望著他；他卻又看著曹毓瑛問：『琢如，你不願看這些信，爲的甚麼？爲的不生煩惱是非，是嗎？』

曹毓瑛微笑著點點頭：『王爺明鑒！』他說：『倘或關連著甚麼同年知好，我既不便爲他們求情，又不能視作無事。倒不如眼不見，心不煩了。』

『好個「眼不見，心不煩」！』文祥苦笑道：『琢如，你比我運氣好。』

這就可見文祥看了那些信也在大感爲難。曹毓瑛心想，這些信中，不知牽連著多少人的身家性命，最好一火焚之，也是一場陰德。但這話不便貿然出口，眼前只有先把它壓下來再說。

他剛有此一念，恭王卻已見諸行動了，他親手把那包信包好，『我也不曾細看。』他說：『琢如的辦法最好，不聞不問。等事情略略平定了，我奏聞兩宮，當眾銷燬，好讓大家安心。』

『好極了，好極了！』文祥脫口大讚，如釋重負，『王爺這樣子處置，是國家之福。』

『唯有這樣，才能安定人心，一同把大局維持住。你們兩位有機會不妨告訴大家，不必驚惶。不過

——』恭王沉吟了一會又說：『有幾個人非辦不可！』

『名爲「肅黨」的，也不可一概而論，形跡不著，不妨從寬。』文祥這樣相勸。

『當然。』恭王說道：『我想辦兩個人，一個是陳孚恩，一個是黃宗漢。』

要辦陳孚恩，曹毓瑛不覺得奇怪；陳孚恩是有名的能員，但也有名的狡猾。至於黃宗漢，歷任封疆，毀譽不一，而且在清流名士中，頗有知好；如翁心存、翁同龢父子，就是走得很近的。

心中雖有疑團，口頭卻無表示。文祥一向主張寬厚，曹毓瑛則是今非昔比：以前當軍機章京，不過幕後的謀士，設謀不妨知無不言，態度立場亦比較單純，善爲人謀就行了，如今站在幕前，雖然銜頭是『軍機上學習行走』，但到底是共掌國柄的軍機大臣，要學『宰相肚裡能撐船』的氣度。而況肅順鋒芒太露，喜歡得罪人，覆轍不遠，豈可無戒？所以他們對恭王要辦陳孚恩、黃宗漢的話，都出以一種審愼的沉默。

這樣，恭王也不必再談下去了。曹毓瑛忽然想到了一個疑問，『剛才有人問我，』他說：『今上的年號，可是仍用「祺祥」？』

這一說，恭王和文祥都矍然而起，『對了，』恭王大聲說道：『當然不能用「祺祥」！這是肅順的年號。』他又轉臉問說：『博川！我彷彿聽你說過，芝老已有擬議。是嗎？』

『芝老』是指周祖培，『是！』文祥答道，『「祺祥」這個年號，頗有人批評。芝老的西席李慈銘，就有許多意見。』

『他怎麼說？』

『無非書生之見。』文祥又說：『也難怪他，他不知道肅六的用意。李慈銘批評「祺祥」二字文義不順，而且祺字，古來從無一朝用過，祥字亦只有宋少帝的年號「祥興」。』

『那不是不祥之號了嗎？』

『是啊！』文祥答道：『如今倒不妨用他的說法，作個藉口。』

恭王不置可否，只問：『怎麼叫文義不順？』

『祺就是祥。』曹毓瑛接口解釋，『祺祥連用，似嫌重複。』

『對了，這個說法比較好。』恭王也說了良心話：『肅六急於改元鑄新錢，這一點並未做錯。咱們也得趕緊設法鑄錢平銀價。』

『此爲勢所必然。』文祥接著提出了擬議中的新年號：『據說也是李慈銘的獻議，主張用「熙隆」，或者「乾熙」。』

『這又何所取義？』

『本朝康熙、乾隆兩朝最盛。聖祖、高宗又是福澤最厚、享祚最永，各取一字，用「熙隆」或者「乾熙」，自是個吉祥的年號。』

恭王大不以爲然，因爲無論『熙隆』或者『乾熙』，都是有意撇開雍正；令人想到其中有忌諱——雍正不是骨肉相殘嗎？將今比昔，似乎推翻顧命制度，是有意跟大行皇帝過不去！這怎麼可以？於是恭王不屑地說一聲：『這李慈銘眞是書生之見！而且是不曾見過世面的書生。不行，「熙隆」也好，「乾熙」也好，都不能用。另外想吧！』

接著又談了些別的，因爲第二天要到清河迎接梓宮，便早早散了。次日清晨，車馬絡繹出了德勝門；清河冠蓋雲集，熱鬧非凡。

清河只有一條大街，街北沿蹕道兩旁，各衙門均設下帳房，供大官們休息。街上兩家客店，則全被徵用，把原住的旅客請了出去，作爲王公大臣歇腳的地方；恭王則另借了一家寬敞的民居，以便會客。他一到就把賈楨、周祖培，還有刑部尙書趙光都請了來，趁空談一談，如何集議定顧命八臣罪名的事。

說了來意，賈楨首先表示：『上諭派王爺會同內閣，各部院集議；自然是王爺定日子。』

『今明兩天，梓宮奉安。初四發通知，最快也得初五。』

『就是初五吧！』恭王接受了周祖培的建議，『通知就拜煩兩位相國偏勞了。』

這是小事，沒有甚麼好研究的，說了就算。要研究的是，顧命八臣的罪名，該預先商量出一個腹案，集議時才不致聚訟紛紜，茫無頭緒。

於是刑部尙書趙光說話了。他也是最恨肅順的一個人，因爲肅順攬權，常常侵犯刑部的職司；最令趙光痛心疾首的一件事，就是咸豐八年戊午科場案，殺大學士柏葰。科場風氣誠然要整頓，但爲此而誅宰輔，古所罕見；當時所有的人，都以爲必蒙恩赦免死，就是柏葰自己，也料定必是由死刑改爲充軍，還叫他兒子準備行李，以便一聞恩命，即行就道。

哪知道大行皇帝當時眞個硃筆親批，誅戮柏葰。趙光清清楚楚地記得，先帝特召部院大臣，當面宣旨之時，容顏悽慘，握筆的手，不住顫動；旨意一下，在廷諸臣，無不震恐，竟有因而失儀的。唯有肅順一個人幸災樂禍，出圓明園時，得意洋洋地大聲說道：『今天殺人了，今天殺人了！』

現在也要殺人了！趙光抗聲而言：『肅順死有餘辜！載垣、端華，於律亦無活罪。其餘五人，亦當嚴懲。』

『這就是說，八個人分三等。』周祖培作了一個歸納：『肅順是一等，載垣和端華是一等，其餘五人又是一等。是這樣嗎？』

『上諭中原說「分別輕重，按律秉公具奏」；分成三等，甚爲允當。』賈楨點著頭，表示贊成。照趙光的意思，第三等中還要分，像匡源附和最力，另當別論。但賈楨和周祖培都不贊成，賈楨是衛護同鄉；周祖培則是想到了景壽，是恭王嫡親的姐夫，如果匡源應該嚴辦，則景壽身爲國戚，受恩深重，罪名也應該比別人來得重。

趙光的本意只放不過肅順，所以對此並不堅持。就在他們談論的這一刻，有人來報，說是押解肅順的車輛，已經過了清河，進京去了。接著又來稟報：醇王到了清河。

弟兄相見，無不興奮。只以大喪期間，笑容不便擺在臉上。賈、周、趙三人都很知趣，與一身行裝的醇王見禮寒暄過後，一起告辭，好容他們兄弟密談。

『京裡怎麼樣？』醇王首先發問。

『京裡很好哇！』恭王反問：『路上怎麼樣？聽說肅六咆哮不法，說了些甚麼？』

『反正是些無法無天的混話。不過……』

話到口邊，忽又停住；恭王越發要追問，但他沒有開口，只拿威嚴的眼色看著醇王——他最忌憚他這個六哥，只好實說了。

『肅六大罵「西面」。』醇王把聲音壓得極低，『他說，太祖皇帝當初滅海西四部，葉赫部長布揚古發過誓，他的子孫中，哪怕剩一個女的，也要報仇。現在這話應驗了，大清江山要送在葉赫那拉手裡。又說，「西面」是條毒蛇，小心著，總有一天讓她反咬一口！』

『哼！』恭王只是冷笑，把肅順的話看作洩憤的狂訾；傳說中雖有葉赫那拉與愛新覺羅爲世仇，宮中秀女，不選葉赫那拉的話，其實是荒誕無稽之談，高祖的皇后、太宗的生母，就是葉赫那拉；以後太宗有側妃、聖祖有惠妃、高宗有順妃，亦都出於葉赫那拉。至於慈禧太后，精明有決斷，不像個柔弱女子，倒是眞的；說她是毒蛇，要防備反噬，這話在恭王覺得可笑得很。

於是顧而言他，談到醇王的新職；恭王準備把肅順所遺的差使之一，正黃旗領侍衛內大臣，保薦他接任，負責掌理紫禁城的警衛。這是個非常重要的差使，醇王欣然接受。

『你先進京吧！兩宮有許多話要問你呢。』

於是醇王即時啓程，換乘一騎御廄好馬，帶著護衛，飛奔回京。到了崇文門，恰好趕上肅順的囚車進城；醇王爲了當差謹愼周到起見，特地親自押送到皇城東面戶部街的宗人府。

宗人府有許多『空房』；這是個正式的名稱，專爲禁閉獲咎的宗室之用。肅順一到，因爲他是個欽命要犯，三品頂戴的府丞，特地親自出來照料；等向醇王請了安，掀開車帷看了一下，隨即又向醇王說道：『王爺請回吧！交給我了。』

醇王本來還想等肅順下了車，驗明正身，正式交付，再交代幾句『小心看守』之類的官腔；但又怕肅順把他狗血噴頭亂罵一頓，想想多一事不如少一事，何必自討沒趣？於是點點頭，揚長而去。

府丞也已聽說肅順桀驁不馴，不好侍候，所以特別加了幾分小心，親自把車帷取下，哈著腰說：『中堂，你請下來吧。』

雙手被綁，閉目靜坐的肅順，睜開眼來，看著他問：『怡、鄭兩王在哪兒？』

『在後面——單有一個很寬敞的院子。』

『我想跟他們兩位一起，行不行啊？』

在那府丞的記憶中，肅順從未如此低聲下氣，用徵詢的口氣向人說過話，受寵若驚之餘，一疊連聲地答應：『行，行！』

『再勞你駕，派人到劈柴胡同，通知我府裡，送動用的東西來。』

府丞心想：肅順大概還不知道他已經被抄了家。這時候不必多說，反正他跟載垣、端華一見了面，就全都知道了。所以敷衍著說：『好，好！』隨即一面派兩名筆帖式，把肅順領了進去，一面另派一名經歷與醇王所派的押解官員辦理交接人犯的手續。

宗人府衙門坐東朝西，最後一個院落，坐西朝東，卻從來不見晨曦照耀，因為那是有名的所謂『高牆』。皇子宗室犯了過錯，常用『家法』處置，不下『詔獄』，圈禁在『高牆』中。那裡除了中午有極短暫的陽光以外，幾乎不見天日；數百年下來，陰森可怖，破敗的屋子裡，磚地上都長了極厚的青苔，灰黑的牆壁上，隱隱泛出暗紅的斑點，一看就會使人想到是拷掠所濺的血跡。

那眞是『空房』，原來是甚麼也沒有的；不過載垣和端華住進來以後，自然有他們的家人，上下打點，把動用的物件送了進來——當然不會有家具，地上鋪了茅草，草上卻鋪著官階一品以上才准用的狼皮褥子；細瓷青花的碗盞、蠟黃的牙筷，雪亮的吃肉用的小刀，金水煙袋之類，雜亂無章地擺得滿地。時將入暮，載垣和端華正要吃飯——旗下貴族最講究享受，雖在幽禁之中，載垣居然還想得起月盛齋就在附近，正叫一名照料他的筆帖式，派人去買月盛齋的醬羊肉來吃；那名筆帖式去而復回，帶來了肅順的消息。

肅順已經鬆綁了，由左司的理事官，帶著一名主事、兩名筆帖式，押送而來；一見載垣，他瞪大了眼睛，狠狠吐了口唾沫，恨聲說道：『好，這下好！全玩完兒！你要早聽我的話，哪兒會有今天？』

載垣沒有想到，一見面先挨了頓罵。他原也有一肚子的冤屈，好好一個世襲罔替的鐵帽子王不要當，讓肅順挾持著去跟恭王和慈禧太后作對，以致落得今天這個下場；肅順如果明白事理，應感內疚，誰知反倒遷怒到別人頭上，這是從何說起？

載垣氣白了臉，正待發作；端華搶在前面責備肅順：『老六！事到如今，你還提那些話幹甚麼？不管用的廢話少說，咱們好好兒來商量一下。』

『哼，商量！跟誰商量？』肅順還要發脾氣，說狠話；看見宗人府的官員，在一旁很注意地聽著，心中有所省悟，便改口問道：『我住哪兒啊？甚麼東西都沒有，叫人怎麼住？請你快派人到劈柴胡同——』

『老六！』端華搶著截斷了他的話，『你先歇一歇，等我慢慢兒告訴你。』

『對了！』左司理事官揚著臉，看著端華和載垣，『請兩位王爺跟肅中堂，好好兒說一說。我們只要差使交代得過去，依然當從前一樣尊敬。不然的話——可有點兒不方便了。』說完，他又留下一名筆帖式在那兒照料；自己帶著兩名主筆退了出去，厚重的木門，緩慢地闔攏『咔噠』一聲，知道是下了鎖了。

三個人垂頭喪氣地回到屋裡，都在狼皮褥子上盤腿坐下，久久無語——話是有的，不知從何說起？兩名筆帖式倒有些奇怪了，走到窗下，悄悄向內窺探。

端華一眼望見，大聲喊道：『嗨！等一等。』他走到窗前又說：『請你再派一個人到我那裡去一趟，就說六爺來了，再送一副舖蓋來。還有，我的鼻煙沒了，叫我家裡快送來。』

『好，我就派人去。』那個筆帖式屬於鑲藍旗；端華原是他的旗主，不免有香火之情，所以照應得還不錯。

『慢著！』肅順一躍而起，環視問道：『有筆硯沒有？』

載垣和端華一時還弄不明白，他要筆硯，作何用處？那鑲藍旗的筆帖式，類似的事，見得多了，反應極其敏捷，陪著笑說：『跟中堂回話，你老人家要別的，譬如要一點兒穿的、吃的、用的，不管怎麼樣，哪怕是上頭怪罪下來，我全認了，可就是一樣，不敢侍候，片紙隻字不能帶出去！那是砍腦袋的玩意，我不能陪著中堂玩兒命。』

前面的話都好，說到最後不動聽了！肅順厭煩地揮一揮手，把張太白臉轉了過去，甚麼也不屑理睬。

窗外的人，見此光景，隨即走了。肅順聽得步靴聲遠，才回過頭來，臉上依然是繃著臉，微鎖著眉，滿是那種倔強不屈，準備接受任何挑戰的神氣──載垣和端華，一直是隨他擺佈的；看見他這神情，信心大增，眼中不由得又流露出殷切期望的神情。

『別忙，他們想弄死我，沒有那麼容易。』

聽得肅順這話，載垣和端華大爲興奮，不約而同地圍了攏來；三個人坐在狼皮褥子上，把頭湊得極近，低聲密議。

『第一步是如此！』肅順取牙箸在潮濕的磚地上，寫了個『拖』字。拖到甚麼時候呢？他接著又寫了『甲子』二字。

端華一時不能意會，載垣卻領悟了。甲子日是十月初九，皇帝舉行登極大典；第二天又是慈禧太后的萬壽，喜事重重，絕不能殺人。

這時肅順又寫『或有恩詔』。意思是指登極大赦。

字還未寫完，載垣搖搖頭說：『不見得。』

肅順也知道登極大赦，不赦十惡，而十惡的第一款，就是恭王所指控他們三人的大逆不道，但是：『可請督撫力保。』

『啊，啊！』載垣見他寫的字，懂得『拖』的作用了，活動督撫力保，要一段日子；如果刀下不能留人，再有力的奏章，亦無用處。

『你懂了吧？看！』肅順寫了幾個姓：『曾、駱、勞、官、彭、嚴、李。』

這是指兩江總督曾國藩、四川總督駱秉章、兩廣總督勞崇光、湖廣總督官文、代理安徽巡撫彭玉麟、河南巡撫嚴樹森，以及新近接了胡林翼遺缺的湖北巡撫李續宜，這些封疆大吏，正在爲朝廷效力剿匪，說話頗有分量；而且與肅順的關係都不壞，如果他們能自前線分頭上奏，請求寬貸這三個人一死，恭王是無論如何不敢不賣帳的。

看到載垣和端華的欣許的臉色，肅順才解釋他要通個信出去的目的，想找個人在外面替他設法去『拖日子』、設法去活動督撫力保，『此人可當此任！』他接著又寫下三個字：『陳子鶴』。

陳子鶴就是陳孚恩。一提到他，載垣和端華都想起他當軍機章京的時候，救穆彰阿的故事。這是二十年前的話，陝西蒲城的王鼎，與穆彰阿同爲大學士直軍機，痛恨穆彰阿妨賢誤國，斥爲秦檜、嚴嵩；宣宗是個庸主，最不善識人，王鼎苦諫不聽，繼以尸諫，一索子上吊死了，衣帶裡留下一道遺疏，痛劾穆彰阿而力薦林則徐。

王、穆不睦，是陳孚恩一直在注意的；這一天王鼎未曾上朝，又無通知，心知必有蹊蹺；於是匆匆趕去探望，一進門就聽見王家上下哭成一片，陳孚恩問知其事，直入王鼎臥室，不由分說，叫王家的僕人把老相爺的遺體解下放平，一摸身上，找出那通遺疏，暗叫一聲：『好險！』如果晚來一步，遺疏一上，穆彰阿要大倒其楣。

因此，陳孚恩便把王鼎的兒子，翰林院編修王抗拉到一邊，悄悄為他分析利害：第一，大臣自盡，有傷國體，不但沒有恤典，說不定還有追奪原官等等嚴厲的處分；第二，皇帝正惱王鼎過於耿直，遺疏言詞激切，皇帝一定聽不進去；第三，如果能扳得倒穆彰阿，倒也罷了，就怕扳不倒，兩家結下深仇，王抗不過一個翰林，如何鬥得過穆彰阿？

一聽這話不錯，王抗慌了手腳，自然要向他求教；陳孚恩乘勢勸他，奏報王鼎暴疾而亡，同時替他改了王鼎的遺疏——當然也答應為他從中斡旋，使王鼎能得優恤，王抗丁憂起復後，可以升官。

虎父犬子的王抗，居然聽信了陳孚恩的話，穆彰阿得以安然無事，感激之餘，大力提拔陳孚恩，不數年當到山東巡撫，還蒙宣宗御筆題賜『清正良臣』的匾額；而王抗因為不能成父之志，他的陝甘同鄉，他父親的門生故吏，統統都看不起他，以致鬱鬱而終。

這段往事，端華記得很清楚，所以當時脫口稱許：『好！這小子真能從死棋肚子裡走出仙著來！你找對人了。』

載垣卻有不以為然的神氣，肅順便問：『怎麼樣？』又寫了一行字：『陳隨梓宮到京，事不宜遲，即應設法通信。』

『不找他行不行？』載垣低聲問說。

『不行！非此人不可。』

『只怕他們不見得饒得過他。』

『那是以後的事。』肅順又寫：『子鶴為求自保，更非出力不可。』

載垣點點頭，寫著字答覆他：『通信之事，我可設法。』在未被捕以前，他一直是『宗令』；這宗人府裡都是他的老部下，所以他有此把握。

肅順一到，就帶來了希望；載垣和端華便又死心塌地聽他指使擺佈了。其時端華有件事要告訴他、安慰他，心裡已轉了半天的念頭，趁這情緒略好的當兒，便用極和緩的語氣說道：『老六，你先沉住氣，我跟你說點事兒。劈柴胡同，讓他們給抄了……』

話還未完，肅順猛然跳起身來，氣急敗壞問道：『甚麼，抄了？沒有定罪先抄家，這是誰的主意？』

『不知道。』端華已料到他有這樣的反應，所以仍舊能夠保持平靜的態度，『也還沒有旨意，文博川帶人就去抄了。不過，他倒還好，手下留情，讓兩個孩子帶了點東西出來，住在我那兒。』

肅順意亂如麻，焦憂不堪，在屋裡疾步繞行，走不數步，突然停住腳問：『我那個保險箱，不知讓他們打開了沒有？』

『你想呢？』

『完了，完了！』肅順臉色灰敗——不知何時，已取得保險箱的鑰匙在手；使勁往窗外一丟，在空庭鏗鏘的清響中，大聲嚷道：『咱們完了！陳子鶴也完了！』

他看得很準，但他不知道，陳孚恩即使沒有給肅順寫過那些曖昧不明的信，祿位亦將不保。詹事府少詹許彭壽，在拿問顧命八大臣的詔旨初下時，便已上了一個摺子，奏請察治黨援，意中所指，就是陳孚恩。許彭壽除了鄙視他是個反覆無常的勢利小人以外，其間自不免還涉及恩怨；陳孚恩倚附肅順，曾硬生生擠掉許彭壽的父親許乃普的吏部尚書，取而代之，其時正爲英法聯軍焚燬圓明園之後；當焚園的那一刻，許乃普父子、沈兆霖、潘祖寅等人，還在圓明園値班，聞警倉皇，幾乎性命不保。而陳孚恩不念同在烽火危城，曾共患難之義，竟忍心利用肅順的權勢，對驚魂未定的許乃普，橫施壓力，迫令告病，騰出吏部尚書的位子來給他。這樣，不但使許乃普從此失去了拜相的機會，並且也是在那種艱難黯淡的日子裡，對他雪上加霜的一次打擊；口雖不言，心情抑鬱，爲人子的許彭壽，自然要引以爲大恨！而尤其使他不服氣的是，陳孚恩根本不具備當吏部尚書的資格——吏部爲六部之首，歷來非翰林出身不能當尙書，而陳孚恩的出身是拔貢。

翰詹科道原許聞風言事，但當政者如果有意根究其事，可以命令指名回奏；恭王用的就是這個方法。於是許彭壽覆奏，痛劾陳孚恩；而鑽營肅順弟兄和載垣的門路的，又不止陳孚恩一個人；吏部侍郎黃宗漢，戶部左右侍郎成琦、劉琨，太僕寺少卿德克津太等等，形跡最密，京官朝士嘖有煩言，於是也一起列名彈章了。

彈章上有黃宗漢的名字，恰好符合了恭王的心意。他的痛恨黃宗漢，由於合議而來。早在咸豐七年冬天，黃宗漢繼葉名琛爲兩廣總督，其時英俄兩國兵艦已停泊吳淞口外，如果軍事上沒有把握，此時議和還不會太吃虧；所以當他赴廣州到任，經過上海時，兩江總督何桂清苦苦要留他在那裡與洋人開談判，但黃宗漢知道廣東民氣激昂，如果他在上海議和，到任必不爲地方所歡迎，爲了自己的前程，不顧一切，取道福建，到廣州接了督署的大印。

因為這一耽誤，英法俄美四國聯軍內犯天津，而黃宗漢在廣州，還在迎合民心，以一股虛驕之氣，鼓動民團作無謂的抗爭，把局面愈搞愈壞；但亦終於由大學士桂良和吏部尚書花沙納，經過美國的調停，與四國訂立了『天津條約』，規定關稅稅則，換約，以及交還廣州等等談判，在上海開議。那時黃宗漢已回到上海，桂良自然要問問他廣東的情形，好作談判的準備，哪知道他竟避不作答。這種莫名其妙的態度，桂良一談起來，就要動氣。

恭王在實際接觸到國際交涉以後，認為弄成這樣不利的城下之盟，以及和議再一次絕裂，演變成英法聯軍侵入京城，天子走避；只顧自己功名，不顧大局艱難的黃宗漢要負大部分的責任。而這樣一個誤國的疆臣，因為依附肅順的緣故，當時竟能調任四川總督，越發讓桂良和恭王，嚥不下那口氣。

因為這些緣故，陳孚恩和黃宗漢的前程，當恭王復起的那一刻，就已注定終結；而當劈柴胡同肅順家被抄，搜出那些曖昧不明的信以後，陳孚恩就連腦袋都有不保的可能。但辦事有一定的程序，整治『黨援』，必須等正犯先議了罪才能動手。

梓宮是十月初三到京的，由德勝門進京城，東華門進禁城，奉安皇帝正寢的乾清宮，接著舉行祭典，恩賞扈從官員，忙了兩天，到了初五一早，六部九卿各衙門的堂官以及翰林、御史，齊集內閣大堂；等恭王和三位大學士一到，隨即開始會議，公擬顧命八大臣的罪名。

諭旨上指明派恭王召集這個會議，因此由他先發言。恭王事先是有了準備的，採取一種奉旨辦理的態度，所以未曾開口，先從靴頁子裡掏出一張紙來，從容說道：『奉兩宮太后面諭，載垣、端華、肅順等人，朋比為奸，專擅跋扈，種種逆行，令人髮指。兩宮面諭此三人的罪狀，我給大家唸一唸。』

他看著紙上的紀錄，唸出載垣、端華、肅順的罪名，共有八款：

一、大行皇帝彌留時，但面諭載垣等立皇帝爲皇太子，並無令其贊襄政務之諭，乃造作名目，諸事並不請旨，擅自主持。即兩宮皇太后面諭之事，亦敢違阻不行。
二、御史董元醇條奏皇太后垂簾等事，載垣等非獨擅改諭旨，且於召對時言『臣等係贊襄皇上，不能聽命於皇太后。即請皇太后看摺，亦爲多餘之事。』當面咆哮，目無君上。
三、每言親王等不可召見，意存離間。
四、肅順擅坐御座，進內廷當差出入自由，擅用行宮御用器物。
五、內旨傳取應用物件，肅順抗違不遵。
六、肅順面請分見兩宮皇太后，至召對時，詞氣之間，互有揚抑，意在構釁。
七、肅順於接奉革職拿問諭旨以後，咆哮狂肆，目無君上。
八、肅順扈從梓宮回京，輒敢私帶眷屬隨行。

唸到這裡，恭王把那張紙收了起來，接著又說：『還有載垣等人招權納賄的情形，我想大家都也知道，涉於瑣細，不必在這裡列舉了。至於景壽、穆蔭、匡源、杜翰、焦祐瀛這五個人，應得何罪？亦請各抒高見，以便秉公定議。不過有一層，我要特別向大家說一說，初九是登極大典的好日子；皇上踐祚之初，不宜行誅戮之刑，所以我們要趕緊定議才好。』

這話已說得很明白了，要行誅戮之刑，而且就在今天要決定，那還議些甚麼？翰林、御史中頗有人不以恭王的話爲然；但要反駁，得先考慮一下後果——這一考慮，一個個便都默不作聲了。

不過許多耿直的人，驚詫不滿的，還不止於恭王這種一手把持的態度，而是他所宣佈的載垣等人的罪狀——誰也不知道那八款大罪，究竟眞的出於兩宮太后之口，還是恭王自己挾天子以令諸侯？反正第一款，也是最重的一款，是『欲加之罪』。

可以說與議的人沒有一個不記得，在大行皇帝彌留之際，曾明發兩道上諭，第一道是立當今皇帝爲皇太子；另一道派定顧命八大臣，有『盡心輔弼，贊襄一切政務』十個字，那就絕非載垣、端華、肅順三個人的『造作名目』了。固然，也有人說這十個字是杜翰寫旨的時候，自己加上去的；但既經大行皇帝生前認可，便無可爭議。再退一步說，果眞是載垣等人矯詔，則兩宮太后早就應該說話，於今在顧命八臣，拿問的拿問、解職的解職，無從申辯舉證之時，作此片面的指責，那是在上者誣陷臣下，令人不服。

不服歸不服，卻是敢怒而不敢言。但就這樣沉默著，已足以使恭王和三位大學士，覺得難堪，於是周祖培看著趙光說道：『蓉舫，你掌秋曹，該有話說呀！』

今天這一會，雖由恭王主持，實際上全要由刑部承辦，所謂『掌秋曹』的刑部尙書趙光，早就想說話了，只是爲了禮貌，要讓三位相國先表示意見，現在既然周祖培指名徵詢，那還客氣甚麼？趙光咳嗽一聲，清一清嗓子，用他那濃重的昆明口音，石破天驚地說了兩句話。

『大清律例上清楚得很！』他說：『載垣、端華、肅順，都是「凌遲處死」的罪名。』

雲南口音雖然重濁，但聽來沉著有力，所以趙光這兩句話一出，每個人心頭都是一震——對犯人本身來說，沒有比『凌遲處死』再重的刑了！

看到大家凝重的臉色，恭王反倒這樣問：『凌遲，太重了吧？不能減一點兒嗎？』

『不能減！』趙光斬釘截鐵地答道：『律例上載得明明白白，「凌遲處死」的罪名，一共十二款，第一款就是「謀反大逆」。坐實了這一款，就是凌遲；如果不是這一款，根本可以不死，那就談不到凌遲了！』

趙光以刑部堂官的身分談律例，沒有一個敢輕易跟他辯駁；其實辯駁也是多餘，在恭王宣佈罪狀時，便知載垣他們三個人，已經死定了。但凌遲處死，畢竟太殘忍了些；就依八款罪名，肅順獨重這一點來說，載垣和端華，應該減刑，才算公平。

『載垣和端華，是受肅順的挾持，』文祥徐徐陳言：『謀反大逆，亦有首從之分，似乎不可一概而論，還請公議。』

『正是一概而論！』趙光抗聲答道：『律例明載：「謀反大逆，不分首從皆凌遲處死。」沒有啥子例外！』

趙光一口咬定了律例，王子犯法，庶民同罪，誰也沒法替他們求情。而且『謀反大逆』的罪名，亦不適用『八議』中『議親』、『議貴』的原則，所以大家雖都覺得載垣和端華，比肅順更冤枉，但亦只有暗中歎息而已。

『那麼，其餘的五個人呢？』恭王又問——這表示那三個人的罪名已定讞了。

這五個人的罪名，原來也應該有輕重的區別，杜翰附和肅順，形跡最明顯；肅順也把他當作心腹，機密大事，都會與議，如果說載垣等人有謀反大逆的意思，則杜翰是不可能置身事外的，所以頗有人替他捏一把汗。

幸好恭王另有衷曲，第一，他要維護他的至親景壽，不願苛求；其次，杜翰沾了他父親杜師傅的光——杜受田善盡輔弼之責，才使得大行皇帝得承大統，這是大家都知道的；恭王怕人有這樣的誤會：說恭王當初未得帝位，都由於杜受田的緣故，宿憾未釋，報復在他兒子頭上。所以明知杜翰替肅順出了許多花樣，與其他四人不同，卻不願把他單獨論處。

因此，會議的結果，五個人是同樣的處置：革職、充軍新疆。一場大獄，至此定案；六部九卿、翰詹科道，紛紛散去。會議結果的奏稿，由刑部主辦；趙光親自督促奉天司的掌印郎中，借內閣典籍廳的地方，就近辦理，好讓恭王當天就能上奏。

在這坐等的工夫中，恭王正好與三位大學士商量改元。十月初九登極，必須詔告新帝的年號，『祺祥』二字，早經決定取消；周祖培主張用『熙隆』或者『乾熙』又不爲恭王所喜，於是經文祥、寶鋆、曹毓瑛等人共同商議，擬了『同治』兩字，此刻便由恭王親自提出，徵詢內閣的意見。

連周祖培在內，大家都說這兩個字擬得好。但是，好在甚麼地方，大家都不曾說；因爲這兩個字的妙處，只可意會，各有各的解釋，在太后看，是兩宮同治，在臣子看，是君臣同治，在民間看，是上下一心，同臻郅治，足以號召人心，比李慈銘沿用宋朝的故事，建議用『熙隆』或『乾熙』是好得太多了。

果然，這個年號，大爲慈禧太后所欣賞，因爲兩宮同治，即表示兩宮並尊，沒有甚麼嫡庶之分了。當然，她也能體會到君臣同治的意思；特別是恭王那個『議政王』的銜頭，正好是同治這個年號的注解。

等年號的事談定了，恭王隨又面奏在內閣會議，定擬顧命八臣罪名的情形，同時遞上了刑部主辦的奏摺。

聽說要殺人，慈安太后胸中突然亂跳，手足都有些發軟了。慈禧太后自然也有些緊張不安，但她絕不願在恭王面前表現出『婦人之仁』的軟弱，所以很鎮靜地把奏摺看完，微皺著眉說：『六爺，凌遲處死，像是太厲害了一點兒。』

恭王未及答言，慈安太后失聲驚呼：『甚麼！還要剮呀？』

『這是依律辦理。』恭王把趙光引用的律例複述了一遍：『「謀反大逆，不問首從皆凌遲處死」。』

『這不好，這不好！』慈安太后大搖其頭：『殺人不過頭點地，幹嘛呀，把人折騰得死去活來的。』

恭王原來的意思，就不過把載垣、端華、肅順殺掉了就算了；既然兩宮太后都不主張凌遲，便即說道：『論他們的罪名，凌遲處死也不冤。如今兩位太后要加恩減刑，也未嘗不可。』

『恩典是要給的。』慈禧太后是儼然仁主的口吻了，『不過罪名有大小，刑罰也得有輕重。反正甚麼壞主意都是肅順想出來的；所以我的意思，載垣和端華，應該跟肅順不同……』

她的話似乎未完，恭王便接著餘音，大聲說道：『不管怎麼樣，總歸難逃一死！』

『那就賞載垣和端華一個全屍吧。』

『是！』恭王答應著，又補充了一句：『肅順斬決，載垣、端華，賜令自盡。』

一后一王，似乎在閒話家常之中，就處置了三條人命；使得坐在東邊的另一位太后，內心震驚莫名！一個女人掌生殺之權，一句話就可致人於死，在她看來已是一件不可思議的反常之事；而這生殺之權，在慈禧手裡，舉重若輕，殺人就像一巴掌打死蚊子那麼不在乎，這太可怕了！她還記得，咸豐八年十月裡，大行皇帝在肅順堅持之下，硃筆勾決了大學士柏葰，回到圓明園同道堂，臉色蒼白，冷汗淋漓，就像生了一場大病似地；以後兩三天，也一直鬱鬱不歡，心裡放不下那件事。如今殺的不止一位大臣，還有兩位世襲罔替的鐵帽子王，慈禧居然毫不在意地就下了這辣手，眞是越發不可思議了！

她一個人正這樣心潮起伏，激動不已時，慈禧太后與恭王已談到了其餘的顧命五大臣；她首先就開脫了景壽，以此示惠於恭王，『六額駙可憐巴巴的！姊姊，』她轉臉跟慈安太后商議：『把六額駙的處分都寬免了吧？』

慈安太后一時還有些茫然：『六額駙怎麼了？』

『不就是一案的嗎？』慈禧太后答道：『那五個都定了革職充軍的罪。不能這麼籠統了事！六額駙是老實人，冤枉蹚了渾水，咱們要給他洗刷。』

『那是一定的。』慈安太后說：『不但六額駙，其餘的能寬免也就寬免吧！和氣致祥，別太過分了！』

慈禧太后和恭王一齊點頭，兩個人所欲得而甘心的，實際上只有肅順一個人，元凶在擒，延議誅殺，原已心滿意足，所以有不爲已甚的想法；同時也感於慈安太后『和氣致祥』這句話，正合著『同治』這個年號的精義，所以無不首肯。

但是，他們也都知道，詔告天下的諭旨，要能讓人擺在桌子上評理，既然寬免景壽，不得不再找一個人出來加重他的罪名，作爲對照之下的陪襯。而這一個被犧牲的人，慈禧太后和恭王卻有不同的看法。

慈禧太后對杜翰深爲不滿，認爲他應該充軍；而恭王的看法到底要深遠些，情勢擺在那裡，杜翰不能單獨論罪；要單獨論罪，他就是附和謀反大逆的從犯，刑罰又不止於充軍。那一來要引起軒然大波；翻案的結果，可能連殺肅順他們這三個人，都會爲清議所不容。

因此，恭王又把杜受田搬了出來，而且這話是看著慈安太后說的：『杜翰是杜師傅的兒子。』只這一句話，兩宮都明白了；慈禧太后把嘴角一撇，作了個鄙夷的表情。

爲了要把那道明正典刑的諭旨，弄得冠冕堂皇些，在伸張天威之餘，還有法外施仁的意味，所以恭王除了主張在軍機最久的穆蔭，應該比其他四人加重罪名以外，還建議兩宮太后召見親貴王公以及軍機大臣和大學士，親自徵詢意見；然後宣示，分別減刑。

能讓天下臣民知道，恩出自上，自是慈禧太后所最贊成的事，當即准奏。接著又問了些登極大典準備的情形，以及外間的民心士氣，和對於載垣等人被捕的反應，到快上燈時，恭王才退了出來。

養心殿召對，雖不准太監在旁；但除非有御前大臣或御前侍衛嚴格執行關防的措施，否則大語外洩，是無論如何不可免的事，所以這時宮內已紛紛在談論載垣、端華和肅順將被凌遲處死這件新聞。許多太監和宮女，不知道甚麼叫『凌遲』，但一說到『千刀萬剮』的『剮』，就沒有一個不懂的了。

懂雖懂，卻沒有誰見過。因此，在御茶房裡，太監聚集休息之處，便都以此爲話題；圍著見多識廣，形似老媪的六七十歲的太監去請教——他們也沒有見過，只是道聽途說，加上自己的想像，說得活龍活現，而遇著另一種不同的說法，便難免發生沒有結果的爭執。

有一個說，『剮』刑稱爲『魚鱗剮』，用一張魚網，罩在受刑的人身上，裹得緊緊地，讓皮肉都從網眼裡凸了出來，然後用極鋒利的刀，一片一片，細細臠割，到死方休。

另一個說不對，剮刑沒有那麼麻煩，也沒有那麼殘忍，只是『扎八刀』；額上兩刀，片下兩塊皮來，正好垂著蓋住了雙眼，胸前乳上兩刀——如果犯人家裡花夠了錢，劊子手這時便暗暗在受刑的心窩上刺一刀，結果了性命，以下雙臂雙股各一刀，就都毫無知覺，不感痛苦了。

看起來是『扎八刀』比較合理可信，但另一個也是言之有理，持之有故，於是展開辯駁，變成吵嘴，正鬧得不可開交時，有人喊道：『小安子來了！』

這一喊，嘈雜的聲音，立刻消失了。安德海現在是宮裡的大紅人，連敬事房的總管都得讓他三分；所以大家等他一到，紛紛站了起來，年長品級高的，叫他『兄弟』；年輕品級低的便尊他爲『二爺』，沒有誰敢提名道姓稱『安德海』，更不用說是當面叫他『小安子』了。

安德海也最喜歡聊閒天，一見大家這情形，便大模大樣地問道：『你們剛才說甚麼來著？』

『沒有甚麼，』有一個謹愼的，搶著答道：『稀不相干的閒白兒。』

『不對吧，』安德海瞪著眼說：『我明明聽見在吵甚麼，好大的嗓門兒！怕的慈寧宮裡都聽見了。』

禁垣深遠，御茶房的聲音再大，慈寧宮裡也不至於聽見，這明明是安德海有意唬人；於是有個膽小的便說了實話：『在談剮刑，一個說是「魚鱗剮」，一個說是『扎八刀』，到底也不知怎麼回事兒？』

『剮誰呀？』安德海揚著臉，明知故問。

『不是肅中堂他們三位嗎？』

『哪一個肅中堂？』安德海厲聲詰責；一雙金魚眼越發鼓了出來。

看他這聲色俱厲的神態，莫不吃驚，同時也不免奇怪，不知哪一句話，在哪一個字上觸犯了他的忌諱？

面對著滿屋子被懾服了的太監，安德海飄飄然滿心得意，氣燄就更甚了，冷笑一聲，環視四周：『已經革職拿問，大逆不道，馬上就要砍頭的人，還管他叫「中堂」，你們是甚麼意思？哼！等著瞧吧！平常巴結肅順的，可得小心一點兒！』

因爲有他這一句話，便有人爲了挾嫌、求榮，或者脫卸干係，紛紛跑到他那裡去告密。這是給了安德海一個討好的機會；到了晚上，慈禧太后吃了燕窩粥，正將就寢時，他揣著一張名單，悄悄到了她身邊。

『奴才有事跟主子回。』他說：『宮裡有奸細。』

『啊？』慈禧太后微吃一驚，『怎麼說？』

『奴才是說，宮裡有好些肅順安著的奸細……』

『對了！你倒提醒我了。』慈禧太后收起閒豫的神態，把臉沉了下來，『第一個就是王喜慶，非重重辦他不可。』

『不止王喜慶一個。』

『我也知道，絕不止王喜慶一個。還有誰？你去打聽打聽。』

『奴才已經替主子打聽來了。』安德海從懷裡取出名單，一個一個告訴給她聽：『總管太監袁添喜，家裡有幾畝田，不知爲甚麼，跟人打上了官司，找肅順去說好話，好幫他贏官司。』

『可惡！』

『還有御膳房的太監張保、劉二壽，常往肅順家送菜。每一次都得了肅順的賞錢。』

『還有呢？』

『還有就是「座鐘處」的杜雙奎了，他替肅順修的兩個錶，前兒個自己已經交出來了。』

『就是自己交了出來，也不能饒他！』慈禧太后吩咐：『傳我的話，讓敬事房把那些人捆起來，送到內務府，替我好好兒的審一審！』

慈禧太后的懿旨一傳，敬事房不敢怠慢，第二天一早就把名單上所開的五名太監上了綁，押送到內務府愼刑司去審問。其時恭王正在那裡，知道了這件事，怕被捕的那些太監，信口亂咬，把宮中搞得人心惶惶，生出別樣是非，所以下令愼刑司，暫且把王喜慶等人收押，等他見了太后回來，親自處理。

等恭王到了軍機處，前一天下午接到通知，準備兩宮太后召見的人，除了桂良身體不適告假以外，其餘的都到了：『老五太爺』惠親王、惇王奕誴、醇郡王奕譞、鍾郡王奕詥、孚郡王奕譓、睿親王仁壽；軍機大臣文祥、寶鋆、曹毓瑛；大學士賈楨、周祖培。刑部滿漢兩尚書，只召了綿森，因爲趙光主用重典，特意不叫他來，表示這個『御前會議』完全是爲了要減載垣等人的罪而召集的。

朝廷的親貴重臣，差不多盡於此了，平日關防嚴密的軍機處，此時人來人往，熱鬧非凡。尤其是那些頂兒尖兒的貴人，如惠、睿兩親王，賈、周兩相國等等，每人都隨帶了三四個跟班，捧著衣包、煙袋，暖水壺，在景運門外侍衛値班的屋子裡侍候，一會兒說，把某王爺的參湯取來；一會兒又說，某中堂冷了，要添一件坎肩，軍機處的蘇拉奔進奔出傳話，幾乎不曾停過。

這亂糟糟的情形，一時還停不下來；因爲昨天內閣會議的結果已經洩漏了，兩王一相凌遲處死，是京城裡從未聽說過的大新聞，而且怡、鄭二王，是兩朝的顧命之臣，掌權多年，肅順的氣燄，更是如天之高，平時多少人仰望顏色而不得，這時自然都要看一看他們的眞面目。而對肅順，尤其要看一看他的下場，有些人是爲柏葰不平；有些人則因爲『五宇字』官錢號舞弊一案，辦得太嚴，遭了池魚之殃，傾家蕩產的，把肅順恨入切骨，打算著等他的囚車經過，要好好凌辱他一番。

恭王一時不能『遞牌子』請見兩宮太后，就是爲了這個緣故。步軍統領、順天府、刑部各衙門都有緊急報告送來，說謠傳載垣等人，今日行刑，九城百姓，傾巷而出，正陽門西城根以及宣武門大街一帶，人山人海，秩序不易維持。恭王怕惹出麻煩來，正召集文祥、寶鋆、曹毓瑛和綿森在商量辦法。

大家的看法都相同，御前會議結束，隨即降旨，立刻行刑，這三個步驟一開始就不能中斷；這也就是說，寧願事先稍緩，等部署好了再晉見兩宮太后，比較妥當。

好得是外間謠言雖盛，對事實眞相，卻不盡明瞭；都以爲載垣、端華和肅順是監禁在刑部大獄──刑部在西長安街與西江米巷之間的刑部街，與都察院、大理寺密邇，合稱爲『三法司』，有名的肅殺之地，而以刑部爲尤甚，此地原來是明朝的錦衣衛，其中西北、西南兩座俗稱『天牢』，官稱『北所』、『南所』的詔獄，本來是明朝錦衣衛的『鎭撫司』，專管抓人、殺人，『駕帖』一出，魂飛魄散，不知道多少忠臣義士，死在裡面。

但是，明正典刑的『棄市』，則是以宣武門外的鬧區爲刑場；照規矩，犯人綁出獄來，由刑部後門穿過西江米巷，沿正陽門西城根，到宣武門一直往南，出騾馬市大街與宣武門大街交叉的十字路口，名爲『菜市口』的地方，把亂七八糟的菜販，臨時趕一趕，清出一片空地，就是行刑之地。

因此，這天看熱鬧的人，多集中在正陽門與宣武門之間的這個區域；不知道載垣等人是關住東城的宗人府，這就比較好辦了。

『得繞著路走，』寶鋆建議：『出哈達門，由騾馬市大街到菜市口，不也一樣嗎？』

旗人把崇文門叫作『哈達門』。出崇文門，由騾馬市大街向西到菜市口，殊途同歸，而可以避開人群，自是個好辦法；但消息不能走漏，否則仍是白費心機。所以恭王指示文祥，通知步軍統領衙門和順天府，在表面上，仍舊彈壓西城一帶，暗中在騾馬市大街，展開戒備，佈成聲東擊西之計。

他們還在從容商議，慈禧太后卻已等得不耐煩了，派出內奏事處的首領太監來催問。恭王不便再延，一面命令文祥和寶鋆，分頭通知有關衙門，照商定的辦法即速部署，一面到外屋會齊了在待命的王公親貴，進養心殿晉見兩宮太后。

未入殿門，恭王站定腳對惠親王輕聲說道：『五叔，回頭該你老人家說話的時候，可別忘了！』

『眞是！老六，』惠親王答道：『你眞當我七老八十的，老糊塗了？』

『我只提你一聲兒。』恭王笑道：『你老領頭，請吧！』

等太監揭開門簾，『老五太爺』惠親王領先進了養心殿東暖閣，他是大行皇帝的胞叔，份屬尊親，常朝免行跪拜禮，所以只朝上請了個安；此外由恭王帶頭，列班跪下磕頭。兩宮太后尊禮老臣，已預先囑咐太監，把年齡最長的賈楨和周祖培扶了起來。然後分成東西兩列，靜候太后宣示。

這還是兩宮太后第一次召見這麼多的親貴重臣，自不免有些緊張；慈安太后原來想好了的幾句開場白，一下子忘得無影無蹤，無可奈何，只好看著右面輕聲說道：『妹妹，妳跟大家說一說吧！』

就她不這麼說，慈禧太后也預備開口了；她用塊大手絹捂著嘴，微微咳嗽了一下，視線從『老五太爺』掃到末尾；那個官兒不認得，拿起銀盤裡的通稱爲『膳牌』的『綠頭籤』看了看，又是不認識的滿文，隨即看著恭王吩咐：『以後膳牌也得寫上漢字才好。』

『是！』恭王知道她的意思，便轉臉說道：『綿森，你單給兩位皇太后跪安報名。』

『喳！』綿森響亮地答應了一聲，彎著腰疾趨數步，在當中跪倒，自己報了三代履歷，然後退回原處。

於是慈禧太后拿起通奏摺說道：『內閣會議的摺子，我們姊妹已經看了。載垣、端華、肅順這三個人，在熱河是怎麼個專擅跋扈，你們大家都是親眼看見的。虧得有恭王在京裡留守，肅順他們還有顧忌。要不然，哪兒還有今天？』

這是對恭王的表揚，他自然要謙虛一番：『全是列祖列宗和大行皇帝在天之靈的庇佑，臣何敢當聖母皇太后的獎飭？』

『我說的是實話。』慈禧太后又說：『誰是奸臣、誰是忠臣，我們姊妹全知道。肅順他們的目無法紀，也不是一天了；那時大行皇帝精神不好，凡事力不從心，這也是沒有辦法的事。你們今天都要體諒大行皇帝的心；如果以爲大行皇帝是怎麼樣的寵信肅順他們，可就錯了。』

大家齊聲答應一個：『是！』

『現在你們會議定罪，照大清律例處置，自然不錯。不過，凌遲處死，到底於心不忍；我現在要問大家一句：載垣、端華、肅順這三個人，到底有沒有一點兒可以原諒的地方？』

於是恭王向惠親王看了一眼；這位『老五太爺』便代表親貴發言：『載垣、端華、肅順，罪大惡極，照國法處置，無可寬宥。至於法外之恩，臣等不敢妄議。』

『嗯，嗯！』慈禧太后點點頭，又指著賈楨、周祖培說：『你們倆是三朝的老臣，有話也可以說呀！』

兩位大學士互相看了一眼，由賈楨陳奏：『臣等並無異辭。』

『議政王呢？』

恭王心想，慈禧太后實在不須多問了；這樣問來問去，莫非另有主意？不如自己先作個暗示，於是含蓄地答道：『親王棄市，似與國體有礙。應如何加恩之處，請兩位太后聖裁。』

這樣一說，慈禧太后知道，已到了作結論的時候，便轉臉向慈安太后徵詢意見：『載垣跟端華，就讓他們自己去了結吧！』

『嗯！』慈安太后容顏慘淡地答了一個字。

『肅順不能跟他們倆一樣。』慈禧太后看著恭王又說：『他也不是親王，綁到菜市口也不要緊。』

『是。那是「斬立決」。』

『對了，斬立決！』慈禧轉臉問道：『五叔，你看，這麼處置還合適吧？』

『議親、議貴，全是兩位太后的恩典。』惠親王答道：『至於其餘穆蔭等人的罪名，由軍機承旨辦理，臣等不必參預。』

『好！軍機留下來。你們跪安吧！』

等惠親王他們退了出去，兩宮太后跟軍機大臣繼續商議未了事宜。首先要派定執行諭旨的人，而名義則又不同，對肅順，當然是『監斬』；而對載垣和端華，因爲賜令自盡，只稱爲『傳旨』。

『監斬就仍舊派仁壽好了。』

慈禧太后的人選，與恭王預擬的，不謀而合，『臣也是這麼想。』恭王又說：『刑部還要派一個人去照料；載齡可以。請旨！』

『載齡是誰啊？』

『他是刑部右侍郎。』

『好。』慈禧太后接著又說：『宗人府那面，就讓綿森去傳旨。』

『是！再請加派宗人府右宗正肅親王華豐傳旨；以華豐為主，綿森為副。』

慈禧太后對於朝廷和八旗的制度，已經相當熟悉了，一聽恭王的建議，立刻便了解了他作此安排的用意；宗人府左右宗正，分掌八旗宗室的『家務』，鑲藍旗最早的駐區在西城，歸右宗正管，所以非派華豐不可。而且肅親王是太宗長子豪格之後，對怡親王載垣來說，地位是比較超然的。

安排好了這一切，就談到景壽了，『六額駙的處分，全免了吧！』慈禧太后吩咐。

如果眞是這麼辦，又何以服人心？所以反而是恭王不肯。折衷的結果是『著即革職，加恩仍留公爵並額駙品級，免其發遣』。他的罪名，也改輕為『身為國戚緘默不言』了。

穆蔭、匡源、杜翰、焦祐瀛的罪名，是『於載垣等竊奪政柄，不能力爭』，而最倒楣的是穆蔭，認為他『在軍機大臣上行走已久，班次在前，情節尤重』，革了職充軍，但也加了恩，由『發往新疆』改為『發往軍台效力贖罪』；其餘的都是『即行革職，加恩免其發遣』。

商量已定，恭王他們四個人退回軍機處；已有不少各衙門的司官，伸頭探腦地在窺探，這都是來打聽消息的——肅順難逃一死，已是意料中事；但載垣、端華，情節不如肅順之重，身分又是襲封的親王，或者『上頭』會有恩典。只要不死，便有復起之望，那些直接間接恃他們為奧援，或有別項利害關係的人，便好搶先一步為自己作打算。

恭王當然知道他們的來意，下令警戒，由醇王以正黃旗領侍衛內大臣的身分，派出乾清門的侍衛，把守隆宗門與內右門之間的軍機處，遠遠地隔絕了閒雜人等。

其時睿親王仁壽，因為預先已知將有差使，留在軍機處未走；刑部尚書綿森和右侍郎載齡，則在乾清門西的南書房待命，恭王派人把他們請了來，傳述了旨意，請他們即刻分頭辦事，在日落以前，必須覆命。

於是仁壽，綿森和載齡，一起到了戶部街宗人府。右宗正肅親王華豐，已經等了好半天了；綿森說了經過，四個人關起門來，密議執行諭旨的步驟。

睿親王仁壽年紀大了，火氣消磨，處事圓滑，首先就說：『我是監斬，不必跟肅六照面兒；回頭我先在半截胡同官廳等著，事完以後，驗明正身，我就好覆命了。你們商量商量吧！這兒沒我的事，我先回去抽一口兒。』說著，打個呵欠，站起身來向大家拱拱手，又叫著載齡的別號說：『鶴峰，預備好了，派人給我一個信。咱們半截胡同見。』

等仁壽回府去抽大煙，載齡隨即也趕回刑部；掌管刑獄的『提牢廳』主事，和掌管緝捕旗人逃亡的『督捕司』郎中，早已點齊了劊子手和番役，侍候多時，宣上堂來，交下差使，旋又一起到了宗人府。

其時載垣、端華和肅順，已被分別隔離；端、肅兄弟由左司移置右司空屋。載齡已在路上盤算好了，到了那裡，先隻身去看肅順。

自移置以後，肅順便知不妙；空屋獨處，一籌莫展，唯一的希冀是能挨過十月初九登極大典的日子，就有不死之望，所以這幾天在高槐深院之中，看日影一寸一寸消移，眞有度日如年之感。因爲如此，緊張得失去常態，偶有響動，立即驚出一身冷汗；偏偏那間空屋的耗子特多，一到晚上，四處奔竄，害得他通宵不能安枕；到白天倦不可當時，才和衣臥倒打一個盹。

當載齡來時，他正在倚壁假寐；聽見鎖鑰聲響，一驚而醒，睜大了眼，又驚又喜地問說：『鶴峰，你來幹甚麼？』

載齡由署理禮部侍郎，調爲刑部侍郎，是肅順被捕以後的事，所以他有此一問；載齡也不說破，只叫一聲：『六叔！』

載齡也是宗室，比肅順小一輩，所以稱他『六叔』；這原是極平常的事，而在窮途末路，生死一髮之際的肅順，就這樣一個稱呼，便足以使他暖到心頭，感動不已了。

『難爲你還來看我！』肅順的眼眶都紅了，『鶴峰，你說，恭老六的手段，是不是太狠了一點兒？』

『六叔，生死有命，你別放在心上。咱們走吧！』

肅順疑團大起：『到哪兒去？』

『內閣在會議，請你去申辯。』

『好！』肅順大爲興奮，立刻又顯得意氣豪邁了，『只要容我講話就行！這幾年我的苦心，除了大行皇帝沒有人知道，我跟大家說一說。』

說完，跨開大步就走，載齡卻又一把拉住了他：『六叔，慢著，你有甚麼話要說，這會兒說吧！』

『咦！怎麼？』

『我進來一趟不容易。』載齡急忙又說：『你有甚麼話要告訴府上，我好替你帶去。』

原來並無他意，肅順的緊張消失了，『「府上」？哼，』他冷笑道：『家都給抄了，還說甚麼「府上」？』

『六叔，這不是發牢騷的時候。如果你沒有話，那就走吧！』

『有話，』肅順連連點著頭，『我那兩個小妾，現在不知怎麼了？』

『放出來了。在哪兒我可不知道。』

『拜託你派人找一找——我那兩個小的，面和心不和，請你開導她們，千萬要和衷共濟，好好過日子；我那兩個孩子，要叫他們好好兒用功。「萬般皆下品，唯有讀書高」。』

『我一定把話帶到。』載齡緊接著又問：『還有別的話沒有？』

他的意思是肅順或有隱匿的財產，能把匿藏的地點套出來；肅順想了想，搖搖頭說：『沒有別的話了！』

『那就走吧！』

載齡搶在前面，急步而去；肅順緊緊跟著，穿過一條夾弄，往左一拐，便是個大院子，站著十幾個番役，有的提著刀，有的拿著鐵尺，有的拿著繩子，還有輛沒有頂篷的小車，一匹壯健的大黃牛已經上了軛了。

肅順一看臉色大變，張皇四顧，大聲喊道：『載齡！載齡！』

載齡已走得不知去向，只閃出一個官兒來，向肅順請了個安說：『請中堂上車！』

『到哪裡？』肅順氣急敗壞地問。

『自然是菜市口。』

『甚麼？』肅順跳了起來，兩眼如火般紅，彷彿要找誰拚命的樣子。

那個官兒——提牢廳的主事，努一努嘴；一群番役擁了上來，七手八腳摘下了肅順的帽子，把他推上車去，連人帶座位一起，緊緊地縛住。

肅順一聲不吭，只把雙眼閉了起來；臉色灰敗，但仍舊把頭昂得很高，有種睥睨一切的味道。

那提牢廳的主事，是從未入流的吏目一步一步爬上來的，在刑部南北兩所二十幾年，大辟的犯人見得多了，有的一聽綁赴菜市口，頓時屁滾尿流，嚇得癱瘓，這是最好料理的一類；有的寃氣衝天，狂蹦亂跳，把那股勁發洩過了也沒事了；最難侍候的是怨毒在心，深沉不語，腦袋不曾落地以前，不知會想出甚麼洩憤的絕招來，得要加意防範。

看肅順的樣子，正就是最難侍候的那一類。尤其棘手的是，堂官趙大人已經吩咐過，肅順桀驁不馴，要防他破口大罵；但不准在他嘴裡塞東西——塞上東西，肥幫子會鼓起來，看熱鬧的老百姓一定認爲是有意封他的口；不免會引起許多無稽的流言。

這差使就不好當了！那主事左思右想，只有哄騙一法；所以當那些番役爲肅順上綁時，他不住地喊：『綁鬆一點兒，綁鬆一點兒！』其實，他早就告訴了番役，不管他怎麼說，不必理會，該如何便如何。他的話只是有意這樣說說，好叫肅順見他的情。

等綁好了，他又走到肅順面前，手裡托著雞蛋大的一塊栗木，叫道：『肅中堂！』

肅順把眼睜了開來，沒有說話。

『你老明鑒！』他說：『上命差遣，身不由己。堂官交代，怕你老路上發脾氣，叫把這個玩意用上——何必呢？塞在嘴裡，怪難受的！我就大膽違命不用了。不過我也有下情上稟，你老得體恤體恤我們，這一路去，千萬別一嗓子喊出來。不然，可就送了我忤逆了！』

肅順依然不答，把那塊栗木看了看，照舊閉上了眼。

『走吧！』主事大踏步出了宗人府側門，跨上一匹馬；牛車轆轆，番役夾護，由正陽門東城根穿過南玉河橋，出崇文門，循騾馬市大街，直赴西市。

等肅順一走，肅親王華豐便要料理載垣和端華的大事了。他與綿森已經商量好了步驟，分頭辦事，綿森驅車入宮，去領明降的諭旨；華豐便備了一桌盛筵，派人把載垣和端華去請了來。

見了華豐，載垣叫三叔，端華叫三哥；聲音都有些哽咽了。

『坐，坐！』華豐把他們引入客位，從容說道：『我沒有想到叫我來接了「右宗正」的差使！一直想來看你們倆，偏偏這幾天事兒多；總算今天能抽個空，跟你們倆敘一敘。來吧，痛痛快快喝兩鍾！』

載垣、端華連聲道謝，把酒杯送到唇邊碰一碰，載垣便趕緊放下杯子問道：『三叔，內閣會議過了吧，怎麼說啊？』

『還沒有定議。要看上頭的意思。』

『上頭？』載垣緊接著又問：『恭六叔是怎麼個意思？』

『誰知道呢？沒有聽他說，我也不便去打聽。』

『總得讓我們說說話啊！』端華依然是那樣魯莽，『難道糊裡糊塗就定了罪？怎麼能叫人心服呢？』

華豐微笑不答，只是殷勤勸酒，然後把話題扯到了天氣上；由深秋天氣談到西山紅葉和秋冬之間的許多樂事。載垣和端華心裡如火烤油煎般焦急，但旗下貴族講究的就是從容閒雅，所以這時還不得不強作鎮靜，費力周旋。

好不容易找到一個機會，華豐提到十月初九的登極大典，載垣急忙捉住話風中的空隙，喊了聲：『三叔！』他說：『我跟你討教，皇上的好日子，你看，我們能不能上一個摺子叩賀大喜？』

華豐懂得他的用意，這個摺子，名爲叩賀，實則乞憐；事到如今，絲毫無用，但也不必去攔他的興頭，所以徐徐答道：『大喪期間，不上賀摺。不過，你們的情形不同，也不用有甚麼禮節儀制上的顧忌了。』

『三叔，這一說，你是贊成囉？』

『也未嘗不可。』

『既這麼著，』載垣離座請了個安，『得求三叔成全！』

『請起，請起！』華豐慌忙離座相扶，『只怕我使不上勁。』

『只要三叔一點頭就行了。請三叔給我一位好手，切切實實寫一個摺子。我把這個做潤筆。』一面說，一面從荷包裡挖出一雙鑲了金剛鑽，耀眼生花的金錶，遞了過去。

『你先收著，等我找到了人再說。不過……』

『怎麼？』載垣極其不安地問。

『等一等，等一等。』華豐做了個稍安毋躁的手勢，『等一下再說。』

這一等不用多久，進來一個人，悄悄走到華豐身邊，輕聲提示：『王爺，時候差不多了！』

『喔！』華豐慢條斯理地取出錶來看了看，同時問說：『綿大人回來了沒有？』

『來了！』

『好！』華豐起身向載垣和端華招一招手：『兩位跟著我來！』

滿臉疑懼的載垣和端華，拖著沉重的腳步，隨華豐到了一座冷僻的院落中，進門一看，綿森帶著一班司官和筆帖式，面色凝重地站著等候；載垣剛要開口，綿森已拱一拱手說道：『有旨意。兩位跪下來聽吧！』

於是載垣和端華面北而跪，受命傳旨的兩人互看了一眼，華豐報以授權的眼色，綿森才自從人所捧的拜匣中，取出一道內閣明發的『六行』，高聲宣讀。

第一段是宣佈罪狀；第二段是會議定罪；唸到『凌遲處死』這四個字，載垣和端華不約而同地渾身抖個不住，無法跪得像個樣子。有人便要上去挾持，華豐搖搖手止住了。

綿森看這樣子，不必再一板一眼，把曹毓瑛精心結構的文章，唸得字正腔圓；口中一緊，如水就下，唸得極快，只在要緊的地方略慢一慢，好讓載垣和端華能聽得清楚。

這以下就是最重要的一段了，綿森提高了聲音唸道：

『朕念載垣等均屬宗人，遽以身罹重罪，悉應棄市，能無淚下？惟載垣等前後一切專擅跋扈情形，實屬謀危社稷，是皆列祖列宗之罪人，非特欺凌朕躬為有罪也。在載垣等未嘗不自恃為顧命大臣，縱使作惡多端，定邀寬宥；豈知贊襄政務，皇考並無此諭，若不重治其罪，何以仰副皇考付託之重？亦何以飭法紀而示萬世？即照該王大臣等所擬，均即凌遲處死，實屬情眞罪當。惟國家本有議貴、議親之條，尚可量從末減，姑於萬無可貸之中，免其肆市，載垣、端華均著加恩賜令自盡。即派肅親王華豐、刑部尚書綿森，迅即前往宗人府，傳旨令其自盡。此為國體起見，非朕之有私於載垣、端華也。』

以下是關於肅順由凌遲處死，加恩改為斬立決的話，綿森就不唸了，只喊一聲：『謝恩！』

載垣和端華哪裡還能聽清他的話？兩個人涕淚縱橫，放聲大哭。華豐看看不是事，頓著足，著急地說：『這不是哭的時候！還不快定一定心，留幾句話下來；我好轉給你們家屬！』

這一說，總算有效果，載垣收拾涕淚，給華豐磕了個頭說：『三叔，我沒有兒子，不用留甚麼話，只求三叔代奏，說載垣悔罪；怡親王的爵位，千萬開恩保全，聽候皇上選本支賢能承襲。倘或再革了爵，我怎麼有臉見先人於地下？』說著又痛哭失聲了。

端華也沒有兒子，怔怔地呆了半天，忽然大聲嚷道：『我死了也不服！』

『老四！』華豐厲聲喝道：『事到如今，你還是那種糊塗心思。你雖無後，難道也不替你本房的宗親想一想？』

這是警告他不要再出『悖逆』之言，免得貽禍本房的親屬。端華不再作聲了，咬一咬牙掙扎著要起身；便有兩個筆帖式上去把他扶了起來。

這時綿森在半哄勸、半威嚇地對付載垣，總算也把他弄得站直了身子；他也是由兩個筆帖式扶著，與端華分別進了空屋。

賜令自盡，照例自己可以挑選畢命的方法，但總不出懸樑服毒兩途，所以兩間空屋中是同樣的佈置，樑上懸一條雪白的綢帶子，下面是一張凳子；另一面茶几上一碗毒酒，旁邊是一張空榻。

華豐和綿森等他們一轉身進屋，便悄悄退了出去；這時只剩下幾名筆帖式在監視。載垣雙腿瑟瑟發抖，拿起那碗藥酒，卻以手抖得太厲害，『叭噠』一聲，失手落地，打破了碗。

載垣又哭了，是嗚嗚咽咽像甚麼童養媳受了絕大的委屈，躲到僻處去傷心的聲音。這時綿森已派人來查問兩遍了；看看天色將晚，覆命要緊，大家不由得都有些焦急。

於是一個性急的筆帖式，被查問得不耐煩，就在窗外大聲說道：『王爺，快請吧！不會有後命了，甭等了！這會兒時辰挺好，你老就一伸脖子歸天去吧！』

說完這話，發現載垣挺一挺胸，昂一昂頭，似乎頗想振作起來，做出視死如歸的樣子，但才走了一步，忽又頹然不前；把個在窗外守伺的筆帖式，急得唉聲嘆氣，不知如何是好。

就這時，綿森又派出人來探問了。一看載垣徘徊瞻顧，貪生惡死的情態，也覺得公事棘手，必須早想辦法。於是兩人商量著，預備去報告司官，替載垣『開加官』。

如果被賜令自盡的人，不肯爽爽快快聽命，或者戀生意志特強，自己竟無法弄死自己，以致監臨的官吏無從覆命時，照例是可以採取斷然處置的。在滿清入關以前，類似情形，多用弓弦勒斃，但這樣便成了絞刑，不是『自盡』；以後有個積年獄吏，發明一種方法，用糊窗戶的棉紙，又稱皮紙，把整個臉蒙住，再用高粱酒噴潠在耳眼口鼻等處，不上片刻，就可氣絕。這個方法就稱爲『開加官』。

也許是載垣已經聽見了窗外的計議，居然自己有了行動；窗外的人聽見聲音，趕緊向裡窺看，只見他顫巍巍地一步一步走向凳子，但身子顫抖，雙腿發軟，竟無法爬得上去。

這就必須要扶持他一下了，看守的那個筆帖式推門直入，走到他身邊說道：『王爺，我扶你上去！』

載垣閉上眼，長歎一聲，伸出手來，讓他牽持著踏上方凳；雙手把著白綢圈套，慢慢把頭伸了進去。

站在地上的那筆帖式，張大了嘴，一眼不霎地看著載垣，等他剛剛上了圈套，猛然省悟；立即異常敏捷地把他腳下的方凳往外一抽，載垣的身子立刻往下一墜，雙腳臨空，雙手下垂，人像個鐘擺似地晃蕩著。

載垣一生的榮華富貴，就這樣淒淒涼涼，糊里糊塗地結束了。端華也是如此。但無論如何，他們的下場，比肅順還略勝一籌。

肅順的囚車，一出宗人府後門，就吸引了許多路人；一傳十、十傳百，從崇文門到騾馬市大街，頓時騷動。『五宇字』官錢號案中，前門外有好些商家牽累在內，傾家蕩產，只道此生再無伸冤出氣的希望，不想『報應』來得這麼快！得到肅順處死的消息，竟有置酒相賀的；此時當然不會輕輕放過，群相鼓噪，預備好好凌辱他一番。虧得文祥預先已有佈置，由步軍統領衙門和順天府派出人來，監視彈壓，肅順的囚車，才得長驅而過。

只是管得住大人，管不住孩子——受了教唆的孩子們，口袋裡裝了泥土石子，從夾道圍觀的人叢中鑽了出來，發一聲喊，投石擲土，雨點般落向肅順身上。此起彼落，不多一刻的工夫，肅順便已面目模糊，形如鬼魅了。

就這樣，越到菜市口，人越擁擠，直到步軍統領右翼總兵派出新編的火槍營士兵來，才能把秩序維持住。

其時菜市口的攤販，早已被攆走了，十字路口清出不大的一片刑場，四周人山人海，擁得大呼小叫，加上衙役們的叱斥聲、皮鞭聲，這一片喧譁嘈雜，幾乎內城都被震動了。

向來菜市口看殺人，只有市井小民才感興趣；但這天所殺的人，身分不同，名氣太大，冤家甚多，所以頗有大買賣的掌櫃，甚至縉紳先生，也來趕這場熱鬧。他們不肯也無法到人群裡去擠，受那份前胸貼後背，連氣都喘不過來的活罪；這樣，就只好在菜市口四面，熟識的商舖裡去打主意了——其中有家藥舖，叫作『西鶴年堂』，據說那塊招牌還是嚴嵩寫的，這話的眞假，自然無法查考；但西鶴年堂縱非明朝傳到現在；『百年老店』的稱呼是當得起的，所以老主顧極多，這時都紛紛登門歇腳。西鶴年堂的掌櫃，自然竭誠招待，敬茶奉煙，忙個不了。

客人們雖然大都素昧平生，但專程來看肅順明正典刑而後快，憑這一點上的臭味相投，就很容易談得投機了。一個個不是大發受肅順所害的怨言，便是痛罵他跋扈霸道，罪有應得。

憤恨一洩，繼以感慨，有個人喟然長歎：『三年前肅順硬生生送了柏中堂一條老命，那時何曾想到，三年後他也有今日的下場？』

『這就是報應！』另一個人接口說道：『殺柏中堂那天，我也來看了。柏中堂坐了藍呢後檔車，戴著大帽子──紅頂子自然摘下來了，先到北半截胡同，官廳下車，好些個尙書、侍郎陪著聊閒天……』

『這就不對了！』有人打斷他的問道：『命在頃刻，哪還會有這份雅興聊閒天兒。』

『這有個緣故。大家都以爲柏中堂職位大了，官聲也不錯，科場弊案也不過是受了連累；皇上一定會有恩典，刀下留人，饒他一條活命。就是柏中堂自己也這麼想，所以到了北半截胡同，還叫他大少爺趕快回府裡去收拾行李，柏中堂自己估量著是個充軍的罪名，一等硃筆批下來，馬上就要起解。打算得倒是滿好，誰知道事兒壞了！』

『怎麼呢？壞在誰手裡？』

『自然是肅順。』那人又說：『當時只見來了兩掛挺漂亮的車子，前面一輛下來的是刑部尙書趙大人，一進官廳，就號啕大哭。柏中堂一看，臉色就變了，跳著腳說：「壞了，壞了，一定是肅六饒不過我。只怕他也總有一天跟我一樣。」這話果然說中了。』

『肅順呢？不是說肅順監斬嗎？他見了柏中堂怎麼樣？』

『是啊！後面那輛車子，就是肅順，揚著個大白臉，簡直就是個曹操──這小子，眞虧他，進了官廳，居然還跟柏中堂寒暄了一陣子。你們各位說，這個人的奸，到了甚麼地步了？』

『這個人可厲害了。說實在的，也眞是個人才！』

此時此地，有人說這句話，便是冒天下的大不韙了。於是立刻有人怒目相向。

此人姓方，是個內閣中書，這時雖是穿著便衣，但西鶴年堂的主人，是認識他的；眼見客人與客人之間，要起衝突，做主人的不便袖手不管，所以急忙上來打岔。

『方老爺！』他顧而言他地說：『你請進來，我在琉璃廠，買了一張沒有款的畫，說是「揚州八怪」當中，不知哪個畫的，請你法眼來看一看。』

『好，稍等一等。』那方老爺對怒目相向的人，毫不退讓，朗聲吟道：『「國人皆曰殺，我意獨憐才」，知人論世，總不可以成敗論英雄。』

『倒要請教！』有人臉紅脖子粗地，跟他抬槓了，『肅順身敗名裂，難道不是咎由自取？』

『不錯，肅順身敗名裂，正是咎由自取。然而亦不能因爲他身敗名裂，就以爲他一無可取。』

『啊！此人可取？可取在哪裡？』

『難道他的魄力不可取？事事爲大局著想不可取？』

『何以見得？』

『自然有根有據！喔，對不起，我先得問一聲，這裡有旗下的朋友沒有？』

做主人的四周看了一下，奇怪地答道：『沒有啊！』

『沒有我可要說實話了！』方老爺顯得有些激動了，『肅順總說旗人糊塗不通，只會要錢。他們自己人不護自己人的短，這不是大公無私嗎？』

這是個不能不承認的事實，沒有人可以反駁，只得保持沉默。

『肅順要裁減八旗的糧餉；可是前方的支應，戶部只要調度得出來，一定給。這難道不是爲大局著想？』

這一下有反應了，『不錯！』有人說道：『前方那桿槍沒有槍子兒，京城裡旗下大爺那桿「槍」，可以吞雲吐霧——這不裁減他們的糧餉，可眞有點兒說不過去了。』

『就是這話囉……』

一句話未完，只聽外面人聲騷動，車聲轆轆，隱隱聽得有『來了，來了』的聲音，大家顧不得再聽方老爺發議論，一擁而出。西鶴年堂的小學徒，隨即搬了許多條凳出來，在門口人潮後面，硬擠下去擺穩，讓那些客人，好站到上面去觀望。

來倒是有車來了，兩輛黑布車帷的後檔車，由王府護衛開道，自北而南，越過十字路口，駛入北半截胡同。

『這不是囚車，囚車沒有頂。大概是監斬官到了。』方老爺說。

他的話不錯，正是監斬的睿親王仁壽，和刑部侍郎載齡到了。進入北半截胡同，臨時所設的官廳；自有刑部的司官上來侍候。載齡皺著眉說：『想不到會有這麼多人！回頭你們要好好當差——這個差使要出了紕漏；那就吃不了，兜著走了。』

『別的倒不怕，就怕這一層；照例犯人要望北謝恩，看樣子肅順不見得肯跪下，那該怎麼辦？得請王爺和載大人的示！』

這一問把載齡問住了。此人的才具本來平常，因緣時會，正當恭王在八旗中收攬人心，準備與肅順對抗的時候，看他既是『黃帶子』，又是翰林出身，當差小心殷勤，易於指揮，所以提拔了他一把。把他調補為刑部侍郎，與用肅親王華豐為右宗正的道理是一樣的，都是因事遣人；載齡接事以後，最主要的一件差使，就是來監斬，能把肅順的腦袋，順順利利地拿下來，便是大功一件。

此刻聽屬官的報告，順利不了；倘或出甚麼差錯，秩序一亂，這麼多人，狼奔豕突，會踩死幾十個人，那一來就把禍闖大了。興念及此，不僅得失縈心，而且禍福難測，所以立刻就顯得焦灼異常。迫不得已只好向仁壽請教：『王爺！』他湊近了說：『該怎麼辦？聽你老的吩咐！』

睿親王仁壽是個老狐狸，聽他這話的口氣，大為不悅，心裡在想：如果虛心請教，我還替你擔待一二；若以為可以卸責，那就錯了！因此不動聲色地答了句：『我可沒有管過刑部，這件事兒上面，完全外行。』

就這兩句話，不僅推得一乾二淨，而且還有嘲笑他外行不配當刑部侍郎的意味在內。載齡也知這位王爺不好侍候，只得忍著氣陪笑道：『不瞞王爺你說，我才是個大外行。你老見多識廣，求你指點吧！』

『這也不是甚麼難事。』仁壽隨隨便便地答道：『我就不相信，這麼多人侍候不了一個肅順。』

『不怕肅順不能就範；怕的是百姓起鬨。』

『笑話！』仁壽是大不以為然的神色，『又不是殺忠臣，百姓起甚麼鬨？』

『啊！』一句話提醒了載齡，探驪得珠，懂了處置的要訣了；於是轉過臉來，擺出堂官的架子，大聲吩咐：『肅順是欽命要犯，大逆不道，平日荼毒百姓，大家都恨不得食其肉、寢其皮；如果他伏法的那會兒，還敢有甚麼桀驁不馴的樣子，那是他自找苦吃，你們替我狠狠收拾！他要不肯跪，就打折了他的狗腿；他要胡言亂語，你們掌他的嘴！』

這都是管刑獄的官吏優爲之事，所以堂下響亮地答應一聲：『喳！』又請了安，轉身退出，自去佈置。

堂上兩人，靜等無聊，各找自己的聽差來裝水煙，『噗嚕嚕，噗嚕嚕』地，此起彼落，噴得滿屋子煙霧騰騰。

突然間，外面人聲嘈雜，刑部官吏來報：『肅順快到刑場了！』

肅順從騾馬市大街行來，快到菜市口了，提牢廳的主事騎馬領頭，番役和護軍分行列隊，沿路警戒；中間囚車上的肅順，已經狼狽不堪，但一路仍有人擲石塊，擲果皮，他也不避，只閉著眼逆來順受，唯有嘴唇不住翕動，不知是抽搐，還是低聲在詛咒甚麼人。

這時人潮洶湧，秩序越發難以維持；火槍營的兵勇，端起槍托，在人頭上亂敲亂鑿——結果連他們也捲入人潮，隨波逐流，作不得自己的主張了。

就這擁擠不堪的時候，宣武門大街上又來了一輛車。步軍統領衙門的武官，率領八名騎兵，在前開道，十分艱難地穿過菜市口，到北半截胡同官廳下馬；接著，車也停了，下來的是都察院掌京畿道的監察御史——依照『秋決』的程序，由刑部擬定『斬監候』的犯人，在秋後處決的那一天，一律先綁赴刑場；臨時等皇帝御殿硃筆勾決，再由京畿道御史，賫本到場，何者留，何者決？一一宣示，方可判定生死。肅順的『斬立決』，雖出於特旨，但爲了表示鄭重起見，襲用這個例子；這位『都老爺』此行的任務就是頒旨。

其時官廳外面的蓆棚，已經設下香案；睿親王仁壽和刑部侍郎載齡接了旨，隨即升上臨時所設的公案，主管宗人府屬下刑名的直隸司郎中，依禮庭參，靜候發落。

仁壽問道：『肅順可曾帶到刑場？』

『已經帶到了。』

『他怎麼樣？』

『回王爺的話，肅順頗不安分。』

『噢？』仁壽轉臉向載齡徵詢意見：『旨意已到，不必再等甚麼了。我看早早動手吧？』

『王爺見得是。』

『好了！』仁壽向直隸司的郎中吩咐：『傳話下去，馬上開刀！』

『是！』直隸司郎中，疾趨到蓆棚口，向守候著的執事吏役，大聲說道：『斬決欽命要犯肅順一名，奉監斬官睿王爺堂諭：『馬上開刀！』』

『喳！』堂下吏役，齊聲答應。飛走奔到刑場去傳令。同時載齡也離了公座，走出蓆棚，由直隸司郎中陪著，步向刑場。

刑場裡——菜市口十字路街心；肅順已被牽下囚車，面北而立，有個番役厲聲喝道：『跪下！』這時的菜市口，除了南北兩面維持一條極狹的通路以外，東西方向的路口已經塞住了，但人山人海的場面中，肅靜無聲，所以番役那一聲喊，顯得特別響亮威嚴；大家都踮起了腳，睜大了眼，把視線投向肅順，要看他是何表示？

一直閉著眼的肅順，此時把雙眼睜開來了，起初似有畏懼之色，但隨即在眼中出現了一種毒蛇樣的兇燄，把牙齒咬得格格地響，嘴唇都扭曲了！膽小的人看見這副獰厲的神色，不由得都打了一個寒噤。

『跪下！』那番役站在他前方側面，再一次大喝：『謝恩！』

『恩』字的餘音猶在，被反綁著雙手的肅順，猛然把頭往前一縮，好大一口痰唾吐在那番役臉上。

『恭六，蘭兒！』肅順跳起腳來大罵：『你們叔嫂狼狽爲奸，幹的好事！你們要遭天譴！蘭兒，妳個賤淫婦……』

如何容得他再破口大罵？被唾的那番役，顧不得去抹臉上；伸出又厚又大的手掌，揸開五指，對準肅順的嘴，一掌過去，把它封住。

這一動上手，就不必再有保留，在後面看守的那個番役，舉起鐵尺，在肅順膝彎裡，狠狠地就是一下——只怕肅順從出娘胎以來，就未曾吃過這樣的苦頭，頓時疼得額上冒出黃豆大的汗珠；胖大的身軀一矮，雙膝跪倒，上半身也要癱了下去，後面那番役容不得他如此，撈住他的辮子，使勁往上一提，總算是跪定了，但一顆腦袋，還在扭著。

其實披紅掛彩，手抱薄刃厚背鬼頭刀的劊子手，已經在肅順的左後方，琢磨了半天了——刑部提牢廳共有八名劊子手，派出來當這趟『紅差』的，自然是腦兒尖兒，這個人是個矮胖子，姓魏，外號叫『魏一咳』，是說他刀快手也快，咳嗽一聲的工夫，就把他的差使辦好了。

『魏一咳』的手快心也狠，其實這又不僅他爲然。刑部大獄，又稱『詔獄』；獄中的黑暗，哪怕是漢文帝、唐太宗，都難改革。到了明朝末年，閹黨專政，越發暗無天日；清兵入關，一仍其舊，劊子手和獄吏勒索犯人家屬，有個不知何所取義的說法，叫作『斯羅』，方法的殘忍，簡直就是刮骨敲髓。每年秋決，無不要發一筆財；得錢便罷，不如所欲，可以把犯人折磨得死去活來。

秋決之日，從獄中上綁開始，就有花樣，納了賄的，不在話下；否則就反臂拗腿，一上了縛，不傷皮肉傷筋骨，等皇帝硃筆勾決，御史賫旨到場，幸而逃得活命，也成了殘廢。如果是淩遲的罪名，而犯人的家道又富裕，那勒索就無止境了；劊子手自己揚言，有這樣的『本領』：活活肢解，犯人到梟首時才會斷氣。倘或花足了錢，一上來先刺心，得個大解脫，便無知無覺，不痛不癢了。

至於一刀之罪的斬決，看來好像搞不出花樣，其實不然。事先索賄不遂的，他們有極無賴的一計，把落地的人頭，藏了起來；犯人家屬要這個人頭，好教皮匠縫了起來，入棺成殮，便得花錢去贖。如果花了錢，要求不致身首異處的，那才眞的要看劊子手的本領了；本領不夠，一刀殺過了頭，犯人家屬自然不會再給錢。

說『斬』，說『砍』，實在都不對，應該說『切』；反手握刀，刀背靠肘，刀鋒向外，從犯人的脖子後面，推刃切入。大致死刑的犯人，等綁到刑場，一百個中，倒有九十九個嚇得魂不附體，跪都跪不直，於是劊子手有個千百年來一脈相傳的心法，站在犯人後方，略略偏左，先起左手在他肩上一拍；這時的犯人，草木皆兵，一拍便一驚，身子自然往上一長，劊子手的右臂隨即推刃，從犯人後頸骨節間切進去，順手往左一帶，刀鋒拖過，接著便是一腳猛踢，讓屍身前仆。這一腳踢得要快；踢得慢了，屍腔子裡的鮮血往上直標，就會濺落在劊子手身上，被認爲是一件晦氣之事。

劊子手都會這一『切』，本領高下，在那一拖上面；拖得恰到好處，割斷了喉管，一層皮仍舊連著，總算身首未曾異處，對犯人的家屬來說，便是慰情聊勝於『斷』了。

魏一咳便有這種頭斷皮連的手段，憑這一刀，掙下了一份頗可溫飽的家私。他平生奉旨殺人無其數，每年秋決的那一天，十幾二十個人伏法，片刻之間，人頭滾滾，不當回事；但從前兩年科場案起，魏一咳開始感到，幹他這一行不是滋味了。

戊午科場案，處斬的一共七個人，提牢廳一共派出四名劊子手；魏一咳領頭，卻最輕鬆，因爲他雖預定『侍候』柏中堂，可是同事都開玩笑，說他也是『陪斬』，因爲都料定柏葰必蒙恩赦，魏一咳無須動刀。

誰知眞的要動刀了。『駕帖』一下，相顧失色，魏一咳尤其緊張——一位老中堂，又是讀書人，不曾犯下甚麼謀反大逆的案子，竟也像無惡不作的江洋大盜，淫人妻室而又謀殺本夫的壞蛋那樣，在這菜市口畢命；這一刀，好難下手。

而無論如何罪不至死的柏中堂，雖受冤屈，卻無怨言。魏一咳眼看他顫巍巍地望闕謝恩；眼看他閉上雙目，閉不住淚水；更有那柏中堂的家屬，跪在一旁，哭得力竭聲嘶，這摧肝裂膽的景象，簡直讓魏一咳震動了。等殺完柏中堂，心裡窩窩囊囊地，三個月沒有開過笑臉。

現在輪到殺肅順的頭，這讓魏一咳又震動了！幹他們這一行的，最相信因果報應之說，肅順害死了柏葰，結果落得同樣的下場，這不是冥冥之中，絲毫不爽的『現世報』？他從昨天得到消息，說肅順要凌遲處死，知道這趟『紅差』一定落在自己身上，跑去找著白雲觀的老道，聊了一黃昏；回來跟他妻子兒女表示，等料理完了肅順，他決定要辭差了。

因此，這是他封刀以前的最後一趟差使。平生殺過兩位『相爺』，這到『大酒缸』上，三杯燒刀子下肚，談起來也算是件很露臉的事！所以他聚精會神地，決心要漂漂亮亮殺這一刀——殺柏中堂那次，想替他把腦袋連著，卻因爲手有些發抖，推刃之際，失掉分寸，還是把個頭切了下來，這在魏一咳自覺是種羞辱。

但看肅順扭來扭去不安分的樣子，卻是個不容易料理的。但載侍郎『行刑』的口令已下，提著肅順辮子的番役把手也鬆開了，這一刻無可再延，魏一咳心知拍肩無用，換了個花樣，微微挫身，相好了部位，輕輕喝道：『看前面，誰來了？』

等肅順頭一抬，伸長了脖子；魏一咳右肘向外一撞，從感覺中知道恰到好處，於是略略加了些勁，刀鋒拖過，提腳便踢——慈禧太后的願望，終於達到了。

睿親王仁壽和刑部侍郎載齡進宮到了軍機處，恰好肅親王和刑部尙書綿森也在那裡；分別向恭王說了經過，就託軍機處代爲辦了會銜呈奏的摺子，正式覆命。

一日之間殺了兩個『鐵帽子王』，一個協辦大學士，這是從開國以來所未有的大刑誅；所以朝中大臣，多深受刺激，那一來，就把登極大典這件喜事的氣氛沖淡了。

但在另一方面，所謂『三凶』的被誅，餘波不息。從宮內到民間，處處在談論此事，而且論調有轉變的趨向，惋惜多於譴責，同時也有人認爲處置太過。其中最深的一種見解是：載垣、端華，尤其是肅順，既爲大行皇帝所信任，自然有他們的長處和功勞，難道先帝賓天，百日未滿，這三個人就會變得一無可取，十惡不赦？豈不是太不可思議！倘又說，這三個人本來就是壞蛋，根本不該重用，那不就等於指責先帝無知人之明？

這些論調，在前一兩天已可聽到，等肅順的人頭落地，說公道話的就越發多了。當然，那只是私下談論，但已足可使恭王不安了。

煌煌上諭中一再強調的是祖宗家法，倘或清議流播，說『今上』行事，有違先帝本心，對於士氣民心，大有影響；而『今上』童稚，大政出於議政王，這樣，誰應負責？不言自知。這就是恭王不安的由來。

爲此，當夜他就在鑑園召集心腹密談，研究針對這一情勢所應採取的對策。

『當然以安定人心爲本。』文祥在這種場合，向來是敢言的：『我們旗人中，有這麼個說法：三朝的老臣，說砍腦袋就砍腦袋，一點不爲先帝留餘地……』

恭王氣急了，大聲打斷他的話，倒像是在跟他爭辯：『那是肅順他們不給人留餘地，怎麼說是我們不給先帝留餘地？』

『不錯！』文祥安詳地答道：『可是肅順已經伏法了，不會有人再多提他的不對了。』

『人總是將人比己。』寶鋆也說：『對宗室得要趕緊安撫，別讓肅順他們的餘黨，有挑撥離間的可乘之機。』

『如何挑撥離間？』恭王極注意地問：『是哪些人？』

『這你就不必問了。』老成持重的桂良，半相勸，半命令似地說：『反正就是剛才博川轉述的那些話，搞得人人自危，動盪不安。』

恭王很深沉地點一點頭，把自己的心定下來，接納了大家的建議，很有力地說了一句：『對！應該安撫。』

於是寶鋆說了辦法：『先下個明發，由宗人府宣諭宗室，申明我宗室自開國以來，夾輔皇室，公忠久著；今後自然仍是親親爲重，仍望各自黽勉，以備量材器使。如果不自檢束，則載垣、端華等以親王大臣，尚且不能屈法市恩，何況閒散宗室？』

這番意思，恩威並用，冠冕堂皇，大家都認爲說得很好。但是空言宣慰，顯然還不大夠，因此文祥又把少詹事許彭壽奏請『查辦黨援』那個摺子提了出來，主張處置的方法，應力求緩和。

『怎麼樣的緩和？像陳孚恩這樣可入「奸佞傳」的人物，還不重辦，如何整飭政風？還有黃宗漢，誤國之罪，豈可不問？』

恭王的話，聽來義正辭嚴，一時不能不辦他們的罪，所以桂良提議，予以革職的處分。

恭王認爲處分太輕，於是再又定了『永不敘用』。此外侍郎劉琨、成琦，太僕寺少卿德京津太，候補京堂富績，也是革職；但無『永不敘用』四字，將來便仍有起復的希望。

定議以後，次日上朝奏對，恭王首先就陳明了安定政局，激勵人心的那番意思。兩宮太后，自然准奏，立即擬旨進呈。此外還有許多例行的政務，也都一一依議，很快地處理完了。

一直不曾開口的慈安太后，此時有話要問：『載垣、端華、肅順他們，昨天說了些甚麼話？』

肅順的悖逆之聲，恭王已經知道，自然不會上奏；載垣跟肅親王說的話，他也不便隱瞞，當即答道：『只有載垣有話，他還念著怡親王那個爵位。』

『他的爵位怎麼樣？』慈禧太后立即接口問道：『應該把他革了吧？』

『跟聖母皇太后回奏：這怕不行！』

『怎麼呢？』

『怡、鄭兩王，都是「世襲罔替」；本人犯罪怎麼樣處置都可以，他們的爵位是另一回事。』

『那應該怎麼辦？歸他們的兒子承襲？』慈禧又說：『載垣沒有兒子，端華的兒子是肅順的，更不是甚麼好種！』

『就算他們有兒子，也不一定可以承襲。照規矩，由本房近支中挑賢能的襲封。』

『歸誰挑呢？』

『自然是皇上挑。』說了這一聲，恭王覺得不妥，立即又接了一句：『先由宗人府會同軍機上公同擬定，請旨辦理。』

這前後不符的話風，慈禧太后已經聽出來了，封一個親王是極大的恩典，她不肯輕易放棄，便看著慈安太后說道：『慢慢兒看看再說吧！要挑當然得好好挑，也叫大家心服。』

『嗯！這話不錯。』

『這怡親王的「世襲罔替」，我聽大行皇帝說過，給得也太過分了些；原是雍正爺格外的恩典。』說到這裡，慈禧太后突然轉臉喊一聲：『姊姊！』

『嗯！怎麼？』

『我說，六爺的功勞，不比當初怡親王大得多嗎？』

『當然大得多。』

『既然如此，我有句話，今天不能不說了！』

慈禧太后的神態，忽然變得異乎尋常的鄭重。這一來不但恭王和全班軍機大臣，要屏息靜聽，連慈安太后都張大了眼望著她。

『我想，大行皇帝一定也跟姊姊說過這話。』慈禧太后看著慈安，用這句話作一個引子；接下來便面對群臣，用肅穆低沉的聲音，宣示往事：『是今年過年的時候，記不得是年初一還是年初二，我侍候大行皇帝看摺子，隨後就談到京裡，逢年過節，又是逃難在外，大行皇帝自然少不了有感慨啦！大行皇帝最惦念的是六爺，嘆著氣跟我說：「兵荒馬亂的，我把老六丟在京裡辦撫局；事情棘手，只怕這個年都不能好生過！」』

恭王不知道她的這些話是眞是假?但自然寧可信其有，所以趁她語言暫停的間隙，表示了他應有的感念先帝的態度，以極其哀戚的聲音說道：『先帝眷顧之恩，天高地厚；如今弓劍歸來，音容已渺，此爲臣最傷心之事！』

『誰說不是呢?』慈禧用手絹擦一擦鼻子，接著又說：『先帝也跟我說過，當年在書房裡的故事，說哥兒倆，琢磨出來刀法跟槍法的新招兒。老爺子給槍賜名「棣華協力」，給刀賜名「寶鍔宣威」。』

這段話倒是不假，同時慈安太后也聽大行皇帝談過，所以點點頭說：『不錯，有這個話。』

這一來好像是替慈禧作了證，她便越發講得像煞有介事了：『先帝又說，十歲喪母，全靠康慈皇太后撫養，所以弟兄之間，他跟六爺的情分，是別的兄弟比不了的。去年秋天逃難到熱河，把個千斤重擔，扔了給六爺；洋人不大講理，六爺主辦撫局，不知受了委屈?京城裡轉危爲安，可眞不容易，按理說，應該像當年雍正爺待怡親王一樣，給個「世襲罔替」。』

聽得這段話，連慈安太后在內，無不詫異，但雖是可疑之事，因爲一則太后之尊，二則死無對證，誰也不敢表示不信，只睜大了眼，靜等她繼續往下說。

『當時我聽了這話，自然要請問；我說：「那麼皇上爲甚麼不降旨呢?」你們知道先帝怎麼說?』慈禧太后停了一下，自問自答：『先帝嘆口氣說：「肅六不贊成！」又跟我說：「妳把我這話擱在心裡，誰面前也別說。等回了京，我再降旨。那時肅六要反對也沒用。」』

原來先帝還有這段苦心！包括恭王在內，誰也不能盡信她的話，唯有忠厚的慈安太后，認爲先帝是個重感情的人；而慈禧也沒有捏造的必要，所以接著她的話說：『既然這個樣，咱們得照先帝的話辦！』

『對了，我正是這個意思。』慈禧太后看著桂良吩咐：『桂良，你叫人寫旨來看，恭親王世襲罔替；特別要聲明，這是先帝的遺言。』

桂良還未答言，恭王已含淚在目，俯伏在地，碰頭辭謝：『臣不肖，有負先帝的期許。實不敢當此殊恩，請兩位皇太后，千萬收回成命。』

『這是先帝的意思，而且論功行賞，也應該給你這個恩典。』慈禧太后又說：『有罪不罰，有功不賞，試問還有誰肯替朝廷實心辦事？』

『太后聖明，臣實無功。濫叨非分之榮，臣實不安於心。這不是臣矯情，是……』因爲清議可畏，說這『世襲罔替』的恩典，不過殺肅順的酬庸，但卻不便明言，唯有連連碰頭。

看這樣子，慈禧太后只得暫時擱置。等退了出來，恭王趕緊又上了一個謙辭的摺子，措辭極其切實。兩宮太后商量了半天，決定『姑從所請』，等皇帝成年親政以後，再行辦理。目前先賞食親王雙俸。

下一天——十月初八，到底把這通諭旨，降了下去。恭王心裡有數，這不是甚麼先帝的『恩旨』，只是慈禧太后希望他趕快把垂簾章程議了出來的表示。

十

十月初九甲子日，六歲的皇帝在御前大臣的扶持夾輔之下，在太和殿行了登極大典，緊接著是慈禧太后的萬壽；重重喜事剛過，被肅順一派所抑制排擠的官僚，又復彈冠相慶，各衙門送舊迎新，熱鬧非凡。

這一朝天子一朝臣，絕大部分出於恭王的安排。爲了此一番大調動，他和文祥等人，煞費苦心——黨同伐異，隱隱中的派系，要一一安撫妥帖，而清議又不能不顧，人才更不能不講，除了這些以外，恭王還有一層只有他自己和極少數心腹才知道的私心，在垂簾之議定局以前，先要把自己的勢力建立起來。

王公大臣、六部九卿、翰詹科道爲了擬議『垂簾章程』，已在內閣開過好幾次會了。無疑地，這是件天字第一號的大事，沒有一個人敢於輕率發言，所以會議的進度極慢，甚至因爲過分持重，座間的氣氛，顯得相當沉悶。但在私底下，三數友好，書齋清談，那情形就完全不同了，引經據典，相互辯駁，許多深刻的見解，都在各抒所見，比較異同之間呈露。恭王和他的心腹們，所重視的正是這些比較坦率的議論。

議論中最坦率的一種看法，認爲賈楨、周祖培等人的奏摺上，已有『權不可下移，移則日替』的話；勝保一疏說得更明白：『朝廷政柄，操之自上，非臣下所得而專，我朝君臣之分極嚴，尤非前朝可比。』既然如此，則兩宮太后的垂簾聽政，實在是代行皇帝的全部權力。而且慈禧太后的爲人如何，就在這短短的十幾天之中，已顯示得相當明白；她是非像宋朝的章獻劉皇后那樣大權獨攬不可的。

果然，幾次『酌古準今，折衷定議』的章程，送了上去，都爲慈禧太后隨意找個小毛病發了下來，面諭重新擬議。

這樣一再挑剔，逼得軍機處和內閣的重臣，非照宋朝垂簾的故事來辦不可。宋哲宗的祖母，宣仁高太后有『女中堯舜』之稱，不足爲慮；宋仁宗的嫡母章獻劉皇后，雖亦被頌揚爲『今世任姒』，其實是個極厲害的腳色；慈禧太后的性格，與她頗爲相像，因此，恭王不得不有所顧慮。

那一陣子，科甲出身的官員，把酒閒敘，常談宋史，宋史中又常談章獻和宣仁的事跡；於是傳說中『狸貓換太子』的故事，也常被人提到了。

有人談到這個故事，說『狸貓換太子』是對章獻劉皇后的厚誣；但宋仁宗在章獻生前，始終不知道他的生母是李宸妃，以及章獻虧待了李宸妃，都是事實。當李宸妃守陵病歿，宰相呂夷簡向章獻進言，主張加以厚葬；章獻大怒，責問呂夷簡，何出此言？呂夷簡的答覆是：『臣待罪相位，事無內外，皆當預聞。』

由此可以推想而得一結論，宋仁宗以沖人即位，章獻垂簾聽政，如果不是李迪、王曾、張知白、杜衍，以及呂夷簡、范仲淹這些大臣，正色立朝，遇事裁抑，那麼，以車駕鹵簿，同於皇帝，乘玉輅、謁太廟的章獻劉皇后，可能會成爲武則天第二。

這些議論，對恭王是一大刺激，也是一大啓發。誅殺肅順，不過是他復起當國所必先排除的一個障礙；促成垂簾，才是他重掌政柄所必須履行的一個交換條件，但說到頭來，這是違反祖制的，所以他早就內疚神明。而自肅順伏法，幾乎一夕之間，輿論大變，以前說肅順跋扈專擅的，這時都在往他好的地方去想了，認爲他的反對垂簾，並不算錯；相形之下，顯得錯的倒是贊成垂簾的那些人。這一來，恭王內疚之餘，而且也得要外慚清議，力圖補救。

補救的辦法，就是鑒於章獻劉皇后的往事，設法在慈禧太后尚未獨攬大權之前，先謀裁抑之道。今古異制，依清朝的傳統，哪怕貴爲議政王，也不能握有如唐宋那樣與君權對等的相權；這樣就只有多方面安插爲自己所信得過的人，一方面是爲了合力對付慈禧太后，另一方面也是培植自己的勢力所必須採取的手段。

這時的慈禧太后，還看不透這一層。燈前枕上，想了又想的，只是兩件事，一件是如何才能使恭王照自己的意思，議定垂簾章程？一件是等到垂簾聽政之後，如何才能把已取得的大權，緊緊握定，不致失墜。

爲了前一個目的，她的籠絡恭王，無所不至，每一召見，『六爺』長，『六爺』短的，喊不停口；常常軍機全班見面以後，又單獨召見恭王，稍微談得久些，到了傳膳的時刻，必又傳旨，從御膳中撤出幾樣菜來賞議政王。

除去這些小節，又因爲先帝與恭王手足的參商，起因於恭王的生母，一直未獲尊封，直到臨死以前，才很勉強地得了個『康慈皇太后』的尊號，等康慈崩逝，先帝餘憾不釋，一面命恭王退出軍機，回上書房讀書，以示懲罰；一面只上康慈太后的諡號，神主不入太廟，因此不能像『孝全成皇后』那樣稱爲『孝靜成皇后』，表示同爲皇后，仍有嫡庶之分——這一點恰又觸犯了慈禧太后的大忌，正好藉著示惠恭王的原因，說服了慈安太后，特傳懿旨，命廷臣集議，孝靜皇太后升祔太廟的典禮。

爲了後一個目的，慈禧太后覺得最好能讀些書，看看列祖列宗，以及前朝的賢君女主，到底如何處理政務，駕馭臣子？只是宮裡的史書雖多，苦於程度不夠，讀不成句。於是想了個主意，給上書房和南書房的翰林派了個差使，叫他們在歷代帝王的言行以及前史垂簾聽政的事跡之中，選擇可供師法的，摘錄下來，加以簡明的注解，由內閣大學士總纂成書，再交議政王及軍機大臣複看後，繕寫成呈，作爲參考。

日思夜想，慈禧太后的希望，終於一步一步接近實現了。垂簾章程雖還未定局，但內閣集議一次，讓步一次，大致已可接受；於是她可以私下計議舉行垂簾大典的日子了。

日子一直配合得很好，十月初九甲子日，嗣皇帝登極，第二天就是她的生日；於今垂簾章程到議定之時，恰好是先帝賓天百日剛過，國喪服孝，百日縞素，白布褂子穿得久了，灰不灰、黃不黃，好不難看！加以百日之內，不得薙髮，一個個毛髮蓬亂，再穿上那件灰黯破舊的白布褂子，不像個囚犯，也像個乞兒，看著好不喪氣！等到百日一過，依舊朝珠補褂，容顏煥發，那時在垂簾大典中受群臣朝賀，才是件風光體面的喜事！

因此，慈禧太后自己翻過時憲書，選了十一月初一這個日子；也暗示了桂良——他奉旨管理欽天監，只要暗示了他，欽天監自然會遵從意旨，選奏這個日期。

爲了除服，宮裡自然有一番忙碌，除了各人要預備自己的冬衣以外，門簾窗帘、椅披座墊，都得換成國喪以前的原樣，還有許多擺設，或者顏色不對，或者質料不同，因爲服孝而收貯起來的，這時也得重新換過。

那些都是太監、宮女的差使，自有例規，不需囑咐；要兩宮太后親自檢點的，是把先帝的遺物清理出來，分賜群臣。

照入關之初的規矩，大行皇帝的一切遺物，依關外的風俗，在大殮和出殯的日子，在乾清宮外，舉火焚化，稱爲『大丟紙』、『小丟紙』；當初世祖章皇帝出天花駕崩，就是這麼辦的，據說『丟紙』時的火燄，呈現異彩，不知焚燬了多少奇珍異寶？以後大概是想想可惜，到聖祖賓天，就不這麼辦了；把大行皇帝的衣冠鞋帽，日常服御的器物，分賜大臣和近臣，稱爲『頒賞遺念』，照例在除服之前舉行。

受頒『遺念』的名單，事先早由軍機處開呈，內則親貴大臣，外則督撫將軍，另加已經告老致仕的先帝舊臣，一共五十幾個人；每人照例要有四樣，也照例有一兩樣是貴重的，兩三樣是湊數的。當然，特殊的人物，不在此限。

像恭王的那一份，就是兩宮太后親手挑選的，一頂紫貂暖帽，一件玄狐石青褂，都是先帝在滴水成冰的天氣所服御的；另外兩樣也是常在先帝身邊的珍玩，一件多寶串和一方通體碧綠的翡翠印，印文是『皇四子』三字，還是世宗在潛邸的舊物，傳到道光年間，因爲先帝也行四，宣宗就以這方翠玉相賜，現在拿來頒賞給行六的恭王，雖不切實用，但對受賜者來說，卻眞正是一種遺念；恭王與先帝一起在上書房讀書時，無一日不見這方翠印，想到先帝窗課，遇到下筆得意之時，便取出這方翠印，押腳鈐蓋的那份欣悅的神情，恍然如在眼前。撫今追昔，低徊不已，恭王不由得痛哭了一場。

就在頒賜遺念的那兩天，恭王接得來自熱河的密告，說肅順的財產，有一部分藏匿在陳孚恩那裡。這是非常可能的；但如查問陳孚恩，絕不會有結果，因爲可以意料得到，他是絕不肯承認的。

於是軍機處在商議此事時，大費躊躇了。陳孚恩的狐狸尾巴，在查辦肅順，抄出往來書信帳目以後，逐漸顯露，已現原形；但此人手腕圓滑老練，見人說人話、見鬼說鬼話的本事最大，不是當面對質，不易拆穿他的花樣。因此，朝士中頗有人以爲陳孚恩是個幹才，甚至認爲他不是肅黨，不但不是肅黨，還是肅順他們所忌憚的人物；當先帝在熱河崩逝，在京奉派的恭理喪儀大臣，只有陳孚恩奉召得赴行在奔喪，肅黨的形跡明顯到如此，而居然有人力言，說肅順要把他召赴行在，是調虎離山之計，深怕他在京裡搗鬼，反對肅順，這就是陳孚恩自己放出來的流言。

爲了這個緣故，自恭王以次，雖都主張嚴辦，但怕清議支援陳孚恩，掀起意外的風波，不能不加愼重。可是，正如在登極大典之前，必須處決了載垣、端華、肅順一樣；陳孚恩的案子，亦必須在垂簾大典舉行以前結束，所以在景山觀德殿頒賜了遺念，全班軍機大臣，專爲此事，舉行了一次會議。沒有一個人主張輕縱，會議就很順利了。垂簾大典在十一月初一舉行，已成定案，這樣，就只有九天的工夫來處理此案；同時，像陳孚恩這種已革職的尙書，照規矩，必須指派大臣，會議定罪，那也得要幾天的日子，算起來，時間相當侷促，要辦就得趕快辦，不能再拖延瞻顧了。

當時決定，派戶部尙書瑞常、兵部尙書麟魁，將陳孚恩拿交刑部，並嚴密查抄家產。同時派周祖培和文祥，會同刑部議罪。第二天一早進宮，自然一奏就准。

奏准了便該寫旨進呈，轉由內閣明發上諭，但那樣一來，可能諭旨還未發出，陳孚恩已經把財產轉移分散，隱藏無蹤了，所以必得採取迅雷不及掩耳的手段——恭王一回軍機處，便派人把瑞常和麟魁請了來，宣明旨意，請他們立刻遵旨辦理。

於是這兩位尙書，點派司官吏役，親自率領，到了陳家，投帖拜訪。陳孚恩做過大官，只是革了職就跟庶民無異，聽說兩位現任尙書來拜，便開了中門，親自迎接。

到得廳上，照樣讓座獻茶，寒暄一番；然後瑞常站了起來，先拱拱手說：『鶴翁，有旨意。』『是！』陳孚恩相當鎭靜，聽得這話，離了主位，走向下方；等瑞常往上一站，他便跪了下去。口傳了諭旨，陳孚恩照例還要謝恩；接著，站起來大聲喊道：『來啊！把那口箱子抬出來！』

陳家裡面已經有哭聲了，但陳孚恩臉色卻還平靜，只靜靜地等聽差把箱子抬來——這一下倒教瑞常和麟魁覺得莫測高深了。

等箱子抬到，陳孚恩親手揭開箱蓋，裡面收藏的是白花花的現銀子。這是幹甚麼？莫非要行賄？這不太肆無忌憚了嗎？瑞常和麟魁正在詫異之時，陳孚恩揭開了疑團。

『一生宦囊所積，盡在於此，共是九千餘兩。』他指著銀子說：『請兩公點收。』

平平淡淡兩句話，在瑞常和麟魁心中，引起極大的疑問。看這模樣，陳孚恩事先早有準備，可能抄家的消息已經走漏；不過此人工於心計，或者已經料到，不免有此下場。果然如此，這個人可眞是夠厲害的。

看看瑞、麟二人面面相覷，不做表示，陳孚恩黯然搖一搖頭，吩咐聽差：『快收拾衣包行李！』這下提醒了遵旨辦事的兩位大員，放低聲音，略略交談了幾句，仍舊由瑞常發言。

『鶴翁！』他很率直地問道：『外頭流言甚盛，多說肅豫庭有東西寄存在尊處。此事關係甚鉅，鶴翁不可自誤。』

『何來此言？』陳孚恩使勁搖著頭說：『我說絕無其事，二公或者不信；儘請查抄，如果見有爲肅豫庭匿藏財產的蹤跡，孚恩甘領嚴譴。』

話說到這樣，不需再費辭了，『既如此，只好委屈鶴翁了！』瑞常大喊一聲：『來啊！請刑部吳老爺來！』

吳老爺是刑部的司官，隨同來捉陳孚恩；當時走了上來，行過禮聽候吩咐。

『你知道旨意嗎？』瑞常問道。

『是。已聽敝衙門堂官吩咐過了。』

『那好。你把人帶走，了掉一樁差使。』

『是！』姓吳的屈一腿請了安，便待動手。

『慢著！』瑞常又說：『陳大人有罪無罪，尙待定擬；你可把差使弄淸楚了。』

『弄得淸楚，』姓吳的答道：『我們把陳大人請到刑部「火房」暫住幾天。』

『火房』不是監獄，待遇大不相同，陳孚恩一聽這話，知道是瑞常幫了他的忙，隨即作揖道謝；瑞常卻不肯明居緩頰之功，避而不受。

於是在陳家內眷一片哭聲中，刑部的官吏，用一輛騾車，把陳孚恩帶走。其時陳家出入要道，都已嚴密把守；瑞常和麟魁，分別在大廳和書房坐鎭，開始抄家，抄到半夜才完，除了肅順的一些親筆密札以外，看來陳孚恩匿藏肅順財產的話，全屬子虛。

到了第二天下午，大學士周祖培，派人把軍機大臣文祥，刑部尙書趙光和綿森，請到內閣，定擬陳孚恩的罪名；這時陳孚恩拿問及抄家的上諭已經發佈了——因爲查辦黨援的案子，陳孚恩、黃宗漢、劉琨等人，或者革職，或者永不敍用，已經作了結束，所以舊事重提，把他一個人提出來重新究治，就得要有新的原因，除了『查抄肅順家產內，多陳孚恩親筆書函，中有闇昧不明之語』以外，又指責他在熱河會議『皇考大行皇帝郊祀配位』時，以『荒誕無據之詞』，迎合載垣等人的意思，斥爲『謬妄卑污』。這多少是欲加之罪，但『郊壇配位，大典攸關』。擬那罪名就欲輕不可了。

由於表面與實際有些不符，所以會議時所談的是另一套。首先由文祥公開了一批密件，就是所謂『中有闇昧不明之語』的，陳孚恩的『親筆書函』，除了文祥所搜獲的以外，御前侍衛熙拉布是正式奉派抄肅順家的人，陸續又查到許多，這些信在趙光和綿森都是第一次寓目，兩人看完，都有些緊張——那是從他們職司上來的憂慮，怕要興起大獄，刑部責任甚重。

『就憑這幾封信，把陳孚恩置之大辟，亦不為過。然而投鼠忌器，大局要緊！』趙光說到這裡，看著周祖培問道：『中堂，你看如何？』

『你的話不錯。此案務需慎重，處置不善，所關不細。』

文祥也知道，『闇昧不明』的話，如果要從嚴根究，可以發展為一件『謀反』的大案，那一來不但陳孚恩信中所提到的人，都脫不了干係；還有許多平常與肅順有書札往還的內外官員，亦將人人自危，把個剛剛穩定下來的政局，搞得動盪不安，足以危及國本。他一向主張寬和穩健，已跟恭王密密議定了一個釜底抽薪的辦法；這時見在座的三人，對此都憂形於色，便把那辦法先透露出來，好教大家放心。

『兩公所見極是。』他不便明言其事，只慫恿周祖培說：『中堂何妨向六王爺建言，所有從肅順那裡得來的信件，不必上呈御覽，由內閣會同軍機處，一火而焚之！』

『好極了！這才乾淨。』周祖培大為稱賞，但又不免疑惑，『恭王如果另有所見，那——』

那就要碰釘子了！以周祖培的身分，不能不慎重。文祥懂得他的意思，立即拍胸擔保：『中堂一言九鼎，六王爺不能不尊重！我包中堂不會丟面子。』

『好，好！明天我就說。』

『這可眞是德政了！』趙光心裡一塊石頭落地，輕鬆地說：『言歸正傳，請議陳孚恩一案。』

『該你先說話。』周祖培反問一句：『依律當如何？』

『既是「闇昧不明」的話，則可輕可重。不過再輕也逃不掉充軍的罪名。』

『除此以外，還有議郊祀配位，所言不實一案。』綿森提醒大家。

『照這樣說，罪名還眞輕不了！』周祖培沉吟了一會兒，轉臉看著文祥問道：『博川，你的看法呢？』

『死罪總不至於。活罪嘛……』文祥慢吞吞地說：『充得遠些也好。』

大家都覺得這話意味深長。以陳孚恩翻手爲雲覆手雨的手段；如在近處，說不定又替誰作『謀主』，搞些花樣出來。

『「敬鬼神而遠之」。發往新疆效力贖罪吧！』

刑部兩堂官，軍機一大臣都無異詞，憑周祖培一句話，此案就算定讞了。可是消息一透露出去，招致了許多閒言閒語，是會議的那四個人所意料不到的，也因此，成議暫時需擱置，先得設法平息那些浮議流言。

平息流言浮議的辦法也很簡單，只是加派兩位尙書，會同原派人員，一起擬定陳孚恩的罪名。這是恭王可以作主的事，但既應降旨，便須上奏；爲了有許多話不便讓另一位軍機大臣沈兆霖聽到，所以他在每日照例的全班進見以後，又遞牌子請求單獨召對。

再次見了面，恭王首先陳請添派沈兆霖和新任兵部尙書萬青藜，擬議陳孚恩的罪名。慈禧太后心知有異，像這樣的事，何需單獨密奏？於是問道：『怎麼？陳孚恩的罪定不下來嗎？』

『定倒定了。原議「發往新疆效力贖罪」。』

這就更可怪了：『既然已經定了罪，何必還要再派人？』

『因爲外面有許多閒言閒語。這一會兒求人心安定最要緊，所以添派這兩個人——兩個都是漢人，萬青藜還是陳孚恩的江西同鄉，這是朝廷示天下以大公無私，請兩位太后准奏。』

『准是當然要准的。』慈禧太后答說：『不過，我倒要聽聽，外面是些甚麼閒言閒語？』

這話讓恭王有不知從何答起之苦。躊躇了一會兒，覺得讓兩宮太后明瞭外面的情形，才知調停不易，辦事甚難，也未始不可。這一轉念，便決定把滿漢之間的成見隔膜，和盤托出。

『外面有些人不明瞭內情，認爲是旗人有意跟漢人爲難……』

『哪有這話？』慈安太后駭然失聲：『滿漢分甚麼彼此？我就從來沒有想到過，漢人跟旗人該有點兒甚麼不同？』

『太后聖明。無奈有些人無事生風，偏要挑撥。不過話也說回來，這一趟派的人，也眞不大合適，看起來像是有意要治陳孚恩似的。』

『怎麼呢？』慈禧太后問道：『就爲派的旗人多了？周祖培和趙光，不是漢人嗎？』

『周祖培和趙光，是大家都知道的，素來反對肅順；現在議肅黨的罪名，就算公平，在別人看，還是有成見的。』

『怎麼，非要說陳孚恩無罪，才算是沒有成見嗎？』

『陳孚恩怎麼能沒有罪？』恭王極有把握地說：『只把那些信給萬青藜一看，他也一定無話可說。』

『那好吧！寫旨上來。』

『是！』恭王退了出來，隨即派軍機章京寫了上諭，由內奏事處送了上去；當時就蓋了印發了下來。

果然，恭王的預料一絲不差——萬青藜接到通知赴內閣會議，原準備了有一番話說，這是他受了江西同鄉以及與陳孚恩有交情的那些人的壓力，非力爭不可的。周祖培和文祥他們四個人也知道，會議要應付的只有萬青藜一個人，所以早就商量過了，決定照恭王的指示，先把陳孚恩的信給他看；看他說些甚麼，再作道理。

萬青藜字藕舲，所以文祥管他叫：『藕翁，這些書札你先看一看，就知道陳孚恩罪有應得。』

萬青藜肩上的壓力極重，爲了對同鄉以及所有督促他據理力爭的人有所交代，把那些信看得極仔細；一面看，一面暗暗心驚，那些『闇昧不明』的話，如果要陳孚恩『明白回奏』，他是百口難以自辯的。『發往新疆效力贖罪』的罪名，看似太重；其實還算是便宜，倘或在雍正、乾隆年間，根究到柢，陳孚恩本人首領不保，固在意中，只怕家屬也還要受到嚴重的連累。

當他聚精會神在看信時，其餘五雙眼睛都盯在他臉上，看他緊閉著嘴，不斷皺眉的表情，大家心裡都覺得輕鬆了。於是相互目視示意，取得了一致的默契，堅持原來議定的結果——這也是恭王事先指示過的，到萬不得已時，不妨略減陳孚恩的罪名；照這時看來，已無此必要。

『果然，陳孚恩罪有應得。』萬青藜把手裡的信放下，用塊手絹擦著他的大墨鏡；口裡向鏡面呵著氣，望空的雙眼，不住閃眨，顯然的，他還在躊躇著有話要說。

周祖培見此光景，便不肯讓他說出爲陳孚恩求情的話來，特意先發制人，『藕舲，』他說：『這樣子的人物，也算是「清正良臣」嗎？』

這『清正良臣』四字是有出典的。自從道光年間，王鼎痛劾穆彰阿誤國，繼以死諫，由陳孚恩設法隱匿其事，救了穆彰阿一場大禍以後，就此在仕途中扶搖直上，很快地外放爲山東巡撫，在任時據說頗爲廉潔，加以穆相的揄揚，宣宗御筆頒賜一塊匾額，所題的就是這『清正良臣』四字。

這塊匾在抄家的時候，就已附帶追繳了，宣宗所許『清正良臣』的美名，掃地無餘，萬青藜只好這樣答道：『他早年曾蒙天語褒獎，有此一節，是不是可以格外矜全？請公議。』

『不提這話還好，一提更壞。』周祖培立即反駁，『陳孚恩曾蒙宣宗特達之知，於今所作所爲，有傷宣宗知人之明，不更見得辜恩溺職，應該重處嗎？』

『是啊！』趙光搭腔——他的科名甚早，當了多年尙書，不曾入閣拜相，所以話中不免有牢騷：『陳孚恩一個拔貢出身，居然在「軍機大臣上行走」；照現在這樣子，我不知他如何對得起宣宗的在天之靈？』

『那是出於穆相的提拔。』綿森下了個評語：『此人才具是有的，就是太熱中。』

『不是太熱中，又何至於這麼巴結載垣和肅順？』趙光發完了自己的牢騷，又替他的同年許乃普發牢騷：『他爲了想得「協辦」，硬把許滇生的吏部尙書給擠掉——向來吏部非科甲不能當，肅順居然敢於悍然不顧，在先帝面前保他，眞是死有餘辜！』

這一下把話題扯開了，談起陳孚恩和載垣、肅順等人的恩怨，以及他假借他們的勢力，排擠同官的許多往事；萬青藜只能默默聽著，一句話也說不進去。

『天色不早了！』文祥好不容易打斷了他們的談興，『請定議吧！』

『依照原議。』周祖培看著萬青藜說。

萬青藜覺得非常爲難，照自己的立場來說，還要力爭一番，但話說得輕了，於事無補；說得重了，於自己的前程有礙，而況看樣子以一對五，就是不顧一切力爭，也未見得有用。

正這樣煞費躊躇時，文祥再次催促：『藕翁如果別無意見，那就這樣定議吧！』

『我倒沒有別的意見。』萬青藜很吃力地答說：『新帝登極，兩宮垂簾，重重喜事，憐念陳孚恩白髮遠戍，只恐此生已無還鄉之望，何妨特賜一個恩典。』

這算是無可措辭中想出來的一番很婉轉的話，無奈在座的人，對陳孚恩都無好感，所以『白髮遠戍』的哀詞，並不能打動他們的心；而萬青藜的話，又在理路上犯了個語非其人的毛病，因而很輕易地爲周祖培搪塞過去。

『恩出自上。』他把視線掃過座間，落在萬青藜臉上，『上頭對陳孚恩有沒有恩典，要看他自己的造化。我們此刻也無從談起。』

萬青藜被堵得啞口無言。反正應該說的話已經說到，算是有了交代，於是繼續沉默。陳孚恩的罪名，就此算是議定了。

等奏摺上去，自然照准。充軍的罪名，照例即時執行，由刑部諮會兵部，派員押解；但法外施恩，另有通融的慣例，只要押出國門，到了九城以外，就不妨暫做逗留，所以陳孚恩是在彰儀門外的三藐庵暫住，就近好料理在京的一切私務，同時與親友話別。去看他的人也還不少，都說新疆正在用兵，是個效力贖罪的好機會；有的拿林則徐作比，說當年也是遣戍新疆，沒有多少時候，復起大用。陳孚恩是個極知機的人，知道這時候空發怨言，徒增不利，所以保持了極好的風度，一面道謝，一面不住口地稱頌聖明，自道雷霆雨露，皆是君恩。

除了陳孚恩、黃宗漢這些人，以及宮內幾名與肅順有往來的太監，算是大倒其楣，此外倒是一片欣欣向榮的氣象。恭王的做法，算是相當開明的；保留了肅順掌權時的許多好處，首先對湘軍的重用，比先帝在日，有過之無不及。兩江總督曾國藩，正式奉旨，統轄江蘇、安徽、江西、浙江四省軍務，所有四省的巡撫提鎭以下，悉歸節制。東南半壁，倚若長城，這等於是開國之初『大將軍』的職責；除了吳三桂以外，漢人從未掌過這麼大的兵權。不同的是吳三桂是自己擴充的勢力，而曾國藩是朝廷的付託。

至於肅順所結的怨，可恰好爲恭王開了籠絡人心的路，一批爲肅順所排擠的老臣，重新起用。翁同龢也在全力奔走，趁此機會要爲他父親翁心存消除革職的處分——他是在戶部五宇字官錢號的案子上栽了觔斗的；這個案子被認爲辦得太嚴厲，現在也正根據少詹事許彭壽請『清理庶獄』的奏摺，準備平反。消息從軍機處傳了出來，民間讚揚恭王的人，便越發多了。

這蒸蒸日上的聲名，在恭王心中，多少可以彌補因曲徇慈禧太后的意旨，違反祖制，促成垂簾而起的內疚和抑鬱；也因爲如此，議定垂簾章程的奏摺，也不願領銜，由會中公推禮親王世鐸主稿具奏。

這個奏摺，早在十月十六就已擬好，但一直到十天以後，國喪百日已滿，方始呈進。章程一共十一條，除去規定需皇帝親臨的各項大典，或者派親王、郡王恭代，或者等成年親政之後，再恢復舉行以外，最要緊的只有三條，一條是兩宮太后召見『內外臣工』的禮節；一條是『京外官員引見』的禮節：『請兩宮太后、皇上同御養心殿明殿，議政王御前大臣，帶領御前、乾清門侍衛等，照例排班站立；皇太后前垂簾設案，進各員名單一份，並將應擬論旨註明；皇上前設案，帶領之堂官照進綠頭籤，議政王御前大臣，捧進案上，引見如常儀。其如何簡用？皇太后於單內欽定，鈐用御印，交議政王軍機大臣傳旨發下，該堂官照例述旨。』這個規定，與另一條『除授大員，簡放各項差使』，事先開單，欽定鈐印的規定合在一起，使得兩宮太后在實際上做了皇帝，扼有完全的用人大權。同時也跟皇帝一樣，可以召見京內京外的任何官員，親自聽取政務報告；而在此以前，太后只能跟顧命大臣或軍機大臣打交道，是無法召見其他臣工的。

慈禧太后對於奏進的垂簾章程，相當滿意；當即召見議政王及軍機大臣——百日已滿，從皇帝到庶民，都薙了頭，同時不必再穿縞素，脫去那件黯舊的白布孝袍，換上青色袍褂，依然翎頂輝煌，看在慈禧太后眼裡，眼睛一亮，心裡越發高興了。

『六爺！』她喜孜孜地把禮親王的奏摺遞了出來：『依議行吧！』

『是！』恭王接了摺子又說：『臣等擬議，垂簾是非常之時的非常之舉，應該有一道上諭，詔告天下，申明兩宮太后俯允垂簾的本意。』

『對啊！』慈安太后接著他的話說：『這原是萬不得已的舉動。只等皇帝成了年，自然要歸政的。』

慈禧十分機警，趕緊也說：『我也是這個意思。皇帝年紀太小，我們姊妹倆不能不問事；但也虧得內外臣工，同心協力，才有今天這麼個平靜的局面。如今只巴望皇帝好好唸書，過個七八年，能夠擔當得起大事，我們姊妹倆才算是對列祖列宗、天下臣民有了個交代。那時我們姊妹倆可要過幾天清閒日子了。你們就照這番意思，寫旨來看！』

恭王身上原揣著一通旨稿，預備即時上呈；此刻聽慈禧這一說，自然不便再拿出來。請安退出，回到軍機處，把原稿拿出來，加上慈禧太后的意思，重新刪改定稿，斟酌盡善，才由內奏事處送了上去。

這道上諭是用皇帝的語氣，實際上是兩宮太后申明垂簾『本非意所樂爲』而不得不爲的苦衷，措辭極其婉轉，字裡行間，頗有求恕於天下臣民的意味。

慈禧太后雖然精明，但肚子裡的墨水，到底有限；經驗也還差得遠，所以看不懂這道諭旨中的抑揚呑吐的語氣，欣然蓋上了『同道堂』的印——這是她獲得這顆印以來，第一次使用紅印泥，朱色燦然，賞心悅目，格外感到得意。

到了十一月初一，是個入冬以來難得的好天氣，人逢喜事精神爽，個個精神抖擻，浴著朝陽，由東華門進宮；一班年齡較長的大臣，預先都受賜了『紫禁城騎馬』的恩典，一直可以到隆宗門附近下轎、下車；王公親貴、六部九卿，各在本衙門的朝房休息。走來走去，只見頭上不是寶石頂子，便是珊瑚頂子，前胸後背，不是仙鶴補子，便是麒麟補子。最得意的是在南書房和上書房當差的那班名翰林，品級雖低，照樣也可以掛朝珠，穿貂褂，昂然直入內廷。

聽政的地點，依然是在養心殿，日常召見軍機及京內官員，在東暖閣；遇有典禮則臨御養心殿明殿。此時早已打掃得乾乾淨淨，擺設得整整齊齊，正中設一張丈餘長的紅木御案，繫上明黃緞子，『六合同春』暗花的桌圍。御案後面，一東一西兩個御座；御案前面懸一幅方眼黃紗，作爲垂簾的意思。簾前正中是小皇帝的御榻，鋪著簇新的黃緞皮褥子。

等鐘打九點，文武百官，紛紛進殿，禮部和鴻臚寺的執事官員，照料著排好了班。已初三刻——十點之前的一刻鐘，太監遞相傳報，說皇帝已奉兩宮鑾輿，自宮內起駕，於是淨鞭一響，肅靜無聲，只聽遠遠傳來沙沙的腳步聲，由隱而顯，終於看到了醇王的影子；他兼領著『前引大臣』的差使，所以走在前頭，接著是景壽、伯彥訥謨祜，以及由王公充任的那班御前大臣，分成兩列，引著小皇帝的明黃軟轎，進了養心殿。

站好班的官員，一齊跪到接駕；皇帝之後，是並列的兩宮太后的軟轎，再以後是『後扈大臣』和隨侍的太監，最令人注目的是安德海，腦後拖著一根閃閃發光的簇新的藍翎，捧著一把純金水煙袋，緊跟著西面軟轎走，把那張小日似的臉，揚得老高，那份得意，就像他做了皇帝似地。

等兩宮太后和皇帝升上寶座，鴻臚寺的贊禮官，朗聲唱禮，自殿內到丹墀，大小官員，三跪九叩，起身分班退出——準備了多日的大典，就這一下，便算完成。但也就是這一刻，慈禧太后正式取得了政權；灰塵落地，浮言盡息，熱中的固然攀龍附鳳，早有打算，就是那些心持正論，不以垂簾為然的，此時眼見大局已定，政柄有歸，顧念著自已的功名富貴，不但不敢再在背後有所私議，而且都一改觀望保留的態度，紛紛去打點黃面紅裡的上兩宮太后的賀表了。

兩宮太后接受了朝賀，照常處理政務，改在東暖閣召見議政王及軍機大臣；佈置已有更改，御案坐東朝西擺設，兩宮太后，慈安在南，慈禧在北，案前置八扇可以摺疊的明黃紗屏，小皇帝仍舊坐在前面。

恭王和軍機大臣行過了禮，再一次趨蹌跪拜，爲兩宮太后申賀。

慈禧太后最重恩怨，想到今日的一番風水，自然是恭王的旋乾轉坤之功，其次是曹毓瑛的從中斡旋策劃，所以把他們兩人大大地讚揚了一番，同時也提到在熱河所受的委屈，撫今追昔，雖有感慨，卻也掩不住躊躇滿志的心境。

然後，慈安太后也說了幾句，看來是門面話，其實倒是要言不煩，她囑咐恭王要以國事爲重，不要怕招怨，不要在小節上避嫌疑——這話是有所指的，載垣、端華、肅順和杜翰他們，過去爲了要隔離恭王與兩宮太后，曾一再揚言，說年輕叔嫂，嫌疑不能不避；於今恭王單獨進見的機會甚多，慈安太后怕又會有人說閒話，特意作此叮囑。恭王自然連聲稱是，看看兩宮太后話已說完，便接著陳奏，說兩宮垂簾，政令維新，對於懲辦肅黨一案，請求從寬辦理。

慈禧太后正是心情最好的時候，很慷慨地答道：『是啊！』但也不免奇怪，『還有甚麼人應辦而未辦的？』

『臣的意思是，載垣他們當差多年，肅順兼的差使更多；京裡京外，大小官員，跟他們自然有書信往來，信上也不免有附和他們的地方。』恭王說到這裡，頓了一下，把他的辦法說了出來，『這些信，最好一把火燒掉，反而可以永絕後患；就請今天明降諭旨，不咎既往，以示寬厚。』

『這也算是垂簾的一道恩詔。』慈禧太后側臉徵詢：『姊姊，我看就這麼辦吧！』

慈安太后自然同意。於是立即寫了明發上諭，鈐印發下。恭王本來還想對皇帝上書房的事，有所陳述；但看到小皇帝一個人坐在紗屏前的御榻上，把個頭扭來扭去，是十分不耐煩的樣子，怕第一天垂簾聽政，就搞出甚麼失儀的笑話來，所以暫且不言，跪安退出。

兩宮太后和皇帝，就在養心殿西暖閣傳膳。擺膳桌的時候，安德海慢條斯理地捧了一個黃匣進來；那是內奏事處放奏摺的匣子，慈禧太后只當又有緊急軍報，便即招手說道：『是甚麼？快拿來看！』

安德海笑嘻嘻地把黃匣放在匟几上，打開一看，裡面是十幾通黃面紅裡，恭賀兩宮聽政的摺子。

『「那面」也有嗎？』

『全有。母后皇太后一份、皇上一份。』安德海答道：『主子的這一份，在內奏事處讓我瞧見了，我給先拿了來，跟主子叩喜討賞。』

『賞！』慈禧太后笑著罵道：『這一陣子還賞得你少了？』

『不求主子賞別的。』安德海把雙膝一跪，『打今天起，主子在養心殿的時候多；奴才求主子把奴才調到養心殿來，好侍候主子。』

『這……』慈禧看著安德海，沉吟了半天，斷然決然地說：『不行！你不是侍候養心殿的材料。起來！』

『是！』安德海磕了個頭，委委屈屈地站了起來。

『倒是我另外有個差使派你。』

一聽這話，不知是甚麼好差使？安德海趕緊大聲應道：『喳！』

『你到六爺府裡去一趟。』慈禧太后優閒自在地吩咐：『說我怪想念大格格的，想瞧瞧她；讓她那兒的嬤嬤，馬上陪著到宮裡來。』

原來是這麼一樁臨時的差使，安德海不免失望；但轉念一想，到得恭王府裡，正好顯一顯自己是掌權的慈禧太后面前的紅人；那份賞賜也絕不會少。而且抽空還可以回家看一看，這趟差使眞不壞。於是他欣欣然領了懿旨，到敬事房說明緣由，取了准許出宮的牌票，經神武門的護軍驗放出宮，找了輛騾車，先回家打個轉，匆匆喝了杯茶，原車逕趨恭王府來傳旨。

恭王府的氣派原來就大，新近加了議政王的銜頭，又是『賞食雙俸』，所以王府的官員、護衛、太監，氣燄越盛。雖知道安德海是慈禧太后面前得寵的人，卻也不怎麼把他放在眼裡，等他一爬進高門檻，立刻就讓挺胸凸肚的『門上』攔住了。

『安二爺！』稱呼很客氣，那神態卻是拒人於千里以外的樣子，『門上』眼朝上望著，冷冷地說：

『有甚麼事，你跟我說好了。』

看著那高一頭、大一號的身胚，安德海有些氣餒，便把慈禧太后要接大格格的話，照樣說了一遍。

『好，我替你進去回。』那門上指著門洞裡兩丈多長，用鐵鍊子拴著的黑漆條凳說道：『你那兒等著吧！』

安德海臉色煞白，氣得要罵人，但終於還是忍住了。他知道他這時惹不起恭王，委委屈屈地坐在長凳上，生了半天悶氣；猛然省悟，一巴掌打在自己臉上，狠狠地罵了句：『該死！這當的甚麼差？』這當的是甚麼差？應該告訴門上；『傳旨！』說到這兩個字，自己便是個欽差，應該進中門，在大廳上朝南一站，讓恭王來聽旨意；恭王如不在府，便讓恭王福晉出來聽宣。好好一樁差使，讓自己搞得如此窩囊，安德海心裡難過極了。

他一個人在外面受冷落，裡面上房卻正又忙又亂，熱鬧非凡；恭王不在府裡，恭王福晉聽得門上傳來的話，不免困惑，慈禧太后宣召大格格進宮，這事來得不算突兀，因爲她曾聽恭王說過不止一次，慈禧太后常常提到大格格，但何以不召她們母女一起進宮，只命嬤嬤陪著，不會是門上把話聽錯了吧？

『沒有錯，』門上在廊下隔著窗子回答：『宮裡派來的人，是這麼說的。』

『宮裡派來的是誰呀？』

『安德海。』

是他，恭王福晉便懶得傳他進來問話了。考慮了半天，總覺得叫嬤嬤們送大格格進宮，令人不能放心；於是一面傳話趕緊去通知王爺，一面吩咐侍候梳妝，決定親自攜著女兒去見慈禧太后。

貴婦梳妝，一絲不苟，更以進宮朝覲，越發著意修飾，這一耽擱，把個坐在冷板凳上的安德海，搞得進退維谷，恨得牙癢癢地不知如何是好。如是等了有半個多時辰，只聽馬蹄歷落，夾雜著隆隆的輪聲，在那青石板所鋪的長巷中，發出聲勢煊赫的噪音，恭王府的門前，立刻就顯得緊張了，護衛站班，驅散閒人，安德海便也伸長了脖子要看看是哪位貴人來了。

八匹『頂馬』引著一輛異常華麗的『後檔車』，到了府門口，車子滾過搭在門檻上的木鞍橋，直接駛向二門；車裡是恭王，他正從大翔鳳胡同的『鑑園』趕了回來，下車逕到上房——恭王福晉正在梳頭，無法起身，就看著鏡子裡的丈夫，把安德海傳來的話，轉述了一遍；然後又說了她決定親自攜女入宮的理由。

恭王不即答話，不斷踱著方步，彷彿遭遇了極費斟酌的難題，這使得恭王福晉大惑不解，忍不住半側著臉問道：『怎麼啦？六爺！』

有下人在旁邊，恭王不便深談，站住腳想了想答道：『妳先梳頭吧！我在書房裡。』

他一個人在書房裡，坐下來又靜靜地考慮了一番。他跟他妻子的看法不同，她只以為慈禧太后眞的喜愛她的女兒；而他知道，其中大有文章。慈禧太后曾透露過口風，說要把大格格撫養在宮中；顯然的，今天的宣召，說不定大格格就此被留在宮中了。

但是，他的考慮，倒不是捨不得女兒的那一點骨肉之情，只是在思索，應如何處理這不同尋常的恩典。王府的格格，從小被撫養在宮，與皇女一樣被封為公主，原是開國以來的傳統。最初，也許是因為某些親王、郡王領兵在外，或者作戰陣亡，為了推恩，特予榮寵；到了雍正朝，世宗把三個親姪女，視如己出，那倒眞是出於親情，世宗爲人嚴峻，好講邊幅，妃嬪近侍，刻刻小心，都持著敬而遠之的態度，所以世宗的內心，異常寂寞，偏偏四個公主，三個早夭，一個早嫁，因而有幾個聰明伶俐的姪女兒在膝前，陪著說笑，對他是一種絕大的安慰。

此刻慈禧太后要撫養大格格，一大半是爲了籠絡恭王；這一點他本人十分清楚。而受不受籠絡，亦正就是他此刻煞費躊躇的難題。

難題還未解決，盛妝的恭王福晉已經來了；恭王吩咐丫頭們都退了出去，才低聲說道：『妳還不知道吶，告訴妳吧，「西邊」打算把大妞兒留在她身邊。』

大格格是恭王福晉親生的，生得明慧可人，極受鍾愛，所以一聽這話，她的臉色立刻就變了。

『妳也別捨不得。』恭王勸著她說：『果眞她看中了，不給也不行；好在這到底不比「挑秀女」，挑上了就不能回家。將來大妞回來，或者妳進宮去看大妞，都還方便。』

『咳！』恭王福晉嘆口氣說：『但願她看不中吧！』

『看不中也非這麼辦不可。上頭定要給咱們家恩典嘛！』

恭王福晉是桂良的女兒，從小隨著她父親在督撫任上，走過不少地方，也有些閱歷，所以一聽這話，便能意會，是慈禧太后有意籠絡的手段；就像早些日子賞親王世襲是一樣的道理。

既然如此，『這個恩典，不也可以辭謝嗎？』她這樣問她丈夫。

『這不能辭。一辭倒像咱們不識抬舉，捨不得孩子似地。』恭王緊接著又放低了聲音說：『我實在不願意巴結她，所以我的意思，妳不必進宮；就讓大妞的嬤嬤陪著去好了。』

『那不好！』恭王福晉斷然反對，『嬤嬤只能在宮外，讓大妞一個小人兒去闖那種場面，我不放心。』

這也是實話，恭王只得讓步，隨即走出書房，把安德海叫了上來，說恭王福晉，原要進宮替兩宮太后請安，會把大格格帶了去；吩咐他先回宮奏報慈禧太后。把話交代完了，又囑咐聽差，到帳房支十兩銀子賞安德海。

這時嬤嬤丫頭，正在替大格格梳辮子、換衣服——太后宣召進宮，無論如何是件大事；嬤嬤們便千叮萬囑，如何磕頭，如何請安，太后問話該如何回答，要聽話，要守規矩，絮絮不休，把大格格惹得不耐煩了。

大格格是咸豐四年生的，今年八歲，人雖小，十分懂事，但脾氣也大；這時把臉一繃，小嘴鼓了起來，嬤嬤一見她這神情，便趕緊閉口不語，不然就有麻煩。

『怎麼了？』恭王福晉不免詫異，『好端端的，又不高興了！快別這樣子，回頭太后見了會生氣，說妳不懂規矩！』

大格格果然是懂事的，知道應該用怎樣的態度去見太后。頓時把繃著的臉放鬆了，浮起一臉嬌笑；乖乖地隨著母親進宮。

等她們上車時，安德海已回到了宮裡；這一趟差使，爲他招來了一肚子氣，不但飽受冷落，那十兩銀子的賞號也未饜所欲，一路上不斷思量，想在慈禧太后面前告上一狀，卻又怕恭王的權勢，不要惹出禍來！但這口氣又實在嚥不下去。左思右想，總覺得非要放枝把冷箭，這晚上才能睡得著覺。

於是一進宮門，他故意放慢了腳步，拖延時間；等快到慈禧太后所住的儲秀宮，他才放開腳步直奔，跑得上氣不接下氣，十分狼狽的樣子。

慈禧已經等得不耐煩了，一看見他便即斥責：『怎麼到這時候才回來？一定又偷偷兒回家去了！』

『奴才不敢！奴才知道主子等得急了，跑著趕回來的。』他一面說，一面不住喘氣。

『怎麼回事？在哪兒耽誤了？』

『在六爺府裡。奴才傳了旨，好久好久也沒有信兒；不知道來，還是不來，奴才不得準信不敢走。六爺府裡氣派又大，奴才問了幾遍，也沒有個人理。好不容易，六爺才把奴才叫了上去，說是由福晉自己帶著大格格進宮。只怕還得有一會兒才能出來。』

聽得這一番陳訴，慈禧太后將信將疑；心裡雖不大舒服，但也不會爲了安德海而對恭王有所不滿，所以默不作聲。

看看說的話不曾見效，安德海又出了花樣，忽然雙手按著腹部，彎下腰去，做出痛楚不勝、勉強支持的樣子，同時嘴裡吸著氣。

『這是幹甚麼？』

『奴才有個毛病，受不得餓；餓得久了，胃氣就要犯了。』

『怎麼？』慈禧太后奇怪地問道，『六爺沒有賞你飯吃？』

『六爺府裡，沒有人理奴才。』

慈禧太后大爲不悅，但卻遷怒到安德海身上，『哼！』她冷笑著，一生氣時，太陽穴上的筋絡會躍動，『你的人緣兒太好了，所以人家才不理你！滾下去吧，窩囊東西，連我的面子都給你丟完了！』

安德海這下才發覺自己裝得過分，變成弄巧成拙！委委屈屈地磕了個頭，退了出去。慈禧太后猶自餘怒不息；就在這時候，恭王福晉帶著大格格已經進宮。

既然是出於籠絡，自然要假以詞色，慈禧太后立即收斂怒容，放出一臉欣悅的神色。站起身來，走到廊上等著，彷彿是迫不及待要看大格格似地。

恭王福晉卻有些張皇了，就地跪下請安；大格格十分乖覺，立刻跟著她母親同樣動作，慈禧太后滿臉堆歡地說：『起來，起來！』

她一面說，一面把視線落在大格格身上，同時在腦中浮起大公主的神態，要把這一雙年齡相仿的嫡堂姊妹做個比較；大公主是嬌憨的圓臉，大格格是端莊的長臉，本來難分高下，但恭王和麗太妃在她心中的感覺不同，於是大格格便勝過大公主了。

『來，大妞！』她把手伸了出來，『讓我親親！』

大格格馬上又請了個安，微笑著走了過來；慈禧太后一隻手牽住她，一隻手撫摸著她的臉，不住端詳，把大格格看得有些發窘。

『長得好高。』慈禧太后問道：『今年幾歲了？』

『大妞，跟太后回稟，妳今年幾歲？』做母親的在提示。

於是大格格清清楚楚地答道：『今年八歲。』

『比大公主大一歲。』慈禧太后牽著大格格走進殿裡；同時向跟在她身後的恭王福晉說：『看模樣倒像不止大一歲。』

『大妞的月份早，是二月裡生的。』

到了殿裡，恭王福晉又請慈禧太后升座，正式覲見；她吩咐豁免了這一重禮節，隨又賜坐賜茶，把大格格摟在身邊，叫拿『上用』的糖給她吃。

『大妞，我問妳，』慈禧太后半眞半假地說：『妳今天不回去了，住在宮裡，好不好啊？』

一聽這話，恭王福晉大爲緊張，大格格卻輕鬆自如地答了句：『我不敢！』

『怎麼叫不敢？』

『我怕我不懂規矩，惹太后生氣。』

這句話把慈禧太后說得異常高興，笑著向恭王福晉說道：『妳這個女孩兒，眞了不得！太懂事了！』

恭王福晉當然得意非凡，但也怕寵壞了孩子，所以這樣答道：『太后太誇她了，還求太后的教訓。』

『這妳放心好了，在我身邊，一定錯不了。』

『是。』

慈禧太后見她沒有下文，是有點不置可否的神氣，便不敢造次；她還不甚了解恭王福晉的脾氣，只聽說她因爲家世貴盛，父祖又都是封疆大吏——『在京的和尙出京的官』，督撫在地方上，唯我獨尊，儀制貴重，是京官所萬趕不上的，所以恭王福晉有闊小姐的脾氣。萬一說出要留大格格在宮裡的話來，碰她一個軟釘子，叫自己以太后的身分，如何下得了台？

她這樣轉著念頭，恭王福晉便抓住這片刻沉默的機會，站起身來，踩著花盆底，風擺楊柳似地走了幾步，極輕倩地往下一蹲，請了個安說：『我先跟太后請假。』

慈禧太后一楞，旋即省悟，她也應該到『東邊』去打個轉；便點點頭問道：『妳是要到鍾粹宮去？我派人送妳們娘兒倆；快去快回，我等著妳們來傳膳。』

『是。』恭王福晉又請了個安，『多謝太后。』

於是慈禧太后吩咐，傳一頂軟轎，派小安子送了恭王福晉和大格格去——鍾粹宮是『東六宮』之一，要走了去得有一段路，所以特傳軟轎，以示恩遇。

等她們母女倆一走，慈禧太后一個人喝著茶，靜悄悄地想心事；把這一個月來的經過回想了一遍，自己也不免吃驚。多少驚濤駭浪，當時都輕易地應付了，此刻轉頭回顧，才覺得可怕！她不知自己是怎麼應付過來的？在困惑之中，也不免得意；一個月的工夫，把個朝局翻了過來，把個大清朝的天下拿在手裡，而只不過殺了三個人，裡裡外外，便都安然無事。像這個樣子，只怕古來也沒有幾個人做得到。

由這一份得意，自我鼓勵著，越發有了信心；相信凡事只要去做，一定會有成就。於是她再度靜下心來，把內外情勢作了個全盤的、概略的考察；覺得現在要應付的只不過兩個人，一個是恭王，一個是慈安太后。看起來慈安比恭王容易應付，其實不然！應付恭王，自己可以作大部分的主，而且還有慈安作幫手；而對慈安，自己卻不能找恭王來作幫手，同時她也有自知之明，在太監宮女心目中，她比不上慈安那樣得人心。再有一樣想起來叫人最不舒服的事，縱然兩宮並尊，總也是東前西後，除非……

轉念及此，她打了個寒噤！不能再往下想了。定一定神，把她此時自覺太過了分的念頭拋掉；想到大格格的那副模樣。

那副模樣，似乎特別親切，但是大格格不像大公主那樣甜甜的臉，讓人見了總是忍不住想親她一下；然則對大格格的特感親切，是何道理呢？

怔怔地想了半天，思緒幽邈，追索到好遠的年代，終於她明白了！大格格那副模樣，正像自己小時候的樣子，懂事、沉靜、隨處留意，不愛哭可也不愛笑，說話行事，不像個七八歲的孩子。

於是慈禧太后突然想到，大格格正是自己的絕好的一個幫手，她爲這個念頭感到無比的喜悅；想起兩句曾聽大行皇帝唸過，無意間記在心裡的詩：『行至山窮處，坐看雲起時』，不正是自己得了這個好主意的譬喻？

這個主意在她心裡反覆推敲，越想越得意；以大格格的性情來看，將來必是個精明強幹的人，再經過自己的調教，一定可以擔當大事。她可以穿房入戶，去做自己的耳目；可以爲自己擋在前面，說自己所不便說的話；更可以作個無話不談，祕密商議的心腹，就像慈安太后面前的雙喜那樣。她雖不是公主，但是可以賞她公主的封號，甚至賞她只有中宮所出的嫡女才能獲得的『固倫公主』的封號；這一來，大公主只是『和碩公主』，而且年紀也小一歲，論才具更不及，無論在哪方面看，都讓大格格給比下去了。更何況這樣的恩典，還有籠絡恭王的作用！

慈禧太后越想越得意，打定的主意是再無可更改的了。但是，她也知道，辦這些大事，心急不得；自己的地位還不到說如何便可如何的地步，必須耐著性子等，等一個最好的時機。

把這一番心事想停當，聽得殿裡的五個式樣各個不同的自鳴鐘，幾乎是同時發聲，響了四下；該是傳晚膳的時刻了，恭王福晉母女何以還不回來？

『小安子呢？』她問一名宮女。

『主子不是讓他送六福晉到鍾粹宮去了嗎？』

『去了有一個多時辰了，怎麼還不回來？』慈禧太后不耐煩地說：『妳快去看看。』

『是！』

『回來！』她等那宮女站定了又說：『妳就去看一看好了，不必多說甚麼！馬上來給回話。』

那宮女答應著去了。回話來得很快，說鍾粹宮熱鬧得很，皇上和大公主都在那裡，跟大格格拿牙牌『頂牛兒』，輸了打手心，玩得極起勁。恭王福晉則陪著慈安太后在聊閒天，興致也很好，怕一時還不會結束。

這個報告給慈禧太后帶來了無可言喻的醋意；但也給了她一個啓示，越發覺得大格格有用處——有大格格在這裡，鍾粹宮的那份熱鬧，就一定可以移到這裡來了。

『小安子呢？可是在那兒？』

『在那兒。』那宮女答道：『我問他怎麼不回來？他說，他得想法兒催一催六福晉，也快回來了。』

慈禧太后無可奈何，只得耐心等著。幸好等不多久，恭王福晉總算帶著大格格回到了儲秀宮，她臉上有惶恐的神色，一進門請了安，忙著解釋，說小皇帝不放大格格走，慈安太后又留著說話，還要賞飯，她因爲這面已有話：『不敢領那面的恩典』。

『其實也一樣。』慈禧太后心中不快，表面卻說得很大方；又問大格格：『妳跟皇上頂牛兒，輸了還是贏了？』

『輸了好多。』

『那可要挨手心了。』慈禧太后笑道：『你們三個，吵了嘴沒有？』

『沒有。』大格格答道：『皇上只跟大公主吵嘴。』

『爲甚麼沒有跟妳吵嘴呢？』

『我不跟他吵。皇上比我小嘛！』

『咄！』恭王福晉笑著叱斥：『說話沒有規矩！怎麼說皇上比妳小？』

『皇上不是六歲嗎？』大格格振振有詞地說。

『對了！』慈禧太后越發喜愛她了，『妳長兩歲，要多讓他一點兒，那才是做姊姊的樣子。』

用這樣的口吻來讚許大格格，恭王福晉已看出來，慈禧太后倒是眞心喜歡；心裡不免感動，當時決定，如果她透露了要把大格格留在宮裡的意思，便順從了她吧。

可是慈禧太后的態度，已與她到鍾粹宮去之前不同了；大格格是一定要的，但不必在今天就留下。她認爲這件事有與慈安太后商量的必要；等說停當了，直接告訴恭王，比較簡捷，而且也顯得鄭重。

因此，這時她絕口不提把大格格撫養在宮的話，但對她們母女的恩遇甚隆；等傳膳時，吩咐另擺一張膳食，御膳有甚麼，便賞甚麼，等於是開了一式無二的兩桌飯。

飯罷天色將黑，宮門下鑰，進出不便，隨即叩頭告辭；慈禧太后早備下了賞賜，恭王福晉謝恩受領，同時也把自己備下的犒賞，二百兩銀票的一個紅封袋，當著慈禧的面，交給了管事的宮女。

等回到府裡，恭王問起進宮的情形。夫婦倆都有些猜不透慈禧太后的意思；不過對於大格格的懂事聽話，在兩宮太后面前一點都不顯得怯場，做父母的自然都感到欣慰。也因爲如此，心裡都隱隱然地存著一份祈望，最好慈禧太后從此不提此事。

一連幾天，居然毫無動靜，恭王以爲事成過去。其實那是慈禧還沒有工夫來料理此事；自恭王福晉入宮開始，她接連不斷地在『會親』，醇王的福晉，一等承恩侯照祥的妻子——她的胞妹和弟婦，都被接到宮裡，細敘家常。此外慈安太后也在會親，因爲兩宮並尊，也要到她這裡來請安，人來人往，頗不寂寞。

如果僅僅是敘家人之禮，談談日常瑣屑，還費不了她多少時間。就因爲在與醇王福晉，談起往事，提到當年受過吳棠的恩惠，姊妹倆感激涕零之餘，曾憑倚著父親的靈柩自誓，只要有出頭的一天，首先就要報答這個雪中送炭的恩人；現在貴爲『以天下養』的太后，而且親掌大權，此時還不報恩，要等到甚麼時候？

此原是她耿耿在心的一件大事；這個把月來，爲了全力對付肅順，以及圖謀實現垂簾的願望，一時想不到此，現在大局已定，巨奸已除，正好來辦這件快心之事。所以在被醇王福晉提醒以後，慈禧太后每夜在枕上所思量的，就是如何報吳棠的恩。照她的願望，最好給吳棠一個總督，但這是辦不到的事；一個道台，連監司都還未巴結上，何能超擢爲方面大員？不要說恭王和軍機大臣們不會同意，就算同意了，她也還不敢這麼不顧法度，因私害公。

但一時雖無處置的善策，她仍然相信機會很快就會到來。朝廷已連下詔旨，諭令中外保舉人才；飭知各省察舉循良，訪求學行兼備之士。在求賢以外，也曾下詔，廣開言路，而且最近御史上書言事的也很多，只要有人保舉了吳棠，就可以登進賢才，破格用人的理由，大大地提拔他一下。

這樣想停當了，便特別注意舉薦現任官員的摺子，倒有個御史鍾佩賢，上疏『請揚舉善之功，以收得人之效』，列舉了一大串湘軍將領的名字，說這些人本來無藉藉名，只以得人識拔保薦，不數年間，都已立下大功，推原論始，原保的人應加褒獎。在那十幾個名字中，並無『吳棠』二字，但慈禧太后經歷了這四個月，已學會了北附生發的竅巧，打算藉這個摺子，來問問恭王，只要有一絲關連，能扯得上吳棠，便有文章好做了。

她正這樣一個人在燈下籌劃，忽聽得外面有聲音，彷彿是甚麼人來叩宮門，有人出去應接，不免暗暗詫異。過了一會兒，聲音靜了下來；然後聽得安德海在問坐更的太監：『主子安歇了嗎？』

慈禧太后聽這問話，便知是有極緊要的事，就在裡面大聲問道：『甚麼事呀？』

『跟主子回話，有六百里加緊的軍報。』

『呃！』慈禧太后答了這一聲，倒有些茫然了——這是她第一次在夜裡收到緊急軍報，一時不知該如何處置？定神細想一想，記起先帝遇到這樣的情形，必是先收摺來看，有的表面緊急，實際上無關輕重；有的需要先做一番考慮，不妨到第二天再發下去；也有的必須即時指授方略，那就要立刻飛召軍機大臣來商議，甚至找值班的軍機章京來，口述諭旨，當夜馳發軍前。

於是她吩咐宮女去開了門，接來內奏事處呈進的黃匣，同時傳話，叫安德海在外待命。

匣子裡一共兩道奏摺，都是從浙江來的，一道是前任都察院左副都御史，在籍幫辦團練，分守浙東的王履謙，奏報浙江嚴州等處的洪軍，勾結水匪，用八槳炮船，由臨浦攻犯蕭山，連陷諸暨，隨即全力進攻紹興，府城腹背受敵，終於被攻破西門，全城陷落，自請處分。另一道是浙江巡撫王有齡、杭州將軍瑞昌，連銜會奏，說杭州省城爲洪軍的『忠王』李秀成、『侍王』李世賢，重重包圍，形勢危急，請求速派援軍。

慈禧太后對浙江的地形和軍事態勢，不甚明瞭；但杭州是浙江的省城，紹興是浙東的名邑，這是她知道的。更因爲是六百里加緊的軍報，越發覺得事機急迫，不能耽誤，心裡盤算了一下，便即喊道：『小安子！』

『奴才在這兒。』安德海在窗外答應。

『你知道不知道，軍機處這會兒有人沒有？』

『怎麼沒有？有值夜的軍機章京，住在方略館。』

『對了，我倒忘了！你趕快把這兩個摺子送了去；讓他馬上送給六爺去看。』慈禧太后又說：『這是要緊的軍情，可別耽誤了。』

於是，安德海接了黃匣，到敬事房要了鑰匙，開出宮門，交代乾清門侍衛把那兩道奏摺送到方略館。

方略館在武英殿北面，値夜的漢軍機章京許庚身，奉命編制近十年的軍機處檔案，正埋首在故紙堆中；接到乾清門侍衛送來的黃匣，以及口傳的慈禧太后的旨意，不敢怠慢，打開黃匣，拿起奏摺一看，頓時五中如沸——許庚身正是杭州人，他家的老屋，還是明朝傳下來的，族人甚多，如今危在旦夕，當然懸心不已。

然而公事要緊，只得暫且把自己憂煩丟開，託了一同値夜的滿軍機章京代爲照應，匆匆繞過內務府，套車出西華門，往北直奔翔鳳胡同的鑑園。恭王宴客剛散，聽說軍機章京送奏摺來，便叫請到書房見面。

行過禮，呈上奏摺，恭王才看了幾行，便先吩咐：『星叔，你慢點走！』

這當然因爲許庚身是杭州人，而且一向主辦軍事方面的廷寄諭旨，特意留他下來，要有所諮詢：

因此在恭王看摺時，他一個人坐在旁邊，默默地盤算，準備有所建議。

『星叔，』恭王憂形於色地問道：『你看紹興一陷，杭州還能守得住不？』

『難，難！』許庚身使勁搖著頭，『紹興一失，寧波不保；寧紹兩府極富庶，爲浙江軍餉所自出，故而失寧紹則絕餉源，此其一；紹興與杭州一江之隔，寧紹一失，匪軍必渡江夾攻省城，杭州成了孤懸之地，萬難堅守，只怕就是此刻，滿漢六十萬生靈，已罹浩劫！』

許庚身語聲低沉，臉色慘白，在燁燁的燭光下，微見淚痕；恭王知道他念切桑梓，想起杭州亦是旗人駐防的地區，雖也築有滿城，而彈丸之地，如何自保？匪軍破了杭州，旗人的遭遇，一定比漢人更慘，所以心裡也惻惻然地，相當抑鬱。

『王爺如果沒有別的吩咐，我告辭了。』

『你不必難過！』恭王的情緒也激動了，『彼此要同舟共濟！不分滿漢，總要戡平大亂，才有好日子過。好在朝中大局已定，儘可全力專注在軍事上面。明天我得跟兩宮好好陳奏；你預備一張江南兩浙的地圖，怕太后還弄不清地名。』

許庚身答應著，回到方略館；找出地圖和『嘉慶一統志』來，細心考查，製了一張兩浙現勢圖，註明匪我兵力配備，極其簡明實用。

這張地圖第二天上午攤開在御案上，慈禧太后一看便失聲驚呼：『喲！杭州成了個孤城了嘛！』

『是！』恭王指點著江南的形勢說：『這就像行圍一樣，攆啊攆的，把匪軍都攆到一個角落裡來了。』

兩宮太后都知道在熱河行圍行獵的方法，是四處八方把野獸趕到預定的地點，然後發弓開槍，才大有斬獲，所以對恭王的這個譬喻，都能充分領會。

『照這樣子看起來，杭州的危急，原在意料之中。』

『太后聖明。』恭王欣然答道：『臣籌思已久，江南的軍事，必得統籌全局，逐步進行，倒不在一城一地的得失。』

『話雖如此，能救還是要救！』慈安太后關切地問：『六爺，你看杭州能守得住嗎？』

於是恭王把許庚身所分析的兩點，照樣說了一遍；卻又補了一句：『援救浙江，原有旨意，讓曾國藩相機辦理。不過他那裡也很爲難。』

『照這麼說，就眼睜睜看著杭州失守嗎？』慈安太后這樣問說。

恭王一時無從置答，第一次發覺這位忠厚的太后，也有咄咄逼人的時候。

『那可是沒有辦法的事。』慈禧太后在無形中爲他解圍，『杭州大概是丟定了，咱們想辦法收復吧！』

這一句話正好引起了恭王籌思了一夜的大計：『奏上兩位太后，』他挺起胸來說：『這一陣子，臣早晚在心的，就是各地的軍務。這七八年苦苦撐持，就像煉丹一樣，九轉丹成，就快到了收功的時候了。』

聽他這話，看他的神情，兩宮太后頓覺精神一振，閃閃生光的兩雙眼睛，都正視著恭王，嘴角微含笑意，雖未開口，那催他快說下去的意思，極其明顯。

於是恭王再度指點地圖，開陳大勢，湘軍的進展雖慢，但腳踏實地，一步一步在肅清匪氛，往前逼進。杭州的危急，是洪軍的困獸之鬥，作用在減消官軍對金陵的壓力，如果不爲所動，依舊按照預定的計畫，以攻佔金陵爲第一目標，『忠王』李秀成的企圖就落空了。

『臣的意思，曾國藩還要重用。』恭王揮一揮手，加強了語氣，『浙江的軍務，曾國藩保左宗棠專責；自然要准他的舉薦，不過，還是要歸曾國藩節制。』

『這，不是有旨意了嗎？』慈禧太后插了一句：『東南四省的軍務，都歸曾國藩節制。』

『浙江歸閩浙總督管，不在兩江的範圍。』恭王答道：『曾國藩或許怕招怨，要避攬權的名，想把浙江劃出去。這可不能准他了。』

『是啊！』慈禧太后又說：『王有齡怎麼樣？如果不行，乾脆放左宗棠當浙江巡撫好了。』

『那得要曾國藩保薦，前幾天已經有廷寄，讓他考察江蘇巡撫薛煥、浙江巡撫王有齡，稱不稱職？等他覆奏上來，再請旨辦理。』

『杭州這麼吃緊，王有齡也不知道怎麼樣了？』慈安太后微蹙著眉頭說：『還有瑞昌，還有……』她是想到了駐防的旗人，嘆口氣，沒法說得下去了。

慈禧太后卻是無動於衷，她關心的是恭王所說的：『曾國藩還要重用』那句話；是如何重用？已經當到總督了，除非內召拜相；可是前方的軍務，又叫誰負責？

這樣想著，她問恭王：『曾國藩又不能調到京裡來，還能讓他當甚麼？』

『可以給他一個「協辦」，仍舊留在兩江總督任上。』

『對了！』慈禧太后自笑糊塗，官文就是如此，以協辦大學士，留任湖廣總督；曾國藩正好照樣辦理。

『不過這也不必急。』恭王又說，『到過了年再辦，也還不晚。』

忽然，慈安太后像是驀地裡想到了一件極要緊的事，提高了聲音喊道：『六爺！』

恭王肅然答道：『臣在！』

『先帝在日，有一句話，是指著曾國藩說的，你知道嗎？』

這一問不但恭王，連慈禧太后都莫名其妙。恭王實在想不起來，只好實說：『請母后皇太后明示。』

『先帝說過，誰要是剿滅了髮匪，不惜給一個王爵。這話你聽說過沒有？』

『原來是這句話！』恭王答道：『臣也彷彿聽人談過，不知眞假，也不敢冒昧跟先帝請示。』

『是有的，』慈安太后說：『我親耳聽見過。不過，那是在軍務最棘手的時候說的，是眞的願意這麼辦，還是牢騷，可就不知道了。』

君無戲言，就是牢騷，也要把它當作眞話；但自三藩之亂以後，異姓不王，果眞先帝有此意向，跟垂簾一樣，都是違反祖制的——恭王最近對『祖宗家法』，特生警惕，覺得茲事體大，需要從長計議，此時不宜先洩漏出去，免得將來難以轉圜。

把念頭轉停當，他這樣答道：『有了這句話，可見重用曾國藩，不悖先帝的本意。但獎勵激勸，不宜過當；否則就難以爲繼了！所以這句話求兩位太后先擱在心裡，將來看情形再斟酌。』

兩宮太后都覺得他的看法很穩健。尤其是慈禧太后，對於『獎勵過當，難以爲繼』，深有領會，覺得這確是駕馭人才的一個要訣。

『而且，』恭王又說：『照現在的樣子看，曾國荃立的功也不小；將來下金陵、擒匪首，這場大功，多半也是他的，如果曾國藩封王，他也得是一個公侯。』

提到曾國荃，慈禧太后加了幾分注意，隨即問道：『這個人怎麼樣？』
『這個人自然比他老兄差得遠了，不過年富力強，很能打仗。』
『才具呢？可能獨當方面？』
『磨練了這麼多年，再有曾國藩的教導，將來當然可當方面。』
『有曾國藩的教導，操守想來一定也是好的。』
對於慈安太后這句話，恭王便不敢附和了。他聽得許多人說過，曾九好財貨，每克一個名城，每打一場勝仗，總要請假回籍，廣置田產；前年在湘鄉起了一座大宅，前有轅門，後有戲台，居然是建牙開府的模樣，以致連他的同鄉都大爲不滿。這是哪裡來的錢？雖不致於剋扣軍餉，打下一座城池，接收官庫，趁火打劫是免不了的。不過正在用人之際，這話也不必提了。
他不提，兩宮太后也不響，心裡卻都雪亮。於是仍舊談到紹興失守的事，恭王認爲王履謙是團練大臣，卻以『並無統兵之責』的話推諉責任，十分可惡，主張革職拿問，交曾國藩查辦。兩宮太后自然照准。
等回到軍機處，辦好廷寄，飛遞安慶兩江總督行署；消息已經傳了出去，在京的浙江人，大爲震動；如果杭州淪陷，則洪軍又將併力進窺上海，對於江蘇全省的軍務，影響極大，所以江浙兩省的京官，紛紛集議，討論前方的局勢。
其時前方的局勢，相當複雜，江蘇只有靠水師扼守的鎮江以東一帶，以及華洋雜處的上海數縣在官軍手裡；浙江則杭州被圍，旦暮不保，寧波由於紹興一失，勢難堅守，算起來只剩下浙西湖州、浙東衢州兩塊乾淨土了。而在安徽、山東、河南一帶，又有張洛行、龔瞎子、孫葵心那幾大幫捻匪，勾結洪軍『四眼狗』陳玉成，四處竄擾；此外皖北又有名為團練首腦，暗地裡勾結匪軍的『練總』苗沛霖，包圍壽州，公然叛亂，形成意外的阻力，也是件相當棘手的事。

但是，局勢雖然危急，大家的信心未失；經過這十年戰火的滌蕩，那些暮氣沉沉，貪鄙庸懦的八旗武臣，大半都被淘汰，專責督剿一方的將帥，魯豫之間的僧格林沁和勝保、淮北的袁甲三、江北的都興阿、援浙的左宗棠等等，都是可以信任的人，當然重心是在節制四省軍務的曾國藩身上。

因此士議紛紛，雖以各人的家鄉不同，而有赴援規復，孰先孰後各種相異的主張，但對曾國藩的期望是一致的。於是，有資格上書言事的，你也一個摺子，我也一個摺子，對於東南軍務，大上條陳；看來言之成理，其實是紙上談兵。恭王大權在握，心有定見，所以對這些摺子，一律採取敷衍的態度。

新近開復了處分，並奉旨管理工部的大學士翁心存，也上了一個『言南中事』的摺子，是他的兒子翁同龢的手筆。大略說是，南通州、泰州一帶，膏腴之地，必當確保；蘇常一帶，應該及早規復；上海數縣，不可棄置度外。這原是老生常談，不說也罷，要緊的是有幾句恭維曾國藩的話：『蘇常紳民，結團自保，盼曾國藩如慈父母，飭該大臣派一素能辦賊之員，馳往援剿。』其中另有文章。

原來翁同龢的哥哥翁同書，這時是卸任的安徽巡撫，為苗沛霖圍困在壽州城裡。苗沛霖的叛亂，無論如何他是逃不了責任的；同時巡撫是地方官，守土有責，需共存亡。以前江蘇巡撫許乃釗，就因為蘇州失守而革職，兩江總督何桂清，原駐常州，兵危棄守，逃到蘇州；江蘇巡撫徐有壬閉城不納，再逃到上海。蘇常淪陷，徐有壬殉難，遺疏痛劾何桂清，棄城喪師。這件案子，遷延兩年，最近又有朝命，緝拿何桂清，解京查辦；翁同書也是同樣的情形，安徽兩次失守，不能殉節，將來即使能從壽州逃出來，追究責任，要全看兩江總督節制四省軍務的曾國藩，肯不肯幫忙？以他今日聖眷之隆，一句話可定翁同書的生死；所以翁家父子趁這機會，先暗送一番秋波。

因爲都是如此倚曾國藩爲長城，益發加深了兩宮太后對他的倚重；恭王因勢利用，除了奏准由曾國藩保薦督撫大員以外，還特別發了一道廷寄，說是：『賊氛日熾，南服惓懷，殊深廑念。其如何通籌全局，緩急兼權，著將一切機宜，隨時馳奏，以紓懸系。』隨後，又將翁心存的原摺抄發曾國藩，徵詢意見，同時也提到了曾國荃。

曾國荃這一次回湖南，說是去招募湘勇六千人。那眞正是衣錦還鄉；打下安慶，論功行賞，他以按察使記名，賞黃馬褂；乘勝追擊，大殲餘寇，又賜爲八旗子弟所最重視的名號『巴圖魯』——滿洲話的『勇士』；等到帥師東下，克無爲州，破運漕鎭，進拔東關以後，特賜頭品頂戴，跟他老兄一樣，戴上了紅頂子。據曾國藩奏報，他是慈禧太后萬壽的第二天離安慶的，日子已經不少；在家鄉求田問舍，也該料理停當了，所以在給曾國藩的廷寄中，問到曾國荃，加了這麼幾句話：『安慶克復，回湘募勇，曾否回營？著速東下。』

募勇練兵，不妨責成曾國藩；籌劃軍餉，卻非方面大員獨力所能解決，各省協餉，如非奉嚴旨催解，再由應收省份派員坐索，是拿不到錢的。

像安徽就是那樣，袁甲三營裡缺餉，向江北糧台催索不到，只好奏請朝廷撥發；軍機大臣們商量的結果，決定由江蘇按月貼補袁甲三協餉二萬兩，鹽課一萬兩。請旨照准，廷寄上諭，等江蘇巡撫薛煥和藩台兼署漕運總督王夢齡的覆奏上來，恭王一看，大爲不滿。

覆奏上說，蘇常一失，餉源去了十之六七，現在江蘇一省只剩下兩府一州之地，要兼顧江南、江北兩個糧台；境內水陸一百多營，糧餉已欠下六十多萬兩銀子。所以協餉必須南北兩台籌足以後，有餘款才可以解交袁甲三，淮北的鹽課也要解足二萬兩以後，其餘再解袁營。這些話自然是所謂『飾詞搪塞』，連慈安太后聽慈禧唸完這個奏摺，都覺得薛煥和王夢齡太不負責任了。

於是恭王面承懿旨，由曹毓瑛親自擬了一道詞氣極其銳利的旨稿，指責薛煥和王夢齡，不脫近來軍營習氣，『剿賊藉口兵單，籌餉則爭言人眾』；又說他們有『人己之分』，如果安徽大營缺餉兵敗，江蘇又何能自保？最後則除了責成江北糧台協餉皖營以外，還要查江南大營的收支帳目。

『這道上諭，說得很透徹。』慈禧太后看了上諭，深爲嘉許；等鈐了印，交了下去，又談到薛煥和王夢齡：『他們這樣子辦事，再有好的將、好的兵也打不了勝仗。』

『是！』恭王答道：『江蘇巡撫，必得換人了。看曾國藩奏保甚麼人，再請旨辦理。』

還有王夢齡呢？慈禧太后忽然靈機一動，閒閒問道：『袁甲三這個人到底怎麼樣？』

『他當過御史，很敢講話。辦事很實在，在安徽的官聲也好。』

『他那裡有甚麼得力的人沒有？』

恭王一時摸不清她這話的意思，同時也實在不知道袁甲三手下有甚麼得力的人，便只好這樣答道：『容臣查明了再回奏。』

『好，你查一查再說。』

回到軍機處，召集軍機章京，分頭寫旨；等忙過一陣，略作休息，恭王提起慈禧太后的話，以困惑的語氣問道：『「西邊」何以忽然問起袁甲三那裡有甚麼得力的人？這，這是要幹甚麼呢？』

曹毓瑛正坐在他下首，側身過去，低聲答了一句：『王爺，我說一個人，你就明白了。』

寶鋆性子最急，插嘴問道：『誰啊？』

『吳棠。』

一提起這個名字，滿座會心，『啊——！』都是極感興味的表情。

『我看王夢齡那個官兒靠不住了。』寶鋆意味深長地說。

『此人本來也該換了。』文祥作了進一步的建議：『吳棠是淮徐揚道，擢升監司，也還說得過去。就保他吧！』

『慢來，慢來！』恭王搖搖手說：『吳棠快走運了，是不錯；不過袁甲三那方面，也不能不顧。吳棠可眞的是袁甲三的人？』

『是的。』曹毓瑛作了肯定的答覆，接著又告訴恭王，袁甲三早就想用吳棠了，當時接替向榮主持『江南大營』的欽差大臣和春，跟安徽巡撫福濟，與袁甲三不和，多方阻撓，以致吳棠這個記名的道員，直到福濟調任，和春陣亡，才能補上實缺。

這段經過發生在恭王退出軍機以後，所以他不明瞭，現在聽曹毓瑛一說，方始釋然，『那就行了！』他說：『吳棠接替王夢齡，自然要想辦法接濟袁甲三，這樣子，公私都好。看上頭的意思吧！』

這是說，軍機大臣不作保薦，在恭王的意思是不作逢迎，文祥覺得這態度很好，放棄了自己的意見，連連點頭：『恩出自上。是的，要看上頭的意思。』

『王夢齡呢？』恭王又問。

大家對王夢齡的印象都不好，主張內調，降級補用；這樣子辦，還有一項好處，可以表示他是辦事不力降調，而吳棠是才能卓越超擢，一升一降之間，示人以大公無私，把慈禧太后有意示惠的痕跡，掩去大半。

恭王聽從了大家的主張，卻不急於覆命，過了三、四天，等慈禧太后再度問到時，方始答奏：『淮徐揚道吳棠，頗得袁甲三的信任。』

『喔，吳棠！』慈禧太后轉過臉來，喜孜孜地向慈安太后說了句：『原來是他！』

忠厚的慈安太后，聽她談過當年絕處逢生的遭遇，這時便很率直地說：『應該給他一個好缺。』

話明明已說到她心裡，她偏不接腔；視線隔著半透明的黃紗屛，落在曹毓瑛身上，『不知道吳棠的才幹怎麼樣？』她指名問道：『曹毓瑛，你在軍機多年，總該很淸楚吧？』

曹毓瑛對吳棠自然知之甚深，但這話如何措辭，卻需考慮一下。禁殿面對，自然不能容他深思熟慮，略想一想，決定了一個宗旨，要裝作不知道慈禧太后與吳棠有那麼一重淵源，揄揚吳棠，也不可過分；於是他隔著紗屛，從容答道：『跟聖母皇太后回奏，吳棠是安徽盱眙人，家世清貧，道光十五年舉人，大挑知縣，分發南河，歷任桃源、清河等縣知縣；以勞績記名道員，去年補上實缺。此人幹練圓通，頗得袁甲三的信任。』

緊要話不必多，畫龍點睛在最後一句，慈禧太后順理成章地接了一句：『能得袁甲三的信任就好。』

慈安太后沒有聽見過『盱眙』這個地名，插口問道：『盱眙在哪兒啊？』

『在洪澤湖南岸，清河縣就在北岸。』

『那更好了。』慈禧太后大爲得意，看著大家說道：『王夢齡只顧他自己的江南，不想想江北江南，原是一體，沒有袁甲三替他擋著，江南不更難守了嗎？這樣子糊塗的人，不能擱在緊要地方。我看叫吳棠去吧！』

恭王從容不迫地答一聲：『是！』

『我想，』這一次慈禧太后是向慈安磋商：『吳棠很能辦事，我知道的。他在清江浦一帶，做官多年，又是在他家鄉附近，人地相宜，叫他管江北糧台，籌餉一定有辦法。』

慈安太后對於這些事，本就沒有意見，加以提拔吳棠，另有緣故，所以越發客氣了，微笑答道：『妳瞧著辦吧！』

『就這樣辦！』慈禧太后向恭王正式下達旨意：『江寧藩司，叫吳棠去。漕運總督也跟王夢齡一樣，由吳棠兼署；這樣子，辦理江北糧台也方便些。』

『是。』恭王心想，既然如此，爲了指揮方便，倒不能不錦上添花，送吳棠一個順水人情，『臣的意思，江北方面，武的提鎭以下，文的道員以下，也得暫歸兼署漕督的吳棠節制，事權歸一，就可以責成吳棠放手辦事了。』

『不錯，不錯！寫旨來看吧！』

『還有王夢齡，該怎麼調？請旨辦理。』

這是恭王有意考驗慈禧太后，果然，她一時無從作答；只問：『可還有甚麼差不多的缺？』

『監司的缺是有，不過王夢齡在江寧任上既然不行，調到別的地方也還是不行。』

『那就這樣好了，把他調到京裡來，你們幾個察看一下，問一問，先看看他是甚麼材料再說。』

聽她這幾句話，恭王心裡倒有些佩服了；內調察看，本是無可處置中的一種延宕手法，想不到她竟無師自通，說出來的辦法，居然深得竅門——這樣子下去，用不到兩三年的工夫，怕就很難制了。

一時的感想，旋即抛開，仍舊回到王夢齡身上，『臣遵旨。』恭王不再難她，老老實實作了建議：『王夢齡既然辦事不力，不如明發上諭，以五品京堂降調，來京聽候任用。』

『對了！因爲他辦事不力，才破格起用吳棠。』慈禧太后這時卻又有些擔心了，『吳棠要不負朝廷提拔他的一番苦心才好！』

『吳棠州縣出身，久任繁劇，閱歷才具是有的，只不知操守如何？臣以爲吳棠特蒙識拔，感激天恩，自然要矢誠報效。』恭王略停一下，正色說道：『萬一他恃寵而驕，任性妄爲；朝廷亦自有綱紀，前方亦自有軍法，聖母皇太后不妨寬心。』

這兩句話說得義正辭嚴，慈禧太后自然點頭同意。等退出養心殿，恭王把這件案子交了給曹毓瑛去辦。兩道上諭，吳棠升官，出自特旨，理由可敘可不敘，沒有甚麼爲難之處；爲難的是王夢齡內調降官的諭旨，措辭頗費思考。官員降調，由於過失；而過失又必有個來源，王夢齡既無督撫劾奏，又無言官糾彈，就是有了彈劾的章奏，總也還要派人查辦覆奏以後，才能定奪，不能冒冒失失根據先入之言，就把他調了下去。因此，曹毓瑛考慮又考慮，覺得唯有囫圇吞棗地下達旨意，不說原因，讓人自去猜測，倒還不失爲可行之道。

果然，這兩道上諭到了內閣發抄，見於邸報，立刻引起了許多閒話。了解內幕的，只說王夢齡官運不佳，如果不是與吳棠同省做官，不致有此一番挫折；不知道內幕的，便要打聽打聽，王夢齡究竟犯了甚麼過失？吳棠究竟走了甚麼門路？等打聽明白，就頗有些耿直的人，在私底下對慈禧太后表示不滿。

外間的反應如此，而慈禧太后靜下來想一想，意猶未足，她要讓吳棠驚喜感激，也要讓吳棠知道她的權威；同時也眞希望吳棠能把江北的糧台，辦得有聲有色，替她掙個面子。因此，過了幾天在召見恭王時，她又提到吳棠，話說得相當冠冕堂皇，她不是存著甚麼私心，而是確知吳棠有才幹，確信吳棠肯實心辦事，否則以素有直聲的袁甲三，不致會賞識他。但是要他辦事，就一定要給他權；江蘇巡撫只能顧到江南，同時，江北的鎭道既有明旨暫歸吳棠節制，則道府州縣地方官，亦不妨由吳棠保薦。

說這些話時，她自覺所求太奢，怕恭王搬出一大套朝章典故來抵制，所以心裡不免嘀咕。哪知恭王不但不反對，而且在她原來所要求的以外，更多給了她一些，他建議吳棠在保舉地方官時，不必知會兩江總督及江蘇巡撫，怕督撫另有意見，反成窒礙。這使得慈禧太后喜出望外，覺得她這個小叔子比嫡親的胞弟還要可親可愛。

自然，她絕想不到恭王另有深意。吳棠的超擢，出乎官員銓選獎拔的常規，但這是慈禧太后的私心自用，事出特例，他人不可期望能得同樣的異數；這就是恭王所要向大家表明的。他要讓每一個人知道，吳棠的飛黃騰達，純粹是慈禧太后一個人以國家的名器，爲一己的酬恩；軍機大臣雖不能違旨，但亦未贊成她的作法──如果大小官員都有這樣一個印象，則不獨綱紀得以維繫，賞罰依然分明，而且恭王個人及軍機處的威信，也可不受損害。

恭王的這番深心，軍機諸大臣無不佩服；軍機章京中，則只有極少數的幾個人了解，那通廷寄，由曹毓瑛召集朱學勤、許庚身，細心斟酌定稿；首先指示工作要點──漕運自道光末年，改用海運，由上海出口，直達天津，效果極佳，所以運河已不重要，漕運總督的職務，也大非昔比，護漕保河的上萬漕丁、河丁，可以派去打仗，第一段的工作指示，就是關於這方面的。

提到人員任用，旨稿上這樣寫的：

著吳棠於屬員中，揀擇妥員，無論道、府、州、縣，出具切結考語，奏請補放；不必拘定資格，總以民情愛戴，才能勝任為要。亦不必循例會同督撫題請，以期迅速。倘所保之員，不能得力，朕惟吳棠是問。

這是仿照雍正給年羹堯、田文鏡、李衛、鄂爾泰等人的硃批的筆法，尤其是『倘所保之員，不能得力，朕惟吳棠是問』這一小段話，嚴厲中特寓親切之感，最為神似。

最後當然還有一番勉勵，特別把慈禧太后心裡的話，明說了出來：『吳棠受朕特達之知，開誠委任，自能力矢公忠，以圖報稱。』受六歲小皇帝『特達之知』的，只有他左右的張文亮等人，以太監代替皇帝去行祀典，拿『上用』的糖食賞太監，這都是宮廷中從未有過的異數——因此，這上面的『朕』字是誰在自稱，不言可知。

旨稿送了上去，慈禧太后大為讚賞，一再表示『寫得好，寫得透徹。』隨即鈐印發出。

廷寄是『寄信上諭』的簡稱，一經欽定，直接寄發，原是最機密的文件，連內閣都不得與聞的；但以恭王有意要讓大家知道，吳棠是受慈禧太后的『特達之知』，所以朱學勤和許庚身他們，便在一種毫不經意的態度中，把內容洩漏了出去。不久，地居清要的翰林，像翁同龢這些人；書生的看法，總不免帶些感情作用，認為慈禧太后此舉，不但未可厚非，而且像韓信的千金報德一樣，足稱美談。不過，書生結習雖在，是非利害也認得很清楚，像這樣的『美談』，只不過酒酣耳熱之際，資為談助，到底還不敢形諸歌詠，怕有那耿直的言官，奏上一本，必奉嚴旨詰問，何以知有吳棠當年誤贈奠儀一事，何以知是破格用人，特加拔擢為以國家的名器報私恩？那時無法『明白回奏』，要闖出身家不保的大禍來。

其時已交臘月，雖然國喪未過，東南危急，但新君嗣位，恭王當權，頗有一番作爲，所以人心相當振奮，急景凋年，家家忙碌的『年味』，依然甚濃。在宮裡，上自兩宮太后，下到太監宮女，回想去年逃難在熱河，過的那個冰清鬼冷的年，都不免悲喜交雜，感慨叢生；爲了補償去年的不足，大家對即將來臨的這個年，格外重視。兩宮太后特別找了敬事房的總管太監來問，過年該有些甚麼例行的故事儀節，以及對內對外的恩賞，好早早預備。

歲尾年頭的儀節恩賞，花樣甚多，但大行皇帝之喪，百日雖過，飲宴作樂，卻需三年以後，所以那許多花樣，幾乎完全用不上。慈禧太后自然覺得掃興，好在她最近事事如意，所以興致依然極好，只是膝下不免寂寞，不由得又想到恭王的女兒。

封大格格爲公主這件事，她是早經決定，要跟慈安太后商量的，但這話卻不知如何開端來談。如果她表示願意撫養大格格，以忠厚的慈安太后，一定欣然贊成，那也就無所謂商量了。要商量的是，如何取得慈安的同意，假借大行皇帝生前的意思來下諭旨，這樣不但對恭王來說，比較冠冕堂皇，同時她也可以避免給人這樣一個印象，以爲她與麗貴太妃不睦，故意把大格格召入宮中來對抗大公主。

想來想去，仍然得在恭王身上打主意。爲了籠絡恭王，給大格格一個公主的名義，這話原不妨跟慈安太后直說；但因爲最近提拔吳棠，恭王特別表示支持，她怕慈安太后以爲她是投桃報李，所以又有顧忌。

幾次試探，話快說到正題上，那最要緊的一句，她總覺得難以出口。慈安太后雖然老實，畢竟朝夕相處，對於她的性情已有了解，看她一而再、再而三地欲言又止，終於忍不住要追問了。

『妹妹，』她很懇切地，『妳心裡似乎有甚麼爲難似地？』

由她先問，慈禧太后便易於啓齒了，『我在想，』她微蹙著，慢吞吞地說：『六爺辦事也很難的，咱們還得幫著他一點兒。』

『是啊！可怎麼幫他呢？』

『無非讓大家知道，咱們信任他。』

『這……』慈安太后有些弄不明白了，『原來就挺信任的嘛！』

『要不斷把這番意思顯出來才好。』慈禧太后急轉直下地說：『給他差使，給他恩典，不就把咱們信任的意思顯出來了。』

『我懂了。』慈安太后老實問道：『妳說吧！也快過年了，是得給他一點兒甚麼！』

『我覺得爲難的就是在這兒。也不能光說六爺一個人有功勞，要給差使、恩典，就得全給，』說到這裡，慈禧太后裝出突然有了好主意的神情，『咱們照雍正爺的辦法好不好？』

『妳先說說，那是甚麼辦法？』

『雍正爺常把他那些姪女兒封作公主，養在宮裡；六爺的那個大格格，那天妳也看見了，挺懂事的，咱們也賞她一個「固倫公主」吧！』

『嗯。』慈安太后想了一會答道：『就是公主吧！』

這是不贊成用『固倫』的封號——中宮之女才封作『固倫公主』，慈安太后是怕麗貴太妃心裡不快，所以如此。當然，慈禧太后是明白的；心裡在想，一步一步來也好，於是點點頭表示聽從。

於是把敬事房總管太監史進忠傳了進來，由慈安太后吩咐：『六爺府裡的大格格，以後稱爲公主。』

此事大家早有所聞，所以史進忠並不覺得驚訝，但公主是甚麼公主？『固倫公主』還是『和碩公主』？月例供給是不一樣的，這非問清楚不可。

『是！』史進忠緊接著便問：『每月的月例多少？請旨。』

『大公主多少？』

『每月二十兩。』

『那也是二十兩。』慈安太后又說：『每個月寫月例摺子，寫在大公主後面。』

這就把大格格的身分確定了。史進忠領旨出來，一面派人通知各宮，讓大家知道，新添了一位公主；一面親自到恭王府去傳報喜信。

恭王正好在府裡，聽說敬事房總管太監來傳旨，立刻換了冠服，出廳迎接；史進忠先迎面請了個安，滿面浮笑地高聲稱賀：『六爺大喜！上頭有恩命。』

等他一站起，兩個人易位而處，史進忠走到上首傳懿旨，恭王在下面跪著聽。這一下，府裡上上下下，奔走相告，職位高的王府屬吏和管家，紛紛向上房集中，一則探聽詳情，再則要向恭王和福晉道賀。

恭王福晉到底出身不同，遇到這種事，十分沉著，明知千眞萬確，卻說茫然不知，要『等王爺進來，問一問明白』。

恭王犒賞了史進忠，回到上房，大家迎了上去，就在廊上庭前，請安賀喜；等站起身來，才發覺恭王面無喜色，不但沒有喜色，而且深爲不樂。這神情令人奇怪，但誰也不敢動問，只自己知趣，悄悄地都退了下去。

『宮裡來人怎麼說呀？』等丫頭一掀開門簾，恭王福晉站起身來問。

『只有口傳的諭旨，說是稱爲公主。而且是「東邊」當面交代的。』恭王搖搖頭說：『反正大妞不是咱們的了。』

『唉！』恭王福晉七分悲傷，三分歡喜，自己也不知道自己心裡是怎麼個滋味。

夫婦倆默然相對，都在想著，出了一位公主，不知會替府裡帶來甚麼影響和變化？就這時聽得垂花門外有人『六爺、六爺』地一路喊了進來；聽聲音是寶鋆。

寶鋆與恭王交情特厚，厚到無話不談，厚到內眷不避。所以等他一到上房，恭王夫婦雙雙迎了出來，看他的臉色，便知已經得到消息了。

『可不准說一句討人厭的話！』恭王不等他開口，先迎頭一攔，『要不然，今晚上別想吃我的銀魚火鍋。』

寶鋆愕然，『六奶奶，』他轉臉來問：『怎麼啦？』

『你也是有兒女的人，六爺的心情，難道你還猜不著？』

『原來捨不得大妞。啊！』寶鋆趕快自己更正，『從這會兒起，再不准這麼稱呼了。這……』他又正一正臉色，低聲說道：『不管怎麼樣，總是件大喜之事。自己心裡再委屈、再捨不得，上頭的面子，不能不顧。一會兒就有賀客來，可不能不用笑臉敷衍。』

『佩蘅這話很實在。』恭王福晉也說：『六爺，你得聽他的。』

愛妻好友都這樣規勸，恭王總算抑制著自己，擺出了笑臉。果然，不多片刻工夫，賀客盈門，有些投刺，有些登了門簿，有些可由門客代見，有些則必須親自接見，依照王府的儀制和交情的深淺，視來客的身分，作不同的處理。在恭王自己接見的賀客中，有人說要請大格格出來，以公主的身分，接受叩賀；這原是足尺加二的趨奉，但正如俗語所說的，『馬屁拍在馬腳上』，惹得恭王大爲不悅。

『算了吧！』他冷冷地答道：『本朝沒有外官見后妃公主的禮節。』

這一下，碰了釘子的那人，自然面子上很難看；旁人也覺得好生沒趣，心裡都在奇怪，這樣的榮寵，何以恭王會有此態度？

他是被提醒了；那份不快，也只有在最親密的人面前，才肯透露。這天晚上他留下寶鋆、文祥和朱學勤等人吃銀魚火鍋，有了酒意，一洩牢騷，自嘲似地說：『人家是母以子貴，我是父以女賤，這不是笑話嗎？』

『母以子貴』自然是指慈禧太后，『父以女賤』是說他自己，然而又何至於如此呢？

看到大家困惑的眼色，恭王便做解釋：『本來我是一家之主，現在憑空又出來一個主兒——我倒又不明白了，我跟大妞，到底是怎麼回事呀？將來她從宮裡回來，我可是還要開中門迎接？』

這一問，把大家都考住了，而且引出了另一個疑問，『咱們的這位公主，照規矩說，應該跟麗貴太妃生的大公主不一樣吧？』寶鋆看著朱學勤問：『修伯，你說是不是呢？』

朱學勤想了想答道：『原來的定制，中宮出者，封爲固倫公主；妃嬪所出，以及王女撫育宮中的，封爲和碩公主。不過到了雍正年間就不同了。』

『怎麼不同？』寶鋆急急問道：『舉例以明之！』

『世祖第五子，封號也是恭親王；他的大格格育於宮中，初封和碩純禧公主，雍正元年進封固倫純禧公主。這就是一個先例。』

『有先例就好辦了！』寶鋆胸有成竹地說。

文祥點點頭，恭王也不作聲——他也是個爭強好勝的人；大格格既然要被封爲公主，就應該是一個固倫公主。

於是在寶鋆的安排，以及經過恭王的一番謙辭之後，明降諭旨：

軍機大臣奉慈安皇太后、慈禧皇太后懿旨：恭親王之女，聰慧軼群，爲文宗顯皇帝最所鍾愛，屢欲撫養宮中，晉封公主；聖意肫肫，言猶在耳。自應仰體聖心，用沛特恩，著即晉封爲固倫公主，以示優眷。

也就在這一天，大格格被迎進宮去，由慈禧太后親自撫養。

這樣平白地添了一位公主，在宮中是一件大事；在外界卻不甚關心——這時大家所注意的是各省巡撫的大調動。首先是江西籍的三個御史，連名彈劾江西巡撫毓科信任門丁書辦，營私舞弊，擅作威福，對於軍務，一籌莫展。原奏交江西學政查覆，大致屬實，於是毓科像王夢齡一樣，內調降職；遺缺由江西臬司沈葆楨升任——他是林則徐的女婿，由翰林外放江西吉安知府，升九江道，升臬台，現在再升巡撫，頗有政聲，所以這樣子扶搖直上，倒確有激勵人心的作用。

另外一個名父之子的翁同書，算是從壽州逃出來一條命，但一到京的第二天，就被拿交刑部治罪；安徽巡撫由湖北巡撫李續宜調任。又因爲湖南巡撫嚴樹森與團練大臣毛昶熙不和，所以把他調到湖北當巡撫；河南巡撫由一個有軍功的鄭元善調升。同樣地，貴州督糧道韓超，也是由於軍功，升任巡撫。

這一番部署剛定，接到江蘇巡撫薛煥奏報，杭州淪陷。這個東南的名城，被圍已久，城中缺糧，餓死了三萬多人；巡撫王有齡原來奏請以湘軍李元度爲臬司，在湖南募了八千人來援救，但由江西到浙東，在龍游這個地方，被洪軍擋住了。等到紹興寧波一失，形勢益發危急，苦苦撐持到十一月底，唯一的一支援軍，在第一次克復杭州，曾建奇功的提督張玉良，打到杭州城下，力戰陣亡，於是軍心越發渙散。終於在十一月底，爲李秀成用雲梯上城，攻破了一個缺口，官軍頓時潰散，提督饒廷選，巷戰而死。

由於兩江總督何桂清的先例在，浙江的文武大員，不敢偷生，巡撫王有齡，服毒不死，自縊在大堂暖閣中，此外學政張錫庚、總兵文瑞、藩司麟趾、臬司寧曾綸、督糧道暹福、仁和知縣吳保豐，亦都赴義。縉紳之家，爲免於洪軍的凌辱，上吊跳井的，不計其數。

這時築在西湖邊的滿城，還未淪陷；駐防的旗兵，精壯的大都已經傷亡，將軍瑞昌憂憤成疾；李秀成進了城，派人勸他投降，瑞昌不肯，集合八旗將校，誓死報答朝廷，家家都置備了火藥，到這時瑞昌首先舉火自焚，接著東也爆炸，西也火起，包括副都統關福、江蘇督糧道赫特赫納在內，旗人男女老少死了四千多人。西湖的山光水色雖然媚軟，喝了西湖水的人，骨頭倒是硬的。

這個消息一到京城，因爲杭州官紳軍民死事的壯烈，震動了朝野。王有齡是何桂清所識拔的人，平日官聲不佳，浙江籍的京官，對他多無好感，參他已不止一次，因而得了革職留任的處分；但見危授命，一殉了節就不同了，浙江的京官，特別是軍機章京朱學勤、許庚身那些浙江人，格外幫他的忙，從中斡旋，恤典甚厚，一切處分，自然悉行開復，謚『壯愍』入祀京師賢良祠，等杭州收復後，建立專祠，他是福建人，所以在原籍亦准建祠。

瑞昌的恤典，更為優厚，追贈太子太保，一等輕車都尉，諡『忠壯』，入祀京師賢良祠，在浙江建立專祠。這因為瑞昌不但替旗人掙了面子，而且由於他姓鈕祜祿，隸鑲黃旗，與慈安太后算是同宗，所以特加撫恤。又過了幾天，杭州淪陷的詳細情形，經由公私的途徑，傳到京城，據說瑞昌的一個姨太太，當城破之日，帶了兩個數歲的兒子，雜在難民叢中，走得不知去向。這件事讓慈禧太后知道了，特地吩咐恭王，設法把瑞昌的那兩個名叫緒成、緒恩的小兒子找回來，好承襲那一等輕車都尉的世職。

除此以外，恭王又奏請兩宮太后降旨，豁免蘇、浙、皖三省明年的錢糧。短短兩個多月的工夫，朝廷的舉措，處處顯得賞罰分明、恩威並用，所以杭州的淪陷，六十萬生靈塗炭，反替朝野上下，帶來了一片自我激勵的新氣象：儘管浙江全省只剩下了湖州和衢州兩座孤城，但大家都相信那個『身無半畝、心憂天下』的新任浙江巡撫左宗棠，能夠把李秀成攆出杭州。

在這樣的氣氛之下，對於翁家來說，相當不利。為了翁同書的被拿交刑部，剛剛起復，精力衰邁的翁心存，憂急成病；翁同龢的孝悌是有名的，自然要為老兄全力奔走。但翁家父子都講究敦品勵學，以氣節自命；遇到這種家難，正是考驗涵養的時候，所以不但不能求助於那些大老，而且還要對慰問的親友，表示出『橫逆之來，泰然處之』的態度。像翁同書本人，對於處置苗沛霖的叛亂，就只有這麼一句話：『其中難處，非局外人所能想像。』以示不願多辯，聽天由命。這叫翁同龢就格外為難了。

幸好有個朱學勤。翁同龢跟他換帖雖只半年，到底算是手足，可以無話不談。朱學勤先把曾國藩參劾翁同書的原奏抄了出來，一看便知棘手！參翁同書對苗沛霖的處置失當，是可以分辯的；參他安徽兩次失守，身為巡撫，不能殉節，這個罪名便無閃轉騰挪的餘地了。

『奈何責人以必死！』翁同龢憂心如擣地說：『地方官雖說守土有責，不過書生典兵，到底與武官不同的噢！』

『話是不錯，』朱學勤說了這一句，便不肯再往下說了——湘軍將領，十九是書生，都照此看法，就不用拚死命打仗了。

『總得仰仗大力，想個轉圜的辦法才好。』

『這急不得！』朱學勤沉吟著答道：『時候趕得不巧；朝廷方在激勵忠義，偏偏遇到這個罪名！總要等何根雲的案子辦完了，才有措手之處。』

何根雲就是何桂清，有旨令曾國藩捉拿，解送到京，此刻已在上海被捕；正在來京途中。

『何根雲的事很麻煩，』朱學勤又說：『趙蓉公的態度可慮。』

趙蓉公是指刑部尚書趙光，翁同龢知道這位老師的脾氣，急急問道：『蓉公如何？』

『他已經有話了：「不殺何桂清，何以謝江南百萬生靈！」』

一聽這話，翁同龢急得手足冰冷。何桂清如果砍腦袋，他三哥翁同書的性命可也就難保了。手足情深，在此生死關頭，翁同龢失去了平日那種雍容儒雅的丰神，急得臉上青一陣、白一陣，好半天才說了句：『無論如何要替他想一條生路。』

『那自然。』朱學勤撫著他的肩說：『事緩則圓，辦法總有的。』

以目前來說，當然先從刑部下手。但翁同書原是封疆大吏的身分，拿問定罪，照例要派大臣會同議處；這樣的案子，歸刑部秋審處主辦，那裡的司官一共八個，是刑部各清吏司中特別選拔出來的幹員，律例透熟，問案精明，他們自視極高，別人亦望之儼然，號稱爲『八大聖人』，不容易說得進話去。因此，目前要想從刑部去疏通，是白費心機的。

翁同龢轉念到此，越發焦急；朱學勤心有不忍，便拍胸安慰他說：『叔平，你放心，此事包在我身上，絕無死罪！』

『怎麼？』翁同龢見有轉機，急忙追問：『何以有此把握？你看，將來會定個甚麼罪？何根雲呢？他又如何？』

這一連串的疑問，讓朱學勤無從答起，定一定神說：『你先得要沉住氣。老實說吧，會議定罪，依律辦理，論斬是一定的。不過，何根雲難逃一死，令兄一定有辦法保全——上頭一定會有恩命。』

於是他透露了一個消息，皇帝上學，還要加派師傅，這件大事，恭王與兩宮太后已經商議過好幾次，慈安太后遵照先帝的意旨，頗有主張，要起用老成宿望、品格方正的大臣授讀，已經定了三個人，除掉早有所聞的倭仁以外，另外兩個是祁寯藻和翁心存。這樣，上面自然會看在師傅的情面上，加恩赦免翁同書的死罪。

翁同龢聽清了這番原委，亦喜亦憂，喜的是長兄已有生路；憂的是老父年邁多病，而當師傅要每天入直，不堪勞累，只怕病上加病。

果然，不久就有明發上諭，皇帝定於同治元年二月十二入學，特開弘德殿爲書房，派祁寯藻、翁心存、倭仁、李鴻藻爲師傅。翁心存早就當過上書房的師傅，『老五太爺』惠親王、恭王、鍾王都跟他讀過書，於今精力衰邁，難當啓沃聖聰的重任，原可以具疏力辭，但爲了兒子的性命，只好賣老命了。

對於皇帝的上學，兩宮太后和近支親貴，無不重視其事。大清朝的皇祚，到了一脈單傳的地步；目前雖由兩宮垂簾，親王議政，可以把大局撐住，但成年親政，大權獨掌，皇朝的興廢，都落在眼前這位七歲的小皇帝身上，如果典學有成，擔當得了大任，那是祖宗有靈，臣民有福；否則，後果就不堪設想了。爲了這個緣故，兩宮太后特地召見親貴，共同商定，派惠親王照料弘德殿，由惠親王的小兒子奕詳伴讀。

皇子上學之處稱爲『上書房』，兄弟叔姪都是同窗；小皇帝典學，特開一殿，『伴讀』是罕有的榮典。但這個榮典實在是受罪，名爲同窗，身分不同，禮節繁瑣，拘束極嚴，這還不去說它；最受委屈的是要替小皇帝代受責罰——譬如說，小皇帝忘了萬乘之尊，大起童心，嬉笑頑皮；或者不肯用功，認不出字，背不出書，師傅不便訓斥皇帝，就指槐罵桑，拿伴讀做個取瑟而歌的榜樣，所以常常有無妄之災。如今惠親王照料弘德殿，監督皇帝的課業，用奕詳來伴讀；父親罵兒子，可以無所顧忌，使得小皇帝更有警惕的作用。當然，這樣子在奕詳是犧牲，而此犧牲是有好處的；將來皇帝親政，想到當年同窗之雅，池魚之殃，對於奕詳一定會有分外的優遇。

此外又定了十五條皇帝上學的章程，由惠親王當面呈遞兩宮太后；第一條就規定，皇帝每日上書房，『先拉弓，次習蒙古話，讀清書，後讀漢書』，慈安太后一聽就皺了眉，『到底才六歲。』她問：『功課是不是太重了一點兒？』

『上書房的規矩，幾百年來都是如此。』

一提傳統的規矩，她不便公然反對；同時心裡雖不以爲然，卻以拙於詞令，不知如何表達，所以不再作聲。

『這還是「半功課」。』惠親王面色凝重，略略提高了聲音說：『臣奉旨常川照料弘德殿，責任甚重，如履薄冰；求兩位太后，對皇帝嚴加督責，庶幾聖德日進，典學有成，不負列祖列宗和先帝在天的期望。』

『五叔說得是！』慈禧太后答道：『「玉不琢，不成器」，將來也要五叔多多費心。』

『臣一定盡心盡力。』惠親王略停一停，接著又說：『臣聽說皇帝左右的小太監，舉止不甚莊重，請加裁抑！』

兩宮太后相互望了一眼，都有詫異之色，然後慈禧太后點點頭：『我知道了。我會辦！』於是當天就把張文亮找了來，細問究竟；十幾歲的小太監陪著皇帝玩兒，又是在大正月裡，自然不免放縱。張文亮老實承認了，慈禧太后倒寬恕了他，只吩咐：『皇帝該收收心上學了，不准那些小太監哄著皇帝淘氣！』

有此懿旨，大家格外當心。那些小太監更嚇得一步不敢亂走，這一來，宮中越顯得寂寞，反不如民間過年，老少團聚，親友往還，是一片熱鬧歡樂的景象。

『紅牆綠瓦黑陰溝』的宮裡，體制尊嚴，行動謹愼，往往咫尺之遙，不相往還；各宮妃嬪，還有常相聚晤的機會，而以太后之尊，高高在上，自然而然成了離群索居，所以每到宮門下鑰，慈禧太后便愁著不知如何度過漫漫長夜？

自從恭王的大格格進宮以後，她總算有了個承歡膝下的女兒；但天黑以後不久，『精奇媽媽』就得把她帶走，這時的慈禧太后，便只有在燈下藉三十二張牙牌打發時間，過不盡的『五關』，問不完的『神數』！

夜深人靜，在清脆的牙牌與紅木桌面的碰擊聲中，思緒不由得就奔馳了；她又體味到了這牌聲中的寂寞淒涼──十幾年前長江夜泊，煙水茫茫，看不出這一家的前途是個甚麼樣子？孤燈午夜，一遍遍問『牙牌神數』；『上上』課中，何嘗指點得出今日貴爲以天下養的太后？意識到此，便對那三十二張細工精鏤，用紅綠玉石鑲嵌的名貴玉牌，興致索然了。

但是，是太后又如何？她推開了牙牌在想；天下可有不是寡婦的太后？想來想去，只有一種情形之下才有；天下不是承自父皇，而是自己打出來的，那時母親被尊爲太后；父親……還是不對！兒子打下了天下，如果父親健在，自然先讓父親做皇帝，就像唐太宗那樣。天下沒有不是寡婦的太后，但爲甚麼大家總是羨慕太后的尊貴，沒有一個人想到寡婦的苦楚；尤其是一位三十歲的太后？

年輕喪夫，撫孤守節的寡婦，到了六七十歲，還有地方官爲她旌表，奉旨建造貞節牌坊，總算那份一夜一夜熬過來的苦楚還有人知道；但是年輕的太后，哪怕再守六七十年，孫子都做了皇帝，自己成了太皇太后，也不會有人說一句：這幾十年的守節，不容易啊！

甚麼太后！她對這個天下第一的尊銜，十分厭惡。於是她羨慕她的妹妹，更羨慕恭王福晉，嫁了那樣一個英氣逼人，富貴雙全的夫婿，才眞是前世修來的福。

這樣想著，心裡熱辣辣，亂糟糟地十分難受；她急於要找件事來排遣。把頭一扭過來，立刻就找到了；那黃匣子裡的奏章，是足可以使她忘掉一切的。

除了隨時進呈的緊急軍報以外，過年的黃匣子裡，不會有甚麼比較重要的章奏，大都是各省督撫、欽差所上的賀年的摺子。反正無事，她把坐更的小安子傳了進來，掌燈調朱，親自動筆，批一個『安』字；只有曾國藩的摺子例外，『安』字以外，另外加了兩個字：『卿安』。這是多少年來傳下來的慣例，對倚爲柱石的大臣，皇帝在請安摺上該加批這兩個字。慈禧太后早就把這個籠絡臣下的方法學會了。

還有個請安摺子，附了一個『夾片』，這卻頗費她的考慮。

摺子是三等承恩公照祥所上。他是慈禧太后的胞弟——早死的惠徵原以妃父的資格，被追封爲『承恩侯』；自從懿貴妃成了慈禧太后，惠徵照例晉封爲『三等承恩公』，他的長子照祥，原來襲侯，這一下便也升了爵等。同時也得了個閒差使，被授爲『散秩大臣』。他在夾片中陳奏，希望慈禧太后能臨幸母家，同時表明，這是他的母親；也是慈禧太后的母親的意思。

自從回京以後，慈禧太后見過她母親一次；是接到宮裡來見面的。慈禧太后不願回娘家；至少在眼前是如此，因爲她的娘家不是甚麼壯麗的王公第宅。

慈禧太后的娘家住在朝陽門內方家園，那還是她曾祖父手裡置的產業，格局本來就不大，加以幾十年下來，已相當破敗。自從她生子被冊立爲妃，妹妹又被指婚爲醇王福晉，姊妹倆飛上枝頭作鳳凰，光大門楣，也不過表面上稍稍改觀，裡面大致如舊——遭遇的時世不好，加以肅順的裁抑，連月例銀子都時常打折扣，自然無法顧到娘家；醇王雖然分了府，所得的賞賜不多，對岳家縱有津貼也有限，所以方家園的老宅，一直不能翻修改建。好面子的慈禧太后，因而不願臨幸母家。

但這不是說她不孝順母親，不照料胞弟；相反的，她倒是最重親情的，同時旗人家的長女，對處理家務負有較大的權柄和責任，也是一種傳統。自從成爲太后，在熱河密謀打倒肅順那時起，她更感到有沒有自己人做幫手，關係極大；所以也曾不止一次地打算，想把她的兩個弟弟照祥和桂祥提拔起來。無奈這一雙兄弟，資質不佳，而且年幼喪父，家道中落，書也不曾唸好，實在難當重任；爲了這一點，她越發不願回母家，省得見了這兩個弟弟生氣。

於是，她想了一會喊道：『小安子！』

『奴才在這兒。』小安子趕緊湊到她身旁，躬身答應。

『明兒你到方家園去一趟。』

『是。』小安子做出一臉孺慕恭敬的神色，『我也正想念著「皇老太太」，要給她老人家去拜年請安。』旗人稱祖母爲太太，『皇老太太』是大家給慈禧太后母親所加的特殊尊稱。

她沒有理他的話，只管自己吩咐：『你跟皇老太太說，我過幾天，挑暖和天氣，接她到宮裡來。』

『是！』小安子自己跟自己商量似地，『可得捎點兒甚麼好吃的東西，孝敬皇老太太。』

『你把吉林將軍進的那盒人葠，帶了去。』

他答應一聲，眼睛望著她，彷彿意有不足，還要討點甚麼。

慈禧太后自然也不僅止於給一盒人葠，她慢慢站起身來，走入套間；叫兩名宮女打開一口箱子，把頒大行皇帝遺念時，順手留了下來的一些珍玩，撿了幾樣，用隻裝奇南香手串的錫盒子裝好；另外取了些貢緞衣料，又是用自己月例銀子叫小安子到內務府去換來的一百兩金葉子，一起紮成一個包裹叫小安子明天送回方家園。

『跟主子請旨，』小安子又問：『見了照公爺，可有甚麼話說？』

聽這一問，慈禧太后的臉色便顯得很威嚴了：『你告訴他，說我說的：叫他好好當差，散秩大臣也有班兒，輪到班兒，早早進宮，別老躲在屋裡抽大煙！』

『是了。』

於是第二天一早，小安子到敬事房回明原由，領了牌子，提著那個包裹出東華門，到了方家園的照公府。

他是最受照祥一家歡迎的客人，因爲每一次來，都不會是空手。

因此，大家的眼光，都落在他手裡所提的包裹上；尤其是桂祥，巴不得能把包裹接了過來，但小安子不肯輕易脫手，他知道這位桂二爺不成材，東西到了他手裡，先藏起一部分，將來對不上數，慈禧太后會疑心自己呑沒，那可是辯不清的冤枉。

直待見了『皇老太太』，請過安，拜過年，他才當著大家的面，把包裹解開，一樣樣清清楚楚地點交。這一次的賞賜比平日豐厚；照祥得到消息，趕快丟下鴉片煙槍，來到他母親那裡，等著好分東西，但表面上卻只說是打聽他所上的那個『夾片』，看慈禧太后如何批示？

『太后說了，近來忙得很，抽不出工夫回來。太后也挺想念皇老太太的，等過些日子，天兒暖和了，讓我來接皇老太太到宮裡玩兒。』小安子添枝加葉地說。

『她的脾氣，好得多了吧？』皇老太太問。

『好得多了，』小安子說：『從前是叫肅順氣的。現在好了，誰敢惹太后生氣？敢情是不要腦袋了！』

這一說照祥和桂祥都肅然動容，心中異常關切——他們都有個必須追根問柢，求得確切答案的疑問，苦於無人可以求教，現在有了！

於是照祥問道：『小安子，我要問你句話。』

『是！照公爺，你請吩咐吧。』

照祥看看屋裡沒有外人，便毫無顧忌地說：『現在到底是誰掌權？是太后，還是恭王？』

『自然是太后。』小安子毫不遲疑地回答：『大大小小的事兒，全是咱們太后一個人拿主意。每天養心殿召見，咱們太后怎麼說，恭王怎麼辦。不過，恭王是立了大功的人，上頭很看得起他，他說的話，太后總是聽的。』

照祥弟兄又驚又喜，對望著要笑不笑，好半天說不出話。

小安子爲了要證明他的話不錯，隨又舉例：『不說別人，就說那位吳大人，原來是個道台，只憑咱們太后一句話，當上了江蘇藩台，兼漕運總督，地方官都讓他保薦。想想，咱們太后手裡是多大的權柄？』

這一說，惹起了皇老太太的感傷，心裡又甜又酸，不由得歎了口氣說：『眞想不到！』

這是說眞想不到有此一天！小安子也約略知道，這一家當年曾受過吳棠的大恩，卻不知其詳；在宮裡無從打聽，眼前倒是問個明白的好機會。但他不敢，慈禧太后的脾氣，最恨人提她那些沒面子的事；只爲一時好奇，惹出禍事來，可有些犯不上，所以話到口邊，又嚥了下去。

這時別有一般滋味在心頭的桂祥，可忍不住了，悄悄招一招手說：『小安子，你到我這兒來，我有樣小玩意給你看！』

小安子信以爲眞，興沖沖地跟了出去，走到垂花門外，四下無人，桂祥站住了腳，給他作了個大揖。

『怎麼啦？桂二爺！』小安子慌忙拉著他的手問。

『我有一肚子的委屈，非跟你說說不可。』

一聽這話，小安子嚇一大跳，莫非他們弟兄鬧家務，要別人來排解，或者評斷是非？這是個絕大的麻煩，而且有慈禧太后在上面，萬不能插手！否則怕連性命都不保。

因此，他急忙退後一步，亂搖著雙手。

『桂二爺！』他神色懍然地說：『咱們把話說在頭裡，但凡我能效勞，湯裡來，火裡去，憑桂二爺你一句話，小安子不含糊；要是我管不了，不該管的事兒，那……』他使勁搖著頭，『我怕！我還留著我的腦袋吃飯哪！』

『嗳！』桂祥有些啼笑皆非，『你想到哪兒去了？我怎麼能害你掉腦袋？』

『那，桂二爺，你有甚麼吩咐呢？』

『我託你在太后面前說一句話。』

『說誰啊，說照公爺？』

『不是！我說他幹甚麼？我自己顧自己還顧不過來呢。』

這一下小安子明白了，是桂祥自己有所請求，『這好辦！』他點點頭，『你說吧！』

爲了有求於小安子，桂祥把稱呼都改了，『好兄弟，』他說：『你不知道我的委屈，我們家大爺，襲了爵，也還得了個散秩大臣，我哪，甚麼也沒有。』

『我懂了。桂二爺，你是想求太后賞個差使。』

『一點都不錯。』桂祥面有怨色，口中也有了怨言，『你看咱們太后，連吳棠都照應了，就是不照應同胞兄弟。老說我沒有能耐；不錯，我也知道我沒有能耐，可是，請問，咱們那位七王爺，又有甚麼能耐？結結巴巴，連句整話都說不上來，又是都統，又是御前大臣，又是領侍衛內大臣，年下又派了管神機營，差使一大堆，這憑的甚麼？』

當然是憑的皇子的身分！小安子不願去駁桂祥；但也不敢順著他的嘴說，怕傳到醇王耳朵裡，諸多不便，所以笑笑不答。

『再說，恭王的兒子載澂，不滿十歲的孩子，年初二賞了三眼花翎，這又憑甚麼？還不是憑上頭的恩典嗎？好兄弟，』桂祥撫著小安子的肩說：『人比人，氣死人！你說，我委屈不委屈？』

『嗯，嗯！』小安子勸他：『桂二爺，你也不必發牢騷，平白得罪人，何必呢？你就乾脆說吧，想要個甚麼差使？』

『大的我幹不了，小的我不幹，就像我家老爺子生前那樣，來個道台吧！』

『好，我跟太后去說。』

『慢著！我的意思是把粵海關道給我。』說到這裡，桂祥又是兜頭一揖，『好兄弟，這話全看你怎麼說了！』

小安子慌忙避開。桂祥所求太奢，不知道能不能如願？所以這樣答道：『桂二爺，話呢，我一定給你帶到。成不成，那全得看太后的意思。成了最好，一有消息，我馬上來給你道喜；萬一不成，你可別怨我。』

『當然，當然。我就重重拜託了！』

小安子倒眞是不負所託，回到宮裡，挑慈禧太后高興的時候，把桂祥的要求，很婉轉地說了出來。

慈禧太后只是聽著，甚麼表示也沒有；小安子等了一會兒，不見動靜，便又小聲說道：『桂二爺讓我務必跟主子討句回話……』

話猶未完，她一口唾沫吐在小安子臉上：『他在作夢，你也沒有睡醒嗎？』

小安子不曾想到碰這麼大一個釘子。被唾了還不敢擦臉，自己打著自己嘴說：『奴才該死！』

『你以後少管這種閒事。』

『是，奴才再也不敢了。』

過了幾天，風日晴和，慈禧太后派小安子去接她母親進宮；一到方家園，桂祥趕緊把他拖到一邊，探問消息。小安子不願說那遭了痛斥的話，同時心裡也有股怨氣要發洩，便起了個作弄桂祥的心思。

『好教桂二爺放心！』他裝得極其認眞的樣子，『我把你的話一說，太后直點頭；雖沒有說甚麼，那意思是千肯萬肯了！本來嘛，肥水不落外人田，有好缺，不給自己親兄弟，給誰啊？我看哪，今兒個老太太進宮，跟太后再提一句；明兒個太后就會交代恭王，馬上降旨。桂二爺，你就等著召見吧！』

吃了這個空心湯圓，桂祥喜心翻倒，當時謝了又謝，便要向他母親去說。小安子卻又一把把他拉住了。

『桂二爺！』他說：『太后的脾氣，你是知道的；宮裡的事兒不管大小，不願意叫人到外面去說，所以我剛才跟你說的那一番話，千萬擱在肚子裡，連老太太那兒都得瞞著。要不然太后一生氣，我挨罵倒是小事；說不定你那個事兒就有變化，把隻煮熟了的鴨子給飛了，多冤哪！』

『不錯，不錯，你放心！』桂祥深深受教，『這件事兒，就你知我知。等旨意下來，我好好謝你。』

於是皇老太太這一天進了宮，等母女相會，談論家常時，她把桂祥的希望又提了一遍。對待母親，慈禧太后自然要把不能允許桂祥的原因說出來，『唉！』她嘆口氣，『老二怎麼這麼不懂事呢？打長毛的軍餉，一半出在粵海關，那個差使不好當！就算我願意派他，恭王也不會答應。』

皇老太太一聽這話，涼了半截；好半天才說了句：『不是說，大小事兒都是妳拿主意嗎？敢情，權柄不在妳手裡？』

『話不是這麼說。我有我的難處。』

『凡事能夠自己拿主意，就沒有甚麼爲難的了！』

這句話爲慈禧太后帶來了很大的刺激，但也是一種警惕和啓示。她遇到這樣的關於個人利害得失的權力的爭取，常能出以極冷靜的態度，一個人關起房門來，一想就是好半天。

俗語說得好，『一朝天子一朝臣』——這三個多月，裡裡外外的大小官員，調動得不少，除了吳棠以外，她要問一問自己，究竟那些人算是自己所派的？凡有缺出來，首先要給在前方打仗的武將；那些早就『記名』的，遇缺即補，毫無變通的餘地。

其次要酬庸這一次政變立了功的；再下來爲了安定政局，調和各方，不得不安插一些舉足輕重的人物，這三類人，慈禧太后覺得軍機處所開的放缺的名單沒有錯；但也有些人，只是出於恭王的提攜，桂良因爲是他的老丈人，才進了軍機，雖是彰明較著的事實，到底資格是夠了；文祥是恭王一派，不過正直幹練，也還說得過去，像寶鋆，爲先帝所痛恨，由內務府大臣降爲五品頂戴，以觀後效的人，如今不僅開復了一切處分，而且入直軍機，這不是恭王徇私是甚麼？甚至連麟魁因爲是寶鋆的堂兄，也當上了協辦大學士。照這樣一看，自己與恭王來比，到底權在誰的手裡？連三歲小孩都明白。

想到這裡，慈禧太后心裡十分不舒服，同時也隱隱然有所恐懼；肅順的記憶猶新，不可使恭王成爲肅順第二！果然有此一天，那情形就絕不能與肅順相比——近支親王，地位不同；滿朝親營，處境不同，肅順有的弱點，恭王沒有，而自己呢？從前可以利用恭王來打倒肅順，將來又可以利用誰來制抑恭王？

老七如何？她這樣自問。細想一想，醇王庸懦，而且關係不同，把他培植起來，一定會感恩圖報，忠於自己；但只可利用他來掣恭王的肘，要讓他與恭王正面爲敵，他絕不是對手。

看來還要靠自己。垂簾之局，眼前是勉強成立了，但『祖宗家法』四個字是個隱憂，一旦鬧翻了，恭王有這頂大帽子可以利用，不可不防。

這是過慮了！她想，已成之局，要推翻是不容易的，不過恭王可以把垂簾聽政，弄成有名無實。慈禧太后想起在熱河時，肅順決意『擱車』的那一幕，至今猶有餘悸；旨意必須經過軍機處，與當時必須經過顧命大臣頒行天下，道理是一樣的，倘或恭王跋扈不臣，仿照當時肅順的手法，施行封鎖，那就除了屈服以外，再無別的路可走。

絕不能有這麼一天！她這樣對自己說。但是，照現在的情形下去，大權將全歸於恭王，內有滿漢大臣的支持，外有督撫節鎮的聲援，而且洋人都很買他的帳；時勢迫人，說不定有一天，他會自然而然地起了做皇帝的念頭。

她不願意這樣想，而又不能不這樣想。這使得她很痛苦；把玩著那枚『同道堂』的圖章，心裡有著無限的感慨，共患難的時候，倒還有『同道』，共安樂就要爭權利了。

恭王應該是這樣的人；因爲她自己知道，她就是這樣的人。權柄不可平分，也不能平分，總有一個人多些，一個人少些；現在，是恭王多些，不過還不要緊——幸虧自己發覺得早，從此刻開始就下工夫；一步一步，總有一天可以把這個劣勢扭轉過來。

『朝廷政柄操之自上，非臣下所得而專，我朝君臣之分極嚴，尤非前朝可比。』她默唸著勝保的奏疏，在心中自語：『「同道」難得，「同治」難能！』

（本篇完）

母子君臣

光緒十三年，十七歲的光緒皇帝終於親政。雖然他力圖振作朝綱，但是慈禧實際上仍大權在握，皇帝有名無實，母子之間漸生齟齬。光緒大婚後，美貌機敏的珍嬪備受寵愛，卻因此遭忌。慈禧聽信太監李蓮英的讒言，以為珍嬪從中遊說皇上爭權，勃然大怒！在這暗潮洶湧的宮廷內，一場『母子』之間的風暴儼然將至……

胭脂井【上、下】

光緒二十四年，皇帝決議變法維新，一時之間新政展佈，新黨氣勢愈盛。但慈禧怎能容忍自己大權旁落，因此假袁世凱之手先發制人，使得康有為出逃、譚嗣同等人被殺，新政一敗塗地，慈禧重新奪回大權！面對洋人處處進逼，皇帝蠢蠢欲動，慈禧聽信載漪、徐桐建言，縱容義和團進京，卻闖下幾近滅國的大禍！……

瀛臺落日【上、下】

八國聯軍落幕、兩宮回鑾後一年，軍機大臣之首榮祿因病辭世，善用權術的袁世凱順利接掌軍機處，而袁世凱也因此穩操大權。光緒三十年，日俄在中國東北開戰。此時慈禧已年逾七旬，卻仍心繫政權，眼見東北戰事吃緊，且袁世凱聲勢日益壯大，慈禧轉而動念支持立憲，企圖穩定內政，並一舉消除袁氏擁兵自重的危機……

國家圖書館出版品預行編目資料

慈禧前傳（平裝新版）／高陽 著. -- 二版. --
臺北市：一皇冠, 2013. 06 面；公分. --
（皇冠叢書；第4313種）（高陽慈禧全傳作品集；1）

ISBN 978-957-33-2991-6(平裝)

857.7 102009769

皇冠叢書第4313種
高陽慈禧全傳作品集 1

慈禧前傳（平裝新版）

作　　者—高陽
發 行 人—平雲
出版發行—皇冠文化有限公司
台北市敦化北路120巷50號
電話◎02-27168888
郵撥帳號◎15261516號
皇冠出版社(香港)有限公司
香港上環文咸東街50號寶恒商業中心
23樓2301-3室
電話◎2529-1778　傳真◎2527-0904
美術設計—王瓊瑤
著作完成日期—1971年4月
二版一刷日期—2013年6月
二版二刷日期—2017年4月
法律顧問—王惠光律師

讀者服務傳真專線◎02-27150507
電腦編號◎434101
ISBN◎978-957-33-2991-6
Printed in Taiwan
本書定價◎新台幣350元/港幣117元

慈禧全傳

讀者回函卡

高陽是當代的歷史小說大師，讀者遍及全球華人世界，有人說『有井水處有金庸，有村鎮處有高陽』，足見高陽在華人社會的受歡迎程度。《慈禧全傳》是他的代表作，此次重新推出『精裝典藏版』，希望能讓更多讀者深入體會歷史的精彩豐美和大師的經典文采。

謝謝您購買本書，請您詳細填寫資料及意見並寄回皇冠（台灣讀者免貼郵票），讓我們能出版更完美的經典作品，提供大家品味收藏。

1. 請針對下列各項目為本書打分數

	5	4	3	2	1
A. 內容題材	□	□	□	□	□
B. 封面設計	□	□	□	□	□
C. 字體大小	□	□	□	□	□
D. 編排設計	□	□	□	□	□
E. 印刷裝訂	□	□	□	□	□

2. 您購買本書的動機？
   □封面吸引 □書名吸引 □內容題材 □作者知名度
   □廣告促銷 □其他
3. 您從哪裡得知本書的消息？
   □書店 □報紙廣告 □皇冠雜誌廣告 □書評或書介
   □親友介紹 □ 其他
4. 您最喜歡看哪一種類型的小說？
   □愛情 □武俠 □歷史 □恐怖驚悚 □偵探 □奇幻
5. 您希望哪些作家的作品重新推出精裝典藏版本？ ________________

讀者資料

姓名： 生日：_____年_____月_____日

性別：□男 □女

職業：□學生 □軍公教 □工 □商 □服務業
□家管 □自由業 □其他 ________________

通訊地址：□□□ ______________________________

____

聯絡電話：（公）__________ 分機________ （宅）______________

e-mail：________________________

◎請沿虛線剪開、對摺、裝訂後寄出。

您對本書的其他意見：

◎請沿虛線剪開、對摺、裝訂後寄出。

北區郵政管理局登
記證北台字1648號
免　貼　郵　票

〔限國內讀者使用〕

105

台北市敦化北路 120 巷 50 號

皇冠文化出版有限公司　收